米西亚 著

亲爱的主人

Dear Master 上

天津出版传媒集团
百花文艺出版社

图书在版编目（CIP）数据

亲爱的主人．上册／米西亚著．-- 天津：百花文艺出版社，2023.2
ISBN 978-7-5306-8481-8

Ⅰ．①亲… Ⅱ．①米… Ⅲ．①幻想小说－中国－当代 Ⅳ．① I247.5

中国版本图书馆 CIP 数据核字（2022）第 253952 号

亲爱的主人 上册
QINAI DE ZHUREN SHANGCE
米西亚 著

出 版 人：薛印胜
选题策划：唐冠群 **责任编辑：**李 信
特约编辑：连 慧 李 艳
装帧设计：有点态度设计工作室·蜀黍
出版发行：百花文艺出版社
地址：天津市和平区西康路35号 **邮编：**300051
电话传真：+86-22-23332651（发行部）
+86-22-23332656（总编室）
+86-22-23332478（邮购部）
网址：http://www.baihuawenyi.com
印刷：三河市兴国印务有限公司
开本：880毫米 ×1230毫米 1/32
字数：520千字
印张：19.5
版次：2023年 2月第 1 版
印次：2023年 2月第 1 次印刷
定价：69.80元

如有印装质量问题，请与河北照利印刷有限公司联系调换
地址：河北衡水市故城县郑口镇工业路西头翔宇车业院内
电话：18514547813 邮编：253800

目　录 / contents

第一章 迷雾袭来

A 市，距离市区六十海里的碧蓝海面上，一艘白色的火箭悬停在上空，尾部长达十几米的白色焰火在阳光下犹如一条白龙。因为火箭即将着地，下方基地的海面掀起一朵酷似莲花的巨型波浪。

火箭客仓内响起甜美的语音广播："尊敬的旅客，猎鹰 6009F 号即将着地，即将到达 A 市……"

从洛杉矶到国内 A 市，在几十年前需要十几个小时的飞行时间，如今只需要四十八分钟就能顺利到达。创造这个奇迹的人，是一位来自美国的科学狂魔，他的火箭计划在几年前得以实现，无论你在哪个国家，一个小时之内就可以到达地球上的任何一个地方。

火箭缓缓降落在海面上的基地，犹如一根花心回归到莲花骨朵中一般。

艾希至今不太适应坐火箭，每次登机前她都会吃镇定药，此刻还在酣睡中。

邻座的经纪人许童轻轻地摇醒她。

艾希睁开迷离的双眼："到了？"

"嗯，待会儿上游艇后赶紧化妆！"许童道。

艾希慵懒地伸了个懒腰，张口道："镜子！"

她的面前出现了一个全息投影合成的镜子，镜面很是透亮，艾希清晰地看着自己的面容，麦色的小脸略显疲倦，黑眼圈有些重，红唇也有些干。艾希挥了下手，镜子消失了，她打着哈欠道："不化了，待会儿戴墨镜和口罩就好。"

换作平时许童会直接默许，因为艾希不拍戏的时候几乎不化妆。

不过这次不同，艾希刚拿了一个奥斯卡最佳女主角回来，势必有很多媒体在码头等候她的出现。

“就算戴墨镜，你好歹也涂个口红吧。”许童道。

这个建议艾希还是听从了，她用环保湿纸巾擦了下脸，顺手抹了下口红，整个人立马精神了一些。

“拿了这个最佳女主角，今后国内媒体应该不会再黑你的演技了。”许童道。

如今世界大同，在这几十年间，多国合拍影片层出不穷。奥斯卡的颁奖规则在二十年前做了一次大更改，不再设最佳外语片的奖项，而是全球的影片都可以参评所有奖项。艾希这次获奖的作品，就是多国合拍的电影，她在里面饰演一位年轻的反基因斗士，在影片里艾希的演技无可挑剔，获得一致好评，拿下了这座含金量极高的小金人。

可艾希听完经纪人的话后，却冷笑一声，拿到最佳女主角固然是值得高兴的事，但指望媒体不再黑她是不可能的。

毕竟媒体至今为止还没有挖出她背后的金主是谁，实在愧对于他们这份职业。不过话说回来，艾希也希望他们继续往下挖，因为她也想知道自己背后的金主到底是谁。

再者，这些年问鼎奥斯卡最佳男主角和女主角奖项的国内演员仅有四位，而在这四位当中，她就是其中之一。其余三人分别是今年刚好九十周岁的资深女演员张一愉，她可是演艺界的传奇人物，红了一辈子，是老、中、青、幼四代都非常喜欢的不老女神。接着就是已故的男演员徐涵，凭借一部伤痕文学改编的电影获得了奥斯卡最佳男主角。还有一位是六十多岁的女演员贺兰芝，凭借国粹里的戏剧角色获得最佳女主角。对比之下，艾希是这四位中最年轻的，二十四岁问鼎奥斯卡最佳女主角，可以说年纪轻轻就登上了娱乐之巅。国外的媒体将她誉为上帝的宠儿，但是国内的媒体却觉得她给前面这三位演员前辈提鞋的资格都不够。

演技方面艾希问心无愧，但此次获奖有没有人在背后帮忙运作，她真的一无所知。

三十分钟后，艾希戴着一顶黑色鸭嘴帽、黑色墨镜，身着一件黑色长款外套、米白色圆领线衣，以及一条白色牛仔阔腿裤，脚下穿着一双小白鞋，背着一个最新款的蓝色背包，和许童一起下了火箭接机专用的豪华游艇。

登岸之后，一台纯白色的全智能双人座代步运输车驶到她们面前，两人的行李已放在座位的下方，艾希和许童直接坐了上去，下达行驶指令后，代步运输车直接将她们送往安全出口。

A 市是国际大都市，火箭运输的码头建设得非常高端、智能、奢华，行车道路的两旁跟几十年前的国际线候机场一样，清一色的国际奢侈品品牌专卖店。不少旅客下机之后都得一路逛过来再出关。

艾希即便戴着墨镜，也有不少人认出她。一路过来，行人纷纷侧目，但没有人跑过来求签名，求合影。艾希从初涉演艺圈到获得小金人也就几年的时间，确实受到很多同行的忌妒和不待见，但这次荣获奥斯卡最佳女主角的这份荣誉含金量是十足的，可民众这般冷淡的反应实在有些匪夷所思。

许童有种不妙的预感，她下了智能代步车拿过行李后便直接上网搜索，看到一条非常醒目的头条新闻——女演员白莹被杀。

许童大致浏览完新闻内容之后，震惊之余想赶紧告诉艾希，可艾希已经拖着行李箱往安全出口处走去了。

艾希一边拖着行李箱一边玩着游戏，刚走出全息影像的智能安全检测门，就有三个穿着便服的男人走到艾希面前，对她亮出刑警证件。

站在最前面的高个刑警开口道："艾希女士，我们怀疑你和演员白莹被杀案件有关，请你跟我们回去协助调查。"

艾希还没做出任何反应，一堆媒体如潮水般地涌了过来。

"艾希，你杀白莹的动机是什么？"

"艾希，你为什么要杀白莹？"

艾希听到这些提问一脸蒙。

十五分钟后，艾希坐在刑警大队专用办案的问询室里，十几平方米的室内很安静，艾希直视着将她请来这里的高个子刑警。

来刑警大队的这会儿工夫，她无疑再次登上了全球各大网站的头条。不过不是她获奖的报道，也不是她的花边新闻，而是她成为犯罪嫌疑人的爆炸性新闻。

本来艾希也不指望一下火箭就被一群媒体包围，采访她获得奥斯卡最佳女主角的感想，但是她也万万没有想到会发生现在这种情况。这种遭遇用一款经典的老游戏来形容，那就是——落地成盒!

而用多年以前流行的一句话来形容艾希此刻的心情，就是——人在家中坐，祸从天上来。女演员白莹被人杀害，怀疑她是凶手，这简直就是恶意诽谤。

艾希开口打破了室内的安静："需要多长时间？"

高个刑警的眼睛看着眼前这位新生代的国际巨星，就相貌而言，艾希不是那种让人一眼就觉得美若天仙的女星，但是当你多看几眼的时候，就会发现她是个特别有味道的女人。因为是动作演员，有武术底子，她的眉宇间带着一股英气，皮肤不是那种死白皙，而是小麦色，也是目前国内最流行的肤色，艾希的五官很立体，既有东方女孩的柔美，又有西方女孩的自信，这样的一个女人，不知道令全球多少少男少女为她疯狂。

高个刑警其实也算是艾希的影迷，虽然她出道没几年，但她所演的电影他都看过。而艾希从一出道就被很多人看不惯，但却越黑越红。但是说句客观的话，她自身是个很有实力的人，演技、车技都是一流的，她还有一个加分项——武术高手。高个刑警觉得她的成功不是偶然，当然因为看了她的很多八卦新闻，他也好奇她背后那个神秘金主到底是谁。

不过眼下是在办案，人命关天，高个刑警公事公办地说："我们要查看案发当天你的记忆云。”

艾希听后，直接回绝：“我拒绝！”

记忆云，是当今每个人脑子里当天的记忆，会直接储存在植入人体的一块云芯片里。这块云芯片是个人最高隐私，在没有当事人授权的情况下，任何执法机构都没有提取个人记忆云的权力。

不过高个刑警接着道：“这个案件，你的犯罪证据确凿，没有拒绝的权利！”

“什么证据？”艾希问。

“查看白莹记忆云里最后一刻的记录，你就是杀死她的凶手。”高个刑警道。

艾希听后，轻笑一声：“我这张脸不知道是多少人的整形模板，要是有人故意整成我的容貌冒充我去犯罪，难不成都要我来背锅？”

高个刑警听完之后，右手随之一挥，桌面上呈现全息影像，那是一张基因对比图：“这是在案发现场提取的基因痕迹，跟你的基因进行数据对比，百分之百的重合。”

“现在的基因痕迹都是可以造假的。”艾希反驳道。

高个刑警看着她：“正是因为如此，才需要查看你本人的记忆云，你要想自证清白，就请授权提供。”

艾希听后，回了一句：“我是不会授权的，一切等我的律师来处理。”

艾希的话音刚落，便传来了敲门声。

高个刑警回过头，另外一个刑警带着一个身材高大五官英气的男人走了进来。

艾希看到那男人之后眼神明显不同，就像一个被老师恶意留堂的孩子看到家人来了一样。

来者便是艾希的御用律师齐赢，人如其名，他经手的每一场官司都是赢的，至今没有败绩，是许多人趋之若鹜想要聘请的大律师。不过这人有点怪，不是谁的官司都接，不是谁的钱都赚，用他的话说接案子得看心情，看天气，甚至看空气质量。

但艾希在一次宴会上认识了他，还是他主动结交的，之后他便成了她的御用律师，一直帮忙处理她旗下工作室的各种法律事务。毕竟是个又黑又红的明星，身边免不了发生各种令人焦头烂额的诽谤、陷害、碰瓷以及合约纠纷，齐赢一一帮她处理妥当，为艾希清除了很多烦心事。当然聘请他的费用可不低，每次结算年费的时候，艾希签字的手都会稍微抖几下。

齐赢自我介绍一番："你好，我是艾希的律师齐赢，有问题可以直接跟我谈。"

法律界大名鼎鼎的齐赢，其实不用自我介绍，高个刑警也认识他，直接示意他坐下："请坐。"

齐赢放下手中的包，坐在了艾希身边。

每次只要他出现，艾希就觉得像是吃了一颗定心丸一样，再难缠的事都会被他轻而易举地解决。

高个刑警先跟齐赢说明了情况，随后道："只要艾希女士提供案发当天的记忆云记录，有不在场证据，就可以立马洗清嫌疑。"

"无须我当事人提供记忆云也可以证明她是清白的。不过在提供证据之前，出于对我当事人的保护，我需要警方签署一份保密条例。"齐赢说道。

到了警局一般都是警察主宰审问局面，但齐赢不同，他似乎将局面颠倒了过来。

高个刑警愣了下，他是第一次遇见律师对警察提出这样的要求，而这个要求其实也在正常的法律范围之内。

高个刑警强调道："我们都会无条件保护当事人的隐私。"

"空口无凭，我需要实质签署的文件。倘若你们不愿签署保密协议，我将无法提供证据，那便是你们的责任。"齐赢开口道。

高个刑警看着齐赢，齐赢也看着他，双方气势对垒，齐赢明显嚣张一些。

“还有，你们在公共场合直接将我当事人带来警局，导致她个人名誉极度受损，若是最终证明她是清白的，到时候请问谁来负这个责任？”齐赢又加了一句。

高个刑警思索几秒，开口道：“我请示一下。”

过了一会儿，高个刑警回来，还有另一位陪审的警察，他们一同签署了齐赢提供的保密条例。

齐赢关掉保密条例后，打开另外一个全息影像，出现了艾希枕着一条男性胳膊恬静睡着的画面，齐赢解读道：“这是案发当晚和我当事人在一起的L先生所提供的记忆云，他们整个晚上都在一起。而你们所提供的白莹的死亡时间为凌晨一点半，这里面的时间就是当天凌晨的一点半。”

艾希听完齐赢的解读后，怔怔地看着全息影像的画面，眼底闪过一丝惊慌以及不可思议。

“L先生？是谁？”高个刑警问。

齐赢看了下刑警，张口道：“具体是谁我不方便透露，但这是他所提供的记忆云纪录，艾希的不在场证据，她没有作案动机以及作案时间。”

“除了记忆云之外，我们还需要更多的证据，证明她就是艾希女士。”高个刑警的手指了指全息影像里恬睡的艾希说道。

齐赢听后，接着又提供了一份艾希以及L先生的生理信息记录，上面有着明确的时间，以及两人当时的生理指数。

看完生理信息记录之后，两个刑警的第一感想便是，这份记忆云记录以及生理信息记录都是真的，那么艾希确实没有作案时间。

高个刑警看了下艾希，似乎能理解艾希为何拒绝提供记忆云记录了。但也还是有疑点，那便是艾希的表情。

高个刑警开口道：“艾希女士，这是你不愿提供记忆云的原因吗？”

艾希回神过来，目光看向高个刑警，又看了下身旁的齐赢。

齐赢一脸平静地看着她，艾希缓缓张口："是。"

"我们需要这份记忆云记录以及生理信息记录提供者的真实姓名，进行最终确认。"高个刑警道。

"抱歉，我刚才已经说了，这位L先生的真实姓名无可奉告！现在我已经提供了我当事人不在场的证据，请你们立刻释放我当事人。"齐赢回道。

高个刑警跟身旁的同事对视一眼，一般提供了记忆云证明自己不在场之后，是可以当场放人的。

因为当今社会AI技术无所不在，网络安全这一块是重中之重，所以记忆云有个硬性功能，无法删除、无法修改。

"艾希女士，你可以走了。"高个刑警开口道。

"谢谢。"齐赢谢道，"希望你们立刻发声明，恢复我当事人的名誉！另外我们也将起诉此案件的罪犯，侵犯我当事人的肖像权以及基因盗取权。"

"我们马上就发声明，艾希女士也是这个案件的受害人，接下来的调查还需要艾希女士的配合，我们一定在最短时间内抓获凶手。"高个刑警道。

艾希点了点头，随齐赢一起站起身，在高个刑警的目送下离开了刑警大队。

他们上了齐赢的悍马豪车后，齐赢下达了指令，车子在无人操作下前往艾希的家。

许童递给艾希一瓶水，艾希接过之后没有喝，而是沉默了好一会儿。

齐赢看了下她，说："是不是有话想问我？"

艾希抛出来的第一个问题便是："记忆云是真的，还是假的？"

"当然是真的！"齐赢道。

艾希接着问第二个问题："L 先生是谁？"

"你的金主。"齐赢很坦白地回道。

艾希听完之后，情绪明显有所起伏："我的金主是谁连我自己都不认识！"

"你都不清楚的问题，那我肯定更不清楚。"齐赢回道。

艾希看着齐赢，眼神充满了戾气："你不清楚？那些记录是谁给你的？"

齐赢迎着艾希的目光，表情没有任何波澜，平静地回道："接到许童的电话之后，我就赶来这里，在路上收到了这些信息。有一点我必须跟你道歉，在没有经过你的允许下直接公开了你的生理信息，不过此举也是为了快刀斩乱麻地解决这个事件。你应该也很清楚，倘若不公开，后续很麻烦。"

"给我看信息的来源！"艾希道。

齐赢闻言，摇了摇头："我收到之后直接追查了，是虚拟邮件，没查到真实来源。"

艾希还是坚持："给我！"

齐赢看着艾希："不相信我？"

艾希也看着他："我现在不相信任何人，包括你！"

齐赢听后，嘴角微微勾起，俊朗的脸上看不出一丝生气，嘴上却说道："你这样说话，我可要伤心了。"

"我现在没心情跟你伤心！"艾希口气冷冷地回了一句。

齐赢缓缓地收起笑容："我马上发给你。"说完，他操作全息电脑，将邮件的路径发给了艾希。

艾希收到后，直接传输给了密友杰米，杰米是个超级黑客，平日里除了自己经营一些不见光的私人网络业务，同时也帮艾希维护个人网络账户的安全，以及处理网络上对于艾希不利新闻的 IP 追踪。

一分钟后，杰米反馈回来的信息跟齐赢的一样，虚拟账号无处追踪来源。

艾希关掉了全息影像，微微闭上眼睛，表情有些凝重。

坐在身旁的许童轻轻地拍了拍艾希的肩膀，说：“现在已经没事了，关于你的报道也都已经更正了。”

许童刚才上网看了一遍，警局那边也已经发了声明，全网再次报道，艾希又上了头条。

从昨晚得奖到现在为止，已经是第三次了，以她这种上头条的频率，不招人怨恨才怪。

艾希睁开眼睛：“给我看看。”

许童给她看了网上的报道，艾希看了一眼之后，懊悔自己没在火箭上听许童的话化个妆，此刻报道上的配图全是她黑眼圈极重的照片。

艾希收回了目光，转头看向窗外，眼神里透着一股迷茫以及一丝恐惧。

她在警局不愿授权提供记忆云，绝非是因为怕泄露那个所谓的金主 L 先生的个人信息，而是在她的脑子里完全没有关于这一块的记忆。

都说记忆云是最安全的，最隐私的，不能修改，不能删除，否则一旦被发现，会被国家网络信息安全部门调查问询，情节轻者被屏蔽一年网络以示惩戒，重则坐牢。

而关于这个规定一直有着各种争议，有人说这是极为安全的措施，预防犯罪，有证可查，也有人说这完全丧失人身自由，没有任何的自我空间。

艾希先前对于这类型的高科技发展持乐观态度，但随着时间的推移却越发觉得恐惧。尤其是发现自己的记忆云里被删除一些记忆之后，让她失眠，让她恐慌。因为号称世界上最安全最隐私的记忆云，却在她身上出现了这么大的漏洞。

她无法对任何人说这些，因为她不知道那些丢失的记忆云里到底存着什么样的画面。

自己是在某一刻杀了人？还是在某一刻跟某个男人上了床？抑或者因为内心恐惧而吸了毒？

这些她都不得而知，尽管自己周边有着多年老友，譬如许童，譬如杰米，以及齐赢，但她始终无法将这事对别人说出口。因为一旦说出口，在别人的记忆云里便有了这些记录。这或许是将来为她佐证的证据，但同时也令她深深恐惧。

尤其是今天她突然成为犯罪嫌疑人，以及突然在齐赢提供的不在场证据的记忆云记录里看到自己躺在一个男人的怀里，艾希的内心再次被恐惧和疑惑所占据。

嫁祸她的罪犯是谁？删除她记忆云的人是谁？和她睡觉的男人又是谁？

艾希陷入自己的思绪好一会儿，她突然想起一个问题，看向齐赢："齐赢你实话告诉我，你到底认不认识L先生？"

齐赢直接回道："不认识。"

艾希的脸上露出一丝质疑的笑容："不认识？那L先生怎么会知道你的邮箱？"

"我是一个名声在外的大律师，知道我邮箱很正常。"齐赢回道。

这个解释，艾希不反驳也不相信，她接着道："如果真的不认识，你当年为何会主动结交我？我那个时候可是才刚出道不久，难不成你有预知能力，知道我以后会大火？"

"艾希，我跟你解释过，我这个人认眼缘，也可以说我眼光独到吧，与我接触的人，凡是我愿意结交的，就算刚开始默默无名，但几年后几乎都是有一番建树的人。你应该也知道，我有一个绰号叫锦鲤齐，虽然我个人非常不喜欢这个绰号，但很多人在背地里都这么叫我。"齐赢再次解释。

艾希看着齐赢："你不会是有什么超能力吧？"

齐赢闻言，挑了下眉头道："超能力？要不要告诉你们一个小秘密？"

艾希和许童目光一致地看着他，齐赢笑了笑，故意压低声音道："我真有预知的超能力。"

见齐赢这副表情，一看就是闹着玩的，艾希收回目光。

齐赢见此，又说道："不信啊？"

艾希回了一句："我到了。"

齐赢的车子稳稳地停在艾希那占地面积六百平方米的超级大房子门前。

"辛苦了！"艾希说完这句话，便下了车。

她家的人工智能机器人怪怪已经走了出来，主动帮忙将后备厢的行李拿了出来。

齐赢见此，说了一句："不请我进去坐坐？"

艾希瞥他一眼，一脸疲倦道："改天吧，我今天很累。"

"有事打给我。"齐赢说完，便离开了。

许童跟艾希一起走进房子，怪怪的老婆奇奇给艾希倒了一杯果汁。

艾希先开始只买了奇奇回家，专门打理她的生活起居，有一阵刚好没拍戏，在家休息时她看了一部关于探索生命意义的老电影，便开口问奇奇一个人在家的时候是否会寂寞？奇奇想了想回答说有点寂寞，于是艾希便给她买了一个男朋友回来。

买回来后，看到奇奇、怪怪两人出双入对的身影，单身的艾希觉得自己就是在找虐。

单身？她自认为单身，但她有金主背景的小道消息一直在全球肆虐。

而今天她总算见到了所谓的金主，即便只有一只胳膊出镜，也算是真切地证实了他的存在。

“艾希，我先回去，你有事给我打电话。”许童见艾希的情绪平稳下来，向她告辞。

艾希点了点头，许童转身离开，不过到了门口的时候，艾希又叫住了她：“许童！”

许童停下脚步，转过身，看着艾希。

艾希张了张口，道：“把最近的行程都取消了吧，我想休息一阵子。”

许童听后，回道：“可以，不过后天晚上有个珠宝慈善酒会，你必须参加。”

“不能推掉？”

“不能，女魔头专门指定你为压轴嘉宾，务必出席。”

艾希只能点头，虽然她已经挤进了国际一线巨星的行列，有了各种资源，不需要看很多人的脸色，但女魔头的面子还是要给的。

许童离开后，艾希上楼去了主卧，她脱下身上的衣服，伸手拿了一条浴巾裹在身上，穿过主卧来到温泉池。

在踏入池里之前，艾希换了下虚拟布景，一个日式汤池的画面呈现在眼前。麦子做的帘子，特别有古风韵味，潺潺的泉水流淌着，整个温泉池雾气升腾。

艾希扯下身上的浴巾放置一旁，玲珑有致的身材一览无遗，一双纤纤玉足踏进温泉池里，她靠着池壁慢慢坐了下来，温热的泉水漫过饱满的胸部。艾希的手往性感的锁骨上撩拨泉水，耳边传来悠扬的箫声，她脸上的表情逐渐放松下来，闭着眼睛享受舒服的温泉浴。

闭目养神了好一会儿，艾希的额头冒着细细的汗珠，她没有伸手去擦拭，而是一脸慵懒地享受着被温泉水包裹着身体的感觉。

这时，耳边传来细微的开门声，艾希没睁开眼睛，张口说：“奇奇，我要杯果汁。”

艾希没有听到奇奇那甜美的应答声，几秒之后，她猛地睁开眼睛，正要起身时，被一只手用力地摁回池子里，一把匕首搭在她的脖子上，冰冷的触感令她心惊。

艾希的眼神立刻闪过一丝惊慌，但演过很多戏的她，在这个时候还是能稍微控制自己的情绪的，她嘴角微张 ：“谁？”

耳边传来非常熟悉的声音 ：“想杀你的人。”

如果没有记错，这应该是艾希自己的声音，太相似了，几乎难以辨别。

“杀我？为钱？”艾希尽量让自己镇定下来，张口问道。

“为了正义！”背后的女人回道。

“正义？我做过不正义的事吗？”艾希后背挺直，从容地反问。

艾希扪心自问，自己从来没有做过伤天害理的事，反而她还做了很多慈善。

“你是没做过，但你的男人做太多了！”

“我的男人？我没有男人！”

“没有？”耳边传来一记冷笑，脖子上的匕首更加紧贴着脖颈上的肌肤，似乎再用力一点点，就能直接将艾希的喉咙割破。

艾希在电影里演过很多面临危险的镜头，但面对如此真实的险境还是第一次，未着寸缕的她被人拿刀架着脖子。

艾希稳住呼吸道 ：“你指的是 L 先生？”

背后的女人听完这句后，声音压低 ：“他在哪？”

“我不知道他在哪！”艾希的脖颈随着说话而轻轻颤抖。

“撒谎！”背后的女人声音发狠，“给我看你的记忆云！”

“我没有撒谎，我真的不知道他在哪，甚至都不知道他是谁。”艾希辩解。

“少废话，给我看记忆云！”背后的女人命令道。

艾希咽了下口水，很是配合 ：“可以，不过你的匕首能不能拿开一点。”

背后的女人并没有这么做，而是冷声催促道：“快点！”

“我脖子流血了，你把匕首拿开一点，我马上给你看我的记忆云。”艾希装着害怕的模样说道。

艾希的脖子确实流血了，血顺着脖颈往下流，汇集在美丽的锁骨窝上。

背后的女人将刀稍微拿开一些：“别耍花样！”

但是她这句话一落，说时迟那时快，艾希的左手精准地抓住她的手腕，一个用力将背后的女人猛地拖进了温泉池里。

温泉池瞬时荡起超大的水花，浪直接打在池壁上，未着寸缕的艾希整个人站了起来，她左手牢牢地抓着那人持着匕首的手腕，右手直接出拳朝她的脸上砸去。

可当拳头砸在那个女人的脸上时，艾希着实一惊，这张脸竟然跟她自己的脸一般无二，但此刻艾希没有时间思考和犹豫，因为眼前的这个女人极度危险，极有可能就是陷害她杀白莹的真正凶手。

那女人不仅吃了艾希一记狠拳，还浑身湿透，被呛了一口温泉水，但她也立刻做出了反击，持着匕首的右手猛地朝艾希的胸口刺去。艾希灵敏地躲了一下，但右手内侧还是被划了一道大口子，顿时鲜血直流。

艾希眉头微拧，伸手朝她的手臂一个猛击，那女人手中的匕首随之脱落，掉进了温泉池底，接着她直接来了一个锁喉。

那个女人见此，用右手肘猛地攻击艾希的腹部，艾希再次蹙眉，但她没有松手，紧紧地勒住那女人的脖子。

那女人也跟着改变战术，一手抓住艾希的手臂试图掰开锁住她脖子的手，另一只手继续对艾希进行攻击。艾希吃痛不已，咬着牙用劲勒住她的脖子，但是没坚持几秒，她的脖子也被那女人的手给缠住，腹部又遭一轮攻击。艾希的脚顺势踩了下池壁，整个人腾空而起，未着片缕的身体在空中划过一个优美的姿势。

紧接着，砰的一声，温泉池再次掀起巨浪。

两人纠缠的身体暂时分开，各站在温泉池的一角，目光在空气中交织。

艾希两手握拳，完全不顾受伤，一副迎战的表情，此刻她的身上什么也没穿，却没有觉得一丝尴尬，因为裸着与生命相比，生命才是第一。

对面女人的动作和姿势跟她一致，最可怕的是她的容貌、发型，以及衣着跟她刚才回来时没有任何差别。

震惊之余，艾希的眼睛紧紧地盯着这个跟自己一模一样的女人："你是谁？"

站在温泉池另一端的女人，目光也紧锁着艾希的脸，眼角透着冷光："我就是你！"说完，利索地出拳。

艾希直接迎战，两人再次扭打在一起。

温泉池的水就跟海边的浪花一样，一浪接着一浪地打在池壁上，池水也没有像平日里那么纯净，因为艾希的手臂和脖子一直流着血，滴落在池子里。

二人打斗了差不多五分钟，艾希因为身体两处受伤流血，慢慢地弱了下来，被那女人占了上风，此刻她整个头被按在了温泉池水里。

艾希不停地挣扎，再挣扎，大口大口地呼吸，但泉水温度比较高，她也坚持不了多久。眼看她快要昏过去的时候，奇奇端着一杯果汁和一盘葡萄来到了温泉池。奇奇看到穿着衣服的"艾希"将一个赤身裸体的女人按在温泉池里，开口道："有人私闯民宅，我马上报警！"

穿着衣服的"艾希"听到这话连忙松开手，跳出温泉池，一拳将正要启动报警装置的奇奇打倒在地，接着慌乱地逃了出去。

奇奇一脸蒙，从地上爬了起来，看到池子里赤身裸体的人的容貌后，连忙奔了过来："艾希！"

艾希裹着浴袍，披散着微湿的头发，坐在楼下客厅的沙发上，奇奇正在给她治疗伤口。

消毒过后，奇奇拿着一瓶喷剂往艾希手臂内侧的刀口喷了一下，伤口迅速结痂，隐隐只能看到一条红线，接着又处理了脖子上的刀痕。这种喷剂是一种基因类的喷剂药物，可以快速地修复皮肤表层的伤口。

之后，艾希照了下镜子，她看着自己脖子上的那条隐隐红线，脑海中闪过那冰凉的触感。当时拖她下水的动作真的特别危险，稍不留神就将自己的命给葬送了。

怪怪带着两个刑警从楼上下来，他们走到了艾希的面前。

“艾希女士，我们勘查完现场，发现现场残留的基因痕迹只有艾希女士你本人的。”开口说话的高个刑警就是下午审问艾希的那个男人。

艾希收起镜子，目光看向高个刑警：“如果是这样，她极有可能是盗取了我的个人基因。”

高个刑警听后，开口道：“有这个可能，不过对于刚才发生的案件，希望你能提供这段时间的记忆云记录，以及你家机器人当时看到的画面记录。”

“可以，不过我家机器人的记录得修饰一下。”艾希道。

“为何？”高个刑警问。

“我当时是裸着的！”艾希直白地回道。

高个刑警顿时了然，点头道：“可以，你修饰过后再将画面发给我。”

艾希之后提供了自己的记忆云记录，画面上看到与她搏斗的女人，跟艾希描述得一样，与她毫无差别，身上的衣着跟从码头将她带到警局时一模一样。如果不是报案在先，那打斗画面真会让人误以为这是艾希在某部电影里的一个精彩的水中打斗镜头。

高个刑警看完之后，开口道："她的目标是L先生，也就是说她想通过你找到L先生。"

"应该是这样。"艾希回道，"这个人，极有可能就是杀害白莹的凶手。我希望警方尽快抓获！"

高个刑警点头道："我们会将两案并为一案，尽快侦破，抓获凶手。"

艾希看了下高个刑警，说："如果调查结束了，请你们先离开吧。"

艾希下了逐客令，高个刑警也没多留，临走的时候给艾希留下了他的个人信息："这是我的联系方式，艾希女士，这边有任何线索都可以直接打给我，我会第一时间赶来的。"

艾希看了下高个刑警的个人信息，某片区网络安全刑事犯罪调查小组B组组长邢凯锋，网络高手、散打高手，破获过很多重大的网络犯罪案件。看完之后，艾希将他的信息存在自己的通讯录里。

回到房间，艾希靠坐在床头，回想起今天发生的一切，感觉比拍电影还要刺激。尤其是在温泉池里的打斗，艾希能感觉得出来，那个女人的武术底子绝对不亚于她。

难道她是盗取了自己的基因制造的人工智能？还有，那个L先生到底是谁？

她内心的疑惑就像滚雪球一样越滚越大，而且想想都后怕，如果有人跟她基因一致的话，那么自己哪天被杀了，直接被替换岂不是轻而易举的事。

她脑海里想起那人说的一句话：我就是你！

这句话明显就是一个很重要的线索，艾希立马联系了杰米。

"杰米，能帮我办件事吗？"

"你说。"杰米很干脆。

"虽然有些唐突，不过还是有求于你！"艾希道。

“艾希，我们是朋友，无须客气。”杰米道。

艾希也不跟杰米兜圈子，直接说了自己的目的：“你能黑进基因库吗？”

“可以。”杰米是超级黑客，偶尔也会行骇客之举。

“帮我查下全球的基因库，我要知道与我基因相似度极高的人有多少。”艾希道。

“是因为下午的案件吗？”杰米问。

“嗯，那个凶手刚才来我家了。”艾希没对杰米隐瞒。

杰米震惊：“你没事吧？报警了吗？”

“报警了，受了点小伤，让她给逃了，你这边尽快帮我去查一下！”

“好，我查完后给你回复。”

与杰米沟通完后，艾希正要关了全息影像视频准备躺下来休息一下，又接到了许童的电话。

“艾希，网上视频是怎么回事？”许童的口气听上去很着急。

网上的视频？艾希立马点开社交平台，又是一则与她有关的爆炸性新闻。

无论科技多么发达，人类的八卦心理一直都没有改变。

视频的画面是艾希半个小时前与那个凶手打斗的记忆云记录，不过画面做了一些技术处理，遮掩了三点，但一眼就知道艾希是裸体。

打斗的画面行云流水，非常带劲，评论和转发数直接爆表，很多人以为这是艾希的新电影里的动作镜头，从出道到现在，艾希没有全裸过，所以此番画面，让很多影迷纷纷表示期待正片。

艾希再次上了头条，此次事件网友的声音各不相同，有人说她变着花样炒作，也有人说她不愧是头条女王。无论是什么观点，对于作为明星的艾希而言，有利无害，因为热度就是流量，就是金钱，这也是每一个明星心里的终极目标，成为观众心中最闪耀的那颗恒星。

而艾希万万没想到这种画面会被凶手公然地公开出来，于是回了许童："这是凶手发的视频，你让公关部立刻去查视频的 IP 来源，同时撤下头条和热搜。"

"好！"许童连忙应道，"等等，你刚才说这是凶手发的视频？凶手去你家了？"

"是，半个小时前跟她交手过。"艾希回道。

"我的天，你现在怎么样？"许童关切地问。

"我没事，你赶紧处理这事！"

"好，我马上处理！"

通话结束后，艾希又重新看了一遍视频记录，她感到脑子越发的混乱，这个凶手的目的到底是什么？是想就此毁了她？还是想通过她引出 L 先生？

一想到这个传说中的金主 L 先生，艾希就有种骂人的冲动，从她出道开始他就像鬼魅一样阴魂不散，如今更是因为他发生命案，还直接将她的世界搅得天翻地覆。

第二章 神秘金主

发生入侵家宅事件之后，警方加强了艾希家附近的天眼监控，同时也根据艾希当天提供的线索进行了全城追踪。目前案件的进展是，犯罪嫌疑人从艾希家出来后，一路逃到了千业城片区便消失得无影无踪。

千业城是一个各种黑科技交易的商业模糊区，名字起源于上世纪的一部著名科幻小说。

如今这里就是那部小说里所幻想的场所，大家来这不仅可以购买各种基因剂来治疗疾病以及美容养颜，也可以改造自己的器官，譬如爱喝酒的人，可以来这改造他的胃，譬如从事特殊行业的人，可以来这改造肾功能。艾希所认识的明星中，就有好些人偷偷来这买基因剂维持容颜不老。

当然这里还有一项政府严厉打击的黑暗交易——基因盗取。

警方开始对这一带进行地毯式的搜索，媒体也开始对此案件进行实时报道。

艾希在家里静候佳音，但似乎传回来的消息都不是好消息。让杰米查询基因库，得到的回复是，目前全球基因库的大数据，没有与艾希的基因相似度极高的人。而警方那边也未在千业城里找到那个犯罪嫌疑人的踪迹。

两天没有出门的艾希，在下午许童到来后，才开始准备晚上女魔头白丽莎策划的珠宝慈善晚宴的相关事宜。

奇奇的系统自带化妆师功能，所以艾希参加晚会的妆容就由奇奇操刀。

作为晚宴的压轴嘉宾，自然是最重要的一位，奇奇给艾希化的妆以蜜色为基底，整个妆容效果将艾希的五官加深，但在气质上添加了一丝女性的柔美。

许童给艾希挑了一件露肩的白色晚礼服，腰身很贴，摆尾的设计很精致，上身效果特别好，将艾希凹凸有致的身材曲线展现得淋漓尽致。

许童看了下艾希的脖子，那条伤口的红线还隐隐可见，许童想叫奇奇帮忙处理一下，但是艾希却拦住了她。

“别处理了，就这样出席！”

许童看着她：“怕伤口感染？”

艾希看着镜中的自己说：“真实的才是最美的！”

许童瞬间明白艾希的话，不遮掩伤口出席慈善晚宴，肯定会引起很多人的注意，势必会带来一些话题。

艾希在娱乐圈这几年，给人留下更多的是精明干练的印象，而除了自身努力之外，她也会要些小心机，不断给自己制造话题。她很清楚自己想得到什么，然后会不遗余力地去争取。

当然她会如此迅猛地崛起，在娱乐圈站稳脚跟，甚至登上娱乐巅峰，跟背后的金主有着不可分割的关系。尽管金主从未露面，但从艾希拍的第一部戏开始，他就一直跟神一样存在着。

金主，光从这两个字就可以得知跟钱有关，是不可或缺的投资方。每一部戏都是为艾希量身定做的，尽管一开始很多人抵触、嘲讽，但最终艾希用作品征服了观众，也用作品证明了自己。

都说日行一善，功满三千。艾希从出道开始就一直做慈善，没有大张旗鼓地去宣传报道，更多的是默默无闻去做。她参加一些有头有脸的人物所举办的慈善晚宴，为其站台，也是想帮助更多的人。

刚得一尊小金人的她现在更是身价倍涨，成了女魔头指定的压轴嘉宾，也带来了很强的话题感。

身着白色晚礼服的艾希一下车，就被一堆摄像头包围着。

外围传来一堆粉丝的尖叫声：“艾希，艾希……”

艾希其实挺享受粉丝呐喊她名字的感觉，她嘴角扬起一抹微笑，缓缓地往中间的虚拟红地毯走去。

科技发达后，很多场景都使用虚拟化的布景，此举是环保之举。所以艾希这个时代的人，几乎没有走过所谓真正的红毯。

艾希为了方便大家拍照，走几步就会滞留一会儿，到了签名台后，洋洋洒洒地写下了自己的大名。

女魔头白丽莎已经在那恭候她多时，见到艾希便上前给了她一个热烈的拥抱。

每个时代都有引领时尚的人，白丽莎是当代最有名的时尚设计者之一，同时也是最为势利眼的人之一。

一般的明星几乎不可能入她的法眼，而艾希是个例外，刚出道不久就参加了白丽莎的新装发布会。那是白丽莎设计的虚拟时装秀，走秀的明星身上只穿比基尼，但行走的时候，在虚拟光影下却呈现一套完整的服装。别出心裁的创意在当时轰动一时，而走秀的明星中，艾希也跟着脱颖而出。

也可以说白丽莎是艾希的贵人之一。

“小宝贝，你这脖子怎么成这样了，是谁这么狠心啊？”白丽莎关切地问。

艾希淡笑：“你没看报道吗？”

白丽莎看着她问：“那报道是真是假？”

艾希嘴角的笑意更深：“难不成你认为是我自我炒作？”

白丽莎笑道：“我没这个意思，走，今晚给你引荐一个人。”

艾希跟着白丽莎往内会场走去，艾希的出现，自然成为明星中的焦点。女明星嫉妒，男明星羡慕，这就是艾希给圈内人士留下的感受。

白丽莎一时没有看到想要引荐给艾希的那个人，只好让艾希稍等。

能让女魔头亲自引荐的人，自然不是一般的人物，她可是出了名的势利眼。

艾希端着酒杯跟几个同行聊了几句，有人恭维，有人关切，当然也有人嫉妒。

在艾希未出现时，还被人团团包围的几个人气女明星，在艾希出现后，立马被夺走了吸引力，于是在一旁毫不遮掩地抱怨起来。

“现在的奥斯卡的含金量也就那样，一届不如一届！只要有后台，有钱就行！”

“咱们作为演员，踏实演戏是本分，把自己的演技磨练好，演好每部戏，不愧对自己就好。至于奖项，有则拿之，无则加勉。”

“娜姐说得没错，是金子总会发光的，作品留给世人去评价，娜姐你的作品可都是很经典的，可以传世的。”

跟女魔头白丽莎站在一块的艾希，隐隐听到这些话的时候，目光不由得看了过去。

两米外的三个女明星，艾希都认识，一个是演员前辈何娜，演技有目共睹，拿过国内外很多奖项，唯独缺了奥斯卡。一个是国内文艺女神萧青，从出道开始就演文艺片，获过不少奖项，被很多人奉为女神。还有一个超人气演员朱曦羽，每部电视剧都很火爆，前两年也开始涉足电影，拿了一个国内电影节的最佳女主角，传闻这个女演员性格也很火爆，是个有什么说什么的人，耿直的个性吸引了无数粉丝。

艾希跟眼前这三位人气女演员相比，不仅出道晚，作品也没人多，而她却已经将奥斯卡女主收入囊中。

演艺圈一直都是一个光鲜亮丽的斗兽场，踏进来之后，每个人都铆足了劲想登上演绎道路的高峰。可通往高峰这条路并不是那么平坦的，寥寥几个有钱有背景的人直接坐缆车到达山顶，有一部分人则在半山腰上盘旋，而大多数人则在山脚下挣扎。

艾希和眼前这三个人气女演员都属于直接坐缆车的，当然艾希坐的缆车速度明显更快。

刚才说磨炼好演技的便是何娜，四十好几的人了，皮肤保养得特别好，跟电影里素颜或扮丑的角色相比，简直不敢认。

艾希跟何娜还算有交情，一起出席过很多高端产品的发布会，于是她径直走了过去打招呼："娜姐，好久不见。"

何娜见艾希过来，笑着给她一个拥抱："希希，好久不见。"

拥抱过后，何娜跟艾希道贺："恭喜你拿到奥斯卡最佳女主角。"

"谢谢娜姐，和你的演技相比，我还需要继续磨炼。"艾希跟何娜说完这句话后，目光看向旁边的朱曦羽，"至于说奥斯卡的含金量一年不如一年的这话，我其实是赞同的。"

朱曦羽听后，脸上挤着笑容，却没有接话。

艾希接着道："但我能有什么办法，就是有钱有后台。"

此言一出，朱曦羽的脸色变得有些不自然。

艾希见此，对大家笑了笑："是不是觉得我很嚣张？很膨胀？"

"艾希，大家开玩笑的！你的演技有目共睹，你能获得这个奖项，我真心为你感到高兴。"何娜笑着打圆场。

艾希看了下何娜，说："谢谢娜姐，你看我，性格还是这么耿直，时常得罪人而不知。"

闻言，朱曦羽两颊的腮红都煞白了。

何娜知道艾希这话是针对朱曦羽所谓的耿直性格，不由得继续打圆场："说话直也挺好的，当面说，总比背后说好！"

艾希笑道："我得跟娜姐多加学习！"

"希希你别这么谦虚，保持自己的个性就好。"何娜笑着对艾希道。

艾希笑了笑，这时不远处的女魔头白丽莎朝艾希招了招手，示意她过去。

"娜姐，我先过去，待会儿聊！"艾希对何娜道。

"好。"何娜很是亲和。

当艾希准备跨步离开的时候，只听到吱的一声，身上的露肩礼服直接往下滑了几公分。幸好她有武术功底，身体反应很灵敏，不然整个人就要往前栽。但圆润的胸部顿时暴露在空气中，事情发生得特别突然，艾希根本来不及遮掩，就被旁边的人给看光了。

现场顿时一阵骚动，艾希反应过来后第一时间用手遮挡，而下一秒一件黑色的西服直接披在了她的肩上，将她裹得严严实实。

艾希抬头看去，入眼便是一张帅气的脸庞，身着白衬衣的他，此刻双臂环抱着她，将她整个人笼罩在他的羽翼之下。

也不知道是被这个男人的动作给惊住了，还是被这个男人的俊颜给看痴了，艾希目不转睛地盯着他，直到女魔头白丽莎赶了过来才回神。

“艾希，你没事吧？”

艾希闻言，目光看向白丽莎，她非常清楚怎么回事，刚才她要离开的时候，朱曦羽踩了她的裙摆才导致这样的场面发生。

“艾希，对不起，真的对不起，我不小心踩到你的裙摆，真的很对不起！”朱曦羽连声道歉。

大家的目光集中在满脸内疚的朱曦羽身上。

看她主动道歉，按理说艾希应该大度地说一句没关系，但是艾希却道：“你的演技真好！”

朱曦羽听到这话，脸色窘极了，继续一脸愧疚地道歉：“艾希，我真的不是故意的！对不起！”

艾希没理会朱曦羽，而是对白丽莎道：“有休息室吗？我去换套衣服。”

白丽莎点头道：“有，我带你去。”

艾希的手紧抓住身上披着的黑色西装，对着刚才英雄救美的男人说：“待会儿把衣服还你。”

男人点了点头说：“快去换衣服吧。”

白丽莎看了下那个男人，说：“陆总，先失陪一下。”

之后，何娜和白丽莎一起陪艾希去换礼服。

白丽莎进到休息室对艾希说的第一句话便是：“朱曦羽，就此被我除名！”

艾希没接话，在一旁的何娜一点都不惊讶，因为白丽莎历来都是爱恨分明的人，艾希是今晚的压轴嘉宾，可见白丽莎对她的重视，而朱曦羽公然在这个场合给艾希难堪，也就是给白丽莎难堪。即便朱曦羽也是有背景的，但白丽莎是说到做到的人。

当然有因才有果，朱曦羽刚才那么一出其实是有原因的，她的团队好几次给她争取的国际代言，都被艾希轻而易举地收入囊中。所以即便之前没有任何交集，但因这些事也结下了一些梁子，刚才见到艾希的时候，才会忍不住冷嘲热讽地说出那些话。

她的人设一直都是耿直，但在这种场合耿直，是收不到效果的。

四十岁出头的何娜说不羡慕艾希是假的，毕竟在这圈子里谁都想名利双收，但她也很清楚这圈子里的规则，无论你爬到多高，拥有多少人脉，拥有多少名气，都不要过于高估自己，在权力和资本的面前，其实任何人都只不过是蝼蚁。

慈善宴会上的骚动很快恢复平静，尽管朱曦羽说自己不是故意的，但只要调下监控就知道得一清二楚。不过白丽莎没有这么做，因为她不想破坏今晚的主题。

艾希换上一套红色的斜肩晚礼服回到宴会厅时，比走红毯时还要更加夺目。

女魔头白丽莎带着她走到事先安排好的席位上，刚才英雄救美的男士也坐在旁边。

"艾希，这就是我想给你引荐的陆奇洲先生。"白丽莎介绍道。

艾希看向陆奇洲，一位身材高大，外貌英俊的男人。

艾希在娱乐圈这几年，见到的帅哥无数，但眼前这个男人是她认为初次见面最有感觉的一位。可能是他刚才的英雄救美的行为起到了一定作用吧。

"艾希。"艾希大方地伸出手。

"陆奇洲。"陆奇洲微笑地握住艾希的手，彼此的眼睛对视着，眼底散发着与平时不一样的光芒。

"谢谢你的衣服。"艾希之后将衣服还给他，还不忘致谢一番。

女魔头白丽莎见此，嘴角露出识趣的笑容："陆总，艾希，你们聊，我去那边招呼一下。"

待白丽莎离开后，艾希和陆奇洲又对视了一眼，陆奇洲主动开口：“对艾希小姐仰慕已久，今日见到本人，果然是不可方物，作为你的影迷我也算是心愿达成了。”

这样恭维的话艾希听过太多了，刚才产生的好感，瞬间消失了一大半。

出于礼貌，艾希淡笑道：“谢谢。”

一句没有过多温度的谢谢，其实是一种疏离的态度。

陆奇洲从她的表情看出了变化，他目光落在艾希脖子上的那条红线，开口道：“真实就是一种美丽。”

艾希闻言怔了下，这话特别耳熟，她在下午化妆的时候跟许童说过。

艾希看着他：“这话什么意思？”

陆奇洲勾唇：“称赞你。”

艾希笑道：“恐怕不只是称赞的意思吧？”

陆奇洲挑眉：“我喜欢你的小心机，当然我也希望尽快抓住凶手，予以惩戒。”

艾希闻言，嫣然一笑，面对透视她的小心机还如此直白说出来的人，她还是刮目相看的：“陆总从事的行业是……”

“金融。”陆奇洲笑着回道。

“金融？能具体一点吗？”艾希笑问。

“投资，任何投资。”

艾希懂了：“原来是金主爸爸。”

陆奇洲笑道：“爸爸？本人尚未婚育。”

艾希笑了，这人有点意思：“陆总，准备进军娱乐行业？”

陆奇洲笑回：“一直都在圈内。”

艾希也笑着回道：“我有眼不识泰山了。”

陆奇洲笑着，艾希再次伸出手说：“面对金主爸爸必须狗腿一下，还请陆总多多关照。”

陆奇洲笑着握住她的手。

艾希的手不似其他女明星那般柔软嫩滑，手心长茧，带着一丝粗糙感，这是常年拍各种武打戏所造成的。艾希一点都不嫌弃自己这双手，因为这是她努力工作的见证。但被陆奇洲握住的时候，她竟然有一丝羞怯。

这是她从未有过的感觉，特别的新奇，特别的微妙，她想要抽手的时候，却被陆奇洲握住不放。

艾希见此，看着他的眼睛，陆奇洲也看着她，似乎有一团星星之火在彼此的眼底点燃。

两个小时后，慈善晚宴圆满结束，艾希捐赠了一套价值不菲的珠宝，被人高价买走，陆奇洲也拍了几件明星的珠宝藏品，这些钱将会以慈善的形式帮助一些需要帮助的人。

晚宴结束后，陆奇洲送艾希回到她的大房子门口。

“谢谢陆总送我回家。”艾希走下车后，对着为她开门的陆奇洲致谢。

陆奇洲勾唇回道：“送你是我的荣幸。”

艾希看着他，笑道：“晚安。”

陆奇洲微微点头道：“晚安。”

而当艾希掠过他的身体准备进去的时候，手腕却被陆奇洲抓住。

艾希回过头看了下陆奇洲的手，然后视线移到他的脸上，问道：“陆总，还有事？”

“有。”说完，他一把将艾希拖进怀中，低头吻住了她。

对于陆奇洲突如其来的亲吻，艾希似乎没有特别意外，因为两人在今晚的慈善晚宴相谈甚欢，一见如故。刚才一路回来的时候，与他并排坐着的艾希觉得自己的心跳跟平时很不一样。不过她没有主动，内心却带着一丝期许，没想到陆奇洲将她的期许直接化为了现实。

在拍戏的时候艾希有过不少吻戏，有激烈的，有温柔的，也有蜻蜓点水的，但像此刻这么心动的还是第一次。她的手攀附在陆奇洲的脖子上，迎合着他的吻，两人都很投入，似乎完全不在乎艾希家门口的天眼监控。

一吻作罢，陆奇洲的手揽着艾希的腰，艾希的手搭在他的肩膀上，彼此的目光在空气中交织。

“做我女朋友。”陆奇洲很直白地开口。

艾希闻言，嫣然一笑：“我拒绝！”

陆奇洲似乎并不意外，嘴角含笑道：“我想知道拒绝的理由。”

“你不知道我的传闻吗？”艾希笑问。

“什么传闻？”

艾希看他的表情，感觉是明知故问，不由得直接道：“金主传闻。”

“原来如此，我不介意。”陆奇洲坦然道。

艾希看着她，眼底透着欣赏，搭在他肩膀上的手，轻轻滑至他的胸口：“真不介意？”

陆奇洲微微点头：“传闻未必是真的。”

艾希笑：“要是真的呢？”

陆奇洲也笑：“倘若是真的，在我刚才吻你的时候，你肯定直接将我推开了。”

艾希看着他，笑了笑说：“倘若我是水性杨花之人呢？”

陆奇洲伸手摸了摸艾希的脸，麦色的肌肤细腻润滑：“就算如此，我也不亏，因为你是艾希。”

艾希听后，笑出声来：“有意思。”

“那我就当你答应了。”陆奇洲道。

艾希看着他，嫣笑一声：“我考虑考虑。”

陆奇洲揽着她纤腰的手紧了几分，随后在她耳边低语：“我知道你对我有感觉。”

艾希闻言，仰起头看他：“你对自己的魅力一向这么自信吗？”

陆奇洲点头，语气非常地自信：“是！”

自信的男人身上通常充满了令女人无法拒绝的光芒，艾希说：

“不怕天天跟我上头条？”

陆奇洲听后，目光看向艾希家门口的天眼摄像头，开口道：“此刻应该已经上头条了。”

艾希笑了：“既然如此，那我岂能辜负你对我的爱慕？”

陆奇洲笑道：“答应了？”

艾希笑着点头：“今晚你英雄救美，我决定以身相许。”说完踮起脚尖主动吻上了陆奇洲的唇。

见艾希主动，陆奇洲自然更加迎合，抱着她站在车旁深情拥吻。

今晚的艾希是有点冲动了，但她一点都不后悔。不都说她有金主吗？那么从今天起，她就宣布她的金主是陆奇洲。

这也是对那个不知是人是鬼的背后金主的一种挑衅。

因为她想知道他到底是谁！

艾希从浴室出来时，许童刚好来电。

艾希接了起来：“艾希，今晚的绯闻，是你故意制造的吧？”

艾希闻言，也不隐瞒：“是，故意的！不过不是绯闻，而是正式宣布男朋友的存在。”

许童有些吃惊：“男朋友？你跟这个男人不是才刚认识吗？”

“一见钟情不行吗？”艾希反问。

许童闻言，没有反对：“可以，不过有些意外。”

“爱情本身就是个意外。”艾希回道。

见艾希把这次的遇见定义为爱情，许童虽担心，但也不好明着反驳，叹了一句：“真是一波未平一波又起。”

“有热度不好吗？”艾希再次反问。

作为经纪人的许童对这样的回答几乎无法反驳，只好说道：“我让杰米去深查下陆奇洲的背景。”

艾希回道：“我已经让杰米查过了。”

“查过了？什么背景？”

“可以当金主的背景。”

许童闻言：“信息真实可靠吗？”

“女魔头亲自引荐的人，背景肯定假不了。”艾希回道。

许童自然知道女魔头白丽莎的能耐，一般的人她肯定不会搭理，所以凡是出现在她身边的人，几乎非富即贵。不过见艾希举止反常，许童还是很担心地说：“艾希，是我失职，你那天肯定受惊了，明天帮你约心理医生。”

“不用，我没事。”艾希回道。

关于艾希的热搜就跟暴雨来临之前的海边一样，一浪接着一浪，没有停歇下来的节奏，反而呈现更为猛烈的态势。尤其是公然和男人在家门口亲吻的报道，热度持续不减。

艾希有金主一说虽然一直有流传，但艾希一直自称单身，而且从未在任何一个场合下与任何男人有过超出工作关系的亲密之举。这个报道一出来，很多人自然以为这个男人便是神秘的背后金主。

而这样的局面是艾希乐意看到的，倘若真有背后的金主，那么看到这样的报道肯定会不淡定。现在的艾希就等着这个传说中的 L 先生现身。

但一个晚上过去了，艾希却没有接到任何陌生人的信息和来电。

艾希穿着睡袍，顶着蓬松的头发下楼。

奇奇已经准备好早餐，艾希走到餐厅，拉开椅子坐了下来。

“果汁，还是牛奶？”奇奇询问艾希。

“牛奶。”艾希应道。

奇奇给艾希倒了一杯温牛奶，艾希接过来喝了两口放下，随后一边翻阅新闻一边吃着早餐。

这时门铃响起，怪怪去开门。

陆奇洲站着门口，手里捧着一束玫瑰花，怪怪开了门。

“谁？”艾希喝了一口牛奶，放下杯子问道。

“昨晚跟你一起回来的男士。”怪怪回道。

艾希闻言，眉头微蹙，不过很快又展开，没过一会儿，陆奇洲出现在艾希的面前。

艾希依旧坐在客厅，眼睛直视着他：“你怎么来了？”

“来跟你一起吃早餐。”陆奇洲似乎一点都不跟艾希见外。

艾希淡笑：“坐吧，奇奇再去准备一份早餐。”

奇奇去准备早餐，陆奇洲走了过来，将手中的玫瑰递给艾希。

艾希接过之后闻了闻，芳香扑鼻沁人心脾：“谢谢！”

陆奇洲拉开椅子坐了下来，眼睛直视着坐在对面的艾希，说：“昨晚睡得好吗？”

艾希的目光从手中的花移到了陆奇洲的脸上，反问道：“你呢？”

“我先问你的。”陆奇洲笑着说。

“还好。”艾希回了两个字。

“我失眠了。”

艾希看着他，眸光闪过一抹担心：“你被人袭击了？”

昨晚的举动，艾希有任性的冲动，同时也有利用陆奇洲的成分，为此她有些担心，有些自责。

陆奇洲笑看着艾希，说：“没有，我家的安全系统很牢固。我昨晚是因你而失眠。”

提到昨晚，艾希的脸色微变，泛起一丝淡淡的红晕：“没有就好。”

“你担心我？”陆奇洲见此，笑着问道。

艾希的目光再次看向他，说：“我正处于舆论的漩涡之中，以及危险的境地之中，却把你拖了进来，你不怕吗？”

陆奇洲笑了：“既然已经成了你的男朋友，那么以后保护你的工作就由我代劳。”

艾希闻言，笑了起来：“保护我？”

陆奇洲点头，艾希接着道：“不必，我有自己的安保团队，不过昨晚的事我必须跟你致歉，我其实利用了你。”

面对如此坦白的艾希，陆奇洲的眼底露出一丝欣赏的光芒。

“利用我？是上头条吗？我昨晚说过，因为你是艾希，一切都是值得的。能被你利用，也是我的荣幸。”

艾希闻言笑了笑，目光看着陆奇洲说：“你这人思维好奇怪，被我利用，竟然不生气？”

陆奇洲勾唇：“我为什么要生气？和女朋友上头条不见得是坏事。”

“那要是坏事呢？”艾希凝视着他，“倘若靠近我，会给你带来危险，你怕不怕？”

陆奇洲笑了，随后深情地对艾希说道：“我愿与你风雨同舟。”

艾希听完之后嫣笑不已：“我怎么觉得像是在读偶像剧剧本啊。”

“偶像剧？有兴趣参演这类题材吗？”陆奇洲笑问。

艾希笑着摇头道：“兴趣不大。”

“想演的话，我让人给你量身打造一部。”陆奇洲看着她笑道。

艾希听后，笑看着陆奇洲：“真不愧霸道总裁。”

“看来我的个人信息你都了解过了，那我就不多解释了。”陆奇洲的眼睛闪着光泽。

“完全真实吗？”艾希听后，笑问一句。

陆奇洲坦然道：“百分之九十吧。”

“剩余的百分之十，能否解释一下？”艾希道。

“不能。”陆奇洲回了两个字。

艾希眉头上扬：“为何？”

“保留一点神秘，才会让你产生好奇。”陆奇洲笑着回道。

艾希微微点头，表示认可他的说法：“那就不问了，至于我的个人信息，想必你也很了解。”

陆奇洲点头：“目前只了解表面的，但从现在开始我想对你进行深入了解。”

“深入了解？”艾希挑眉。

“昨晚只是我们相识的开始，从今天起，我想对你的方方面面都进行了解。”陆奇洲嘴角的笑容有些意味深长。

艾希虽有些羞涩，但直视着他："你真不怕我另有金主？"

陆奇洲迎着她的目光，语气自信、从容道："你是我的女朋友，从今以后，你由我来保护。"

面对男友力爆棚的陆奇洲，艾希笑了笑："越来越有偶像剧的感觉了。"

"不喜欢吗？"

"谈不上喜欢，也谈不上不喜欢，只是还不适应罢了。"艾希诚实地说出自己真实的感受。

"那就慢慢适应。"

艾希看着对面的他，心里在想，昨晚招惹了他，是好事，还是坏事呢？

这时奇奇端着一份刚做好的早餐过来，放在了陆奇洲的面前说："先生，请慢用。"

那是一碗蔬菜粥，艾希看他拿起汤勺的时候，开口道："奇奇的资料库里只有我的餐饮喜好，所以不知道这早餐合不合你的胃口。"

陆奇洲尝了一口粥，点头道："味道不错，对我胃口。"

"那就好，请便。"

陆奇洲看着艾希的餐盘，说："不过比起粥，我更想吃你盘里的三明治。"

艾希低头看着自己面前的餐盘，里面的三明治已经咬了好几口，所剩不多，说道："我吃过的。"

"我不介意。"

艾希闻言，笑看着陆奇洲回了一句："可我介意！"

"我们接过吻，还介意这间接接吻吗？"

出于待客的礼貌，艾希自然是不想将自己盘中剩下的三明治给陆奇洲吃的，于是道："你要想吃三明治，我叫奇奇给你做一份。"

"不用，你这份就好。"

艾希见此，看了下陆奇洲，随后将自己面前的餐盘推了过去，顺带说一句："你有吃别人剩饭的癖好？"

陆奇洲笑："没有，除你之外。"

艾希的眼眸微闪："除我之外？"

陆奇洲点头："唯一。"

艾希闻言笑了笑，说："我虽然没有追问前任的想法，不过听你说唯一，让我觉得你似乎不是那么靠谱。"

陆奇洲笑说："我很专情的。"

艾希耸肩道："不得而知。"

"慢慢你就知道了。"

刚好奇奇走了过来，手里拿着一个花瓶，里面插着陆奇洲送的花，对艾希道："艾希，这花放哪？"

艾希看了下奇奇手中的花瓶，淡笑道："放我房间吧。"

奇奇听令之后，便拿着花瓶上楼了，陆奇洲看着奇奇的背影，问艾希："她叫奇奇，那他呢？"说完指了指院子里修剪花草的怪怪。

"怪怪。"艾希介绍了一下怪怪。

"乖乖？"陆奇洲重复道。

见他误读，艾希开口道："我的国语不至于这么不标准吧，怪怪，奇怪，奇奇怪怪！"

陆奇洲秒懂，随后笑道："你取名字挺特别的。"

艾希随后解释："以前养过一只猫咪就叫奇奇，把奇奇买回来后就顺口叫上了，怪怪是她丈夫，他们是一对。"

"那只猫咪呢？"陆奇洲边吃边问。

提及这事，艾希眼眸暗淡下来，嘴里吐出两字："死了。"

陆奇洲听后，抱歉道："抱歉，提及你的伤心事。"

艾希瞬间收起情绪，目光看向陆奇洲："事情过去蛮久了，也差不多放下了。"

陆奇洲凝视着她："其实也没完全放下，你把那份感情寄托在奇奇身上了。"

艾希听后怔了下，随后微微点头道："算吧，怪怪没加入这个家庭之前，一直都是奇奇陪着我。"

"以后，有我陪着你。"陆奇洲顺着她的话接到。

艾希看着陆奇洲，缓缓张口："我们……进展似乎太快了点，容我消化消化。"

陆奇洲笑着看向艾希："只是亲吻而已，不算太快。"

艾希闻言，跟他凝视了几秒，也笑了起来。

尽管艾希跟陆奇洲坦白自己与他交往带着目的性，但一个愿打一个愿挨。陆奇洲能接受这样的她，她也没理由拒绝。

陆奇洲与艾希吃完早餐之后便离开了，不过在他离开时艾希叮嘱他注意安全，而陆奇洲对她的关心表示很开心，两人似乎开始进入情侣之间的角色。

之后艾希没有出门，她拿着一本书到院子里的藤椅上坐了下来，慢慢地翻阅。身下的藤椅在现在这个科技高度发达的年代来说，可以说是古董，但也算是一种时尚。至于手中的书，也是奢侈品。现在获取信息和知识的渠道，百分之九十都来自于互联网。几十年前有了电子阅读，以及网络听书，捧在手中的纸书发行量就开始变得越来越少，以至于发展到后面出版书籍的价格也越来越高，如今成了一种奢侈品。不过现在的阅读更为先进，有了视觉阅读，把枯燥的知识转化成全息影像，让人更加直观地吸收知识，阅读小说之类的闲书时，可以直接将自己脑海中想象出来的每个主角形象具象化，犹如看一部电影或电视剧一样。所以对影视行业也是一种冲击和挑战，不过关于艺术类的行业，在任何时候都不会被磨灭，毕竟这跟人类的精神和思想有关。

艾希手中拿着的书，不是小说，而是一本分子生物学的书籍。对于一般人而言，是比较枯燥的工具书，艾希却看得津津有味。艾希有时候在想，自己上辈子也许是科学家，这辈子才会对这些书籍这么感兴趣。

刚翻了几十页，电话就进来了。

艾希放下手中的书，点开了全息影像，是许童的来电。

“艾希，有份邀约我替你接下了。”许童道。

“我不是说过，最近把工作暂时停一下吗？”艾希回道。

“知道，不过这份邀约是女魔头白丽莎的。”许童道。

“什么邀约？”艾希淡淡地问道。

“捐献活动。”许童道，“昨晚的慈善拍卖所筹集的善款，将一次性捐献给反基因工会，邀请你一起出席这个活动。”许童大致将邀约的内容告诉艾希。

艾希最近风头正盛，又亲身遇到基因被盗的刑事事件，女魔头自然觉得艾希是最好的人选。

艾希应了一句：“可以，我出席。”

许童嘴角微扬，在汇报之前她就笃定自己的决策一定会被艾希采纳，她接着汇报另外一件事：“关于你的绯闻，有很多媒体来电询问，工作室的决策是不予回应。”

艾希听后，开口道：“直接回应，就说我有男朋友了。”

全息影像中的许童听到这个回答之后，眼睛眨了几下：“你是认真的吗？”

艾希点头：“按我的意思去做。”

“好，不过我个人建议，你还是慎重一点为好。”许童道。

艾希笑道：“入行这么多年我一直都是工作工作，突然很想谈个恋爱放松一下。”

许童跟随艾希多年，很了解她的个性和想法，于是道：“你是想逼出背后那个人吧？”

艾希闻言，眼睛看着全息影像里的许童开口道：“还是你懂我！”

许童伸手扶了下眼镜，随后一脸郑重地对艾希道：“艾希，你这样让我很担心。”

艾希的眸光泛着一丝无助和迷茫，说道：“谢谢你为我担心，不过不揪出那个人，我肯定会寝食难安的，这两天在我身上发生的事，明显是冲着那个人的，我想知道他是谁。”

“可你这样的做法等于以身犯险，甚至还有可能让那个陆先生也陷入危险。”

“我跟他坦白了，他接受了一切。”

许童听后，回道：“那位陆先生可能是被美色冲昏了头吧。”

艾希嘴角微扯：“你这是在夸我，还是在骂我？”

许童意识到自己的话不妥，连忙找补：“当然是在夸你，你的魅力无人能挡。”

“去发公告，说我恋爱了。”

许童知道艾希决定的事，一般难以再说服她，只能按她的要求执行，于是道：“知道了！我去通知公关部。”

艾希正要挂断电话，许童接着道：“又收到好几个电影剧本，有两个故事不错，已经发到你邮箱了，你有空看看。”

艾希闻言，秀眉微蹙：“许童你还真是……敬业啊！”

后面的敬业两字，艾希明显是咬着牙说的，可以感受到她语气中一丝抗议的情愫。

许童笑道：“谢谢老板夸奖！”

艾希回道：“我怎么一直觉得你才是我的老板？”

许童又说：“知道你最近烦心事多，想休息一下，我也没给你接其他工作，不过那两个剧本是真的不错，相信你会喜欢的。”

艾希早已习惯了许童的工作方式，她的建议通常都是很好的，艾希能有今天，许童也是功不可没。她的个人能力和毅力是一码事，但团队操作起到至关重要的作用。

“我抽空看看。”艾希妥协了。

许童冲着艾希笑了笑：“那我不打扰你休息了！”

艾希追问一句：“捐赠仪式什么时候举行？”

“下周一上午。”

艾希点头，说了一句："白莹的追悼仪式好像也在下周一。"

"是的，你要参加吗？"

艾希毫不犹豫："参加吧。"

白莹虽然不是她杀的，却跟她有关，有种我未杀伯仁，但伯仁因我而死的感觉。

"时间有些冲突了。"

"我们早上早点过去，参加完追悼仪式再去参加捐赠仪式。"

"好，周末帮你预约了美容哦。"

周末艾希去做美容的时候，让人保养了一下手。注射进基因剂之后，原本带着老茧的手掌，瞬间变得柔嫩红润起来。

许童见此，笑了笑："看来你是真的恋爱了！"

艾希看了下许童："什么意思？"

许童笑说："你以前根本不在乎这些，那个陆先生的出现让你有了一丝丝的改变。"

艾希闻言，长长的睫毛扑闪了几下："是吗？"

"难道不是因为他吗？"

艾希细想一下，确实有那么一点关联，上次被陆奇洲握住手，她竟然有点羞怯，今天晚上她跟陆奇洲有约会，所以潜意识做出了这个举动。

艾希看着自己的手掌，淡淡一笑："爱情还真是带着一股魔力。"

许童道："确实，爱情一直带着一股魔力。"

艾希看了下许童，微微挑眉："这是你的经验之谈？"

许童笑："算吧。"

傍晚，陆奇洲如约而至，驱车来接艾希到了离市区五十公里外的僻静山庄里的中餐厅用餐。

中餐厅非常雅致，古典风扑面而来，侍者引着他们去包厢。艾希一路看着包厢名称过来，冬藏、秋实、夏收，最后在名字为春华的包厢门口停下了脚步。

侍者引着他们进去，左边是茶室，右边是餐桌，整体的布置无论是墙上的画，还是桌上的花，都带着春天的气息。

一进门就闻到淡淡的茶香，等入座之后，艾希嘴角微扬看着对面的陆奇洲，说：“你的品位蛮古典的。”

陆奇洲勾唇，伸手拿过茶壶，开始沏茶，行云流水的动作，一看就是喜欢品茶的人士。

陆奇洲倒了一杯茶，递到艾希的面前，茶香四溢，沁人心脾。

艾希品了一口，缓缓放下茶杯，赞道：“好茶！”

陆奇洲嘴角微扬：“怎么好？”

“汤色橙黄，香气馥郁，隐隐带有兰花香。如果没有猜错的话，这应该是极为难得的大红袍。”

陆奇洲闻言，深邃的眼睛泛着一抹亮色：“行家！”

艾希淡笑道：“我代言过其中一个牌子的大红袍，不过这茶应该比我代言的更好。”

陆奇洲笑道：“喜欢的话，带些回去。”

这些年科技不断的进步，工农业都前所未有的发达，但大自然中天然而生的植物却越来越稀少，所以越发的物以稀为贵。

“这茶可价值不菲。”艾希道。

“不菲也是有价的。”陆奇洲回道。

“你对人出手一向这么阔绰吗？”

“我平时对人还算慷慨吧，至于对女朋友，我的就是她的，不分彼此。”陆奇洲笑道。

艾希闻言笑了起来：“这是一掷千金为红颜？”

“只为红颜倾心笑！”

艾希笑了：“我们这是在对诗吗？”

陆奇洲也笑了：“你要喜欢诗的话，吃完饭带你去个地方。”

“什么地方？”

“先吃饭。”

艾希笑看着陆奇洲：“看样子，你的恋爱经验还挺丰富的。”

陆奇洲笑问：“何以见得？”

“懂得如何将人的好奇心勾起来。”艾希回道。

陆奇洲听后，嘴角的笑容十分的灿烂：“经验谈不上丰富，但并非菜鸟。”

艾希见其坦白，多问了一句：“之前有过几个女友？”

“一个。”陆奇洲说这句话的时候，眼睛直接与艾希对视。

艾希微微点头，直接见好就收：“挺好的。”

“我是你第几个男友？”陆奇洲看着艾希问道。

艾希看着陆奇洲，对于这个问题，她有些犹豫，因为她的感情史里有一个犹如幽灵般存在的神秘金主。

“肯定不是第一个。”艾希笑道。

陆奇洲听后，也笑了起来：“但我会是最后一个！”

艾希眉头微微上扬：“这么自信？”

“嗯。”

“我喜欢自信的男人。”

“我喜欢你。”

面对陆奇洲如此直接的告白，艾希还是有那么一丝心动的。演员是个感情丰富的职业，时常面对不同的俊男美女，在合作中免不了擦出各种火花。但对于眼前的陆奇洲，此刻的心动还真有些特别。

两人四目相对之时，服务员敲门而入，开始上菜了，于是艾希和陆奇洲一并起身挪至餐桌。

桌上已经上了几道菜，摆盘非常精致，香气四溢，让人忍不住拿起筷子一尝味道。

艾希尝过之后，赞赏不已：“味道很棒！”说完，再次拿起筷子夹菜。

陆奇洲看着艾希胃口十足的样子，眼底充满了宠溺：“小吃货。”

艾希愣了下，目光看向陆奇洲：“你叫我什么？”

“小吃货。”陆奇洲的眼睛里依旧充满了宠溺。

面对这样一双眼睛，艾希有些不敢与其对视，因为一不留神就让人沉沦了。不过说来也奇怪，听陆奇洲称呼自己为小吃货，艾希竟然一点都不抗拒，甚至有那么一丝似曾相识的感觉。

艾希笑了笑：“吃货这个词，挺久远的，不过形容我倒也贴切。”

陆奇洲嘴角漾着笑意：“自我认知很明确。”

艾希点头道：“经常在外面拍戏，吃过很多国家的美食，但我还是最喜欢家乡菜。”

艾希在拍片的时候，经常在各个国家奔走，尝过很多很多的美食，但是最终还是喜欢吃中餐。有人说这是饮食习惯，也有人说这是基因定论。不过不管是什么论调，味蕾其实就跟乡音一样。不管时间过了多久，它还是会残留那一丝记忆，让人魂牵梦绕。

“除了中餐，最喜欢哪个国家的美食？”陆奇洲就着这个话题聊了下去。

“日料。法餐也还行。”艾希道。

有段时间艾希特别喜欢吃日料，但时间久了，还是会想着吃点麻的辣的，煎的炒的食物。

“看来我们的口味很是一致。”陆奇洲道。

艾希嘴角含笑，眉头微扬，没等她接话，服务员又上了一道菜，是一条鱼。

不过这条鱼，不像是一道菜，感觉更像是一个艺术品。

科技发达之后，解放了很多劳动力，当然也可以说让很多人下岗了，所以为了生存，国内在很多领域开始追求品质的概念。其中让艾希最为骄傲的便是中餐产生了质的改变。

本身中餐一直受全球各地人民的喜爱，品质和服务提升之后成了高端料理，更是席卷全球。

“这道菜，让我舍不得下筷子了。”艾希道。

陆奇洲笑道：“我给你夹。”说完，筷子伸了过去。

艾希见此，说道：“你这是破坏艺术！”

陆奇洲笑道：“食物最大的艺术性，就是让人果腹。”

艾希看了下陆奇洲：“这话，我似乎没法反驳！”

于是，也拿起了筷子，夹了一块鱼肉。

尝过之后，艾希连连点头：“味道真棒，这家店我以后肯定会经常光顾的。”

陆奇洲笑道：“你要是没时间来，可以让主厨去你家上门服务。”

“可以吗？”艾希眼睛里透着惊喜之色。

在进门之前，她大致了解了这家餐厅的背景。虽然只经营几十年，算不上老字号，但主厨是一个具有匠心之人，短短几十年将这家餐厅经营成米其林星级餐厅。来这吃饭的人，必须提前半年时间预约。

不过想起预约的问题，艾希不由得问了一句：“这家餐厅跟你有什么内在联系吗？”

“股东。”陆奇洲回了两字。

艾希听后，了然地点了点头：“原来如此！”

吃完晚餐，陆奇洲带艾希去了一个地方。

到地之后，看到牌匾上用草书写的两个字——悦读。

艾希不由得侧脸看向旁边的陆奇洲，说：“你跟踪过我？”

陆奇洲勾唇一笑：“何出此言？”

“不然你怎么知道这个地方？”

“你常来这吗？我怎么从没遇见过你？”

艾希看着陆奇洲，疑惑地说：“我也从没在这遇见过你。”

陆奇洲笑了：“我保证没有跟踪过你，不过由此看来，我们已经有了爱好的重合点，以后会是一对灵魂契合的情侣。”

艾希淡笑不言。

悦读，是一个图书馆。面积不到五百平方米，该图书馆的特色便是经营纸质书籍的销售，以及读书。图书馆单独辟出一处，设置为读书专区，每天都会有朗读名家，来这跟喜欢书籍的人一起阅读。

在智能时代，个别行业的返璞归真，很容易成为一种小众的高端审美。在艾希没拍戏的时候，偶尔就会来这买书，要是刚好遇到感兴趣的声音，便会坐下来与大家一起享受朗读的魅力。

图书馆的门口摆放着一个黑白布告栏，上面写着今晚朗读会的内容：与席慕蓉的浪漫之约。

看完布告栏，两人一起走进图书馆，一排排书架摆放着一摞摞的书籍，空气飘荡着油墨香，艾希喜欢这个味道。此刻已经临近九点，图书馆的客人明显不多。右边角落的读书专区倒是坐了不少人。

“我们进去听听？”陆奇洲走到艾希身旁，轻声道。

艾希点头，跟陆奇洲走到读书专区，越过纳米透明隔音光墙来到后面。晚上的诗歌分享会，已经临近尾声，两人在最后一排坐了下来。

接着，低沉如琴的男声传入耳中——

如何让你遇见我
在我最美丽的时刻
为这
我已在佛前求了五百年
求它让我们结一段尘缘
佛于是把我化作一棵树
长在你必经的路旁
阳光下慎重地开满了花
朵朵都是我前世的盼望
当你走近
请你细听
颤抖的叶是我等待的热情
而你终于无视地走过

在你身后落了一地的
朋友啊那不是花瓣
是我凋零的心

艾希知道这首诗，但却是第一次听现场朗读版，有人说诗歌写出来只是完成一半，读出来又是完成另一半。眼前的朗读者，俨然将这首诗歌完整地演绎了出来。这是一首抒情诗，作者通过描写一棵开花的树来表达对自然的感悟。但经年之后，似乎很多人将它解读成一首爱情诗。

无论哪种解读，听完这首诗歌，内心仍会被深深地触动。

读书专区响起阵阵掌声，艾希和陆奇洲也跟着鼓掌。而周边的聆听者也发现了艾希，与台上朗读的老师致谢完后，艾希便被大家团团围住。

当然大家也发现了艾希旁边站着的男人，便是她最新公布的男友陆奇洲，于是两人当起了拍照的背景板。

满足大家的合影要求之后，艾希也去买了一本席慕蓉的诗集。

陆奇洲主动买单，之后和艾希并肩走出图书馆。

今晚的月光很迷人，站在路边等车的两人身影被拉得很长。

陆奇洲看着身旁的艾希道：“今晚过了一把名人的瘾。”

艾希知道陆奇洲所指，问了一句：“不忌讳吗？”

陆奇洲勾唇：“跟你在一起，做什么我都愿意。”

艾希闻言，嫣然一笑，随后转移话题：“你喜欢刚才朗读的那首诗吗？”

陆奇洲听后，目光灼灼地看着被月色笼罩的艾希，缓缓开口道：“比起席慕蓉写的《一颗开花的树》，此时此刻我似乎更喜欢余光中的《绝色》。”

艾希看着他，一脸好奇。

而陆奇洲低沉着嗓音念起了诗来——

若逢新雪初霁，满月当空
下面平铺着皓影
上面流转着亮银
而你带笑地向我步来
月色与雪色之间
你是第三种绝色

艾希听后，清澈的眼睛闪着一抹光芒，不得不说陆奇洲的声音十分好听，倘若他去当朗读者，艾希可能会成为他的声音粉。

“余光中的《绝色》，情诗？”艾希询问道。

陆奇洲点头：“可以当成情诗去解读。”

“没想到你对诗这么有研究。”艾希笑道。

陆奇洲笑看着艾希：“此情此景，唯有这首诗最为贴切。”

艾希嫣然笑道：“今晚月色是有，但雪色残缺，所以我算不上第三种绝色。”

陆奇洲闻言，深邃的眼眸看着艾希：“在我眼里，你就是绝色。”

艾希淡淡一笑，没有回应，每每他如此深情地看着自己，她心里都不免产生一丝异样，说实话她并不反感，但似乎也没法彻底接受。

刚好车子停在他们面前，艾希移开目光，转移话题：“我们回去吧。”

陆奇洲绅士地给她开门，艾希坐了上去，陆奇洲关上门后，走到另外一侧上车。

车子接受指令之后，直接开往艾希的家。

沿路灯红酒绿，白日的喧嚣俨然褪去，黑夜的狂欢正在进行。

艾希正视前方，看着沿街的车辆和人群，突然手心一暖，她侧脸看向身旁的陆奇洲。

此刻的他，正握住她的手，目光与她对视。

“你的手好凉。”陆奇洲道。

艾希的眼睛落在他的手上，呐呐地回道：“还好吧。”

陆奇洲闻言，大手稍稍握紧她的手，那份暖意更加明显。

肢体接触对于演员来说，并不陌生，在工作的时候并不觉得别扭，但此时此刻艾希的身体变得有些僵直。可能是陆奇洲的牵手有点突如其来，但话说回来，两人都已经接过吻了，此时这样的反应，未免有些矫情了。于是，艾希让自己放松了下来。

陆奇洲握住艾希几秒后，说道：“今天的手感有点不一样。”

艾希愣了下，随后坦白道：“去做了保养。”

陆奇洲勾唇笑道：“这算是女为悦己者容吗？”

艾希听后，淡淡一笑：“这个己，不是别人，是自己。”

陆奇洲嘴角笑意浓了几分：“是吗？”

艾希看了下陆奇洲，抿了下唇，其实当手被陆奇洲握住的时候，艾希的心跳明显加速，这比她在演戏时做危险动作还要刺激一些。

陆奇洲笑道：“嘴硬。”

艾希看向陆奇洲的眼神有点躲闪，心虚道：“不然呢？”

陆奇洲嘴角微扬，随后他的脸直接靠了过来，艾希下意识地往后靠，长长的睫毛像蝴蝶扇动着翅膀一样闪了几下，随后被一片阴影笼罩。艾希本能地想推开他，但手腕却牢牢被陆奇洲握住了，顺势将她的身体贴向自己，下一秒陆奇洲直接吻上她的唇。

如果说第一次接吻是故意为之，那么这次似乎有些随心而动。

自从遇到陆奇洲之后，艾希感觉自己像是被他施了魔法一样，尤其是被他亲吻之后，似乎真的有了恋爱的感觉。

他的吻似乎有一种魔力，艾希迎合他的时候，内心隐隐觉得两人之间竟然是如此契合。一旦对方靠近自己，就有一股强大的吸引力，让自己深陷其中。

吻，从刚开始的温柔，慢慢地变得热情，到最后车内的空气都变得燥热起来。

当车子停在艾希家门口的时候，陆奇洲才缓缓地放开她，温热的气息扑在她脸上，此刻的艾希气息不稳，胸前起伏不已。

“舍不得你走。”陆奇洲捧着艾希的脸，温柔说道。

艾希看着他，低声道：“你是不是对我施了什么魔法？”

陆奇洲微怔：“哦？”

艾希轻笑：“以后再告诉你！”说完，她抽身离开。

陆奇洲拉住艾希的手：“我现在就想知道。”

艾希看着他，说：“你是一个爱情高手。”

“我给你这样的感觉？”

艾希点头。

陆奇洲一脸无奈，笑道：“我只是，情不自禁。”

“情不自禁？”艾希重复他的话。

陆奇洲点头：“难道你没有吗？”

艾希听完他的这句话，没有赞同，也没有反对。

从生物学角度来看，男女之间相互吸引，使其产生这种效应的便是所谓的爱情荷尔蒙。刚刚坠入爱河中的男女大脑会发出指令，使人体分泌出一种化学物质，研究人员称这种物质为爱情荷尔蒙，这种化学物质会令恋爱中的人相互吸引，但是它在人体内仅仅能够存在大约一年时间，有科学家认为，爱情荷尔蒙正是产生爱情的原因。

但是艾希没有忘记自己接受陆奇洲追求的重要原因，那就是引出那个背后的金主。可是不知为何，艾希有一种隐隐的预感，这或许是个错误的决定。因为她感觉自己可能会爱上眼前这个男人。

这是一个危险的信号。

在没有引出背后的金主之前，她得把持住自己的心。

回到家后，艾希看到客房的沙发上坐着一个女人正翘着二郎腿在看电影。

这个背影太熟悉了，是她的闺蜜卡卡，艾希不由得问道：“什么时候回国的？”

卡卡闻声，转过头看向艾希，笑嘻嘻地问：“约会回来了？”

艾希走到她的跟前，坐了下来：“什么时候回来的？”

“晚上刚到的，一回来就来看你，是不是很感动？”卡卡笑着看向艾希。

“感动没有，不过知道你肯定无事不登三宝殿。”艾希回道。

卡卡闻言，伸手拍了下艾希的肩膀：“还是你了解我，我下个月有个秀，你帮我站下台。”

卡卡是服装设计师，常年在法国，说不上大咖，但也小有名气。

“我最近休息，不想接活儿。”艾希一口回绝了。

卡卡闻言，直接挽住艾希的手说道：“艾希，别这样嘛，我这次的设计绝对出彩，你也一定会喜欢的……”

艾希侧脸看她，目光落在她穿的衣服上，非常朋克风，于是开口道：“我还是帮你推荐几个人吧。”

卡卡不肯：“不需要推荐，必须是你！”

艾希脸上带笑，站起身对奇奇说道：“奇奇，去准备一间客房。”

还没等奇奇回应，卡卡却抢先道：“别准备客房了，我跟你一起睡。好久没跟你同床共枕，今天要不要聊个通宵啊？”说完，卡卡也站了起来，将手搭在艾希的肩膀上，冲她抛了个媚眼。

艾希看了眼卡卡，没有改变自己的安排：“奇奇，去准备客房！”

奇奇自然是听从艾希的指令，去给卡卡准备客房。

不过卡卡不乐意了：“真是一个见色忘友的人啊！”

“说你自己吧！”艾希回了一句，说完往楼上走去。

卡卡跟在身后接道：“我不就放你两次鸽子吗？你记到现在！”

艾希回道：“你确定只有两次？”

卡卡是个恋爱大过天的女人，因为男朋友的事，艾希被放鸽子的次数绝对不止两次，最少也有两位数。艾希心里没多大计较，但嘴上还是怼几句。

卡卡一把挽住艾希的手臂，撒娇道：“对不起啦，你也知道我一恋爱就脑子糊涂，你大人有大量好不好！”

艾希瞥了她一眼：“去睡你的客房！”

“睡客房可以，不过待会儿一起泡温泉吧。”卡卡提议道。

这个提议，艾希倒是没拒绝。几分钟后，两个女人面对面地靠在温泉池的壁子上，享受着被泉水包裹全身的惬意。

头上戴着粉色发带的卡卡，看了下艾希，说道：“你那男朋友靠谱吗？”

闭着眼睛的艾希，听到这个问题，回了一句：“应该比你以往的男朋友靠谱一些吧。”

听到这么扎心的话，卡卡立马炸了：“要不要这么毒舌啊！”

艾希依旧闭着眼睛：“实话实说而已。”

卡卡看了下她，试探地问：“他就是那个传说中的金主？”

艾希瞬间睁开眼睛，卡卡明显感觉到了杀气，马上嬉笑道：“开玩笑的！别生气。”

艾希收敛了下眼睛里的杀气，说道：“我最近发生这么多事，你就不关心一下？”

卡卡也收起一脸的嬉笑，道：“你呢，一直就是个闷葫芦，有什么事都自己担着，看你这次突然交男朋友，我总感觉有些不对劲，因为你不是那么冲动的人，希希，你是不是得罪了什么人？”

卡卡不再吊儿郎当，而是一本正经地看着艾希，眼睛里闪烁着担心的光芒。

艾希看她那样，觉得自己刚才不该往这个话题上引，说道：“因为红，我得罪的人多了去了！”

卡卡不满道：“我跟你说的话是认真的！”

艾希笑着回道：“我也是认真的！”

卡卡拉下脸：“别笑！你领奖回来就被人污蔑成杀人嫌疑犯，接着家里又被人入侵，再接着你又公布恋情。希希，到底发生了什么事？”

艾希依旧笑了笑：“我也不知道发生了什么事。”

卡卡叹气道：“你就是这样，什么事都不说，什么事都藏在心里，这样的你，让我很担心！”

艾希凝视着卡卡，心里在想要不要跟她说自己记忆云丢失的事，以及那个金主确有其人。

温泉池里雾气升腾，对望的两人肤白如雪，配上日式的虚拟背景，宛如一幅画作一般。

几秒后，艾希将目光移开，伸手撩起温泉水往性感的脖颈上扑去：“你不会是因为担心我，特意跑回来的吧？”

卡卡看着她：“我确实很担心你！”

艾希顿时心暖，却回了一句：“这么说，下个月走秀的邀约只是借口？”

卡卡听后，连忙道：“这个邀约可不是借口，你一定要参加啊，等这秀走完，我陪你出去走走，上次你不是说想去阿拉斯加吗？我跟你一块去。”

艾希听到这番说辞，便知道卡卡现在是空窗期，不由得道：“是你陪我出去走走，还是我陪你出去走走啊？”

“我们之间还要计较这些吗？”卡卡回道。

艾希淡笑：“你这次分手的说辞是什么？”

卡卡一副被戳心的表情：“我可不是因为失恋才来找你的，我是真的担心你！”

艾希笑了：“不管如何，我都很开心，至少还有人担心我。”

“不只是我担心你，你身旁的很多人都是关心你的，还有你的亿万粉丝也都是关心你的！”

艾希看着卡卡，淡淡一笑：“走秀是真的没办法，我最近想闭关，哪都不想去。”

卡卡听后，没有像往常一样蹭过来央求加逼迫，而是看着艾希，笑笑说：“没办法就算了，我也知道你这半年一直忙得跟个陀螺一样，休息一阵也好，顺便谈个靠谱的恋爱。”

听完卡卡的话，艾希不由得揶揄一句：“怎么变得这么善解人意啦？”

“我一向如此啊，倒是你，心事太重了。”卡卡道。

艾希扯了下嘴角，说：“我可能是太累了。”

“所以你好好休息一阵吧。”卡卡道。

艾希点了点头说：“秀的事，我可以帮你推荐几个人。”

“行啦，这事我自己搞定！”

“真不需要我帮忙？”

卡卡看着她，叹了一句：“你又不是没帮过我，只是我个人天赋有限，在设计领域没有太多的才华可言，能混到现在这样，还不是托你的福。”

看着卡卡脸上晦涩的表情，艾希不由得安慰道：“这是我认识的你吗？竟然说这么丧气的话！”

卡卡露出一丝笑意：“只是认清自己而已。”

艾希看着卡卡，不知道怎么接她这句话，卡卡也不是完全没有设计天赋，只是在智能高度发达的时代，需要的创意都是精华中的精华。而卡卡的那些设计，没有太多惊艳点，但也不是没有可取之处，作为好友的她帮过她几次，也算是将她的招牌立了起来。

“成长是需要一个过程的，有些人属于天赋型，有些人属于努力型，你呢属于后者，但我相信你会通过自己的努力得到大家的认可，证实自己的实力的。”艾希安慰道。

卡卡听后，笑了起来：“艾希，你就是我精神导师！本来我对这次的秀没有太多的信心，但听你这么一说，就算发布之后会被人鄙视，被人吐槽，我还是为自己的作品感到骄傲的，因为它是我成长的见证。”

艾希笑了笑，其实她特别欣赏卡卡身上的一个优点，那便是乐观，于是说道：“知道我最喜欢你什么吗？”

“知道，我这是盲目自信，不像你，是真正的自信！”卡卡有自知之明地回道。

艾希笑道："你的心态就是最好的资本，这点我不如你！"

卡卡得意地扬眉："那倒是，我不像你什么事都自己扛，我要是承受不住，就直接拉你一起帮我扛！"

艾希笑出声来："我也没帮你扛什么呀。"

卡卡听后，回了一句："哎呦，感谢你的话，我是不会多说的，免得生分。"

艾希被逗笑，卡卡接着道："明天有什么安排吗？没安排的话，一起去看看我爸妈。"

艾希和卡卡从小就是同学，时常去对方家里蹭吃蹭喝，高中的时候艾希的爸妈因车祸去世，卡卡的爸妈直接接济了艾希，将她当女儿一样看待。等艾希进入演艺圈赚了钱，直接买了一套房子给卡卡的爸妈。二老不收，但艾希也没收回来，不拍戏的时候，也会时常去看望他们。

"后天吧，明天有点事。"

"不是没通告吗？"

艾希看了看对面的卡卡，说："明天要去参加白莹的追悼仪式，结束之后还有一个慈善的捐赠仪式。"

"白莹的追悼会？那个被害者？"

"嗯。"

"你好像跟她不熟吧？"卡卡对艾希的朋友关系网知道一二。

"虽然人不是我杀的，但还是有点关系。"艾希叹道。

卡卡看了下艾希，说："那个凶手到现在还没追查到吗？"

艾希摇头："警方那边还没下文。"

"怎么这么不得力啊？"卡卡吐槽道。

"这事有点复杂。"艾希道。

卡卡看看艾希，随后说道："要不，你最近还是搬到我家去住吧，由我爸妈照顾你，我也安心一些。"

艾希笑了笑：“我不是宝宝，还要劳烦你爸妈照顾，像什么话！”

“可是这里不安全。”卡卡一脸担心。

“已经加强安全措施了。”

“就算如此，我还是觉得我们家更安全，就是房子小了点。”卡卡道。

艾希看着卡卡，她的关心令她心暖，但她肯定不会搬到他爸妈家住，最近发生这些事，隐隐感觉不对劲，她不想给卡卡的爸妈带来不必要的危险，因为在艾希心里，两位长辈也如同父母。

“无关大小，你家永远都是最温暖的地方。”艾希道。

卡卡见此，知道自己说服不了艾希了，不由得说道：“那要不，让我爸妈过来陪你？”

艾希直接摇头：“别，你要真担心我，你自己搬过来陪我！”

她知道，这个提议卡卡是没法做到的，因为她喜欢国外的生活，而且最近又是她最忙的时候。

卡卡却说道：“这可是你亲口发出的邀请，等我忙完这阵子，就搬过来！”

艾希没想到卡卡不按常规套路出牌，问道：“你想回国住了？”

“在法国待了几年，腻了，想回来了。”卡卡诚恳地回道。

艾希笑道：“你不会是看上了某个男人，刚好他在国内，于是想搬回来吧？”

卡卡闻言，冲她撩了一手的温泉水：“真没意思，在你面前一点秘密都没有！”

艾希也泼了她一脸的水：“数风流人物，我就服你！”

第二天一早，身着一袭黑衣的艾希出现在白莹的追悼仪式上。

她的出现引起了小小的骚动，因为没人想到她会来。艾希走到礼堂门口，摘下墨镜，缓缓地走了进去，献上一朵花后，深深鞠了一躬，之后她缓缓抬起头，目光看向正中央被鲜花包围的照片。照片里的白莹笑得很灿烂，她的笑容犹如一抹温暖的阳光一般绚丽。

照片里的她跟工作中的她，完全就是两个精神状态，一个阳光，一个阴郁。

艾希跟白莹刚合作一部作品，影片中两人是敌对关系，艾希最后被她杀了，故事以悲情结束，相信上映的时候，很多人又会被这个故事所打动，也会再次喜爱上艾希。不过这次合作出了不少幺蛾子，白莹和艾希都是自我要求极高的演员，每一个画面都尽量做到极致，敬业精神让片场很多人深深佩服。两人虽然在作品里是对手，但私下交际特别少。不是艾希耍大牌，而是白莹几乎不主动和人交流，给人一种孤僻的感觉，而艾希在人际关系上，也不是属于主动型的，所以工作之外，两人也就是点头之交。

而在片场因为角色的问题，发生过多次两人意见不合的场面，当时的白莹一改平日里的寡言，特别激动，但最终导演还是尊重艾希的意见去执行拍摄。

其实在艾希眼里，这些争执一切都是为了作品，但是这事传到外面，衍生出很多版本。大致说艾希利用巨星的身份压制白莹，又因为两人私下交流甚少，被人解读为两人关系交恶。

片方出面澄清过，但是群众似乎不接受，艾希对此事也懒得解释，白莹那边也没站出来声明什么，于是这事愈演愈烈，片子算是未播先红，但艾希因此受到了很多黑粉攻击。公关团队准备出面处理时，当时圈内又发生了一件震惊全网的大事，于是艾希和白莹结梁子的事转眼就被人遗忘了。

杀青之后，两人就再也没见过面，艾希没想到，再次见面却是这样的场合。

虽然两人没有深交，但艾希第一次见到白莹本人的时候，便觉得她很漂亮，演技很好，为人也低调，就是性格有点古怪。而这么一个跟她交集不多的人，却死在借用自己的容貌和基因作案的罪犯手里。

面对此情此景，艾希的内心还是带着一丝歉意的，我未杀伯仁，伯仁却因我而死。

艾希在礼堂待了一会儿便很快离开了，因为外面的粉丝骚动了起来。

白莹的粉丝对艾希的到来并不买账，反而觉得是惺惺作态。即便凶手不是艾希，也跟艾希有着无法撇清的关系，于是粉丝在外面抗议了起来。

为了避免追悼仪式发生不必要的混乱，主持葬礼的人不得不让艾希先行离开。

在安保的护送下，艾希突破了粉丝的包围圈上了车，但在关上车门的那一刻，她的车身还是无法避免地挨了几个石子。

许童第一时间询问艾希："没被打到吧？"

艾希看了眼外面，淡淡道："没有，走吧。"

许童这才下了启动兼清洗的指令，车子缓缓地开出粉丝包围圈。

无论文明发展到何等地步，人的素质始终参差不齐，不少人用手拍艾希的车子，冲着里面大吼大叫。

外面看不见里面，但里面却对外面看得一清二楚，许童看着这些人，不由得说道："感觉此行不是很明智。"

艾希却不以为然道："粉丝激动也是出于对白莹的喜爱，挺正常的，换位思考一下，我的粉丝应该会更可怕。"

见艾希心态这么好，许童也放松些了，说："你的粉丝，估计得把车子直接拆了！"

关于这一点，艾希的心态真的很豁达，因为作为明星，粉丝是衣食父母，既享受着被他们追捧，也要承受着他们的诋毁。只要不越过个人的底线，艾希都不会太往心里去。而她目前的心里底线便是卡卡的父母，她不喜欢粉丝去骚扰卡卡的父母，还好她的粉丝都比较乖，没有去触及她的底线。

"所以看到他们为白莹如此激动，虽不理智，却又让人有一丝感动。"艾希道。

许童看了下艾希，说："你啊，就是太善良了！"

艾希也看了眼她，随后道："把化妆包给我。"

许童没敢耽搁，赶忙将化妆包递给艾希。赶到捐赠仪式现场还要不到半小时的车程，所以有点赶。

不过艾希很快搞定，换了一身白色西服套装，到了仪式现场，从车上下来的时候，一副帅气十足的模样呈现在大家的面前。

作为艾希多年的经纪人的许童，每次看到艾希穿西装出席活动的时候，总会忍不住多看她几眼，因为太帅了，让人芳心大动。所以在艾希的粉丝群里，女粉丝的占比差不多过半，大部分归功于艾希身上那抹男女通吃的英气。

艾希和女魔头白丽莎碰面，白丽莎的第一句话便是："头条完全被你承包了！"

艾希闻言，知道她上午去参加白莹的追悼仪式肯定又上新闻了，不由得说道："这种事上头条，只会是骂声居多！"

白丽莎笑了笑："我们马上去堵住悠悠众口。"

艾希淡笑，关于做慈善她还是希望低调一些，不过凡事跟她有关联后，都不可能低调。

仪式开始后，艾希上台发言几句，便把主场给了被捐赠的机构负责人。

一个小时后捐赠仪式结束，有个小型的酒会。

白丽莎给了艾希一杯香槟，艾希接过，然后与她碰杯，抿了一口。

"昨天晚上看到你和陆总去约会的照片，看样子很甜蜜哦。"白丽莎笑看着艾希。

艾希淡笑，随后询问："你跟他是什么时候认识的？"

白丽莎知道艾希说的这个他自然是指陆奇洲，笑着回道："认识蛮久了，不过陆总平时很少露面，那天引荐给你认识，是我第三次见到他。"

艾希闻言，眼底闪过一丝意外："第三次？"

白丽莎笑说："见面少，但通过不少电话，合作过很多项目。"

艾希若有所思地点头：“除了网上那些资料，你这边还有什么料吗？”

白丽莎听后，意味深长地笑道：“上心了？”

艾希笑看着白丽莎：“就想对他多些了解。”

白丽莎笑了，一脸神秘地说：“我了解的其实也不多，不过知道他是背景非常强大的投资人，那天他诚恳地跟我说喜欢你，是你的粉丝，让我帮忙引荐了一下，没想到你们竟然一拍即合。”

“他跟你说，喜欢我？”艾希问。

白丽莎点头道：“是啊，我可不是轻易帮人引荐的，毕竟喜欢你的人实在太多了，不过听闻这个陆总不错，你可以试着去了解。”

艾希闻言，默默点头：“正在了解中。”

白丽莎笑：“要是彼此都定下心来，到时候可别忘了我这个引荐人！”

艾希淡笑，接着又问白丽莎：“莎姐，能冒昧问你一个问题吗？当初你为什么选择刚出道的我成为你旗下品牌的代言人？”

白丽莎笑了笑，说：“这个问题我已经解释过了，你的气质吸引了我！符合品牌的气质，朝气蓬勃，令人向往。”

这个答案艾希很早就听过，当时觉得自己简直就是上帝的宠儿，被女魔头白丽莎选中。但是现在回想，气质论的解释似乎说服不了艾希。

“莎姐，除了这个原因，没有其他缘由吗？”艾希继续追问。

白丽莎看着艾希：“艾希，你不会怀疑我的眼光吧？事实证明，我的选择是对的！如今的你成了国际巨星，不再是我的品牌依附你去打广告，而是我的品牌依附你的名气吸引消费者。”

艾希解释：“莎姐，我没有怀疑你的意思，只是你也知道，关于我，一直有个传闻……”

白丽莎听后，笑道：“我对传闻历来不感兴趣，因为那是个人的私事。”

“要是真有那么一个人存在呢？”艾希试探地说道。

白丽莎闻言，看着艾希的眼睛，随后笑了笑：“艾希，我认识你好几年，虽说不是完全了解你，但我看人的眼光还是准的，以你的性格处理感情问题绝不是那种拖泥带水的人，你会接受陆总的追求，就说明以前的传闻是假的。”

艾希笑了笑：“你也这么认为？”

白丽莎微微扬眉：“不然呢？”

艾希淡淡地笑道：“好吧，传闻不攻自破。”

白丽莎看了下艾希，道：“艾希，我说一句，陆总其实比你我想象得还要神秘，还要强大，我了解不到的信息，还想通过你去了解呢。”

艾希听后，笑了下说：“莎姐你都不能完全了解的人，看来我真得好好了解一番才行。”

白丽莎正想说些什么，主办方的人走了过来，两人的对话被打断。

和主办方交流一番后，艾希还不忘跟现场的专家探讨一些基因的问题，听到专业术语满天飞，白丽莎越发觉得艾希就是演艺圈的一股清流。都说术业有专攻，演员大部分在舞台上、屏幕上发挥自己的魅力，当然也会同时在其他文艺领域上绽放光芒，但是像艾希这样能说出一堆科学类专业性术语的演员，还真是不多。可见这孩子私下喜欢这类科学，让人眼前一亮。

第三章　初露端倪

活动结束之后，艾希回家换了身衣服，独自驱车去卡卡的家里。

车子无须人工驾驶，坐在驾驶座上的艾希在那刷信息，不出所料，上午参加白莹追掉仪式的事，盘踞在热搜榜第一位，艾希和白莹当时在剧组的争执又被扯了出来，评论褒贬不一。

有人同情，有人悲切，有人理智，有人疯狂。

对于艾希而言，更多的是悲切，毕竟生命是珍贵的。

车子进入一条长长的隧道，车内的光线一下子暗淡几分，艾希收起全息影像，目光看向前方。

这条隧道是A市的一张名片，属于本市最长的跨海隧道，此时隧道里的车流不算太多，一盏盏环保路灯延伸到视线的尽头，两边的墙上掠过一幅幅极具创意的涂鸦。

关于这条隧道墙上的涂鸦还有一个故事，原本很多涂鸦爱好者会偷偷地跑来这里涂鸦，此举存在安全隐患，后来在扩路的时候，相关部门作出一个决策，让所有涂鸦爱好者为这条路的墙体设计涂鸦。于是这条长达十五公里的隧道，就此成了本市一道亮丽的风景线。

艾希在这条隧道里拍过两部飙车的戏，至今想起来都觉得非常刺激。影片上映后，成了此隧道的一种宣传。

隧道过了大半，出现分岔口，通往卡卡父母家的路是右边直行进入海底隧道，但车子却在这时变道，往右边的岔口驶去。

艾希以为指令出现错误，连忙作出调整，但系统没有及时进行修正，车子直接进入了右边的车道。

“怎么回事？”艾希纳闷，只能重新进行路线规划。

系统得到全新指令之后，还是没有修正，直直地往前开。

艾希见此，以为车子的智能系统出现故障，赶紧启动了人工操作方向盘。刚更换完操作模式，艾希便看到正前方行驶着两辆大型的运输车，原本是前后行驶，突然改变轨道，变成了并排行驶。

而且运输车后面的厢门同步敞开，支腿也放了下来，彷佛是在等她的车入瓮似的。

艾希看到这样的画面瞬间警觉了起来，而这时被她关闭的智能系统又重新启动，艾希连忙伸手关掉车子的自动系统，但智能系统像是失灵了一样，怎么关都关不掉。情急之下，艾希只能一手打着方向盘，一手应付错乱的智能系统。

眼看车子往运输车的位置直直开去，艾希连忙往右打方向盘调整路线，试图甩开前面的运输车。而前面两辆运输车也快速改变路线，并排堵着艾希前行的道路。

错乱的系统无法关掉，于是车子的行驶轨迹就跟摆钟一样，一会儿左边一会儿右边。

艾希就这么被夹击着，她内心充斥着危险的信号，启用电话跟许童联系，但电话竟然没有信号。前面两辆运输车的速度慢了下来，艾希也紧跟着慢了下来，车子超不过去，艾希只能另外想办法，她看着后视镜，试图将车子往后开，但却发现后面有三辆路虎并排行驶，向她逼近。

此情此景宛如拍惊险的动作电影一样，让人精神极度紧绷。

浓浓的预谋感，弥漫在整个隧道里。

后面的车越来越近，而艾希的车子也逐渐逼近了运输车。这感觉就像一只小鸡被人前后围堵，只能乖乖进入笼子里。

艾希注意着前后的车子，精神高度紧张，眼睛的瞳孔放大，脸上的表情异常惊恐。

就在这时，车子错乱的智能系统又恢复了正常，直接加大油门，开上支架，进入了右边的大型运输车内。

接着哐的一声，厢门自动关闭。

车内的视线又暗淡几分，车灯照射在前方的厢壁上，极其刺眼。坐在车内的艾希，下意识地用手肘挡住眼睛，此刻的她脑子乱成一团。

她拍过无数惊险的电影桥段，第二次在现实生活中遇到这么刺激，这么突发的事件。艾希快速调整状态，让自己冷静下来去应对。

她再次试图用手机联系外界，却发现信号似乎被屏蔽了。于是艾希伸手去打开车门，却未料被智能系统自动锁上了。

艾希恼得直接用手肘去撞击车的玻璃，除了感官传来痛意，没有任何效果。几秒后，艾希停下了动作，她环视了一下四周，试图寻找尖锐的器物去砸开车门。然而车内干干净净，除了座椅和手包，没有任何有攻击性的东西。

即便在这么高度紧张的情景下，艾希还是能察觉，车子仍然在前行中，而且明显有加速的迹象。

是谁设计了她？为财，还是为色？

无论如何，她都不能就这样坐以待毙，于是她启动人工驾驶功能，踩足油门往后撞击厢门。

但是车厢内的空间有限，撞击力度也有限，耳边传来巨响，艾希就算不看也知道，她的车尾出现了凹陷。

一次不行，再来一次，但是运输车的厢门似乎进行过加固处理，还是没有被撞开。

艾希又来了一次，她的豪车车尾被撞击得严重变形，安全气囊也跳了出来。

艾希直接被卡在安全气囊和座位之间，她想继续，伸手拨开安全气囊，而就在这时，外面的车子似乎停了下来。

艾希顿在那，几秒后确定运输车已经停了下来。

以艾希对这条路的熟悉程度，计算了下时间，此刻车子应该停在了隧道口。

没过一会儿，她隐约听到螺旋桨的声音，如果没有猜错的话，应该是私人飞机。

这条隧道的车道是三车道设计，小型私人飞机可以直接在路面上滑翔。

是有人来营救她，还是有人来绑架她？

艾希的全身不由自主地僵硬起来。

回想自己从出生到现在，艾希自问自己没有做过伤天害理的事，是谁想如此对付她？

没过一会儿，运输车的厢门打开了，光线照了进来，艾希没有继续愣在那里，而是发动车子，直接从车厢快速地退到道路上，车尾直接撞击到了后面的车。因为惯性，坐在驾驶座上的艾希，身体被猛烈地撞击一番，但她的手牢牢地握住方向盘，将车子攀爬上去车厢，接着狠踩油门继续后退，试图撞开那辆车。

这次果然没有失望，并排的车被撞出几米，艾希的身体也狠狠地撞到了方向盘。

艾希眉头紧皱，咬着牙强忍着痛意，打着方向盘想往后行驶，试图逃离这个隧道。

而这时，传来一个熟悉的声音："艾希！"

声音听似焦灼和担心，艾希闻声，看向正前方，只见两辆大型运输车的中间站着一个挺拔的身影。她看清那人的脸庞，是见过两次面的刑警邢凯锋，艾希这才停止动作，整个人像是刚经历了一场劫难一样，眼底尽是惊恐。

不，刚才就是经历了一场劫难。

邢凯锋快步走到艾希的车旁，敲了敲车窗，艾希将车窗降了下来。

"艾希小姐，你没事吧？"邢凯锋关切地问道。

艾希的眼睛看着邢凯锋，刚才极度紧绷的表情稍稍放松了下来，张了张口："我……我还好。"

邢凯锋伸手帮忙打开车门，随后将艾希扶了出来。

艾希的肋骨被撞伤了，手下意识地捂着，邢凯锋见此，动作更加轻。

随后几个刑警也出现在现场，邢凯锋对着一名女刑警和一位瘦高的小帅哥道：“你们先将艾希小姐送去医院！”

两人得令之后，一起搀扶着艾希越过庞大的运输车走向停在前面道路上的直升飞机。

艾希刚才走出车内的时候，看了眼旁边的几辆车，里面都没人，而前面两辆运输车也是无人驾驶。

到底是谁在背后操控这些，试图绑架她？

艾希来不及思考，就被两位刑警送去了医院。

做了检查之后，出来的结果是断了一根肋骨。

即便如此，艾希觉得自己今天算是够幸运的，幸好刑警及时赶到营救了她。

艾希刚被送回病房，躺在病床上的时候，门口出现了一个身影。

第一个赶来医院来看她的人，不是经纪人许童，而是陆奇洲，她的男朋友。

陆奇洲快步走到病床跟前，眼底尽是担心：“艾希，怎么样？受伤了吗？”

艾希看着陆奇洲，缓缓张口：“断了一根肋骨。”

“断了一根肋骨？”陆奇洲眼底的担心不言而喻。

艾希因拍戏受伤最严重的时候，断过三根肋骨，所以当下的伤情不算什么。

“你怎么知道我在这？”艾希问他。

“我看到了报道，就第一时间赶了过来。”陆奇洲看着艾希关切道，“怎么回事？”

艾希闻言，轻轻摇了摇头：“我也不知道怎么回事，车子的智能系统突然发生错乱，之后便被人前后夹击围堵，幸好警察及时赶到。”

陆奇洲正要说什么的时候，耳边传来脚步声，他回头，只见邢凯锋朝他们走了过来。

邢凯锋走到病床边，看了下陆奇洲，在新闻里见过这个男人，艾希的新男友。

“你好，我是网络安全刑事犯罪调查小组的组长邢凯锋，有点事想要询问艾希小姐，这位先生你能先回避一下吗？”邢凯锋对陆奇洲说道。

陆奇洲微微点头：“可以，艾希，我先出去。”说完，陆奇洲暂时离开了病房。

邢凯锋看着病床上的艾希，说道：“艾希小姐，你的伤势严重吗？”

艾希轻声回道：“还好。”

“我看了你刚才的口供，车子先是智能系统失灵，再被几辆车围堵，是吗？”邢凯锋询问道。

艾希点头：“是。”

“事发之前，有什么不对劲的地方吗？”邢凯锋问。

艾希摇头道：“没有，本来想去看望朋友，却未料到在路上发生这样的事，邢组长你们那边查到了什么？有找到背后操控这事的人吗？”

“这几辆车属于失窃车辆，并进行过改装，现在正在进一步核实资料，至于操控这几辆车的人，目前查到的只是一个虚拟 IP。”邢凯锋回道。

艾希听后，微微蹙眉：“又是虚拟 IP。”

邢凯锋听出艾希口气中的质疑，说道：“艾希女士，这段时间有收到过虚拟 IP 的攻击或要挟吗？”

艾希否认：“没有。”

邢凯锋看着艾希：“艾希女士，我希望你跟我反馈的情况都是真实的。”

艾希闻言，目光落在邢凯锋的脸上，说：“我说的都是真实情况。只是从案发到现在，你们那边还没给我案件进展的具体回复，却又发生这样的事情，让我很是惶恐。”

“艾希女士，你的心情我理解，作为案件负责人，我们也在尽力追查犯罪嫌疑人。不过你也知道网络犯罪比普通犯罪更为复杂和隐蔽，鉴于这段时间突发事件频发，我们也启动了应急预案，接下来你的安全管理，我这边会派出多名工作人员负责。”

“你们负责我的安全？”艾希疑惑地问。

邢凯锋点头：“是的，你住院的这几天，病房门口会有警察二十四小时保护你！”

艾希听完，看着邢凯锋开口道：“邢组长，你刚才的话我能理解为，我的这个案件没那么简单吗？”

邢凯锋的目光也看着艾希：“你的理解力很好，从白莹被杀到今天你在隧道被围堵，这绝非是一起普通的网络犯罪。”

“邢组长，那我还能理解为，我的这个案件你心里其实已经有点眉目了？”艾希再问。

“大致有方向，不过还得搜罗更多证据。”邢凯锋道。

“我能知道你们现在调查的大致方向吗？”艾希问。

邢凯锋看了下艾希，随后道：“我目前能告诉你的不多。”

艾希接话：“不多？那就告诉我，我能知道的情况。”

邢凯锋看着她，似乎在犹豫，艾希迎视着他那带着锐利光芒的眼睛，说：“我有权知道，不是吗？”

邢凯锋没否认：“你是有权知道，不过……”

艾希对邢凯锋的婆婆妈妈感到不爽：“有话直说，我的承受能力很强。”

邢凯锋见此，张口道：“白莹是人工智能人。”

艾希听完之后，十分震惊：“你说什么？”

邢凯锋将艾希不可思议的表情看在眼里，继续道：“艾希女士，为了你自身的安全着想，关于这个信息，我希望你能给予保密。”

艾希还没消化掉这个信息，怔怔地看着邢凯锋，问：“这是真的吗？”

邢凯锋点了点头：“是，你这边千万别外泄，好友、男友都不能说，以免引起舆论哗然，对你不利。”

艾希讷讷地点头：“我知道了，我不会外泄的。”

“我这边还有事得先走，艾希女士，你好好养伤，有什么情况可以及时跟我联系。不打扰你休息了。”邢凯锋说完，离开了病房。

艾希看着邢凯锋的背影消失在门口，心情如海浪一般翻涌，她怎么也没想到白莹会是人工智能人。

这怎么可能呢？在所有人的眼里，白莹只是一个非常低调的实力派演员而已。

艾希震惊之余，不由得细想一番，就算白莹真的是人工智能人，那跟她有什么关系呢？为什么把谋杀的罪名加之于她？难不成跟她刚获奖的电影有关？作为反基因斗士，为了人类的未来，带领一群人去抵抗和推翻当局的阴谋。所以有人盗取了她的基因，用她的脸去做一些犯法的事情？

如果真是这样，那实在太可怕了。因为电影的内容是给人类一个警醒，而不是教人去犯罪。

邢凯锋出去之后，许童走了进来。

“艾希，你没事吧？”

艾希摇了摇头，随后问道：“陆奇洲呢？”

“他在外面，和邢组长了解情况。”许童道，“到底怎么回事？刚跟你分开不到半小时，就出这么大的事。”

艾希淡笑，但是胸腔有些扯疼，于是收了收嘴角的笑容：“总有刁民想害朕！”

许童见她还有心情开玩笑，不由得说道：“这可不是能开玩笑的事。”

艾希看着许童，随后道：“许童，我记得我们今年年初有去拜佛呀，为什么突然变得这么不顺啊！”

虽然现代文明高度发达，但在娱乐圈这个行业，还保留着一项传统——迷信。这个圈子里的人非常相信一点：实力是一回事，运气又是一回事。

艾希是个相信科学的人，觉得任何机会都是留给有准备的人的，话是没错，但是运气真的是门玄学。

就说她自己吧，进入这个行业后就顺风顺水，别人花了十年都未必能到达的高度，她轻而易举地就得到了。而即便事事顺利，但每年开年之际，她都会被许童拉着去香火最旺的寺庙礼佛，以求平安顺遂。

许童看了艾希一眼，开口道："艾希，你放心，我会一直陪着你的。"说完，许童握住艾希的手。

许童从艾希一出道就做她的经纪人，太了解她的处事风格，她越是表面轻松，实则越是内心紧张，而最近所发生的一切，不仅仅是让人紧张那么简单了，而是让人惶恐。

艾希听后，内心涌起一股暖流，现在的她虽没有至亲在身旁，但是她觉得自己是个幸运儿，周边有一堆如同亲人般的朋友，譬如卡卡，譬如许童。

两人目光对视，不用说话，也能感受到那份情谊。

这时陆奇洲走了进来。

许童转过身看下陆奇洲："陆总，你好，我是艾希的经纪人许童。"

陆奇洲点了下头："幸会。"

和许童打了招呼之后，陆奇洲对着艾希道："艾希，我已经让人给你办理了出院手续，你搬去我家养伤。"

艾希闻言，愣了下："搬去你家？"

陆奇洲看着病床上的她，开口道："让你一个人独住，我不放心。"

艾希的目光看着陆奇洲，作为刚交往不久的男朋友，他此刻的表现是极佳的，不过艾希目前没打算跟谁同住，于是道："刚才邢组长说他已经派了工作人员来保护我的安全，我在医院养几天就好。"

陆奇洲听完之后，看着艾希回道："你的安全，我亲自负责才能放心。"

听到男朋友这么霸道的话，任何一个女孩都会有所感动，艾希也不例外，但她与陆奇洲不是那种相恋已久的恋人，将他当成男朋友也是另有目的的。

于是，艾希道：“奇洲，你的心意我很感动，不过我还是希望由警察保护我。”

陆奇洲看着艾希，似乎看穿她的想法一样：“你是怕连累我吗？”

艾希愣了下，他的眼睛可真够毒辣的，于是坦诚道：“是，我现在不知道自己处于什么样的境地，所以不想让你为我涉险。”

“艾希，你现在是我的女朋友，我有责任保护你。”陆奇洲坚持自己的意见。

艾希看着如此深情的他，似乎有点小小地后悔自己当初的冲动，于是道：“奇洲，我真的很感动，不过我坚持自己的意见，住在医院，由警察保护我！”

陆奇洲想继续劝说，但是艾希打断他的话：“我有点累，想休息一下，你先回去吧。”

陆奇洲看了看艾希，说：“我想留在这照顾你。”

“这边有我经纪人就行了。”艾希再次拒绝。

陆奇洲的嘴唇动了一下，想要说什么，最后还是咽了回去，妥协道：“好吧，我先回去，你这边有事给我电话。”

艾希见他不再纠缠，总算松了一口气：“好！”

陆奇洲离开后，许童看着艾希说：“你刚才对你男朋友的态度好决然啊。”

艾希的目光看向许童说：“许童，你也回去吧。”

许童愣了下：“你刚才可是点名让我留下来照顾你，现在让我离开，什么意思？”

艾希道：“字面上的意思。”

“我是你的经纪人，我不会在这个时候离开你半步！”许童坚持道。

艾希道：“奇奇会过来照顾我的。”

许童看着艾希：“艾希你是不是有什么不好的预感或想法？”

艾希与她目光对视，沉默两秒后开口：“我不知道怎么解释，总感觉自己即将跌入黑暗的谷底。”

“你最近老做噩梦？”许童关切地问。

艾希摇头，幽幽地说道：“都说我有金主，发生这样的事，会不会是金主对我的警告呢？”

许童愣了下：“艾希，你胡说什么啊？”

艾希苦笑一声：“你是知道的，领奖回来那天齐赢拿出的证据，就是表明我确实有金主。”

“艾希，你是受到惊吓，想多了。”许童道。

艾希再次摇头：“也许我正在慢慢地接近真相！”

许童在床边坐了下来，拉过艾希的手：“我不管什么真相，也不管什么金主不金主的，反正我是没见过，但无论发生什么，我都会陪你一起共同进退。”

艾希看着许童，随后笑了笑：“你们每个人都对我这么好，我觉得好幸福。”

许童笑道：“私底下不是吐槽我是周扒皮吗？对你各种不好？”

艾希听后，打了一下许童的手背：“开玩笑的，也记仇。”

“必须记仇，小本本快写满了！”许童笑道。

两人正说着话，外面传来敲门声，一个警员打开了门：“有位叫卡卡的女士……”

警员的话还没说完，卡卡就挤了进来：“艾希……”

警员连忙拦住卡卡，艾希开口道：“她是我朋友，让她进来吧！”

警员听后，立即放行，卡卡却没放过他：“都说我是艾希的闺密了！拦什么拦！”

警员不卑不亢地回了一句：“职责所在！”

卡卡瞪了他一眼，不过也没有过多地纠缠，而是快步走过来，直接询问：“到底怎么回事？”

艾希最不喜欢老是重复回答，但内心对一堆人过来嘘寒问暖又抗拒不了，为了不让卡卡担心，于是找了个借口：“不小心撞车了。”

“你到这个时候，还瞒我？”卡卡看着她。

艾希淡笑：“不管发生什么事，我现在好好的不就行了。”

卡卡却拉下脸来：“不行！”

看到卡卡真的很生气，艾希再次心暖，开口问道：“你爸妈应该不知道这事吧？”

卡卡看着艾希：“他们听说你要来，一直在等你，想给你打电话的时候被我拦了下来，我说别催，也许你有事。”

艾希听后，对卡卡致歉：“对不起，放你爸妈鸽子了。”

卡卡不领情，接着道：“你伤到哪了？”

艾希听着卡卡那霸道的口气，不由得好笑，感觉自己就像家里唯一的小孩，一生病住院搞得全家人都紧张。

“小伤，不碍事。”艾希道。

“我问你伤到哪了？”卡卡却不理她的话，继续问。

艾希见此，只能学乖，说了两个字：“胸口。”

“具体！”卡卡继续逼问。

“肋骨。”艾希又吐了两个字。

“再具体！”卡卡的口气明显有些不耐烦。

艾希撇了下嘴：“断了一根肋骨。”

卡卡听后，都有攥拳头打人的冲动：“还小伤？你是不是不把自己搞得遍体鳞伤誓不罢休啊！”

卡卡是知道艾希拍戏的时候受过各种伤，每每这个时候，她心疼之余，嘴上都会忍不住责骂艾希几句。这就是闺密之间的相处方式，既是最懂你的，也是最心疼你的，也是最嫌弃你的，当然也是最会吐槽你的。

许童也认识卡卡好几年了，见她这么说，试着做和事佬说：“这事不是她的主观原因，现在最难受的是她，少怼她两句吧。”

结果话音刚落，卡卡就直接把矛头指向了许童：“许童，最近已经发生了那么多事，你就不能上点心吗？”

许童听后，心头一堵，想辩解，但是似乎没什么可辩解的，因为卡卡说得有道理。中午自己送她回家后，竟然允许她单独行动，这点是她这个经纪人的疏忽。

艾希见此，连忙道："卡卡，这事别怪许童！"

"不怪许童，那怪你？"卡卡对着艾希道。

艾希被噎了一句，软下来说："知道你担心我，这事很突然，谁都没想到的事。"

"负责这事的警察在哪？"卡卡问。

艾希一脸无奈："卡卡，你消停点。"

卡卡终于消停了，眼睛看着艾希，语气软了下来："我还不是担心你嘛。"

艾希见此，回道："可你吵得我头疼。"

"头疼？是不是撞到了头？"卡卡紧张地问，手伸了过来想触摸艾希的头。

艾希伸手阻止："我说说而已。"

卡卡收回手，回了一句："身体是自己的，谁痛谁知道！"

艾希听后笑了起来，但一笑胸口传来一阵疼意，不由得蹙眉。

"笑啊，继续笑啊！"卡卡见此，火上浇油一句。

许童实在看不过眼了："卡卡你就别再怼她了。"

卡卡这才收敛，询问了一下事发的前因后果，艾希不便多说话，全由许童代讲，许童也只能把大概了解到的情况告诉卡卡。

卡卡听完之后下了个结论："这背后一定有阴谋！"

许童推了下卡卡的手臂："卡卡，你别一惊一乍好不好，好歹考虑一下床上的病患。"

卡卡领会，看向艾希："让警察赶紧查，交了那么多的税总得保护一下纳税人吧。"

艾希没接话，不过卡卡却接着道："你男朋友呢？没来吗？"

"来了，让他回去了。"艾希道。

卡卡一脸不可思议："你出这么大的事，让他回去他就回去了，这是男朋友吗？"

艾希叹气："卡卡，我现在需要静养！你差不多也可以回去了。别让叔叔阿姨知道我的事，不想让他们担心。"

卡卡听了，撇了撇嘴："你连我都轰走！"

许童补了一刀："也包括我！"

卡卡直接坐了下来，耍赖一样："我是不会走的！"

艾希顿时心累："不管你们了，我想眯一会儿。"

说完，她直接闭上了眼睛。

卡卡和许童对视一眼，也不再说话了。

两人一站一坐，在病房待了好一会儿，艾希原本脑子很乱想清净一下，理理中午发生的事，但因为药物的作用，没过一会儿就睡着了。

等醒过来的时候，已经是下午四点半，睁开眼睛看到病床旁边坐着的人不是卡卡，也不是许童，而是陆奇洲。

陆奇洲看到她醒了之后，凑过来温声道："醒了？"

艾希看着陆奇洲："不是让你回去了吗？怎么还在这？"

"我是你男朋友，照顾你是我的责任。"陆奇洲还是那句话。

艾希听后，不知为何感觉有点负担，于是岔开话题："我经纪人和闺密呢？"

"我已经让她们回去了。"陆奇洲回道，"渴吗？要不要喝水？"

艾希见自己的朋友都被陆奇洲支走了，也只好由着陆奇洲，点了下头："嗯，想喝水。"

陆奇洲倒了一杯水过来，艾希伸手去接，但陆奇洲却直接道："我喂你。"

"我只是肋骨受伤，手脚还是完好的。"艾希道。

陆奇洲却不听，还郑重地对着她道："艾希，在我面前，可以不用那么坚强，可以毫不保留地依靠我，依赖我。"

艾希闻言看着陆奇洲，明明才交往不久，但他那深情又温柔的眼神却像是看着一个让他爱入骨髓的女人一样。

艾希收回目光，微微低下头，要是继续与他对视，她怕自己会完全招架不住，毕竟是演员，她把自己的心动掩饰得很好，随后低声回道：“我……暂时还不太习惯去依靠你。”

“慢慢习惯。”陆奇洲将杯子递到她的嘴边，“喝点水。”

艾希见此，也没矫情，喝了几口水，嗓子总算不那么干了。

陆奇洲将杯子放到一旁，温声道：“我叫医生过来查看一下。”说完，想要伸手按铃。

但是被艾希阻止道：“不用，我现在没有不适。”

陆奇洲看着她，随后缓缓地将手放了下来，握住艾希的手，温柔地说：“你知道吗？刚才听到你出事的消息，我有多紧张吗？”

艾希的目光落在被他握紧的手上：“不好意思，让你担心了。”

“别说这么见外的话。”陆奇洲温柔地说道。

艾希微微抬起头，看着陆奇洲，随后坦诚道：“其实，从一开始答应做你女朋友，就是想利用你，如今在我身上发生一连串的事情，极有可能威胁到你的安全，你不介意吗？”

“我的回答还是一样，不介意。”陆奇洲道。

艾希听后，轻笑一声：“你就这么喜欢我？”

陆奇洲点头：“是，我就是这么喜欢你！想保护你！”

“喜欢我什么？美貌、名气、财富？不对，你勾勾小手指，一堆美女前赴后继。至于财富，我在你面前就是一只小虾米，除去这些，难不成是真爱？”艾希的口吻带着一点自嘲。

陆奇洲听后，淡笑道：“为什么不能是真爱？”

“真爱？”艾希看着他嘴角的笑容，念着这两个字。

“我只能说，有些人，一旦遇见，便一眼万年，有些心动，一旦开始，便覆水难收。”陆奇洲道。

“是谁写的诗？”艾希问道。

陆奇洲微微耸肩：“不知道哪个无名氏写的。”

艾希淡笑：“这么说，我要是跟你提分手，你是不会同意的？”

陆奇洲点头：“绝不同意。”

艾希又笑了笑，无意间扯到胸口的神经，笑容瞬间凝固，她手下意识地捂住胸口，陆奇洲很是紧张道：“伤口疼？”

艾希抽了一口气，缓了过来：“不要惹我笑！”

“跟我提分手这种事一点都不好笑。”陆奇洲一脸严肃地说道。

艾希看他这么正经，不由得也正经了起来：“我还是觉得你远离我比较好。”

“我拒绝。”陆奇洲果断地回了三个字。

“我不值得！”艾希回了他四个字。

“你值得！”而陆奇洲却很坚定地回道。

他不仅口气坚定，眼神也很坚定，大有认准一件事，绝不回头的态势。

“万一你因为我而受到伤害，我会内疚，会自责的。在我们彼此感情不深时，就此分开，对彼此都是好的。”艾希的态度也很坚定，毕竟不想牵连无辜的人。

陆奇洲看着她：“艾希，我不是一个你召之即来，挥之即去的男人。既然你已经成为我的女朋友，那么有些事就不是你一个人说了算的。”

艾希听后，嘴角微扬：“霸道总裁啊。”

警局，网络安全调查小组办公室。

邢凯锋带着组里的队员加班，办公室里的各项设备都是最先进的，调取各项数据的速度非常之快。不过组员们的办公桌没有因为高科技的办公环境而变得干净，相反还是几十年如一日的凌乱，尤其是邢凯锋的桌子。

桌上堆满了文件，中间空出一块地，放着两份外卖还有一杯喝了一半的咖啡。

此刻的邢凯锋站在一个男组员的身后，看着他追查入侵车辆系统的 IP 地址，男组员廖斌灵活的双手停了下来，叹了口气道："追查了十几遍，每次都只能到这。"

邢凯锋看了下他，摸了摸下巴："没有其他办法继续追查了？"

廖斌仰头看邢凯锋："队长，要不你试试？"

邢凯锋见他这么说，说道："你是局里最厉害的 IP 追查员，你都没办法继续追查，我试也没用！"

廖斌微微皱眉："我再试试！"

"继续！"说完，邢凯锋走回自己的位置上，打开外卖，捏了一个小笼包塞进嘴里，然后一副吃得很香的模样。

旁边的一个女组员何莹莹见此，连忙小声提醒："组长，你桌上的外卖好像是昨天点的。"

邢凯锋愣了下，但也来不及吐了，便直接咽了下去，只能道："味道没变，应该没事。"说完端起桌上的咖啡，"这咖啡也是昨天的？"

何莹莹点头，随后道："组长，我马上给你泡一杯！"

廖斌直接不客气地接了一句："也帮我泡一杯，谢谢啊！"

何莹莹直接回了一句："廖斌，我都快成了你的咖啡小妹了！这一天下来没给你泡够五杯，是不会下班的。"

廖斌嬉笑："麻烦你了，小姐姐，改天请你吃饭！"

"谁稀罕你请吃饭。"何莹莹轻哼一声。

一会儿，何莹莹端了几杯热腾腾的咖啡过来，除了邢凯锋和廖斌，其他两个组员也有份。

大家一边喝着咖啡，一边讨论艾希中午的那个案子。

"小郭，你那边有什么进展？"邢凯锋询问组员郭鹤鸣。

"DNA 对比报告已经出来了，两辆运输车以及三辆轿车的主人都已经找到并核实了，其中有三位在此之前并不知道自己的车辆被盗窃。这几辆车的系统全部被入侵，入侵网络痕迹跟当事人艾希的车辆是完全一致的。"郭鹤鸣回复道。

邢凯锋听后，手握拳在桌上敲了敲，说："一个查不到源头的虚拟 IP ？他们的作案动机是什么？”

“组长，据我所知，艾希女士的工作室有一个非常厉害的黑客，会不会整个事件只是……炒作？”何莹莹提出个人想法。

“你怎么知道艾希的工作室有个非常厉害的黑客？”邢凯锋道。

“我发现网上有很多艾希的黑料，但是一直有人在帮她清除。我去调查了，确实有一个神秘黑客在背后帮助艾希。”何莹莹道。

“你是艾希的粉丝？”邢凯锋看着何莹莹问道。

何莹莹闻言，换了一种口气说：“要算粉的话，也只能说是黑粉。”

邢凯锋闻言，淡笑一下：“黑粉？小何，我们工作的时候最好别带个人情感。做出推测时，最好有证据支撑。”

“是！”何莹莹的脸上露出一丝心虚，抿了下唇应道。

何莹莹确实不喜欢艾希，她坚信艾希的红是金主捧出来的，对于这样起家的女明星，她心里是不屑的，所以也算是艾希的黑粉之一。当然这些只是下班后的个人喜好而已，但没想到最近组里的几个案件都跟艾希有关联，所以免不了带出一丝个人情绪。

“头儿，我能说两句吗？”廖斌开口道。

“说！”邢凯锋的口气很是利落。

“上次艾希的房子被人入侵之后传出来的视频，也是出自一个虚拟 IP，这次也是如此，这两者之间肯定是有关联的，虽然我不太认定这是明星的自我炒作，不过明星和一个黑客交好，我们也不能完全排除这个揣测。我的想法是，查一下那个黑客，看看他那边有没有什么线索。”廖斌道。

邢凯锋听后，看向廖斌，开口道：“你是想去结识一下那个黑客吧。”

廖斌咧嘴而笑：“头儿，看破不说破嘛，而且，我也是为了寻找线索啊！”

这个意见邢凯锋还是听从了，回了一句：“行吧，明天查一下那个黑客！”

第二天，邢凯锋和廖斌坐在一家无人咖啡厅里。

咖啡厅人不多，右边角落有一对情侣，窗边有个发呆的文艺少女，隔了一桌坐着一对老人。

很快，人工智能服务员将他们刚才点的一杯咖啡和一杯果汁送了过来。廖斌拿起果汁猛吸几口，眼睛盯着咖啡厅的门口。

没过一会儿，一个戴着黑色鸭嘴帽，穿着一件卫衣的女生走了进来。

女生直接走到两人的面前，拉开椅子坐了下来。

廖斌看到对面金发碧眼，身材高挑的女生，率先开口："杰米？"

女生靠坐着椅子，眼睛直视着对面的两个大男人，说着一口流利的国语："是，见到本人很惊讶吗？"

"我还以为你是男的。"廖斌道。

杰米直言道："你也可以把我当男的。"

廖斌窘道："我不是那个意思！"

杰米似乎不以为然，眼睛移至邢凯锋的脸上："刑组长，闻名不如见面，不过艾希的案子是不是太没有效率了！"

邢凯锋还没开始询问，就遭到杰米一句怼，也没生气，平和道："今天找你来，就是为了艾希的案子。你是要咖啡，还是果汁？"

"谢谢，不渴。我来见你们是看在艾希的面子上，说吧，想从我这了解什么？"杰米单刀直入地切入主题。

"我们想查看你的记忆云。"邢凯锋也很直接。

杰米听后，一脸质疑："你们什么意思？怀疑这些是我暗地操作的？你们警察现在就是这么办案的？"

杰米的口气带着一丝轻蔑，似乎看不起警察的样子。不过这种嘴脸，邢凯锋和廖斌也见多了，尤其是网络黑客，似乎都不太待见他们。

"我们昨天跟艾希女士那边解释过，并没有这方面的怀疑，只是想从你这边了解一下，网络上严重针对艾希的个体以及一些情况。"邢凯锋道。

“解释就是掩饰，艾希信你们这套，我不信。”杰米道。

邢凯锋听后，没恼，继续保持良好的心态：“既然你不信，那为什么还来赴约？”

“我是为了艾希！”杰米毫不犹豫道。

“我们目的是一致的，也是为了保护艾希。”邢凯锋回道。

杰米看了他俩一眼：“虽然目的是一致的，但是你们的办案效率让我怀疑你们是否有能力保护艾希！”

这话廖斌听了有些伤自尊：“你什么意思啊？”

没等杰米回应，邢凯锋伸手拦了下，对着杰米笑了笑：“你的怀疑是对我们工作的鞭策，不过作为黑客，应该也清楚艾希这个案子并没有那么简单，对吧？”

杰米哼了一声：“就算知道又怎样，我又不是你们这种保护人民的正义警察。”

邢凯锋闻言，嘴角微扬：“你对警察这个职业，还蛮有意见的。”

杰米瞥了邢凯锋一眼：“不敢，我可以提供记忆云的记录，不过只限于昨天中午！”

邢凯锋听后，笑着道：“谢谢配合，请随我们回警局一趟。”

杰米的眼睛闪过一丝警惕：“这不行吗？”

邢凯锋笑道：“你要不介意，我没问题。”

杰米审视了一下四周，随后道：“随你们去警局也行，反正我也没什么可怕的。”

邢凯锋笑而不语，廖斌也一副你开心就好的表情，杰米一脸不屑，迅速地站了起来：“我的时间很宝贵。”

邢凯锋和廖斌也站了起来，三人一起走出了咖啡厅。

看完杰米的记忆云记录后，邢凯锋和廖斌对视了一眼，昨天中午艾希出事的那个阶段，杰米在自己的家里看了一部影片，有好几段的内容颜色颇深。

即便这样，坐在他们对面的杰米，脸上的表情仍是一副波澜不惊。

“看过之后，可以解除你们对艾希自我炒作的想法了吗？”杰米带着嘲讽说了一句。

“你个人记忆云没有任何问题，但要操作昨天的一幕，对于你这种级别的黑客，也是轻而易举的事，用虚拟 IP 写一个远程操控的程序就行了。”廖斌道。

杰米听后，冷哼一声：“你们警察就这点本事？查不到凶手，随便拎个人出来调查？”

邢凯锋笑道：“我们警察的本事确实不大，不过你昨天中午帮人在暗网里交易了一批基因违禁药品这种事，还是知道的。”

杰米的表情微变：“你们查我？”

“在这之前没有，是刚才在看你记忆云记录的时候，无意间发现的。”邢凯锋说完，发上来几张图，指了指，“你的操作非常隐秘，不细看以为你边看片边跟朋友聊天呢，但还是被我们发觉了。”

杰米眼睛猛眨了几下：“那个，也不算违禁药品。”

邢凯锋看了下杰米，道：“上个月刚列入违禁药品之类，你不会不知道吧？”

杰米眼底闪过一丝心虚：“不知道！”

邢凯锋笑了下，说：“我们今天没有查你的意思，不过你证明了我们对炒作这个猜想是错误的。”

杰米听后，有些不淡定的心稍稍落了下来，接着廖斌刚才的话说：“你们刚才不是说，对于我这样的黑客，随手用个虚拟 IP 写个远程操控程序就行吗？”

廖斌嘴角微扯：“我们不跟你计较，你倒跟我们计较起来了？”

杰米的目光与廖斌对视：“不是我计较，而是你们的想法本身就是错误的。”

廖斌想说什么，但邢凯锋再次揽下话题：“这段时间，艾希那边有让你处理过虚拟 IP 追踪的事情吗？”

杰米闻言，看了下邢凯锋：“如果说没有，你们相信吗？”

邢凯锋听后没及时接话，而是用锐利的目光看着她，杰米见此，很快从实招来："就知道你们不会相信。处理过一次，在艾希从机场被你们带走的那天，她提供了一个虚拟 IP 让我追踪，但没有追踪到任何结果。那个是艾希主动提供的，至于后面网络视频曝光的虚拟 IP 追踪，我也尝试过，但也没有追踪到结果。"

廖斌听后，直视着杰米说："你也没追踪到源头？"

杰米迎视着廖斌的目光回道："这么说，你们也没有追踪到源头？"

廖斌有些小小的窘迫，但最终还是承认了："目前没有进展。"

杰米听后，眸光微沉："看来对方是个超级高手。"

"你能提供那天艾希让你查询的虚拟 IP 吗？"邢凯锋道。

杰米犹豫了一下，说："这个我得询问一下艾希的意见。"

"请便！"邢凯锋道。

于是杰米去警局外面与艾希通了一个电话，艾希知道用意之后，开口道："他们怀疑是我自我炒作？"

杰米抬头四十五度角仰望着刺眼的太阳，幽幽地说道："有这个意思吧，你昨天没问清他们的意图吗？"

"大致猜到他们的意思，不过他们说是为了我的案子，虚拟 IP 无法追踪，想让我引荐一下你。我也无法推脱，所以才让你出面，他们没为难你吧？"艾希回道。

"为难倒是没有，不过他们想让我提供你那天给我的虚拟 IP 地址，可以提供吗？"杰米征询道。

靠坐在病床上的艾希，思考了几秒，说："那就提供吧，最近发生的事情实在太蹊跷了，现在我只想尽快知道幕后黑手是谁。"

"好。"杰米应道。

杰米与艾希通完电话之后，重新回到邢凯锋的办公室，把艾希提供的虚拟 IP 地址发给了邢凯锋。

廖斌当着杰米的面进行追查，但结果是一致的。

杰米见此，不由得哼笑一声："还以为你们网络安全小组的水平很高呢，结果跟我也差不了多少！”

廖斌听后，抬眼看向杰米：“就算水平差不多，意义是不一样的，我们是维护正义，而你是在犯罪的边缘徘徊，不，或许正在犯罪中。”

杰米嗤笑：“警察办案可要讲究证据。”

“证据？刚才已经有了一个。”廖斌道。

邢凯锋见两人又在打嘴架，不由得说道：“你们这是要切磋一下的意思？”

廖斌闻言，看了下邢凯锋，说：“没有。”

毕竟有那么一点把柄在他们手中，杰米也认尿，识趣道：“没有。”

办公室顿时安静了下来，廖斌再次追查了一遍，结果还是老样子。

杰米见此说道：“这应该是很厉害的高手设置的虚拟 IP，我暂时破解不了，不过希望维护正义的你们，能快点把艾希这个案子给破了。”

杰米从警局出来之后直接去医院探望艾希。在病房门口，有两名警察看守，警察对她严格地询问一番，才放她进去。

杰米推门进去之后，看到艾希正在玩三维虚拟游戏，她家的智能机器人奇奇在一旁喂她吃水果。

杰米拎着一篮水果，说：“玩得这么嗨啊！”

艾希见杰米出现，不由得道：“等我一下，玩完这把。”

杰米把果篮递给奇奇，随后拉过一把椅子，在一旁看着艾希玩游戏。

“还带俩菜鸟玩，你够有爱心的。”杰米看了一眼，点评道。

艾希边玩边回道：“我一直都是爱心小天使好不好！”

杰米闻言，笑道：“左路的菜鸟不出半分钟，保证挂掉！”

艾希也知道，她也一直在尽力挽救，但还是被杰米言中，没过一会菜鸟便挂了，艾希只能拼尽全力独自撑起一片天，在游戏的世界里厮杀了几分钟后才收局。

“看你玩游戏的样子，感觉伤得不重！”杰米对着艾希笑道。

艾希习惯杰米说话的方式，一点都不介意，而是问了她一句：

“你那边没事吧？”

杰米知道艾希在问什么，耸了下肩：“我没事，只是你的案件显得警察的技术就是个渣，查了半天，没有任何发现。”

艾希闻言，看着杰米问：“那你那边呢？”

杰米叹气道：“这几次遇到的是超级高手，我打算求助一个认识的高人。”

艾希非常清楚杰米的黑客技术，她也算是顶级黑客，她都无法解决，可见对方的强大，而面对这样的情况，越发让人心里发怵。

“杰米，你对我最近发生的这些事有什么看法？”艾希询问杰米。

杰米微微凝眉：“感觉来者不善！”

“来者不善？”艾希重复她的话。

杰米点头：“我好久没有遇到这么强大的对手了，或许是一直以来我对自己的技术太过自负，忘了天外有天，人外有人。”

艾希听后，凝视了杰米几秒，说：“杰米，我有件事想告诉你，不过你必须保密！”

杰米点头：“你交代的事，没有你的允许，我从未对别人透露过半个字。”

“我知道，但这事非同小可！”艾希道。

“你说吧！”杰米道。

艾希开口：“最近所有的事，都是从白莹开始的，而警察那边告诉我一个消息，白莹是人工智能人。”

杰米闻言，呆怔了几秒，问：“消息可靠？”

艾希的眼神有些飘忽：“不太确定，所以需要你的帮忙，去帮我调查一下。”

“这消息，警察告诉你的？”杰米再三确认。

艾希点头：“是，但这是绝密，别向外界透露！”

“警察既然告诉了你，那就没什么可绝密的。”杰米觉得警察的逻辑有问题，回了一句。

艾希知道杰米有时候有点轴，不由得说道："事件正在调查中，我至今不敢相信，你这边看看能不能帮我确认一下。"

杰米听完艾希的拜托，点了点头："没问题，回头给你答复。"

杰米之后陪着艾希打了两局游戏，艾希在娱乐圈中算是游戏高手，还代言过两个爆款游戏，但跟杰米一比，还是别比了，毕竟杰米算是艾希的半个师傅。而她这个徒弟，就算师傅毫无保留地教学，也只学成了一半。不过两人的默契还行，配合得天衣无缝，两局下来艾希又进阶了一级。

杰米看时间差不多，便起身道："你好好养着，我先回去了。"

"再玩一局，好不好！"艾希冲着杰米抛了一个媚眼，撒娇道。

"走了！"杰米毫不留情地拒绝。

"那件事拜托你了！"艾希再次交代。

杰米点头，说道："别玩了，休息一下。"

艾希一副很乖的样子道："是，师傅！"

杰米伸手摸了下她的头："乖！改天再来看你。"说完，便离开了病房，在走廊的时候与陆奇洲碰个正着，不过只是杰米认出了陆奇洲。

毕竟是跟艾希一起上过头条的男人，长相出众，履历出众，不让人记住都是难事。杰米帮忙查过陆奇洲的资料，更是记忆深刻。

陆奇洲的履历一眼看过去，给人脑海生成的第一印象便是精英中的精英，履历很完善，每一条都有处可查，但是为人过于低调，如果不是刻意去查询，你根本不知道这个世界上还有这号人物。

杰米和他擦身而过，眼角的余光还是忍不住瞥了他一眼。说实话，杰米不知道是不是因为自己当黑客太久，心理比较阴暗，看完陆奇洲的资料后，她的直觉是这个男人绝对没有资料上写得那么简单，他就像是突然从哪横空冒出来似的。

杰米当时本想把自己的直觉告诉艾希，但第一次见艾希对一个男人感兴趣，而且当晚的头条便是两人拥吻的照片，以自己对艾希的了解，觉得艾希这次像是遇到了真命天子一样，所以最终也没能说出口。因为谈个恋爱，对于工作狂艾希也不是什么坏事。

杰米走了几步到了电梯口，忍不住回头看了下陆奇洲的背影，可能自己对这个男人的判断只是多想，希望他的出现，对艾希是好事。

陆奇洲推门而进，艾希依旧在玩游戏，这个徒弟刚才只是在杰米面前装乖而已。

“又玩游戏？”陆奇洲沉声道。

艾希听见声，正在游戏中厮杀的她，不禁手抖了一下：“你……你怎么又来了？”

陆奇洲走到病床边，凑近她说：“什么叫怎么又来了？”

艾希知道自己说错话，一边忙着快速结束游戏，一边改口：“那个……我以为你是杰米。”

“杰米？”陆奇洲听到这个名字，微微眯起眼睛。

“我闺密，刚走，我以为她又返回来了。”艾希心虚地回道。

听完这句话，陆奇洲的眼睛直接眯成一条线：“闺密？男的？”

艾希本想摇头，但却突然改变想法：“要是男闺密，你应该不会介意吧。”

“介意。”陆奇洲直接回了两个字。

正忙于游戏操作的艾希听了忍不住偷瞥了他一眼，而这一眼却直接被陆奇洲撞个正着，艾希清晰地意识到自己和陆奇洲之间的距离好近好近……

艾希的眼睛扑闪了几下，声音低了一些：“其实也没什么好介意的，你要是有女性挚友，我不会介意的。”

说完，她正准备收回视线，眼前却被一片阴影覆盖。唇上的温暖以及触感太过真实了，让她猝不及防，整个人呆在那里，操作游戏的手势戛然而止。

陆奇洲又出其不意地吻了她，让她整颗芳心犹如小鹿乱撞一样，怦怦直跳。

而这次依旧不是深吻，如一只蝴蝶落在娇艳的花瓣上停留几秒后便翩翩然地飞走，只留下一句话：“我没有其他女性挚友，我只要有你就够了。”

艾希听到那温柔又深情的声音，继续呆了几秒，直到游戏里传来咆哮声才回神，只见三维画面的自己直挺挺地死在大马路上。

艾希见此，连忙跟队友道歉，被陆奇洲这么一搅局，艾希只能暂时退出游戏，抬起头看向陆奇洲：“你能不能，别每次都出其不意啊！”

站在床边的陆奇洲俯视着她：“不喜欢我吻你？”

艾希抿了下嘴角，对于陆奇洲的吻她没说不喜欢，只是正在玩游戏，拖累了队友，让她有些小小的内疚。

“因为你的出其不意，害我被游戏里的队友骂！”艾希没有直面回答。

“你玩游戏玩太久了，也该休息一下了。”陆奇洲没有道歉，而是一副严苛的口吻叮嘱艾希休息。

不知为何，不喜欢被人管束的艾希，内心没有反感，反而有种从未有过的悸动，但是她嘴上却回道：“我刚玩，不信你问奇奇。”

站在另外一边的奇奇，看了下艾希，之后又看了下陆奇洲，说：“我作证，艾希玩了一个多小时的游戏。”

艾希刚听前三个字的时候，心里还算踏实，觉得奇奇肯定无条件维护自己，没想到奇奇竟然对陆奇洲说了大实话。

陆奇洲听后，眼睛看着艾希：“玩了一个多小时游戏？”

艾希见陆奇洲一脸严肃，不由得变㞞，解释道：“有点无聊，玩了一会儿。”

说完她看了眼奇奇，内心活动一番，看来得调整一下奇奇的诚实度比例，不然什么事都抖给陆奇洲听，自己岂不是一点秘密都没了。

“无聊的话，为什么不联系我？”陆奇洲道。

艾希的目光再次移至陆奇洲的脸上：“打扰你工作不太好吧？”

陆奇洲昨天在这陪艾希的时候，艾希亲眼所见一个投资者的忙碌程度。

“你的打扰不算打扰。”陆奇洲道。

艾希眼眸闪了闪，问：“不算打扰，那算什么？”

“算……想我。”陆奇洲道。

艾希听到这句话，脸不自觉地红了起来，这人未免太会说情话了吧！

说不心动是假的，艾希张了张口，岔开话题道：“你这么快忙完工作了？”

陆奇洲点头道：“嗯，接下来会在这一直陪着你。”

艾希顿时觉得有些压力，因为她发现陆奇洲在她身边的时候，她的小心脏就会开始异常，完全不受她的控制。

“哦，我有点累了，想睡一会儿。”艾希道。

陆奇洲轻声应道：“好。”

艾希拉过被子，闭上眼睛，陆奇洲见此，不由得提醒一句：“游戏界面没关。”

艾希猛地睁开眼睛：“哦，我忘了！”

她正要关掉立体三维游戏，陆奇洲又说：“看你级别不高，要我帮你升级吗？”

艾希愣了下，说：“你也玩这个游戏？”

陆奇洲没有直接回复，而是道：“打开游戏。”

艾希见此，用了下指纹验证，重新回到游戏界面：“这款游戏我刚玩没多久，算是升级很快了，刚才杰米指导了我一下，让我升了一级。”

陆奇洲没有接话，而是直接上阵，玩起了艾希的游戏号。

几分钟后，陆奇洲直接帮她过了一套副本，艾希猛地揉了下眼睛，怀疑自己是不是看花了眼。艾希见过她师傅杰米玩游戏时的魔鬼操作，但是此时此刻的她，直接目瞪口呆。

“游戏高手啊！”艾希惊叹道。

“算不上高手！”陆奇州一脸谦逊道。

“你这样的操作还不算高手，那我们岂不是渣渣！”艾希道。

陆奇洲微微勾唇：“要算高手的话，只能说我是投资高手。”

艾希愣了愣，陆奇洲接着道：“这款游戏是我投资的。”

艾希听后，笑看着陆奇洲问：“能告诉我，还有哪个行业是你没有投资的吗？”

陆奇洲也笑了笑：“具体不清楚，不过可以马上询问一下我的秘书。”

艾希连忙道：“我只是问问而已，就别劳烦你的秘书了。”

“要份数据一两分钟的事。”陆奇洲道。

艾希摆手：“别，我对报表数据什么的，一向头疼。”

陆奇洲闻言，笑着回了一句：“你以前可不是这个样子。”

艾希愣了下，说：“我以前不是这个样子？”

陆奇洲听后，意识到自己说错话，不由得解释：“我的意思是，看你也是一个投资有道的人，应该对数字很敏感才对。”

艾希笑道：“说到我的资产投资，这还真不是我的功劳，一切都是许童在帮忙打理。而我只是听听建议，签个字而已。”

陆奇洲笑道：“签个字也很重要，因为你是决策者！”

艾希被陆奇洲夸赞得有些飘飘然了，不好意思地说道：“跟你比起来，我这种应该只能算幼儿园的小孩子吧。”

陆奇洲勾唇，微笑道：“不，至少有初中以上水平。”

艾希失笑：“你给出这么高的评价，我怕自己会骄傲啊。”

陆奇洲脸上的笑容带着一丝宠溺，伸手摸了下艾希的头：“允许你骄傲。”

艾希见此，心头一阵荡漾，随后道：“你们怎么都喜欢摸人头呀，把我当小狗？”

陆奇洲闻言，问道：“还有谁喜欢摸你的头？”

“杰米啊！”艾希道。

陆奇洲道：“以后只允许我一个人摸你的头。”

艾希怔了下，抬眼看着他：“你的控制欲未免太强了吧！还是说你在吃醋？”

“嗯，我在吃醋。”陆奇洲承认道。

艾希亲耳听到这句话，觉得这么诚实的陆奇洲甚是可爱，不由得俏皮地笑道：“你不会限制我交友吧？”

“不会，不过你必须把我排到第一位。”陆奇洲道。

“第一位？不行！”艾希直接否决了。

“为什么不行？”陆奇洲看着她问道。

“第一位永远是我爸妈！你不会反对吧？”艾希回道。

陆奇洲摇了摇头：“不会反对，身体发肤受之于父母。”

“嗯，无论什么时候，爸妈永远都在我心中。”艾希道。

陆奇洲点头：“我排第二位！”

艾希摇头：“第二位？不行！”

陆奇洲眼神中带着疑惑看着艾希，据他所知艾希的父母已经不在了，而且没有养宠物，家里只有奇奇、怪怪跟她一起生活，于是道：“难道奇奇、怪怪排在我前面？”

艾希再次摇头：“是卡卡的爸妈，他们也算是我的父母。”

“好吧，第三位。”陆奇洲道。

艾希看着他笑了笑：“这个，我得考虑考虑。”

“考虑考虑？”陆奇洲似乎不太满意艾希的回答。

艾希看到陆奇洲的表情，有些忍俊不禁，笑着道：“好啦，好啦，你排第三行了吧？还有告诉你杰米是女的，你这醋白吃了。”

陆奇洲俯看着她，一本正经地说道：“不管她是男是女，以后除了父母之外，我是你心中排第一位的男人！”

艾希闻言，看着陆奇洲的眼睛反问：“那我呢？我在你心目中排第几位？”

“第一位！”陆奇洲毫不犹豫地回道。

这个答案，是完美的答案，是讨女孩欢心的答案。

艾希笑道：“你父母听到这话，会有意见的。”

陆奇洲笑道：“我跟你一样，多年之前也失去了双亲。”

艾希愣了下，说：“可是你的资料上显示双亲还在。”

“那是养父母。”陆奇洲道。

“原来如此。”艾希的内心突然对陆奇洲产生了同病相怜之感。

“把你排在第一位，不是说养父母不重要，而是你对我而言非常重要。”陆奇洲又解释了一句。

这样的话，算是告白吗？

艾希看过一些剧本和小说，她百分之百地肯定这是告白，只是陆奇洲在短短的时间内，表现出对她爱得如此深沉，让人有些恍惚。

“你……真的这么喜欢我？”艾希轻声地问。

“难道你现在还没感知到我对你的爱意吗？”陆奇洲反问。

艾希迎着他的目光说：“感知到了，为此很感动。”

“只是感动？”陆奇洲再次问道。

艾希淡笑：“如果我对你说，我现在非常喜欢你，爱你爱得不可自拔，你会相信吗？”

陆奇洲摇头：“不相信。”

“对啊，你也不会相信，更别说我自己了。不过我对你有强烈的好感，第一次见面时就对你产生了强烈的兴趣，可以说，对你算是一见钟情。”

陆奇洲听完艾希的话，嘴角的笑意更深：“对我一见钟情？”

艾希没有否认：“嗯，对你有感觉。”

“现在呢？对我的感情有更进一步吗？”陆奇洲的口吻明显带着些期待。

艾希看着他，承认道：“有，毕竟跟你接过几次吻。”

陆奇洲眼底的笑意一览无遗：“你喜欢我的吻？”

艾希的脸微微泛红，随后抿唇点头。

陆奇洲见了，高大的身躯直接坐在艾希的床前：“喜欢的话，你也可以主动吻我。”

艾希闻言，脸颊上那抹红更加的娇艳，咳嗽一声：“你刚才不是催我休息吗，我休息了！”说完，想钻回被窝，掩饰一下自己那失去节奏的心跳声。

但是没想到却被陆奇洲的大手给拉住：“我让你休息，你就乖乖休息，那我让你吻我，为什么不乖乖吻我？”

被陆奇洲定定地看着，艾希更加娇羞了起来，说来也奇怪，演戏的时候都没觉得尴尬或别扭，为什么面对陆奇洲时自己就跟个小媳妇似的？

艾希的手想掀起身上的薄被，盖住自己的脸，以此阻挡陆奇洲那炙热的目光。

但是陆奇洲似乎猜到她的想法一样，在她还没行动之前，高大的身躯就靠过来：“你不主动，那就由我来。”

第四章　你是谁？

住院几天，艾希被照顾得很好，心情也很好，因为她真正恋爱了。

不过对于这个恋情，她的内心其实有些忐忑不安，因为一旦投入了感情，就会担心对方的安危。但陆奇洲却一副毫不畏惧的样子。

艾希见此，觉得自己是不是该勇敢一些，因为与其畏缩，不如直接面对。于是，这几天在陆奇洲的陪伴下，两人的感情算是极速升温，时常在一起搂搂抱抱，卿卿我我，让奇奇经常猝不及防地“吃狗粮”。

医生说艾希可以出院了，陆奇洲本想亲自过来，不过有个很重要的商务会议，于是由卡卡来接艾希出院。

卡卡最近工作很忙，但艾希出了这档子事，她还是在国内多留了几天。

奇奇收拾好行李，艾希也穿戴整齐，戴着墨镜的卡卡一边打着电话一边推门进来：“舞美下午一定要定下来，你先处理，我一个小时后再给你通话。”

艾希知道她在沟通下个月走秀的事，艾希跟她说了好几次，让她先忙自己的事，但卡卡不听，她也无可奈何。

卡卡挂掉电话后，看了下艾希问道：“整理好了吗？”

艾希点头：“好了，就等着你这个大忙人呢。”

“走吧。”卡卡道。

三人一起离开了病房，乘坐电梯去了地下停车场。

车子一层层地往上开，即将到出口的时候，卡卡开口道：“医院门口一堆你的粉丝，要不要打个招呼？”

艾希摇头："不了，不想上头条。"

卡卡笑道："你知道你的这句话，有多招人恨吗？人比人真是气死人啊！"

艾希当然知道，她唾手可得的东西，是很多人梦寐以求的。

"你明天几点的航班回法国？"艾希问。

"上午十点！你又不会去送我，说了也白说。"卡卡道。

艾希笑道："也许会去送你。"

卡卡的眼睛顿时发亮，不过很快又恢复过来说："算了，你还是好好休息吧。"

"真的不需要我送？"艾希笑问。

卡卡看了下艾希："说实话，我当然希望你能送我，这样我就可以跟你上次头条，即便你下个月不给我站台，也可以提前做一回宣传。但老是蹭你热度，也不是个事，到头来就算发布会很完美地落幕，但背后肯定会有一堆人讲闲话，说我没实力，全都依仗你的人气在圈里子混。"

艾希听后，笑了笑："没想到我这次住院，让你懂事了不少啊。"

卡卡给了艾希一个白眼："连你也吐槽我，我到时候要真混不下去了，就搬回来，让你养我！"

艾希笑道："养你，不如养奇奇！"

坐在旁边的奇奇闻言，发出可爱的笑声。

卡卡撇嘴撒娇道："要不要这么过分啊！"

艾希笑了起来，卡卡突然想起一件事，于是说道："前面路口停一下。"

"怎么啦？"艾希问。

卡卡一脸神秘的样子说："去去就回。"

艾希的目光看向前方路口熟悉的蛋糕名品店，于是大致猜到了，开口道："去买蛋糕？"

卡卡最讨厌艾希这一点，很多时候想给她惊喜，但都很快被她猜到，一点意思都没有。而卡卡其实也不想买蛋糕，不过长辈们觉得有蛋糕比较喜庆。艾希嘴刁，只喜欢吃这家店的蛋糕，只是这家是名品店，在如此发达和便利的现代社会，却返璞归真，不送货上门，必须亲自取，美名其曰：亲自来取，心意更足。

“我要抹茶口味的。”艾希直接点单了。

惊喜没了，卡卡蔫兮兮地下了车，去给艾希买蛋糕。

在等待的时候，艾希上了下社交平台，发了一句话：已出院，谢谢大家的关心。

不到一分钟，转发破万，点赞无数，一堆粉丝在下面留言，让她好好休息，好好照顾自己。

看到这些关心自己的留言，艾希感觉特别暖心，失去至亲的她，在这几年收获了一堆粉丝的爱。这些爱，或许崇拜，或许仰慕，或许欣赏，都成为了她工作上的动力。

艾希挑了几个留言进行回复，很快就被粉丝顶了上来，而被她回复的粉丝就像中了大奖一样，激动地刷起屏来。

艾希跟粉丝互动了一会儿，却迟迟没见卡卡回来，她不由得盯着路口左边的那家蛋糕名品店的大门。奇奇跟她步调一致，看向同一个方向。

过了一会儿，艾希幽幽地说了一句：“卡卡，做事还是这么慢慢吞吞。”

奇奇扑闪着眼睛说：“她说过自己是乌龟转世。”

艾希笑了起来，这时看到卡卡拎着蛋糕从蛋糕店出来，没过一会儿走到车旁，打开车门，把蛋糕给了奇奇，重新坐回了位置上，拿着全息影像手机打着字。

艾希见此，也没说话，车子启动，离开了原地。

过了一会儿，艾希突然发现不对劲说：“这不是回家的方向啊。”

卡卡不说话，艾希看了下卡卡道：“卡卡，你不会是要把我卖了吧？”

卡卡还是没吱声，艾希嬉笑：“不会是为了给我惊喜，从现在开始一路沉默吧？”

卡卡抬眼看了下艾希，点了点头。

艾希正想要说什么，但是眼睛刚好与她对视，心顿时一沉——她不是卡卡！

艾希正要准备出手的时候，只见眼前的“卡卡”直接出拳想打晕她，而艾希抓住她的手腕，对旁边的奇奇道：“奇奇报警！”

可是旁边的奇奇没有任何反应，艾希一边抵挡着“卡卡”的突袭，一边瞥了下旁边的奇奇，只见奇奇直挺挺地坐在那边一动不动。

看来奇奇的系统被人入侵了，没有帮手，艾希只能靠自己，她拳脚并用，当然从“卡卡”出拳的那一刻开始，艾希大致猜到她就是上次入侵她家的那个人。

上次在浴池比试过，两人的拳脚套路差不多一致，所以打斗起来不相上下。

而这次又是在车里打斗，所以动作幅度都不是特别大，艾希对这个人实在太好奇了，一边拼命抵挡，一边道：“你到底是谁？”

“卡卡”嘴角露出一丝阴笑：“我说过，我就是你！”说完，一拳过来，直接打在艾希的脸上。

艾希吃疼，但仍脚直接一踹，踢中了她的腹部，“卡卡”重重地撞到车窗上。

接着，“卡卡”的脚也回踢一番，艾希无处闪躲，只能用手接招，不过对方力度太大，挡着脚的手，重击在胸口。

艾希毕竟有伤在身，眉头紧皱，咬着牙，双手一个旋转，想把“卡卡”的脚腕拧成麻花，但却见她用手撑住车门，重重地踩了过来。

艾希的身体也重重地撞上窗口，往前行驶的车子晃了一下，胸口的肋骨传来痛意，刚才“卡卡”的那一脚，直接狠踩在她前几天断掉的肋骨上。艾希因为疼痛，手的力度也跟着弱了一些，“卡卡”趁机一个用力挣脱，紧接着一个狠踢再次朝艾希袭来，艾希强往右闪躲，

“卡卡”的那一脚直接踢到了玻璃窗。

耳边响起清脆的玻璃碎片声，车窗被踢碎，凉风直接灌了进来。

打斗继续，车身因为车内打斗的两人而在行驶中晃来晃去。艾希全力拼杀着，因为她一直都是不服输的人，即便受伤占了下风，但她也不会轻易束手就擒。但因为受伤的缘故，占据下风的她就没有翻盘过来，此时此刻被“卡卡”压制得死死的。眼看脖子要被她压下来的手臂给卡住，艾希的脸都快青紫了，她双手用尽全力地阻挡，咬着牙猛地一推，身体跟着闪到一边，下一秒，艾希的嘴里发出一声闷响。

刚才被踢碎的玻璃碎片撒在车内的地毯中，而艾希闪躲的时候，后背不小心扎到了玻璃碎片。等她要作出反应的时候，就已经被“卡卡”牢牢地压制住了。紧接着一拳将艾希给打晕了过去。

当艾希醒过来的时候，眼睛被黑布蒙着，嘴巴也被东西塞住，她的眼前一片漆黑，耳边传来滴答滴答的水声，空气中充斥着一股令人作呕的霉味。

艾希动了下，发现自己的手脚都被绑在凳子上，令她动弹不得，而且背部传来撕扯的疼痛。

这时听到有声音传来：“最好乖乖别动，否则伤口扯开，我可不会再替你包扎！”

艾希光听声音，便知这人就是与她交手两次的女人，脸色骤变。

女人走上前，拉过一把椅子，椅子与地面的摩擦声十分的刺耳，不过很快便戛然而止。女人坐了下来，随后伸手扯掉蒙住艾希眼睛的黑布。

光明重现，艾希清晰地看到对面坐着与她长得一模一样的女人，当然也大致看清自己正处于什么样的环境。

毕竟拍了不少动作电影，其中不少场景就是在废墟中拍摄的，如果没有猜错，这个地方应该是一个废弃的旧工厂。

彼此的眼睛对视着，女人看着艾希，微微勾唇：“想知道为什么要绑架你吗？”

艾希迎视着她的目光，一副有话要说的样子，女人见此伸手扯掉她口中的布条。

总算可以出声了，艾希咽了一下口水，说：“要钱，还是要物？”

女人回道：“要人！”

“要人？我吗？”艾希分明记得她上次说的话，却故意装傻。

“你是其次，最重要的是我上次跟你说过的那个人。”女人道。

“我根本不知道你所说的那个人。”艾希道。

女人听后，嘴角露出一抹冷笑：“你不知道不打紧，抓到了你，自然就会引出他了。”

“你什么意思？”艾希回道。

女人看着艾希，伸手抬起她的下巴，说：“你是唯一能引出他的人。”

艾希也看着她，两人的五官几乎一致，要说出其中差别的话，那便是气质。艾希属于英气，而眼前的这个女人属于阴暗，而且带着强大的杀气，艾希也扮演过杀手的角色，但那只是角色扮演，回归到正常生活中，她身上的气质只是清冷而已。

面对这样的场景，换作一般人，早已因为害怕而心理逐渐被瓦解，艾希没有，她直视着女人说：“如果真有你说的那个人，那么我们目的是一致的。”

女人的手指摸着她的下巴，那手指的粗糙感不言而喻，她的嘴角勾起阴沉的笑意：“看来，你上次没跟我说实话。”

艾希回道：“我并没有撒谎，但我比任何人都好奇，是否真的有你所说的那个人。”

“你觉得我会相信吗？”女人俯视着艾希问道。

艾希摇头说：“信不信由你，就连我自己一直都觉得是子虚乌有。”

女人阴笑道：“刚才不是说比谁都好奇吗？现在又否认？这不是自相矛盾吗？”

艾希临危不乱，说道："不矛盾，因为这都是实话，外面一直流传我有金主，但作为当事人的我，却从来没有见过这个传说的金主，而你为此找上我，让我更加地好奇真相。所以我跟你的目的是一致的。"

女人阴笑一下："我跟你的目的一致？"

艾希看着她："是，目的一致，不过你到底是谁？为什么要盗窃我的基因？"

这句话，让那女人的表情更加阴冷，那眼神直接让人起一身鸡皮疙瘩。

"我盗窃你的基因？"

面对这样的她，艾希内心也是发虚，但却硬声道："上次你入侵我家，警察采集过你的基因，跟我一模一样！这难道不是盗窃吗？"

那女人一声冷笑："谁盗取谁的还说不定呢？"

艾希闻言，眸色微变问道："你这话什么意思？"

女人那粗糙的手指拂过艾希那嫣红的嘴唇，一字一顿地说道："是你盗窃我的基因，还是我盗窃你的基因，很快就会揭开真相。"

艾希确认自己不是误听，这句话令她很震惊，完全不可思议。

"什么意思？"

"想知道真相的话，就乖乖地配合我。"

"你想怎么样？"

"让你帮我确认一件事。"

"什么事？"艾希盯着她。

"到时候你就知道了。"

女人冲她一笑，随后又将她打晕，接着再次用黑布蒙上了她的眼睛。

十分钟后，陆奇洲和警察一起赶到废弃的旧工厂。

邢凯锋让陆奇洲在外围等候，他带领一队人马进入旧工厂搜寻。

不到五分钟，艾希便被邢凯锋找到，他快速让人给她摘下蒙住眼睛的黑布，以及塞住嘴里的东西，松绑之后一脸憔悴的艾希，刚动弹一下，背部的伤就让她疼得直咬牙。邢凯锋的视线落在她背部那染着血的衣服上。

其他组员里里外外再三确认，没有其他人，实时跟邢凯锋汇报。

邢凯锋收到汇报之后，让人将艾希带离现场。

在外面等候的陆奇洲，看到艾希出来后，快步走了过来："艾希！"

看到陆奇洲眼底的担心，艾希开口道："对不起，又让你担心了。"

陆奇洲看到艾希背后的血迹，不由得紧张道："后背怎么了？"

艾希的身躯不像平时那般挺拔，稍微弓着背，说："跟绑架我的人在车上打斗时划了一道口子。"

陆奇洲连忙一手扶过艾希，一手揽住她的纤腰，内疚道："对不起，我不该离开你半步的，让你又发生了意外。"

"这不是你的错。"艾希回了一句。

"别在这说话了，我们先上车。"陆奇洲道。

艾希在陆奇洲和一个女警员的搀扶下上了车，刚落座，邢凯锋走了过来，弯下腰看着车内的艾希询问道："艾希女士，你的身体还行吗？可以跟你聊几句吗？"

艾希还没张口，陆奇洲便道："我现在必须马上带她去医院。邢组长，你等我们从医院检查完再询问好吗？"

艾希闻言，拦了一下，对着外面站着的邢凯锋道："没关系，我还好，你说。"

"你有没有看清劫持你的人的面貌？"邢凯锋追问。

"长相跟我一样。"艾希回道。

邢凯锋的目光看着艾希，说："是上次入侵你家里的那个女人？"

艾希轻轻点头："应该是，她易容成我的闺密卡卡，半路劫持了我。"

"你们有过交流吗？"邢凯锋直视着艾希问道。

"没有，我被她打晕之后，便被蒙住眼睛。不过她在我昏迷的时候，帮我包扎了伤口！”

“也就是说，你醒过来后就一直被绑在这里，没有与劫持你的人进行过任何对话？”

艾希点了点头：“是。”

邢凯锋听后，凝视着艾希几秒，说：“你先去医院吧，我们待会再去找你协助调查。”

“我不去医院，不想惊动媒体。”艾希道。

邢凯锋知道艾希是头条霸主，听她这么说，不由得道：“这次行动没有惊动媒体，你先回家，稍后去找你做详细的口供。”

艾希正要张口，坐在旁边的陆奇洲抢先说：“邢组长，我女朋友接二连三遭到袭击，而你们却一直破不了案，看样子是办事能力欠佳，我是不是要考虑给你们网络安全局的局长打电话，让他派个得力的人接手这个案件。”

陆奇洲的口气十分冷峻，带着问责的架势。

邢凯锋的目光看向陆奇洲，道：“没有保护好艾希女士是我们失职，不过我们也在尽力调查这个案件。”

“尽力？过去大半个月了，丝毫没有进展，这就是你们所谓的尽力？”陆奇洲质问道。

邢凯锋闻言，脸色有些不太自在，艾希接二连三地出现事故，而他们未能查询到线索，说实话他也觉得面子上挂不住。

艾希看到邢凯锋的表情之后，帮忙解围：“我不太舒服，想赶紧离开这里。”

陆奇洲这才收起问责的表情，看着艾希：“马上回家！”

说完，直接将车窗升起，启动无人驾驶程序离开了。

邢凯锋看着飞驰而去的车尾，脸上的表情有些让人看不懂，不过这时何莹莹走了过来：“组长，现场的基因痕迹已经进行了技术对比，属于同一个人。”

邢凯锋闻言，看了下何莹莹，随后跨步回到艾希被绑架的现场。

通过仪器处理之后，脚印和指纹痕迹呈现出来，邢凯锋那双锐利的眼睛盯着地板上的脚印。虽然凌乱，但经过技术处理后，还是能一目了然地看清痕迹。

何莹莹顺着他的视线方向看去，随后开口道："没有打斗的痕迹、脚印，椅子上和消毒工具上所残留下的指纹痕迹跟艾希的完全一致。"

邢凯锋没有回话，自己又细细地查看了一遍。

"头儿，这个案件……"何莹莹再次开口。

邢凯锋的手做了一个制止的动作，何莹莹只好停了下来。根据技术处理过后的脚印显影，邢凯锋的脑海里已经形成了大致的案情实景。

邢凯锋收回目光，询问何莹莹："其他地方还有找到基因痕迹吗？"

"正在勘查中，这个废弃的工厂这么大，最少得半天的时间才能出结果。"

"你留在这盯着，我去见艾希。"邢凯锋道。

何莹莹点头："好。"

邢凯锋离开了现场，驱车前往艾希的家。到了艾希家才知道她没有直接回家，于是跟艾希联系，原来她被陆奇洲带去了他的家里。

邢凯锋只好再次驱车前往艾希发过来的地址——陆奇洲的家。

邢凯锋到了之后，入眼的一切，让他内心只有一句话：有钱人的生活千姿百态，没钱人的生活大致相同。

科技改变生活这个口号，在人工智能时代背景下得以实现，大部分人的生活状态已经今非昔比。人们不断对科技化、现代化的生活进行探索和创新。不过科技越是发达，人类被替代的职业就越多，生存状态一直面临着新的挑战。就说目前的社会状态，人类对自己生存空间的所需就越来越小，而陆奇洲的这个家，是一个生态庄园。

从大门口到别墅，仿佛进入一个氧吧森林一样，之后看到一栋占地面积几百平方米的玻璃房子。邢凯锋从车内走下，一个长相俊美，一身西服的年轻人站在那迎接他。

“你好，我是陆先生的管家秦昊，请随我来。”

穿着夹克的邢凯锋跟随他进屋，在一个超大的客厅坐了下来。

他审视了一下四周，屋内的布置以黑白色调为主，简单不失奢华，因为墙上的那幅画实在太突出了，那是十八世纪留下来的名画。这幅画，是无法用金钱去衡量它的价值。

被私人收藏的名画，一般人只能从网上看到，见到真迹实属幸运。

邢凯锋凝视了墙上的画好一会儿，才收回视线，目光看向窗外，坐在这就可以直接看到窗外的景色。不得不说，眼前的视觉效果，实在令人羡慕不已。

没过一会儿，管家给邢凯锋倒了一杯茶过来，邢凯锋也没拘束，直接端起来喝了一口。

这茶是名副其实的好茶！刚把杯子放下，陆奇洲和艾希就一起出现在他眼前。

艾希已经换了一套衣服，一身素白，头发挽了起来，看上去像个修道的禅士。

陆奇洲扶着艾希坐了下来，邢凯锋看她脸色有些苍白，不由得道：“要是身体实在不适，我明天再来询问。”

艾希摇头道：“没事，现在就可以告诉你我知道的一切。”

邢凯锋见此，点了点头：“根据天眼拍到的画面，以及你好友卡卡的口供，你们是在X路口停了下来，你的好友卡卡下车去取蛋糕，回来之后就换了一个人对吧？那个人就是你所遇到的绑架你的人。”

艾希点头道：“是。”

“记忆云可以提供一下吗？”邢凯锋道。

艾希再次点头道：“可以。”

艾希将记忆云提供了出去，邢凯锋和陆奇洲一起看到艾希和“卡卡”在车上激烈打斗的画面。

画面的主角以“卡卡”为主，从声音以及动作来看，可见当时的情景是何等凶险，当听到艾希一声闷哼，接着画面结束时，陆奇洲的脸色变得极为阴沉。

邢凯锋看完之后也是一脸沉重，礼貌地对艾希说了一声：“谢谢你的配合。”

艾希看着邢凯锋，道：“邢组长，接二连三发生这种事，让我的生活变得战战兢兢，我希望你能尽快抓获凶手。”

艾希的态度远比陆奇洲的态度好许多，这也让身为这个案件负责人的邢凯锋有些内疚。

“我会尽全力调查这个案件的。”

“刑组长，我给你三天时间，要是还破不了案，我会亲自给你们局长打电话。”在一旁的陆奇洲开口发话。

邢凯锋听完这句话，目光看向陆奇洲，说道：“陆先生，知道你人脉广，什么事只需要一个电话就可以解决，不过艾希女士的案子，没有你想象得那么简单，案件进展虽不大，但我们一直都在认真追查。你若是觉得我个人办事不利，可以跟我们局长打电话要求换人，我不会有任何异议。”

“你的话，我会如实转告你们局长的。”陆奇洲道。

闻言，邢凯锋扯了下嘴角：“随你。”说完，噌地一下站起身，对艾希道，“艾希女士，我先告辞。”

艾希也站起身，冲他微微点头：“慢走。”

陆奇洲吩咐了下管家秦昊：“送客。”

秦昊得令之后，送邢凯锋出去，艾希和陆奇洲站在原地，看着身穿皮衣的邢凯锋走到黑色的别克前，打开车门坐了上去，几秒后消失在两人的视线中。

艾希转过头，看了下陆奇洲，陆奇洲也缓缓转过头，两人的目光在空中相撞。

艾希正在思索对陆奇洲说些什么，但还没开口，陆奇洲却先出声：

"艾希现在在哪里？"

艾希闻言，嘴角轻扬："我就是艾希。"

陆奇洲看着艾希，嘴角也微微勾起，一字一顿地回道："你不是艾希。"

艾希微笑地看着他说："你是不是搞错了？我就是艾希。"

"你不是艾希！尽管你与艾希长得一模一样，但感觉是完全不一样的。"陆奇洲道。

"哪不一样？"艾希看着陆奇洲。

"尽管你学得很像，但是你身上的气味、肌肤的纹理，以及眼神、举止，甚至笑容都不一样，别人或许不会发现，但我却一眼就能辨别出来。"陆奇洲道。

艾希闻言，嘴角的笑容依旧："一眼辨别？我看你是在跟我开玩笑吧。"

陆奇洲定神地看着眼前的艾希，缓缓开口："你是叶琳，而不是艾希。"

叶琳逐渐收起笑容，问道："你认识我？"

"我当然认识你！"

陆奇洲随后将叶琳的相关资料用全息影像放了出来。

叶琳看了之后，眸色变得阴沉起来："你，就是艾希背后的神秘金主？"

"我是她男朋友。"陆奇洲回道。

叶琳质疑，再次质问："你不是那个神秘金主？"

"再说一遍，我不是金主，是艾希的男朋友。还有，我一点都不神秘，你们可以在网络上查找到我的任何资料。"陆奇洲回道。

叶琳微微眯起眼睛，口气也跟着变了："你就是那个神秘金主！"

陆奇洲闻言，微微勾唇道："我说了，我不是。我问你，你针对艾希做了那么多事，目的是什么？"

尽管陆奇洲否认，但叶琳完全不信，非常笃定地说道："我的目的就是找到那个神秘金主，而你就是那个神秘金主！”

陆奇洲见她依旧认定自己是什么神秘金主，不由得道：“你不信，那么依据呢？”

“艾希这两次出事，你都是第一时间赶到。只是我不明白，这次你为什么会放任我跟艾希在车上搏斗？”叶琳阴沉的目光凝视着陆奇洲。

陆奇洲闻言，笑了笑：“你的目的我大致知道了，我再次重申我不是什么金主。”

见陆奇洲断然否认，叶琳微微勾唇，眼神直直地看着他说道：“别否认了，你就是那个背后金主！不是要依据吗？刚才提供给那个警察的记忆云就是最重要的依据，至于为什么，因为我根本没有植入记忆云。而你竟然神不知鬼不觉地在我的身体里植入了记忆云，还把艾希的记忆复制在我的记忆云里。你到底是谁？”

面对叶琳咄咄逼人的语气，陆奇洲的内心似乎毫无波澜，他笑看着叶琳道：“你编故事的能力不错。”

叶琳的目光变得警惕起来：“我没有编故事，你到底是谁？”

陆奇洲笑看着她：“我是谁有这么重要吗？”

“当然很重要！”叶琳冷着一张脸回道。

“我是你惹不起的人。”紧接着，陆奇洲很果断地回了一句。

叶琳瞬间转换表情露出一丝凶狠道：“你就是我要找的那个人！”说完，她进入警备状态，一副要跟陆奇洲对战的姿态。

而陆奇洲冲她一笑：“这是要做什么？”

叶琳没有回应，直接出拳，陆奇洲的身体快速往后退一步，躲过了这一拳，但叶琳那修长的腿紧跟着踢了过来。陆奇洲用手一挡，叶琳的腿踢在他的胳膊上，紧接着快速收回，直直朝他进攻。

陆奇洲没有后退，而是迎接她的进攻，两人拳脚并用对战了近一分钟，送邢凯锋出去的管家秦昊回来看到这样的场面，快速走了过去帮助陆奇洲。

但是与叶琳对打的陆奇洲却开口道：“我自己可以，不需要帮忙。”

正在与他交锋的叶琳听了之后，直接朝他的脸挥拳，而陆奇洲头往后几公分，再次躲过攻击，接着抓着她的手腕，用力往右边一扯，叶琳往前冲了两步，想要反击的时候，陆奇洲就跟引领舞伴跳舞一样，拉着她的手腕，将其整个人旋转了一圈。叶琳想破招，伸脚一踢，却再次被陆奇洲躲过，紧接着，整个人被陆奇洲牢牢地锁在怀里。

他的气息，他的温度，她瞬间感应到。

叶琳想挣脱，但是头顶上方传来低沉的男声：“你的武功，一点进步都没有。”

叶琳闻声，全身都起了鸡皮疙瘩：“你到底是谁？”

陆奇洲低下头，性感的唇贴近她的耳朵：“我说过，我是你惹不起的人。”

耳边的声音太过磁性了，让人听后浑身不自觉地轻颤了一下，不过叶琳没有就此屈服，抬脚再次发动进攻，陆奇洲的脚被狠狠地踩了一下。而就在叶琳想逃脱时，眼前却变得一片漆黑，整个人直接瘫在陆奇洲的怀里。

陆奇洲看了怀里的女人几秒，随后才抬起头对秦昊说：“我不是说过，不需要你插手！”

秦昊看着陆奇洲：“我知道，但是艾希小姐还没被解救回来。”

陆奇洲听后，眼睛轻闪了一下，随后对着秦昊道：“把她扶到地库的三号室。”

“是！”秦昊快步走了过去，接过他手中的叶琳。

陆奇洲整理了一下衣服，对秦昊道：“我去接艾希回来。”

而秦昊开口道：“现在警察还在现场。”

陆奇洲只能等待。

因为是演员，拍片的时候体验过一些极限，生理极限、环境极限等凡是能亲力亲为的，艾希绝对是自己上阵。在历练多次之后，艾希觉得自己还算是强大的，但是事实上，自己没有想象得那么强大。

她的整个头被罩着，嘴巴也被堵住，看不见，听不清，唯一能感知外界的便是鼻子。但周围冲鼻的腐烂气息，让她想直接闭气。

此时此刻，无论是生理，还是心理，对于艾希来说，都是一个很大的考验。这不是拍戏，没有开机，也没有停机，而是真正的绑架。

在她醒过来之后，除了克服深深的恐惧感，她只有用思考来让自己镇定下来，不然自己的精神状态很快会出现恍惚。

艾希不停地思索那个女人所说的话——谁盗取谁的基因还说不定。

最终的真相是什么？难不成她……

事情的起因是白莹，她被杀的原因是人工智能人。想想最近自己所遇到的这些事，莫非她也是人工智能人？

对于这个答案，艾希觉得是不可置信的。

在她有认知以来，这个世界就是有快乐，有苦难的真实世界。而她是一个有血有肉，经历过悲欢离合的人。

艾希越往下想，越觉得恐惧，越觉得荒唐，脑子也跟着凌乱起来。

她感到头一阵裂痛，她的眉头不禁紧皱起来，思维像是进入了迷宫，顿时天旋地转。

艾希想控制自己，因为这样的状态持续下去是会出事的。但头疼的态势愈演愈烈，整个脑袋就像要炸开一样。

就在这时，在充斥着糜烂的气息里飘来一阵熟悉的味道。

人在其他感官关闭的时候，剩下的感官会变得极为敏感。

是陆奇洲吗？不会是她出现了幻觉了吧？

要是真出现幻觉，那她真的就完蛋了。

但这个味道真的很熟悉，是陆奇洲的，没错，就是他。

艾希记得这个味道，与陆奇洲约会亲吻的时候，她的记忆因子记住了他的味道。

艾希晃了下脑袋，下一秒，头罩被人摘了下来，入眼便是陆奇洲那张帅气的脸庞。

真的不是幻觉！是陆奇洲！

“艾希，是我，没事了，我来了。”陆奇洲一边将艾希嘴上的胶布撕开，一边温柔地安抚道。

艾希没有及时回应，而是第一时间大口大口地吸气吐气。

束缚手脚的电子仪器也很快被打开，过了一会儿艾希才稍稍平复一些，一双瞳孔扩张的眼睛泛着迷离的光芒，看着近在眼前的陆奇洲。

陆奇洲伸手摸着她的脸，看着一脸狼狈的她，温柔地安抚道：“艾希，没事了，没事了。”

艾希定定地看着他，几秒后，一下扎到他的怀里，两手颤抖地揪着他的衣服，眼泪哗哗地往下流。

这几年来，艾希一直认为自己很坚强，尤其是在情感上，她觉得她不会喜欢上谁，也无须依靠谁，但是在这一刻她发现自己是多么的脆弱，多么的无助。

看着埋在他怀里的小脑袋，陆奇洲一阵心软，伸手抚摸她的头：“没事了，我们回家。”

微微颤抖的艾希紧紧地揪着他的衣服，害怕眼前的这一切都是自己的幻觉，低低地哽咽：“这不是我的幻觉吧？”

话音刚落，陆奇洲将她抱紧，低头吻了吻她那凌乱的发梢：“这不是幻觉，我就在你身边。别怕，我在这。”

艾希缓缓地抬起头，陆奇洲的脸离她很近，他的大手轻轻地抚摸她的脸颊，语气带着深深的自责：“对不起，我没能保护好你。”

艾希看了他几秒，梨花带雨的样子让人充满了保护欲。

“真的不是幻觉！不信，你摸摸我的脸。”陆奇洲握住她那双揪着他衣服颤抖的手，缓缓地伸向自己的脸，让她感受自己的真实。

脸上的温度，以及刺刺的手感是那么的真实，艾希逐渐相信这不是自己的幻觉。

见她的手轻轻地抚摸着自己的脸，陆奇洲不由得拉过她的手，亲吻了一下，随后道：“我带你回家。”

眼睛还泛着泪花的艾希怔怔地看了他几秒，才默默地点了点头。陆奇洲脱下自己身上的西服外套披在她的肩上，随后将她抱起，艾希眉头紧蹙，背后的伤口被扯了一下。

陆奇洲瞬间反应过来，调整姿势，将抱她的力度放轻，轻声问：“这样呢，还疼吗？”

艾希轻轻摇头，陆奇洲这才跨步，抱着艾希走出这个冲斥着腐烂气息的地窖。

艾希总算看清自己只身待了几个小时的地方——一个阴冷又潮湿的地窖。灯光很阴暗，蜘蛛丝布满了每个角落，至于那股腐烂的气息，是从角落里死老鼠身上传来的。

如果没记错的话，她分明记得自己被绑到一个废弃的旧工厂，之后才被那人挪到这里。

但这里又是哪呢？

陆奇洲抱着她，穿过长长的暗道，长得让艾希觉得没有尽头，让她不由自主地将身体紧紧地贴上陆奇洲那温暖的胸膛。

陆奇洲感受到她的情绪，低声道：“别怕，很快就出去了。”

艾希闻声，抬头看他，入眼便是陆奇洲那坚毅的下巴。在演艺圈，她合作过很多帅哥，帅气又性感的下巴也见多了，但从来没有像此时此刻一样，就连下巴都让她如此的心动。

虽然打着灯光，但暗道依旧很暗，艾希借着微弱的光看到陆奇洲脸上的表情，那是让人心安的表情。

艾希的眼睛一眨不眨地看着他，就这么被他一步一步地抱着走向光明。

没错，走向光明。前方出现一片亮堂，艾希的视线从陆奇洲的脸移至前方二十米光线明朗之处。艾希的眼睛因为一直被蒙住对光有些敏感，不自觉地微微眯起，去适应明亮的环境。

“这是哪里？”艾希低声问道。

“旧工厂下面的地窖。”

“地窖？”艾希疑问，“你是怎么找到我的？”

“回家再跟你说。”

艾希看着陆奇洲的下巴，尽管心里有很多疑问，但她没有再问，而是被陆奇洲抱着走向他的豪车，她被温柔地放在副驾驶上，随后又帮她系好安全带，正当艾希要跟他道谢的时候，一个吻轻轻地落在她的额头上。

这是一个令人心安的吻，让艾希清晰地意识到自己从黑暗回到了光明。

艾希想回应他，可是受惊的她有点慢半拍，而陆奇洲的身体已缓缓地抽回，轻轻地关上车门，走到另外一边坐了上来。

车子随后启动离开了这座废弃的旧工厂，陆奇洲的脸侧了过来，看向身旁坐着的艾希，伸手帮她拉了一下披在她肩上的衣服。

艾希见此，心头涌起一阵暖意，在她最绝望的时候，他出现了，犹如救世主一般。

她对他挑明说是利用他，可在她最无助的时候，他却成了她的依靠。

艾希没有思索，直接将身体靠了过去，试图再次索取陆奇洲身上的温暖。陆奇洲见此，伸手搂住她，让她整个人窝在自己的怀里。

男人与女人，果然是阴与阳，他就如一个暖炉似的熨烫着她，温暖着她，让她情不自禁地想钻进去，永远都不想出来。除了父母，艾希第一次对一个人产生这般强烈的依赖感。非常奇妙，让她承认了这些年来的坚强其实都是伪装的。

陆奇洲拢了下她的身体，低头道：“还冷吗？”

艾希轻轻点了点头道：“嗯。”

陆奇洲想将她抱紧几分，但是考虑艾希背部的伤，只能让自己的身体更加地贴近她。

一路上艾希就这么窝在他的怀里，这份温暖让她暂时忘记了在阴冷地窖里的时光。她闭上眼睛，什么也不想，贪图着这份暖意。

陆奇洲没有将艾希送回家，而是接到了自己的庄园里。

到了庄园门口的时候，艾希才睁眼，回过神来："这是哪？"

"我家。"陆奇洲闻声，低头回道。

"带我来你家，这不太好吧。"艾希考虑到自己当下的处境，脱口而出。

"我家目前是最安全的。"陆奇洲回道。

艾希仰头看着陆奇洲："你不怕因为我受到打扰或伤害？"

陆奇洲伸手摸着艾希的头发："我说过，我是你男朋友，有责任保护你。"

艾希闻言，怔怔地看了他几秒，没有反驳，因为她现在真的一点安全感都没有。

而车子已经稳稳地停在玻璃房子前车库的位置，陆奇洲道："到了。"

艾希这才缓缓地从他怀里退出，坐直身体，眼睛看向窗外的那栋玻璃房子。

艾希自己的房子也算是大的，但是跟陆奇洲的一比，似乎小了许多。光从外形来看，他的玻璃房子更具有科技感。

陆奇洲从车上下来，秦昊已经站在那等候了，主动帮忙打开艾希这边的车门。陆奇洲走了过去，弯下腰，探身进去再次将艾希抱了起来。

因为有外人，而且还是第一次见面的人，艾希有些不好意思，但秦昊却冲她微微一笑。

"秦昊，我的私人管家。"陆奇洲直接给艾希介绍秦昊。

秦昊又冲艾希微笑："你好，艾希小姐。"

艾希怔了一下，张口道："人工智能管家？"

秦昊听后，笑了笑："不是，我是人类。"

艾希面露歉意："抱歉。"

秦昊笑道："无须抱歉。"

陆奇洲没让他们继续交流下去，抱她进屋后直接走向自己的房间，将她放在床尾的椅子上。

艾希坐定后，眼睛环视下四周，张口道："你的卧室？"

眼前的卧室，一看就是男性卧室，床黑被白，旁边的装饰也是非黑即白，给人一种很严谨的感觉。

陆奇洲点头道："嗯，我马上让人准备洗漱用品，你先去洗洗。"

艾希听后，却问了一句："没有其他房间吗？"

陆奇洲愣了一秒，说："你觉得不自在？"

艾希看了下他，刚才在回来的路上那么依赖他，现在却又跟他保持距离，给人一种装的感觉，于是轻轻摇头道："随口问问。"

"你要是不自在，隔壁有客房。"

艾希再次摇头："没有，我先去洗洗。浴室在哪？"

"我抱你进去。"陆奇洲道。

艾希正要说自己来，但是陆奇洲一把将她抱了起来，走向浴室。

或许这里是他的私人空间，两人这般亲密，艾希的内心带着异样的情愫，脸颊微微泛起红。

陆奇洲将她放在浴缸旁边的大理石上，一个女机器人紧跟着进来，手上抱着浴巾浴袍之类的东西。

"先生，你需要的东西已取来。"机器人对着陆奇洲道。

"放那，留下来帮忙。"陆奇洲道。

毕竟不是自家的奇奇，艾希总觉得不太自在，于是道："我自己可以。"

陆奇洲道："我关掉 COCO 的实时记录功能。"说完，陆奇洲打开 COCO 的操作系统，关掉了实时记录功能。

艾希也不好推辞了，毕竟在家泡澡的时候，也时常会让奇奇给她按摩放松。

陆奇洲出去后，COCO 帮艾希放水，之后艾希褪去带着血渍的衣服，蜜色的肌肤暴露在空气中，她伸脚踏入浴池里。COCO 帮她洗头，之后避开伤口清洗后背。

半个小时后，艾希身上裹着干净的浴袍，后背半裸着，坐在床尾的椅子上。COCO 出去拿药箱，想帮她处理伤口。但是却看见陆奇洲拿着药箱进来，艾希愣怔一下，看着他走向自己。

“我帮你处理伤口。”陆奇洲很自然地将药箱放在床上。

艾希想说什么，但最终还是没有说出口，稍稍扯了下衣服的领口。

陆奇洲从药箱中拿出一支消毒剂，将伤口消毒后，抹上基因修复剂，伤口瞬间凝结成一条线。

“好了。”陆奇洲收回目光，对着艾希道。

艾希抿了下唇，伸手将浴袍拉上，整理下衣带，看似动作自在随意，其实脸上却泛起一抹嫣红。

“头发没干，我帮你吹一下。”陆奇洲看她头上包着头巾，不由得道。

艾希眼睛闪了闪：“我自己可以。”

“知道你可以，不过也可以让我为你服务。”陆奇洲微微勾唇道。

为你服务？这四个字，让艾希脸上那抹嫣红渲染而开，她也不是扭捏之人，张了张口，道：“那就让你服务一下。”

陆奇洲闻言，微勾的嘴角更加灿烂，立马付诸行动。

他的大手撩着艾希那亚麻色的秀发，一缕一缕的，仿佛撩动着自己内心的一根弦。

艾希认识不少男造型师，当他们帮她吹头发的时候，她一点感觉都没有。而陆奇洲亲自为她服务，他的手像是带着一股电流，让她整个脑袋都觉得酥酥麻麻的，脸也跟着发红发烫。

陆奇洲很认真地给她吹头发，就像对待一个小宝宝一样，温柔又细心。此情此景，让他不自觉地嘴角上扬，似乎非常享受帮她吹头发的过程。

吹干之后，陆奇洲低头看小脸红得像一颗苹果的艾希，问道："很热吗？"

艾希闻声，抬眼看他，眉眼间带着羞涩："还好。"

这样的艾希，陆奇洲看着很心动，眼底尽是笑意："不热，干吗脸红呢？"

咳——他这是在调戏自己吗？

艾希娇瞪他一眼："你这是调戏我吗？"

陆奇洲微笑地点头："嗯。"

艾希伸手掐了一下陆奇洲的手臂，陆奇洲嘴角微扬，顺势抓住她的手。艾希只觉得自己的手瞬间被温暖包裹着，那份暖意顺着手心直达心底。

她没有挣脱，没有拒绝，而是放松身体任他握着手。

气氛很温馨，恍惚间有一种似曾相识的感觉。

艾希抬头看他，再次提起回来时的问题："你怎么知道我在那？"

关于这个问题，陆奇洲其实想好了答案，可是俯看着艾希那张脸时，又有些犹豫了，但最终还是以原话告知："绑架你的人直接招供出来的。"

"她人呢？"艾希有很多问题想问她，眼睛里充满了急迫。

陆奇洲将她的表情看在眼里，随后道："她假扮你，被我识破，跟她做了交易，说出你的藏身之处，我就放她走。"

他的口气很严肃，给人一种不容置疑的感觉。

艾希听后，眼神微微异样："被你识破了？"

陆奇洲的大拇指轻轻摩挲着艾希的手背，说道："你的手很细腻，她的手很粗糙。一摸就辨别了。"

艾希愣了下，她的手前一阵也是粗糙的，那天去做美容特意做了护手，没想到成了陆奇洲识破那个人的依据。

“这么说，你牵了她的手？”艾希开玩笑地说道。

陆奇洲闻言，眼光微闪：“怎么？吃醋了？”

艾希一本正经地点了点头：“嗯，去洗手。”说完，推了一下陆奇洲。

陆奇洲退了一步，微笑地看着艾希：“早就洗手了。”

“再洗一遍。”

陆奇洲伸手揉了下艾希的头发：“真可爱！”

艾希自认为不是可爱类型的女人，因为一直以来她走的都是精干的路线。每场打戏自己亲自上，动作行云流水，没人会把她跟可爱联系在一块，一致认为她是帅气。

艾希拉住陆奇洲的手，凝视他几秒开口道：“你这么轻易地放走她，不怕以后连累你吗？”

“不是轻易放她走，而是没有什么比你更重要。”陆奇洲郑重地回道。

听到陆奇洲的回答，以及他那深情的眼神，艾希的内心顿起波澜，说不感动是假的。

她是女人，也喜欢听甜言蜜语，何况他用行动表示他对她的爱意，只是这份爱情，实在来得太意外了。

陆奇洲能看出艾希是动容的，继续摩挲着她的手背，交代一句：“这事你知我知，而警察那边我有所隐瞒，你就当自己是当时被他们救回来的。”

艾希闻言，思索了一下，应了一声：“好。”

陆奇洲牵起艾希的手，亲吻了下：“先躺下休息，待会吃饭的时候叫你。”

艾希默默地点头，可是转身望去却是陆奇洲的床，顿时有点窘。

“睡这，或睡客房都可以。”陆奇洲让她自己选择。

艾希看了下，既然他都把她安置在他的卧室，她要是选择去客房，显得很见外，于是道：“那我就鸠占鹊巢了。”

陆奇洲听后，嘴角上扬，他喜欢她这个选择，于是弯腰抱她起来，放到床上。

一次次的亲密，艾希虽有些无措，但似乎一点都不排斥。躺下来后，陆奇洲帮她拉好被子，彼此相视一笑。

陆奇洲低头在她额头再次落下一吻，艾希那张尚未褪去红晕的脸，又染上了桃色。

陆奇洲看到这样子的她，很是心动，揉了下她的头发："好好休息。"

面对如此温柔的陆奇洲，艾希心房的大门被彻底地打开了，她乖顺地点头。

陆奇洲出去后，艾希躺在床上，再次打量了一下整个房间，最后将目光落在盖在身上的被子。其实她对陆奇洲的了解真的不深，只是约过几次会而已，但是此时此刻的她却完全融化在他的柔情之中。

爱情，真是一个美妙的惊喜，不经意间来到了她的身边。她是该庆幸呢，还是该担心呢？

即使闭上眼睛，艾希也没立马休息，而是一阵胡思乱想。

再次想着那个人说的那些话，惊恐再次席上心头，倘若自己真的是人工智能，那么她该怎么办？

一个半小时后，艾希坐在餐厅的椅子上，与陆奇洲面对面地吃饭。

晚餐很丰富，每个菜都是她喜欢吃的。

陆奇洲给她夹菜："尝尝 COCO 的手艺，看看合不合你胃口？"

艾希拿起筷子，品尝一番，随后点头称赞："COCO 的厨艺，比我家奇奇更好。"

陆奇洲笑道："你要喜欢，可以每天让 COCO 给你做。"

艾希闻言，愣了下，这是邀请她常住这的意思吗？

同居！男女朋友住在一起，这似乎是很普遍的事，但对于艾希来说，却是第一次。

“我家奇奇知道了，肯定会吃醋的。”艾希很委婉地回道。

陆奇洲笑道：“它们也可以一起搬过来。”

如此直白，让艾希直接面临选择。

“那我跟他们商量一下。”艾希故作调皮地说道。

陆奇洲闻言，认真地看着艾希，说道：“艾希，让我保护你。”

这个眼神，这个语气，让人无法拒绝。

艾希带着一丝羞赧，微微点头应道：“好。”

见她答应，陆奇洲的脸上立马绽放笑容：“饿了吧，多吃一点。”

艾希点头，动起了筷子，陆奇洲时不时给他夹菜，艾希愉快地享受着属于她的服务，但心中还是有些问题想问，用餐过半，艾希最终还是没能忍住：“除了告诉你我被绑在哪，她还对你说了什么？”

陆奇洲自然知道艾希口中的她是谁，温声回道：“你想知道她三番两次找你的目的，是吗？”

艾希闻言，放下手中的筷子，开口道：“其实从她第一次入侵到我家，我就知道她的目的。”

“什么目的？”陆奇洲故意问道。

艾希凝视着陆奇洲：“奇洲，谢谢你喜欢我，虽然我跟你坦白过我有利用你的成分，但你依然没有退缩，所以我有必要跟你坦诚一件事。”

陆奇洲的目光也看着艾希：“你说。”

“这几年一直有关于我有金主的传言，这事或许不只是传言。”艾希道。

陆奇洲听后，一边看着艾希一边伸手端起旁边的红酒，重复她后面的那句话：“或许不只是传言？”

“我的意思是，也许是真的，之前我自己也不很确定，但最近发生很多事，慢慢地我觉得这事或许就是真的。”艾希道。

“我还是没有听明白，或许？也许？这么说其实还是有怀疑以及不属实的成分。”陆奇洲凝视着她回道。

“这事我不知道该怎么跟你说才好，因为我自己也是一头雾水。”艾希道。

“慢慢说，把你知道的都告诉我。我跟你一起面对，一起解决。”陆奇洲真诚地说道。

艾希看着陆奇洲的目光，感受到他的诚意，不，应该是爱意，那双看着她的眼睛充满了深情。

“事情从我领奖之前说起，我突然发现自己丢了部分记忆，怎么也想不起，就像记忆被人剪辑过了一样。我怀疑自己是不是梦游，特意启动了行为记录仪，但行为记录仪每次都是空白的，我很困惑，很惶恐，很害怕，为此对于记忆云产生了深深的恐惧，甚至怀疑后面有人在操控什么。之后我从美国领奖回来，卷入白莹被杀的案子，当天为了洗清我的嫌疑，我的律师带了一份影像，以及生理信息记录，证明那个时间段我跟金主在一起，没有时间作案，之后接二连三地发生这些事，那个人很明确地告诉我，她的目的是寻找到我背后那个神秘的金主。而这个神秘金主，我自己完全不知道他的长相，他的背景，他究竟是人是鬼！”艾希一口气将自己所知的情况如实地告诉了陆奇洲。

陆奇洲听完之后，喝了一口红酒，缓缓地放下酒杯，说道：“你所说的都属实吗？”

艾希点头，随后道：“我说的估计没几个人会相信吧？你相信吗？会不会觉得我在编故事？”

陆奇洲看着艾希，目光真诚无比地说：“我相信你。”

艾希听到这句，心再次被温暖。

“你就这么无条件相信我？”

陆奇洲点头：“是，我无条件地相信你。”

“因为爱我？”艾希问道。

陆奇洲再次点头：“是，因为爱你！”

艾希的表情有些异样，因为真的很感动，同时也觉得庆幸，时光让她遇见了他。

“介意吗？”艾希试探地问。

陆奇洲与她对视：“你所指的是金主吗？”

艾希点头：“是。”

“说不介意是假话，毕竟爱一个人，就想全身心地占有她，让她只属于我一个人。”陆奇洲道。

介意代表在乎，这个回答让艾希很心暖，她张了张口道：“我今后也不知道自己会面临怎么样的境遇，你真的要与我一起面对吗？”

“言出必行。”陆奇洲回了四个字。

艾希咬了下唇：“我不知道说什么好，我其实没那么好，真的。”

陆奇洲笑道：“你很好，你是我心目中的女神。”

艾希闻言，笑了起来：“有没有听过一句话，想要毁掉心目中的女神，就是把她娶回家。”

陆奇洲笑道：“你这是在暗示我什么吗？”

艾希怕陆奇洲误会，连忙摆手解释道：“我的意思是，别把我当女神，因为女神最终都会走下神坛，把我当女人就好，一个普通女人。”

“你不是普通的，你是特别的。”陆奇洲回道。

不得不说，陆奇洲的嘴巴真的超甜，让人听了跟吃蜜了一样。

艾希开心之后，重新回到刚才的话题：“那个人想通过我找出所谓的神秘金主，而我也一样，我也想找出他。但是我不知道，为什么是我。”

陆奇洲看着艾希：“或许她曾经跟他有过交集？”

艾希听后，迎视着陆奇洲的目光：“有过交集？他们之间有交集，说明什么？我跟她之间是什么关系？是孪生姐妹？还是……”

人工智能四个字到了嘴边，艾希却顿了下，似乎在犹豫要不要如实说出来。

陆奇洲认真地倾听，见她顿住，不由得道：“艾希，先别想那么多，把饭吃完再说也不迟。”

艾希的嘴角挤着一个笑意，说：“嗯，吃饱了再想。”

陆奇洲直接转移话题说：“吃完了，我让秦昊去帮你拿行李。”

“行李？”艾希不解。

“不是说搬过来吗？”陆奇洲笑道。

艾希不好意思地笑了笑：“还是我自己回去一趟吧。卡卡和她父母没看到我本人，会一直担心的。”

“那我陪你回去。”陆奇洲道。

艾希点头，看了看陆奇洲，对面的男人给她的安全感是前所未有的，她情不自禁地想依靠他，不再佯装坚强。

“还有关于那个金主，我也会让人去查。”陆奇洲又补一句。

艾希怔了下，随后轻声地致谢：“谢谢。”

陆奇洲勾唇笑道：“艾希，记住你是我的女人，不必跟我客套。”

我的女人！如此霸道！不过却让人心头甜滋滋的。

“你做了我想感谢的事情，不说谢谢，那该说什么？”艾希反问。

陆奇洲看着她，微微勾起嘴唇：“如果你非要表达谢意，可以给我一个吻。”

艾希闻言，不由得轻咳一声，脸也泛起一抹桃色。

陆奇洲喜欢看她这个样子，但是没想到下一秒，艾希从椅子上站了起来。

这是害羞得想逃跑吗？

但是陆奇洲猜错了，艾希直接走到他的身旁，随后低下头，凑到他的面前，四目相对一秒，张口道：“与其心动，不如行动。”

不愧是他喜欢的女人，陆奇洲嘴角的笑容像花朵一样绽放。

下一秒，艾希主动献上一个香吻。

地下室，三号玻璃房，叶琳躺在靠墙边的小床上，眼睛缓缓地睁开，入眼便是洁白的天花板。

意识到自己在哪的时候，叶琳猛地坐了起来，审视了一下周围。

此刻她身处在一间三十平方米，墙体全部都是玻璃做的密室里，天花板上悬挂着一盏灯。

叶琳快速走到门口去拉门，但是无济于事，门牢牢地锁住了。

这是哪？

叶琳的目光看向密室的外围，外面一片漆黑，叶琳感觉这里像是一间实验室。

实验室？从空气质量而言，不像是在楼层里，更像是地下室。

地下室？陆奇洲家里的地下室？

叶琳快速转过身，寻找排风口，她所处的这间密室有两个排风口，天花板正中央有一个，床底下边一个。

叶琳爬了过去，直接将床移开，看到排风口的口径后，她的眼神中掠过一抹失望。因为是一个不到二十厘米的正方形排风口。即便拆开排风口，她的身体也不可能从这钻出去。

于是，她只好将目光移至头顶上的排风口。目测五十厘米的正方形，只要拆除排风机，完全可以从这逃离出去。

可是密室的天花板距离地面至少有四米之高，而整个密室里，唯一能借助的工具就是床。

床不高，站上去，伸手去够那个排风机，还有近两米的距离。

看来想要通过排风口逃离这里，是完全不可能的事。

眼下只能另找途径，叶琳只能打开自己的个人全息系统，她想尝试用黑客的方式，破译这玻璃门的密码。

但是她发现一件很严重的事，竟然没有一丝信号。

也就是说，要是有人在这将她弄死，外人一概不知。

叶琳的表情变得阴沉，沮丧。

而就在这时，外面变得透亮起来。她的玻璃房的视线效果瞬间受阻，左右两边以及正前方完全看不到外面的情形，只能听到轻微的脚步声，一步一步地靠近。

脚步声最后在玻璃房的正前方消失，下一秒，正前方的玻璃上出现一个长方形的视线窗口。

来者是陆奇洲的管家秦昊，他手上端着一份晚餐。

“饿了吗？”秦昊开口询问。

叶琳走了过去，目光凶恶地看着秦昊：“放我出去！”

“还是先吃饭吧。”秦昊答非所问。

“我说放我出去！”叶琳凶恶地咆哮起来。

秦昊见此，微微一笑：“不饿的话，我将晚餐端走了。”

叶琳听后，骂了起来：“浑蛋，放我出去！”

秦昊依旧保持笑容：“温馨提示，别浪费口水和体力。”

“浑蛋！”叶琳再次骂道。

秦昊没有受到丝毫影响，他微微一笑，打开全息系统，轻轻地点了一下，刚才还在咆哮的叶琳瞬间失去意识，身体直直地倒在了玻璃墙上，脸贴着玻璃，顺势往下滑。

秦昊启动门，走了进去，将晚餐放在床上，随后走了出来，将门关上，再次点了一下全息系统。

右边脸贴着玻璃，身体趴在地上的叶琳醒了过来，直接腾身而起。

秦昊依旧站在外面，但手中的餐盘不见了，叶琳转过头看了下四周，发现餐盘放在角落的床上。

叶琳再次转过头看向秦昊，只见他对她微微一笑，道：“祝你用餐愉快。”

秦昊转身离开，而前方的视线玻璃也随之关闭，叶琳愤怒地用手捶打着玻璃墙吼道：“你给我回来！”

但是没有任何人回应，之后外围的灯被熄灭，只剩下暴怒的叶琳朝玻璃墙发泄地砸了几拳。

过了一会儿，叶琳转过身跨步朝床走去，伸手端起晚餐，直接砸向了地面，饭菜汤散落一地，干净的地面一片污浊。

接着叶琳捂住自己的脑袋，大声地尖叫起来："啊——"

她到底是什么？他们竟然可以轻易地控制她？

玻璃室的隔音效果很好，外围听不见，但因为回响，声音再次传入叶琳自己的耳朵里，她因为愤怒而绷直的身体不自觉地轻微颤抖起来。

悬灯照在中间的地板上，此刻的叶琳站在阴暗面，特别有话剧表演的舞台效果，人物刻画出来的痛苦，让人深深地同情。

秦昊回到客厅，笑问了艾希一句："艾希小姐，饭菜是否合你口味？"

艾希笑着点头道："非常棒！"

秦昊微笑着点头："那就好。"说完，目光看向陆奇洲。

两人对视一眼，陆奇洲便知他已经安排妥当。

艾希吃完饭后，换上COCO给她准备好的衣服。非常合身，一看就是按照她的尺寸定制而成。

陆奇洲亲自送她回家一趟，迎接艾希的便是卡卡、许童以及她的奇奇、怪怪。

卡卡的脸上带着淤青，看到艾希回来，直接奔了过去一把将她抱住，那感觉有点像一个担心失联孩子的老母亲一样。

艾希拍了下她的肩膀道："我没事，这不是好好的吗？"

卡卡这才放开艾希，仔细端详了她："真的没事？"

艾希看着卡卡的脸说："倒是你，被我连累了。"

当时卡卡去买蛋糕，突然看到艾希也出现在蛋糕名品店里，正想念叨她不在车里待着，来店里招摇，没想到下一秒直接被叶琳拉到角落，挨了几下拳头，被放倒在地。

卡卡的眼眶红了起来："差点被毁容，但是比起这个，你才是最重要的。"

艾希闻言，双手端着她的肩膀，淡笑道："我知道，但对于我而言，你的脸也很重要。”

卡卡被她直接给惹笑了：“出了这么大的事，你竟然还能开玩笑。”

“我的人设可是坚强的美少女，怎么可以哭？”艾希回道。

卡卡又笑了起来：“你还能开玩笑，看来是没事。”

艾希总算把卡卡给安慰好了，接着问道：“干爹干妈呢？”

“我把他们劝回家了。”卡卡道。

“他们也知道了？”艾希担心地问。

卡卡随后撸起袖子说：“看看我手臂都快被我妈捏紫了！”

艾希笑了起来，卡卡的父母对她如同自家女儿一样，每次卡卡帮她隐瞒什么，都会被爸妈狠狠责备一番，甚至被干妈体罚。

“我给他们打个电话。”艾希道。

“嗯。”卡卡点头。

于是，艾希给卡卡的父母打了一通电话报个平安，全息影像里的两位长辈脸上满是担心，而艾希这边却是一直带着笑容，声称自己没事，就当是拍电影的生活体验了。

结果因为这话，被卡卡父母念叨了一番。

安抚完干爹干妈之后，艾希挂断了电话，许童走了过来说：“艾希，你能平安回来就好，我这个经纪人实在太不称职了，没能保护好你。”

看到许童一脸自责的表情，艾希开口道：“知道你很担心我，不过我是不会允许你辞职的。”

“艾希……”

艾希伸手制止她的发言：“这不是你的责任，要怪只能怪我最近走霉运，三天两头出幺蛾子，甚至还连累了你们。”

“可是……”许童似乎还不死心。

艾希抢了她的话：“要是你在这个时候辞职，我便认为你是抛弃我，在我最需要你们的时候离开我，没义气，没人性！”

这句话堵得许童没话说，她只好道：“艾希，我不是那个意思。

我哪会抛弃你，我只是觉得自己没能保护好你。”

“都说了，不是你的责任。”艾希强调道，“你要是想保护我，就留在我身边。当然，现在留在我身边，可能会出现各种各样的危险，我挽留你，其实也是挺自私的。”

“艾希你别说了。无论发生什么事，我都不会再讲辞职的话，我保证！”许童发誓道。

艾希见此，嘴角露出一丝笑意，伸手拍了拍她的手臂：“许童，我需要你。”

许童看着艾希的眼睛，点头道：“我与你共进退！”

“谢谢！”艾希致谢完，才缓缓放开手。

“对了，宣布一件事，我这一段时间要搬到奇洲家里住。”接着，艾希宣布一个决定。

卡卡和许童听后，都不由自主地怔了下，接着异口同声道：“你们要同居？”

陆奇洲走到艾希身旁，揽住她的肩膀说：“作为男朋友，我有责任保护艾希，艾希搬到我那，我会负责她的安全，当然也谢谢你们在这个时候留在她的身边。”

这话特别有男主人的风范，那动作也彰显了占有欲。

卡卡对艾希的感情一直都是操心的，演艺圈明明有一堆帅哥，她却没一个动心的，要不是非常了解她，估计都会怀疑她是不是不喜欢男人。

“我无条件赞同。”卡卡举手表示赞同。

许童也一样：“我也赞同。”

艾希看了下两人，感觉她们对她的决定有种迫不及待的感觉，不由得道：“我的个人决定，其实也不需要你们的赞同。”

卡卡回道：“当然需要，我可是你的闺密。你自己一个人，我不放心，交给你男朋友，我才能安心回法国啊。”

许童点头道：“我是你的经纪人，你的个人去向我必须了解，所以也需要我赞同啊。”

艾希觉得她们有点强词夺理，但不管怎么说，几个人的友谊是真心的，她们是在乎她的。

“谢谢你们的信任。”陆奇洲插话道。

卡卡闻言，笑了笑：“好好照顾艾希，要是瘦了，唯你是问哦。”

“我保证，一定会照顾好艾希。”

艾希听了之后，看了下身旁的几个人，她虽然是孤儿，但她感觉一点都不孤单。

之后，奇奇帮艾希收拾了行李，满满的几大箱，那感觉就像搬家一样。

住进男朋友的家，艾希的内心其实是忐忑的，有期许，同时也带着担忧。

她一直都被人视为女神，但女神在家通常都是女神经，希望陆奇洲对她的好感，不会因为同居而直接破灭。

当然女神不女神对于现在的艾希来说，不是最重要的。她现在更担心的是个人安危问题。

她个人的问题，会不会影响到陆奇洲？有人说要保护自己，有人可以依靠，她就这么顺势而为地依靠了。这个选择是正确的，还是错误的？

去陆奇洲家里的路上，艾希看着窗外，心思似乎有点多。

陆奇洲察觉到，低声问道：“后悔了？”

艾希闻言，收回视线：“什么后悔了？”

“看你的表情似乎不太开心？”陆奇洲道。

艾希摇头：“没有，其实我内心很开心。”说完，她主动靠在陆奇洲的肩膀上，“我一直在想，如果你没有在那个时候出现，现在的我，一定很惨。”

“别这么悲观。”陆奇洲伸手揽过她的肩膀，低声道。

“真的，我一直觉得自己很汉子，可以不用依靠任何人，可是你的出现，让我失去了勇敢。”艾希道。

“我是该荣幸呢？还是该自责呢？”陆奇洲道。

艾希微微仰头看他：“自责？自责什么？”

“自责我太迟出现在你面前了。”陆奇洲道。

艾希闻言，莞尔一笑：“不，你出现得刚刚好！”

陆奇洲也笑，将艾希揽进怀里，两人的视线一致向前看，似乎都带着一丝憧憬。

COCO 和其他两个机器人帮忙将艾希的行李放在主卧的衣帽间。

他们早就已经腾出了空间，迎接这位女主人的到来。

衣帽间和主卧隔着一扇门，陆奇洲让艾希先去休息。

艾希换了衣服躺在床上，陆奇洲端了一杯牛奶进来。

“把牛奶喝了。”

艾希照做，喝了大半杯牛奶，随后抬眼看着陆奇洲。

陆奇洲俯身看她：“怎么啦？”

艾希有些不好意思，道：“你……平时习惯睡里面，还是外面？”

陆奇洲闻言，笑了起来，说：“我晚上睡客房。”

艾希一怔，眼睛眨巴了几下道：“你睡客房？”

陆奇洲嘴角的笑意更浓：“要是你很热情地邀请我，我可以考虑睡这。”

艾希窘极了，微微红脸：“你还是去睡客房吧。”

陆奇洲故意又逗她一句：“真心话？”

艾希看着他说：“是，真心话，我就鸠占鹊巢，你可以离开了。”

陆奇洲面带微笑，伸手摸了下艾希的头：“喜欢你霸道的样子，比较有生气。”

艾希又窘，她平时也没那么霸道，就是顺着他的话说而已。

“好好睡，有事按这个铃，我就在隔壁。”陆奇洲交代道。

艾希看了下陆奇洲指的按铃，微微点头道：“晚安！”

“晚安！”陆奇洲低下头来，吻了下她的额头。

这个晚安吻，非常的温柔，艾希觉得自己肯定会上瘾的。

躺下之后，身上被轻柔的薄毯覆盖着，艾希看着陆奇洲离开，直到门关上为止。不知为何，这感觉就像小时候看着哄自己睡觉的爸爸离开一样。

爸爸和陆奇洲是有区别的，父辈与男人，但没区别的是，他们对她的那份爱意。

想起爸爸，艾希的表情稍微暗淡了下来。即便父母离开多年，但是每每想到他们，艾希的心都会不自觉地痛起来。

因为他们的离开，她变成了孤儿。她不是怨他们撇下她去另一个世界，而是在自己风光无限时，他们却未能亲眼看见，自己有能力回报时，他们却未能亲身享受。

这是她一直以来的想法，但是今天她的脑海冒出新的疑问。

她是人工智能人吗？

倘若父母健在，她便可以亲口问他们。

艾希盯着天花板，无论是脑子，还是心情，似乎都无法完全平复下来。

陆奇洲没有直接回房间休息，而是去了书房，他打开全息影像，调出了地下室的监控。

被关在玻璃房的叶琳也没睡，而是坐在床上，靠着墙壁，面无表情地看着天花板上的排风口。地面一片凌乱，晚饭是彻底浪费了。

陆奇洲点了下清洁的按钮，角落的墙体上打开一个长方形的口，一台智能扫地机钻了出来。

叶琳被此举吓了一跳，以为是老鼠，随后看到是智能扫地机，这才松了一口气。她的目光直接看向角落的长方形口，快速站起来，奔了过去，跪趴在地上，往洞口看去。

一片漆黑，什么也看不见，叶琳将手伸进去，摸了一下，发现这墙体厚实的程度远超过自己的想象。

叶琳只好将手抽了出来，而扫地机已经打扫干净，滑到叶琳身边。

叶琳看了扫地机一眼，看外壳材料便知这个扫地机是当今最大的智能科技公司环球科技的产品，颜色是灰白相间的设计，大气、高端，也很可爱。

而这个环球科技，也是陆奇洲投资的产业之一。

叶琳本想给可爱的扫地机让路，但是心烦意乱的她，实在憋不住，直接拿起扫地机，往地上砸去。

刚才还行动自如的扫地机，被砸了之后，翻了过来，轮子在空气中旋转不停。

叶琳见了，又砸了一下："告诉你的主人，让他给我滚过来。我要见他！"

扫地机没被砸坏，但是外壳却变得凹凸不平。叶琳没有再次拿起它，而扫地机一溜烟地往洞口跑了。

长方形的洞口自动关上，叶琳环视了下四周，随后对着光源道："陆奇洲，我要见你，你别跟龟孙儿一样躲在背后。"

陆奇洲听到叶琳的骂街之后，眼底露出一抹看不清的神色，随后关掉了全息影像。

他转过身，面对着巨大的书架，拿起一本《易经》，书架如同自动门一样，徐徐拉开。

陆奇洲跨步走了进去，书架自动关上。

没过几秒，陆奇洲的身影出现在玻璃房的面前。

正面的玻璃墙恢复了可视窗口，叶琳看到了陆奇洲，她连忙奔了过来，双手贴着玻璃说："你到底是谁？"

陆奇洲看着里面的叶琳，微微勾唇："我是谁不重要。"

叶琳拍打了下玻璃，再次问道："你到底是谁？"

"叶琳，你不该这么顽强。"陆奇洲道。

叶琳听到这句话后，又拍了下玻璃：“你对我很熟悉！你到底是谁？”

看到叶琳暴怒的样子，陆奇洲一脸淡定地说道：“夜已深，早点休息。还有，女孩子不要经常发脾气，对身体不好，也不要太晚睡觉，对皮肤不好。”

叶琳听后，又捶了下玻璃吼道：“你回答我！回答我！”

陆奇洲看着她说：“知道太多，未必是好事。”

“我连自己是什么都不知道，活着又有什么意义？”叶琳双眼怒视着陆奇洲，反驳他的话。

“有句话是这么说的，难得糊涂。活在这个世界上，不是什么事情都要搞得清清楚楚，明明白白。这样或许会快乐一些。”陆奇洲回道。

叶琳抓住他这句话，试图套出一些信息：“快乐一些？你所指的是艾希？像艾希那样开开心心地活着？”

陆奇洲闻言，脸上的表情无恙，回了一句：“她是她，你是你。”

“你撒谎，我跟她之间肯定有关系，我们的基因都是一致的。”叶琳毫不客气地反驳。

陆奇洲看着她：“我还是那句话，她是她，你是你，你们两者之间是不可能相提并论的。”

“她是你的新玩物？或者说是你的新宠？心头爱？”叶琳的眼神中透着一股阴沉。

“她是我女朋友，自然是心头爱。”陆奇洲直接回道。

“那我呢？我曾经又是你的什么？”叶琳逼问。

陆奇洲听了这句话，微微勾唇：“你，什么也不是。”

“你骗人！你对我明明很熟悉！”叶琳的声音明显大了起来。

陆奇洲勾唇：“我为什么要骗你？我是对你熟悉，但你跟我确实没有关系。”

叶琳根本不相信陆奇洲的言辞，两只眼睛凝视着陆奇洲，道：

“你撒谎！”

陆奇洲收起笑容说道：“你不相信，我也没办法，但是你敢再伤害艾希，我对你绝对不会像现在这般手下留情的。”

叶琳闻言，冷笑了起来：“你这么在乎她，那我就不可能放过她！除非你告诉我真实的答案。”

陆奇洲见此，也笑了起来：“你被关在这里，就不要说一些不切实际的话。”

叶琳再次怒吼起来：“你想关我一辈子吗？”

陆奇洲笑道：“有何不可？”

叶琳的拳头再次攥紧，捶着玻璃道：“陆奇洲，你暴露了，你关不了我一辈子！”

陆奇洲笑：“我暴露了？暴露什么？”

“别装傻！我之所以找上艾希，就是想透过她找到你，你就是他背后的金主，也是主宰……”叶琳还没说完，陆奇洲快速地点了下系统按键。

叶琳整个人昏了过去，再次趴在了玻璃上。

陆奇洲没有在地下室停留，他快步离开，回到书房，关上暗门。

他坐在正中间的座位上应了一声：“请进。”

穿着睡衣的艾希打开门，看他坐在办公桌前，不由得道：“你还在忙？对不起，打扰你了。”

陆奇洲站起身，朝她走了过来：“没有，刚结束。你怎么起来了？需要什么吗？可以直接跟 COCO 说。”

“认床，睡不着。”艾希道。

陆奇洲笑道：“要我给你唱催眠曲吗？”

艾希闻言，笑了笑：“想喝一杯。”

陆奇洲摇头：“你身上有伤，不宜饮酒。”

艾希撇嘴，撒娇道：“喝一点点果酒，有助睡眠。”

陆奇洲笑着摇头："就算果酒也不行。"

艾希看着陆奇洲说："可我每天睡前都有喝点红酒的习惯。"

陆奇洲关上书房的门，随后揽过艾希："还是我给你唱摇篮曲吧。"

艾希整个人瞬间被他高大的身躯包裹着，很有安全感，心境使然，不由得对着他娇嗔一句："谁要你唱摇篮曲！"

陆奇洲侧脸看她："某个认床的小朋友。"

"我才不是小朋友。"艾希纠正道。

这声音带着十足的娇嗔，艾希自己都不敢认，这是她吗？

就算演电影的时候，导演希望她能魅惑一点，她也没这么自然地发出让自己都浑身起鸡皮疙瘩的声音，可是面对陆奇洲，她就像换了一个人似的，而且一点都不觉得不自在。

陆奇洲勾唇一笑，将她揽紧，温柔地哄道："某个认床的女朋友。"

"与其给我唱摇篮曲，不如挑本书念给我听。"艾希建议道。

"给你念书？"陆奇洲的眼神微闪。

艾希抬头看着他说："嗯，你的声音很好听，念书应该更有魅力。"

陆奇洲勾唇："好，去挑一本书。"

之后，陆奇洲重新打开书房的门，和艾希一起进去挑书。

艾希进去之后，被陆奇洲的书房给震撼了，简直跟一个小型图书馆一样。

艾希也是好书之人，看到别人的藏书，不由自主地眼睛发亮："这些书，你都看过吗？"

陆奇洲点头："全都看过。"

艾希的视线环视了一周，随后笑道："博览古今。"

"就算博览古今，人的认知还是有限的。"

艾希听后，看了下陆奇洲："虽然没资格评论学富五车的你，但我还是认同你的这句话，人类所面临的未知还是有很多很多。"

陆奇洲微微勾唇："想让我给你念什么？"

艾希看了一下，从左边开始浏览，有小说、诗歌、哲学、艺术，还有工具书等，她走到放古籍的地方时脚步停了下来，随后目光落在那本《周易》上。

陆奇洲的目光跟随着她的视线，看到她看的那本《周易》，他眼神忽闪，开口道："你不会想听我读《周易》吧？"

艾希闻言，转过头看了下陆奇洲："我要是想听，会不会觉得很怪？"

"怪倒是不怪，不过很特别。"

"那就选《周易》！"说完，她转过身想要拿起那本《周易》。

陆奇洲的眸色微紧，连忙道："比起给你念《周易》，我觉得还是给你念诗比较浪漫。不是说喜欢我的声音吗？念诗应该很好听。"说完，陆奇洲伸手抽出一本普希金的诗集，朝艾希晃了晃。

艾希的手顿在半空中，缓缓地落了下来，随后转过身看向陆奇洲："念诗？好啊！"

陆奇洲拿着普希金的诗集带着艾希离开书房，回到了卧室。

艾希就像一个小宝宝一样，躺在床上盖着被子，等着爸爸妈妈给她念睡前童话。而陆奇洲坐靠在床头，翻开普希金的诗集，选了《我的名字》朗读给艾希听。

我的名字对你有什么意义？
它会死去，
像大海拍击海堤，
发出的忧郁的汩汩涛声，
像密林中幽幽的夜声。
它会在纪念册的黄页上，
留下暗淡的印痕，
就像用无人能懂的语言，
在墓碑上刻下的花纹。
它有什么意义？

它早已被忘记。
在新的激烈的风浪里，
它不会给你的心灵
带来纯洁、温柔的回忆。
但是在你孤独、悲伤的日子，
请你悄悄地念一念我的名字，
并且说：有人在思念我，
在世间，我活在一个人的心里。

艾希听完之后，有点陶醉，这首诗很美，外加上磁性的声音，简直就是一种听觉享受。

陆奇洲念完，目光看向艾希：“听得还满意吗？”

艾希点头：“非常满意，不过这首诗有点悲。”

陆奇洲淡笑：“还好吧，爱过，被爱过都是一种幸福。”

艾希看着他：“爱过，被爱过？”

陆奇洲点头：“浮世繁华都是过眼云烟，而爱过一个人，多少会在内心留下痕迹。在某时某刻，某个人的爱能让一个孤独悲伤的灵魂得到一丝安慰，是件美好的事。”

艾希闻言，笑了笑：“听你这么解释，感觉你曾经深爱过某个人。”

陆奇洲的视线落在艾希的脸上：“现在深爱着你，不是吗？”

艾希笑，即便陆奇洲是个有故事的人，她也不会计较太多，毕竟谁都有过去，而她只要现在。

陆奇洲见她笑了，没继续追问，接着说道：“我的名字对你有什么意义？”

艾希愣了下说：“问我？你的名字对我有什么意义？”

陆奇洲点头，眼底充满了期待。

艾希想了想说：“陆奇洲，这个名字对我而言有什么意义？这我得好好想想。”

“给你一个晚上的时间，明早告诉我答案。”

“好。”

陆奇洲又翻了几页书，艾希看着他，随后道：“那我呢？我的名字对你有什么意义？”

恋爱中的人，总是喜欢说些令人发腻的话，说完我爱你后，一定想听对方回一句，我也爱你。

陆奇洲目光深情地看着艾希，说道：“你的名字，对我而言，是爱，是信仰。”

艾希的眼睛眨巴了几下，嘴角露出开心的笑容：“你的情话，真是出口成章。”

陆奇洲笑道：“真心话。”

艾希也笑道：“那我现在也告诉你答案，你的名字，对我来说是安全感。”

陆奇洲勾唇：“安全感？”

艾希点头：“女人心底最需要的安全感。”

“还有吗？”陆奇洲笑问。

艾希眼睛扑闪几下，陆奇洲引导地说：“譬如听到我的名字就心动，觉得性感，或者狂野之类的。”

艾希听后，掩嘴而笑，随后道：“心动是有，至于性感、狂野……还有待探索。”

陆奇洲嘴角扬起性感的笑意，俯身过来：“想探索吗？”

他的突然靠近，直接让艾希的心跳漏了半拍，因为靠得太近了，她可以清晰地看到他脸上的毛孔，他的气息也直接氤氲了她鼻尖的空气。

陆奇洲真的很英俊，真的很让人心动，艾希不想掩饰自己的心思，低声开口道：“想。”

陆奇洲对她的答案十分满意，低头亲了一下她的红唇。艾希本以为他会直接付诸行动，但没想到他只是亲了一下。这种恋爱方式真的很高明！十足的吊人胃口啊！艾希越发觉得陆奇洲是个情场高手。

陆奇洲重新靠坐在床头，说道："继续给你念一首诗。"

躺在被窝里的艾希，眼睛怔怔地看着他，随后一字一顿道："你就是个情场高手。"

陆奇洲闻言，目光落在艾希那晕染着桃色的小脸上，勾唇道："我能理解你这是在控诉我，刚才的那个吻没满足你？"

艾希闻言，伸手掐了一下陆奇洲的手臂："快念你的诗！"

陆奇洲笑意更深，抓住她的手，顺势握住，接着念《假如生活欺骗了你》。

假如生活欺骗了你
不要悲伤，不要心急！
忧郁的日子里需要镇静：
相信吧，快乐的日子将会来临。
心儿永远向往着未来，
现在却常是忧郁；
一切都是瞬息，
一切都将会过去，
而那过去了的，
就会成为亲切的回忆。
……

艾希听后，晃了一下陆奇洲握住自己的手："你会欺骗我吗？"

陆奇洲闻言，笑了笑："看情况。"

艾希眉头上扬："看情况？"

陆奇洲笑着说道："欺骗有两种，一种是善意的，一种是恶意的，我跟你保证，我不会对你做恶意欺骗的事。"

"善意的欺骗也不行，我们之间对彼此必须坦诚相待。"艾希道。

陆奇洲笑，轻轻地捏了下她的手：“你还真是没安全感。”

艾希努嘴：“我确实没什么安全感，从我爸妈离开之后，我就这样，外表不断地武装自己，看似强大，但其实特别没有安全感。”

“刚才不是说，我的名字对你来说就是安全感吗？”陆奇洲道。

艾希靠了过来，将头枕在陆奇洲的腿上，说：“嗯，你让我感觉到从未有过的安全感。”

陆奇洲低头，笑看着她，开玩笑道：“你不会是把我当成爸爸吧？”

艾希闻言，晃了下他的手：“你是你，爸爸是爸爸。你们虽然都给我安全感，但区别大着呢！”

“也是，爸爸不可能这么对你。”说完，陆奇洲俯身下来，又吻了一下艾希的红唇。

艾希咬了下唇，一脸娇羞地看着他说：“你对我这么温柔，我要是上瘾了怎么办？”

“我就是想让你上瘾。”

“你故意的？”艾希娇瞪着眼睛。

“不是，是情不自禁。”陆奇洲解释。

艾希看着陆奇洲的俊脸，认真道：“奇洲，谢谢你喜欢我，谢谢你爱我。”

陆奇洲听后，原本握着她的手伸向了她的脸颊：“不，该说谢谢的人是我，谢谢你爱我。”

艾希抿了下唇道：“我好像没跟你说过这句话。”

陆奇洲自然知道她说的是哪句话，不由得循循善诱道：“现在就可以说。”

艾希嫣笑，看着他：“你突然要求，有些说不出口。”

“艾希，我爱你。”陆奇洲目光深情地看着她，认真地表白。

艾希笑了笑，咬了下唇，缓缓开口道：“我，我喜欢你，我……爱你。”

陆奇洲听到艾希的回应，特别满足："艾希，相信我，我会让你幸福的。"

情到浓处，艾希欣然点头："嗯。"

两人的眼睛互望着彼此，在黑眼球里，清晰地看清自己的表情，他深情，她娇媚，气氛骤变，有种山雨欲来的强烈之兆，正当艾希以为陆奇洲会以一场热吻来结束两人今晚的念诗催眠活动时，下一秒，陆奇洲却摸了摸她的脑袋，开口道："早点休息，有助于伤口恢复。"说完扶着艾希的脑袋，放回枕头上。

他的动作，直接把艾希给弄蒙了。按照电影剧本，这个时候，肯定是要来一个干柴烈火的热吻啊！为什么他却如此急迫地想要离开？

陆奇洲看艾希脸上的小表情，似乎猜到了她的想法，开口道："我要是现在不离开，就快控制不住了。"

艾希闻言，怔了一下，随后反应过来，脸刷地一下红了起来。

陆奇洲捏了下她的小脸："晚安！"

艾希羞得都不想回应他了，眼巴巴地看着他离开。

陆奇洲一关上房门，表情立马变得严肃起来，这次他依旧没有直接回客房，而是去了酒窖。

酒窖很大，藏品特别多，不过陆奇洲不是下来品酒的，而是直接走到尽头的右边，伸手启动按钮。

酒窖又出现一个内置密室，密室进去是一道隐形门，陆奇洲的手印了上去，隐形门缓缓打开。

他跨步走进去后，秦昊坐在里面，他的周边全是透明的大屏幕，看到陆奇洲进来，他立马站起身。

陆奇洲直直地走到秦昊的身边问："怎么回事？"

"家里的系统被攻击了。"

陆奇洲刚才突然停下跟艾希你侬我侬，就是因为知道家里的安全系统出现了异样。

"解决了吗？"

“已经解决了。不过把叶琳留在这，会不会不太妥当？”

陆奇洲看了下秦昊，开口道：“我还没想好把她送到哪。”

秦昊随后建议：“她说你暴露了，这让我很担心。”

陆奇洲闻言，勾唇而笑：“我就是故意要将她引来这里的。”

秦昊看着陆奇洲：“知道你是故意的，但这其实不是明智之举。”

“确实不是明智之举，不过这样能确保艾希的安全。”陆奇洲的眼睛落在其中一个屏幕上。

“我知道你可以为艾希做任何事，但首先是要确保你的安全，才能更好地保护艾希！”秦昊回道。

陆奇洲看了下秦昊说：“你在担心我会暴露？”

秦昊诚恳地点头：“其实你也清楚，外界有很多组织和机构都在揣测你。”

陆奇洲当然知道这些，他从来不露面，但是外面却有很多他的传说。

“只是揣测，没有实证。”陆奇洲道。

秦昊却道：“但这次我总有不好的预感。”

陆奇洲的眼睛看着秦昊，秦昊接着说：“现在在外人眼里，艾希小姐就是你的软肋。最近发生的事情，表面是冲着艾希，实则……”

“我自有分寸。”

秦昊听他这么说，也只能默认，因为陆奇洲决定的事情，他只能服从。

“再加密一层。”陆奇洲交代道。

“是。”

“忙完，你也早点休息。”陆奇洲要走的时候，交代秦昊一句。

面对老板的关心，秦昊笑问：“我现在住在这，会不会不太方便？”

陆奇洲明白秦昊的意思，他怕当电灯泡，于是道：“我一直当你是透明的。”

秦昊被噎了只好说：“这话让我好伤心。”

陆奇洲笑道："快干活儿，早点休息！"

"是，老板！"秦昊应道。

陆奇洲离开之后，秦昊又将系统加密，可以说整个陆家就像笼罩着一个无形的玻璃罩一样，任何的风吹草动都能看得一清二楚。

艾希在陆奇洲离开之后还是没睡着，她坐在床上翻看记忆云。

她当然不是在回味与陆奇洲的你侬我侬，而是调看刚才去书房的画面。

虽然现在的她对记忆云有很严重的心理阴影，但这个东西在特定的情况下却又发挥着很关键的作用。

在书房和陆奇洲有两分钟的对话互动，艾希将画面定格在那本《周易》上。

茫茫书海里，她竟然注意到了《周易》。真的好奇怪！这本书众所周知，但把它拿起来阅读的人并不多。

艾希在家中的书柜里也没有这本书，可是为什么她在那一刻偏偏对这本书感兴趣呢？

艾希觉得有些突兀，但也没有办法解释那一刻的感受。她伸手点击了一下播放，陆奇洲紧接着说话："比起给你念《周易》，我觉得还是给你念诗比较浪漫。不是说喜欢我的声音吗？念诗应该很好听。"

这话听上去很正常，可是又觉得有点不正常。因为陆奇洲的语速，明显快了一些。

对于语速的敏感，还得归功于演员这个职业，艾希与别人对台词的时候，很快就会做出相应的反应。

艾希又听了两遍，确定无疑，陆奇洲在这个时候的反应是不同的。

为什么会这样？太奇怪了！

艾希的脸上露出疑惑的表情，她很想去书房探寻一下，证实这些只是她胡思乱想。

她想要下床，但是动作却停滞在那，随后又将身体缩回被子里。

这里不是她的家，没办法做到自由随性，万一被陆奇洲撞见，他会以为自己品行有问题。

艾希重新躺了下来，有太多的事她想不明白，促使她急迫地想搞明白。

陆奇洲从酒窖出来之后，手里拿了一瓶红酒给了COCO，之后回了客卧。

没过一会儿，COCO将醒好的红酒送进房间。

陆奇洲接过酒杯，轻轻摇了摇，杯中的红酒就像一个红衣女子在沿着杯壁跳着轻盈的舞步似的。

“艾希小姐睡了吗？”陆奇洲问。

“没有。”COCO回道。

陆奇洲微微点头，随后喝了一口红酒，COCO见状默契地退出房间。

而陆奇洲一手拿着红酒杯，一手点开了全息影像，随后将书房的系统重新设置了一下，启动密室的机关不再是《周易》这本书。

又品了几口红酒之后，陆奇洲放下酒杯，脱去衬衣，露出上半身，走向浴室。

浴室很快雾气升腾，陆奇洲浑身湿透，温水就像一双手一样流下。

不一会儿，陆奇洲裹着浴巾出来，走到床边，他扯掉浴巾，掀开薄被躺了下来。

是的，他一直以来习惯没有束缚的睡眠，也不喜欢有任何人靠近，当然现在有了例外。他喜欢跟艾希的各种亲密接触。

躺下之后，还是觉得有一点点异样，这不是他习惯的床。

而隔壁主卧的艾希，此刻也已经关灯，强迫自己休息，不去想那么多烦心事，她伸手扯过薄被，深吸一口气。

被子沾染着陆奇洲的气息，那是令人安心的气息，原本胡思乱想的她也慢慢地安定了下来。

第二天艾希醒来的时候已经快九点了，明明是在陌生的床上醒来，却有种莫名的熟悉感。

艾希起来披上浴袍，洗漱一番后，去了餐厅。

她没见到陆奇洲的身影，但刚才洗漱的时候，已经看到了他特意留给她的信息，说他有事先出门了。

COCO已经把早餐准备好了，艾希端起牛奶喝了一口，问COCO："秦管家也一起出去了吗？"

COCO点头道："是的，秦管家和老板一起出去了。"

艾希接着问："秦管家，除了担任管家，也是你们老板的秘书吗？"

COCO点头道："是的。"

艾希懂了，看来秦昊在这个家里的地位不一般。

COCO接着道："老板交代，吃完早餐带艾希小姐参观整个家。"

"整个家？任何地方都可以吗？"艾希笑问。

COCO点头道："可以。"

艾希笑道："等我十分钟。"

吃完早餐，COCO带着艾希参观陆奇洲的家。作为明星的艾希在外人的眼里已经够有钱了，但是跟真正的有钱人一比，艾希觉得自己就是一个捉襟见肘的穷人。房间布局就不提了，书房的藏书也不用提，酒窖的藏品也是如此，就连客厅那幅名画都可以忽略，因为那只是其中之一。在陆奇洲的家里，竟然还有一个单独的画廊，里面全是各大名家的画。

艾希粗略估值了一下，光这个画廊就值几百个亿。

不，不该用金钱去衡量这些名家的画，因为这些都是无价的，是人类历史上留下来的文化财富。

"这些都是真品？"艾希问COCO。

COCO直接扫描了一下画，然后全息影像里出现了画作的介绍，以及画作使用的颜料和纸质的分析，当艾希看到是以十八世纪开头的，便觉得自己多此一举。

既然都是真品，艾希自然不想错过这么好的机会，于是一幅一幅地欣赏。一旁的 COCO 也自然化身为讲解员。

到了中间，墙体上挂着一幅画，但是却用虚拟技术给遮掩了。

艾希一脸疑惑道："这幅画就是这样的，还是被隐藏了？"

COCO 开口道："隐藏了。"

艾希不解："你知道这是哪幅名画吗？"

COCO 摇头："我的信息库里没有这幅画的资料。"

艾希也不再追问，她继续往左边看画，身体前行，但眼睛还是忍不住回头看向那幅被隐藏的画，心里充满了好奇。

"你们老板是喜欢收集藏品，还是本身喜欢画画？"

"我们老板喜欢收集藏品，也喜欢画画。"COCO 回道。

"他喜欢画画？"艾希有些意外。

COCO 笑道："他时常会在画室作画。"

"他画什么类型的画？"艾希询问。

"人物肖像。"COCO 回道。

艾希微微点头："改天我也要让他给我画一幅。"

他们在藏画馆待了一个小时，艾希心满意足，因为这样的体验就跟被邀请参加一个私人精品特展一样。而那些画，不仅是精品，还是无价的艺术。

不过艾希还有一件心心念念的事，于是道："COCO 我有点累了，就不参观了。"

"那我送你回房休息。"COCO 应道。

艾希摆手说："躺在床上浑身不自在，我去书房看书吧。"

"好的。"COCO 应道。

艾希去了书房，昨晚便知陆奇洲的书房有很多藏书，但 COCO 将书房窗帘拉开的时候，又是另外一番风景。

阳光洒了进来，窗外有一个巨型的阳台，阳台上有一张舒适的读书椅和几何形的茶几。

艾希走了出去，临近初夏天气回暖，阳光照在身上特别舒服。

“你家老板经常在这看书？”艾希问。

COCO 点头：“是的。”

艾希微微一笑：“COCO 你去忙别的吧，我在这看会儿书。”

“需要我给你准备饮料和糕点吗？”COCO 问。

“苹果汁。”艾希回道。

COCO 随后退出了书房，艾希则回到室内的书房。她没有直奔那本《周易》的摆放处，而是先挑了一本科幻小说《平行的世界》，随后她慢慢地踱步浏览过去，行为看似跟平时无异。

艾希会如此小心翼翼，是因为她不确定书房是否装了监控，所以这就是演员的好处，体验很多不同的人生，在生活中偶尔运用一下，几乎让人无法辨识。

她又挑了几本书，刚好浏览到昨天那本《周易》，《周易》那泛黄的封面呈现在眼前，艾希缓缓伸手，拿起那本《周易》。

艾希翻看了几页后，放了回去，借机细看了下放这书的书架，没有任何特别之处。

她又顺势触摸了下，也没有任何发现。

难道是她多心了？陆奇洲昨天语速有变，只是不想给她念这么深奥的一本书？

正当艾希思索的时候，COCO 端着果汁进来了。

艾希装作没事，转过身看向 COCO，随后拿着几本书去了外面的阳台。

这读书椅非常的舒适，艾希坐定后，内心的想法是自己家里也要买一个同款。

COCO 很贴心，除了一杯果汁，还带了一床薄毯说：“阳光虽好，但有点风。”

艾希见了，微微一笑：“谢谢。”

之后，艾希坐在读书椅上翻看着刚才挑选的科幻小说，科幻的世界就是这么奇妙，上个世纪的畅想，却在当下实现了大半。人类的想象力，就是科技创新的原动力。

对于科技创新，有值得认可的一面，但也有否定的一面。就拿记忆云来说，她现在内心真实的感受便是全世界的人类都在被大数据所控制。而这份大数据又被谁掌控着呢？

光是想想内心就感到一阵恶寒，让人冷不防地瑟缩一下。

艾希的心情变得有些烦躁，她合上书，目光看向远方，让自己平静一下。

这时电话响了起来，艾希点了下接通，画面上出现了卡卡的身影："亲爱的，我先回法国了，忙完之后，下个月搬回来。"

艾希点头："好，我回头让奇奇把客房给你布置下。"

但是卡卡却拒绝了："我搬回来不打算住你家。"

艾希愣了下："住男朋友家？"

卡卡笑："暂时不算男朋友，但是我相信等我搬回来的时候，他就是我男朋友了。"

艾希相信卡卡的本事，向她竖起大拇指："服你！把照片发我看看，帮你参考参考。"

卡卡笑道："等我彻底征服他后，直接带他去见你。"

艾希闻言，眯起眼睛："看来你遇到了对手。"

"他的确很特别，跟以往的人完全不同。"

"不容易追到手？"

"嗯，所以我必须要追到他！"

对于卡卡的每一段恋情，艾希都是祝福的，只是每段祝福能持续的时间都不长。艾希有时候也会想，卡卡的原生家庭是完全没有任何问题的，为何她却会如此的游戏人间？不过桃花运这种事，还真是玄学，时常是涝的涝死，旱的旱死。

艾希名气很大，拥有很多粉丝，但是桃花运似乎一直都不太好。

即便在拍戏的时候，有人对她感兴趣，但好像都是点到为止。为此艾希觉得她背后的传言，影响力巨大。

还好遇到了陆奇洲，总算摘得一朵粉嫩的桃花。

艾希和卡卡通完电话之后，端起果汁喝了几口就放回几何形的茶几上，然后她站起身，走到外围，眺望着远方。

虽不能将整个 A 市收入眼底，但可以看到大半。高楼大厦层峦叠嶂，交通系统车水马龙，其间郁郁葱葱，不愧是国内第一港口花园城市。

不过艾希没有欣赏的心思，她很快收回目光，走出了书房。

“COCO！”艾希叫唤着 COCO。

COCO 很快出现在艾希的面前，问道：“艾希小姐，有何吩咐？”

“我想做蛋糕。”艾希道。

COCO 怔了下，马上应道：“好的，我马上去准备材料。”

艾希在心情抑郁的时候，有很多种解压的方式，运动、SPA、做蛋糕等。因为背部有伤，前几种明显不太适合，所以选择了做蛋糕。再者她自己也喜欢吃甜品，觉得甜品可以治愈一切。

COCO 很快将艾希所需的材料准备好，艾希走到开放式的厨房，撸起袖子，开始制作蛋糕。

见艾希动作娴熟，在一旁的 COCO 道：“你经常在家做？”

艾希应了一声：“偶尔。”

COCO 微笑道：“很期待你亲手做的蛋糕。”

艾希淡淡一笑：“你家老板喜欢吃蛋糕吗？”

COCO 摇头道：“不太喜欢，不过你亲手做的，或许他会喜欢。”

艾希听后，不得不佩服人工智能的编程工程师，虽然它们没有自我意识，却有着一定的情商。这程序真的非常奇妙。

艾希搅完蛋清之后，开始加入面粉：“COCO，帮我拿焦糖过来。”

COCO 将焦糖递给艾希，艾希挤了一些下去，继续搅拌。

艾希不忘问一句："你家老板喜欢吃什么水果？"

"猕猴桃。"COCO 道。

"帮忙切点猕猴桃。"艾希道。

"冰箱里今天没有储存猕猴桃。"

"那有什么水果？"艾希问。

COCO 一边打开冰箱，一边道："樱桃、葡萄、橙子、苹果。"

艾希关掉搅拌机，走了过来，看了一眼冰箱，全是她喜欢吃的水果。

"这些水果是为我准备的？"艾希问。

COCO 眯眼微笑："是的，在网上查了你的资料后准备的菜谱和水果。"

艾希欣喜一番，再次看了眼冰箱，她顿了下，里面放着一个她不喜欢吃的东西——紫甘蓝。

"你家老板喜欢吃紫甘蓝？"艾希问。

COCO 的眼睛眨了两下："他不喜欢。"

"秦管家的菜谱？"

COCO 又眨了几下眼睛："是的。"

艾希看了下 COCO，没再说什么，回到操作台上，继续做她的蛋糕。

一个小时后，艾希烘焙出一个樱桃蛋糕，以往奇奇会帮她扫描一下测试味道，这次出炉之后她第一时间亲自品尝，还算满意。

COCO 见艾希脸上露出笑容，不由得道："老板应该会很喜欢。"

艾希问 COCO："他说了什么时候回来吗？"

COCO 轻轻摇头，艾希作罢，切了一块蛋糕，剩下的让 COCO 放进冰箱保鲜，自己端着那块蛋糕去了书房。

艾希在书房的阳台上吃着蛋糕，似乎若有所思，连陆奇洲靠近都没有察觉。

"在想什么？这么入神？"陆奇洲笑问，顺势坐了下来。

艾希闻声，连忙抬头："你什么时候回来的？"

"刚回来。COCO 说你在书房，就直接过来了。"陆奇洲道。

艾希看了他一眼，正要说话的时候，陆奇洲接着说道："COCO 说你亲手做了一个蛋糕。"

艾希点头："嗯，要不要尝尝，我去给你切一块。"

陆奇洲笑着道："直接把你手里的给我。"

艾希看了下手中的蛋糕，吃得只剩下两口了，她正要说些什么，陆奇洲已经将身体靠了过来："喂我。"

艾希听后，心头涌起一股甜蜜，拿起汤勺喂了陆奇洲一口，眼神里充满期待地看着陆奇洲。

陆奇洲品尝之后，对艾希道："这是我吃过最好吃的蛋糕。"

艾希笑道："你这话有点假。"

陆奇洲笑了笑，说："不假，我很少吃甜品，这确实是我吃过最好吃的甜品。"

"冰箱里还有，要不要给你拿点过来？"艾希笑问。

"好。"

艾希起身去给陆奇洲拿蛋糕，没过一会儿手里端了一份蛋糕，放到陆奇洲的面前。

陆奇洲二话没说吃了起来，看他吃得那么香甜的样子，艾希还是很有成就感的。

"看你吃得这么开心，我怀疑你根本不是不喜欢吃甜品！"艾希笑道。

"确实如此，要看谁做的。"陆奇洲道。

艾希嫣然一笑："真会哄人！"

"真心话。"

陆奇洲说完舀了一口，送到艾希面前，艾希只能顺势张嘴。

"希望以后可以经常吃到你做的蛋糕。"

艾希将蛋糕吞下去后，回道："除了蛋糕，你还想吃什么？"

“只要是你做的，我都想吃。”陆奇洲道。

“想让我为你洗手作羹汤？”艾希嫣笑。

“我可以给你打下手。”陆奇洲道。

艾希笑着说：“中午试试！”

“等你身体恢复好了再说。”陆奇洲没有那么急迫。

艾希看着他，眼底尽是笑意：“好。对了，你有什么忌口吗？譬如不爱吃的东西？”

“有，我对紫甘蓝过敏。”陆奇洲道。

艾希听后，眸色微变，她确实没有记错，上次让杰米私下调查陆奇洲的资料时，就看到一条他的饮食禁忌标注：紫甘蓝过敏。

艾希收敛起眼底的情绪，对陆奇洲道：“你对紫甘蓝过敏，而秦管家却喜欢吃紫甘蓝，你们还真是一对有趣的组合！”

陆奇洲听后，微笑着看向艾希：“你怎么知道秦管家喜欢吃紫甘蓝？”

艾希笑了笑：“做蛋糕的时候，问了一下 COCO 你们的喜好。”

陆奇洲淡淡一笑，艾希看着他：“笑什么？”

“看你对我上心，开心啊！”陆奇洲笑道。

艾希的脸上露出一抹娇羞：“你对我好，我自然也想对你好。”

陆奇洲闻言，伸手牵过艾希的手，温柔地摩挲着：“我对你的爱是不需要回报的。”

艾希听后，看着他反驳道：“我要是没有任何回应，你不会心凉吗？”

陆奇洲笑着纠正自己刚才的话：“需要回应，但不需要回报。”

艾希笑着看他，随后道：“我有个朋友想过来找我，可以吗？”

“你身上有伤，我不希望你过于劳累，最近要好好休息。”陆奇洲建议。

艾希道：“不是工作，是闺密。她担心我。”

陆奇洲听后，点头：“可以，直接把这当成家。”

艾希微微点头：“奇奇下午也会帮我再搬点东西过来。”

陆奇洲笑着说：“任你支配，你现在就是这个家的女主人。”

听到女主人三个字，艾希的脸立马红了：“我可没答应你什么啊……”

陆奇洲勾唇，握着她的手：“现在是，将来也是。”

艾希看着自信满满的陆奇洲，随后娇羞地将手抽了回来：“我怎么有种被请君入瓮的感觉啊！”

陆奇洲笑道：“不是请君入瓮，而是随心而动。”

艾希听后，看着他，彼此对视几秒，甜蜜就像花骨朵一样，徐徐地绽放而开。

警局，网络安全调查小组办公室。

邢凯锋看着屏幕上的资料，眉头皱得跟铁疙瘩一样。

廖斌走了过来：“头儿。”

邢凯锋转过头，廖斌将自己刚拿到的资料给邢凯锋看：“头儿，我们按照你的指示将犯罪现场的每一个角落都仔细排查过一遍，没有任何新的发现。”

对于这种消息，邢凯锋一点都不想听，他烦躁地拿起一根烟抽了起来，吸了几口，吐出缥缈的烟圈：“小廖，你不觉得蹊跷吗？”

廖斌点头：“是很蹊跷，感觉就像四周都被人堵上了墙，找不到任何突破口。”

邢凯锋又猛抽了几口，随后道：“我也是这种感觉。”

“要不要再去见下艾希女士，从她那边寻找一些线索？”廖斌建议道。

邢凯锋看了下廖斌：“陆宅那边有什么动静？”

廖斌回道：“早上八点左右，陆奇洲和他的管家一起出了门，十点半返回。”

“艾希呢？”邢凯锋道。

“她没有出去，不过看高空侦查组发过来的视频，隐约可以看到她在家里看书。”廖斌道。

邢凯锋又吸了几口，随后将烟掐了：“继续密切关注。”

廖斌应道：“是，不过头儿，你此举是不是有什么想法啊？”

邢凯锋看了下廖斌：“我现在也吃不准，先给我盯紧了。”

艾希在奇奇的陪伴下，在陆奇洲家里养身体，本身作为明星的她一直都是被众星捧月的，在这里的几天也是被照顾得无微不至。

奇奇给艾希抹好药后，对艾希道：“伤口恢复得很好，明天可以试着恢复瑜伽锻炼。不过动作的幅度还是不宜过大。”

艾希缓缓地将浴袍扯了上来，系好衣带，对奇奇道：“待会儿杰米会来，去准备一点她喜欢吃的东西。”

奇奇点头：“好，我马上就去准备。”

自从奇奇过来之后，艾希的饮食起居还是由奇奇负责，COCO在一旁协助。

对于这点，艾希觉得人工智能是具有非常好的优越性的，因为换成真正的人类，她这般鸠占鹊巢，还带人过来，多少会引起他人的不适，但是人工智能就没有这种烦心事，更不会为此上演一场宫斗戏。

半个小时后，杰米的身影出现在陆奇洲的庄园里。

艾希在户外的花园里招待了杰米，杰米四处张望一番，不由得感叹道：“明媚的阳光，芳香的花园，外加上这香浓的咖啡，简直就是人间天堂！”

艾希笑了笑：“你也不差钱，给自己买套豪宅还不是轻而易举的事！”

杰米闻言，目光看向艾希：“跟你们这些有钱人比，我就是一穷人。”

艾希知道杰米在说笑，虽然她们之间的交流不是很密切，但艾希多少知道杰米私下做的一些事情，所获得的报酬也是不低的，对这种生存方式她不好发表意见，毕竟每个人都有自己在这个世界上的谋生手段。

有光明，必然有阴暗，这是自然生态。当然她也知道杰米有自己的行为准则，是个有底线的黑客，所以作为朋友的她能做的就是再三叮嘱她行事小心。

杰米喝了几口咖啡之后，看向艾希，表情很严肃地说：“找我来这，有急事？”

艾希也不隐瞒，点头道：“嗯，有急事。”

杰米直言道：“直说。”

艾希看了下周边，随后靠近杰米：“你能帮我破译密码吗？”

“什么密码？”

“暗门的密码。”

杰米闻言，看着艾希：“暗门？哪里的暗门？”

“陆家的。”艾希直言道。

杰米有些意外道：“你男朋友家的？”

艾希看着杰米，认真地说：“杰米，我没办法跟你解释太多，但时间很紧迫，我需要你的帮助！”

杰米确实有很多不解，但见艾希这般说话，直言道：“艾希，你是不是发现你男朋友有什么不为人知的勾当？”

艾希看了下杰米，沉默了两秒才回道：“我只是想知道一些事情的真相。”

“你发现了什么？”杰米的脸色也严肃了起来。

“你帮我破译密码后，我再跟你解释。”艾希道。

杰米看着艾希问道：“跟前面的事情有关？”

艾希微微点头：“我怀疑，他家里藏着一个人！”

“一个人？谁？”杰米警觉地问道。

“那个跟我长得一模一样的人。”艾希道。

杰米的眸色微变：“什么意思？”

艾希凝视着杰米：“杰米，这件事对我来说太重要了，我恳求你帮助我。”

杰米见艾希一脸严肃，也知道至关重要，作为朋友的她肯定会义不容辞地帮忙，但是这是艾希男朋友的家，所以她想有所行动，还是有顾虑的。倘若在这动手，那便是非法入侵他人家宅，属于网络犯罪里的重罪。

“艾希，你确定吗？”杰米郑重地问。

艾希迎视着她的目光，轻轻抬起头，说：“不确定，但是我有强烈的预感！”

杰米听后，思索了一下，说：“亲爱的，对于你的事，我都不会袖手旁观的，只是你考虑过没有，这是你男朋友的家，万一……我是说万一你的猜想是错的，这对于你们之间的关系，会是个可怕的打击。”

艾希考虑过这些，可是内心还是不断驱使她去寻求真相：“这些我都考虑过，也想过后果，可是我就是想知道真相！”

杰米闻言，开口道：“你的心情我理解，要是换作别的地方，我肯定二话不说，撸起袖子就开干了。可是你男朋友那边……”杰米看着艾希接着说，“艾希，我的建议是，如果你有一定把握，实话跟你男朋友说，看他是什么反应。”

听完杰米的建议后，艾希沉默了一会儿：“杰米，你对陆奇洲印象如何？”

杰米想了想，回了四个字：“高深莫测。”

艾希听后，轻轻地叹了一口气：“说实话，他对现在的我而言，就是救世主，但同时也有很多疑惑。他对我的好，让我沉溺其中无法自拔。可是我又害怕他因为我而受到伤害。”

杰米不由得叹道：“现在的你，真的跟其他恋爱中的女孩一样，患得患失。”

艾希承认：“是的，我确实患得患失，所以才想知道真相。”

“跟我说说你的怀疑。”杰米道。

艾希将自己这几天的观察如实地告诉杰米。

杰米听后，说道：“我知道你的观察力很好，不过作为女朋友，最好还是不要擅自非法入侵他的家庭网络。”

艾希听后，叹了一口气，道：“既然如此，我就不劳烦你了。”

杰米连忙道：“艾希，你别误会，其实你要考虑好了，我也不是不帮忙，大不了豁出去！”

杰米又不是没干过非法入侵他人住宅网络的事，但是见艾希这么说，她也表明一下态度。

“不过与其自己私下去探究，我的建议是跟他开诚布公！倘若是他真的藏着那个人，你就可以提出要求，跟那个人当面对质！”杰米道。

艾希看着杰米：“好，我听你的！”

杰米淡笑：“最好寻到证据再去摊牌，免得彼此关系被考验。”

艾希虽然很任性，但在理的话，还是能听得进去的，于是对杰米道：“杰米，你以前谈过不少恋爱吧？”

杰米听后，失笑：“谈过，不过因为彼此不信任，关系直接崩了！事后回想，自己当时的有些行为确实不妥。”

“听你这么说，你应该是很喜欢你那个前男友。”艾希道。

和杰米交流完，艾希内心的冲动被暂时压制了下来，说到证据，她确实没有，但她这几天的观察，也不是白折腾的。

这事搁置之后，艾希跟杰米闲聊了几句，随后带着她参观了一番。

参观完这栋房子之后，杰米脸上的表情似乎有些玩味，她偷偷告诉艾希：“这套房子，确实存在暗室或地下室！”

艾希眼神忽闪：“你现在认同了我的猜测了？”

杰米看着艾希道：“就目前我所参观的地方，书房里应该有一道暗门。”

艾希满脸惊奇：“书房？我每天出入最多的地方就是书房，可我没有任何察觉，只是隐约知道家里肯定有地下室。”

杰米眉头微扬："我是怎么知道的就不具体告诉你了，这个相当于技术机密。不过这么大的房子，有个地下室也很正常。只是拿来做什么，有待考究。"

艾希听后，回想到那天第一次来书房时，陆奇洲声音的不自然，恐怕就跟这个有关，于是她坚定地说道："那个人一定在地下室！"

杰米看着她："你是说，陆奇洲跟你说放她离开了，但实际是将她关在了这？"

艾希点头："有这种可能性。"

杰米一脸疑惑道："如果这是真的，估计他也是为了保护你，不过关个人在地下室或暗室，的确会令人生疑。"

杰米知道特别多暗地里的交易，包括那些非常可怕的交易，这种交易从互联网发展之后改变了方式。时不时也能看到相关报道，让人不寒而栗。但是即便如此，黑暗依旧存在，它们随着环境、时间、科技的改变，变得越来越隐蔽，同时也越来越可怕。

"杰米，我记得有一种技术，就是地震后可以探测人体的仪器。你懂这个技术吗？"艾希问道。

杰米听后，点了点头："知道，用过很多次。"

"你能尝试探测一下吗？"艾希道。

比起破译什么暗门密码，探测这类技术还是可行的。

杰米看了看艾希，问道："想好后果了？因为探测也会留下一些痕迹，到时候可能被发觉。"

艾希知道杰米是在为自己考虑，说道："入侵他人家宅网络是重罪，但是探测还好，我到时候可以跟陆奇洲解释说因为我心中有疑惑，才找人帮忙的。"

见艾希主意已定，杰米也豁出去了，说实话她对陆奇洲的好奇，一点都不比艾希少。

于是，她点开了个人系统，操作着全息键盘，开始对密室下方是否有人体特征进行探测。

艾希看着杰米手速超快地操作着，内心十分崇拜，因为杰米属于顶尖黑客高手，她还记得第一次让杰米帮忙的时候，那效率艾希差点跪了。

“你这套技术测试设备，是哪弄来的？”艾希问。

杰米笑道：“这种事不要深问。”

艾希勾了勾嘴角：“不问，不问，怎么样？有探测到吗？”

杰米看着全息影像的屏幕，眉头紧锁着，回了两个字：“没有。”

艾希愣了下，说：“没有？”

杰米咬了下唇，随后道：“与其说没有，不如说是被屏蔽了。”

艾希有些诧异：“还有这种技术？”

杰米关掉了探测系统，收起全息影像，对艾希道：“屏蔽信号是很简单的技术，但如何让人无法监控到，这才是强大的技术。”

艾希对于杰米所说的技术，自然是陌生的，又问道：“你确定是被屏蔽了信号？”

“只是猜测。”

“我需要确定！”

杰米看着艾希的表情，感觉她被此事深深困扰着，那种抓狂的心情，她是理解的，不由得伸手轻轻地拍了拍她的肩膀：“我懂你，不管他的用意如何，倘若他真的将那人关在了地下室，都让人无法接受。”

艾希道：“他说情侣之间最重要的是彼此坦诚！等他回来之后，我想跟他摊牌。”

杰米闻言，笑了起来：“你啊，好歹也是在娱乐圈摸爬滚打了这么多年，竟然还这么单纯！”

艾希看着她：“这不是单纯的问题！”

杰米笑道：“懂，是真命天子的问题。”

艾希没有否认：“他对我的好，是我无法拒绝的。”

杰米道：“我支持你去摊牌！说实话，我现在对陆家的庄园产生了极大的兴趣。要不是他是你男朋友，我还真要忍不住试试了。”

艾希看了看杰米，道：“是我太自我了，没你考虑得那么周全。”

杰米耸了下肩膀道：“只是比你多谈过几次恋爱，比你多点经验。对了，关于白莹的事情，我还是没查出头绪。”

艾希前面听杰米汇报过，这次又是这种回复，不由得皱紧眉头：“连你都查不出头绪，可见这事没那么简单。”

杰米当然知道这事远比自己想象得复杂，尤其是听到白莹是人工智能后，加上没有查到有价值的线索，她内心出现了一种声音，那是恐惧的声音。

一直身处灰色地带的杰米从来没有过这样的感觉，因为恐惧，也不敢深想。

为了不让艾希多想，杰米安抚道：“警方已经封锁了相关信息，我因为前一阵被请去警局，所以最近行事稍微小心！”

艾希知道因为自己的事，把杰米也牵连了出来，于是道：“每次你都会义无反顾地帮我。”

“也不完全义无反顾啊，譬如现在，我就不敢乱来。”杰米笑道。

艾希听后，伸手搭在杰米的手臂上：“这个问题还是我自己亲自去解决，先不聊这些了，我们出去吧，我让奇奇给你做了一些饼干，闻到香味了吗？”

杰米自然是闻到了香味，二话不说，她们出了书房直奔厨房。

“奇奇，你又给我做小饼干了是吧？”杰米一副跟奇奇很熟的样子。

奇奇笑眯眯道：“已经帮你打包好了。”

杰米很是开心：“你真好，亲爱的奇奇。”

陆奇洲因为有一个大项目需要亲自出席，所以出去了一下，处理完事情之后，便第一时间赶了回来。

回来的路上，坐在旁边的秦昊看着全息影像，对陆奇洲道：“老板，家里来了一个客人，有点来者不善，待会正面遇见怎么应对？”

陆奇洲看了眼全息影像上杰米的资料说道：“顶级黑客？”

“她私下查探过你好几次，技术非常过硬，要不是多加密了几次，我都有点担心被她给攻破。而且这种人，一旦沾上手，便不好解决。”秦昊道。

陆奇洲的眼睛看着屏幕，淡淡地说道：“不是已经沾上手了吗？”

秦昊闻言，微微点头：“也是，不过她还是艾希小姐的朋友，处理起来，估计会更棘手。”

陆奇洲自然清楚，于是回了一句：“兵来将挡，水来土掩。”

秦昊见他如此淡定，便也不再说什么，因为这代表陆奇洲对现在的局面还是有绝对把控能力的，于是他关掉了全息影像，接着侧过脸又看了下陆奇洲，说：“艾希小姐已经有所怀疑，而叶琳还没处理好。老板，你有什么打算？我好提前做准备。”

“空中的监控还在吗？”陆奇洲道。

秦昊点头：“还在，而且门口新装了两台生命探测仪。”

陆奇洲明了，吩咐道：“按兵不动。”

“是！”秦昊应道。

十分钟后，车子驶进了庄园，坐在车上的陆奇洲看到不远处坐在花园里喝茶的艾希和杰米，她们两人看到他的车后，不约而同地站了起来，好像准备来迎接他的样子。

陆奇洲跟平常无异地打开车门，从车上走了下来，嘴角扬着微笑，对艾希说道：“我回来了。”

搬来陆奇洲家里住后，艾希从很多小细节上，感受到了爱情的美好，譬如现在陆奇洲的这句话——我回来了，特别的温情，让她心里对家的概念又多了一层了解。

想起爸妈在世的时候，夫妻俩琴瑟和鸣的样子，艾希的内心便被这暖意浓浓地包裹着。

艾希也冲着陆奇洲甜甜一笑，随后向他介绍：“我朋友，杰米，软件工程师。”

陆奇洲非常绅士地跟杰米打了招呼：“我的到来，好像打扰了你们享受下午茶的时光。”

杰米闻言，淡笑：“陆先生客气了，这是你的家，你是主人，我是客人，要说打扰，也是我打扰你了。”

陆奇洲笑道：“我非常欢迎艾希的朋友来家里做客，陪她聊天说话，倘若你有时间的话，可以常来。”

杰米看了下陆奇洲，英俊的脸，修长的身材，良好的教养，不得不说是个魅力十足的男人。只是通过艾希知道了陆家庄园的秘密，促使原本对陆奇洲好奇的杰米，更加看不透眼前的男人。

“既然是陆先生的恳请，我以后肯定会常来！”杰米也一点都不见外，直接应允了下来。

“欢迎，我替艾希谢谢你！”陆奇洲绅士地笑着回道。

艾希在一旁听完两人的对话之后，内心既温暖又纠结，不过还是压制住内心的焦躁，对陆奇洲道：“奇奇做了点心，要不要尝尝？”

“好。”陆奇洲点头。

三人走到院子里的茶几旁坐了下来，艾希刚要对COCO说，让她取热毛巾过来给陆奇洲擦手，便听到陆奇洲抢先开口：“我手没洗，你喂我。”

艾希闻言，直接怔了下，要是杰米不在，她对他亲密的话完全适应，可是有外人在，他也不顾忌，实在是让人有点难为情啊！

毕竟艾希可从来没在外人面前秀过恩爱，她不自在地看了下杰米，只见杰米抿嘴而笑，一副看戏的表情。

艾希也不好当着杰米的面矫情，于是很利索地喂了陆奇洲一块饼干，杰米见此嘴角的笑意更加玩味。

陆奇洲品尝过后，点了点头：“奇奇的烘焙技术真不错。”

艾希笑：“我回头把你喜欢的口味也输入进去，让奇奇经常给你做。”

“看来我迟早要被你养胖！”陆奇洲勾唇道。

听完两人的对话，杰米觉得自己要是继续待在这，就有点不识相了，于是开口道：“艾希，打扰你这么久了，我也该回去了。”

艾希听后，正要开口，又被陆奇洲抢了先：“临近晚餐时间，杰米小姐要是赏脸的话，留下来一起吃晚饭吧。”

杰米闻言，目光落在陆奇洲的脸上，眼前的这个人真是让人捉摸不透。

“谢谢陆先生的邀请，不凑巧我晚上刚好有约，下次再来叨扰你。”杰米说完，站了起来。

艾希也跟着站了起来：“我送送你。”

于是，艾希和陆奇洲一起送杰米到停车场，看着她驱车离开，两人不约而同地转过脸，看向对方，目光在空气中交织。

陆奇洲勾唇笑道：“跟朋友聚会，聊得很开心吧。”

艾希看着陆奇洲嘴角的笑容，说实话她现在有点迷茫，甚至有点害怕，害怕这笑容背后有其他的内容。

“嗯，聊得很开心！”艾希应道。

“开心就好，起风了，我们回屋吧。”陆奇洲说完，伸手揽过艾希的肩膀，拥着她走回屋内。

刚才艾希脑海里还闪过不好的想法，但是一贴近陆奇洲的身体，她似乎又开始对这个男人眷恋无比。

一进屋，秦昊便跟陆奇洲说道：“老板，有你的电话。”

陆奇洲只能放开艾希：“我先去接个电话。”

艾希点了点头，看着陆奇洲进了书房后，她去了厨房，COCO和奇奇正在准备晚餐，两个机器人配合得天衣无缝。

“还有半个小时就能用餐了。”奇奇对着艾希道。

艾希点头，目光看向COCO说：“COCO，秦管家的晚餐也一起准备吧！”

COCO抬头看向艾希：“三个人一起用餐？”

“是，秦秘书也不是外人。”艾希道，“记得你说秦秘书喜欢吃紫甘蓝，给他准备一道。”

COCO 的眼睛眨巴了一下：“好。”

艾希从厨房出来，刚好碰到秦昊，于是对他说：“秦秘书，晚上一起吃饭？”

秦昊愣了下，说：“一起吃饭？艾希小姐的意思？”

“你也不是外人，家里就我们三个，坐在一起吃饭应该会更热闹些。”艾希道。

秦昊笑道：“艾希小姐的邀请我心领了，至于吃饭，我想老板更喜欢单独跟你在一块。”

艾希直白地问：“这是拒绝的意思吗？”

秦昊笑道：“不敢，只是不想吃太多的狗粮。”

艾希被秦昊这么一说，有些不好意思，她最近跟陆奇洲在家相处的时候，实在让人觉得甜得发腻。

秦昊接着说道：“我也习惯独自吃饭，不过还是要谢谢艾希小姐的好意。”

习惯独自吃饭？这得有多孤独啊！

“我没搬进来之前，你也不跟你家老板同桌吃饭？”艾希试探地询问。

秦昊微笑道：“老板也习惯独自吃饭。”

听完这句话，艾希一时之间也无法反驳，因为她在自己家的时候，也是独自用餐的。

现代的科技非常发达，几乎每家每户都有超级智能的机器人，但这些智能机器人，终究不是人类，它们可以帮助人类处理生活和工作中的许多事，但在情感上不似人类那般浓烈。即便它们有着非常贴心的程序设定，出来的效果还是隐约给人一种硬邦邦的感觉。

“那就算了。”艾希也不勉强。

这时打完电话的陆奇洲刚好从书房出来，见两人站在一块，不由得面带笑容地走过来问道：“你们在聊什么？”

艾希的目光闻声而去，对着陆奇洲开口道：“想邀请秦秘书一起共进晚餐，但被他拒绝了。”

陆奇洲闻言，目光落在秦昊的身上：“既然艾希邀请你，秦秘书就赏个脸吧。”

秦昊看了下陆奇洲：“那我就恭敬不如从命。”

艾希见此，不由得笑道：“还是主人的威力大。”

秦昊连忙解释道：“艾希小姐，我不是这个意思，只是不想打扰你和老板用餐。”

艾希笑道：“我开玩笑的。”

“谢谢艾希小姐的邀请，我这边还有点事，晚餐见！”秦昊道。

艾希点头，见秦昊识趣地离开，陆奇洲嘴角勾着笑意，随后伸手揽过艾希的肩膀：“你来了之后，这个家便有了家的感觉。”

艾希淡淡一笑：“之前是什么感觉？”

“冷冰冰的休息之地。”陆奇洲如实地回道。

“你的这句话，要是被穷苦的人听到，可是要引起讨伐的！”艾希笑道。

陆奇洲勾唇：“我的意思是，你的到来，给这个家注入了温暖。”

艾希笑道：“来这住的几天，我也觉得搭伴过日子，好像还不错。”

陆奇洲闻言，眼底的笑意浓烈极了，拥着她走向客厅的沙发，拉着她坐了下来：“那我们今后就一起过日子到老。”

艾希看着陆奇洲，他的这句话如同求婚一样，让她很是开心，只是她心里有结，缓缓地开口：“我……考虑一下。”

陆奇洲也看着她：“给你一天时间。”

艾希看他的眼神似乎很期待，很急迫，但是在谈及这个问题时，得先解决一些内心的疑惑，于是她目光正视着他，脸色也跟着正色起来：“奇洲，你说过彼此之间要坦诚对不对？”

陆奇洲点头：“是，我说过。”

“既然如此，我跟你坦诚一件事。”艾希道。

陆奇洲看着她，似乎猜到她想说什么，不慌不忙地回道：“你说。”

“我刚才离开的朋友杰米，除了是出色的软件工程师外，还是一个顶级黑客，透过她我知道这个家里有密室的存在。对不起，我越矩了，在没征得你同意的情况下，使用了不正当的手段去了解这个家的布局。不过我这么做的原因，是因为我心中一直有个疑惑，而这个疑惑只有你能给我答案。”艾希非常坦白。

陆奇洲看着眼前这个女人，她真的很可爱，她如此的坦诚，让他无法对她撒谎。

陆奇洲的脸色也变得严肃起来：“艾希，谢谢你对我坦诚，实话跟你说，这个家里确实有密室，吃完饭后，我可以带你去参观一下。”

艾希闻言，有些意外，因为陆奇洲不但没有生气，反而也很坦诚，这让艾希觉得自己肚量过于小了，早知道如此，不如直接跟陆奇洲沟通，反而会更妥当一些。

“我让外人探测你家，你不生气？”艾希问道。

陆奇洲笑道：“为什么要生气？从你搬进来的那一刻开始，我就对你说过让你把这当成自己家。”

艾希发现自己最近被感动的次数越来越多，她看着陆奇洲的脸内疚道：“对不起，越矩之事绝对不会再有下次。”

陆奇洲握住艾希的手真诚道：“你我之间无须致歉。”

艾希看着陆奇洲的脸：“你知道我心中在疑惑是什么吗？”

陆奇洲摇摇头，艾希随后直白道：“我怀疑那个跟我长得一模一样的人，并没有离开这里。”

陆奇洲听后，微笑道：“你不相信我的话？”

“不是不相信，而是有漏洞。”艾希道。

“有漏洞？说说看。”陆奇洲没有避讳，直接询问。

“餐饮，按照COCO做的分量，每餐都是多一个人的分量。再者我也不知道怎么了，潜意识里时常会冒出从来没有过的念头或想法。”

艾希如实地说道。

“潜意识里？”陆奇洲看着她。

“还记得我第一次进你的书房吗？我本想去拿那本《周易》，但是你阻止了。在那一刻，我也不知道怎么了，突然就想拿起那本书。”艾希道。

陆奇洲听后，摩挲着艾希的手背说：“这种情况，我也不知道该用什么去解释比较好。记得曾经看过一些心理学相关的书，里面有一种现象叫作即视现象，又称‘即视感’，也可以叫作‘幻觉记忆’，说是没有经历过的事情或场景仿佛在某时某地经历过似的，也叫‘海马效应’。这种即视感会让人有着强烈的真实存在感，不过科学上是可以解释的，不属于灵异现象什么的，只是大脑的想象里曾经有浮现过类似的场景。或者说即视感来源于大脑的联想，是大脑所联想出的画面。”

艾希听后，点了点头：“这个我知道，那是似曾相识的科学解释。但我这次的感觉，跟这个不同，非常的突然，毫无征兆。就感觉像与某些人有着某种联系，或者说某种心灵感应。”

“心灵感应？”陆奇洲重复着艾希话中的最后四个字。

“所以我才会怀疑，你其实并没有放走那个人。”艾希直白道。

“你觉得自己和她之间存在某种心灵感应？”陆奇洲问。

艾希点头：“是的，有种强烈的心灵感应，感觉她也在这个空间。”

陆奇洲握住艾希的手：“艾希，你可能是最近遇到太多事情，导致敏感了。”

艾希闻言，看着陆奇洲：“你不相信我的话？”

陆奇洲摇头：“不是，我只是……”

艾希没等陆奇洲的话说完，直接抢过话：“我需要亲眼所见。”

见艾希的眼神以及表情都相当严肃，陆奇洲拉着她的手，郑重道：“好，吃完饭就让你亲眼所见。”

艾希听完之后，补充道：“我想现在就去看看！”

但是说完这句话，艾希又觉得有些不妥，特意注意陆奇洲的表情，因为这句话有些伤感情，相当于完全不信任的意思，于是她解释道："奇洲，我不是不信任你，我只是太想解开心中的疑惑。"

陆奇洲一副理解的表情，拍了拍她的手背："走，现在就带你去。"说完，他拉起艾希走向密室。

陆奇洲的豪爽，有些出乎艾希的意料，不过还是跟着他的脚步去了书房。

进入书房之后，陆奇洲走到放《周易》的地方，伸手往上摸了两格，书柜瞬间出现全息影像的密码键盘，陆奇洲一边伸手一边输入密码："密室的密码是你的生日。"

艾希闻言，整个人怔了一下。陆奇洲侧脸冲她笑了笑，书房的开关被触动，徐徐展开一米半左右的距离。

从外面往里看，还有一道门，陆奇洲又输了一遍密码："这道门的密码是你出道的日子。"

艾希又愣了一下，陆奇洲随后拉着她的手，一起走了进去。艾希见到一个巨大的工作室，有着十几块的全息影像屏幕以及主机，上面呈现着各种行业，以及各种数字。

"这里是我的秘密工作室，为什么秘密，因为有些金钱上的交易是不能摆在明面上的。"陆奇洲解释道。

"秘密的金钱交易？"艾希的脸上还是带着浓厚的疑惑。

陆奇洲笑了笑："放心，所托之人都是有着强大背景的人物，他们不能亲自出面的交易，委托我来操作。为什么设在这里，因为这座山都是我的私人领地，而且地下的低温对这些电子仪器的降温效果是最好的。"

艾希知道陆奇洲从事投资行业，里面水有多深，艾希这个在娱乐圈打拼多年的人多少可以想象得到。关于他的解释，她似乎找不到怀疑的理由。

"这个地下工作室，一般只有我和秦昊进来，你要是感兴趣，也可以进来看看，密码你都知道。”陆奇洲接着道。

艾希看着陆奇洲，缓缓开口：“密室密码是新设的吗？还有，这个密室采用了屏蔽装置？”

陆奇洲点头：“密码确实是刚新设不久，至于这个密室为什么有屏蔽装置，我刚才跟你说过原因，你应该能理解，那天反应异常，不是害怕密室被发现，而是不想让你多想和担心。”

艾希听后，沉默了几秒，缓缓张口道：“是我多疑了。”

陆奇洲伸手捏了下她娇俏的脸：“是最近发生太多事了，我理解，这不怪你。”

艾希看着他：“对不起，不过那些秘密的金钱交易，会不会给你带来危险？”

陆奇洲闻言，勾唇笑道：“看吧，你知道后就会开始担心，所以这就是我不愿意告诉你的原因。说没有危险是假的，投资行业，本身就是危机与商机并存的。艾希，你相信我，我是不会让自己深陷泥沼的。既然是一条船上的人，那么谁也撇不开谁。”

看到陆奇洲脸上的自信，艾希也不知道该说什么，以她的资历肯定无法去指点一个在商海沉浮多年的人，她握紧陆奇洲的手说：“奇洲，跟你在一起后，我什么都不惧怕，但我求你平安。”

陆奇洲嘴角露出开心的笑意：“以前我做事可能会无所顾忌，但是现在你是第一位，我不会让自己有事，更不会让你有事。”

艾希内心温暖无比：“我心中的疑惑已解，以后再也不会怀疑你了。”

可艾希话音刚落，却传来一个声音，很轻微，若不是地下室太安静了，估计也无法听到，艾希向四周张望了一下：“什么声音？”

陆奇洲笑道：“隔壁就是酒窖，估计秦昊在取酒，也不知道他把我的哪瓶珍藏给打碎了。”

艾希听完解释，开口道：“酒窖就在隔壁？”

陆奇洲点头：“我们去看看。”说完拉着艾希走出了密室。

艾希在离开之前，还不忘回头看了一眼，陆奇洲见此说道："密码你知道，以后你可以随时进来。"

既然这个地下密室是陆奇洲的私密办公场所，艾希自然不会随意进出，跟他出来之后，果然见到秦昊拿着一瓶红酒从酒窖的方向走了过来。

"是不是把我哪瓶珍藏的好酒给打碎了？"陆奇洲很直接地问。

秦昊没拿红酒的手扶了一下眼镜："抱歉，打碎了一瓶1982年的红酒。"

陆奇洲听后，对艾希说："你看，果然不出我所料。"

艾希看了下陆奇洲，那可是1982年的红酒，全世界恐怕也没几瓶了，听闻价值已经高到离谱的境界，可是他的表情是不是有点太过淡定了。

不过倘若在陆奇洲心中人比酒重要，说明他是一个非常重情意的男人。

"我会赔偿的。"秦昊主动道。

"嗯，从你年薪里扣。"

艾希闻言，愣了愣，刚才还想陆奇洲更重视人，结果就打脸了。

"那瓶1982年的红酒多少钱？"艾希试探地问。

"收藏的时候，两千万入手。"陆奇洲道。

艾希听完价格之后，不由得咂舌，有钱也不是这么作的。不过真正的富豪阶层，几千万或许对他们来说只是一笔小钱，就跟女人逛街随手买个奢侈品包包一样。

想到这两千万，艾希不由得同情起秦昊。

于是，艾希忍不住说道："酒没了，就少喝一点，人才是最重要的。"

秦昊知道艾希在为自己说话，不由得道："谢谢艾希小姐替我说情，不过做错事就该承担责任。"

艾希见他这么有担当，觉得自己有点狗拿耗子了。

"既然艾希开口替你求情，那么就给减一半的钱好了。"陆奇洲也退了一步。

秦昊听后，连声感谢：“谢谢老板。”

“有点饿了，可以开饭了吗？”陆奇洲随后岔开了话题。

“可以入席了，刚才给你取了一瓶2025年的红酒。”秦昊道。

2025年是葡萄酒界公认的第二个世纪靓年，自然条件接近完美，酝酿工艺接近完美，葡萄酒的味道与1982年的有点相似，这也成为众多喜欢红酒的人士喜欢收藏的红酒年份。

陆奇洲伸手拿过秦昊手中的红酒，对艾希说道：“1982年的无法品尝到了，我们就将就喝杯2025年的吧。”

两人用餐和三人用餐的区别，就是可谈论的话题更多了一些，不过秦昊整体还是收敛的，毕竟主角不是他。

只是面对艾希特意叮嘱COCO给他做了一道紫甘蓝的拌菜，秦昊却有些迟疑，不过最终他还是动了筷子。

艾希也夹了一筷子，尝过之后赞道：“COCO的拌菜手艺真是一绝，比奇奇做得还要好吃。”

秦昊也尝了一下，微微一笑：“味道确实很好。”

“COCO说这是你最喜欢吃的菜，多吃一点。”艾希笑着招呼道。

秦昊笑着点头，但目光却偷偷地看了下陆奇洲，而陆奇洲却在给艾希夹菜。

老板见色忘义，他也无可奈何啊！

秦昊只好默默地将那盘紫甘蓝解决了大半，这道拌菜对于他是何等滋味只有他自己知道。

而艾希整个晚餐期间，一直都偷偷地观察秦昊。秦昊自然是察觉了，但却若无其事地将这顿饭开心地吃完。

秦昊毫无破绽，让艾希心生疑惑，不该是这样的啊。

吃完饭秦昊自动隐身，陆奇洲则陪艾希在花园散步半个多小时，热恋中的人总感觉有说不完的话，就算不说话，牵着彼此的手，也觉得幸福感爆棚。

回到室内之后，许童来电找艾希，艾希去卧室接电话，陆奇洲则去了书房的密室。

一进去便看到秦昊在吃药，陆奇洲走了过去：“过敏了？”

秦昊喝了一口水后，才回他：“老板发话，就算有毒我也吃！”

陆奇洲看了下秦昊：“够义气，在席间，我还担心你露馅呢。”

“虽然艾希小姐是专业演员，但是我的演技也不赖。”秦昊道。

“别让她发现了。”陆奇洲交代。

秦昊点头，之后眼睛盯着陆奇洲：“你把密室的密码都告诉她，就不怕她来这继续探索。”

陆奇洲听后，回道：“她应该不会再来这。”

“何以见得？”秦昊却不太相信。

陆奇洲看着秦昊：“我不想去猜忌她，只想保护她。”

“要是她发现了叶琳，你要怎么应对？”秦昊道。

“秦昊，能不能别把艾希想得那么复杂？”陆奇洲瞥了秦昊一眼，口气似乎不太愉悦。

“老板，我这么想，只是出于防患于未然。”秦昊道。

“那就把叶琳送走。”

“家门口可有几台生命探测仪。”秦昊提醒道。

陆奇洲听后，开口吐了两字：“密道。”

秦昊听后，觉得陆奇洲对这件事的处理超出了他的想象，不由得道：“老板，现在处于被监控期间，你启动密道，暴露的概率岂不是更高？”

“到时候删除数据就行。”陆奇洲发话道。

秦昊愣了下，斗胆说道：“老板，对于你所有的命令我服从便是，但从安全角度考虑，我不赞成这么做，而且你最近为了艾希小姐，已经冒了太多的险。”

陆奇洲闻言，目光落在秦昊的脸上，没有立马回话，而是思索了一下才开口：“警局那边我亲自去解决。”

网络安全调查小组办公室。

邢凯锋垂着头塌着肩膀走了进来，何莹莹见此连忙迎了上去：

“头儿。”

刚才还在埋头的廖斌也瞬间抬起下巴，看向邢凯锋，隐隐感觉邢凯锋的气压很低，于是立马做好了迎接坏消息的心理准备。

果然不出所料，邢凯锋走到廖斌办公桌前说：“把陆奇洲家门口的生命扫描仪撤了，还有空中远程监测也撤了。”

廖斌闻言，脸色也瞬间变了：“头儿，这个命令是局长下的吗？”

邢凯锋默默地点了点头：“中午十二点之前撤下来，不然局长拿我是问。”

廖斌从邢凯锋的语气中感受到他的无奈和一丝怒气，不由得道：“头儿，局长不是也知道我们正在调查陆奇洲吗？”

邢凯锋看着廖斌：“知道有何用，上面已经发话，我们只有执行。”

廖斌明显不服：“可是……”

“没什么可是的。”

廖斌听后，试探地问：“局长，除了让我们撤下生命扫描仪和空中远程监控，没说其他的吧？”

邢凯锋叹了一口气：“我们在这个案件上耗了很多时间，却一点进展都没有，局长面对上面的命令也是无可奈何。”

“没说其他的就好，上次那个姓陆的威胁你，我实在是看他不爽。”廖斌愤愤地说道。

邢凯锋见此，却扯了下嘴角：“看我们不爽的人多了，每个都计较，不累得慌！”

站在一旁的何莹莹听后，对邢凯锋说道：“头儿，虽然你不计较，但不代表我们这些网警可以随意被人践踏。”

邢凯锋嘴角带着一丝讽刺的笑意：“无论什么时代，都是金钱主宰着这个世界。”

何莹莹听后，撇了下嘴：“等我们抓到他们的把柄和罪证的时候，看他们怎么主宰这个世界。”

廖斌对她的话表示赞成：“没错，等我们收集到他们的把柄，看他们还怎么嚣张。”

邢凯锋看了下眼前这两个跟着自己两年的小同事，又笑了笑，心里感叹：年轻就是好，对世界还充满着憧憬和向往。可是殊不知，有很多事情，尤其是在网络高度发达的年代，看不到的黑暗面越来越深，深不见底。

邢凯锋没有继续接话，因为他不想打破他们心中的那份美好，他开口交代廖斌一句："记得中午十二点之前全部撤掉。"

廖斌点头："知道了。"

邢凯锋正要回自己办公室的时候，外出调查的郭鹤鸣回来了，满脸兴奋，似乎有重大发现："头儿，有新发现！"

邢凯锋连忙停下脚步，转过身看向郭鹤鸣，语气极为急迫："有什么新发现？"

"在艾希被绑架的废弃工厂的西广角，发现一个极其隐蔽的地下通道。"郭鹤鸣边说边打开全息影像展现给邢凯锋看。

邢凯锋看着全息影像，思索几秒后道："之前探测的时候，为什么没有发现地下通道？"

郭鹤鸣道："这就是最蹊跷的地方！你看我们之前拿到的废弃工厂内部结构图，没有显示有地下通道。"

"怎么发现的？"邢凯锋问。

"我们昨天重新勘查现场，无意间探测到这个洞口处的泥土成分不大一样。数据显示旁边的水泥有六十年光景，而这个却只有不到十天的时间。"

邢凯锋的眼睛瞬间变得犀利起来："里面有什么发现吗？"

郭鹤鸣点头："有，不过痕迹像是被清理过，灰尘，蜘蛛网的分布状况也有新旧之别。"

"除了这些还有吗？"邢凯锋追问。

郭鹤鸣点击全息影像，放大几倍，随后手指点了一下："这个地方的痕迹新旧交替尤其严重，我怀疑是想要掩饰什么。"

"能掩饰什么？无非是基因痕迹。"何莹莹插话道。

郭鹤鸣看了下何莹莹："我的想法也是如此。"

邢凯锋看着全息影像沉默不语，几秒后开口道："工厂结构图给我看一下。"

郭鹤鸣快速翻出废弃工厂结构图展开给邢凯锋看，几秒后廖斌开口："头儿，这份工厂结构图被修改过。"

邢凯锋自然是看出来了，连声道："去查一下。"

廖斌快速回到自己的工位，打开工厂结构图，去追查修改的网络痕迹。

邢凯锋在等待的时候，不忘继续问郭鹤鸣："外围呢？外围有新的发现吗？"

"没有。"郭鹤鸣道。

邢凯锋觉得没有发现是件蹊跷的事，于是道："去调取近十天这周围三公里的所有监控记录。"

"好，我马上去调取，然后让小优去逐一分析。"郭鹤鸣道。

然而邢凯锋却发话："不要用小优，人工分析！"

郭鹤鸣闻言，怔了下，小优是人工智能，协助各种数据分析，大大地提高了工作效率。许多时候小优的帮助比同事的帮助更大。

至于人工分析，那是很原始的方式。

郭鹤鸣不由得道："用人工分析，那工作量有点大啊。"

邢凯锋看了下郭鹤鸣："在以前科技没那么发达的时候，几乎都是人工分析，我们的前辈都能做到，我们就不行吗？"

面对邢凯锋的质疑，郭鹤鸣连忙道："我马上去！"

邢凯锋又看了旁边的何莹莹，说："小何，你协助一下小郭。"

何莹莹点头，之后跟郭鹤鸣一起去调查交通监控记录。

而邢凯锋则站在原地，看着刚才郭鹤鸣共享出来的资料，陷入了沉思。

没过一会儿，廖斌的声音打断了他的沉思："头儿，查不到工厂结构图的修改痕迹。"

邢凯锋闻声，转头看向廖斌，那带着疑惑的眼神就像一潭深水一般，看不见底。

又是查不到修改痕迹？

“廖斌你的技术是不是退步了？”邢凯锋呐呐地说。

廖斌一脸无奈：“头儿，不是我的原因。”

如果不是廖斌的原因，那么……

邢凯锋看着廖斌喃喃道：“没有修改痕迹，那么只有一个可能！”

廖斌满眼好奇：“什么可能？”

邢凯锋意识到自己嘴快了，不由得收了下脸色道：“没事。”

廖斌见此，觉得邢凯锋没对他说实话，但是此刻他的脑神经跳得剧烈，他不由得伸手拉着邢凯锋往外走。

邢凯锋不明所以：“小廖，你拉我干吗？”

“头儿，我有事跟你说！”

“有事直接说！”

“很重要的事！”廖斌说完，直接将邢凯锋拉到了顶楼。

邢凯锋这几年很少来顶楼，因为这些都是年轻警察们的地盘，被领导训，被同组挤对，便跑来这调剂一下情绪。而此刻上来，眺望着一片熟悉的景色，邢凯锋内心又涌起当年入行时的种种。

“什么事，非拉我来这说？”邢凯锋不耐烦道。

廖斌见此，直接掏了一包烟出来，给邢凯锋递过去。

邢凯锋看了一眼他手中的烟：“你什么时候也成烟枪了？”

廖斌也抽了一根，放进嘴巴，然后点了一下火：“最近有很多事情想不通，所以整宿整宿睡不着。”

邢凯锋瞧了他一眼，哼笑一声：“你这话我能信？”

廖斌嘴角扯了一下：“我那是累！”

不过这话直接招来邢凯锋的白眼，廖斌似乎早就预料到了，于是连忙补上一句：“跟邢头你比起来，我这点累又算什么呢！”

廖斌懒得理会他的话，接着说：“有话快说！”说完，拿走廖斌嘴里的烟，给自己的烟点上，吸了两口。

廖斌看着邢凯锋：“头儿，你刚才没说完的话，我替你说完。”

邢凯锋吐了一下烟圈：“我刚才什么话没说完？”

“你别拿没事这两个字搪塞我！我知道你后面的话，你心里想的那个可能是不是原始数据库被人操控？”廖斌道。

邢凯锋听完之后，整个脸色都变了。

邢凯锋怔了怔，几秒后张了张嘴，语气严肃道：“你这什么胡思乱想啊！”

廖斌没有退缩，继续道：“头儿，你的表情告诉我，你跟我的想法是不谋而合的。”

“谁跟你不谋而合！”邢凯锋否认道。

廖斌指着邢凯锋：“头儿，你否认就是间接承认！”

“胡说！”邢凯锋继续否认。

“头儿，我知道这个想法很疯狂，可是我真的怀疑，原始数据库被人操控了。”

廖斌也觉得不可置信，但是这个猜测已经在他脑海里形成好几天了，他一直没对任何人说，因为这只是个猜测而已。

“头儿，这只是我的猜测，但我相信你跟我的猜测是一样的！”廖斌还是没有放弃，想与邢凯锋寻求思想上的一致。

邢凯锋看着廖斌，随后吸了一口烟道：“你这个猜测，跟谁说过？”

廖斌一听，眼睛亮了起来：“头儿，你跟我的想法是一样的吧？”

“我问你，你这个猜测跟谁说过？”邢凯锋没有回答他的话，而是确认所知的人有多少。

“目前就跟你说过，你是不是跟我想法一样？”廖斌的眼神里透露着激动。

邢凯锋听后，微微眯眼，似乎有点犹豫，毕竟这种事说出来后，势必会给人们带来恐慌，尤其是身处于网络安全行业的人，直接会对自己原本的世界观造成冲击。可是话说回来，产生这样的想法的人，绝对不只他一个。既然有所怀疑，邢凯锋不可能坐视不管，可是自己一个人单枪匹马去调查，难免有些势单力薄，必要的时候需要有人协助，而廖斌的技术和个人能力以及品性都是邢凯锋信得过的，这么一想，邢凯锋脑海中的犹豫瞬间消失了。

随后邢凯锋对上了廖斌的眼神，彼此似乎都读懂了彼此的想法，于是他没有再否认和遮掩，叹了一口气道："只是猜测而已。"

廖斌连连点头："我就知道我跟你想法是一致的，原始数据库被人操控，这可不是小事啊！"

"这只是猜测，没证据，别下任何定论。"

"我知道是猜测，也知道这个猜测的可怕性。只要这不是我一个人疯狂的想法就好。"

邢凯锋看着廖斌道："你知道就好！"

廖斌狠狠地点点头："这事不是一般的可怕！"

邢凯锋伸手点了下廖斌的胸口，压低声音道："先别出去乱说，这种事即便被查证，也不能随意对外讲。这点务必记得！"

廖斌再次猛点头，倘若猜测是真的，他当然知道这件事的严重性，原始数据库被人操控，会直接引起全民恐慌！

可话说回来，这个世界上根本没有所谓隐私的私密性，只有空间大小而已。阶层在任何时代都是相对固化的，尤其是现代社会，想要跨越难上加难。有钱有权之人享受的级别更高一些，普通老百姓的个人隐私信息，掌握在不同资本运营商的手里。

廖斌是个技术超强的程序技术员，他对于围绕着艾希的几宗案件，也有着很多猜想，但是他始终不敢去面对，因为这个猜想太疯狂了。

因为他除了是 A 市某区网络安全小组的组员外，也是社会的一员，也会有着各种精神上的压力和焦虑。如果原始数据库被人掌控，那么他们每个人身上的记忆云岂不是赤裸裸地被人窥视？这实在太疯狂了。

廖斌眼神忽闪，陷入恐慌："头儿，倘若我们的猜测……我是说假设，那么现在我们之间的对话不也被人在线掌控？"

听完廖斌的话，邢凯锋的眸光直视着他的脸，再三交代："任何事情要有证据才能下定论，为了安全起见，这事别对任何人说起。即便是家人也不允许。"

廖斌点头："知道。"

“还有，你明天去网络安全总局查下资料和数据。”

“头儿，你的意思是……”廖斌看着邢凯锋的脸，试图解读他所表达的意思。

邢凯锋按住他的肩膀，靠近几分：“我去会引人注意，你找个由头去查资料，看看能有什么发现。”

廖斌听后，默默点了下头：“是！”

邢凯锋将身体收了回来，跟廖斌的眼神交流了一下，压低声音道：“这事只许你知我知。”

廖斌再次点头，眼神有所改变，前几秒还是恐慌，此刻却是充满斗志。

虽然陆奇洲带艾希参观了地下室，但还是没有彻底解决艾希的心病。

然而她不可能再去质疑陆奇洲了，因为他那天已经对艾希坦诚相待了，再去质疑，恐怕真的会影响两人之间的信任了。艾希就算没有恋爱经验，也不会干这种傻事。可是她内心挥之不去的疑惑，又该怎么解决呢？

艾希为了不让自己钻牛角尖，拿着许童发过来的两个剧本细细翻看，其中一个剧本在一天之内已经看了大半，她被故事深深地吸引，导致吃饭的时候都不专心。

奇奇出于健康考虑，提醒艾希休息，保护好她那双大眼睛。

艾希只好收起剧本阅读窗口，好好吃饭，不过没过一会儿就被打扰了。

卡卡给艾希发了一个信息，让她帮忙转发她时装秀发布会的宣传预告，艾希二话没说，点开个人社交平台转发了卡卡的宣传预告。

刚转发没一会儿就被众多粉丝分享和转载，卡卡为了准备这场时装秀，消停了近一个月，这个月除了发了两条宣传，都没有在上面写一些关于爱情的伤春悲秋的感言。

艾希见此，不由得笑了笑，难不成真的转性了？

她的手指继续往下滑了几下，刚想关掉社交平台窗口的时候，手却停顿了一下，她的眼睛注视着卡卡上个月月初发的一条留言，上面还放了一张图。

“某人竟然紫甘蓝过敏！”

附上的图看样子是偷拍的，是一只男士的手，指甲剪得很平整，手指骨节分明，腕上带着一块劳力士的古董手表。

艾希在演艺圈多年，对奢侈品的了解程度肯定比普通人要熟悉得多，这块劳力士的古董手表，价值不菲不说，最重要是全球目前现存的不多。这是她上次参加奢侈品代言宣传的时候，听他们的总裁讲述得知的。而艾希能一眼认出这款手表，是因为她看见过一个人佩戴这块手表，而且是她熟悉的人。

这个人便是陆奇洲的秘书——秦昊。

今晚在一起吃饭，夹菜的时候，艾希就看到了，当时心里腹诽一句，陆奇洲的手算是很好看的了，没想到秦昊的手也这么修长好看，果然是好看的人，身旁也都是好看的人。

不过陆奇洲这位秘书一年的薪资到底有多少？打碎了一瓶酒，老板说赔偿，他也没求情，还佩戴这么一块昂贵至极的手表。可见他个人身价应该也是不低的。

不过此时此刻，艾希的注意力不在那块昂贵的古董手表上，而是卡卡发的那句话“某人竟然紫甘蓝过敏”。

卡卡图中的这个人不会就是她所认识的秦昊吧？不会那么凑巧吧？

于是，艾希直接点击卡卡的信息系统，发了一句话过去：“这个紫甘蓝过敏的男士的名字是？”

几秒后，卡卡发了几个问号过来。

艾希把她社交平台发的留言截图发过去，卡卡随后发了一个害羞的表情。

艾希见她这么磨蹭，有些急躁：“到底是谁？”

两秒后，艾希看到了答案——秦。

秦，这只手主人的名字，也是秦昊的秦。

同样的手表，同样的姓氏，这要说是巧合，未免也太巧了。

“你什么时候认识的他？全名是什么？”艾希继续追问。

卡卡看到回复，本来不想坦白，但对面的人是艾希，于是回复了一句：“他没告诉我全名，你为什么突然这么好奇？”

艾希急迫地回复：“别绕弯子，什么时候认识的？在哪认识的？”

卡卡第一次见艾希如此急躁的样子，不由得回复道：“一月前在法国的一家酒吧认识的。”

“他的照片发我！”艾希回道。

在法国的卡卡看到艾希的话，很快回复：“你以前几乎都不过问我交往的对象，这次怎么就这么好奇啊？难不成这是你曾经喜欢过的男人？”

“照片！”艾希不想跟卡卡废话，明显有些不耐烦了。

卡卡心里很在意艾希的反常，但还是先把照片发了过去，当艾希看到她发过来的照片后，整个人都愣住了。

果然天下没有所谓的巧合。

“你认识的这个秦，真的紫甘蓝过敏？”艾希追问。

卡卡觉得有些莫名其妙，但还是乖乖回复：“是啊，当时不知道他对紫甘蓝过敏，让他尝了一下我做的菜，结果起了一身的疹子。”

艾希眼神立即变得不一样，回复了两字：“谢谢！”

说完，她收起聊天窗口走出书房。

艾希的好奇解决了，但卡卡心中的好奇已经到达了顶点，还给艾希继续留言：“艾希，这是你认识的人？是不是有什么问题啊？”

但是卡卡的留言没有得到回复，因为这时艾希已经直奔到COCO的面前：“COCO，我肚子不舒服，家里的药都放在哪？”

COCO听闻艾希肚子不舒服，便开口道：“是拉肚子，还是肚子痛？我帮你看诊一下再对症下药。”

艾希没想到COCO还有医疗的功能，不由得道：“你还可以替人看病？”

“我拥有基本的人体体征扫描以及病症分析功能。”COCO道。

“只是有点不舒服，吃点药就好。”艾希不想露陷，开口道。

“药可不能乱吃的。”COCO边说边启动了扫描功能。

二十秒后，结果出来了，COCO道：“你最近有点便秘。”

艾希闻言，脸微微发烫，没想到COCO的功能这么强大，便秘都能被它给扫描出来，于是道：“有药吗？”

COCO道：“吃药伤身，我给你泡杯通肠胃的茶吧。”

艾希觉得自己策略失败了，不过见COCO已经去泡茶，她只好在一旁看着，半分钟后艾希再次开口：“COCO，既然你有病症分析功能，也就是说家里的药，你那边都有建档储存对吗？”

COCO刚好泡好茶，端到艾希的面前：“是的，都有建档储存。”

艾希内心顿时欣喜万分。

于是艾希让COCO将家里药品建档的数据调了出来，她细细看了一番之后，目光停在了一盒过敏药的使用记录上。

艾希指了指问：“这过敏药最近谁用过？”

COCO指了指全息投影上的数据记录：“老板在昨天晚上使用了两片脱敏药。”

“你家老板？”艾希听完，眼神中尽是不可思议，觉得这个记录一定是假的，因为昨天陆奇洲根本没碰紫甘蓝。

COCO随后点击影像记录，画面上呈现陆奇洲的脸，他拿出过敏药，直接吃了两颗，事后还喝了大半杯的水下去。

艾希看完之后，都快要不相信自己的眼睛了。

“可你家老板昨天根本没吃紫甘蓝，为何要吃药？”艾希问。

COCO随后道：“过敏种类有很多，有食物过敏、气味过敏、接触性过敏等，老板属于气味性过敏。”

艾希听完解释，只能呐呐地对COCO道：“谢谢COCO，是我太粗心了，以为他是食物过敏。”

“艾希小姐别在意，老板今天一切如常，没有过敏现象。”COCO安慰道。

“那秦秘书呢？他有过敏现象吗？”艾希脱口问道。

听到艾希这个提问，COCO 的眼睛眨了眨，随后摇头："秦秘书没有过敏现象。"

这个答案，艾希显然是不满意的，不过她也清楚，在 COCO 这里应该问不出什么，因为 COCO 的内部程序是陆奇洲设定的。倘若陆奇洲要对她有所隐瞒或遮掩，她是查不出来的。

"艾希小姐，还有什么需要帮助的？" COCO 问。

艾希轻轻地摇了摇头："没有，谢谢你的茶，很好喝，要是有效果，我再让你给我泡。"

"好的。" COCO 应完之后，缓缓收起全息投影。

艾希伸手端起茶抿了两口，茶明明是酸中带甜，但她的味蕾却品出了涩味。

因为刚才 COCO 的解释，她其实是可以反驳的，既然陆奇洲是气味性过敏，为何还会采买这道食材？即便秦昊地位再高，也应该以陆奇洲为重啊！

疑点太多了，更是让她无法停止胡思乱想。

喝完 COCO 泡的茶之后，艾希直接回到了书房，此刻的她再也没有心思将剩下的剧本看完，她点开全息影像查看了一下杰米前面发给她的有关陆奇洲的相关资料。

很齐全，很完善，根本看不出任何问题，但这些恐怕都是表面资料。至于那个过敏信息，艾希的眼睛盯了几秒，心想过敏信息被泄漏，其实是件很危险的事情。而陆奇洲不是那种没心机的人，肯定会加以隐藏，所以这也是疑点。

艾希立刻关掉全息影像，转身走到书架边上，脸上的神情露出一丝犹豫，似乎在挣扎，不过几秒后，她还是伸手按下了密室开关。

书架上出现了全息密码投影，艾希缓缓伸手过去，按下昨天陆奇洲告诉她的密码。

密码没有被更改，书架两端被缓缓拉开。

艾希看着几米远的另外一道门，眸光之中流转着挣扎之色，但依旧跨步而去，再次伸手按了密码。

第二次进入这个被陆奇洲称之为地下工作室的地方，艾希看着那些全息屏幕，一步一步地走了过去。

陆奇洲正在自己的办公室与美国某科技公司总裁商谈业务，秦昊也坐在一旁，此刻的他低头看了下腕上的智能手表，看到系统发出陆家庄园的密室有人进入的信号，几秒后，传导过来的指纹分析显示进入之人正是艾希。

秦昊见此，目光不由得看向正在商谈业务的陆奇洲，他昨天还信誓旦旦地说艾希不会再去密室，可是现实却给了他一巴掌。

没过一会儿，商务谈判结束，白人站了起来，陆奇洲也站了起来。

虽然是白人个头比较高大，但陆奇洲的身高在他面前也毫不逊色。

白人对陆奇洲伸手，说了一句标准的国语："陆总，我很期待与您的合作。"

陆奇洲嘴角露出一个商业笑容："我也是。"

"下次见。"白人道。

陆奇洲微微点头："下次见。"

之后，秦昊送白人出了办公室，没过一会儿返回了办公室。

"老板，你决定投资恒天科技了？"秦昊问。

"你对这个决定有异议？"陆奇洲反问。

秦昊摇头："我赞成你的这个决定。"

"那刚才为何那么问？"陆奇洲道。

秦昊解释："从调查的资料显示，恒天科技所谓技术上的领先，其实有些华而不实，也就是说有虚假的成分，而且内部斗争剧烈，表面上来看并不是最佳的投资潜力公司。不过他旗下研发团队的约翰教授却是量子学的先驱者。只是他本人过于钻研技术，左右不了公司的决断。"

陆奇洲听后，会心一笑："我们参与投资，不就可以让他有更多的话语权了。"

"我就知道你突然改变主意，肯定是有原因的。"秦昊道。

“我看过约翰的研究报告，倘若能得到全力的支持，相信他们技术上的领先就会变成货真价实。”陆奇洲道。

秦昊笑道：“老板，你可真是惜才啊！”

“与其说惜才，不如说爱钱，这些领域的专家，可以给我带来无限的财富以及荣耀。”陆奇洲解释道。

秦昊听后，又笑道：“可财富以及荣耀都不及艾希小姐来得重要。”

陆奇洲被秦昊这么一损，不由得瞪了他一眼，随后问道：“我刚才谈判的时候，你不停地看信息，有什么事吗？”

秦昊如实汇报：“艾希小姐又进入密室了。你的保证，失策了。”

听完这个消息，陆奇洲随后打开家里的安全防御网络监控系统，画面出现地下办公室里的画面，艾希正在进行一番探查。陆奇洲看后，幽幽地说道：“她不相信我。”

而秦昊听后，回了一句：“艾希小姐太聪明了，不是几句话能搪塞过去的。”

对于这话，陆奇洲是认可的。

“是的，她确实太聪明了。”

“不告诉她实话，估计她会一直怀疑下去，可是告诉她，我又担心……”陆奇洲看着视频里的艾希自言自语道。

秦昊听后没有立即回话，而是过了一会儿才张口：“要不，我来解决。”

“怎么解决？”

“告诉她，你的过敏信息是假的。”秦昊道。

“就算告诉她这些，能够真正解决她内心深处的疑惑吗？”陆奇洲幽幽地说道。

秦昊看着陆奇洲，眼前这个在商场上杀伐决断的男人，却在有关艾希的问题上变得如此优柔寡断，爱情对于他而言，是好事，还是坏事呢？

艾希在偌大的地下办公室里四处探查，没有找到任何异常之处，而这所谓的异常便是密室面积的延伸。因为那天杰米说了一句，倘若真有地下室，那面积估计有整个山头这么大。而眼下的场所也不过几百平方米而已。

可是查探一番，她也没有新的发现，但是艾希却不肯离开，因为她总觉得这里有人在牵绊着她。而那个人就是袭击并绑架过她的那个女人。

这份牵绊实在蹊跷，就像双胞胎彼此有心灵感应一样。以往她没有任何感觉，近期却越来越强烈。

艾希脸上露出失落之色，自己来地下室已经有半个小时，再不出去，怕被 COCO 察觉，于是她准备离开，而就在这时她的心脏突然紧缩了一下，整个人停顿在原地。

整个地下室只有她一个人，安静得掉根针都能听见。

艾希的手缓缓地贴向胸口，心脏已恢复如常，似乎刚才的紧缩只是一种错觉。

真的是错觉吗？上次来这，听到异常的响声，但是很快就被陆奇洲掩盖了，这次心脏的异常，又是什么暗示呢？

艾希在卡卡一家人以及许童的监督下，每年都进行一次全身体检，而今年的体检，就是在上个月月初，体检报告艾希还亲眼看了一遍，因为习武出身，身上难免一堆旧伤，但是唯独心脏功能是每年体检最健全的。

她在拍惊险动作的时候，有过一些条件反射，但是平时艾希的胆子大到让许童念叨不止。而在如此安全的地下室里，她的心脏却突然出现异常，这实在太过蹊跷。

定在那里的艾希缓缓转过身，眼睛四处张望，似乎将心脏异常当作一种信号，她在追查信号来源的方向。

安静，非常的安静，安静得只能听到自己的呼吸声。

地下室的另外一头，被关在玻璃墙内的叶琳拿着一根尖锐的东西正深深地插进自己的胸口。

鲜血瞬间染红了胸口的衣服，叶琳的脸色也变得煞白，她咬紧唇，再次用力几分，试图让那东西能刺得更深一些。

痛意让叶琳的表情看起来极其痛苦，但她死撑着，胸口血流不止，她用左手撑在玻璃上，因为疼的缘故，手指不由得卷曲起来，握成一个拳头，手背青筋突起。下一秒，她整个身体靠在玻璃上，呼吸越来越紊乱。

秦昊的手机再次响起系统警报，信息来源依旧是陆家山庄的地下室。

秦昊快速点开，入眼便是玻璃室里的画面，见靠着玻璃上的叶琳满身是血，秦昊惊呼一声："不好，叶琳自杀了！"

陆奇洲闻言，眼睛从自己的全息影像中移到秦昊那边的画面上，眼皮也跳了一下。

秦昊很快点开了叶琳的个人系统，关闭她的神经系统。

玻璃房内的叶琳瞬间失去知觉，靠着玻璃的身体一点点滑落，落地而靠。

陆奇洲看秦昊已经制止了叶琳自杀，可是制止的只是行为，她的伤口依旧血流不止，没过一会儿，地面就出现一摊血迹。

陆奇洲表情严肃地发话道："回家！"

十五分钟后，陆奇洲的车停在自家的停车库，秦昊率先下车，直奔酒窖而去。

而陆奇洲关上车门之后，直接回了屋内，明知道艾希此刻还在地下室，却故意问了 COCO 一句："艾希呢？"

"在书房。"COCO 回道。

陆奇洲随后径直往书房走去，还一边喊道："艾希，我回来了！"

"我在书房！"书房传来艾希的声音。

陆奇洲开门进去，只见艾希拿着一本剧本，笑吟吟地朝他走来："今天这么早回家？"

陆奇洲看着艾希脸上的笑容，心里闪过一丝不舒服，因为这个笑容，明显是演出来的。他不喜欢，也不希望艾希在面对他的时候，是演戏的状态。

尽管不喜欢，但是陆奇洲也没有直接表现出来，他走近她，眼睛看向她手中的剧本，封面的四个字“致命基因”特别显眼，问道：“新剧本？”

艾希笑着点头：“嗯，故事很好看，我想演。”

陆奇洲听后，嘴角微勾：“什么内容？”

“一个讲基因编辑的故事。两个孪生姐妹的生命起源从开始就是实验对象，遭到全民反对，她们的母亲被迫打胎，但是进行这项实验的科学家私下做了手脚，对外宣称终止了实验，实则将她们的母亲藏匿了起来，生下了这对双胞胎。她们分别被领养，都接受精英化的教育，妹妹成了上市公司的继承人，姐姐成了科研人员。在她们二十五岁的时候，妹妹被人蓄谋绑架，姐姐刚好是目击者，在调查的时候，两人的身世渐渐被揭露。两人再次站上了舆论的绞杀台。负责她们案子的警官，对她们起了怜悯之心，放了她们，她们就此过上了逃亡的生涯。警官暗地里还帮助她们，两姐妹不约而同地爱上这个警官……”

陆奇洲听到这，笑着打断艾希的话：“那个警官喜欢姐姐，还是喜欢妹妹？”

“你猜？”艾希没有着急告诉他答案。

陆奇洲笑：“两姐妹的性格如何？”

“妹妹古灵精怪，姐姐沉稳矜持。”艾希回道。

“姐姐。”陆奇洲回道。

艾希听完答案，一脸不解：“为何是姐姐？你们男人不都喜欢古灵精怪的女孩吗？像姐姐这样呆板固执的科研人员，估计会避而远之吧。”

陆奇洲笑道：“这是我的选择，与那位警官的选择无关。”

艾希歪着头，看着陆奇洲：“我深深怀疑，这个剧本是你写的，你的选择与那个警官的选择是一致的。我看了这段后，觉得这个选择实在有点突兀。”

陆奇洲笑道：“虽然自知能力超凡，但写剧本这种事我是无能为力的，因为没这个才华。还有这个选择也不全然是突兀，而是标新立异。为了票房，为了收视率，大家更愿意看高智商的人恋爱。”

艾希笑了笑：“果然是投资人啊，分析得头头是道。”

陆奇洲笑了，接着问：“那两姐妹的结局如何？”

艾希没有直接告诉陆奇洲故事的结局，说道：“暂时不告诉你结局，不过换作你是当局的民众，你是赞同绞杀她们，还是放过她们？”

陆奇洲闻言，眼睛盯着艾希的脸说：“如果是基因编辑的故事，那么肯定有事实参考，她们的命运肯定是无条件被绞杀。但是编剧肯定不会让故事这么平淡地进行，肯定会有什么灾难来临，她们两个在这场灾难中成了救助大家的关键人物，最后的结局，她们不但被放过，基因编辑也成为科技进步的奠基石。当然结尾基因编辑的普及，又开始酝酿一个更大的灾难。这样结尾，票房反应好，又可以拍续集。”

听完陆奇洲的想法之后，艾希啧啧称奇道：“你刚才还说你没有写剧本的才华，按我看来，你都可以去编剧圈抢饭碗了。”

“故事真的跟我讲的一样？”陆奇洲笑问。

艾希点头：“八九不离十吧。”

陆奇洲勾唇笑道：“只能说，真心留不住，套路得人心。”

艾希笑了笑：“确实，这类型的片子几乎都有一个不变的套路，而他们将这个套路定义为人类的核心价值观。不过我想参演的原因，是可以同时演绎两个女主。”

陆奇洲听后，开口道：“只要你喜欢，我就会参投。”

提起参投的问题，艾希不由得翻起旧账：“我以前的影片，你都有参投？”

陆奇洲笑道：“百分之二十左右都有参投。”

艾希闻言，眼睛扑闪了几下：“百分之二十？”

陆奇洲看她的表情似有不满说：“看样子，似乎对这个数据不太满意？”

“确实，我以为，以你对我的喜爱程度，应该会有百分之七十以上的参投概率，就算没有百分之七十，也有五十，没想到只有百分之二十。”艾希回道。

陆奇洲听完，笑了笑：“你参演的片子，都是年度的国际大片，资本参投的角逐场面可不是一星半点的火花。”

艾希自己在业内，也大致知道一些内部消息，现在的创投风向，最大的两个阵地便是科技业和娱乐业。科技改变生活，让人脱离了体力劳动，更多地享受愉快消遣的人生。所以那些资本家更是挖空心思，想着如何娱乐大众。

所以陆奇洲说的资本角逐，那绝对相当于宫斗剧。毕竟热钱太多了，竞争也变得激烈起来。以前娱乐明星资本积累到一定程度，都会参与到投资的层面来，但现在轮不上他们了，因为现在更鼓励专业人做专业事。

“那这部电影，你打算参投吗？”艾希问。

陆奇洲笑：“以后你的每部电影我都参投。”

艾希听完，先是乐了一下，之后道：“要是这样，我的金主传闻可就要变成现实了。”

提及金主两个字，陆奇洲的眼神闪了一下，不过脸上的笑容依旧保持，宠溺地说了一句：“谁让你是我的女人！”

他的这句话直接令艾希的心脏漏了半拍，从他回来到现在，艾希一直都是演戏的状态，而他的这句话，瞬间让她回归本质，整个人变得动容起来。

真心听不得他的情话。

看着他的脸，艾希的内心复杂极了，因为她内心除了叶琳那个心结之外，又多了一个疑问。

你是谁？

陆奇洲你到底是谁？

第五章　拨开云雾

秦昊赶到地下室，快速地输入密码打开玻璃室的门，三步并作两步地走到叶琳身旁，将她抱起放在床边。

接着秦昊启动了一台医生机器人，过来给她做紧急止血处理。

叶琳闭着双眼躺在床上，机器人跪在床边给叶琳止血包扎。

没过一会儿，伤口就被处理好，不过看那包扎技术，这个治疗型机器人的治疗程序，应该是个有恶趣味的程序员写的。因为机器人包扎完后，还不忘打了一个漂亮的蝴蝶结。

机器人处理好后，秦昊开口道：“她没大碍吧？”

机器人站起身，面对秦昊道：“血已止住，没有生命危险。”

秦昊听后，眉头微凝：“刺伤的利器是什么？”

机器人将利器呈现给秦昊看：“是扫地机器人里的零件。”

秦昊看了一眼，那是一片扫地机外壳的塑料碎片，上面沾染着血迹。

秦昊想起昨天，叶琳突然一改常态，没有乖乖吃饭，而是将饭菜洒了一地，扫地机器人启动程序进来打扫，结果就如第一次那般，被她整个拿起来砸得稀巴烂，然后扔到一旁。

秦昊当时以为她只是发泄，却没想到她是另有目的，留了这么一手。

见人无大碍，秦昊的心也落了下来：“没生命危险就好。”说完，准备离开。

可刚一转身，躺在床上的叶琳噌地一下从床上爬了起来，快速从口袋里掏出一片利器，直接往秦昊脖子上扎去。

动作之快，让人一时间没能反应过来。

就连秦昊自己也没有想到，流血近十五分钟的叶琳，还能有如此强悍的攻击力。

秦昊的脖子瞬间喷血，溅了旁边的机器人一身，秦昊条件反射地伸手捂着喷血的脖子，想要用语音启动叶琳的个人程序，张了张口却发不出声音，因为叶琳用尽自己最后的力气，将手中的利器又狠狠扎深几分。

秦昊脸上的表情变得痛苦不堪，旁边的机器人像是吓傻了，呆呆地看着这一幕，几秒后，才作出反应，一把推开叶琳，搀扶过秦昊，让他坐在地上。

那脖子上的血，滋滋地往外涌，机器人立刻启动止血程序。而被推到一旁的叶琳，重重地坐在床上，气息虚弱。

比起刚才叶琳的伤口，秦昊的明显致命得多，倘若不及时止血，很可能会有生命危险。

于是，机器人专注地营救秦昊，叶琳靠坐在墙边，微弱地喘息着，过了一会儿，她像是缓了过来似的伸手撑住床，让自己爬了起来。

“你要去哪？”给秦昊止血的机器人见此，不由得反问。

叶琳很想把眼前这个机器人也给砸了，但是很明显她没有这个战斗力，她只能缓缓地撑着身体往外走。

靠着玻璃墙的秦昊，看着她的身影，想要阻止，也是无能为力，他张了张嘴：“别，别让她走！”

机器人听到他虚弱的声音，但没有执行他的命令，因为他的主程序就是医疗，所以当下它的任务就是救人。

叶琳一手扶着玻璃墙，虚弱地走到门口，一手启动自己的个人通信。

她发现通信并未因为自己离开玻璃室而恢复，看来整个地下室的信号都被屏蔽了。

叶琳左右看了一下，几秒后她的身体开始往左边挪，因为每次有人来的时候，脚步声都是从左边传来的。

她一步一步地挪动着，选择自杀就是为了寻找突破口，可是她失策的地方便是，秦昊出现得太迟了，让她失血不少，整个人虚弱得不行。

而刚才选择一招封喉，是为了预防秦昊启动那个该死的程序，那个可以让她瞬间变得毫无反抗能力的程序。

此刻的秦昊，被强烈的疼痛包围着，不过他还顽强地点开叶琳的个人程序，准备点击神经系统关闭键。就在这个时候机器人直接对他扎了一针，之后他的眼皮开始变得越来越重，眼前的一切就如拉上黑幕一般一片漆黑，悬在半空的手也重重地落在膝盖上。

正和艾希在书房闲聊的陆奇洲嘴角含笑，他将她眼神里的探寻和迷茫看在眼里，他没有直接挑明，而是伸手撩了下她的头发，满眼深情地说道：“以后绝对不会让你受一丝委屈和伤害。”

看着他眼中的深情，艾希更加迷茫，对于这段突如其来的爱情，她该继续向前呢，还是就此停步呢？

她的眼里容不得沙子，最后还是没能忍住，说道：“我今天又擅自进了你的地下工作室。”

她倒是一点都不掩饰，陆奇洲莫名喜欢她的坦诚，故作轻松道：“我说过，这个家里任何地方你都可以随意出入。”

艾希看着他的眼睛，随后道：“你知道我为什么会再进去吗？”

“你不相信我的话。”陆奇洲直白道。

艾希也不掩饰：“是的，我对你的话还是存疑。”

陆奇洲伸手端住艾希的肩膀，说：“艾希，存疑可以有，但不要让这个存疑成为心结。”

“已经成了心结。”艾希直白道。

陆奇洲看着他，想开口，却被艾希抢了先：“你的个人过敏信息是假的，真正对紫甘蓝过敏的人是秦昊对吗？”

陆奇洲似乎早有准备，点了点头：“你察觉了？是的，个人过敏信息确实是假的，为何要这么做，你应该知道。”

“我知道，可是我想再问你一句，那个女人到底在哪？”艾希没再绕弯子，直接进入主题。

面对强势的艾希，陆奇洲不知道该如何去哄她。

是继续撒谎？还是坦白一切？

“艾希……”陆奇洲按着她的肩膀，想要全盘托出。

就在这时系统传来警报，陆奇洲眸色微变，再次改变了主意：“艾希，我这边有紧急的事要先处理一下，待会再和你谈。”

艾希看着陆奇洲搭在自己肩上的手松开，随后毫不避讳地当着艾希的面走向密室。

艾希微微转过身，看着他的身影消失在书架的那道暗门。

她想跟过去，她想继续探寻，可是不知为何，她的脚却像镶砖了一样，定在原地。

是她害怕了吗？害怕知道真相？

陆奇洲走进密室之后，向左方走去，用基因密码启动了隐形门，他跨步进去，便看到拖着虚弱步伐的叶琳，正一步步朝他这个方向走来。

陆奇洲看到她的衣服染上大片的血迹，一只手撑着玻璃墙，一只手垂着，陆奇洲没有忽略细节，随之看到她手中拿着一个尖锐的利器。

见此，陆奇洲的表情变得阴沉起来，而看到陆奇洲出现的叶琳，也停下脚步，脸色虽苍白，但眼神却带着警惕以及无法掩饰的恐惧，垂着的手紧跟着抬了起来，一副准备战斗的样子。

陆奇洲丝毫没有把她放在眼里，因为就算她没受伤也不是他的对手。他打开全息系统，正要关闭她的个人神经系统时，身后传来一句话：“你果然把她藏在这里！”

陆奇洲的手顿了一下，没有继续动作，他快速收起全息系统，转身看向艾希。

艾希的表情很是复杂，震惊之余带着一丝害怕，因为她看见了满身血迹的叶琳。

叶琳看到艾希，倒是一点都不惊讶，眼神中反而掠过一丝庆幸，因为她的出现让陆奇洲停止了动作，不过她身上每个细胞都在保持警惕。

看到艾希眼底的害怕，陆奇洲的眼神也变得复杂："艾希，我之后跟你解释，你先出去。"

艾希听后，轻轻地摇了下头，手握紧了几分道："对不起，我又擅自进入你的私人领域，不过我现在不能出去，我有话要问她。"

"艾希！"陆奇洲的口气明显严肃起来。

艾希没有就此退缩，而是慢慢地走了过来："她怎么满身是血？"

陆奇洲眼底闪过一丝无奈，叹了口气："她自杀，不过现在没有生命危险。"

艾希已经走到了陆奇洲的身旁："我想单独跟她谈一下。"

"不行！"陆奇洲侧脸看她，断然拒绝。

艾希却坚持："我想跟她单独谈一下！"

她内心有太多疑惑想要得到解答，而眼前的叶琳就是能给予她答案的那个人。

陆奇洲见她不听话，无奈又焦急，因为秦昊那边的情况实在太危险了，于是道："至少现在不行。艾希你先出去！"

"不！"艾希太渴望得到答案了，没有听话。

而这时，另外一头传来正帮秦昊止血的机器人的声音："秦昊有生命危险，必须马上送去医院！"

陆奇洲听后，眸色变冷，命令道："艾希，你先出去！"

艾希第一次看到陆奇洲如此可怕的眼神和表情，似乎她要敢抗拒的话，就会有想象不到的后果。

艾希的身体不自觉地颤了一下，随后她慢慢挪步，而陆奇洲因为秦昊情况极度危险，也顾不上叶琳，直接奔向玻璃房。

艾希听到那急促的脚步声，不由得回过头，眼神刚好跟靠在玻璃上的叶琳对上。

“带我离开。”叶琳发白的嘴唇吐出四个字。

艾希愣了下，看着她那渴求的眼神，以及满身是血的模样，她的脑袋不似平时灵光了，跟糨糊一样。

陆奇洲赶到秦昊面前，眼前血染一地，秦昊已经昏了过去，机器人对陆奇洲道：“我已经将他的血止住了，不过失血过多，得紧急送往医院进行输血和手术！”

陆奇洲的眼睛落在秦昊的脖子上：“你去取轮椅过来！”然后他紧接着联系 COCO，“COCO 你马上联系最近的医院，说有个失血过多的患者在五分钟后送到。”

医生机器人很快推来一辆轮椅，陆奇洲也没耽搁，一把将秦昊抱起，放在轮椅上和医生机器人一起将他推出来。

在出来的时候他没看见叶琳，也没有看见艾希，他心猛地一沉，艾希还是没有听他的话，把叶琳带走了。这丫头知不知道这个叶琳有多危险！

紧接着他听到 COCO 的汇报：“老板，艾希小姐开车出门了。”

眼下两边都是很紧急的情况，陆奇洲脸色阴沉，边说边推着秦昊出来，说：“我知道了。”

COCO 很快和陆奇洲碰头，它看到秦昊坐在轮椅上，陆奇洲的衣服大半被鲜血晕染，没等 COCO 开口，陆奇洲便道：“COCO，你送秦昊去医院，有什么情况及时跟我汇报！”

COCO 点头，看着陆奇洲坐上另外一辆车，没几秒连人带车消失在 COCO 的面前。

COCO 也没敢耽搁，赶紧将秦昊送往医院输血。

陆奇洲在车上，点开全息系统追踪艾希的车，很快屏幕上出现了艾希的驱车路线。陆奇洲立马下指令，车子随之加速。

艾希的车子速度也很快，不过此刻她的目光不再看向前方，而是在身旁的叶琳身上。

她看样子失血过多，体力不支，软软地靠在位置上。

“告诉我实情，告诉我真相！”艾希道。

叶琳微微张开那发白的嘴唇：“先，先带我去一个安全的地方躲起来。”

艾希听后怔了下，她知道所谓安全的地方，无非就是自己的家。可是自从叶琳出现后，连那个家都变得不安全了。

可是细想她的话，无论是现在的叶琳，还是她自己，都需要一个安全的地方。

于是，艾希拨了杰米的电话。

“杰米，你那有安全的地方吗？”艾希直接问。

毕竟杰米是黑客，她的藏身之处肯定比一般人来得安全。而且她也是出了名的狡兔有三窟，问她是首要选择。

“出了什么事？”杰米很警觉。

“我的猜测没错，她被藏在陆家的地下室，我把她带出来了，你给我找个安全隐蔽的地方！”艾希道。

杰米一边与艾希通电话，一边追查她的行踪，她在屏幕上看到艾希的车子正在Z大道疾驰。

“你去……”正当杰米想要告诉艾希地址的时候，耳边传来艾希的一声惊呼。

“怎么了？”杰米紧张地问。

“我的车被人蹭了一下。”艾希明显惊魂未定。

杰米闻言，修长的手指在键盘上飞快地敲打着，几秒后开口：“艾希你被人追踪了！”

“谁？”

“除了陆奇洲外，还有两拨人！”杰米道。

艾希的心瞬间提到了嗓子眼：“什么？”

“艾希别慌！我会帮你甩开他们的。”杰米很镇定道，“现在听我的指挥，车子选择手动操作，开到最快，前方有个红绿灯，向左拐。”

杰米将全息影像拉到最大，一边指挥着艾希，一边手速飞快地入侵个人驾驶系统。

“杰米，你不会是想入侵别人的驾驶系统吧？千万别！”

“已经进去了，听我指挥！”杰米道。

“杰米……”艾希皱眉，不过还是听从杰米的话，把车子的自动系统关闭，采用手动操作。

“左拐！”耳边传来杰米的声音。

艾希直接将车子往左拐，后面的两辆车子也急速地跟了过来。

“艾希，在下一个路口右拐，一直地开，然后进入 X 大道！”杰米指挥道。

艾希在片场听过无数遍导演指挥车辆追逐的戏码，所以反应非常的快。

不过后面的车子跟得也很紧，都快贴了过来，这个时候便是考验艾希的车技了。

眼看要被后面那辆车贴近的时候，艾希迅速漂移到左边，超越前面的车辆，但甩开没几秒，又见那辆车靠近。

“到底是什么人？”艾希不知道来头，询问杰米。

“一辆是警车，一辆目前不知来路！”杰米的办事效率就是这么高，很快给了答案。

“陆奇洲呢？”艾希问。

“他也在你的身后，不过被后面两辆车来回堵着。”杰米道。

艾希听到其中有警察，看了下身旁的叶琳：“估计是冲你来的。”

脸上毫无血色的叶琳听后，张了张口：“别废话，看前方！”

艾希没再理会叶琳，因为现在没有精力考虑她，被人追踪的戏码已经上演过一次，这次又来，她肯定会全力以赴地应对。

根据杰米的指示，很快进入了 X 大道，这是一条八道的路，也是车流最大的一条路，进去之后，车子就像一条独游的鱼进入了鱼群一般。可惜这个时候，鱼儿不可能自由自在地游着，而是你追我逐，不断地超车。

以往在片场拍追车的戏时，差不多都是事先做好安排的，哪个点超车，哪个点拐道，哪个点爆破，但是眼下不是演戏，而是实战。稍有不慎就是撞车，更严重一点那就是车毁人亡。

艾希的车技也不是吹的，在拍戏的时候她都是一条过，不少跟她合作过的导演，对她的车技都不约而同地竖起大拇指。

此刻的她，成功地超越一辆又一辆车，那画面犹如大片里精彩的飙车桥段。

而后面的车子也紧跟不放，陆奇洲总算赶了过来，不停地跟艾希进行联系。

艾希看到来电，没有立马接，因为杰米那边又发出新的指令："艾希，前面五十米，右拐，右拐之后，旁边有条十字路口，我操控一下，让你先过去！然后截留住其他三辆车！"

艾希听到指令之后，目光看向前方，一边提防撞到旁边川流不息的车辆，一边握住方向盘的手开始准备往左打，嗖地一下，车子进入右拐车道。

后面三辆车子也紧跟了过来，不过在这次转弯的时候，陆奇洲抢了个先，超过了其他两辆，并且他一直尝试跟艾希联系，可是艾希一直没有接电话。

这让陆奇洲的心思明显有些慌乱起来，不过再怎么慌乱，他也得帮艾希把眼下的麻烦给解决了。

警局那边已经出动了，看来即便是撤了高空监视以及门口的几台生命检测仪，他们还是没有放弃对他的监控。倘若被他们堵住艾希，再看到她身旁的叶琳，恐怕很多事情就会难以收手。

"艾希，接下电话！"陆奇洲在焦躁中，忍不住出声。

可是艾希就是没有接电话，因为她太想知道真相了，她承认这么做确实对于两个人的感情不好。即便陆奇洲的出发点是好的，他想保护她，可是他这样囚禁叶琳，对他不是一件好事。她不想因为自己，给陆奇洲带来不必要的麻烦。再者她也想问个明白，即便做这件事，带着极大的危险。

艾希拐弯之后，越过几辆车，再往前开了一千多米，便看到前面的红绿灯。

平时生活中的艾希一向都是遵规守纪的艺人，毕竟是公众人物，行为举止都是很多人的楷模，所以她一直都是以正能量的面貌面对大家的。

这个要说是人设，艾希也不会反驳，但是私下她也是一个克己复礼之人，一个正直的人。

譬如在剧组看到一些不公平的事情，她会间接透过许童去处理，譬如遇见一些制度上的漏洞所产生的可怕事件，她也会直接站出来发表个人意见。

关于这一点，许童每每都担心后怕，毕竟身为艺人，还是不要涉及敏感性的话题比较妥当，因为得罪当局权贵，一不留神就会被封杀。

可是艾希每次站出来直白地表达自己对一些极为丑陋的公共事件的愤怒时，都得到很多人的认可和支持，人们认为她是一个勇于发声的人。

而艾希自我的观点便是，无所谓层圈，他人便是自己。如果你在很多丑陋事件的面前，因害怕得罪权贵而不敢发声，那么也许哪一天自己也会身受其害。

越是敢言，越被人认为是真性情，所以喜欢她的人就越多。而这种做法，也被有些人认为是炒作。

许童偶尔在无意间听到别人在嚼舌根，不免觉得可笑，有本事自己当时别做缩头乌龟啊。

艾希倒是对这些言论看得很淡，因为她没有想通过这些进行人气炒作，她只是要说出自己的真心话。当然也得感谢很多人，信任她的这份真心。

“艾希，前面直走！”耳边传来杰米的指令。

“杰米，你不会又潜入交通系统了吧？”艾希在这个时候，还担心杰米。

杰米笑了下：“恐怕潜入交通系统的人不止我一个！放心，我一定会做到最隐蔽的，你马上过去，我截住他们！”

艾希的车子来到了十字路口，明明是刚好红灯，前面的车子都依次过去，可是就在这个时候，突然变了绿灯，大家直接来了一个措手不及，艾希的车子却直接蹿了过去。

十字路口因为这个紧急绿灯，直接发生了好几辆追尾事件。陆奇洲的车子却紧跟着过去了。那两辆紧跟的警车和另外一辆车都纷纷卷入车流之中。

跟丢艾希的警员，立马联系了邢凯锋：“头儿，我跟丢了，我在L大道，靠近X路的十字路口，艾希往Z路去了，你那边调动附近的警力继续追击。”

紧盯着屏幕上追踪路线的邢凯锋道：“我已经派就近几组人继续追踪了。你们待会等车流恢复之后，往东边Q大道X路那边等我的指令。”

“是！”警员道。

邢凯锋挂掉电话之后，目光依旧紧盯着全息影像：“小廖，查到是谁入侵交通系统了吗？”

“查到了一个，资料在这。”廖斌直接将资料呈现给邢凯锋看。

邢凯锋看了一下黑客的资料，显然不是他内心想要的，因为他刚才一直在想，同时入侵的三个黑客绝对有艾希的朋友杰米。

如果掌握到杰米入侵的证据，那他们警局再监控以及追踪艾希就有了充分的理由。

“没查到那个杰米吗？”邢凯锋问。

“有两个进入系统停留的时间太短了，没能追踪到。”廖斌道。

“不可能，你看这个入侵痕迹，明显超过时间了。”邢凯锋自己也是程序高手，看了一眼数据便知大概。

“这也是我纳闷的，超过时间我们应该可以追踪到，可是很快就被抹去了入侵痕迹！”廖斌道。

“抹去？”邢凯锋念着这两个字。

“我不知道用什么词来形容比较准确，但是形式上就像黑板上的字瞬间被擦掉，不留一丝痕迹。”廖斌回道。

邢凯锋听了之后，眉头紧皱，局长发令撤除对陆家的监视，邢凯锋也照做了，可是他只是退避三舍而已。门口三里之内不行，那就退到四里、五里，而根据这次传回的信息，艾希不是一个人出门的，车内呈现了两个生命体征。

至于旁边的人是谁，邢凯锋心里有很多遐想。

因为陆奇洲也在追她，而他的助理被送进了医院，这个庄园他们一直在监控，今天没有其他人拜访陆家，那么艾希带出来的这个人会是谁呢？

是如他所想吗？那么邢凯锋需要确切的证据，所以把艾希拦下来便可以解开一些案情了。

于是，邢凯锋除了调动他能调动的警力外，还对艾希所经过的路线进行全面监控。但是由于车速太快，外加侧面车窗都是隐私玻璃设计，放大目前拍摄到的照片，坐在驾驶座手动操作车子的艾希已经很明显，但是她身旁的人，因为椅子给予调整，没有拍到。

不过这不打紧，因为生命显示仪是两个人，这个是铁证。

除了艾希车上的人，那个入侵网络不留痕迹，还帮杰米抹去入侵痕迹的人，才是邢凯锋心头最为重视的问题。

他让廖斌去网络数据库总部，帮忙查询一些数据，倘若数据库被人掌控，有所删除，有所抹去，总部不可能没有一丝痕迹的，但目前所得到的结果依旧是毫无头绪。

这实在是太可怕了，面对这样的情况，邢凯锋的内心是恐惧的，无比的恐惧。

艾希冲过红灯之后，本以为会甩掉后面所有追踪她的人，没想到陆奇洲跟了上来。

电话一直在响，艾希思索一会儿，接了起来："奇洲，对不起，我知道你是为了保护我，可我带叶琳离开是想搞清楚一些事情，我必须搞清楚！对于你，我知道说一万句抱歉都无济于事。"

听完艾希的话，陆奇洲的声音传了过去："艾希，这个叶琳，她很危险。你想知道什么，我都可以帮你！"

艾希对于陆奇洲的话，内心产生一些矛盾，他既然把叶琳囚禁起来，为何一直对她撒谎呢？

艾希一边飙车，一边回复陆奇洲："奇洲，这件事我想自己解决，谢谢你这段时间对我的照顾！"

陆奇洲见此只能尝试妥协："艾希，之前是我太过紧张了，怕她继续伤害你，我也知道你的心结，我们一起解决好不好？"

"奇洲，你对我不是一般的好，我无以回报，这件事本身由我而起，我不想再让你为我涉险。让我自己去面对吧。"艾希道。

"艾希，我是你男朋友，你的事就是我的事。"陆奇洲的口吻带着霸道。

旁边半躺着的叶琳，听到他俩之间的对话，抬起眼皮看着艾希："挂掉电话。"

艾希闻言，目光看了过去，但很快收回，毕竟车子在急速行驶中。

"挂掉电话。"叶琳的气息很弱，但还是撑着要求艾希挂掉电话。

叶琳的声音自然还是传入了陆奇洲的耳朵："艾希，听我的话，你现在按照我说的做，将车子开往 Q 路，直接出郊区，之后我找个地方帮你解决这事。"

艾希听完之后，脸上露出一丝为难，倘若她执意带走叶琳，势必会伤了陆奇洲的感情。

从开始到现在，他对她的好，让她无可挑剔。只是在这件事上，她内心的疑惑太深了。

而就在这个时候，叶琳再次张口："你要再不挂断，我，我什么都不会告诉你！"

她似乎像是一个快要离世的人撑着最后一口气对人说话一样，艾希见此，脸上的犹豫慢慢地变成了决然，随后对着电话那头的陆奇洲道："奇洲，对不起。"说完，她直接挂断了电话。

陆奇洲见艾希做出如此抉择，脸色也变得极为复杂。她还是这般固执，认定的事，很难改变她的主意。

叶琳说完那句话之后，也直接陷入了昏迷，而艾希此时面对的处境用惊心动魄来形容一点都不为过。因为除了陆奇洲，警局那边已经出动了大量的警力。

杰米再次与她进行同步通讯："艾希，前面的路已经被围堵了！"

手握着方向盘的艾希，心里咯噔一下，不过很快镇定下来："有突围的可能吗？"

杰米再次放大交通系统全息显示图，几秒后回应："你要突围的话，我担心你会有危险！"

"我不怕！"艾希直接回道。

"艾希，我知道你不怕危险，可我担心你的身体，你的伤还没痊愈。这次要是出什么事，我没法跟卡卡交代。"杰米道。

艾希听见杰米的关怀，回了一句："我没事，哪边的警力薄弱一些，快告诉我！"

杰米审视了一下局面："艾希，你现在在S路，右边F路，那边有两辆警车在堵你，是警力最薄弱的路口，不过那边的路窄了许多，不利于逃走。"

艾希听后，手握方向盘的她眼睛紧盯着前方，镇定地对杰米道："知道了。"

杰米听到艾希的回话，大致知道她已经下定了决心，只能叮嘱一句："自己小心！"

艾希纤细却有力的手打着方向盘，眼睛环视了一下周边围堵她的警车，随后直直地倒退几米，后面的警车以为艾希要直接撞过来，殊不知艾希只是做了一个假动作，之后用力踩着油门往右边冲了出去。

砰的一声巨响，艾希的车直接将那两辆警车给撞开，车头瘪了一个凹点，不过艾希的车是豪车，质量比起一般的车好许多，没有因为撞击而熄火，而是响起轰轰的油门声，蹿了出去。

不过这次撞击，对于艾希而言，还是有点影响的，毕竟她前面跟叶琳在车上打斗的时候，断了根肋骨，这么强烈的撞击对胸腔还是有冲击的，痛意袭来，让艾希的眉头不自觉地微皱起来。

但就算如此，艾希也一点都没有停下的意思。F路确实比较窄，想要超车实在费劲。

而后面的警车也不是吃干饭的，快速追了上来。

就在这么紧张的时候，许童来了电话，艾希看了一眼没有接。因为不用想也知道是因为什么事。

她开着车躲避警察追捕近二十分钟，想必已经登上了头条。许童估计是看到路人发的视频，第一时间来确认吧。

艾希猜测得没错，许童打电话过来就是跟艾希确认这事的。但比起新闻，她更担心艾希此刻的安全问题。

作为这次行动的指挥人，邢凯锋正在办公室全程监控，他万万没想到艾希竟然这么彪悍，躲避了二十分钟不说，还直接撞了警车。这是把现实当成了电影，还是把拍电影的那套搬到了现实呢？

艾希这样反常的行为，让邢凯锋更加笃定她车上另一个人的重要性，所以他又开始重新布局，准备在前面几个路口进行围堵。

艾希又逃了两个路口，之后便发现自己已经无路可逃了。

前有围堵，后有追兵，艾希内心懊恼无比，她的车子停在路边，但没有熄火。而周边的路况，因为她变得混乱不堪。

接下来她会面临什么呢？艾希转过头看了下身边昏迷的叶琳，这个跟她长得一模一样的女人，这个让她内心产生很多疑惑的女人。

警察下了车，慢慢地朝艾希走过来。艾希看着一步一步走近的警察，眼底的不知所措一览无余。

她是乖乖束手就擒，还是继续负隅顽抗？

艾希神经紧绷，一颗心悬着不知如何是好的时候，正前方围堵她的四辆警车突然启动，给艾希让出一条道来。

此举必然引起所有警察的注意，向艾希走过来的警察不约而同地转身看向身后。而下一秒，让所有人张大嘴巴的不仅是警车，正前方所有行驶的车辆，都齐刷刷地停了下来，左边的车往左，右边的车往右，给艾希腾出一条畅通的大道出来。

这一壮举，实在比电影还要戏剧化。艾希看到之后，也是愣了好几秒才回过神来。

是谁在帮她？帮这个忙的人，绝对是牛人中的牛人。因为他在这一刻瞬间入侵了这条道路上行驶的所有车辆的自动化系统。

此刻的艾希也没时间去细想是谁帮她，因为她当下要做的就是突出重围。于是直接踩下油门，从前方为她开辟好的大道蹿了出去。

刚才走过来的警察，也被艾希此举吓了一跳，都往旁边闪躲，等他们回过神的时候，只能看到艾希的车尾了。

“快，继续追！”现场的负责人吼了一句。

可是下一秒，为艾希开辟大道的车子，又齐刷刷地回到原来的轨迹上。

在警局指挥的邢凯锋看到这个状况之后，修长的手指犹如弹一首曲子的高潮阶段，在虚拟键盘上飞快地敲打着。

他在追踪刚才同步入侵所有车辆的 IP，廖斌也没闲着，他除了刚才帮忙调度各个路段的天眼，还顺带追查入侵交通系统的人。

艾希蹿出去之后，刚才追踪的警察全部被车辆堵在了原地，之后逃离的路线明显顺畅了许多，她与杰米连线的时候，得知刚才入侵路上那些车辆的人并非杰米。

不是杰米，那是谁呢？难道是陆奇洲？

会是他吗？倘若是他，那真的是大开眼界了，他竟然还有这么高超的黑客技术。

“杰米，会是陆奇洲吗？”艾希眼睛盯着正前方，询问杰米。

“不知道，在我所知的超级黑客里面，根本没有他这号人物。”

“那会是谁？”

“先别管是谁，我现在提供路线给你，你过了这条路，直接进入D隧道，那边有一个藏身之处。”杰米明显比艾希冷静，重新规划了艾希的路线。

“隧道？”艾希念着这两个字。

上次就是在隧道里被人围堵，说实话艾希现在进入隧道，内心难免有点戚戚然的感觉。

“没错，那边有个很隐蔽的藏身之处，在中间的分叉口，左边转弯处，因为刚好是视觉的拐点，那边有一堵墙藏着机关，你进去之后，我会试着把后面的车给滞留一下，启动那边的开关，你直接把车开进去。”杰米道。

艾希听完，感觉自己像是在看剧本一样，现实生活中竟然还有这么多不为人知的地方。

而当下，她也没有别的选择，只能按照杰米的话做。

“好，我已经快到隧道的红绿灯口了。”

“好，等你过去，我这边将隧道前方的绿灯延迟十秒。”

“好！”艾希应道，“对了，陆奇洲的车呢？”

“他的车被警察堵在后面，我猜这会儿应该是被警察请下车了。”杰米回道。

艾希心头一沉：“他……没事吧……”

“不清楚，我回头帮你查一下，你先按照我刚才跟你说的躲起来。”

杰米道。

艾希没再继续问，因为她似乎已经在爱情和心结中做出了选择。她没有尊重陆奇洲的安排，之后自己又该怎么去面对他，艾希不得而知。

既然做出了决断，艾希也不再浪费时间，她踩着油门将车子开进了隧道。

到了隧道三分之一处有个分叉口，与前面的车辆距离拉开快五十米，艾希在左转的时候，看到右边的墙体出现一扇两米宽的闸门。艾希看了一眼，里面黑漆漆一片，让人有些瘆得慌。不过艾希没有犹豫的时间，只能利落地将车子开了进去。

驶出不到十米的距离，身后也没有任何的光线，像闸门的墙体迅速恢复原样。整个环境漆黑一片，艾希顺着车灯看向正前方，也完全看不到任何东西，就像一个深不见底的黑洞。

艾希正要给杰米回复的时候，周边突然亮起了路灯，艾希这才看清眼前的一切，这是一条长长的隧道。

看样子是备用隧道，但具体通往哪里，艾希完全不知道。

“杰米，这条隧道通往哪里？”艾希问。

“海底。”杰米回了两个字。

“什么？”艾希不可置信道。

杰米笑了笑：“不信啊？”

“你的话我都信，不过这好像是一条备用隧道，通往海底是不是有点不太现实啊？”艾希根据自己的直觉做出了猜测。

“没什么不现实的，这条隧道以前是军事备用隧道，被弃用有些年了，知道的人很少。”杰米解释。

“军事备用隧道？杰米，是不是太冒险了？”艾希下意识地回道。

杰米笑道：“我的职业一直都属于很冒险的，至于你也是半斤八两。不，现在的你，冒险之旅比我有过之而无不及。”

冒险之旅？她的冒险之旅？

艾希想想都觉得恐惧，眼下她躲进了这里，但依然不是真正的安全之地，她问道："杰米，接下来怎么走？"

"直走开六公里，在左边停下来！"杰米发出指令。

艾希听后照做，开了六公里在左边停了下来，紧接着看到的又是一个类似刚才那种的机关。

艾希发动车子开了进去，但这段路没有灯，只能靠着车子的灯光一直往前走。

走这样的黑路，艾希虽说不上害怕，但自己也没想象中那么胆大，不由得跟杰米聊了几句："杰米，这个世界上，还有多少秘密之地是你不知道的？"

"其实我所知道的也不过是皮毛而已。"杰米很谦逊地回道。

"这条路到哪？"艾希一边开车一边问。

"我的一个秘密基地。"杰米道。

"秘密基地？"艾希皱眉问。

杰米也不隐瞒："知道这边有条废弃的军事备用隧道，自然就会成为某个群体的避风港。"

正当艾希想要开口的时候，她看到前面有光，恍惚间看到了几个人影。

这时杰米那边传来声音："艾希，我们之间的私人通讯线路的加密程序快要被警察那边给破译了，先不能跟你多说了，你这会儿应该也快到我们的秘密基地了，停车之后找一个叫凯哥的人，他是我哥们儿，他会帮你离开这里，带你去另外一个隐秘之地，到时候我们再会合！还有，从现在开始，关闭个人及车载通讯，直到我们见面为止。"

听杰米一口气说完话，艾希都没来得及应答，更别说消化了，对方就直接断掉了通讯。

艾希回想了一番杰米的话，第一时间关闭了所有的通讯，车子也开到那几个人影的面前缓缓停下来。一时间六七个人影围了过来。

眼前的隧道跟前面的有点不一样，这里有人类活动的痕迹。看样子如杰米所说，这里成了某些人的避风港。

眼前这些人，个个都特别彪悍，有两个留着胡子，有一个脸上有个十字架造型的文身，此人的眼神非常犀利，就像一只秃鹫一样，给人一种不是什么善茬的感觉。

他们堵住了艾希的去路，眼睛齐刷刷地看向驾驶座上的艾希。

“什么人，竟敢闯我们的地盘？”一个身材彪悍的男人用手砸向车的引擎盖凶悍道。

艾希看着外面包围自己车子的一群壮汉们，换成是拍电影，艾希肯定丝毫不畏惧，因为身为电影里的女一号，必然是带着主角光环的，就算再来十几个，也必然是被女主角打得落花流水，满地找牙。可是眼前并不是电影拍摄现场，艾希就算有武术功底，在不清楚对方实力的情况下，还是不敢贸然行动的。

艾希稳了下情绪，缓缓地降下一半车窗：“我找凯哥。”

“找凯哥？”右边脸上有文身的壮汉眯着眼睛看向艾希。

“是的，我找凯哥。”艾希尽量让自己镇定下来。

“你很眼熟。”那有胡子的壮汉朝艾希的车靠近几步，细细地打量艾希。

尽管灯光不是特别明亮，但还是能看清脸的。壮汉的一句话，招来了更多打量的目光。

“你是那个大明星艾希！”脸上有文身的壮汉认出了艾希。

艾希没有正面回答，继续道：“我找凯哥，凯哥在吗？”

“你先回答我，你是不是那个大明星艾希！”脸上有文身的壮汉弯下腰，靠了过来。

艾希快速将车窗上调，那壮汉见此，眼神立马变得凶悍起来：“不说是吧，那可别怪我把你的车窗砸了！”说完便握紧拳头，一副跃跃欲试的样子。

艾希见此，仍然装作镇定，因为在别人面前表现软弱害怕，不仅不能得到同情，相反很多时候会让人得寸进尺。

艾希侧着脸，迎视着外面那双令人心惊的眼睛，一脸正色道：“我说，我找凯哥！”

那壮汉冲着艾希扯了下嘴角，露出阴邪的笑容，握紧拳头的手朝艾希的车子砸去。艾希的眼皮猛地跳了几下，身体也跟着抖了一下。

不过那壮汉没砸玻璃，而是将手砸向了引擎盖，顿时整个隧道回荡着巨响声。

因为听到艾希的名字，有两个人的身体趴在车上，从挡风玻璃往里看。

之后艾希听到声音：“她就是艾希！”

“艾希！我还蛮喜欢的，出来给我签个名！”有人开始敲车窗。

“喜欢什么啊，一个被人包养的女人，有什么好喜欢的！”有人反驳。

“老子就喜欢艾希怎么着，就算她被人包养，老子照样喜欢她！”

“不就是天天对她的视频发情吗？”

“你说什么呢？”

“被我说中了吧？”

“你再说一句！”

坐在车上的艾希，听着车外的争吵，知道其中有一个是自己的粉丝，她没有表现出高兴，但也没有黑脸。

作为明星这样的公众人物，深受粉丝的喜爱，同时也得承受各种风言风语。至于他们刚才所说的话，艾希对这些说不上喜欢，也不厌恶。

这时候，听到一句深沉有力的男声：“你们在吵什么？”

围住艾希车辆的几个男的，听到这声，不约而同地看向正前方。

艾希的目光也跟着看向前方，由于车子没有关掉大灯，一时之间没能看清正面走来那人的面孔，不过那高大的身躯在灯光中显得特别的挺拔。

“凯哥，不好意思，吵着你了！”刚才争吵的人连忙道歉。

“凯哥，有个女人闯了进来，说是要找你！”脸上有文身的男人直接跟那个叫凯哥的人禀告情况。

凯哥眯着眼睛，看了眼面前的车，沉声道：“把车灯关了。”

“凯哥说了，把车灯关了！”脸上有文身的男人，拍了下艾希的车窗。

艾希闻言，这才伸手去关掉了车大灯，留了短程灯，以防万一。

隧道里的光线瞬间暗淡了几分，那个叫凯哥的人走到艾希的车旁，敲了敲车窗。

艾希降下三分之一的车窗看向外面：“你是凯哥？”

那个叫凯哥的人点头：“我就是你要找的凯哥，刚才看到杰米的留言了，让我带你去另外一个地方。”

艾希看着他的脸，周边都是各种凶神恶煞的壮汉，而眼前的这个男人却属于儒雅型气质，身材偏精瘦型，上身穿着一件黑色卫衣，下身一件蓝色牛仔裤。这样的装扮，完全就是典型的程序员作风。

尽管他说明了杰米的安排，但是艾希没有下车，而是道：“怎么证明你是凯哥？”

站在车窗，弯着腰的凯哥听了这话之后，不由得笑了笑：“怎么证明我是凯哥？要不要我去警察局给你开个证明？”旁边的壮汉听后，不约而同地哄笑起来。

艾希看着凯哥，依旧一本正经道：“我需要验证身份。”

凯哥听后，直起身体，对着大伙说：“敢情来了一位警察，要查我的身份！”

大家再次哄笑，跟着你一句我一句地说起来。

“当自己在剧组演戏吗？”

“我看过她演的警察，身材够辣的！”

“凯哥，话说你不是黑户吗？哪来的身份证明啊？”

“凯哥这张脸就是身份，你这女人也太不识好歹了！”

这些话一一传入艾希的耳朵里，她面无表情地看着外面的这些人。

不一会儿，凯哥抬起手臂，看了下时间，随后目光再次看向艾希："即便是杰米所托，我的时间也是很宝贵的。给你一分钟的时间考虑，不想出来，你就原路返回吧。"

换作平时，艾希肯定会再次跟杰米联系，确认后再说，但眼下的情况，只能她自己去应付。

"我要是原路返回，你们这个秘密基地恐怕也会跟着一起暴露！"艾希直视着凯哥的眼睛说道。

凯哥听后，看着艾希那张骄傲的脸，嘴角微微上扬："现在是你求我，不是我求你，请想清楚这一点。如果没有我的帮助，估计不出十分钟，你就被警察给逮着了。"

艾希听完，也做出了决定："先让其他人离开。"

凯哥看了一眼，本想为难她几句，不过时间紧迫，也只好作罢，对着身旁那个脸上有文身的壮汉道："刀疤，去把我的车开过来！其他人先散了。"

脸上有文身的壮汉听后，立马便去开车，其他人也散去了。

不一会儿，一辆改装车停在艾希的车前，凯哥没有多说什么，直接坐进了驾驶座。

艾希见此，从车上走了下来，脸上有文身的壮汉这下清清楚楚地看到艾希，眼睛发亮："真的是艾希！"

艾希看了他一眼，没有多说话，而是走到车子的另外一边，打开车门，将副驾驶的叶琳抱了出来。

昏过去的叶琳一点知觉都没有，艾希抱着她径直往凯哥那辆车走去。

那脸上文身的壮汉露出吃惊的表情，因为艾希抱着的女人衣服上全是血，最让人吃惊的是两个人是一模一样的脸。

艾希没有理会他的吃惊，只说一声："帮我开下车门。"

一分钟前还对艾希凶悍无比的壮汉，此刻，竟然乖乖地帮忙打开了车门。

艾希将叶琳抱上后座，将她放好，前面坐着的凯哥转过头看了一眼。

杰米交代他帮忙，他二话没说就答应了，但是面对两个艾希，他不免扬了下眉头，这两个到底谁才是真正的艾希？

艾希也坐了上来，迎视着凯哥审视的目光："带我去见杰米！"

凯哥听后，收回视线，利索地将车启动，载着艾希离开了隧道。

艾希随后将自己身上的帽衫脱了下来给叶琳穿上，掩盖满身是血的衣服，顺便将帽子拉上。

凯哥透过后望镜看了一会儿，张口道："你是大明星艾希？还是那个杀人凶手？"

艾希闻声，看看凯哥的后脑勺，声音清冷地回了一句："我是杰米的朋友。"

凯哥听完艾希的回复之后，嘴角微勾："确定无疑你是大明星艾希。"

艾希没有再吱声，凯哥又看了下后望镜："你身旁的应该是杀人凶手，双胞胎？"

艾希还是没有正面回复，而是问道："你跟杰米真的是哥们儿？"

凯哥听后，笑了一声："杰米要是男的，我肯定跟他拜把子，可她是女的。"

"她的追求者？"艾希接话道。

凯哥又笑了，随后感叹一句："落花有意，流水无情啊！"

艾希懂了，回道："谢谢你冒险帮我。"

"帮你可是有条件的。"而凯哥却不客气地说道。

艾希眼神中带着一丝警觉："什么条件？"

凯哥嘴角微扬："帮我签几张你新电影的海报！"

艾希听了之后，不由得咳嗽了一声："这就是你的条件？"

"觉得条件太简单了？你能满足我更高的要求？"凯哥笑问。

艾希眼睛扑闪了一下："可以满足你更高的要求！"

凯哥笑出声："够大气，我喜欢！"

艾希接着道："你有什么要求尽管提，不过你帮我的事要绝对保密，不允许对外人透露半个字，这里面包括隧道里的所有人！"

听完艾希的话，凯哥笑了笑："这是要收买我？不过我得告诉你，我这个人是很难收买的。"

"你既然答应了杰米来帮我，说明还是有东西能让你失去原则的。"艾希回道。

凯哥嘴角笑意更甚："早就听杰米说你很厉害，果然闻名不如见面，确实厉害！"

"谢谢夸奖！"艾希接话道。

"有意思。"凯哥幽幽地笑道。

艾希没有接话，凯哥透过后望镜看了下艾希那英气的脸，随后郑重其事地对艾希重新做了个自我介绍："向凯！也是杰米的朋友。"

艾希愣了下，缓缓张口："艾希！"

之后，车内沉默了十来秒，向凯再次开口："放心，我的人会对见到你的事保密的。"

艾希点了点头："谢谢，不过能问一句，我们现在去哪吗？"

向凯回了三个字："千业城。"

警局，网络安全调查小组。

在会议室指挥这次追捕行动的邢凯锋，脸色黑得就像六月的乌云一样，好像随时都可能倒下一阵倾盆大雨似的。

交通网络系统被入侵，追捕行动被瓦解，最关键的是竟然找不到任何入侵痕迹。

简直就是见鬼！

对面的廖斌见此情形，也不敢吭声，看地板上那些陶瓷杯碎片，就知道邢凯锋此刻内心是有多么的暴躁。

几秒后，有人推门进来："组长，我们把人带回来了！"

廖斌立马转过头，而邢凯锋二话不说，直接跨步走出会议室。

邢凯锋来到了询问室，里面坐着的人不是别人，正是这次追捕行动的当事人之一——陆奇洲。

看到邢凯锋进来，陆奇洲抬眼看他："邢组长，你们把我请来是什么意思？"

听到质问的口气，邢凯锋不慌不忙地走过去，他拉开椅子，坐在陆奇洲的对面，冲着他笑了笑："陆总，把你请来这里自然是有话想问你。"

陆奇洲抬起手腕看了下手表："我时间宝贵，给你十分钟。"

邢凯锋看着对面的陆奇洲："陆总，我这边的询问时间以结束为止！"

陆奇洲微微勾唇："邢组长，这是要扣押我的意思吗？"

邢凯锋摊手："扣押陆总我可不敢，不过交通秩序被你搅成这样，我总得盘问一番，好给上面一个交代。"

陆奇洲听后，开口道："既然是交通秩序的事，这事就与你无关。"

刑凯峰直接被噎了一下，每次面对陆奇洲就没有一次占上风的，在他家如此，在警局也是如此。这人即便是坐在询问者的位置上，浑身上下也还是散发着一种不可侵犯的气势。

"此言差矣，交通局的网络被入侵，外加上秩序混乱都是因你而起，所以这件事已经交到我这里来处理了。"邢凯锋道。

"相关文件呢？"陆奇洲问道，"还有，什么叫秩序混乱都是因我而起？证据呢？"

陆奇洲说话的语气霸道十足，站在一旁的廖斌感觉像是在面见上面的大领导似的。

听到陆奇洲要证据，邢凯锋第一次没有那么被动，他直接打开全息影像，将陆奇洲半个小时前被拍到的镜头呈给他看："这就是证据。"

陆奇洲看了一眼："这算哪门子的证据？你们警察就是这么办案的吗？也不问因果，就直接给人定罪？"

邢凯锋听后，扯了下嘴角："陆总，这都不算证据，那什么算证据呢？至于因果，我们肯定会过问的，而且我们目前可没定你什么罪，只是请你过来询问情况。"

陆奇洲看了下邢凯锋，随后低头看了下手表："你还有七分钟。"

邢凯锋听了，内心极为不爽，但还是忍了下来，因为陆奇洲能被他们请来这，也实属不易。待会他的律师来了，恐怕所有事情就会交给律师处理了。

"你为什么会出现在现场？"邢凯锋也不敢再浪费时间，直接切入主题。

陆奇洲直视着邢凯锋的眼睛："有人入侵我的山庄，刺伤了我的秘书，掳走了我的女朋友艾希，当然要去追踪。"

邢凯锋听完他的话，微微眯起眼睛："有人入侵你的山庄？谁？"

"就是你们一直没能抓到的凶手叶琳。"陆奇洲道。

邢凯锋盯着陆奇洲的脸："叶琳？你从哪得来的资料！"

陆奇洲靠着椅子说道："我从哪得来的资料，无须跟你解释。但是因为你们一直没能抓到她，才出现现在的局面！"

邢凯锋知道陆奇洲的背景，他要知道一些内部资料，确实轻而易举。他翻了下全息影像的画面，放大艾希被天眼拍到的照片，对着陆奇洲道："这么说，开车的人是叶琳，副驾驶的那个人是艾希？"

陆奇洲嘴角微扬，不过呈现出的笑意不带一丝暖意，反而有些冷冽："你们不是一直在监视着我和我女朋友吗？为什么还能让叶琳入侵了我的山庄？"

陆奇洲的话，让邢凯锋有种被人倒打一耙的感觉，发生这种事，反倒被陆奇洲认为是他们警方的责任。

而且关于监视这件事，邢凯锋是不好解释的，因为上方已经再三命令他杜绝这种行为，所以陆奇洲的话，算是掐住了他的要害，让他回复的时候得再三掂量。

邢凯锋越发觉得陆奇洲这个人不简单。

“我们并没有监视陆总和艾希！”面对质疑，邢凯锋还是违心地狡辩几句。

陆奇洲听后，嘴角笑意更为冷冽：“你们没在我家门口继续监视，但是外围应该一直都没撤吧！不过话说回来，我当初不该投诉你们这种监视行为，因为那样也算是一种保护。这样艾希以及我的秘书也就不会发生今天这种事了。”

邢凯锋听完之后，脸色有点难看，他没敢接这个话，而是道：“你的意思是，艾希被叶琳掳走了？”

陆奇洲的眼神阴沉了下来：“你说呢？你们把我带回这里，却不去继续追查，倘若艾希出了任何不测，邢组长恐怕你这身警服也会不保吧？”

邢凯锋听完这些警告的话，并没有恐慌，而是直视着陆奇洲的脸，其实他的警告也是不可忽略的，毕竟近期发生在艾希身上的相关案件一直没有被侦破，已经让很多粉丝在网上指责警方办事不利。

这种局面是上头最不愿意看到的，所以特别的重视，再三交代，可是案件一直没有进展，对于邢凯锋而言，承载的压力也是巨大的。

即便拍到相关证据，因为叶琳和艾希长得一模一样，加上陆奇洲的说辞，邢凯锋也一时之间也难以分辨。

“既然是叶琳作案，那么请你详细地说一下她是怎么入侵你家山庄的，我们要记录具体细节。”邢凯锋道。

陆奇洲看了邢凯锋一眼，冷冽的眼眸缓缓收回，露出一副焦急又担心的模样：“细节我自然会说，但是艾希现在的个人安全才是首要的，希望你们警方尽快帮我找到艾希。”

邢凯锋见此，回道：“我们的相关人员已经在继续追踪了，你把叶琳入侵的过程说一遍。”

陆奇洲之后大致编了一下内容，告诉了邢凯锋，具体细节真真假假，让人难以分辨。

邢凯锋听了之后，看着陆奇洲，警察都有自己的直觉，理智告诉他陆奇洲所讲述的内容未必全是真的。

“陆总，我们想查看一下你的记忆云。”邢凯锋开口道。

陆奇洲闻言，定定地看着邢凯锋：“我的记忆云不会对外公开的，不过你们可以查我家所有的监控，以及我家里机器人的记录。”

邢凯锋却道：“陆总，我们并非不相信你的话，只是查看一下你的记忆云，就一目了然，而且方便快速，不会浪费你之后的时间。”

陆奇洲听后，脸上没有过多的表情，没等他开口，便听到开门声，随之传来一句话：“我当事人的记忆云在没有其亲自授权的情况下，绝对不会对外公开。”

一个高大的身影出现在门口，陆奇洲目光看了过去，是他集团的法务部首席法务官——齐赢。

邢凯锋对这个齐赢并不陌生，因为上次艾希在机场直接被他们请回警局的时候，也是由这个齐赢出面处理相关法律事务的。

那一套说辞似乎没有什么新颖，在现在的法律范畴内，在没有当事人授权的情况下，任何机构都无权查看个人的记忆云。当然也有例外，如果当事人已经处于死亡的状态，那就另当别论了。

齐赢跨步走到陆奇洲的身旁，恭敬地打招呼：“陆总。”

陆奇洲微微点头，嘴里吐出几个字：“交给你处理了。”

“是！”齐赢应声之后，拉开椅子坐了下来。

对面的邢凯锋将两人的互动看在眼里，比起上次齐赢亲自出马的场景，面对陆奇洲，这位律师的姿态明显低了许多。他跟艾希之间更像是朋友，而跟陆奇洲，似乎有点上下级的概念。

不过这一点也不奇怪，毕竟陆奇洲手中掌握的财富是艾希资产的无数倍。别说齐赢这样跟他紧密合作的法律事务所，就连邢凯锋的上峰，甚至总部的老大，在面对陆奇洲，都是客气有加。

在任何一个时代，资本的话语权都是不可估量的，因为他们树大根深，牵扯到方方面面，不可轻易得罪。邢凯锋私自安排监控陆奇洲的事，还引起了上峰的不满，还好他的上司帮忙挡了，不然邢凯锋现在极有可能因为那事被问责。

齐赢坐下之后，看着对面的邢凯锋说道："邢组长，又见面了。"

邢凯锋扯了下嘴角："齐律师是不是代理A市过半企业的法务啊？"

齐赢笑道："过奖了，不到过半，不过四分之一勉强有吧。"

如此的嚣张！邢凯锋的嘴角扯了扯："你可真是不谦虚啊。"

齐赢笑了笑："谦虚过头就是虚伪，作为法律人讲究的是务实以及证据，接下来我便将证据呈现给邢组长。"说完，齐赢打开全息影像。

"这是监控录像。"齐赢一边点开播放一边道。

之后邢凯锋便看到，叶琳开着一辆车子进入山庄，安全系统放行，车子在进入山庄之后叶琳将车子停在停车场，从车上走了下来。

叶琳一身白衣，戴着黑色墨镜，酷劲十足。

之后叶琳进入室内，COCO看到她，眼睛眨巴眨巴几下，喊了下："艾希小姐，有人找你。"

艾希从书房走了出来，看到叶琳的时候满脸惊讶，之后二人在客厅展开了一番打斗。

艾希败北，昏倒在叶琳的怀里，而这个时候陆奇洲和秘书秦昊回来，刚好看到叶琳要带走昏迷的艾希，秦昊第一个冲上前阻止，结果没过几招被叶琳一刀刺中脖子。

陆奇洲要上前，叶琳将刀子架在艾希的脖子上威胁道："敢过来，艾希必死无疑！"

陆奇洲顾及艾希的安危，没敢乱动，只能眼睁睁地看着叶琳拖着艾希离开屋内，一步步入车里。

之后，叶琳开车离开了山庄，而陆奇洲进退两难间选择了先处理秦昊的伤，让家里的机器人送他去医院，之后才开车追了出去。

看完整个监控录像，邢凯锋的目光看向齐赢："齐大律师，你每次出马都准备充分啊。"

齐赢听后，嘴角微扬："听邢组长这话，像是不相信你所看到的监控画面？"

邢凯锋笑了笑："我可没这么说，只是你每次都这么及时，实在是佩服！"

齐赢笑："我只是不希望浪费我雇主的时间而已。"

"这监控记录我们需要备份。"邢凯锋道。

"可以。"齐赢爽快地答应了，"不过我的当事人应该可以离开了吧？"

邢凯锋的目光移至陆奇洲的脸上："恐怕不行，交通局已将陆总违反交通规则案交给我们网络调查小组并案处理，陆总严重妨碍交通秩序，而且今天的事还有很多不明了的地方，估计得留陆总在这待上几天。"

"什么意思？"齐赢直视着邢凯锋。

邢凯锋扯了下嘴角："留陆总在这待几天，配合调查。"说完，站起身。

齐赢见此，连声道："等等！"

邢凯锋看向齐赢："齐大律师，还有什么事吗？"

齐赢一边打电话一边对邢凯锋道："请你接个电话。"

电话很快打通，齐赢简明扼要地将眼前的事情告诉电话那头的人，之后让邢凯锋接电话。

邢凯锋看他一眼："谁？"

"交通局的方局长。"齐赢道。

邢凯锋接过电话，之后听到对方道："我是交通局的方明新，你是网络调查小组的刑组长吧？陆奇洲现在在你局里对吧？"

邢凯锋看着对面的齐赢和陆奇洲，应了一句："你好方局长，我是邢凯锋，陆奇洲现在确实在我们局里，我们需要他留在这里配合调查今天的交通事故一事！"

"这事我已经得到汇报了，下面分局的意见是并案处理，不过我也看过他们发过来的监控，违反交通规则是不对，不过陆奇洲也算是受害方，所以目前局里给予的处理是吊销驾照，终生不许私自驾车，罚款三百万，外加赔偿所有车主的全部损失。至于你们那边的案子，需要他配合调查的，让他积极配合。”方局长将交通局那边对陆奇洲的处罚告知邢凯锋。

邢凯锋听完之后，反驳不是，不反驳也不是：“方局长，既然是并案处理，那我们这边……”

不过没等邢凯锋说完，方局长打断道：“我明白你的意思，不过交通局对他的处理，也是严格按照规章制度的！”

邢凯锋被堵了回来，因为交通局对陆奇洲的惩罚，已经算是很重了。不过交通局突然改变并案的决定，可见陆奇洲的律师在来的路上应该做好了所有的工作了。

有钱能使鬼推磨这个道理果真千年不变。

最后邢凯锋还是公事公办地说了一句：“方局长，交通局的系统被入侵，以及路上车主在线系统被入侵，这可不是小事！”

“入侵交通系统一事是极为严重，极为恶劣的违法行为，我们局里也绝不姑息，一定会调查到底。”方局长道。

“方局长，既然要调查到底，又为何要对陆奇洲破例？”邢凯锋说这句话的时候，目光直接看向陆奇洲。

邢凯锋知道这句话说出去，肯定会引起一些不满，但是他要是不抓住眼下这次机会，恐怕后期想要陆奇洲积极配合调查，估计得亲自登门。

“邢组长，我不会给任何人破例，陆奇洲也不例外。只是他们律师已经将法务流程处理完毕，我们这边要是强行留人，便是我们执法机构的问题了。”方局长道。

邢凯锋看向陆奇洲和齐嬴，冷笑道：“他们的办事效率可真是够高的！”

“确实如此，所以我们这边也要加快步伐侦破，对这次性质极为恶劣的案件。至于陆奇洲，先让他回去吧。”方局长交代道。

事已至此，邢凯锋多说无用，只好应道：“是，方局长。”

挂掉电话后，邢凯锋将全息电话还给齐赢，随后对陆奇洲道："陆总，你可以走了，不过后续还会有进一步的调查，希望你积极配合。"

陆奇洲微微点头："后续事宜都交给我的律师处理。"

邢凯锋就知道他会这么说，不由得道："我们会跟你的律师接洽处理的，但也需要你这个当事人配合，还有刚才齐律师提供的监控记录，我们需要进一步确认。"

齐赢听后，勾了下嘴角："进一步确认？邢组长，你这是怀疑我捏造监控记录？"

"如果不是个人记忆云记录，其他的任何监控记录，在没有确认的情况下，都值得怀疑。"邢凯锋回道。

齐赢笑道："邢组长的工作作风我很欣赏，作为我当事人的律师，我们所呈给警方的监控记录，任由你们鉴定。"

"那就好。"邢凯锋接话道。

"我们可以走了吗？"齐赢开口。

"可以。"邢凯锋点头。

齐赢对身旁的陆奇洲道："陆总，请！"

陆奇洲站立起来，挺拔的身姿带着一种强者的气势，然而两人刚走出询问室门口，邢凯锋说了一句："陆总，我们跟你一起回山庄。"

陆奇洲闻言，停下脚步，转身对邢凯锋道："随时欢迎，不过在这之前，我得先去趟医院。邢组长是要直接去家里，还是先送我去医院？"

"陆总，别误会啊，我们只是公事公办。"邢凯锋装着客气道。

"我没误会，我的驾照被吊销了，想搭下顺风车，不知如何？"陆奇洲道。

邢凯锋看了眼陆奇洲，关于永久性吊销驾照这个惩罚，说实话邢凯锋也觉得处理得有点狠了。

"我们先送你去医院，再去家里。"邢凯锋没有拒绝陆奇洲的要求。

站在一旁的齐赢听了这话，没有吱声，其实陆奇洲想去哪，告诉他一声就好了，他自然会服务到家。不过既然陆奇洲想搭邢凯锋的便车，他也不好阻止，因为他了解陆奇洲，他的所有决策，一向只需要别人服从。

陆奇洲坐上了邢凯锋驾驶的 SUV 的副驾驶座上，邢凯锋是司机，后面还跟着一个女警。齐赢没有直接离开，而是跟着陆奇洲他们的车，先去医院。

从警局到医院的路程只有十分钟，陆奇洲很快见到了 COCO，以及病房里依旧昏迷的秦昊。

此刻的秦昊，因为失血过多，脸色显得极为苍白，脖子上缠着几层纳米材质的白色纱布。

“什么情况？”陆奇洲询问 COCO。

“老板，秦秘书已经做完手术，脱离危险了，不过医生说，刀口刺入得太深，会影响声道发音！”COCO 很快将秦昊的治疗情况汇报给陆奇洲。

陆奇洲听完之后，微微凝眉：“影响声道？声音改变，还是彻底失声？”

“声音改变。”COCO 回道。

“我要见主治医生。”陆奇洲道。

COCO 道：“我带你去。”

陆奇洲走出病房，邢凯锋看了一眼病床上的秦昊，之后也跟着走了出去，齐赢也一起尾随。

主治医生是个中年男人，陆奇洲询问情况的时候，他如实告知，跟 COCO 的陈述大体一样。

“关于声音的部分，没办法进行手术调整，能让它愈合如初吗？”陆奇洲问。

主治医生轻轻摇头：“我们尽了最大努力，已经让他的声带受损减到最小范畴。”

陆奇洲刚才在门口的时候，稍微看了下这位主治医生的简历，应该是本市最厉害的外科医生之一。

主治医生见陆奇洲皱眉，补充道：“秦先生的声带受损，最严重的结果就是不能进行唱歌大喊之类的声带活动，但正常说话是可以的，就是声音跟以前会有所不同，发声会小一些。”

陆奇洲也只能接受，感谢道：“辛苦了，医生！”

之后，陆奇洲交代 COCO 要好好照顾秦昊，准备离开。

不过同行的邢凯锋提出了一个要求，就是查看 COCO 的实时行为记录。

陆奇洲看了下他：“请便。”

陆奇洲输入 COCO 的设置密码，将她系统里的实时行为记录调了出来，拷贝了一份给邢凯锋。

邢凯锋拿到之后，微微点头：“谢谢！”

陆奇洲接着道：“在秦昊声带没有恢复之前，希望警方暂时别前去打扰他。”

邢凯锋却回了一句：“对于秦昊先生声带受伤的事我表示遗憾，不过等他醒过来，我们肯定会第一时间找他询问当时的情况，不能说，也可以写。”

陆奇洲闻言，脸上的表情不是很明朗，他看了眼邢凯锋，幽幽道：“邢组长看似工作兢兢业业，但是办案效率实在不敢恭维。”

邢凯锋听了这话有点扎心，不过反应不大，倒是何莹莹脸色变了变，想替邢凯锋辩解几句，但被邢凯锋的眼神给制止了。

“陆总你这边交代完了吗？要是交代好了，我送你回家，顺带去你家做进一步的实地调查。”邢凯锋开口道。

“那就劳烦邢组长了！”见邢凯锋一副公事公办的口气，陆奇洲也没再拖延时间，“走吧！ COCO 你留在这照顾秦秘书。”

COCO 点了头：“是，老板！”

陆奇洲回到邢凯锋的车上，瞧了后座的何莹莹一眼：“我家可是案发现场，就你们两个吗？”

邢凯锋启动车子，说：“两人足矣，后面坐的小何是痕迹鉴定的专家。”

陆奇洲眉头微扬：“失敬啊！”

何莹莹见邢凯锋如此抬举自己，不免有些开心：“鉴于陆总家的山庄面积巨大，局里已经先派了两名成员在你的山庄门口等候了。”

陆奇洲眼眸转了下，随后道：“艾希那边呢？追踪得如何了？”

“最新汇报，艾希车子在进入 X 路的隧道后，便不知踪影。”邢凯锋直接将目前收到的汇报如实告知陆奇洲。

陆奇洲凝眉：“又是隧道？上次艾希就是在隧道出事的，这次又是在隧道里不知踪影，邢组长，你不觉得你现在调查工作的重中之重，应该是追踪我女友的下落吗？”

邢凯锋听后，回道：“我们小组，除了我和小何之外都在继续追踪，已经在排查可疑车辆了。”

“我对你们的调查能力，实在不敢信任。”陆奇洲直言道。

坐在后面的何莹莹直接回嘴：“陆总，你连我们这些调查机构都不信任，我们也不知道你信任谁了。”

“是你们的工作能力令人怀疑，这跟我信任谁没有关系。”陆奇洲道。

“陆总……”何莹莹想反驳，但是被邢凯锋阻止，“小何！”

何莹莹只能作罢，毕竟前面坐着的这尊大佛，不是谁都能得罪的。

邢凯锋随后道：“我会及时向陆总汇报调查结果的。”

陆奇洲眼睛看着前方：“我只希望，我女朋友能平安无事地回到我的身边。”

邢凯锋闻言，看了下陆奇洲：“我们会尽全力。”

陆奇洲就当自己没听到这句话，之后便沉默不语，脸上尽是担心和忧愁之色。

邢凯锋也没再说话，刚好有信息进来，他点开，看到廖斌的回复，机器人的行为记录以及前面的监控记录，都是真实的。

邢凯锋看了之后，摸了把下巴，随后回复道：“车辆排查的结果如何？”

“排查结果出来了，这个时间段没有大车之类的行驶记录。”廖斌回复道。

邢凯锋的眉头皱了起来：“凭空消失？”

廖斌之后又发了一张隧道的地图：“我查过隧道的结构图，其中跟军事备用隧道有连接口。”

“什么？”邢凯锋回复。

“我这边也跟相关部门要了接口密码，也已经派人去追踪了。”廖斌回复道。

“有发现吗？”邢凯锋急迫地问。

“有，发现艾希开的那辆车了，不过车上没人，车子停的地方应该经常有人活动，但现在什么东西都没有了。”廖斌道。

“赶紧进行痕迹鉴定，再追查近一个小时隧道各个出口所有的车辆。”邢凯锋命令道。

邢凯锋回复完廖斌之后，也将最新情况告诉陆奇洲。

陆奇洲微微眯起眼：“她进入军事备用隧道了？”

邢凯锋解释道：“具体应该是弃用的军事备用隧道，看样子有人帮她逃离。”

“谁？”陆奇洲问。

“还在查。”

陆奇洲的脸沉了下来：“邢组长，我真的很不喜欢听到这三个字。”

“有两个 ID 入侵交通系统，其中一个 ID 有点熟悉，但是每每它要露出破绽的时候，就会被另外一个掩盖掉痕迹，让我们追踪无果。”邢凯锋道。

后座的何莹莹对陆奇洲的态度意见很大，在这个科技发达的时代，犯罪手段也跟着进步，尤其是网络犯罪，无声无息地潜伏在每一个人的身边，作为网络警察中的一员，在这个工作岗位干了几年，便知其中的繁重和责任。他们兢兢业业地守护着每一个人的个人网络安全，但是在这些有钱人眼里他们似乎不过是只蝼蚁。

邢凯锋没等何莹莹接话，便开口：“我们不敢说在自己的领域攻无不克，因为怕打脸来得太快。不过网络世界本来没有秘密可言，就算再高超，再严谨的程序系统，也会被一些高人给破解。”

“你这是心虚，没底气的意思吗？”陆奇洲反问。

“算吧，毕竟艾希这一系列的案子，我们还没给你一个交代。”邢凯锋道。

陆奇洲听后，也不再咄咄逼人：“听闻，你就是一个程序计算能力高超的技术型人才，破获过很多重大的网络犯罪案件，现在连你都无从追查，对方的能力可见一斑。”

“不过我有一点疑问，不知道陆总能不能给解释下？”邢凯锋道。

“说。”陆奇洲道。

“即便其中的一个入侵痕迹被掩盖掉，但还是有一些细节被捕捉到，对比之后，发现那个入侵痕迹跟艾希的朋友杰米的手法一致，倘若如你所说，艾希是被叶琳劫持走的，那么杰米为何要帮助她逃跑？”邢凯锋道。

陆奇洲听后，知道这是邢凯锋对自己的陈述有一定的怀疑，于是道：“你怎么知道是杰米协助她逃跑，而不是在追踪她，帮忙营救艾希？”

邢凯锋看了下陆奇洲：“都有可能。”

“也就是说，你对我的陈述，以及我提供的相关证据都持有怀疑态度？”陆奇洲问。

“案件没有水落石出之前，跟艾希接触的任何人都可以怀疑，包括你。”邢凯锋道。

陆奇洲听后，冷笑一下：“邢组长，你的办案态度我很欣赏，只可惜……”

正当陆奇洲要继续质问的时候，车子刚好到了陆家山庄，门口乌央乌央扎了一堆人，似乎在等候他的出现。

这么多媒体蜂拥而至，估计都是为了一个小时前发生的飙车事件。

这时有人发现了陆奇洲，喊了一句："陆奇洲回来了。"

这一嗓子吆喝，直接让陆奇洲的车被众人团团围住。陆奇洲的豪车装备自然是最好的，有单向可视玻璃以及超级隔音设备，外面的声音是传不进来的，但还是能看到一张张八卦的嘴脸。

陆奇洲在成为艾希男朋友之前，是一个不喜欢在媒体上曝光的人，如今却为了红颜频频上头条。陆奇洲对此没有多少怨言，但是眼下对于这些堵在他家门口的媒体，他内心是极度不喜欢的。

而对于媒体，邢凯锋也是怵得慌，艾希之前的案子还没理清，今天又发生这么轰动的事件，不用想都知道众人对此的态度，网上已经有很多网友给警局施压了。邢凯锋即便是个性格耿直的人，也不敢在媒体面前乱说话，怕给案件调查造成更大的不便。

坐在后座的何莹莹不由得道："组长，要不要机器人纠察员封锁车道，将媒体清走？"

邢凯锋听后，侧脸看向陆奇洲："我尊重陆总的意思。"

陆奇洲看着正前方的那群像是要爬上他前车盖的媒体，缓缓张口："清。"

何莹莹立马启动了机器人纠察系统，对前面两位男士道："机器人纠察员已经启动，三分钟后赶到。"

邢凯锋将车子的自动系统调整为手动，于是车子开始龟速地挪动，慢慢逼近大门，而那群人似乎完全不惧危险，身体抵着大门丝毫没有让路的意思。

"邢组长，今天在路上飙车的人是艾希吗？还是凶手？"

"陆总，今天镜头也捕捉到你了，你跟艾希之间发生了什么？为什么她要躲避你？"

"陆总，听闻你因飙车事件被永久吊销驾照，对于这样的惩罚，你有什么想法？”

车内坐着的人根本听不见外面的声音，而且都面无表情，但是外面的人却不管不顾，一句接着一句地问。

山庄的大门缓缓打开，堵在前面的记者站定在那里。邢凯锋的眼睛静静地看着他，虽然不可能直接碾过去，但是他们也知道，这些媒体绝对不敢越过一步。

因为一旦越过一步，就完全属于陆奇洲的私人空间，要承担私闯的罪名。

车子在门口僵持了一会儿，邢凯锋又往前挪了一点点，逼得媒体无路可退。直到前面的人都散到两边，邢凯锋加大油门，最终将门口所有的媒体留在了大门外。

邢凯锋进了陆奇洲家之后，开始一一搜集行为痕迹，陆奇洲让家里另外一个机器人在一旁跟随他们，而他自己想直接去主卧浴室冲个澡，换套衣服。

“你们请便，我去洗个澡。”陆奇洲道。

何莹莹却开口：“陆总，请忍耐一下，我们需要对整个家进行行为痕迹实地勘查。”

无奈之下，陆奇洲只好坐在客厅的沙发上，看着何莹莹拿着行为痕迹记录仪一一勘查。

科技越发达，人类越方便。就拿何莹莹手中的行为痕迹记录仪来说，可以将整个案发现场勘查一遍，根据脚印、指纹、皮屑、头发等，可以在计算机上模拟出出入过这个空间里每个人的痕迹。

可以说这样的高科技产品对于破案而言，是有很大帮助的，能更加精准地确认罪犯的个人基因，以及还原作案现场。

可是有时候人类也会想，就是因为科技发达了，普通人类的很多本能以及潜力也就跟着萎缩了。至少陆奇洲是有这个想法的，什么传说中网络调查的王牌警察，在艾希这一系列的案子里，他们就是草包。

在机器人纠察的帮助下，门口的媒体也都被遣散离开，调查小组的成员终于能进来帮忙，他们将陆奇洲家里的里里外外都扫描了一遍。

邢凯锋倒是一直在客厅陪着陆奇洲，不过与其说陪着，不如说他在线跟向他汇报的另外一个调查小组进行沟通。

那边在车辆甄别之后，进行了筛选，有几个可疑车辆，正在进一步扩大追查中。

半个小时后，陆奇洲明显有点不耐烦了，不过就在这时，何莹莹回到客厅说：“全部扫描好了。”

邢凯锋抬起头看了下何莹莹，随后道：“任何一个角落都不要放过。”

何莹莹看懂了邢凯锋的眼神，点头道：“都一一扫描过，不过要是家里有密室之类的，就得让主人允许才能扫描。”

陆奇洲闻言，目光也看向何莹莹：“家里只有酒窖，没有密室。”

“那就剩下酒窖没有扫描。”何莹莹道。

“Janey，带他们去酒窖。”陆奇洲让机器人Janey带他们去。

Janey听后，对着何莹莹道：“这边请。”

看到陆奇洲如此沉着，何莹莹点了点头：“陆总，麻烦你继续忍耐一下。”

但是这次陆奇洲没有答应：“我的房间你们已经勘查过了，我可以上楼洗澡换套衣服了吧？”

何莹莹闻言目光看向邢凯锋，似乎在征求他的意见，邢凯锋接收到信息，回道：“可以。”

于是陆奇洲直接站起身，离开了客厅。

何莹莹见此，又跟邢凯锋交换了眼神，之后便让Janey带他们去酒窖了。

待陆奇洲洗完澡换了套衣服下来后，何莹莹也刚好收工。

邢凯锋主动站起来：“陆总，谢谢你的配合。”

陆奇洲看了下邢凯锋，语气带着诚恳：“艾希有任何消息，请在第一时间告诉我。”

他的这句话说得没那么盛气凌人，邢凯锋便也不那么计较了，点了点头：“好。”

就在邢凯锋要离开的时候，陆奇洲又加了一句：“如果你们被媒体围堵，希望你们别实话实说。”

邢凯锋顿了下，看了眼陆奇洲：“什么意思？”

陆奇洲解释：“别说艾希被人掳走了。”

邢凯锋看着陆奇洲的脸，思索了几秒，随后缓缓道：“我们警方会按照调查事实去公布所有消息的。”

“你们要将艾希被叶琳掳走的事情说出去，不但会被全球粉丝群起而攻之，也会增加艾希的人身危险。这个后果你们担待不起。”陆奇洲冷着脸道。

对于陆奇洲的话，邢凯锋自然是有自己的考量，于是他公事公办地回道：“我们警方会酌情处理的。”

陆奇洲也没再说什么，口中吐出两个字：“不送！”

邢凯锋在跟陆奇洲几次打交道的过程中，大致了解他的性格，属于偏冷漠，偏高傲类型的男人。不是每一个成功人士都和蔼可亲、平易近人的。

邢凯锋带着调查小组离开，陆家又恢复了平静，陆奇洲看了下Janey，穿着睡袍去了书房，他输入密室密码，直接进入地下工作室。

他通过全息影像与另外一组团队的人进行对话：“没有留下任何破绽吧？”

影像接收方的负责人应道：“老板放心，没有留下任何破绽。”

陆奇洲点了点头：“那就好。”

“老板，艾希小姐的行踪，我们已经追查到了，地址已经发给您。”负责人道。

“我现在没法亲自带她回来，你们那边负责这事，务必要将艾希完整无缺地带回来！”陆奇洲交代道。

“叶琳呢？”对方问道。

“关闭她的个人系统，让她别再醒过来。”陆奇洲道。

“已经关闭她的个人系统了，我问的是后续处置问题。”对方道。

陆奇洲闻言，思索了一下，眼底闪过一丝犹豫，但几秒后又坚定无比地道：“让她彻底消失！”

“收到。”对方应道。

正当陆奇洲要关闭系统的时候，对方问了一句：“秦昊伤势如何？”

陆奇洲停顿了下：“生命无碍，不过音色受损了。”

“生命无碍就好，等我们带艾希回来，再去探望他。”对方道。

陆奇洲却道：“不建议你去看他。”

对方听后，立马秒懂：“知道了，听老板的。”

陆奇洲在关闭全息系统的时候，又交代了一句：“秦昊受伤，你那边安排一个人来家里。”

“好的。”对方应道。

邢凯锋和何莹莹回到警局之后，直接进入了小组会议室。

廖斌见他们回来，也跟着进去：“你们那边有什么收获吗？”

何莹莹将自己在车上就用大数据分析好，制作出来的行为痕迹5D模拟记录给大家播放了一遍。

几个人看完，模拟记录和陆奇洲的口供以及他提供的机器人内存记录差不多一致。

“看来真是叶琳闯入他家掳走了艾希。”何莹莹看过之后，得出结论。

但是一旁的邢凯锋和廖斌却对视一眼，很明显他们两个对这个证据如此一致的结论似乎不太满意。

因为跟他们所设想得不太一样，开车的人是叶琳还是艾希，他们没有下定论。于是邢凯锋问了一句：“陆奇洲家里有测出密室或地下室的空间吗？”

何莹莹道："数据正在生成，几分钟后就知道了。"

邢凯锋只能耐着性子再等几分钟，不过这时郭鹤鸣给他汇报了最新的追踪结果："头儿，几辆可疑车辆都已经查了，一辆目前停在火箭码头，一辆在机场，一辆停在磁悬浮高铁站，还有一辆在千业城。"

邢凯锋听后，眉头微皱："四个地方？"

"是，我们的队员都追踪到车了，但车上都没人。现在重点排查哪个地方呢？"郭鹤鸣征求邢凯锋的意见。

邢凯锋看着郭鹤鸣打开的坐标地图，火箭码头、机场、磁悬浮高铁站，以及千业城，他们分别就是A市的东南西北四个方向。其中三个是逃离的必经之地，倘若叶琳真的掳走艾希，去这三个地方一点都不稀奇。但是这个千业城也不是完全可以忽略的地方，虽然不是逃离的必经之地，但是里面就像一个黑洞，一个人进去之后，想要躲藏起来是轻而易举的事。

"对车辆都做过基因痕迹了吗？"邢凯锋道。

"都做过了，都有叶琳和艾希的指纹和皮屑残留。"

邢凯锋闻言，眉头更加紧锁："四个地方同步搜查的可能性不大，倘若想要第一时间追踪到叶琳，我们必须一次性确认搜查目标，找到她，抓到她。"

廖斌点头："头儿，你说得没错，目前我们的警力明显不够，火箭码头、机场、磁悬浮高铁站我们可以用智能机器人帮忙做大数据分析，但是千业城是不可能的，那地方就算我们出动所有的警力，没有一个月的时间根本无法进行人员排除。"

邢凯锋的目光看向廖斌，定了几秒，缓缓张口："直接搜查千业城。"

郭鹤鸣听后，有些震惊："头儿，你刚才说我们必须一次性确认搜查目标，其他三个地方也是有可能的。"

"这三个地方确实存在着四分之一的概率，但是千业城明显更高，搜查千业城。"邢凯锋下了指令。

廖斌却道："头儿，你为何这么确定？"

邢凯锋用手指了下全息图像的东南西北方向，道："为什么要这样布局，无非是想让我们失去方向，火箭码头、磁悬浮高铁站、飞机场，这三个地方都是交通要塞，有着严格的基因安检，艾希是名人，想要快速通过几乎不可能，复制其他人的基因伪装过关，时间又非常紧迫，除非后面有强有力的后台团队通力合作。这个可能也是有的，不过我个人直觉，千业城是最有可能的！那里面鱼龙混杂，黑科技一堆，进去之后换个人出来都不费吹灰之力，所以我觉得可疑性极高！"

何莹莹听后，附和道："我其实赞同组长的说法，因为从陆家的基因痕迹分析来看，发现了两个人的血迹，一个是秦昊的，一个是艾希的，可见艾希也是受伤了！她不可能直接被带到这三个地方进行逃离。"

邢凯锋听后，问道："现场血迹量多少？"

何莹莹道："秦昊差不多有八百毫升，艾希的预估是六十毫升。"

"六十毫升？这量太少，不足以成为依据。"郭鹤鸣道。

邢凯锋伸手阻止："不，按照我说的进行搜查。"

郭鹤鸣道："可搜查千业城这个工作量实在太庞大了。"

邢凯锋手指指了指千业城："就是因为工作量十分庞大，所以它的概率更高。其他三个地方用智能机器人进行数据分析。外勤队员全部前往千业城进行搜查！"

"是，我马上通知！"郭鹤鸣服从命令。

"廖斌，你去找杰米，必须将她本人带来审讯室。"邢凯锋又对廖斌下了指令。

廖斌和邢凯锋配合得很默契，自然知道邢凯锋让她去找杰米的目的，让他亲自把杰米带回来审讯，除了验证一些事情，也会对她进行相应的测谎手段，于是廖斌应道："马上就去！"

郭鹤鸣和廖斌得到指令后，直接离开了会议室。

这时何莹莹也将生成的数据递给邢凯锋看，邢凯锋看完测量数据之后，眉头更为紧皱。

何莹莹问道："头儿，有什么不对的吗？"

从生成的数据来看，并没有测出陆家有不为人知的地下空间。

邢凯锋的眼睛盯着数据，嘴里低低地念着："他究竟是何方神圣……"

"头儿，你说陆奇洲？"何莹莹问道。

邢凯锋抬眼看了下何莹莹："这份数据生成的时候，就已经被更改了。"

何莹莹一脸震惊："这……怎么可能？"

邢凯锋将何莹莹扫描出来的程序代码打开，指了一下被很隐晦地更改的程序代码："这个地方被破坏了，也就是说，生成的数据是假的。"

何莹莹闻言，还没从震惊里回过神来，一副不可置信的表情："可是从扫描到传输数据都是我亲手做的，怎么可能就这么轻易被更改了呢？"

邢凯锋看了眼何莹莹，缓缓关掉数据画面，叹气道："在虚拟的网络时代，没有所谓绝对的安全，绝对的绝密。"

何莹莹怔了下："头儿，艾希的这些案子，好像让我重新认识了这个世界，感觉就像有一个巨大的天网将我们笼罩其中似的。"

何莹莹无心的话，却说中了邢凯锋的内心所想。巨大的天网！没错，就是天网，将所有人笼罩住，却始终无人察觉。

他的想法固然是很大胆的，说出来可能会给何莹莹带来一些冲击，于是道："去查一下这个仪器的生产商的背景，我需要详细的报告。"

何莹莹又愣了一下："跟生产商有关？"

"目前只是猜测，这些仪器的程序代码都是生产商所有，要破译绝非瞬间可以做到，或许这里面有些蹊跷。"邢凯锋道。

何莹莹听后："懂了，我马上去查！"

第六章　地下之城

千业城，魔幻之城，表面上它属于A市的管辖范围，但实际上这个地方有点法外之地的趋势。全球几乎都被大数据操控着，但千业城是个例外。

千业城整体的建筑属于上世纪特有的钢筋水泥结构，经过岁月的洗礼，大片建筑的外墙陈旧不堪。这地方虽陈旧，却给人一种浓厚的历史感，因为在这你可以看见岁月的痕迹。在时代变迁中，每个城市都有了翻天覆地的变化，当年的高楼大厦不是被推倒重建成耸入天际的大楼，就是被弃置，再扩张城市建立新的高新科技城市，所以比起旁边层层叠叠，高度惊人，灯火通明的现代高科技建筑，这里给人第一眼的感觉，就像是一片贫民窟。

也可以说这里就是贫民窟，只是这片贫民窟是非常特殊的。A市的地盘因为有这样一个角落而闻名全球，因为这里产生了太多的黑科技。就如某些知名的科学家所说，这个地方就像一片肥沃的土地，只要有人将科技的种子在这播撒，不出几年就会变成广为人知的参天大树。

而支撑这片肥沃的土地的重要因素，就是有一堆科技奇才汇聚在这里。

可能很多人都想不通，为什么科技奇才会缩在这样的一个角落里呢？其实不然，智能机器人代替人类大部分的体能劳动之后，对于人类的智慧就有着很严苛的分界点。

人类能从事的行业的要求越来越高，竞争越来越激烈。虽说时代不会辜负每一个有才华的人，但在职场有才华的人未必是有手段的人的对手。于是慢慢地萌生出了这个地方，吸引了这么一批科技奇才聚集在这里。

向凯将艾希带到一家改造器官功能的器官升级店的地下室。

这里空气很不好，鼻尖充斥着消毒水的味道，艾希将叶琳放在旁边的一张病床上，好在病床还算干净。

向凯让熟悉的医生给叶琳进行输血，输完血后叶琳却依旧昏睡不醒。

艾希有些着急："医生，为什么她还是不醒？"

医生在这之前给叶琳进行过诊断，回道："别太心急，肉体不比机器，说启动就能启动。"

艾希被堵得无语，只能继续等待，医生看了下艾希，眼中带着探寻："你真的是艾希？"

向凯闻言，没等艾希回话他就抢了话："老刘，她是不是艾希不重要，重要的是，封口费会给足你的！"

刘医生憨笑一下："钱很重要，不过她是否是艾希也很重要！"

向凯蹙眉："老刘，你这就违反这行的规矩了。"

刘医生又笑："我们这行的规矩是我们自己定的，外人说的不算，我们自己说的算。"

向凯闻言，斜了刘医生一眼，口气明显变横起来："刘启明，你这话什么意思啊？"

刘启明一点都没有害怕，笑呵呵地说："我这店可是小本买卖，一家人都指着我过日子，她要是杀人凶手，我不仅小命不保，还要被警察追踪，搞不好我这个店就被封了，问清楚总是好的吧！"

向凯也是伸手不打笑脸人，口气收敛了些对刘启明道："你这话说得是不是太迟了点？都接了这单生意，就别这么啰唆。"

刘启明笑道："小本生意，安全第一！"

向凯赏了他一个大白眼，这时艾希开口说道：“放心，不管我是谁，知恩图报这四个字我是知道的。”

刘启明听了这话，笑嘻嘻道：“有你这话，我稍稍放心，不过你要是艾希的话，能不能给我签个名，或者合个影？”

艾希见此，也没甩脸子拒绝：“签名可以，拍照不行。”

刘启明笑：“放心，我就是想自己留存。”

艾希道：“一旦拍照，就会暴露我的行踪，你要是不想惹祸上身，最好打消这个念头。”

刘启明听后，连连点头：“好，不拍照，求签名。”说完，他打开全息影像，出现了一张白纸。

艾希见了：“这种签名也不行。”

艾希现在对联网这事内心有阴影，她对网络世界的安全性已经失去了信任，带着强烈的不安和怀疑。

向凯点头：“这个肯定不行，老刘，别惹事，不然对谁都不好。”

刘启明收起全息影像：“对不起，习惯使然，我去拿纸和笔。”

刘启明说完便离开了地下室的病房，艾希看了下向凯，眼神带着疑问：“这里真的安全？”

向凯笑道：“这个世界上，没有所谓真正安全的地方。”

艾希听后，随之蹙眉：“什么意思？”

“字面上的意思。”向凯道。

艾希看了他几秒，缓缓收回目光，幽幽地说道：“确实在这个世界上没有真正安全的地方。”

向凯听了，笑了笑：“也别这么悲观，你是杰米的朋友，也就是我的朋友。大刘这边你放心，他不可能把你供出去的！”

“为什么不可能？”艾希问。

“他自己经营的店就是违法的，再者他曾经也犯过事，也是被警方通缉的对象。所以他根本不可能把你供出去。”向凯道。

艾希脸上带着疑惑："犯过事？"

"他说是被人栽赃的，谁知道呢？"向凯说这话的时候，耸了耸肩。

艾希看着他，问了一句："那我的身份呢？你相信吗？"

向凯看着艾希，嘴角微扯："你是艾希也好，叶琳也罢，只要是杰米的朋友，就是我的朋友。"

"你做事的原则靠的是哥们儿义气？"

"哥们儿义气肯定是要有的，但是脑子也得有。"

艾希看着他，随后承认道："你确实很聪明。"

因为他们在出军事备用隧道之前，向凯将车停了下来，随机组织了一个分散警方调查注意力的方案。

"过奖。"向凯勾唇道。

艾希看着他嘴角的笑意，虽然有些得意，却不讨厌，对于目前的环境，她只能暂时依靠向凯的帮助，于是叹了一口气道："希望这里是安全的，至少在叶琳醒来之前是安全的。"

艾希说这话的时候，刘启明走了进来："我建议你们尽快离开这里。"

艾希闻言，目光投向刘启明："刘医生，这里不安全？"

手里拿着笔和纸的刘启明对着艾希笑了笑，随后指了下脑袋："只要这里装了东西，就算到了天涯海角都会被人瞬间找到的。"

艾希愣了下，并不是因为刘启明的这话，她震惊的是有人跟她一样意识到宣传绝对安全，绝对绝密的记忆云的可怕之处。不过她的这份震惊似乎是多余的，毕竟智商高的大有人在。

向凯点了点头："确实如此。"

艾希看着他俩："这么说我们无处可逃？"

刘启明笑了笑："应该说，是你，不是我们。"

艾希再次愣了下："什么意思？"

向凯抢着回答："我们都取出来了。"

艾希对于向凯的话颇为震惊："什么？"

向凯笑："这个世界上的人，大部分都是从众者，都喜欢顺势而为，而我们这些人属于叛逆者。"

"也就是说，你们都没有记忆云？"艾希的脸色变得严肃起来。

向凯点头，刘启明开口道："作为叛逆者是需要付出代价的。"

艾希追问："什么代价？"

刘启明看了下向凯，向凯给他一个眼色，之后他才缓缓道："艾希，其实我们不该把自己的秘密告诉你，因为每个人都有自己的选择。"

艾希看着他俩："每个人确实有自己的选择，可是你们告诉了我。你们真的把记忆云取了出来？"

刘启明笑了笑："现在不适合追究这种事，我个人建议，你得马上转移。"

"转移到哪？杰米不是说在这会合吗？怎么现在她还没来？"艾希追问杰米的情况，她现在关闭了所有通讯，与外界属于隔离的状态。

"杰米这会儿估计来不了。"向凯道。

艾希看着他们，脸色变得紧张起来："来不了？她被警察带走了？"

"不能说带走吧，警察找到了她，所以她现在不可能来这跟你会合。不然你就直接暴露了。"向凯道。

"杰米跟你联系了？"艾希看着向凯问道。

向凯点头："她发了一封虚拟邮件给我，让我帮忙帮到底。"

艾希听后，脸上露出内疚之色："倘若杰米被警察找到，她会不会有事？"

"她说了，不会有事。"

艾希不太相信向凯的话："不可能，她这是安慰我的话。"

向凯道："确实有安慰的成分，不过你放心，杰米说了，警察那边应该没有确实的证据，不会对她进行起诉，不过估计会扣留她几天，来引出你。所以她让你千万别出来，她会应付这一切的。"

"这些话，真是她对你说的？"艾希确认道。

向凯看着她："虚拟邮件看过就直接销毁了，我无法提供给你，不过请你相信我。"

刘启明也对艾希道："我不要求你相信我，不过我们这些人做事是很团结的。"

艾希的眼底闪过一丝疑惑："你们这些人？"

刘启明见此，解释道："我们干的活儿都是见不得人的，不过一旦达成合作，几乎都是共同进退。这是在阴影之下生活的人群所达成的默契。"

艾希看着他们静默了几秒，缓缓张口："我和你们是初次见面，不知道你们为什么告诉我这么隐私的事情，是想博取我的信任？还是……另有目的？"

艾希的警惕性很高，因为刘启明和向凯对她的坦诚，实在有些突兀。

向凯闻言，看着艾希："我只是实话实说，毕竟杰米把你交给我，我得为你的安全负责。"

艾希现在联系不到杰米，对于向凯的话，不是不信，但也不是全信。

"如果要转移，去哪？"艾希问。

"地下之城。"向凯说了四个字。

艾希可能因为刚从陆奇洲庄园的"地下之城"出来，所以对这几个字格外的敏感，眼神再次带着警惕："地下之城？这不就是地下室了吗？还有地下之城？"

向凯将她的谨慎看在眼里："你对千业城的了解太少了。"

艾希听后，也不避讳："我确实对千业城了解不多。"

"地下之城，可以完全屏蔽外界所有信号，进去之后，无人能寻。"向凯道。

听完向凯简单的介绍之后，艾希对于这个地下之城好奇之余，也有一丝恐惧。毕竟这里是陌生之地，倘若节外生枝，自己未必能完全应付得来。

"艾希，给你考虑的时间不多，一分钟后给我答复。"向凯道。

艾希见向凯催促，内心有些忐忑和犹豫。

向凯见此，接着道："艾希，我既然答应了杰米，就要对你的安全负责，现在外面所有的交通枢纽点都被警方布控了。大数据分析没见你的踪影，必然会集中清查人员往这来。所以你唯一的选择就是去地下之城。"

对于向凯说的前半句话，艾希的脑海里直接浮现出陆奇洲的脸，他也时常对自己说这些话。可是今天她的所作所为，应该是伤害了他。在路上追逐的时候，艾希知道他就在后面，甚至还帮助自己甩开警察。他现在怎么样了？有没有受伤？是不是对自己很失望？

"艾希！"向凯见她一直不吭声，叫了她一声。

艾希的目光再次落在向凯的脸上，她知道自己要是表现出完全不信任他们的话，并不是好事，无论眼前这两个男人是否真心帮助她，她也一定要撑到叶琳醒来的那一刻。

她需要知道真相，才好解决当下所有的疑惑。

于是，艾希道："好，我听你们的安排，但是必须要带上她。"

"当然！"向凯很爽快。

很快刘启明推了一把智能遥控轮椅过来，向凯帮忙将叶琳挪到轮椅上，艾希怕被人认出，把叶琳裹得严严实实，她自己也不例外。

之后，刘启明带着他们走进地下室里的内室。

内室放了一堆废弃的医疗器械，感觉就像一个杂物堆一样。空气中带着浓浓的霉味，艾希忍不住咳嗽了几声。刘启明带着他们穿过一堆杂物，之后在一张锈迹斑斑的病床面前停了下来。

刘启明伸手移动了病床，腾了一小块地方给艾希和向凯。

之后，刘启明打开全息影像输入密码，艾希见此，还在猜想这其中的机关，这时脚下的地面已经开始徐徐下降了。

艾希尽管时常拍动作戏，但面对突如其来的机关，她心头还是一惊："这安全吗？"

站在远处的刘启明笑道："最近使用的频率不高，安全指数勉强可达百分之七十。"

艾希闻言，仰头看向刘启明，他的身躯随着她的下降变得越来越高大，他既然这么说了，艾希也只能认了，但是看到他身旁那些杂七杂八的东西，感觉一不留神就会朝他们砸下来，艾希连忙收起视线，低下头："上面的东西会不会砸下来啊？"

刘启明闻言，看了下身旁废弃的医疗器械，伸手去晃了下："还好，都挺牢固的。"

艾希听到器械的摩擦声，猛地抬起头："刘医生，你别乱动。"

见艾希如此紧张，俯看他们的刘启明笑了笑："放心吧，这里堆放的东西都是根据矩阵排列，是有规律的，不会轻易砸下去的。"

艾希半信半疑："是吗？"

刘启明笑道："看似杂乱不堪，其实是有排列章法的。不信的话，我再给你实验一下。"

艾希闻言，连声道："不用！"

站在艾希身旁的向凯见此，仰起头骂道："刘启明，别在这调戏美女啊，小心我在你老婆面前参上几本。"

刘启明笑："难得与大明星艾希这么近距离接触，有点激动。"

"回头给你转账！"向凯道。

艾希和向凯已经下降了十来米，声音如同人站在井里喊一样，产生轻微的回声。

刘启明没有回应，而是冲着他们比了一个 OK 的手势。

艾希和向凯继续往下，下降的速度是几十年前电梯的速度，这样的速度对于现代人而言，属于比较慢的。几十年前最快的电梯当属迪拜的哈利法塔，升降速度为每秒十七点四米。而现在随便一个高楼大厦的电梯最少都在每秒三十米。

所以对于这样的下降速度，艾希并没有不适，她唯独担心的便是头上那堆废弃的医疗器械的稳固性。

“杰米让你帮我，给了你多少钱？”艾希问道。

向凯闻声，转过头看向挨着自己的艾希，在这不大的空间里，鼻尖都是她身上散发出来的幽幽清香。

“她可没给我钱。”向凯道。

头上包裹着围巾，只露出两只眼睛的艾希直视着正前方黑漆漆的墙壁，开口道：“那你刚才说转钱给刘医生？”

向凯笑着握了握轮椅的把柄：“她的点滴费，总得结给人家吧。”

艾希闻言后，心里活动一番，说实话初次见面时，向凯这人在她的潜意识里不讨厌，但对他也是充满了警惕。现在她真的一点安全感都没有，她不知道要信任谁，也不知道谁可以信任。

“除了点滴费，不该给一些封口费吗？”艾希道。

在黑暗中，尽管看不太清向凯的表情，但是艾希知道他在笑，之后听到他说：“不用封口费。”

“为什么不需要？”艾希追问。

“刘医生虽然有你的把柄，但是他的把柄也告诉了你，所以两两相抵，一笔勾销。”向凯道。

艾希听后直白地回道：“你的话有些出入，刚坐上你的车时，你说杰米付钱让你帮忙，现在却说不用封口费。再者，你们对于这样一个陌生人，竟然如此坦白，是不是有些不合常理？”

向凯转过头，看着艾希："你的警惕性很高嘛！"

"你们帮助我的目的是什么？恐怕不止是因为杰米吧？"艾希的话锋非常尖锐。

向凯笑了笑："你是不是太敏感了？"

"这不是敏感的问题，帮助我是要冒很大风险的，杰米跟我认识多年，她出手帮我，我不会有任何怀疑，但是你们不同，刚认识就这么推心置腹，实在不合常理。"

"你是想说，无事献殷勤，非奸即盗吗？"

艾希对向凯的话有些误解，整个身体瑟缩了下："你想干吗？"

看过太多各种剧情的剧本，对于那些编剧笔下所描绘的黑暗下的世界艾希虽说不上了如指掌，但也算有所认知，所以此刻的她不自觉地变得警惕起来。

在黑暗中，向凯就算看不见，也知道艾希现在就像被人刺激了的刺猬，浑身的刺都立了起来。

向凯没有回复，整个空间变得格外安静，安静到艾希都能听见自己的心跳，大脑立马活跃起来，幻想着各种不好的剧情，她神经紧绷到握紧拳头，让自己做好了时刻逃脱的准备。

几秒后，电梯停了下来，艾希的身体稍稍晃动一番，握拳的手撑在墙壁上。

只听见向凯出声："到了。"

之后，电梯门缓缓打开，光线照进黑暗的空间。

向凯侧脸看了下艾希："看你的表情，似乎联想得很多啊！"

艾希看向向凯："向凯先生，如果你敢对我不利，我是绝对不会放过你的。"

向凯眉眼含笑地看着她："知道你会武功，有机会可以切磋一下。"

艾希的眼神变得凌厉起来："好啊。"

向凯见此，继续笑道："现在的你就跟刺猬一样！"

艾希瞪他：“话多的人通常死得快！”

向凯听后，又笑：“电影里这样的人物确实死得快，不过我不会那么容易死的，走吧，带你参观一下所谓的地下之城。”说完，向凯推着叶琳走出了电梯。

艾希看了他的背影两秒，才缓缓跨步走了出来。

向凯见她跟上后，推着叶琳继续前行，两人走了近三十米的隧道，隧道的光线不是特别明亮，但是却能把隧道墙上的油彩画看得一清二楚。从作画的笔法来看，这不是一个人完成的作品，更像是你一笔，我一画所构成的，虽不流畅，但也不突兀，整体风格显得很特别。

二人走了一会儿，站在一扇墙的面前，前面没有道路了。

向凯从兜里掏出一枚像是勋章一样的东西，随后将这东西，放在眼前油彩画上的一个星星之处，眼前的墙体随之发生变化，变成了一块巨大又透明的玻璃门。

向凯将手放在上面，屏幕上开始出现基因安检。

“验证成功！”

之后玻璃门缓缓打开，向凯对着艾希道：“走吧。”说完，推着叶琳跨过玻璃门。

艾希跟了上来，三人进去之后，艾希好奇地问了一句：“为什么没有对我们两个进行身份验证？”

向凯解释：“我在这的级别还蛮高的。”

艾希闻言，眼底带着疑惑：“身份级别？”

“算是吧。”向凯道。

艾希看着他：“你到底是做什么的？”

向凯见此，笑看着艾希：“对我感兴趣？”

艾希见向凯总是冲自己笑，让人总感觉这人另有企图：“知己知彼，比较妥当。”

向凯笑道：“这话是没错，不过想要了解我，慢慢来，不急。”前面还有一道门，向凯又输入了一道密码，门被打开。

接着里面传来了嘈杂的音乐声、叫嚷声，艾希闻声走去，看到熙熙攘攘的人群，眼前这一层完全就是几十年前商场的布局。

艾希低头往下看，粗略估计至少有四十几层楼，光线越到底层越暗，看完之后抬起头，上方至少也有几层楼，越往上光线越暗。整个格局就像一栋商厦，但是这个商厦非常之大。

艾希看着眼前的一切，有种到了影视城的旧地片场的感觉，因为这里太有时代感了。

耳边传来的音乐，艾希非常的熟悉，那是周杰伦的歌《发如雪》，是一首古风歌曲。看历史资料，这首歌在当年传唱率就很高，而当下也是复古音乐爱好者最爱的歌曲之一。

"这就是你刚才所说的地下之城？"艾希转过头，询问向凯。

向凯点头："感觉如何？"

艾希直言不讳："非常有年代感，感觉走进了二十一世纪初的旧地片场。"

向凯笑道："这里确实是依照着以前的风格建造的。"

艾希疑惑道："在地下建这么大的地下之城，真的不为人知吗？"

向凯笑："不为人知是不可能的，不过整体而言外面知道的人不多，大部分人只知道上面的旧城。"

艾希不可置信道："建造这样的地下之城，有什么意义吗？"

"当然有意义，这里可是我们的家园。"向凯道。

艾希疑惑："什么意思？"

向凯解释道："上面十六层属于民宅，从这往下，中间十层是商厦，下面二十三层也是民宅。你懂的，住上面的人肯定是有钱的，至于下面的自然是钱少的。"

艾希闻言，顺嘴说了一句："阶级在任何一个地方都是固化的。"

向凯赞同："是的，但是我们这个地下之城不同于别的地方的便是，这里其实相当于一个自主区域，无论你以什么身份进来都不存在歧视。”

“也就是说，这里完全藏污纳垢。”艾希的话很尖锐。

向凯一点都不介意：“没错，这里成了一些人的法外之地。”

“根据你的介绍，这里足足有四十九层，你们这是挖到地心了吗？”艾希道。

向凯听后，嘴角抿笑不已：“没那么夸张，这里的布局虽像二十一世纪初的样子，但是楼层的挑高层度压缩不少，这里算是东区，你看到的只是一角，还有四个区。”

艾希其实大致知道布局，这样一个地下之城能容纳的人至少有三十万左右，可是她想不通，地上有阳光多好，为什么要住地下呢？

如此庞大的地下之城，竟然能躲过高科技的侦查，艾希为此很好奇：“你们是怎么做到让人察觉不到的？”

向凯看了下艾希：“听说，你叫杰米去查过你男朋友家里的地下空间？”

“杰米竟然把这种事都告诉你了？”艾希有些惊讶。

“她使用了我们内部的测量软件，知道也很正常。”向凯道。

艾希讶异：“你们内部的测量软件？”

“这可是最前沿的地下空间测量软件，还没有对外公开，所以杰米使用时的记录就留在那了，我才知道的。”向凯道。

“听你这么说，这款软件跟你有关系？”艾希道。

向凯笑道：“我说这款软件是我设计编程的，你信吗？”

艾希看着向凯：“为什么不信？”

向凯笑：“怎么样？有没有仰慕我的冲动？”

艾希听后，哼笑一声：“没有！”

向凯表情故作失望：“好伤心啊！”

艾希瞥了他一眼：“看你得意的样子，应该很多人仰慕你，所以我就不凑热闹了。”

向凯对这句话明显不服：“你会嫌你粉丝多吗？”

艾希被噎，只能施施然地回道：“这是两码事。”

“一码事，我在黑客界也是有很多粉丝的，只是我们的行业比较隐秘，没有过多的抛头露面，不过你要深入了解之后，肯定会仰慕我的才华的。”向凯一脸自信道。

艾希见此，笑了笑：“自恋和自信的差别真的很大！”

向凯见艾希不妥协，不由得道：“记住你今天说过的话！”

艾希耸了耸肩，道：“接下来怎么安排我们？我可不想在这招摇过市，惹得众人皆知。”

向凯自然知道此地不宜久留，这里的人，可能不见得每个人都认识艾希，但是都认识他，为了防止发生意外，于是他决定将艾希安置在自己的房子里。

他们乘电梯往下，套用刚才向凯的介绍，下面居住的则是比较没钱的阶层。所以也就是说向凯刚才对自己说的那番话，其实有吹牛的成分。

艾希没有挑明，毕竟是让人帮忙，电梯到了负十三层，停了下来。

向凯推着叶琳走了出来，艾希紧跟其后，他们左拐往里走了十几米后，进入了1313号房间。

房间的占地面积不大，但是整体格局设计非常的人性化，最重要的一点，虽然是负十三层，但是空气质量竟然比刘医生的地下室好了很多。

站在这，跟站着十三楼的普通用户住房是一样的感觉。有窗户、森林和花园。

“这些都是全息影像吗？”艾希指着窗户询问。

“一部分是，一部分是真实的。”向凯道。

艾希对于他模棱两可的回答表示疑惑：“我就问眼前这个是否是

全息影像，而不是整个地下之城。”

向凯道：“前期这里确实都使用全息影像，不过从前几年开始在里面种植真正的植物，现在这里的鸟语花香不是虚幻的东西，而是触手可及的。”

“触手可及？也就是说这成了真正的花园城市？”艾希一边说一边往外看，眼底一片讶异。

“未来肯定会是一个花园城市！”向凯对着艾希道。

艾希看了向凯一眼：“未来？还需要多久时间？”

向凯笑：“感觉你像是领导，来检查我们的建设进度似的。”

艾希转过头，继续看向窗外，对面灯火点点，感觉跟普通居民楼一样，她感叹道：“即便是科技发达，建设工程速度也加快，但是要开采出这样规模的地下之城，实在让人不可思议，而且外界的人竟然毫无察觉。你觉得合理吗？”

向凯微微一笑，建设这样一座地下之城，肯定不是一朝一夕的事，而且为了防止泄露秘密，这里居住的所有人都签署了保密协议。

“确实有不合理的地方，不过这里不是一朝一夕建成的，在我小时候，它就有了初步的模型，我成年后，也加入了建设团队。”

艾希将头探了出去：“愚公移山的作品。”

“你这么理解也行。”向凯笑道。

艾希审视完外面的状况后，转过身：“带我来这，你就不怕这里被曝光吗？”

向凯笑：“艾希小姐，你真的太没安全感了。”

“我确实没有安全感，而且你的行为让我有很多不解的地方。”艾希道。

“就算有很多不解的地方，可你还是跟我来到了这。”向凯道。

艾希看了他一眼：“是，我别无选择。”随后指着左边的门，“里面是房间对吗？有床吗？”

“有。”

“帮我把她安置在床上。”

向凯和艾希将叶琳推进房间，房间不大，但是空间设计得很合理，所以没有拥挤感，相反有一丝温馨。

“这里是你的卧室？”艾希问。

向凯点头：“还算整齐干净吧？”

艾希点头，之后他们将叶琳放在床上。

艾希看着沉睡的叶琳，心里祈祷着她赶紧醒过来，告诉她一切。

向凯看了下艾希：“我先出去一下。”

艾希抬起头：“你出去后，我该如何联系你？”

向凯道：“我去买点吃的，很快就回来。”

艾希没再吱声，看着向凯出门后，她直接坐在了沙发上，整个人靠在上面，满脸都是疲惫。尽管向凯跟他说这里安全，但她的神经还是不敢松懈下来。

因为对于向凯这个人，对于这个千业城，对于这个地下之城，她的内心还有很多疑问。

警局，网络安全调查小组审讯室。

杰米坐在邢凯锋的对面，因为来过这里一次，所以此刻的杰米似乎比上次更为镇定。

邢凯锋那双鹰眼看着她，之后点开全息影像，将杰米与艾希联系过的信息展现给她看：“与艾希最后通话的人是你，请你如实交代你与她交谈的内容，以及她现在的去向。”

杰米看了眼信息，心里嘀咕，要是警察有她入侵交通系统的证据，态度肯定不会像现在这么亲和。不过那个黑客高手既然能抹去交通系统的入侵痕迹，为什么不帮她把通话记录的痕迹也给抹去了呢？

“我在家的时候，突然接到艾希的电话，说她被人追击。我担心她的安全，就进入了她个人的交通系统，发现她的车速很快。我说替她报警，她不肯，之后她让我入侵交通系统，我哪敢啊？这种事要干的话分分钟就被抓，我可不敢，我就坚持让她报警。她说我不肯帮忙就算了，我本想挂电话，但是又怀疑对面的人可能不是艾希，所以一直在追问她。她突然就不耐烦了，直接挂了我的电话。所以我是真不知道她现在的去向，我甚至都不知道跟我联系的人到底是艾希，还是叶琳。”杰米道。

“你知不知道你的话漏洞百出，你与她的通话时间差不多半个小时，如果真如你所说，对方早就直接挂断电话了！”邢凯锋回道。

杰米的眼睛看着邢凯锋：“确实存在漏洞，因为当时的我根本无法分辨电话那头的人是艾希，还是叶琳。我当时也有所怀疑，有所试探，如果是艾希本人，那她一定是遇到什么事了，对她的冲击很大，急于离开陆奇洲的庄园。如果是叶琳，那么就是她挟持了艾希，想利用我，进行逃脱。”

听完艾米的辩解，邢凯锋旁边坐着的郭鹤鸣哼了一句：“你的分析能力，都可以来我们网络调查小组了！”

杰米看了郭鹤鸣一眼，说道：“我们黑客跟你们也没什么区别。”

这话让郭鹤鸣有些想笑：“区别大着呢，我们是正义的一方，维护网络世界的安全，而你们则是游走在触犯法律的边缘上。”

杰米听后，嘴角一扯，露出一抹带着讽刺的笑容：“区别也就是一身衣服的事，脱下这身衣服，你们跟我们又有何区别呢？没准还更可恶也说不定！”

郭鹤鸣不喜欢她的言论，生气道：“你说什么？”

“我说错了吗？我是黑客没错，经常干拿钱办事的事，但是我们也是有底线的。而作为公职人员的你们，利用职务之便，窥探了多少人的隐私呢？”杰米讽刺一笑。

郭鹤鸣还想跟她辩驳几句，但是被邢凯锋拦了下来：“别扯远了，回归审讯。”

杰米瞥了郭鹤鸣一眼：“该说的我都说了。”

邢凯锋看着她：“你和艾希是多年的朋友，倘若她是被叶琳掳走的，你不可能这么淡定，所以驾驶车辆的人是艾希，而你协助她逃离！至于你所猜测的，艾希可能看到了什么，或者经历了什么，急促地想要逃离陆奇洲的庄园，关于这一点我们会进一步调查的。”

杰米闻言，表情瞬间变得不自然：“你们这样是不是太武断了，艾希出事我自然是担心的，被你们叫来这里，也是为了艾希，不然你以为我会来啊！”

“可我没看到你的担心。”邢凯锋道。

杰米嗤鼻一下：“你以为每个人表达感情的方式都是这么外放的吗？”

“每个人表达感情的方式确实不同，但是你的表现明显跟上次不一样。”邢凯锋道。

杰米听后，看了邢凯锋的耳朵一眼：“原来你是在对我进行同步的行为分析。”

“是的，为了尽快找到艾希，确保她的安全，我需要你真实的口供。”邢凯锋道。

杰米听完之后，又嗤笑一番：“现在的社会啊，人与人之间真的一点信任感都没有。”

“确实没有。”邢凯锋直白地回道。

杰米瞅了他一眼：“我只能告诉你们，我真的不确定她是否是艾希，但是有一点我可以肯定，当时协助她逃离的人很强大！”

邢凯锋闻言，嘴角微扬：“你刚才还说你没有入侵交通系统，现在可都露馅了。”

“我确实没有入侵交通系统，不信你们可以查啊。”杰米确定自己的入侵痕迹已经被抹去，所以非常拽地回道。

“是吗？”邢凯锋勾唇。

杰米看着他的表情，明明在笑，却给人一种瘆得慌的感觉。这或许就是大家所说的压迫感吧。

邢凯锋那样的表情，对杰米内心毫无影响是假的，毕竟做黑客的人，黑历史太多，面对警察的时候，内心多少还是有点虚的，但她还是努力让自己镇定：“你们如果有证据，一开始就拿出来了，也不用在这循循善诱，可见你们也是在试探我。艾希是我朋友，我比任何人都担心她，只是你们多疑，不相信我。”

邢凯锋直勾勾地看着杰米：“你不如实告知也无妨，不过我们更加确定了开车的人就是艾希。”

杰米无言以对：“是不是艾希我真的无法给你们正确的答案，我能说的都说了，你们不相信，我也没办法。”

“或许，艾希对于你而言，除了朋友，可能也是目标。”邢凯锋又加了一句。

杰米闻言，脸色微变：“邢组长，你这话什么意思？”

邢凯锋笑：“什么意思，自行体会。”

杰米恼了：“现在的警察说话都这么不负责任吗？”

邢凯锋又笑：“别恼羞成怒，真相迟早会揭开！”

“邢组长！”杰米的声音明显提高了几个分贝。

邢凯锋站了起来：“你可以走了。”

这话让郭鹤鸣愣了下：“组长！”

邢凯锋看郭鹤鸣的眼神知道他想说什么，但还是坚持自己的意见：“你可以离开了。”

邢凯锋这个命令，让杰米也有些意外，因为她都做好打算了，想着这些警察在她交代完之后，还是会找她茬儿，让她在警局多待几天。但没想到的是，这个邢凯锋没有按常理出牌。不过话说回来，就算关她几天，她要不说他们也问不出什么，而是直接放了她，在这个节骨眼上，杰米也不敢有任何行动。

离开审讯室，邢凯锋和郭鹤鸣回到办公室。

“头儿，你刚才对杰米说的那句话是故意的，是在试探她吗？”郭鹤鸣问邢凯锋。

邢凯锋坐了下来：“你以为呢？”

郭鹤鸣看着邢凯锋：“看她的情绪反应，更多的是恼怒，捍卫自己的友情。”

邢凯锋道：“还是听下专家的分析吧。”

郭鹤鸣把行为心理学专家请到办公室，专家给出的结论是，杰米没有说谎。

邢凯锋听完，不动声色地看着专家：“真的没说谎？”

专家对着邢凯锋道：“从表情、语气、动作来看，她确实没有说谎。”

邢凯锋似乎有些不相信自己的耳朵，他做警察这么多年，虽不能说是犯罪心理学的专家，但还是有着自己的职业敏感和敏锐度的，他从杰米的话中能听出很多漏洞，可是眼前专家的结论却是她没有说谎。

专家是警局里心理行为学的高级顾问，帮忙突破过很多犯罪分子的缄默，邢凯锋对他的能力还是很认可的，但是这次他不认可。

邢凯锋的眼睛看向郭鹤鸣，郭鹤鸣接收到信号，连忙将人工智能给出的结论递上去。邢凯锋看过之后，表情变得意味深长。

人工智能得出的结论跟专家的结论是一致的，这种双保险结论让邢凯锋不好当面反驳，他对专家说了声谢谢，就让郭鹤鸣先送他出去。

结论一致，这实在太诡异了吧！

没过一会儿，郭鹤鸣重新回到办公室，看到邢凯锋拿着人工智能分析出来的行为心理学检测报告愣神。

“头儿，你对这份报告不满意，对吧？”

邢凯锋抬起头，看着郭鹤鸣：“小郭你呢？你认可这份报告吗？”

“李教授在行为心理学这块是业内知名的专家，我们在他的帮助下破了很多案子。不过这次，我也不知道怎么说，人工智能也给出这样的答案，更不知道该怎么说了。”郭鹤鸣道。

邢凯锋看着郭鹤鸣的眼神特别深沉，就像一潭望不见底的深水一样，他张口道：“那你的直觉呢？”

“杰米对艾希被掳走，不，还不能认定是否是被掳走的，但不管是艾希自己离开，还是被掳走，杰米对其行踪的紧张感明显弱了一些。当然黑客的心理素质比普通人要好许多，可以做到不露声色，但杰米也并非那种完全能做到不露声色的人。所以，她没有撒谎的结论，我不是很认可。”郭鹤鸣道。

邢凯锋听完之后，低头看了下报告：“暂时按报告处理吧，不过密切关注杰米的任何动向。”

郭鹤鸣应到：“是！”

办公室沉寂了几秒，郭鹤鸣道：“头儿，那我先出去了！”

“嗯。”邢凯锋没有抬头，目光依旧看向报告，他伸手摸过烟，放进嘴边，点火之后猛吸一口。

没过一会儿，办公桌前的空气变得烟雾缭绕，邢凯锋的眼神深沉无比。通过这次的事件，邢凯锋见识到了抹去入侵痕迹的高手的厉害，自然对于网络上的一切更加持着怀疑的态度。如果说人工智能有可能被黑客入侵，那李教授？

他与黑客之间有关系？与陆奇洲有关系？还是……

邢凯锋越想越多，越想后果越严重，最后就是无比的惧怕。

陆家庄园。

接替秦昊工作的秘书已经就位，正在对陆奇洲汇报艾希的最新行踪。

“老板，艾希被带入了地下之城。”

陆奇洲听完这个消息，眼神闪了下：“谁带她进去的？”

尼克将向凯的资料通过全息影像呈现给陆奇洲：“向凯，全球顶级黑客，也是地下之城安检系统的设计者。”

“他把艾希带入地下之城，这是想要对外曝光这座城吗？”陆奇洲的表情有些阴沉。

“具体目的还不清楚，但我的建议是，我们的人暂时不要进入地下之城。”尼克道。

陆奇洲看向尼克：“破不了他的安全系统？”

“不是，我担心这是个陷阱。”尼克道。

陆奇洲闻言，眼神微变，尼克继续道：“或许他们最终的目的，并非是艾希，而是……”

尼克的眼睛直视着陆奇洲，这含义陆奇洲再清楚不过了，但是他丝毫没有犹豫：“我要艾希尽快回到我身边！”

“老板，我明白你的心情，但如果这是陷阱的话，影响巨大。”

陆奇洲的目光带着犀利的光芒：“你是不会明白我的心情的。无论影响多大，我要在最短的时间内让艾希回到我身边。”

尼克被噎，但还是努力做好自己作为陆奇洲第二私人秘书的职责：“老板，依我判断，艾希小姐现在肯定不会有生命危险，我们可以再想其他更为周全的办法解决这件事。”

“你有什么办法？”

“等待。”

陆奇洲对这两个字很不满意：“你没听懂我刚才的话吗？”

尼克听出陆奇洲话里的怒气，但还是保持冷静道：“如果现在攻进去，老板你多年的心血将会付之东流。”

“我不在乎！”陆奇洲道。

尼克皱眉，陆奇洲在任何事情上都能保持冷静，甚至可以说冷血，但是面对艾希，他似乎换了一个人，可以完全失去所有的原则。

“老板，这些年你有多么不容易，我们都看在眼里，艾希小姐现在不会有人身安全的威胁，我建议从长计议。”尼克道。

秦昊和尼克都在陆奇洲身边多年，两人的能力不分伯仲，可以说尼克更加雷厉风行一些，但陆奇洲却更为重用秦昊。因为在陆奇洲的眼里，秦昊更亲和，不像尼克在某些原则问题上，通常不会轻易让步。

眼下，尼克又开始跟老板犟了起来。

“你拿什么保证她不会有人身安全的威胁？”陆奇洲的语气跟眼神一样，变得犀利起来。

尼克直视陆奇洲，沉着冷静地回道：“她为何会带走叶琳？因为她想知道内情，但是叶琳的个人终端已经关闭，她不会得到任何内情。至于协助她逃离的那帮人也并非出于好心，他们为何要在这座城市建立地下之城，你应该十分清楚。如果你执意要攻破他们的安全系统，那么后果你也是知道的。”

“我不在乎后果！”陆奇洲重申一遍。

“你或许不在乎自己，但是我们在乎你。”尼克回应道。

陆奇洲闻言，两只眼睛直直地看着尼克，尼克没有回避，迎视着他的目光。

对视几秒，空气中火花四射，但最终以陆奇洲主动收回目光告终，因为他十分清楚尼克对他的忠诚。可是艾希对于他而言，比一切都来得重要。

见陆奇洲沉默，尼克继续道：“老板，我知道你的担心，你担心那些人会跟艾希小姐说些内情。其实这恐怕是无法阻拦的，因为就算我们将艾希小姐带回，她的内心只会有更多更深的疑惑，她向你要解释，你会对她全盘托出吗？”

陆奇洲听后，看了下尼克，缓缓张口：“或许……”

“你或许愿意，但艾希小姐未必能接受。目前外界都只是在揣测，在试探，未经最终证实，这对我们来说是缓冲，也有可能是转机，甚至翻盘。”尼克分析道。

陆奇洲看着如此冷静的尼克，幽幽地问了一句：“尼克，你是不是没有爱过任何人？”

尼克怔了下，回道：“有，爱过。”

对于尼克的回答，陆奇洲似乎有些意外：“你爱过？”

尼克看着陆奇洲的表情，嘴角微微上扬：“我是一个三十岁的男人，有过刻骨铭心的爱情，稀奇吗？”

陆奇洲收起惊奇的表情：“不稀奇，只是从未听你提起。”

尼克笑了笑：“不提起，是因为害怕伤口再次被扯开。”

陆奇洲听后，表情施施然：“所以你能理解我的感受？”

“是的，我理解，不过老板你现在实在太不理智了！”尼克毫不客气地提出批评。

陆奇洲闻言，笑了笑：“不理智？不正好说明我完全成功了吗？”

尼克点头：“是的，现在的你是完美的。只是，这个时候需要特别警惕。毕竟这是你努力多年的成果！”

“努力多年的成果……”陆奇洲念着尼克的话。

“老板，这次行动，我的建议是从长计议。”尼克又将话题绕了回来。

看着尼克那坚持的表情，陆奇洲最后妥协了：“那就说说你的计划吧。”

尼克见此，说出自己的计划：“将叶琳的个人终端重新启动。”

陆奇洲听完，对于这个建议带着深深的质疑：“这就是你的建议？”

尼克点头："与其让其他人跟艾希小姐说，不如叶琳自己说。面对跟自己一模一样的人，艾希小姐对叶琳的话，未必会全信，而且叶琳的个人终端我们可以进行修改，说辞也可以变动。其他人未必如她一样，可以进行掌控。"

陆奇洲对于尼克的建议还是没有拿定主意："你真觉得艾希对叶琳的话，未必全信？"

"叶琳怀疑你，却没有直接的证据，所以即便她跟艾希说，艾希也未必全信。"尼克道。

陆奇洲看着尼克的眼睛，张了张口："那就按照你的计划去办吧。"

尼克听完这句话，内心是欢喜的，但表面还是一脸镇定："是，我马上去办。"

"不许露出任何破绽！"陆奇洲不忘交代一句。

"老板，尽管放心！"尼克保证道。

陆奇洲默默地点头，其实无论是秦昊，还是尼克，他们办事的能力都是深得陆奇洲认可的。无须陆奇洲出面的，一般都由他们两个去解决。

·

地下之城，向凯的栖身之所。

艾希正坐在客厅里不大的茶几边喝菜粥，粥是向凯做的。但也不完全是他做的，他只是在粥盒里撒了几片压缩的菜叶子和香料。

不过这粥的味道还不错，艾希很快把一碗吃到见底。

"我的厨艺不错吧？"向凯见此，不由得挑眉笑道。

看他一脸求表扬的神情，目前寄人篱下的艾希也不吝啬自己的赞美："还行。"

但向凯似乎对这个评论不太满意："这么敷衍？"

艾希看他一眼："不错，行了吧！"

向凯笑："这还差不多！看你吃这么香，晚上我可以考虑亲自下厨。”

“你还真会做饭？”艾希道。

“必须会做啊，我们可不像你们这些有钱人，家里都有好几个机器人帮忙料理家务。我们一切都得自己动手，丰衣足食。”向凯道。

“既然这座城的安全系统是你写的，那你应该也很有钱才对，买几个机器人完全不成问题。”艾希说完，将最后一勺粥送进嘴里。

向凯笑：“买几个机器人确实不成问题，但是要说有钱，肯定不能跟你比！”

艾希看他：“难不成，你还知道我账上有多少钱？”

向凯耸肩：“想知道，也不是什么难事。”

看着向凯那嚣张的神情，艾希一点都不意外，因为她最早认识杰米的时候，她也是这副模样。但凡有本事的人，脸上表露出来的便是自信。只是向凯脸上的自信过于爆满了。

从他不断地想通过交流跟她拉近距离来看，这人肯定有着某种目的，不过无论目的是什么，艾希觉得他并非是那种十恶不赦之人。从一个人的眼神是可以看出他的内心的，向凯的眼神偶尔会带着轻佻，但更多是明亮，当然也比常人多了一份精明。

艾希将快食盒收了起来：“谢谢你的粥！”

向凯伸手过来：“我来吧。”

艾希没有推脱，直接递给了他，向凯贤惠地将桌上的东西收拾一番，还拿纸巾擦了擦茶几桌面。

艾希看他这个动作，便知他有一定的洁癖。其实从她一进这屋，就知道屋主是个爱干净的人。不过要是有洁癖，为何还愿意将自己的床让给衣服沾满鲜血的叶琳睡呢？

想起叶琳，艾希起身进了房间，叶琳身上的血衣已经被艾希换了下来，此刻穿着向凯的衬衣。已经过去四个小时了，她依旧未醒。

艾希走到床边，给她拉了下被子。

向凯也走了进来，靠着门边看着艾希无微不至的动作，不由得道：“看不出来，你是个很贴心的人啊！”

艾希闻言，转身看向凯：“我们刚认识不到一天，你看不出来的东西多着呢！”

向凯笑道：“也是。”

艾希没再理他，她将目光落在叶琳身上，自言自语道：“能不能快点醒过来啊。”

向凯闻言，走到艾希身边：“她也许醒不过来。”

艾希听了这句话，猛地转过头看着向凯：“你什么意思？”

“字面上的意思啊。”向凯挑眉道。

艾希盯着向凯：“叶琳醒不过来？难不成那个刘医生对她做了什么手脚？”

见艾希那双警惕的眼睛，向凯沉着应对：“我保证，刘医生肯定没对叶琳做过任何手脚。”

“那你刚才那句话什么意思？”艾希问。

向凯扯了下嘴：“猜测而已。”

“猜测？”艾希微微眯起眼睛。

“按理说，她昏迷几个小时，也该醒过来了。但是一直未醒，那么就有两种可能，一是身体太过虚弱，导致不能及时恢复神志。二就是……”正当向凯要说出第二种可能性时，躺在床上的叶琳，眼皮动了下。

这个瞬间恰好被向凯看到，他顿了下，惊愕地说道：“醒了？”

艾希闻言，连忙转过头看向床上的叶琳，叶琳的眼皮又动了下，艾希见此，脸上露出一抹悦色。

向凯看艾希的表情，那感觉就像家人从ICU被推出来，医生宣布转危为安的样子。

叶琳又动了几下眼皮，才缓缓睁开眼睛，迷糊之中她看到艾希的脸，以及旁边陌生的向凯。

“叶琳，你醒了！”艾希很是激动，“你终于醒了，要不要喝水，饿不饿？”

叶琳的视线从模糊渐渐清晰，看到艾希欣喜的表情，以及嘘寒问暖，她的内心涌起一股奇怪的情绪。她在这个世上没有任何亲人，病痛也好，健康也罢，都没有人担心过她。此刻的艾希，就像家人一样，盼着她醒过来。

“水……”叶琳的嘴里吐出一个字。

艾希听后，立马给她倒了一杯水，让她润了一下嗓子之后，又问：“肚子饿不饿？”

她那双眼睛扑闪扑闪的，没有算计，没有阴谋，更像是一个姐姐关心身负重伤的妹妹。

“嗯。”叶琳应了一声。

艾希闻言，对向凯道：“向凯，帮我热碗粥好吗？”

向凯没有拒绝：“等我两分钟。”

向凯出去之后，房间只剩下艾希和叶琳，叶琳环视了一下周围：“这是哪？”

“千业城的地下之城。”艾希如实回答。

叶琳听后，满眼都是疑惑：“地下之城？”

艾希点头：“这里是向凯的家，就是刚才那个男孩的家，他是我好朋友的朋友，是他带我们来这的。”

“你不会是诓我的吧，千业城哪来的地下之城？”叶琳明显不相信，眼神恢复了平日里的警惕。

“我为什么要诓你？”艾希反问道，“你上次入侵我家之后，你不也逃到这里来，居然不知道有这么一个地方吗？”

叶琳看着艾希：“不知道。”

艾希正要回应，却被进来的向凯给抢了话：“不知道很正常啊，我们这座地下之城，不是随便谁都能进入的。”

艾希和叶琳的目光一致看向向凯，向凯端着一碗粥走到跟前：“赶紧吃吧，吃完再聊。”

艾希接过向凯手中的粥，随后对着叶琳道：“我来喂你吧。”

躺在床上的叶琳看着艾希，对于别人的好意，她通常是不理会，更不会接受，因为别人不会无缘无故对你好，你势必要付出相应的回报或代价。

于是她缓缓地爬了起来：“我自己来。”

动作虽然轻缓，但还是不小心扯到了伤口，她眉头不自觉地微皱，艾希见此，坚持道：“我来吧，小心扯到伤口。”

叶琳没能从艾希的手中拿过粥碗，只能干巴巴地看着，粥的香味扑鼻而来，肚子的饥饿感瞬间袭来，她只好妥协了，由着艾希一口一口地喂她吃完。

见粥碗见底，艾希道：“要不要再来一碗？”说完，还不忘抽张纸巾，给叶琳擦了下嘴角。

叶琳虽跟艾希长得一模一样，但是气质偏冷，不过刚才艾希喂她喝粥，还细心地帮她擦嘴角，没有触动是不可能的。

看着眼前的艾希，竟然觉得她有种姐姐的亲和感。是基因一致的缘故？还是两人之间存在血缘关系？

可是一想起陆奇洲能随意操控她，叶琳的内心立马涌起一阵恶寒，随之收起眼底闪过的一丝温情，恢复平日里的阴沉，语气冰冷地回道：“不用。”

在一旁的向凯将叶琳的表情转变看在眼里，从他这个外人来看，刚才喂粥的那一幕，确实有种孪生姐妹情意深深的既视感。但一眨眼，就跟仇人相见似的。

“别摆着一副死人脸，她可是好不容易将你带来这的。”向凯张口说话。

艾希闻言，对向凯有点不满，因为这里暂时还轮不到他说话。

“你先出去好吗？”艾希也不客气，直接对他这个主人下“逐客令”。

向凯看了艾希一眼，随手将她手中的粥碗拿过去，没有多话，直接出去，还顺带帮她关上了门。

又是单独两人，艾希坐在床沿，没有拐弯抹角，直接进入正题：“告诉我真相。”

靠着床头的叶琳斜了艾希一眼：“你可真是单纯，说几句话哄你带我离开，你就当真了。”

对于叶琳讽刺的态度，艾希一点都不恼，说了一句：“做人要有诚信。”

叶琳冷冷地哼笑一声：“你真想知道真相？”

艾希凝视着她：“我想知道！”

“我告诉你，你会相信吗？”叶琳顶着艾希反问道。

“信不信是我的事。”艾希的气势一点都不输于她，甚至有想压制她的意思。

“说不说是我的事。”叶琳也不甘示弱。

艾希被堵得一口气差点没顺下来，带她离开陆家庄园的目的就是想知道真相，没想到叶琳这会儿却来了这一出，亏她在她未醒之前还一直很担心来着。这担心，有一部分是带着目的性，但是有一部分是真心实意的。

她驾车带她逃出来，短短半个小时，那般惊心动魄，彼此的关系也不像前几次那么淡薄了。尤其是看到她那张惨白的脸，艾希是真动了恻隐之心。换位思考一下，倘若自己是叶琳，看到一个红遍全球，却跟自己长得一模一样的人，估计也会好奇两者之间是否有联系。

“你现在不想说，我也不逼你，好好休息吧。”艾希退让了一步，说完站起身准备离开。

叶琳闻言，阴沉的眼睛看着她：“我要是永远都不说呢？”

艾希俯看着她：“你要是永远不说，那我会带你回我男朋友家。”

艾希处理事情的方式，大多数以理性去解决，以善报善，以暴制暴，不惧任何威胁。

叶琳听后，眸光瞬间冷了几度：“你说什么？”

艾希的表情也跟着严肃起来：“从你的表情可以看出，你非常惧怕我男友，既然你不愿意告诉我，那么就让一切恢复原位。”

叶琳恼了，瞪着阴厉的眼睛：“你敢！”

艾希冷笑：“我艾希说话，向来说到做到！”

演艺圈就是一个大染缸，鱼龙混杂，什么样的人，该如何对待，艾希心里一清二楚。虽不能说在人际关系上混得游刃有余，但她不惧怕任何人。关于这一点，很多圈内人士都解读为艾希有金主撑腰。

叶琳看艾希脸上冷峻的表情，内心也是一阵发毛，那感觉就像跟一个非常了解自己的人过招，她清楚地知道你的死穴，直接逼你就范。

艾希像是看透她脑中的想法，又补了一句：“若是想反抗，受伤的你，应该也不是我的对手。”

赤裸裸的威胁！跟她演的一部电影里那个利落又凶狠的角色简直一模一样。

倘若没有受伤，叶琳肯定不惧她的威胁，说不定这会儿已经开始动手了。她平日里的性格，比艾希电影里的角色还要狠，此刻却只能认尿：“好，我告诉你！”

艾希重新坐回床边，两只眼睛急迫地看着叶琳。

唇色泛白的叶琳张了张口：“你男朋友陆奇洲就是传说中的L先生！也就是你背后的金主！”

艾希听后，忍不住哼笑：“简直瞎说！”

叶琳看着艾希：“不信？”

艾希直白道："别绕弯子，直接告知真相。"

"你不相信的就是真相。"叶琳回击道。

艾希看着她，冷静地询问："你说陆奇洲就是L先生，我所谓的背后金主，证据呢？"

叶琳知道只有确凿的证据才能让艾希信服，她点开个人终端，将她与陆奇洲接触的所有画面呈现给艾希看，但是点开的时候，叶琳的脸色惊愕无比："怎么会这样？"

艾希的目光也落在全息影像上："怎么了？"

"个人终端的记忆记录被删除了！"叶琳神情惊恐。

艾希闻言，眼神也变了，她的云记忆也被删除过，为此她也无比的恐惧。

"你的云记忆被删除了？"艾希问。

叶琳一边翻记录一边道："不是云记忆，是我自己个人终端的记忆记录。"

艾希闻言，眼神变得犀利起来："你没有云记忆？"

叶琳没看艾希，依旧翻着记录："之前被我摘除了，不过为了给金主提供直观的记录，装置了个人终端。"

艾希看着她翻阅，问道："这两者有区别吗？"

"生与死的区别。"叶琳回道。

艾希微微眯起眼睛："什么意思？"

"我死过一次，失去过所有记忆。"叶琳道。

艾希看着叶琳的脸："你死过一次？"

叶琳闻言，眼睛从全息屏幕移到艾希的脸上："即便死过一次，活过来之后，也是生不如死。"

看着叶琳那阴冷的眸光，艾希再次动了恻隐之心："此话怎么说？"

"我是杀手。"叶琳冷哼道。

艾希听完之后，虽不畏惧，但还是不禁起了一层鸡皮疙瘩：“你是杀手？”

“怀疑吗？”叶琳阴冷的目光直盯艾希，似乎她敢说怀疑，她就会抡拳打爆她的头一般。

艾希瞥到她攥拳的手，两人有过几次较量，叶琳的身手快准狠，招招致命，倘若不是自己有武术傍身，想来艾希已经成为她拳下的冤魂了。

“没有怀疑！”艾希利索地回答，“你的身手我领教过几次，作为杀手，够格！”

听到艾希的认可，叶琳的表情似乎有点松动：“你的身手也不赖。”

两人彼此称赞对方的武力值，竟然莫名有种武林高手惺惺相惜的感觉。

艾希扯了下嘴角：“谢谢认可！你来找我的目的是为了想知道我背后的金主是谁，可你给出的答案却十分荒谬。”

“荒谬？既然你不相信，就别跟我追问什么真相！”叶琳无论是眼神还是语气，都变得阴冷无比。

艾希见此，直视着她的眼睛说：“陆奇洲的姓氏是L，所以你直接浮想联翩，这不是荒谬，是什么？”

叶琳的拳头握紧，她最讨厌别人怀疑她，每次雇主怀疑她能力的时候，脾气暴躁的她都恨不得给他们来个一刀封喉。不过人在江湖，想要立威就得拿出实际的成果。叶琳便用最快的速度帮他们解决他们想解决的人或事，以此堵住他们的嘴巴，拿到自己想要的酬金。

叶琳翻完记录之后，直接关闭全息影像，抬起头看着艾希，丢了一句：“记录没有了，我的话你爱信不信。”

“无须记录，你只要告诉我，你身手那么厉害，为什么还会被我男朋友囚禁在地下室？”艾希道。

提及这个问题，叶琳没有直接回答，而是陷入了沉默。

艾希见她沉默，不由得试探道：“被陆奇洲下药？”

艾希内心设想过答案，可能是下药。正所谓武功再高，也怕菜刀。作为跟叶琳对战几次的她，深知彼此的武力值，能让她束手就擒的方式应该不多。

叶琳又沉默了几秒，艾希又来一句：“难不成你还有其他致命的弱点？被威胁，还是……”

叶琳打断她的话：“个人终端被人操控。”

艾希愣了一下：“个人终端？”

“我可能是个机器人。”叶琳道。

“你说什么？”艾希被叶琳的话惊到了。

“陆奇洲可以操控我的个人终端！”叶琳毫无保留地将自己的遭遇告诉了艾希。

艾希对她的言论，似乎不可置信：“怎么可能？”

“事实就是如此，这就是我最致命的弱点。”叶琳说这句话的时候，阴冷的眼神透着一股恐惧与绝望。

“你的意思是，他让人入侵了你的个人终端？”艾希尝试着去相信叶琳的说辞。

“他想入侵地球上的任何人的记忆云或者个人终端，都是轻而易举的事。”叶琳阴沉地说道。

艾希参观过陆奇洲地下的工作室，也听他说过他所从事的工作，有一些是不能拿到台面上说的。作为掌控各方资本的他，麾下的厉害之人肯定不少。

“就算陆奇洲的手下能瞬间入侵你的个人终端，你也不能说自己是机器人啊！”艾希道。

叶琳听了艾希的话，忍不住阴笑几声，她的手攥成拳头，可以看到一根根暴起的血管，她咬牙道：“你是听不懂人话吗？我说过是他手下入侵我的个人终端吗？我说的是他，是他本人！”

叶琳的表情被艾希看在眼里，给人的感觉是倘若现在陆奇洲在这里，叶琳会毫不犹豫地将他给杀了。

陆奇洲是如此厉害的黑客？不，这怎么可能？

艾希简直不敢相信，讷讷地说道："我不信！"

叶琳因为她说的这几个字，彻底爆发了，攥成拳头的手直接朝艾希的脸上砸去，嘴里还不忘骂道："你就是个脑残！"

也不能怪叶琳脾气暴躁，她将自己的弱点全盘托出，得到的反应却是不信，那心情就跟踩到狗屎一样。

下一秒，艾希稳稳当当地抓住她的手腕，表情严厉："君子动口不动手！"

习武之人的反应通常都十分敏捷，被突袭的艾希从进入这个房间就没有放松过警惕，几次被她重伤，即便现在她本人身负重伤，也依旧不可能当她是普通人。她也确实不是普通人，如她所说，她是杀手。

"我不是君子！"叶琳大骂，用力甩手，试图挣脱。

艾希却没让她得逞，放下狠话："再骂一句，我就将你的伤口撕开，让你生不如死！"

比狠！艾希不会输，毕竟演过那么多角色，面对坏人，她有的是方法对付。关于这点还得夸下编剧对人物的塑造。即便是好人，即便是英雄，也不是完人。艾希很喜欢这样的笔法，因为这才是有血有肉的人。

叶琳因为刚才甩手，撕扯到了伤口，强烈的疼痛感袭来，又听到艾希的这番话，她除了瞪着那双阴厉的眼睛，不敢再乱动了。

两人僵持了几秒，艾希的气势明显压制住了她，之后放开她的手腕说："继续说。"

"你都不信，还说什么！"

艾希冷笑："我让你说，你就乖乖地说！"

叶琳深知自己的处境，要是跟艾希硬杠，她是占不了便宜的，只能干瞪几眼："你跟陆奇洲朝夕相处，就没发现他的异常？"

"他是你男朋友，你了解他吗？知道他是做什么的吗？"

"投资大鳄，可以成为任何人金主的男人！"艾希将自己所知的告诉她。

"艾希大明星，想不到你是这么单纯的小可爱啊！"叶琳冷笑道。

艾希见她讽刺，也没有恼，张口道："那你所了解的陆奇洲是什么样的呢？"

叶琳看着艾希，冷冷说道："他是大魔王！超级大魔王！"

艾希怔了下："超级大魔王？开始走向童话故事的节奏啦？"

叶琳真的很讨厌艾希的这副表情，可惜现在她揍不动她："我说你想听我继续说，就别给我插话！"

艾希忍了，想看她又会编出什么样的话应付自己。

没错，此刻的艾希觉得叶琳的话太离谱了，直接归纳为应付。

"继续！"艾希声音冷冽地命令道。

叶琳也讨厌别人命令自己，直接用沉默来表示抗议。

"继续！"艾希也没半点人情味，再次命令道。

叶琳狠狠地扫了她一眼，沉了下气息，才开口继续："他掌控着全人类的记忆云以及个人终端！"

艾希听后，直接的反应便是自己的认知是对的，刚才就觉得她的话离谱，现在被证实了。

"你的话要是真的，他就不是人，是神。"艾希回了一句。

叶琳眯着眼睛看艾希，咬着牙道："他是魔鬼！是魔鬼！"

"叶琳，你不会是被关在地下室，出现了精神问题，产生了癔症吧？"艾希的性格一向很直，毫不掩饰地说出自己的感受。

叶琳听了之后，阴厉的眼睛中充满了杀气，她咬着后槽牙发狠道："我要是没受伤，分分钟想弄死你！"

艾希见此，也很冷酷地回击："可惜你受伤了，就该学乖一点，不然分分钟可以弄死你的人是我！"

叶琳算是见识到女明星私下的嘴脸了，她威胁道："你就不怕我把你的这些话记录下来，公布给你的粉丝看，让他们见识一下你恶毒的嘴脸？"

艾希嘴角扯了下说："你根本威胁不到我！我艾希从来没有人设，而且你要敢公布，警察刚好可以顺藤摸瓜找到你，你就等着直接进监牢吧。"

见艾希丝毫不在乎，叶琳便知此招无用，不过对于她的怀疑，艾希的感想便是：眼前这女人就是一脑残。

被叶琳敌视着的艾希，见她不吱声，接着道："叶琳，带你逃出来我也是冒着巨大风险的，我的诚意摆在这，希望你也对我有点诚意。"

叶琳已经绝望，不想跟艾希继续交谈："我很累，我需要休息！"

艾希见她拒绝往下交谈，心有不满，因为向凯说这里只是相对安全，不是绝对，所以时间紧迫。可叶琳这边给出的答案，让她没办法直接接受。

不是她不相信叶琳的话，而是信息量太大了。她也需要好好地思考一下，辩驳一下。

"好，你先休息。"

之后，艾希走出房间，关上房门。坐在客厅的向凯见她出来，站起身道："谈完了？"

艾希轻轻点了下头："她身体有点虚弱，让她先休息了。"

"你呢？需要休息吗？"向凯问道。

艾希看了下向凯，开口道："你晚上住哪？"

向凯听完她的问话，笑了："当然是住自己家。"

"我睡沙发，你没地可睡了。"艾希回道。

向凯家的布置还算温馨，但面积不大，只有一个卧房，艾希不可能跟叶琳挤在一张床上，自然考虑睡沙发，只是向凯这个主人该何去何从呢？

向凯见艾希一点都不跟他见外，嘴角笑意深了几分："我可以睡地板。"

艾希听后，看着他："这样合适吗？"

向凯笑："大明星，这是我家，是我收留你，怎么搞得像你是主人，我是客人。"

艾希一点都不客气："既然你这么说，我睡地板好了。"

向凯连忙道："那不行，我是男人，怎么好意思让你睡地板。这要是传出去，我在这就没法混了！"

艾希闻言，瞥他一眼："在你家，你不说出去谁会知道呢。"

向凯算是清楚了，艾希从房间出来之后，口气就明显不友好，看来她们的交谈不顺利，于是他不再跟她纠缠睡哪的事，改口问道："她利用了你，却没对你说实话？"

艾希又瞥他一眼："不关你事！"

这口气确实带着浓浓的硝烟味，向凯笑道："确实不关我事！"

"我去阳台坐一会儿！"艾希也不想跟他扯，此刻的她只想独自安静，好好思考叶琳的那些话。

米西亚 著

亲爱的主人

Dear Master 下

天津出版传媒集团
百花文艺出版社

图书在版编目（CIP）数据

亲爱的主人．下册 / 米西亚著．-- 天津：百花文艺出版社，2023.2
ISBN 978-7-5306-8481-8

Ⅰ．①亲… Ⅱ．①米… Ⅲ．①幻想小说 - 中国 - 当代
Ⅳ．① I247.5

中国版本图书馆 CIP 数据核字（2022）第 253954 号

亲爱的主人 下册
QINAI DE ZHUREN XIACE
米西亚 著

出 版 人：薛印胜
选题策划：唐冠群 **责任编辑：**李 信
特约编辑：连 慧 李 艳
装帧设计：有点态度设计工作室·蜀黍
出版发行：百花文艺出版社
地址：天津市和平区西康路 35号 **邮编：**300051
电话传真：+86-22-23332651（发行部）
+86-22-23332656（总编室）
+86-22-23332478（邮购部）
网址：http://www.baihuawenyi.com
印刷：三河市兴国印务有限公司
开本：880毫米 ×1230毫米 1/32
字数：520千字
印张：19.5
版次：2023年 2月第 1 版
印次：2023年 2月第 1 次印刷
定价：69.80元

如有印装质量问题，请与河北照利印刷有限公司联系调换
地址：河北衡水市故城县郑口镇工业路西头翔宇车业院内
电话：18514547813 邮编：253800

目　录 / contents

第七章 他是大魔王

他是大魔王。

超级大魔王。

他操控着全人类的记忆云以及个人终端。

艾希坐在阳台上，看着对面灯光盏盏的楼阁，她的脑子里一直回响着这几句话。

刚才她嘴上说叶琳得了癔症，其实是因为叶琳的话对自己的冲击太大。

传说中的金主、被删除的记忆云、叶琳的突然出现、自己与陆奇洲的相识，以及之后所发生的一切，将这些串联在一块，艾希发现她在慢慢地接受叶琳的话。

因为可疑的地方实在太多了。

她在隧道被夹击的那一次，邢凯锋第一时间带领警队来营救，那是因为邢凯锋收到了一封虚拟邮件。

还有被叶琳绑到废弃的旧工厂那次，最后是陆奇洲亲自抱着她离开的旧工厂。

以及叶琳被囚禁在陆奇洲的地下室，被自己发现后带她离开的那次，杰米说除了她，还有人入侵了交通系统，甚至还将她的入侵痕迹给抹去了。

种种迹象令人匪夷所思，尤其是废弃旧工厂的那一次。

如果陆奇洲真的操控着全人类的记忆云，那在她身上所发生的一切也都可以解释了。

但倘若这是真的，那也实在太可怕了。

艾希越想越多，越想越深，越想越觉得身上一阵阵发冷，脸色也开始泛白，她不自觉地用手环抱着双臂，试图给自己一丝温暖。

下一秒，艾希的身上多了一件衣服。她迅速转过头，向凯正看着她说：“这里面设置的温度和外面的季节是同步的。”

艾希收回视线，道：“谢谢。”

向凯没有离开，而是轻轻靠在墙上说：“在想什么？”

“不可能告诉你的。”艾希很直白地堵住他的问话。

向凯笑道：“想你男朋友？”

艾希再次抬起头，白了向凯一眼。

向凯的嘴角勾了勾，开口道：“想太多不好，作为朋友送你六字真言。”

艾希断然回绝：“不需要。”

向凯却没理会，接着道：“既来之则安之。”

艾希听后，冷着语气道：“我只想一个人静一静。”

“恐怕静不了了……”向凯道。

“什么意思？”艾希的目光望向向凯。

向凯也看着她说：“不知道哪个浑蛋看到了你跟我一起回来，还拍了照片发布到地下之城的公共频道上，现在有一堆人都想见见你这位大明星，想跟你要签名。”

艾希闻言，微微皱眉：“我能拒绝吗？”

向凯道：“可以。不过我个人觉得作为大明星的你，对于粉丝的小小愿望也是可以满足的。”

艾希沉下脸道：“我现在不想面对粉丝。”

见艾希拒绝得很干脆，向凯便不再强求：“好，我去帮你轰走那些粉丝。”

艾希回了一句：“谢谢。”

向凯离开阳台，艾希继续坐在原地，本以为自己能再安静地待一会儿，没想到去轰粉丝的向凯，不仅没能拦住他们，反而门被一众粉丝合力推开，如同泄洪一般地涌了进来。

艾希闻声，瞬间站了起来，躲在阳台的墙体边上，不让自己被人发现。

“艾希在哪？”

“你把艾希藏哪了？快交出来！”

艾希像是在影片里躲避敌人那般，靠着墙，屏住呼吸。

“应该在卧室里！”有人道。

向凯直接堵在卧室的门口，大声道：“侵犯私人空间可是不道德的！”

“好你个向凯，竟然学会金屋藏娇了！”

“向凯你厉害啊，藏的娇还是大明星艾希。”

向凯堵着门：“出去出去！”

“没见到艾希本人，我们就赖在这不走了。”

“对对对，没见到艾希本人，我们都不走了！”

向凯听了之后，一脸无语道：“你们这帮人，还要不要脸啊，一把年纪了还追星，再说了平时可没觉得你们是艾希的粉丝，现在这么来劲，虚伪不虚伪？”

“我们对艾希的喜欢，是爱在心头口难开。”

“就是，我们都是默默支持她的忠粉。”

“艾希演的电影我可一部没落，她的台词我都能背出来，我可是铁粉中的铁粉。”

向凯见大家你一言我一语的，不由得挑眉道：“别尽说好听的，你们要真是艾希的粉丝，那我实话告诉你们，艾希刚才说了她很累，需要休息，你们能不能配合一下，先离开呢？”

“向凯，这话是你说的，还是艾希说的？如果艾希自己出来说，那我们就直接离开。”

向凯道：“你们竟然怀疑我？算什么铁粉，我看很有可能是黑粉，出去出去，家里挤得都没地方了。”

“凯哥，就让我们见见艾希嘛！”

“凯哥，你人最好了，最仗义，写的程序最牛了，就让我们见见艾希吧！”

“这话我赞成，凯哥写的程序是我们地下之城最牛的。”

那些人见撒泼不管用，开始用糖衣炮弹轰炸。

这些话换作平日向凯肯定很是受用，毕竟他对自己写的程序也是十分认可，但是眼下考虑到很多事情，向凯也是不为所动：“别拍马屁了，各回各家，各找各妈！”

“凯哥，你这话我不爱听，我是孤儿，你歧视我。”

向凯叹了口气，拱手道：“对不住，我的意思是请各位各回各家，别在我家挤了。”

有人见向凯拱手，就想钻空子，借机闯进去，幸好向凯反应快，及时挡住：“干吗，想偷袭啊？你们这些人，在我面前糙也就罢了，怎么在女神面前也这么无理啊，传出去以为这地下之城，就是地痞无赖的聚集地呢。”

向凯这话明显有不高兴的意思，大家听了也有点尴尬。

起哄归起哄，但是硬闯确实显得没教养。

“凯哥，你这话说的，我们只是粉丝而已，也不是有意的，更不是带着恶意的。行了，今天见不到艾希，就等明天艾希休息好了再来，都别在这挤了，回去吧。”

听了这话，其他人也陆续离开了向凯家。

最后走出去的人，还不忘顺手将门给关上。

向凯站在卧室门口呼了一口气，其实刚才他也没想对那些人说那句话，怪得罪人的，他的眼睛看向阳台，说：“他们都走了，出来吧。”

贴着墙的艾希，刚才将他们的对话听得一清二楚，她拒绝与粉丝见面，其实有点矫情了。艾希从阳台走进小客厅，看了眼向凯：“谢谢你帮我解围。”

向凯也瞅着她说：“你刚才就不怕这帮人真的闯进来？”

艾希没有立刻回答，而是看了眼单人沙发，直接坐了上去：“不怕。”

向凯眯着眼睛心想，不愧是国际大明星，气场着实强大，遇事也着实冷静。

“佩服，佩服。”向凯拱手作揖表示敬佩，语气却并不真诚。

艾希也听得很真切，说道：“不想出面的原因，是想看一下你在这里的地位。”

向凯听后，不由得笑了起来：“你竟然还这么有心计？”

“我现在是寄人篱下，总得清楚所寄托之人的实力吧。”艾希回道。

听了这话，向凯也随之改口道：“你这人心思挺细致啊。”

艾希就当这是好话，接着道：“就算他们破门而入，想必里面的叶琳也会应付自如。”

向凯闻言，挑了下眉头：“什么意思？”

艾希朝卧室使了个眼色，向凯很聪明立马会意了，他随手打开房门，发现叶琳竟然不在床上。

房间不大，能躲的地方就是衣柜，但是衣柜在床下面，于是向凯走了过去，按了下开关，床升了起来，里面没人。

向凯左右环视了一下，问道：“人呢？”

艾希依旧坐在沙发上一动不动，开口道：“在阳台。”

向凯快步走到卧室的窗口，探出脑袋看了一眼，没见着叶琳，接着就听到外面传来艾希的声音：“这边的阳台。”

向凯这才从卧室走了出来，一眼便看到叶琳站在窗台上，捂着胸口的位置，似乎伤口还在隐隐作痛。

眨眼的工夫，叶琳竟然越过窗台爬到这边的阳台，向凯只能对她竖起大拇指道：“厉害。”

叶琳从阳台进来，走到艾希跟前，恶狠狠地瞪着她说：“你刚才那话什么意思？”

艾希仰着头看她：“实话实说的意思，你看，你这不是应付自如吗？”

叶琳瞪着她道：“艾希，别以为我受伤了就任由你摆布。”

艾希闻言，轻笑一声：“叶琳，这点你放心，我肯定不会乘人之危，但摆布不摆布，就看你配合不配合了。”

叶琳听了之后，嘴角也露出一抹讽刺的讥笑：“威胁我？”

艾希点了下头：“是。”

叶琳握紧拳头，准备出击，不过她刚才从窗台爬到阳台，动作太过迅速，扯到了伤口，这会儿一用劲，疼痛再次袭来。

艾希看着她的拳头："别挣扎，别斗气，否则你只会更加痛苦。"

叶琳看着艾希，眼神中有怒意、斗志，也有憋屈。

艾希接着道："有句话叫识时务者为俊杰，在自己没有胜算的时候，挣扎都是徒劳的。我个人建议你先养好伤，秋后算账也不迟。"

叶琳不知道该用什么样的词语形容面前这个女人，大明星的气场自然是强大的，但是她私底下的性格，似乎比那些她饰演过的角色还要狠。这是真实的她？还是只是扮纸老虎来吓唬她呢？

叶琳松动了拳头，伸出中指比了一个众所周知的动作，咬着后牙槽道："等着！"

"随时恭候。"艾希也丝毫不示弱地回道。

叶琳没再回应她，甩了一个白眼，又回到卧室，"砰"的一声把门关上了。

向凯听到这动静，眉头不由得微皱，这两个姑娘是真的一点都不把自己当外人啊。

不过这俩人总算安生了，向凯坐在艾希左手边的沙发上，说道："既然你们势不两立，你为何还要出手营救呢？"

艾希闻言，转过头看了向凯一眼："这是我的私事。"

向凯笑道："知道是你的私事，但是既然帮了你，也算半个我的事。"

艾希听了之后，扯了下嘴角道："你可真不见外。"

"你们也不跟我见外啊。"

艾希自然听得懂向凯话里有话，谈见外这种话题，她一定会败下阵来，毕竟自己寄人篱下。不过刚才那么多人涌进来，向凯独自抵挡，她也看出一些名堂，不由得道："你在这的地位很一般吧？"

向凯似乎不太喜欢这句话："哎，大明星，你平时和人说话都这样的吗？"

艾希挑眉道："怎么，不喜欢听？"

向凯笑了笑，更是直白道："要是我说你演技一般，你感想如何？"

艾希听了这话，嘴角抽了抽，听到专业被人否认，内心多少有些刺痛，因为她一向认为自己是敬业的，更是专业的。

不过既然有人指出问题，艾希还是会听取一些意见的，说道："我演技一般？哪部影片？"

"所有影片。"向凯嘴上丝毫没有留情。

"所有影片？你的意思是评审以及广大观众都眼瞎吗？"

向凯笑道："眼瞎也是正常的。"

尽管艾希告诉自己要以平常心接受批评，但还是不免生气道："你还说我说话难听，你自己呢？"

向凯嘴角露出笑容："彼此彼此。"

艾希黑着脸反驳："你有过之而无不及！"

向凯嘴角的笑意更深几分，问道："生气了？"

艾希瞪了他一眼，向凯笑得更加肆意："真的生气了？"

艾希见此，快速收起自己即将爆发的怒气，因为要是真的生气了，正好中了对方的圈套，那么自己便真的是输家了。

"就为了你这几句话生气？你觉得自己有这个分量吗？"艾希尽量让自己平和下来。

向凯笑道："你就是生气了。"

艾希冷笑道："我要是因为别人随随便便一两句话就生气，我还能活吗？"

当明星，除了接受粉丝的崇拜和爱以外，也同时要遭遇各种抨击和抹黑。艾希对于这些早已看淡，只是刚才向凯当面这么说，确实一时间有些生气。他那一句话，就相当于把她所有的努力都给否定了。

向凯却笑得更甚："其实你生气的时候，还蛮可爱的。"

艾希听后，白了向凯一眼，丝毫不领情，冷冷地来了一句："男女授受不亲，晚上你睡阳台吧。"

"咳咳——"向凯忍不住咳嗽几声，这人还真不跟他客气。

不过刚才那么逗她一下，向凯的内心无比开心，这可是鼎鼎大名的艾希，以往都是在荧屏上看到她饰演的角色，嬉笑怒骂都是演戏，像现在这样和她如此近距离斗嘴、斗气的感觉真好。

清早，阳光温柔地洒在A市的每一个角落，城市就像刚睡醒的孩子一样，开始喧闹，长长的海岸线，波光粼粼。这番景象是艾希最喜欢看到的画面，只是她现在身处地下之城，没法欣赏到如此的美景。

而陆奇洲一早就接到COCO的汇报，秦昊已经脱离危险醒了过来，于是他带着尼克亲自去探望。其实陆奇洲本可以在家与秦昊视频连线，了解他的身体状况，但为了表达对下属最真诚的关心，他还是选择亲自来探病。

穿过医院走廊，陆奇洲除了碰见几个穿白大褂的医生，剩余的几乎都是人工智能机器人陪伴着病号散步、聊天，当然也有几个是家属亲自陪同的。

人工智能时代，很多繁重的工作被智能机器人所代替，人类本该有更多时间去陪伴家人，但事与愿违。他们似乎更为繁忙，因为现在的人不只要跟其他人竞争工作岗位，甚至还要跟人工智能竞争，为了不让自己被淘汰，人们更加地拼命，依然无暇顾及亲情。久而久之，亲情更为缺失，大多数人身旁都陪伴着一个超级人工智能机器人。

推开病房门，陆奇洲见COCO正在给半靠在床上的秦昊擦手。

“早。”他一边往里走，一边打招呼。

秦昊见陆奇洲来探望，很是感激，但是因为喉咙受伤说不出话，只能冲他眨了眨眼。

尼克抬手，冲秦昊打了个招呼。

秦昊也朝尼克眨了一下眼睛。

“现在情况如何？”陆奇洲问。

COCO随后将秦昊的各项身体数据呈现给陆奇洲看，之后道：“食道有些细微受损，这几天暂时不能进食。”

“你自我感觉如何？”陆奇洲看向秦昊问道。

秦昊不能说话，只能点开全息影像的手写功能："还好，只是最近无法在你身边工作。"

陆奇洲笑道："你现在暂时别想着工作了，等养好伤口再说。"

秦昊眨了下眼睛，随后写了一行字："艾希小姐带着叶琳离开了，是吗？"

提及艾希，陆奇洲看了下身旁的尼克，随后对着秦昊道："她现在在千业城。"

秦昊又写了一行字："怎么逃到千业城去的？"

陆奇洲见秦昊担心，不由得道："这事不用你操心。"

秦昊听后，又写了一行："是我失职，才导致艾希小姐发现了叶琳。"

陆奇洲那双深邃的眼睛眨了下，随后道："别想太多，安心养伤。"

秦昊看着陆奇洲，正要继续写的时候，尼克开口道："秦昊，你就放心吧，老板这边我会照顾好的。"

秦昊顿了下，目光看向尼克，写了一句："我已经把工作交接全部发到个人数据库了。"

尼克道："我看到了。"

秦昊又写了几个字："老板这段时间就麻烦你了。"

尼克看了之后，笑了笑："这次让我回到老板身边，我就不会再让出位置了。"

公然挑衅？

秦昊似乎一点都不畏惧，只写了四个字："希望如此。"

尼克见了，笑着对陆奇洲道："老板，你做见证人。"

陆奇洲瞥了尼克一眼，开口道："等秦昊伤好了，你从哪来，回哪去。"

如果可以开怀大笑的话，秦昊一定不会放过这个机会，只可惜他现在身上有伤，就算笑也只能皮笑肉不笑。

尼克听了之后，装着一副受伤的样子委屈道："老板，你伤害了我。"

门外传来敲门声，陆奇洲和尼克不约而同地转过头，门被推开，只见两个熟悉的身影出现在门口。

邢凯锋和郭鹤鸣见到陆奇洲和尼克也在，似乎有些意外。

邢凯锋走了过来："陆总，这么早就来探视员工，真是好老板啊。"

陆奇洲闻言，嘴角微微扯了扯："邢组长，这么早来探望我的员工，也是敬业。"

邢凯锋很谦虚地回了一句："敬业不敢说，毕竟案子还没破。"

他看了下靠在病床上的秦昊，说："秦昊，你现在精神状况如何，能配合调查吗？"

病床上的秦昊一脸沉着，冲着邢凯锋眨了下眼睛。

邢凯锋看了下身旁的陆奇洲："陆总，你是先离开，还是想在一旁参与我们的调查？"

"我还有事，先走了。"陆奇洲站起身，走之前不忘交代秦昊，"好好养伤。"

秦昊看着陆奇洲，眨了几下眼睛。

陆奇洲和尼克一起离开后，邢凯锋和郭鹤鸣准备对秦昊进行案件调查。

"开始吧。"邢凯锋道。

不过他话音刚落，秦昊便写了一句话："我现在说话不便，直接查看记忆云吧。"

邢凯锋闻言，锐利的双眼看着秦昊的脸，随后点了点头："可以。"

于是秦昊打开记忆云记录，翻到昨天的内容点了播放。全息影像里的画面与昨天陆奇洲提供的内容完全一致。

邢凯锋看完之后，陷入了沉思，郭鹤鸣开口道："这段记录我们要拷贝，可以授权吗？"

秦昊微微点头，之后将拷贝权给了郭鹤鸣，将这段记忆记录提供给了他们。

几秒后，郭鹤鸣接收到了文件，对秦昊道："好了，谢谢你的配合。"

秦昊用全息影像写了几个字：“应该的。”

郭鹤鸣抬眼看了下身旁的邢凯锋，说：“头儿，可以了，我们走吧。”

邢凯锋的目光依然落在秦昊的脸上，张口道：“谢谢你的配合。”

秦昊眼睛眨了眨，挤出了一个很淡的表情。

邢凯锋和郭鹤鸣没再逗留，拿着秦昊的记忆云记录回到车上。

郭鹤鸣点了回局里的指令之后，便开始分析秦昊的记忆云记录。

邢凯锋坐在一旁，看着窗外，似乎在沉思。不一会儿，他就听到郭鹤鸣说：“头儿，这份记忆云记录是真实的。”

邢凯锋闻言，转过头：“没有任何拼接痕迹？”

郭鹤鸣点头：“没有。”

邢凯锋将郭鹤鸣的全息屏幕转了过来，认真地查看分析数据，脸色却越看越暗沉。

郭鹤鸣见此，不由得道：“头儿，破绽还是没有找出来，接下来的调查方向就更加迷茫了。”

邢凯锋看了全息影像几秒，随后点开键盘，输入了一组数据码，接着全息屏幕出现了另外一组画面，是他们去之前，陆奇洲和尼克来探望秦昊的监控。

郭鹤鸣睁大眼睛：“头儿，你什么时候在秦昊的病房里装了摄像头？”

邢凯锋没有回应他，而是直接将镜头切到他们进病房之前，从陆奇洲和尼克进入病房开始查看。

郭鹤鸣见此，也凑过来一起查看监控记录。

陆奇洲从进病房到离开也就不到五分钟，他们两个就出现了。这五分钟内的情景，大致就是嘘寒问暖，没有其他的内容。

邢凯锋又将监控记录的时间往前推至秦昊刚醒过来，郭鹤鸣侧脸看了下他：“头儿，你这监控到底是什么时候安装的？”

邢凯锋瞥了他一眼：“你觉得呢？”

昨天他们一起来过，郭鹤鸣一点都没有察觉，于是道：“昨天？

可是昨天我跟你一起来的，我可半步都没有离开过你。”

确实如此，昨天他们来这时也碰到了陆奇洲，当时简单问了他一些话便离开了，根本没有时间和条件安装监控。

邢凯锋故作神秘道：“你再好好想想。”

郭鹤鸣将昨天的场景又回忆一遍，但还是没有找到关键的节点，于是只好点开自己的记忆云回看当时的情况，搜索到的结果一成不变。

郭鹤鸣伸手抓了下头发：“头儿，你自己看，昨天在病房，你根本没机会的。”

邢凯锋瞥了一眼郭鹤鸣的记忆云，不由得说了一句：“注意细节。”

郭鹤鸣知道这是邢凯锋在教自己增强侦查能力，于是他倒回去又看了一遍，还好他并不笨，很快就发现了细节，没想到邢凯锋在门口撞见给病房送花的智能机器人时，停了下脚步，手从口袋伸出来摸了一下花，便将薄如纸的隐形摄像头粘在了花枝上。

郭鹤鸣无比佩服道：“厉害，是我忽视细节了。”

邢凯锋的眼睛一直盯着全息影像里播放的画面，秦昊醒来之后，医生过来检查了一下便离开了，之后秦昊打开了自己的个人终端，发了几份文件。

邢凯锋放大画面，郭鹤鸣也跟着认真盯着屏幕，开口道：“这应该就是他跟尼克进行工作交接的时候。”

邢凯锋没有吱声，继续盯着屏幕。秦昊在关闭个人终端之后，就重新闭上眼睛休息，半个小时后他再次醒来，COCO 给他擦洗完，陆奇洲就来了。

郭鹤鸣看完，叹了一口气：“没有任何异常。”

邢凯锋的眉头依然紧皱：“没有任何异常，就是最可怕的异常。”

郭鹤鸣一直跟着邢凯锋在调查这个案件，大致知道他在怀疑什么，虽然一开始觉得是天方夜谭，但随着调查的深入，他逐渐认可了邢凯锋的那句“没有任何异常，就是最可怕的异常”。

“我来追查秦昊所发的邮件内容。”郭鹤鸣道。

邢凯锋摇头："内容肯定很正常，你查不到什么漏洞和线索的。"

郭鹤鸣闻言，侧脸看着邢凯锋，一本正经道："头儿，假如真如你设想的那样，那我们根本就找不到任何证据，对他做的事情也无力还手，一丝机会都没有。"

"不，我们还有机会，找到艾希就有希望破了这个案子，证实一些事情。"邢凯锋反驳道。

郭鹤鸣听后，思索了几秒，眼睛一亮："艾希是关键人物，也是……他的软肋。"

"是不是软肋，还没法下定论。"邢凯锋心中没有十足的把握。

郭鹤鸣接着道："可陆奇洲非常紧张她，想必艾希在他心中肯定是有一定地位的，还有那个跟艾希长得一模一样的叶琳，这两者之间肯定有着不可告人的秘密。"

邢凯锋没有在监控中找到任何有价值的东西，随手关了全息影像，顺带回了郭鹤鸣一句："等有了证据再下结论。"

地下之城，向凯的家。

艾希在早上七点左右醒了过来，她转头看向阳台的方向，阳光斜照进来，有些刺眼，令她不禁用手挡住眼睛，几秒后适应了光线，她才缓缓地拿开手。

阳光斜照？

不对，她一时间忘了自己身在何处。这里是地下之城，哪来的阳光呢？

可是眼前的景象，除了身处之地不同，这阳光和平时看到的阳光并无两样。

这是全息影像所设定的背景？

还是这里存在着其他的高科技？

艾希带着疑问掀开身上的毯子爬了起来，卧室的门依旧紧闭，昨晚乖乖在阳台打地铺的向凯也还在沉睡中。

艾希想做点什么，譬如早餐之类的，但这里毕竟不是她的家，东西放哪都不知道。于是她只能选择自己每天早上起来的必修课——瑜伽。

作为女演员，身材非常重要，艾希的形体一直都保持得很好，这也离不开她这些年良好的生活习惯。

艾希站在不大的客厅中央，心无旁骛地做着几个高难度的瑜伽动作。

三十分钟后，当艾希收起最后一个动作的时候，一句男声传来："女神就是女神啊。"

艾希闻言，转过头看向阳台，不知道向凯是什么时候醒的，此刻的他正靠在墙上满眼温柔地看着她。

"你什么时候醒的？"艾希没有因为他叫自己女神就给他好脸色。

"在你醒来的时候我就已经醒了。"向凯走了进来。

艾希见他靠近，将身体微微侧到一旁："可我看你睡得很香。"

向凯冲她勾了下嘴角："表象而已，不过你昨晚似乎睡得很香。"

艾希看他的眼神带着疑惑："你不会一夜没睡吧？"

"那倒没有，还是睡了几个小时的。"向凯说完走进洗手间。

艾希见他去洗漱，没有接话，而是走向阳台，弯腰收起铺在地上的毯子，放在旁边的单人木椅上。之后，艾希就站在那，感受着和煦的阳光照在她脸上，那抹温暖跟平日里自己熟悉的阳光一样。

这是真的阳光？艾希仰起头往上看，自然没有看到太阳本身，但这里的一切，竟然跟外面的高楼大厦沐浴在阳光之下是无异的。

艾希在经过了一番探索之后，情不自禁地笑了笑，其实不管是不是阳光，在这样的场景下醒来的早晨，心情应该是美好的。

想到这，艾希伸手去感受这抹温暖，此时身后传来向凯的声音："是不是很好奇？"

艾希转过头看他，很坦诚地点点头道："是很好奇，你们这座地下之城里的阳光是如何设计的？"

"地下之城的采光设计采用的是光学追踪原理。"向凯介绍道。

"光学追踪原理？难怪真实感这么强烈。"艾希的物理知识虽不算渊博，但还是知道这个原理的。

向凯继续道："昨天就跟你说了，整个地下之城的气温、气候跟地面是一致的。"

艾希转过头看着向凯问道："这是怎么做到的？"

"这个就说来话长了，而且涉及一系列的技术问题。"向凯道。

艾希轻笑："你是怕我听不懂？还是怕我听懂？"

向凯也笑："都不是，是我肚子饿了，得先去做早餐。"

"我也饿了，你赶紧去。"艾希也没跟他客气，说完收回视线，继续让自己沐浴在清晨的阳光中。

向凯看了她一眼，说实话她跟他不客气这一点，他特别喜欢，因为客气代表着距离，她这样的性子他蛮喜欢的。

向凯的嘴角不自觉地扬起一抹弧度："想吃什么？"

艾希的目光看向对面的楼层，背对着向凯道："我不挑食。"

向凯嘴角笑意更深："那我随便做了？"

艾希转过头："你这人真啰唆。"

向凯见此，笑了笑："好，不啰唆，马上就去。"说完，转身离开了阳台。

艾希缓缓地转过头，虽然深知这个态度有些蛮横无理，但比起装作一个善解人意的人，她更喜欢这样的相处模式。当然这种模式，接受的人会觉得她真性情，不接受的人会觉得她没教养。

不过不管怎样，艾希都根本不在乎这些，因为越是在乎，越容易失去自我。

艾希继续感受着地下之城的阳光，不过很快她就被鸟叫声吸引，她好奇地探身向下看。

向凯居住的楼层下面有一片空中园林。昨晚艾希的心思全在叶琳身上，也没有仔细查看，不过眼下一览无遗。

看样子这里应该是隔二十层就有这样一片空中园林，种植花草树木，雕刻假山流水。当下是阳春四月，正值花开时节，下面更是一片花团锦簇。

“难怪空气中有花香，原来如此。”艾希一副解惑的口吻。

艾希刚感慨完，就听到一句：“还大明星呢？看样子不过是只井底之蛙。”

闻声，艾希转头往旁边的窗台看去，叶琳不知什么时候站在那里。

艾希盯着她的脸问道：“这么说，你以前来过这里？”

叶琳扫了艾希一眼，冷漠地回答：“跟你无关。”

“看来，你来过这里。”艾希下了结论。

叶琳没接话，转身从窗台走开，艾希见她消失在自己的视线里，也转身离开阳台，走进客厅，直奔卧室的方向。

她要开门之时，叶琳也刚好打开门，两人面对面站着。

“你来过这，对吗？”艾希再次找她确认。

叶琳瞥了她一眼：“让开！”

艾希没有让开，而是直视着她的眼睛：“告诉我。”

叶琳握拳：“你再不让开，我不客气了。”

艾希丝毫不惧，依然站在原地，一动不动。

叶琳正要发起挑战的时候，向凯端着早餐凑到她们俩面前：“两位女神，早餐已经准备好了。”

早餐的香味袭来，确实让人忍不住咽口水，但未能化解两人对垒的局面。

大清早见她们这样，向凯有种双胞胎姐妹日常吵架的感觉，向凯只能像老父亲一样，赶紧把手中的早餐放到不大的茶几上，再次上前劝架：“女人最好少动怒，不然会长皱纹的。”

艾希和叶琳听了这句话，目光一致地转移到他的脸上，向凯被她俩集中火力，面对两人带着杀气的目光，他不免有些尿，冲着她们笑了笑：“和气生财，和气生财。”

艾希看了向凯几秒，转身去了旁边的洗手间。

叶琳也瞥了眼向凯：“我们的事，你少掺和。”

向凯笑道：“不掺和，不过我可是你们两个的救命恩人，能不能别对我这么凶啊。”

叶琳不领情，直接拨开他，走向单人沙发，坐下来自顾自地端起一碗粥吃了起来。

向凯本想提醒她去洗漱，但还是憋了回去，叶琳身为杀手，根本不会在意太多生活的细节。

艾希从洗手间出来，见叶琳已经在吃早餐，她也走了过去，坐到另外一边的沙发上，也吃起粥来。

向凯见此，凑了过去，蹲下来，笑呵呵道：“还合两位的口味吗？”

叶琳和艾希一同看了他一眼，却没有回话。

向凯僵笑了几秒，道：“你们两个现在的样子，就像一对互相讨厌对方的双胞胎一样。”

“我可没有姐妹！”两人异口同声道。

向凯闻言，笑了笑：“很默契啊。”

叶琳和艾希互看对方一眼，同时脱口而出：“别学我说话！”

“看看，是不是非常默契。”向凯笑道。

叶琳和艾希目光又一致地看向向凯，一起说了两个字：“闭嘴！”

向凯见此，完全掩藏不住脸上的笑意，接着道：“基因一致，思维、行为必然一致。”

叶琳和艾希听后，不再接话，各自低头吃着自己碗里的粥。

“你们就不好奇彼此之间有什么关系？”向凯看着两人问道。

“不关你事！”两人又再次异口同声道。

向凯笑道：“确实不关我事，不过这里是我的地盘，你们要是想知道彼此之间的关系，我可以帮你们引见相关的生物学专家。”

艾希看了下向凯，再次和叶琳一起开口道：“你的目的是什么？”

向凯一脸无辜道：“没目的，就是喜欢助人为乐。”

这次叶琳抢先道：“助人为乐？我看是非奸即盗吧。”

对于叶琳的回答，艾希心里是赞同的，因为向凯实在太过热情，显得特别可疑。

向凯笑了笑，对艾希道："艾希你昨天冒着生命危险把她带到这来，不就是想知道两人的关系吗？"

艾希听后，没有遮掩："我是想知道我们两人之间的关系，但这与你无关。"

向凯耸肩，叹气一声道："好心当成驴肝肺。"

艾希没管他的叹气，接着道："你之前就认识她？"

向凯看了下叶琳，摇头道："没有，第一次见。"

叶琳瞥了眼向凯，继续喝粥，艾希看了叶琳一眼，随后道："我待会就离开，谢谢你昨天的相助。"

闻言，向凯怔了下："你要回去？"

艾希点头："在她身上得不到真实答案，那么就去求证她指证的人。"

叶琳听后，看了下艾希，冷哼一句："他是不会承认的。"

艾希看了看她，接着道："你也一起回去。"

叶琳对她这句话的反应很是敏感，断然拒绝道："你别做梦！"

艾希听后，冷笑一声："除非你心虚，不然有什么比当面对质来得更有说服力呢？"

叶琳直接放下手中的粥，攥紧拳头，狠声道："想让我回去，得看看你有没有这个本事。"

她摆出一副要战斗的样子，而艾希却风轻云淡地继续喝粥。

向凯见对面一静一动，着实觉得好玩，不过为了防止两人真的动手把他这个温暖的家给砸了，连声道："别动气，吃饭，吃饭。"

两人闻声，一致看向他，又是充满杀气的目光，向凯嬉笑一番，随后道："艾希，我也不建议你现在回去。"

艾希收回目光，又喝了一口粥，道："虽然你煮的粥味道不错，但我还是更喜欢我家奇奇做的早餐。"

向凯坦然道："我的厨艺确实有待进步，不过眼下一堆警察正在对千业城进行全城搜索，你现在回去，不是最好的时机。"

“你是怕我暴露地下之城？”艾希问，“放心吧，我不会将自己的记忆云授权出去的。”

向凯笑了：“说到记忆云，艾希，你真的相信记忆云吗？”

艾希闻言，整个身体顿在那，眼睛扑闪了几下，故作轻松道：“为什么不相信？”

向凯的眼睛看着她，捕捉到她脸上一闪而过的表情。

“你其实不相信。”

“别妄加猜测。”

向凯笑了笑：“千业城里的人，以及整个地下之城的人，都取出了记忆云。”

叶琳听后，冷声道：“就算取出来又如何，装上自己的个人终端，依旧还会被别人主宰。”

向凯的目光移到叶琳的身上：“至少目前为止，我们这边的个人终端没有被入侵过。”

叶琳冷笑：“你把我们带到这，就是引火上身，等着被入侵，被主宰，被控制。”

“看来叶琳你大致知道主宰你的人是谁？”向凯笑问。

叶琳那双阴冷的目光看向微笑的向凯道：“说吧，你的目的是什么？”

话题又被绕了回去，向凯笑笑，答案依旧还是：“目的没有，我只是帮朋友，帮助你们。”

叶琳冷笑道：“你觉得这种说辞，能说服我吗？”

艾希也觉得这说辞有几分不可信，说道：“向凯，不管你有什么目的，我都很感谢你昨天的帮忙，以后定会报答你。”

向凯看着眼前长得一模一样的两个女人，嘴角依旧带笑道：“我不需要报答。我只想履行我对朋友的承诺，保证你的安全。”

叶琳听不下去了，说道：“别跟我玩这个调调，真诚点，开个价。”

向凯笑道：“好，不玩这个调调，就事论事，因为昨天的事件，整个 A 市现在都已经被封锁，你们现在出去，就等于自投罗网。”

“我可没说我要出去。”叶琳冷哼道，“少啰唆，开个价。”

向凯转向艾希说：“艾希，她不出去，你自己一个人回去？”

“那是不可能的，在我还没搞清楚真相之前，她必须跟我走。”艾希的态度也很强势。

叶琳斜眼看她，十分轻蔑地说：“跟你这种脑残，我无话可说，别痴心妄想让我跟你走，小心打爆你的头。”说完，她从后背摸出一把手枪，直接抵在艾希的太阳穴上。

向凯看到这样的场面，整个人都变得严肃和警觉起来，他藏在卧室里的枪被叶琳翻了出来，这丫头也不是吃素的。她是杀手，有着自己的行为准则，绝对不是说说而已。

手上还端着早餐的艾希，透过余光看了下那把枪，一点也不畏惧，同时说了一句狠话：“谅你也不敢！”

叶琳听了之后，冷笑一声，手中的枪将艾希太阳穴的皮肤抵出一道皱痕：“你试试！”

在一旁的向凯此刻明显不淡定了，无论是叶琳，还是艾希，他都不想让她们在他的手上出事。尤其是艾希，她可是个非常重要的人物，她要是有什么闪失，原本的计划全盘瓦解不说，说不定整个千业城以及地下之城都要被瓦解。

“二位，有话好好说，别激动。”向凯只能充当和事佬。

“向凯，这里没你什么事，出去。”拿着枪的叶琳命令道。

向凯闻言，强颜欢笑：“别激动，别激动。”

“出去。”叶琳再次命令道。

向凯见此，也不好反驳，生怕叶琳手中的枪走火，他缓缓地站起身：“好，我出去，你别激动。”

艾希面无表情地看着向凯慢慢地退出家门，当门关上的那一刻，叶琳再次开口：“改变主意没？”

艾希听后，轻笑一声：“没有。”

叶琳的脸阴沉极了：“艾希，你别敬酒不吃吃罚酒！”

艾希十分镇定道：“你不会杀我的。”

叶琳狠声道：“谁说的？”

“其实你比我更想知道真相，杀了我，你也活不成，到时候也是死不瞑目。”艾希回敬道。

“我已经知道真相了，倒是你，才是真的死不瞑目。”叶琳反击道。

艾希再次轻笑：“你所谓的真相都还没有被证实，那就意味着存在虚假的可能，我说带你回去，无非就是想帮你证实。”

叶琳眉头微动一下：“帮我证实？你当我是傻子吗？”

“你要不是傻子，就不会在废弃旧工厂的时候，试图跟我调换身份。”艾希回击道。

这句话明显惹怒了叶琳，艾希感觉那冷冰冰的枪口又加了力度抵住，像是要贯穿她的太阳穴似的，耳边传来咬牙切齿的声音：“看来你是不想活了。”

艾希还是很淡然：“随你。”

叶琳对艾希的这个态度明显很不爽，她见过不少硬骨头，但那都是道上混的，作为一名杀手，见多了生死，所以对于这种场面，没有任何的怯场。但是艾希不同，她是个演员，就算角色再刚硬，现实生活中她始终是个女人。可是她却大大出乎叶琳的意料。从这个角度去审视她，叶琳觉得艾希跟她自己还真是很相似，她就算被人拿枪指着脑袋，也是一样的无所畏惧。

想到这，叶琳对眼前的艾希竟然产生了一丝好感，基因密码相同，成长环境不同，但是她们的秉性却如此一致。

叶琳直直地看着艾希，冷漠的眸光慢慢收敛起来，手中的枪也跟着放了下来，不过嘴上却不依不饶：“不怕死，算你有几分骨气。”

艾希见她放下枪，那颗快要奔到嗓子眼的心脏，才慢慢地落了下来，内心松了一口气。在被枪指着的瞬间，说完全不害怕是假的，毕竟任何一个人在面对死亡时，多少还是充满恐惧的。但是她在赌，赌叶琳不会杀了她。因为两人之间的谜底还没有解开，叶琳也不会那么冲动。

艾希将碗里最后一口粥喝掉，放下碗，随后抬眼看向叶琳："你的话，我不全信，也不会不信。但我需要的是证据。"

"想要证据？去找你金主要，他那肯定有我的个人终端的记忆记录。"叶琳道。

艾希看了看她，随后对她坦白了一件事："其实我的记忆云也被人删除过。倘若如你所说，陆奇洲控制着所有人的记忆云以及个人终端，那他为什么要删除我的记忆云呢？这是我想不通的地方。"

叶琳闻言，怔怔地看着艾希："你说什么？你的记忆云记录被人删除过，什么时候？"

艾希回道："我去美国领奖的前三个月。"

"什么？"

艾希看着她："看你的表情似乎是不相信我说的话。"

"不，没有不相信你，只是觉得巧合。"叶琳回道。

"巧合？什么巧合？"艾希立马警觉起来。

"我也是大致在这个时间里，探听到一些事情的。"叶琳回道。

"探听到什么事？"艾希追问。

"我在债主那里，探听到一些关于我身份的线索。"

"债主？"艾希微微眯起眼睛。

叶琳看了她一眼，开口道："我做杀手一年，一直过得像藏在肮脏下水道里的老鼠一样，每天只管接受任务，之后去完成任务，赚到的钱要用来偿还债务。直到有一天，债主跟我说我的债务已经还清，并告诉我有关于我身世的线索，我才知道这个世界上有你的存在。"

"债主？你欠很多钱吗？为什么会欠很多钱？"艾希问。

"一年前，我在债主的住处苏醒过来，他花了很多钱把昏睡两年的我给治好，然后他就让我偿还医药费。"叶琳回道。

艾希的眼神里充满疑惑："他说的？他花了很多钱给你治病？"

"当时我的脑子里还有记忆云，查证之后，我知道自己两年间一直处于植物人的状态。直到我苏醒之前，都是由他在照顾。"

艾希听到这里开口道："叶琳，我并非怀疑你的话，但这个世界上，有很多事情是可以作假的。"

叶琳闻言，冷笑一声："确实有很多事情可以作假，但我们的基因一致，是铁定的事实。"

"那是他告诉你我们的基因一致，还是你亲自调查之后得知的？"艾希问。

"是我自己亲自调查得知的，确认了一遍又一遍。同时我也从债主那边知道，有一个人能够操控全世界的记忆云。"叶琳回道。

艾希看着她："你债主说什么，你就信什么？"

叶琳闻言，眸光恢复冰冷："我有自己的分辨力，不像你……"叶琳本想说傻子一个，却没有说出口，改口道，"被所谓的爱情冲昏了头。"

艾希听后，跟着一笑："我要是被爱情冲昏了头，就不会冒险带你出来了。"

关于这点，叶琳也是见证人，倘若艾希真的以爱情为重，当时就不会违背陆奇洲的话，带自己出来了。

"那就是好奇心害死猫，这样行了吧。"叶琳改了一句说辞。

"你不好奇，会屡屡来找我？"艾希回击。

"我只是想利用你引出那个人，验证他的真身。"叶琳道。

"你为什么认定那个人就是陆奇洲？也有可能是别人啊。"艾希的内心还是没有完全接受，所以忍不住试图为陆奇洲辩解。

话题又绕到这个点上，叶琳冷笑道："看来你是真的爱上他了，任我怎么说，你都不相信我。"

艾希没有否认："是，我是爱上他了。"

从跟陆奇洲传出绯闻至今也不过一个月，但艾希不得不承认，陆奇洲像是用了魔法一样，让自己爱上了他。

其实也不能说是用魔法，如果要说具体的时间地点，艾希心里是十分清楚的。

就是在废弃旧工厂的那次，在她最无助、最恐惧的时候，陆奇洲的出现让马上就要崩溃的她得到了救赎。那个高大的身影，那熟悉的气息，那心疼她的表情，艾希一辈子都不会忘。

在那样的时刻，她爱上了他。他不再是被利用引出所谓金主的人，而是她想依靠的男人。

叶琳冷笑道："你真是，无知者无畏。"

艾希没有吱声，默默地看着叶琳以及她嘴角那抹带着讽刺的笑容。

"他根本不是人，你却爱上了他。你是不是太疯狂了啊？"叶琳继续冷笑。

"他是不是人，这点还有待商榷。"艾希反驳道。

叶琳冷笑着摇头："不见棺材不掉泪。"

"你说他不是人，那你呢？你又是什么？"艾希将问题引向叶琳。

提及这个问题，叶琳脸上的表情突然僵住，两秒后她说："也许是人工智能。"

艾希的心头像是被敲击了三下一般，因为她与她有着紧密的关联。

"你那个债主不知道你的身份吗？"艾希追问。

叶琳瞥了她一眼："他知道我是被遗弃的，至于我具体是什么，想必他是知道的，但是他让我自己去寻找答案。"

艾希闻言，眼神微闪："既然他知道，却对你隐瞒，那他的目的是什么？"

叶琳冷笑："每个人都有自己的目的。"

"你清楚地知道他有目的？"艾希跟她再次确认。

"人心是最难揣测的。既然我想知道自己的身份以及过往，自己去寻找答案也无可厚非。"叶琳也试图给帮过自己的债主辩解。

艾希盯着她看了几秒，随后缓缓伸手，叶琳见此，下意识地警惕起来，冷眸看向艾希，像是在防范着她。艾希看着她这个样子，便知道她没法轻易相信其他人，她想收回手，却不知为何鬼使神差地轻轻拍了拍叶琳的肩膀，像是在安慰她刚才那句有些无奈与伤情的话一般。

对于艾希这个动作，叶琳愣了一下，直接拨开她的手，冰冷地说道：“我可不需要你的同情。”

叶琳冷漠的样子，让艾希有种自作多情的感觉，可是说来奇怪，两人从认识之初到现在，大多数时间都是以武力交流，不过至于谁的武功更好一些，似乎还没有确切的定论。不过在昨天两人进行语言交流之后，艾希就发现叶琳的脾气虽然很臭，但自己的内心深处却对她有种说不出的情愫。或许是因为两人基因一致，有种莫名的亲近感吧。

“同情？我不知道自己有没有这个资格。”艾希道。

叶琳扫她一眼：“开始自我怀疑了？”

艾希看着她：“也许我跟你一样。”

叶琳哼了一声：“说不定你还不如我呢。”

艾希闻言，内心有些恐惧，但又觉得叶琳的语气有些好笑，她也没抬杠，叹气道：“有可能。如果是产品，你是二代系列，那我就有可能是三代系列。”

叶琳见她能这么迅速消化自己的话，不由得道：“你就一点都不恐惧？”

“恐惧。当你第一次出现在我面前的时候，我就开始恐惧。听到你刚才说的那些话，恐惧已经不足以形容我现在的心情。只是现在不论是你还是我，都不再是独自一个人面对这份恐惧了。”

叶琳微微眯起眼睛：“不再是独自一个人？你想怎样？跟我联手？”

艾希看着她道：“你不是想知道真相吗？你是想孤军奋战，还是跟我强强联手？”

“我确实不想孤军奋战，但是跟你，算不上强强联手。”叶琳竟然开始嫌弃艾希。

艾希没生气，扯了下嘴角：“你真以为自己比我强多少啊？我们可是交手过很多次，在彼此都没有受伤的情况下，你能赢我？未必吧。”

叶琳听后，回道：“我指的不是武功，而是脑子。”

艾希瞥了她一眼，很是淡定道：“你我基因一致，意味着智力相同，质疑我就等于质疑你自己。”

叶琳抽了下嘴角，艾希催促她："爽快点！"

"跟你联手也可以，但是所有计划必须听我的。"叶琳想掌控主导权。

艾希摇摇头，当仁不让道："听我的。"

"那就免谈。"叶琳直接回绝。

艾希笑道："首先你受伤了，第二你也说了，你的个人终端被人控制。你觉得在这样的情况下，一切听从于你，可行吗？"

叶琳听了这句话，感觉像是膝盖被射了两箭一样，瞬间失去了战斗力，不过她想到一件事，确认道："这里真的屏蔽了所有的信号？"

艾希摇头道："不，已经产生了问题。"

"什么意思？"叶琳追问。

艾希道："因为你醒过来了。"

叶琳眨了几下眼睛，顿时明白了："也就是说，这里与外面无异。"

艾希点头："没有一个地方是安全的，我们更是无处可藏。"

说出这句话的时候，艾希浑身起了鸡皮疙瘩，倘若叶琳说的是事实，那么陆奇洲实在是太可怕了。是他的背后有一个强大的团队，还是他自己就具有这样的能力？

叶琳听了之后，开始变得不安起来，不由得道："那向凯就是吹牛的？"

艾希轻轻摇头："不知道，我是第一次来这个地下之城。对于它的功能性没有验证过。"

叶琳看了看艾希，说道："你是想套我的话？"

"什么意思？"

"你想套我的话，绕了这么大的圈子，城府很深嘛。"叶琳冷哼一声。

艾希顿时想起两人前几分钟还剑拔弩张，其中的导火索便是艾希追问叶琳以前是不是来过这。可是她刚才的那些话，都是有感而发，并不是别有心机。

艾希想解释，但又觉得解释无用，于是干脆顺势而为道："你就当我城府深吧，告诉我，你以前来过这里吗？”

叶琳直视着不加掩饰的艾希，比起虚与委蛇的人，艾希的直接并不令她反感，于是道：“没来过，但是偷听过。”

“偷听？”艾希微微眯眼。

“有一次，无意间偷听到债主与别人交谈的时候提及过。”

“这么说，你那个债主是知道地下之城存在的人？”艾希问。

叶琳点了下头：“是，上次我逃到这里，也试图寻找这个地下之城，但是跟千业城里的人打听了一番，他们像是根本听不懂我说的话一样。”

艾希闻言，接话道：“难道他们都在演戏？”

“不知道。”叶琳道。

“向凯说，这里的每一个人都签了保密协议，任何人不得泄露这里的存在，大家不会轻意对外人说也是正常的，只是你的债主又是怎么得知的呢？”艾希想到叶琳的债主，不由得多问了一句。

“具体我也不是很清楚，毕竟是我偷听到的，没法去追问。”叶琳解释道。

艾希看了下她：“你那债主不简单啊。”

叶琳也看向她：“你说话能不能有个重点，还把话题绕到我债主的身上。”

“看你一脸维护的样子，想必是对你那债主有私情。”艾希笑道。

“去你的私情。”叶琳骂道。

艾希见她激动，笑了笑：“感觉像是我说中了你的小心思。”

叶琳听后，直接翻脸：“别扯那些有的没的。”

艾希笑道：“好，不扯，不过你不是说钱已经还清了，为什么还叫他债主啊？”

叶琳回了两字：“习惯。”

“习惯……”艾希回味着她说的这两个字，脑海中不由得浮现出陆奇洲的脸。

他们之间产生爱情的时间明明很短，但艾希在这段时光里，总觉得两人像是认识了很久的样子，自己也特别依赖他，特别习惯他的存在。

“当你对别人说，你习惯了谁时，说明你对那个人已经超出了朋友之间的感情。”艾希一针见血道。

叶琳听后，火冒三丈：“别拿什么爱情去套我和债主之间的关系。我跟他只是朋友。”

艾希见她嘴上否认，但是她的眼神是骗不了人的，叶琳的眼底透着一股不易察觉的伤感。

即便是伤感，也是正常的，因为杀手也是人，是人就会有七情六欲。不对，刚才叶琳说她还不确定自己是什么，人工智能就……

艾希在同情叶琳的同时，也感到极度恐惧，她自己又是什么呢？

人工智能？

艾希忍不住打了个寒战，浑身也跟着哆嗦。叶琳见此，也大致猜到了原因，说道：“终于害怕了？”

艾希不想否认，轻轻地点了点头。

叶琳冷笑一声：“现在你明白我这两年是怎么过的了吧？恐惧占据了我的血液，流向全身，每个神经末梢都在无时无刻地感知着。无论是白天，还是黑夜，我都不敢闭眼。你懂这种感受是何等的煎熬，何等的可怕吗？”

艾希也产生了恐惧，但跟叶琳比起来，根本不是一个级别的。她之前更多担心的是自己的基因被盗或被人利用之类的，但面对面跟叶琳交流之后，她内心的恐惧感明显剧增。

“陆奇洲是怎么识破你的？”艾希追问道。

“要我重复几遍，他主宰着所有人的记忆云以及个人终端，他从一开始就知道。”叶琳的语气又开始变得不太友好。

艾希听后，没有退缩，继续问：“那他对你的态度呢？他以前就认识你？”

叶琳看着艾希，说道：“虽然他不承认，但是他肯定认识我。说不定我跟他之前还有过一段感情。可能还是一段很热烈、很激情的恋情。”

艾希听了这句话，脸色微变："你的记忆里有他的身影？"

叶琳扫了她一眼："吃醋了？"

艾希直视着她的眼睛回道："他是我男朋友，我吃醋也是正常的。"

叶琳闻言，扯了扯嘴角："男朋友？说不定，我们两个都只是他的玩偶而已。"

叶琳的这句话，明显刺激到了艾希。

"我艾希不会成为任何人的玩偶。"

有多少富商和合作伙伴试图想和艾希发生点什么，都被艾希巧妙地避开了。她不想靠这种方式得到资源，所以也避免了自己成为这些人的玩偶。

叶琳冷笑："话别说得太满，也别天真地相信什么机缘巧合。看你在短短一个月就深陷到这个地步，我只想说，你已经完全是他的玩偶了。"

艾希明显不喜欢叶琳说的这番话，不由得大声叫起来："别说了！"

叶琳看着她，再次冷笑："刚才还信誓旦旦地说要跟我联手寻找真相，我劝你还是省省吧。"

艾希的脸色暗淡下来，她在想，真相是什么？得到真相后，她真的能接受吗？

所有问题如同蝴蝶效应般一连串地向她扑来，让她的脑子瞬间乱成一团乱麻。

叶琳似乎完全把她看穿了，接着道："提前设想最坏的结果，有个心理准备不是件坏事。这叫置之死地而后生。"

艾希看着她，几秒后才张口道："我们……真的能找到真相吗？"

"关键在于你。"叶琳回道。

艾希听后，又沉默了几秒，缓缓张口道："把你的计划告诉我。"

叶琳看着她："听从我的安排？"

艾希摇头："不，取长补短。"

叶琳与她对视一眼，似乎对取长补短这四个字并不反感："可以。"

两人算是正式达成合作意识，就在这时门外传进一个声音："两位女神，消气了没？"

艾希和叶琳的目光一致朝门口看去，只见大门打开一条缝，向凯的脑袋探了进来，脸上带着讨好的笑容。

叶琳沉着脸，直接拿起枪对准向凯："竟敢偷听！不想活了是吗？"

向凯连忙解释道："没偷听，就是在门口见里面半天没动静，想着你们可能已经和解了。"

艾希见此，伸手拉下叶琳拿着枪的手："这里毕竟是他的地盘，我们还是友好点。"

叶琳扫了艾希一眼，这才收起犀利的眼神。向凯见了，连忙闪进屋内，冲着她们嬉笑："都是朋友，没什么地盘之说，来者皆是客。"

艾希对他说："向凯，我们需要你的帮助。"

向凯听后，连连点头道："尽管说，我乐意为你效劳。"

叶琳开口道："你说这里完全屏蔽外界所有的信号，属于绝对的安全的地方？"

向凯再次点头道："是的。"

叶琳看着向凯道："我在这醒来就说明这里并不安全。"

向凯闻言，眼睛看着叶琳问道："你什么意思？"

"我之前个人终端被人完全控制了。这次在这醒过来，说明这里并非绝对安全。所以我们需要转移。"叶琳道。

向凯听后，开口道："你的意思是你这次醒来，不是自然醒，而是被人操控的？"

叶琳点头："可以这样说。"

向凯微微点头，随后道："我们相识不久，两位女神对我这个人有所怀疑是正常的。但是对于我的技术，我是不允许别人质疑的。"

艾希和叶琳的目光都看着他，能感受到他身上散发出来的自信。

叶琳听后，内心波澜，再次确认道："真的能屏蔽所有外界信号？"

向凯道："地下之城有自己独立的内部网络的系统。"

“独立系统？也不能跟上面的千业城有所联系？”艾希追问。

“千业城的内部系统跟地下之城有相似的地方，但是不兼容。这样的设计就是为了增加它的安全性。”向凯道。

叶琳看着他：“你是对任何一个人都坦诚，还是另有所图？”

向凯听后，笑了笑：“另有所图？其实，还真是另有所图。”

“直说吧，别拐弯抹角的。”叶琳道。

向凯的目光移到艾希的脸上，道：“我一直很喜欢艾希，一直想找个机会跟你近距离接触一下，杰米找到我，就是因为你是艾希，我二话不说就答应了。”

叶琳闻言，瞅着他：“变态粉丝？”

向凯笑道：“变态倒不至于，就是想，艾希能不能给我一个追求你的机会？”

艾希看着他拒绝道：“不能，我已经有男朋友了。不打算脚踏几只船。还有你所说的话，越来越荒谬，可信度越来越低了。”

向凯笑道：“我说没所图，你们不信，说了有所图，你们还是不信。那我该怎么说？”

叶琳走到向凯的身边，转了一下手里的枪，随后对准他的胸口说道：“最好别跟我耍心眼，否则你会死无葬身之地。”

被枪抵着胸口的向凯，嘴角依旧保持着淡淡的笑容，他低头看了下枪，说道：“里面有子弹，小心走火。”

叶琳冷笑：“所以才警告你别跟我耍花样。”

向凯抬起头，平视着叶琳，又微微一笑。

叶琳看着他脸上的笑容，甚是反感，冷声道：“笑什么？”

向凯继续笑，在一旁的艾希看到这场面，心里有种不好的预感。果然在下一秒，向凯夺过叶琳手中的枪，直直地对准她的额头：“女神，就算老虎不发威，也别当他是病猫啊。”

叶琳虽有些措手不及，但是反应很迅速，抓着向凯的手腕，试图夺回枪。不过向凯的手劲很大，她没能得逞，之后两人便打了起来。

站着一旁的艾希见此，似乎没有站队的意思，也不上前阻止，直接退到墙角，一副看戏的样子。

艾希不帮忙是有用意的，她跟叶琳交手过很多次，自然知道她的实力。但是这个向凯，目前自己只知道他的飙车技术不错，还有他自己说他是这个地下之城网络安全的设计师之一，至于身手，眼下就是确认的最佳时机。

两人的交手，刚开始很是激烈，茶几都被踢翻，旁边的摆设也跟着摔在地上，可谓是一地狼藉。

但是五分钟不到，叶琳就败下阵来，直接被向凯控制住了。

她实在过于轻敌了，而且还高估了自己现在的战斗力。

站在一旁的艾希，依旧没有帮忙或劝解的意思，默默地看着眼前的一切。

叶琳被向凯用手背勒着脖子，枪指着脑袋，这一幕对于艾希来说，可谓是似曾相识，自己在电影里演过不少这样的桥段，现实生活中也刚经历过。

不过紧接着，叶琳说了一句艾希刚才说过的话："谅你也不敢开枪。"

向凯看着被自己完全制住的叶琳，勾了下唇："我确实不会开枪，毕竟我从不杀女人。"

一直站着看戏的艾希听了之后，这才开口道："这么说，你的潜台词是你杀过人了？"

向凯闻言，将视线移至艾希身上："艾希，你的联想力很不错。"

艾希直视着他："这是承认的意思？"

向凯笑，回了三个字："不否认。"

艾希听后，若有所思地点了下头，接着道："你跟她一样，也是杀手？"

向凯将视线移到叶琳的身上，轻笑道："我跟她可不一样，她是杀人机器，而我是秉持正义。"

艾希听后，笑了起来："杀人还有正义一说啊。"

“艾希，你套的话已经够多了。”向凯对着艾希道。

艾希看着他：“虽然不知道你有什么目的，但目前看来，你对我们会有帮助。放开叶琳吧，她的伤口还没痊愈呢。”

“艾希，你比我想象中还要聪明。”说完，向凯放开了叶琳。

叶琳喘了口气，但内心不服气，想偷袭，却被艾希眼疾手快地阻止了：“见好就收。”

叶琳看了刚才一直在旁边看戏的艾希一眼，随后狠狠地甩开她的手。

向凯把刚才被踢翻的茶几重新摆好，随后站起身对艾希说：“考验结果如何？满意吗？”

艾希看着向凯：“我没有这个意思。”

向凯也看了艾希一眼：“既然想要我帮忙，最好坦诚相待。”说完弯腰将刚才因打斗而散落在地上的装饰品捡了起来，重新挂上。

艾希见此，也帮忙收拾残局：“会坦诚一部分。”

向凯笑了笑。

叶琳看着他问：“笑什么？”

向凯闻言，目光移至叶琳脸上：“我在自己家笑，不犯法吧？”

叶琳的脸直接阴沉了下来，向凯又接着说了一句：“别动不动黑脸，关于这点，艾希显然比你可爱。”

叶琳直接攥紧了拳头，艾希见了不由得道：“他这句话我赞成，人在屋檐下，没让我们低头就不错了，再给别人脸色看，岂不是显得我们没素养。”

叶琳闻言，瞪了艾希一眼：“少跟我谈什么素养，你对他的态度不也一样没素养。”

向凯已经算是可以彻底分清她们两个了，气质不同，谈吐不同，所以就算基因一致，在不同环境成长生活的人，都是决然不同的。

艾希被怼，不由得心虚，因为她对向凯倒是真的不客气。

向凯借机插话：“都是年轻人，都有自己的脾气和个性，而我这个人也是不拘小节的。”

叶琳听了之后，直接给了他一个白眼，艾希把从地上捡起来的挂饰挂好之后，回了一句："向凯，想个办法送我出去。"

向凯和叶琳同时怔住，接着异口同声道："不行。"

艾希转过身，看向叶琳和向凯："如果想搞清楚真相，就必须去直面它。"

"不行。"两人再次异口同声道。

艾希见此，笑了笑："你们俩这会儿，默契十足嘛。"

"你不能回去。"叶琳再次重申自己的意见。

向凯也道："你回去也未必能得到真相。"

"那躲在这，就能得知真相？"艾希反问，"叶琳你不想跟我回去面对，我理解，毕竟被操控是件让人恐惧的事，但是向凯你阻止我，又是为什么呢？不会是因为答应杰米保护我吧？"

向凯顿了下："嗯，我答应过杰米保护好你。"

"如果是因为这个说法，大可不必。"艾希回道，"叶琳你留在这，我回去亲自问陆奇洲。"

"艾希，我不是不能送你出去，但是你回去之后，是根本问不到答案的。"向凯抢先回答道。

"留在这就能要到答案？"艾希反问。

向凯的脸上露出一丝迟疑，之后点头："是的，你必须留在这。"

"原因？"艾希看着向凯。

"你是陆奇洲目前最在乎的人，倘若你回去了，那还有什么意义呢？"向凯道。

艾希的眼神闪过一丝狡黠："懂了，也就是说，你把我带到这里的目的，就是为了逼陆奇洲就范。"

向凯闻言，又怔了下，眼前的艾希比他想象得还要聪明，还要冷静，还要沉着。

艾希接着道："倘若陆奇洲不是你们所认为的那个人呢？"

向凯笑了下道："艾希，你很聪明，就如你所说，如果他不是我们认为的那个人，你也没什么损失不是吗？”

“确实没有什么损失，但是我也大致知道你的意图了。你说这座地下之城是独立的网络系统，你的目的便是和叶琳一致的，都是为了引出那个人对吗？”艾希两只眼睛紧紧看着向凯。

向凯笑道：“艾希，你不愧是……”说到这，向凯停顿了一下，“不愧是一个优秀的演员，联想能力超凡。”

艾希的眼睛一直盯着他，隐隐感觉他原本要说的话，不是这些，她说道：“明白了你的意图，我便知道该怎么做了。”

向凯与她对视，却完全猜不透她的想法：“你想怎么做？”

“倘若陆奇洲真的是你们所描述的那个人，倘若我在陆奇洲的心里真的有这么高的地位的话，我可以待三天。”艾希妥协道。

向凯似乎对三天的期限不是很有把握，道：“如果可以，我希望更长一点时间。”

“不行，就三天。”艾希回道。

她昨天的行为，肯定引发了舆论海啸，此刻外面必定乱成了一锅粥。她不想粉丝以及朋友为她担心，再者，过几天她跟制作公司有约，洽谈前一阵看过的一部剧本。她很喜欢那个剧本，所以她只能在这待三天。

向凯见艾希坚持，点了下头：“好，就三天。”

正如艾希所料，外面的舆论早已经炸开了锅，尤其是粉丝群体，自己的偶像被掳走，警方的调查却一直停滞不前。于是出现各种大热搜，各种讨伐警方。

邢凯锋被这个局面弄得焦头烂额，为了这事又挨了局长的狠批。不过他已经在尽自己最大的能力调动各方力量去控制舆论，只是粉丝这个群体太过热血，不是轻易就能压制下去的。

网络这个科技产物，一直都是一把双刃剑。它是人与人之间沟通的桥梁，是了解外界的快速通道，无时无刻带给人类无穷的快乐和便利。可以让一个人在一夜之间家喻户晓，也可以在一夜之间毁其一生。

邢凯锋作为维护网络安全的警察自然深知它的好与坏，但是目前发生的一切，已经不能用好与坏这两个字去形容了。它可能是一场圣战，先别说能不能赢了这场圣战，能不能公开让大众所知估计都是个问题。何况他们现在还没有任何证据。

唯一庆幸的是，意识到这个情况的人，并非只有他和他的小组成员，上峰也早已有所察觉，所以这次调查邢凯锋获得了更高级别的权限。

他们将陆奇洲的资料重新看了一遍，依旧天衣无缝。

邢凯锋看着陆奇洲的照片好一会儿才关掉，之后查看各个组员呈报上来的实时情况。千业城已经在全面搜查中；陆奇洲今天出席一个高峰论坛；杰米在家待着；躺在医院的秦昊有女性朋友进行探视。

这个案子并不是普通的案子，即便是细枝末节，邢凯锋都不愿放过。

“把探望秦昊的女性资料发给我。”邢凯锋给郭鹤鸣发信息。

郭鹤鸣早有准备，直接把收集到的个人信息发了过来，邢凯锋细看了一下。

卡卡，真名温妮莎，服装设计师，艾希的好朋友。后天在法国有一场大秀。前几天艾希才帮她转发宣传过。

“她是因为艾希认识的秦昊？还是原本就认识？”邢凯锋看了之后，询问郭鹤鸣。

“这个没调查过。”郭鹤鸣回复道。

“去调查清楚。”邢凯锋下了指令。

十五分钟后，郭鹤鸣出现在秦昊的 VIP 病房里，卡卡还没有离开，此刻坐在旁边紧握着秦昊的手。

秦昊看到郭鹤鸣的出现，眼睛眨了几下，卡卡转过头看向郭鹤鸣。

郭鹤鸣亮出自己的证件后，主动开口道：“我有几个问题需要询问一下温妮莎女士。”

卡卡微愣：“问我？”

郭鹤鸣点头：“温女士，我们出去聊一下可以吗？”

卡卡有些莫名其妙，但还是依依不舍地放开秦昊的手，站起身跟郭鹤鸣走出了病房。两人来到医院病房大楼的玻璃悬空长廊上。

“什么事？”卡卡的口气不太好。

“关于艾希的案子，我有几个问题想问你。”郭鹤鸣道。

听到艾希的名字，卡卡立刻将那颗见色忘义的心收了起来，十分紧张地询问道：“艾希现在在哪？”

“还在寻找中。”郭鹤鸣回道。

“你们警察都是吃干饭的吗？都快一天了，竟然还是没有任何下落。”卡卡忍不住嚷道。

面对这种辱骂，郭鹤鸣也没有生气，继续公事公办道：“温女士，你跟艾希最后一次联系是在什么时候？”

“你们不去赶紧寻找艾希，竟然跑来问我这个无关紧要的人？”暴脾气的卡卡显然对这种盘问很是生气。

“凡是近期跟艾希有过联系的人，都不是无关紧要的人。”郭鹤鸣不紧不慢地回答，“你作为艾希的朋友，应该也希望早点找到她，所以请你配合我们一下好吗？”

卡卡尽管生气，但听到这句话也没有继续说郭鹤鸣，配合地回答道：“五天前，艾希帮我转发了宣传视频，我们私下聊了几句。”

“内容？”郭鹤鸣追问。

“就是闲聊，问她住在男朋友家感受如何等等。”卡卡道。

“她的回答呢？”郭鹤鸣问。

“她说很幸福，被他无微不至地照顾，有家的感觉。”卡卡如实地告诉郭鹤鸣。

“能让我看一下你们的聊天内容吗？”郭鹤鸣道。

卡卡看了眼郭鹤鸣，拿出全息手机，点开聊天软件，将与艾希的聊天内容给郭鹤鸣看。

郭鹤鸣看过之后，内容跟卡卡说的并没有太大出入。

“好的，谢谢。”郭鹤鸣将手机还给卡卡。

“你们……”

卡卡正要开口责问警方的办事效率时，却被郭鹤鸣打断：“你跟秦昊是通过艾希认识的，还是你们原本就认识？”

卡卡听了这话，眼睛盯着郭鹤鸣问：“这跟艾希的案子有关系吗？”

“当然有，秦昊也是这个案子的关键人物。”郭鹤鸣道。

“他确实很关键，他是被害人。”卡卡的声音提高了几个分贝。

郭鹤鸣却道：“现在还没办法下定论。”

卡卡凝眉：“你这话什么意思？”

郭鹤鸣道：“字面上的意思，在案子没有破之前，都不能直接下定论。”

卡卡盯着郭鹤鸣道：“你刚才问我跟秦昊怎么认识的，跟案子也有很大关系？”

“我们收集所有的信息，都是为了尽快破艾希的案子。”郭鹤鸣道。

“可是你们的调查结果却总是毫无进展。”卡卡哼了一声。

她目前联系不上艾希不说，就连杰米也无法联系，只能跟许童两个人干着急。尤其是看了网络上各种猜测和流言，她们的心就好像一直被人用手狠狠地攥着一样。

郭鹤鸣也没法还击，也不能还击，卡卡这样已经是很有素质的了，很多粉丝都失去了理智，甚至直接跑来警局去闹。

“温女士，你和秦昊是怎么认识的？”郭鹤鸣绕回刚才的问题，这也是盘问卡卡最重要的一个问题。

卡卡心里有气，但事关艾希，还是照常回答：“我和秦昊是三个月前在法国的一家酒吧认识的，我对他一见钟情，他也是。”

“具体日期？”郭鹤鸣盘问。

“去年的 11 月 21 日。”卡卡记得很清楚。

“你们现在是什么关系？”郭鹤鸣问。

“情侣。”卡卡回道。

“也就是说，他是你的男朋友？”郭鹤鸣道。

卡卡看了下郭鹤鸣，表情有些怪异。

郭鹤鸣见此，追问："你们是情侣关系？"

卡卡扯了下嘴角："算，也不算。"

郭鹤鸣眼底露出一丝疑惑："什么意思？"

卡卡白了他一眼，随后不甘愿地回道："是我单方面把他当成我男朋友。"

郭鹤鸣确认道："那就是说，你们还不是情侣关系。"

"你有完没完？"卡卡的暴脾气上来了。

"那你知道，秦昊为艾希的男朋友陆奇洲工作吗？"郭鹤鸣很淡定，继续问。

"这个之前不知道，今天回来后才知道的。"卡卡道。

"这个信息，你之前都不知道？"郭鹤鸣再次确认。

"不知道，我也是今天才知道他是艾希男朋友陆奇洲的秘书。"卡卡的口气似乎根本不在乎秦昊的工作和身份。

"你对他一见钟情，就没私下调查过？"郭鹤鸣问。

卡卡看了下郭鹤鸣，哼了一句："有些男人是需要调查背景之后再交往，可秦昊不同，第一眼看到他，我就要和他厮守一生。"

见卡卡如此坦诚，郭鹤鸣问道："也就是说，你在艾希认识陆奇洲之前，就认识了秦昊。但是不知道他的背景，对吗？"

卡卡盯着郭鹤鸣道："你这话的弦外之音是，陆奇洲是故意接近艾希的？还是秦昊故意接近我的？"

郭鹤鸣听后，内心不得不佩服女性直觉的敏锐，他说道："没有弦外之音，只是跟你确认情况而已。"

"至于是不是故意接近的，还有待论证。"郭鹤鸣道。

卡卡听了这话，气就不打一处来："你是不是只会说这一句？"

郭鹤鸣见卡卡的脸色带着怒气，也没火上浇油，说道："谢谢温小姐的配合，我们一定会尽快找到艾希的。"

卡卡回了一句："与其相信你们，还不如求佛祖保佑呢。"

郭鹤鸣抿了一下唇，道：“有消息会给你电话的，麻烦温女士留个联系方式吧。”

卡卡不情不愿地留了电话，郭鹤鸣记录之后便告辞离开，卡卡也重新回到病房。

不到十几分钟的时间，卡卡之前还十分心疼秦昊，再次进到病房，她的心境似乎有点变了。

可能是受到郭鹤鸣的影响，卡卡想，倘若真的是秦昊故意接近自己，陆奇洲故意接近艾希，导致艾希身上发生了这么多事情，那么卡卡选择站在艾希这边。

虽然卡卡很喜欢秦昊，但是艾希毕竟是多年的好朋友，在她的心里还是艾希比较重要。

卡卡还没开口，秦昊便打开全息影像，写了几个字：“警察找你做什么？”

卡卡回道：“随便问了几句话。”

“什么话？”秦昊又写了三个字。

“问我跟艾希最后联系的时间和内容。”卡卡回道。

秦昊听了，眼睛眨了两下，写下：“他们没为难你吧？”

“没有，配合调查而已。”卡卡回道。

秦昊那修长的手指，本想再打一句“他还问了什么”，但还是改成了：“你几点的航班回法国？”

如果没有即将开幕的大秀，卡卡这会儿肯定不会回法国的，她今早乘坐最早的一班飞机回来，待会儿就得回去。

卡卡看了下时间说：“我还可以再陪你半个小时。”

“你的大秀在即，我没能帮上忙，反而让你百忙之中飞回来看我。”秦昊打了一行字。

卡卡很直白地回道：“谁让你是我喜欢的人呢。”

秦昊听了这句话，耳朵不自觉地红了起来。

卡卡看见之后，接着道：“等大秀结束之后，我就搬回国照顾你。”

这句话有点宣示主权的意思，秦昊很清楚，他看着她，迟疑了几秒，手指才动："你在法国发展会比较好。"

卡卡看了这行字，脸色微变："你这是拒绝的意思吗？"

"卡卡，你很漂亮，也很优秀，只是我……"秦昊没有将后面的字打出来。

卡卡懂了，直接回道："你是在拒绝我，对吗？"

秦昊看着她，眼神里闪过一丝复杂的光芒，最后打了几个字："我不想伤害你。"

卡卡的眼眶红了起来："这就是你给我的最终答案？秦昊，我告诉你，在爱情上，只有我甩别人，没有人敢甩我。你不想伤害我？好啊，那就让我来伤害你。你必须跟我交往，然后我甩了你。"

卡卡非常霸气地对躺在床上的秦昊说了一通，不过这些话传入秦昊的耳朵里，就像一个小女生在跟男朋友赌气一样。

秦昊的表情有些复杂，他想张嘴叫她的名字，但是叫不出来，只好再次用手输入："卡卡。"

卡卡红着眼睛看着他说："秦昊，你只能属于我。"说完这句话，又补了一句，"这是你利用我的代价。"

秦昊听了之后，满眼不解地看着卡卡输入："为什么说我利用了你？"

卡卡回道："你心知肚明。"

秦昊急忙打了几个字："请明示！"

卡卡是个直肠子，直接说了出来："你接近我，接着陆奇洲接近艾希，你们是有目的，有意图的，对不对？"

秦昊这才明了卡卡刚才那句利用的意思，不由得打字回复："我从未……"

可是打了三个字之后，秦昊又删除了，接着打了另一行字："是，我利用了你，所以没必要在我身上浪费感情。"

卡卡看了之后，苦笑一声："你竟然一点都不掩饰？"

秦昊看了下她，打字道："坦诚对彼此都是好的。"

卡卡极力控制着自己，问道："陆奇洲接近艾希的目的是什么？"

秦昊没有思考一秒，直接打了一个"爱"字。

卡卡看着那个字，觉得可笑："爱？你觉得我会相信吗？艾希自从遇到他，真是倒了八辈子的血霉了。现在她生死未卜，你跟我说爱，是不是太扯了。"

秦昊回复道："陆总其实一直在保护艾希。"

卡卡看见秦昊为陆奇洲辩护，更是生气，她一下航班赶来这里，看到他脖子上被白纱包裹着就心疼得不行，觉得他太过敬业，事事都唯陆奇洲是从。

卡卡的脸上露出一丝讽刺的笑意："他保护艾希？他要是能保护艾希，艾希在这段时间会发生这么多事吗？"

见卡卡声色激动地指责陆奇洲，秦昊心里有些无奈，他不能说话，无法直接通过言语去解释，只好又打了几行字："陆总在认识艾希之前，艾希就已经卷入了杀人案件，之后他一直尽自己最大的努力保护她。这次事件有很大一部分原因是因为我，陆总为了救我，才让人钻了空子。"

秦昊将责任揽在自己身上，当然用词很委婉，因为真正的情形并非这样。

卡卡看完之后，眼睛看着他，内心其实很纠结，一边是最好的好朋友，一边是自己喜欢的男人。

"我不管陆奇洲接近艾希是因为爱，还是因为别的，艾希在他家被人掳走，他就有不可推卸的责任，请把他电话给我。"卡卡向秦昊索要陆奇洲的电话。

秦昊却写道："他此刻正在参加一个高科技峰会。"

卡卡真想捶秦昊一下，他都这样了，还这么兢兢业业地关注老板的一举一动。

"给我。"卡卡不管，再次索要。

秦昊看了她几秒，之后还是将陆奇洲的私人电话给了卡卡，还顺便留言："他其实比任何一个人都担心艾希。"

卡卡面对这样的秦昊，内心竟然泛起一丝醋意："你就这么袒护他？"

秦昊轻轻地摇头："不是袒护，而是实话实说。"

卡卡无语，脱口而出："如果遇到危险，在我跟陆奇洲之间，你会选择谁？"

可是话刚说出口，卡卡瞬间就意识到自己太傻了，还用说吗？她只是跟他有过几夜之情的对象而已，而陆奇洲是他跟随多年的老板。

男人与男人之间的友情，在很多情况下都是超越男女之情的。

卡卡觉得自己实在太高估自己的魅力了，尤其是在未确定任何关系的秦昊身上。

然而秦昊沉默了几秒，才写道："不知道。"

卡卡怔了怔，内心燃起一抹欣喜："这么说，你心里是有我的？"

秦昊看卡卡又激动起来，有些后悔刚才写的三个字，于是转移话题道："卡卡，你该去火箭码头了。"

卡卡才不会让他这么轻易避开这个话题，身体直接坐在床边，两只眼睛直勾勾地看着秦昊："你要是不承认你心里有我，我就不离开。"

秦昊见此，再次懊恼："你可以为了我放弃你的时装大秀？"

卡卡虽然有点恋爱脑，但事业对她而言占得比重还是很大的，她想了想说道："我可以改晚上的航班回法国。"

秦昊脸上露出一抹无奈，写了一句："先回去吧。"

"你不承认，我就不回去。"卡卡跟秦昊杠上了。

秦昊见此，只好启动COCO的送客程序，COCO很快走了过来对卡卡道："卡卡女士，请你离开。"

卡卡见了，横了一下眉头："什么意思？赶我走？"

"病人需要休息，请你下次再来探望。"COCO对卡卡道。

卡卡耍赖道："我就不离开！"

"卡卡女士，你若不离开，我只好请外面的安保人员进来了。"COCO坚决贯彻送客指令。

卡卡恼火起来，看着秦昊质问："秦昊，你就这么对我？"

秦昊闭上眼睛，一副“我要休息”的样子。

要不是看他受伤，卡卡真的会攥起拳头朝他身上猛捶几下，眼下只能咬牙切齿道：“秦昊，你给我等着。”

说完，卡卡站起身，头也不回地离开了病房。

秦昊在她走出病房门的同时，睁开了眼睛，脸上露出一抹复杂的神色。如果没有出这档子事，两人可以顺其自然地发展成男女朋友关系。可是现在，卡卡最好不要靠近他。因为他不想她也被牵扯进来。

卡卡出了医院大门，打了一辆车直奔火箭码头，路上还不忘给陆奇洲打了一个电话。

如果换作平时，陆奇洲绝对不会接陌生来电，但是因为艾希失联，坐在会场的他还是说了声抱歉，起身离开了会场。

卡卡打通电话，就是一顿不分青红皂白的问责：“陆奇洲，我才把艾希交给你几天，你竟然把她弄得不知踪影，不知……”卡卡本想说不知死活，但是觉得这样说话不吉利，改了口，“下落不明。女朋友不见了，你还能开开心心去参加什么高科技峰会？陆奇洲，你简直不是人。”

陆奇洲听出这是卡卡的声音，没有恼怒，而是声音平和地回道：“峰会是前面就定好的行程，至于艾希下落不明，我确实很抱歉，我会尽快找到她的。”

警察说尽快找到艾希，陆奇洲也这么说，卡卡觉得这些都是屁话，骂道：“你故意接近艾希，不会只想玩玩而已吧？现在她下落不明，你根本不在乎。”

卡卡的语气让陆奇洲听得很不舒服，声音清冷地回了一句：“没有人比我更在乎她。”

卡卡听了之后，一点都不领情：“你比任何人都在乎艾希？你只是嘴上说说而已吧？尽管你跟艾希相处的时间不长，但现在你就是她的男朋友，而且艾希又是在你家被人掳走的，陆奇洲我不管你有多么强大的背景，这件事你必须负全责。”

女人无理取闹起来，通常很可怕，简直不分青红皂白。

看在卡卡是艾希好朋友的分上，陆奇洲没有直接挂电话，而是耐心道："我一定会让人将艾希找回来，而且毫发无损。"

面对这样的保证，卡卡依旧不领情："宁愿相信这世上有鬼，也不想相信男人这张破嘴。"

陆奇洲被堵得没话说，只好问道："你在哪里？"

"你管我在哪里，还有一件事要跟你清算。告诉你，秦昊是我的男人，你要是再让他陷入这种危险境地，我就算拼尽全力，也不会放过你。"卡卡带着怒气跟陆奇洲摊牌。

陆奇洲听后，微微蹙眉道："秦昊是你的男人？"

"是，就算他是你的秘书，我也不会让他替你挡刀。"卡卡回道。

关于秦昊的感情，陆奇洲还真没察觉出来，于是道："你的忠告我记住了。"

"还有艾希，等我从法国回来，要是她没安然地回到家中，我直接找你算账。"卡卡放话道。

陆奇洲正要回复，那边卡卡已经切断了通讯。陆奇洲那颀长的身体站在玻璃窗前，他眉头微蹙，随后又拨了一个电话给尼克："今天之内破了地下之城的安全系统。"

尼克听完之后，整个人都是蒙的，老板不是已经听从他的建议了吗？怎么又临时改变主意了？

"老板，我不赞成……"尼克还是坚持自己的建议。

"这是命令。"陆奇洲没有给他任何商量的余地。

尼克想要劝说，但是陆奇洲已经挂断了电话。

尼克见此，眉头皱成了铁疙瘩，老板一向一言九鼎，他们这些人唯一能做的就是执行到底。可是当下他做的这个决策，在尼克看来是件极其危险的事。

爱情，让人失去理智啊。

尼克只能这么对自己说，之后他下达了陆奇洲的命令。

陆奇洲回到会场，重新坐了下来，其他几位嘉宾都阐述完自己的观点，陆奇洲是压轴嘉宾，所以机器主持人直接将话题顺到他的身上："接下来便是大家最期待的陆奇洲先生为大家分享他的独家创业经验。"

陆奇洲接过这个话题，开始分享自己对高科技产业的投资心得以及展望。

说了大致五六分钟，其实很多的话都很官方，不过也有不少干货。以前他几乎不在公众场合露面，更别说参加这种峰会。他也是因为跟艾希的恋情将自己曝光在大家的面前，所以在相关部门对他发出邀请的时候，他才勉强答应了下来。

陆奇洲分享完，机器主持人笑着道："谢谢陆总的分享，干货满满。大家给以热烈的掌声。"

台下响起热烈的掌声，机器主持人接着道："接下来有十分钟的自由提问时间，各路媒体可以尽情向我们的嘉宾提问。"

虽说这个是一个高科技峰会，级别也是相当高的，但还是止不住常人的八卦之心。

第一个媒体提问，便是针对陆奇洲刚才起身离开接电话的事。

"陆总，台上的几位嘉宾都是业界响当当的前辈，而您作为最年轻的一员，出席这样重要的场合，却因为一个电话而离席，请问，您是不是有点不尊重人，或者说不尊重这次的峰会呢？"

陆奇洲看了那记者一眼回答道："对于刚才的起身离席，我再次道歉，我发自心底尊重身旁的几位业界前辈，他们是行业的先驱，是我学习的榜样，能出席这么重要的峰会，也是我的荣幸。只是刚才有一通非常重要的电话，所以离席几分钟，我再次致歉。"

"什么电话这么重要？"记者追问。

陆奇洲自己在工作中也是一个喜欢打破砂锅问到底的人，但是面对媒体的这种做法，他不太喜欢。

"是跟您的女朋友艾希有关的电话吗？"记者继续追问。

陆奇洲看了眼台下，提及女朋友艾希，媒体的眼睛都亮了起来，满是期待。

这也不奇怪，这种峰会很隆重，很高端，但是也很沉闷，比不上八卦来得劲爆，来得抢眼。倘若陆奇洲在这样的场合透露一些情况，台下的媒体报道估计都会上头条。

“不是。”陆奇洲否认了。

毕竟当下的场合不是娱乐阵地，他不会那么傻将焦点移转到自己的身上。

“如果不是事关艾希，您离席接任何电话，都是对这次峰会和在座嘉宾的不尊重。”媒体的话锋很犀利。

陆奇洲的脸色不太好看，机器主持人见此，连忙插话道：“知道大家都很关心艾希小姐，不过今天的这场会谈的主题是科技与能源。大家还是聚焦专业，回归主题。”

台下的媒体，自然有官方席，直接帮忙转移话题：“陆总，你近期收购 A 能源公司，有怎样的战略布局呢？”

“布局谈不上，只不过是收购价格合适，直接买了。”陆奇洲回道。

“A 能源公司，可是全球六大能源公司之一，陆总说直接买了，像是在说随便买着玩一样。”媒体道。

陆奇洲一点都不谦虚，一点也不委婉，直接应了一句：“是，随便买着玩。”

此话一出，媒体席骚动了一阵，似乎业界很多能人都会有几句让普通人扎心的经典话语，充分诠释了什么叫有钱任性。而这个世界，有着几千年不变的准则，成功人士说的话，就算是废话，也有人赞同并奉为经典。

场上其他业界大佬，都不约而同地笑看陆奇洲。

“陆总，就算是买着玩的，那关于能源后期发展，您有什么展望或战略……”又有媒体想对陆奇洲发问。

陆奇洲打断了记者的提问：“关于能源领域的展望，我个人对此的认知相对浅薄，我身旁的刘总是最有发言权的专业人士，我们不如听一下刘总的高见。”

旁边的刘总被这么一夸，也很爽快地接下话题，陆奇洲也顿时松了一口气，总算是转移了话题。

其实如果不是因为艾希，他真的宁愿默默无闻，不为人知。

之后的几个提问，机器主持人进行了干预，也没有再让话题落在陆奇洲身上。

峰会结束之后，陆奇洲没有过多逗留，直接回家。

“进度如何？”陆奇洲询问尼克。

“团队那边已经秘密让人对地下之城的安全系统进行解码。”尼克回道。

“委托其他人？”陆奇洲凝眉。

尼克解释道：“我们的团队暂时不适合亲自出面。”

“其他人有这个能力吗？”陆奇洲质问。

尼克看着陆奇洲的脸色，知道老板并不满意这样的安排，说道：“先尝试一下。”

陆奇洲对尼克的话很是不满：“尝试？艾希不是你们可以用尝试二字对待的人。”

陆奇洲的语气，让尼克心惊，解释道：“老板，至少先让人去探个底，免得我们后续的行动直接曝光。”

陆奇洲自然知道尼克这样安排的用意，责怪过多也是无用，于是道：“千业城现在是什么情况？”

“警察已经在那里进行全面的搜查了。”尼克道。

“我问的是千业城内部。”陆奇洲说。

“毫无动静，一副兵来将挡水来土掩的样子。”尼克道。

“有机会入侵到内部，进行瓦解吗？”陆奇洲道。

“老板，警察现在已经将千业城作为重点排查区域，我们这个时候去入侵他们区域的内部网络，恐怕不是最明智的选择。”尼克还是持保守态度。

“坐以待毙也不是明智的选择。”陆奇洲反驳道。

尼克看了下陆奇洲，回道：“是，老板说得对，这两种都不是明智的选择。”

“那你告诉我什么是明智的选择。”陆奇洲不满道。

尼克看着陆奇洲：“顺其自然。”

陆奇洲脸上的不满已经非常明显了，正要问责时，尼克补充道：“艾希小姐肯定是没有人身安全问题的。”

“我没有亲眼所见，都不作数。”陆奇洲冷声道。

尼克眼底闪过一丝为难，继续开口道：“老板，也许过几天艾希小姐会自己主动回来。”

陆奇洲看着尼克：“依据？”

“如果不出所料的话，叶琳肯定会将知道的事都告诉她。艾希小姐那么聪明，就算她不全信，也一定会有所怀疑，所以她必然会回来亲自跟你对质，寻求真相的。”

“这只是你个人的猜想而已。”陆奇洲道。

“如果老板信任我的话，我的这个猜想一定会被证实的。”尼克道。

“这跟信任无关。这一件件事，就像有人提前布置的棋局一样。倘若真是局，他们就不会轻易放艾希回到我身边。他们极有可能将艾希当作筹码，当作诱饵。”陆奇洲说出自己的猜测。

尼克听后，连忙道：“老板，你既然清楚他们有可能将艾希小姐当作诱饵，我们就更不能贸然行事。”

陆奇洲看着尼克：“挑衅也好，引诱也罢，回避不是我的风格。”

尼克听了这话内心焦急，再次劝道：“老板，我们先等外援的消息好吗？然后再筹划下一步。”

陆奇洲盯着尼克看了几秒，随后道：“你知道我为什么喜欢秦昊吗？”

尼克听后笑了，道：“知道。他从来不反驳你的任何决策。不过这次不同，秦昊要是没受伤，在你身边，也会和我一样劝你的。”

陆奇洲听了这话，无奈地笑了笑道：“你们两个……”说到这，陆奇洲轻轻地摇了摇头。

尼克接话道：“我们两个对你都是忠心耿耿，绝无二心的。”

陆奇洲看着尼克，道：“你们就不害怕我吗？”

尼克迎着陆奇洲探寻的目光道：“秦昊我不知道，但是我最初决定跟随你的时候，确实有点害怕，但是时间久了，我却觉得很安心。”

“安心？”陆奇洲重复这两个字。

“老板，我对你说的每一句话都是真心的。”尼克道。

“我没有怀疑过你们的忠诚。”陆奇洲道。

“老板，我以做你的秘书为荣。”尼克继续道。

陆奇洲听后，笑了笑说：“你竟然喜欢我这样的老板，可见你的人格一定有问题。”

尼克见陆奇洲笑了，也不由得笑道：“有点受虐倾向。”

陆奇洲横了他一眼，尼克收回笑容认真道：“老板，你很善良，很明大义，你知道这个世界的所有黑暗，却默默地为整个人类挡住黑暗，你很伟大。我很崇敬你。”

陆奇洲面对尼克的赞美，脸上又泛起一丝笑容：“你的马屁拍得比秦昊好。”

尼克听了之后，蹙眉表示不满：“老板，能不能别老拿我跟秦昊作比较。”

“有差异，就有对比。”陆奇洲回他一句。

“好吧，我自认不足，没法跟秦昊相提并论。”尼克败下阵来。

“尼克，你以前可都是不服输的。”陆奇洲道。

尼克听完，猛地咳嗽一声：“老板！”

陆奇洲笑了笑：“对了，秦昊有女朋友，你知道吗？”

尼克点头道：“知道。”

陆奇洲眼底闪过一丝不满：“你知道？”

“我知道他在法国睡了一个姑娘，那姑娘刚好还是艾希小姐的好朋友。”尼克道。

陆奇洲看着尼克道：“之前为什么没跟我说？”

尼克心虚道：“老板，员工也需要有点私生活。”

“我不会干涉你们的私生活，只是私下你们也可以把我当成好朋友。”陆奇洲道。

尼克又咳嗽了一声，陆奇洲见此，蹙眉道：“不愿意？”

尼克连忙道：“没有不愿意，我和秦昊私下其实都把你当成最好的朋友。”

陆奇洲哼了一声，不满道：“我可没感受到你们两个的真诚。”

尼克脸色微窘，其实他们把陆奇洲，更多还是当老板对待，不过相处久了，也会有一丝男人之间的兄弟情。但也不敢越界，毕竟彼此之间还是有阶层之别的。

地下之城。

艾希和叶琳在向凯的帮助下，乔装打扮一番后，一起出门逛街。

地下之城的生态环境不能说跟地面完全一样，但这里的人相比之下更加朴实热情，这里就像一个世外桃源一样。

幼童在花园里玩耍，少年在球场上驰骋，青年在商店里忙碌，一切井井有条，叶琳和艾希慢悠悠地逛到了地下之城的中间地带。

这里有一个接着一个商铺，热闹不已。对于逛街，似乎每个女人体内都有着狂热的因子。艾希还好，而冷面的叶琳眼神里明显带着兴奋。

高科技产品的商店占了一半，各种最新的电子产品，应有尽有，琳琅满目。艾希走进其中一家，逛了一圈，看中好几件市面上没有的电子产品，却在迟疑要不要买。现在的支付方式都是刷脸，她要是在这买单，恐怕会惹来骚动。

叶琳看了艾希几眼：“喜欢就买啊。”

艾希低声回道：“不方便。”

叶琳懂了，随后说：“那就记在向凯账上。”

艾希对叶琳的提议表示心惊："那就更不方便了。"

叶琳听了之后，嘴角勾起一抹玩味的笑意，随后拿起自己看中的几样电子产品对着收银台的老板道："老板，买单。"

艾希见此连忙拉住叶琳，低声道："别暴露自己的身份。"

叶琳闻言，冲着艾希道："你觉得我们化了这个大浓妆，他们就完全不认识我们了？"

"你不主动暴露，至少是安全的。"艾希道。

叶琳轻笑："你有点常识好不好，住在这个地下之城的人之间肯定有一个共同的平台，向凯直接把你带到这里，不是个人行为，也就是说这里的人都知道他做的事情，所以我们与其遮遮掩掩，倒不如大大方方。"

艾希听完叶琳的话，怔在那几秒，而叶琳直接走向收银台问："这几个，多少钱？"

"一共五万六千八百元。"老板扫了产品一眼，很快地报价。

"记在向凯账上。"叶琳直接对老板道。

店老板愣了下，随后笑道："向凯是吧？"

叶琳点头，随后拿着挑好的几样电子产品走出了商店。

老板竟然没拦住她，艾希觉得不可思议，向凯在这有这么大的面子吗？

不过艾希很快察觉到老板向她投来的目光，像是在探寻什么，艾希连忙转身，走出商店追上叶琳。

"你实在太乱来了。"艾希对叶琳的行为表示震惊。

叶琳看了她一眼："老板都没追出来，你在这废什么话。"

"既然你觉得可以不用遮掩，为何不大大方方地直接刷脸买单？"艾希道。

叶琳撩了一下自己的大卷发："我没钱。"

艾希赏了她一个白眼："你没钱？"

叶琳瞅着她，冷笑道："你以为谁都跟你这个大明星一样，大别墅住着，一堆人伺候着，无论在家还是外出浑身上下都是名牌，走到哪都前后簇拥，最重要的是还有大把大把的钱。”

艾希虽不喜欢叶琳那冷嘲热讽的口气，却也没生气，反而关心道：“你不是说，你还完了欠债主的钱了吗？直接身无分文了？”

“身无分文倒不至于，不过不多，想留着等我查清楚真相，找个地方躲起来养老用。”叶琳道。

艾希听了这句话，不知为何，莫名有点心疼：“等查清楚，就不需要躲了。”

叶琳伸手抬起艾希的下巴：“小可爱，我是杀手，仇家可多了去了，不躲，等着他们上门杀了我吗？不过以后他们找不找我也说不定。”

艾希眼底带着疑惑：“什么意思？”

叶琳摸了一下艾希的脸颊：“你不是跟我长得一模一样吗？到时候我放句话出去，就说你演戏演到人格分裂，有戏拍戏，没戏杀人。”

艾希听后，直接拨开叶琳的手，冷笑一声：“你太天真了。”

叶琳也冷笑道：“天真的人是你。”

艾希白了她一眼，不再理她，径直往前走，不过没走几步，便被一家旧服装店吸引住了目光。

因为职业的缘故，艾希对时尚很敏感，她直接走进去，看了几套衣服之后，往试衣服台一站，开始全息影像试穿。

叶琳也跟进来，扫了一眼店面，最后目光落在正在虚拟试衣的艾希身上。此刻艾希身上穿着一件七八十年前某歌星演唱会时穿的大高领的拖地裙，她不由得说道：“花里胡哨，难看死了。”

艾希听后，怼了回去：“这是时尚，你不懂！”

“总觉得你们这些演艺圈的人脑子有病，那么难看的衣服，还觉得时尚。”叶琳冷哼道。

这句话艾希勉强入耳吧，要是卡卡在这，绝对会跟叶琳舌战三百回合，给这个不懂时尚的人上一课。

艾希没理她，继续试穿，这些服装有些久远，但是穿在身上特别有年代的独特风味。市面上也有这类型的服装，因为服装设计界的大佬们也时常复古一番。不过许童给她规划的时尚穿着，几乎都是以干练为主，很少尝试这么夸张的造型。所以艾希在试衣服的时候，有些兴奋。

艾希试了不下二十套，才缓缓地从台上下来："要是卡卡在这就好了，可以让她参谋一下。"

叶琳闻言，瞥她一眼："理解不了你的脑回路。"

艾希也看向她："按理说，我们应该有一致的审美啊，可你的审美却这么一言难尽。"

叶琳冷着脸道："那是你没有体会过随时都可能被人杀掉的日子。"

艾希闻言，随之收起脸上的兴奋反驳道："你出现后，我不就过着这种日子吗？"

叶琳冷笑："我只是靠近你，没想杀你。"

"就算没杀我，那也给我造成了心理阴影。"艾希道。

"那么脆弱的话，接下来等待你的只会是更大的心理阴影。"叶琳冷笑道。

艾希看着她，正要开口回击，下一秒她却快速地奔向叶琳。叶琳以为她恼羞成怒要跟她对打，正要抬手回击时，却见艾希直接伸手推开她。

叶琳扑向旁边的衣架，不过有武功底子，反应迅速，两手抓住衣架杆，快速将自己的身体稳定住，接着转过头。

看到的却是艾希的长腿朝一个大约十岁的小孩踢去，不过艾希发现来人是个小孩，大惊失色，想收回脚却已经来不及了。只能尽最大的力气做了一个假动作。尽管如此，腿还是落在了小孩的身上。

手中拿着一把电击枪的小孩，被艾希踢倒在地，再接着就传来哇哇的哭声。

叶琳站直身体，快速走了过去，钳制着男孩，顺道捂住他的嘴巴。

艾希弯腰拿过小孩手中的电击枪，仔细看了一眼，真枪。

捂着小孩嘴巴的叶琳抬头道："他想偷袭我？"

地上的男孩不停地挣扎，叶琳继续捂着他的嘴，冷脸对他威胁道："谁派你来的？"

男孩眼泪簌簌，似乎想说些什么，艾希见了示意叶琳松手："让他说话。"

叶琳看了眼艾希，放开了那个小男孩。

艾希也蹲了下来，问那小男孩："这枪是你的？"

小男孩看着眼前两个化着大浓妆，戴着假发的女人，眼睛里泛着泪花道："我是来找我妈妈的。"

艾希眼底透着警惕问："你妈妈？你妈妈是谁？"

"这是我妈妈的店。"小男孩回道。

艾希闻言，愣了下："你妈妈是这家店的老板？"

小男孩点头，随后含泪道："你们是谁？"

"我们是顾客，不过我还有一个问题，你为什么要拿着电击枪？"艾希追问。

小男孩看着艾希："每个人都有，现在是战备状况。"

艾希听后，一脸蒙道："什么？战备状况？"

话音刚落，一个中年妇女不知道从哪冒了出来，见儿子被两个女人挟持着，不由得从背后摸出一把电击枪，对着她们道："放开我儿子！"

艾希和叶琳闻言，同时抬头看向中年妇女，注意到妇女的手中也有一把电击枪。艾希手中也有一把枪，真要火拼，中年妇女肯定不是她们的对手。因为枪法讲究的是快准狠。

不过眼下，艾希不想节外生枝，不由得主动投降道："是个误会，我们是顾客，刚才你儿子拿枪进来，我们以为是袭击我们的。"

中年妇女对艾希的话半信半疑，喊了一句："放开我儿子！"

艾希转过头看向还钳制着小男孩的叶琳，给她使了一个眼色，叶琳收到信号，缓缓放开小男孩。小男孩快速从地上爬了起来，奔向中年妇女。

中年妇女一手搂着小男孩，一手持枪对着艾希道："把枪放下，扔过来。"

艾希审视局面后，很配合地把枪放在地上，朝中年妇女踢了过去，解释道："我们真的是顾客。"

"少废话，出去！"中年妇女命令道。

艾希看着如同老鹰护着小鹰的中年妇女，缓缓站起身："我们肯定出去，不过出去之前，能问一个问题吗？"

中年妇女不接受任何提问，直接道："少废话，出去！"

艾希不死心道："就问一个问题。"

"出去！再不出去，我就开枪了！"中年妇女再次命令道。

见艾希犯轴，身后的叶琳伸手拉了下她的衣服："走。"

艾希这才转过身，跟着叶琳离开了这家店。当她们走出店门之后，大门就自动关上了。

艾希透过玻璃看进去，中年妇女正抱着小男孩询问一番，像是在检查伤势。

没过一会儿，中年妇女抬起头，艾希的目光与她相撞，之后玻璃门直接变成了黑幕，什么也看不见了。

不过艾希对中年妇女的眼神印象深刻，那是一种怨恨的眼神。

怨恨？她只是不小心将小男孩踢倒在地，这个母亲为什么要用那么怨恨的眼神看她？

叶琳见艾希盯着服装店的门看，伸手在她眼前晃了晃："别看了，走。"

艾希收回目光，看着叶琳，开口说了两字："回去。"

"回哪？"叶琳问。

"回去找向凯。"艾希说完，直接走向电梯的方向。

叶琳只能紧跟几步追了上来，迎面而来的人，看到她们之后，虽面上无异，眼神却有些不对劲。

艾希和叶琳跨步走进电梯，按了负十九楼。

凑巧的是，电梯里没有别人，只有她俩。

电梯快速向下，艾希张口道：“你说得对，大家只是装着不认识我们，其实都知道我们是谁了。”

叶琳看着电梯正前方镜子里的艾希道：“那个小男孩说的战备状态，估计是有人开始入侵地下之城了。”

艾希闻言，脸色明显严肃起来，她脑子里在想：是陆奇洲吗？他开始入侵地下之城了？他真的是掌控全世界记忆云和个人终端的那个人吗？

倘若是，那他就不是人。

叶琳看着她的脸，似乎猜到她的想法，说道：“我知道你在想什么。如果是他，你会怎么做？会不会亲手杀了他？”

艾希冷着脸与镜子里的叶琳对视，她的话很犀利，让艾希不知道该怎么应答。

“你会怎么做？”叶琳继续追问。

艾希依旧迟疑，而就在这时电梯已经到了负十九楼。

艾希没有回应叶琳的话，而是跨步走出电梯，叶琳追上来继续说：“你还心存幻想对吗？”

艾希黑着脸回道：“没有论证的事，我不做任何假设。”

叶琳听后，冷笑道：“你不杀他，我也会亲手杀了他。”

听到这句话，艾希停下脚步，转过头看向叶琳，她沉下脸严肃地警告道：“叶琳，我告诉你，就算是他，我也绝对不会让你伤害他。”

叶琳听后，无论是眼底还是嘴角都泛着冷笑。

艾希很讨厌在这张跟她一模一样的脸上看到这般冷酷阴毒的笑，于是道：“别在我面前这般冷笑。”

叶琳见此，挑衅地哼一声：“艾希，我也劝你别在我面前露出一副情深似海的模样。”

艾希攥紧拳头，眼神里透着狠劲，然而叶琳一点都不畏惧，不管不顾地接着说：“你答应留在这，我就当你做出了选择，你要是敢临时反水，我绝对不会让你从这活着离开。”

艾希瞪着叶琳，面对她的威胁，她并不害怕，可是她所说的选择，却让她缓缓地松开了拳头，因为她跟她一样，都想知道真相。

叶琳眼角的余光瞥到她松开的拳头，随后甩了下头发，往向凯家走去。

向凯在她们出去的时候，将大门的密码告诉了她们，所以叶琳走到门前，直接输入了密码。

她推门进去，却没见到向凯的身影。

叶琳只好拿起座机，拨了向凯在地下之城的通讯内线，这个也是向凯告诉她们的。

电话很快接通，叶琳直接问："地下之城被入侵了？"

"没有，倒是我的账上被扣了五万六千八。"向凯声音里似乎带着戏谑的味道。

"向凯，别嘴硬，有就是有，没有就是没有。"叶琳不客气地回道。

向凯轻笑一声道："我说没有，就是没有。"

叶琳看了一眼刚走进来的艾希，接着对向凯道："你们都已经进入战备状态了，就别欺骗我们了，大家都是一条船上的蚂蚱。"

向凯又笑："地下之城的战备状态是常年的状态。别大惊小怪的。你们好好逛街，算我账上。我这边还有事，有话等我回去再说。"

叶琳还想多问几句，但那边已经挂断了电话。

艾希已经坐在了单人沙发上，眼睛看向拿着无线电话的叶琳："他说战备状态是常态？"

叶琳甩手将无线电话扔在另外一边的沙发上："没对我们说一句实话。"

艾希看着叶琳，再次问道："叶琳，你之前真的没来过这里？"

叶琳见艾希还在追究这个问题，不由得恼了："你是不是脑子有坑啊，跟你说了几遍，还不信！"

"我只是想确认一下，或许你来过这里，只是相关记忆被删除了。"艾希道。

叶琳盯着艾希："你的这种假设真无聊。"

艾希不管她说什么，继续道："或许，能入侵你个人终端的，不止是一个人。"

叶琳听后，眯起透着厉光的眼睛："你说什么？"

"因为你似乎对这里很熟悉。"艾希道。

其实刚才在逛街的时候，艾希留心观察了叶琳的表现，尤其是在叶琳说买东西的钱挂向凯账上的话，其实是下意识的行为。

叶琳自己并没有注意，但是艾希却敏感地察觉到了。

叶琳满眼不解道："你哪只眼睛看到我对这里熟悉了？"

"你的潜意识对这里真的没有熟悉感吗？"艾希反问。

叶琳看着艾希，没有直接回话，而是在回味自己刚才逛街时的情形，随后摇摇头道："没有任何熟悉感。"

艾希缓缓收回落在叶琳脸上的眸光，幽幽地说道："或许连你在内，都是引我来这的诱饵。"

"不愧是演员啊，联想力这么强大。"叶琳冷嘲一句。

艾希抿了一下唇："我们必须马上离开这里。"

叶琳一下站了起来："你休想离开这里。"

艾希也站了起来，直视着叶琳："整座城常年都处于战备状态，只有一个解释，就是他们害怕那个人。带我来这，不恰恰加剧了这种害怕吗？"

叶琳回道："不入虎穴，焉得虎子。"

艾希听后，笑了起来："说不定，你也是那个虎子。"

叶琳冷着一张脸："我没工夫跟你在这联想剧本，我只想确认那个人是他。"

艾希看着强势又阴沉的叶琳，有种想直接跟她开干的冲动，脸上更是毫不掩饰自己的情绪，激动地大喊道："你有没有想过，也许你就是个棋子，引我来这的棋子！"

叶琳闻言，先是一愣，沉默了几秒，也跟着大声道："就算是棋子，我也愿意，至少我能知道真相！”

艾希或许受职业的影响，看过太多剧本和小说，各种桥段，各种反转，应有尽有，所以她的联想力也是无止境的。

“那你有没有想过，知道真相后，我们又会面临什么？”

叶琳再次愣住：“面临什么？”

“他们建造这座法外之城，无非是一个目的，寻找真相，证实真相。假如，我说假如陆奇洲真有这个本事，主宰着全人类的记忆云及个人终端，你觉得就靠他们这点人，又能抵挡得了什么呢？”艾希道，“只能是以卵击石。”

叶琳阴冷的表情有一丝异样。

艾希接着道：“回归到我们身上，我们又是什么？试验品？玩物？倘若我们是，那我们的命运又将如何？被掠杀、歧视，还是被侮辱？”

叶琳听到这，忍不住插话：“你说这么多，无非是不想失去现在的荣华富贵、地位、人气。可我没有这些可失去的，我只要一个真相。”

“真相？我也想要真相。可是我又害怕面对最后的真相。”艾希道。

“你就是一个胆小鬼！”叶琳道。

艾希听后，微微点头道：“是的，我确实是个胆小鬼。我害怕失去现在拥有的一切，我害怕成为异类，我害怕……害怕变成现在的你。”

叶琳看着忍不住颤抖的艾希，内心不禁萌生出一丝恻隐之心。她自认为自己没有同情心。因为杀手就只有一个词：执行。可是当艾希说出这句话的时候，她那颗坚硬的心，竟然有一丝动摇。

她们彼此看着对方，就像照镜子一样，不是双胞胎，胜似双胞胎。

可是她们之间又有质的区别：一个受万人爱戴，一个受万人唾弃；一个高高在上，一个低到尘埃；一个风光无限，一个如过街老鼠。

她们是如此两极分化，倘若两个人是试验品，那曾经的她是不是也受万人爱戴，也高高在上？那后来究竟是什么原因，让她沦为棋子，沦为杀手呢？

等到真相揭露之后，艾希是不是也面临跟她一样的命运？

因为艾希的这番话，叶琳联想了很多很多，但是她很快收回本不该出现的恻隐之心，冷哼一声："害怕变成现在的我？你看不上现在的我？没准哪一天，你比现在的我还要可怜，还要黑暗，还要狠毒。"

"就因为你身处黑暗，就想把所有人拉向黑暗吗？"面对叶琳的无动于衷，甚至还带有落井下石味道的话，艾希的内心很是失望。

"是又如何？"叶琳直直地与她对视。

艾希看着她，随后轻轻地摇头。

叶琳只觉得眼前的她太天真了，天真也不足为奇，毕竟她是一个上帝的宠儿，一直生活在象牙塔里，不知人间疾苦。

就在叶琳腹诽艾希天真的时候，艾希突然出手，朝她颈动脉劈掌而去，直接将她给打晕了。

出手可谓是快、准、狠，一点都不含糊。

艾希能这么容易得手，全都归功于叶琳对她放松了警惕，可她自始至终都没敢放松警惕。

从这一点来看，艾希骨子里跟她是完全一样的，城府极深，甚至带着一丝阴狠。只是以前，艾希骨子里的这股狠劲都是针对自己，也就是凭着这股狠劲，爬上了娱乐之巅。

艾希将昏倒的叶琳扶到沙发上。她看了一眼这张跟自己几乎一模一样的脸，头也不回地离开了向凯的家。

如何出去？这是艾希出来之后，脑子里一直思索的事。

那天向凯带她来这的通道是在地下之城的北面，艾希凭着记忆，沿着来的路走去。

走向电梯口时，碰到几个人，几个人都在看着她，看起来像是无意识的一瞥，却又有那么点刻意。这些细节艾希都注意到了，于是装着什么都不知道，自顾自地往前走。

到了电梯口，艾希跨了进去，伸手按了中间的楼层键——三十六楼。

电梯快速上行，没过一会儿便到了。当电梯门打开的时候，她看到向凯站在外面。

“艾希。”向凯见到艾希，笑着跟她打招呼。

艾希警惕地看着向凯，不过还是装着无恙地跟他打招呼：“真巧。”

“你们逛到这了？咦，怎么没见叶琳？”向凯笑道。

艾希听后，内心觉得可笑，刚才叶琳可是用家里的座机给他打的电话，只要向凯不笨，都会猜到当时自己肯定也在叶琳身边。

既然他跟她演戏，那么就要一较高下了，毕竟艾希可是专业演员，在自己的专业上，她是绝对不会让自己输给他这种业余人士的。于是艾希脸上挤出笑容道：“叶琳回家之后就不肯出来了，我只好自己单独出来逛逛。”

“想买什么，我陪你去，是我考虑不周，忘了你们不能在这刷脸买单。”向凯道。

艾希看着向凯，倘若陆奇洲这会儿正在入侵地下之城的安全系统，向凯是绝对不会跑来这跟她说陪她逛街这种话的，难不成那个小孩和他的母亲，都神经敏感了？

不管是什么情况，艾希顺着他的话，一口答应：“好啊。”

于是，向凯开始跟她一起逛，还没走几步，艾希就开口：“刚才叶琳问你是不是有人入侵，真没这回事吗？”

向凯笑道：“要是有，我会在这吗？”

“可你刚才说你有事。”艾希反驳道。

“刚才确实有事，不过很快就解决了。刚想返回家，跟你们解释清楚。”向凯笑着说道。

艾希听后也跟着笑了笑：“你说陪我逛街，就一点不在意家里的叶琳吗？”

向凯侧过脸看了下艾希：“相比之下，我肯定更在意你。”

这么直白的话，而且还是带有表白色彩的话，艾希平日里听多了，所以心里也没什么波澜，她反而对向凯这个人更加好奇了，她心里猜测，他到底是谁？

第八章 云开见日

他到底是谁？这句话，曾经针对的是陆奇洲，如今又指向向凯。

而她又是谁？这句话，艾希曾经用来激励自己，希望自己能成为她想成为的人。如今不再是激励，而是满满的质疑。

艾希眼睛看着正前方说道："你当然要在意我，因为我的价值比叶琳高。"

向凯笑："个人喜好而已，跟价值无关。"

艾希也侧过脸面对向凯道："是吗？"

向凯耸肩："当然。"

艾希笑了笑，随后看向前方，边走边说："这么说，地下之城常年处于战备状态？"

"算吧。"向凯诚实道。

"这么说，你们的内心其实很惧怕是吧？"艾希道。

面对艾希直白的提问，向凯反问道："你对此毫不畏惧吗？"

"不畏惧。"艾希爽快地回了三个字。

向凯听了只笑不语，艾希接着道："放我出去，条件你提。"

又是一句直白的话，向凯笑着摇了摇头。

"你觉得我是能牵制陆奇洲的那个人？"艾希问。

"至少是可以引出他的人。还有，你现在也相信陆奇洲就是那个人了？"向凯道。

艾希没有正面回答，而是盯着向凯道："看你脸上的表情，他应该已经有所行动了。"

"艾希，进这家店逛逛，相信你会喜欢的。"向凯没有接话，指了指旁边的一家碟片店。

艾希看了一眼，跟着他一起走进去，继续道："他有所行动了？"

向凯没有立马回答，而是走到碟片架的侧面，随后对着艾希道："艾希，来这。"

艾希跟了过去，抬眼一看，上面一系列都是她出演的电影碟片。

当下的播放技术完全属于沉浸式播放，观影时全程贴着神经触觉贴片，让观众的视觉、听觉、嗅觉，毫无保留地参与其中，充分沉浸在故事里，犹如自己就是电影里的人物一样，有欢乐、痛苦、惊险、刺激，简直是无与伦比的观影体验。但是眼前的碟片，明显是很老的拷贝储存技术。

"竟然还有这种碟片？"艾希伸手拿起一张碟片。

向凯对艾希道："这家店的老板是你的头号粉丝，你出演的每一部影片，他都制作出来了。"

艾希打开盒子，拿起里面的碟片，仔细瞧了瞧道："就算有碟，也得有播放器啊。"

"旧电脑就可以。"向凯道。

艾希闻言，将碟片放回盒子里，目光落在向凯身上："你们在这用着老古董的技术来规避先进的网络技术？"

向凯笑道："要说先进的技术，我们这边也应有尽有。"

"但你们怕暴露？"艾希说道。

"你知道整个千业城以及地下之城，一年出售多少技术专利吗？"向凯笑着回道。

"以前只知道千业城是鬼才之城，但地下之城，从未听过。"艾希道。

向凯的嘴角扯了扯，说道："鬼才之城也好，地下之城也罢，大家聚在这里的目的只有一个。"

"你们害怕、畏惧，所以想集中力量去证实，去反抗？"艾希看着向凯问道。

向凯与她对视几秒，算是坦诚了一回："所以你进来容易，出去就没那么简单了。"

艾希听后，嘴角扯出一抹笑容："叶琳是棋子对吧？引我来这的棋子。"

向凯看着艾希，普通男人通常不喜欢太聪明的女人，因为一张口，她就能猜到结局。而向凯却非常喜欢眼前的艾希，因为聪明，因为漂亮，因为……

向凯脸上的笑容僵了一秒，他又绕开话题："喜欢这些吗？全部都可以送给你。"

艾希非常讨厌躲避话题的男人，于是又直言道："你这算是间接承认了？"

"你不回答我的话，我为什么要回答你的话？"向凯倒打一耙。

艾希凝眉，冷声道："因为你的话是废话。"

"既然是废话，那就不听也罢。"向凯接话道。

艾希显然有些生气："向凯，你真觉得你们这么做是对的吗？"

面对艾希的质问，向凯却反问道："我们这么做有错吗？我们为什么要让别人来主宰我们的思想，主宰我们的灵魂？"

"目前这些也只是你们的猜测而已。"艾希反驳。

"艾希，你很聪明，任何猜测都是有起源的。我们只是想搜罗更多的证据。"向凯道。

"于是我就成了你们的棋子。"艾希表情玩味地看着向凯。

向凯的脸上露出一丝无奈，接着开口："外面的人每时每刻都被人监视着，没有一丝自由，就算活着，也是一具没有灵魂，没有思想的躯体。这种世界太痛苦，太绝望了。我们这么做，是在绝望中寻得最后一丝希望。"

向凯的语气很郑重，艾希听后，冷漠地回了一句："倘若你们最后的一丝希望也是绝望呢？"

"不会的，我们已经看到了一丝希望。"向凯道。

"我就是你们最后的一丝希望，对不对？"艾希冷笑着反问。

"艾希，你那么聪明，那么正义，那么勇敢，作为演员的你，同理心比任何一个人都来得强烈。你对这样的世界，是不会置之不理的。”向凯道。

“别自以为很了解我。我从来不是圣母，我是一个很自私的人。”艾希道。

“艾希，你不用这样，我知道你的品性。”向凯道。

艾希闻言，眼睛里透出疑惑的光芒：“听你这话，像是认识我很久了一样。”

“对呀，从你一出道开始，我就认识你。我甚至还了解你成长的整个过程。”

艾希打断向凯的话：“不对，你对我不是那种粉丝对明星的了解，而是对我真实身份的了解，向凯，你到底是谁？”

艾希直视着向凯的眼睛里充满了探寻，向凯没有躲避，迎着她的目光，郑重道：“我是向凯，我是发自内心地喜欢你。”

向凯每次都选择躲避，艾希对这种对话方式十分厌倦，她什么也没说，直接转身离开了。

向凯见了，连忙放下手中的碟片追了出去，可是刚到门口，眼前突然出现一片非常刺眼的白光，让他不得不停下脚步，双手快速捂住双眼和鼻子，以防受伤。

对向凯使用这种微型闪光笔的人是艾希，这种笔在打开开关之后，犹如扔了一个小型的闪光弹一样，这是常规功能，同时它还会释放出微量毒气使人瞬间眩晕。

这个微型闪光笔是叶琳刚才买的，艾希把她打晕之后，将她买的几个电子产品顺手带走，因为这些电子产品除了可以正常使用外，都带着小型防御武器的功能，艾希拿走它们的时候便知道它们很快都会派上用场。

向凯闭眼闭气跑出微型闪光笔的攻击范围，但当他再次睁开眼睛时，艾希已经不知去向。向凯抹了一下眼角的泪花，心里默默吐槽阿东做的这些小玩意。

当下稳住艾希才是最重要的事，向凯赶紧点击了手腕上的手表，快速打开全息影像调出他身处位置临近的几个摄像头，很快就发现了艾希的身影。

她正在往13号电梯口走去，向凯立即关掉全息影像，直奔13号电梯口。

她想逃走！可是她应该想得到，逃走其实没那么容易。

艾希很快走到13号电梯口，看到那标示图案，艾希想了很多。因为标示图案，其实是数字“13”与英文字母“M”的融合图案。

在国外“13”这个数字被西方人视为不祥，因为出卖耶稣的犹大是耶稣的第十三个弟子，所以西方人极度厌恶“13”这个数字，倘若刚好排到这个数字，一般都会用字母“M”来代替。这个电梯口没有用数字标示，而是用的图案。如此特别，不得不让人印象深刻。

这个电梯口，不是艾希进来的那个电梯口，但因为它的特别，艾希对它揣测不已。她想，也许这就是这座地下之城通往千业城的电梯口。

果不其然，这个电梯口明显比较拥堵，艾希见此，觉得这是一个机会，于是将帽子扣在头上，挤进人潮之中。

向凯追了过来，他很清楚艾希这是想逃离这里，但他没有发出警戒的信号。

可是人潮一挤，想要快速追踪到艾希的身影也相对变得困难了。而他在13号电梯口也没有发现她的踪影。

向凯搜索过后，目光看向旁边的洗手间。或许有一种可能，那便是躲进了女厕。因为那里是没有监控的。

向凯很快呼叫了一个长相英气的女孩过来，跟女孩简单说一下后，便让她去搜寻女厕。

可是就在那个女孩进入女厕的时候，艾希已经不声不响地站在了电梯里。

电梯门缓缓关上，艾希的嘴角不自觉地上扬，她低头看了下手中的电子卡。还说什么地下之城攻不可破？向凯的这个牛，真是吹破了天。

她就这么不费吹灰之力地逃出了地下之城。至于怎么逃的，也并非如艾希想得那般简单。艾希刚到电梯口，就闪身进了女厕，伺机打晕了一个打扮时髦的女孩，不仅将她身上的裙子换了过来，就连妆容也一块换了。

耗时也就不到三分钟，艾希有这般神速的技能，全都归功于她的职业。她本人换衣服最快只需要二十秒，至于化妆，得归功于叶琳买的那个神器。

神器就像一个火柴盒，可以直接揣在兜里，但是里面的设置别有洞天，一面卸妆，一面上妆。

艾希在打晕叶琳之后，琢磨这个电子产品的时候，深深佩服这个设计者。要是换作平时，自己肯定不会用这种东西，因为做人，别的都可以不要，但一定要脸。

艾希对自己这张脸绝对是珍爱有加的，从来不会用一些不知产品参数、产品成分的护肤品。可是现在是非常时期，比起脸，艾希觉得自由来得更重要。

艾希因为换了妆容，五官也跟着变了样。最重要的是叶琳买的电子产品里还有一个很厉害的东西，就是小型的眼角膜复制仪。她能这么轻易地上了这个电梯，一半是手中这个电子卡的功劳，一半是因为复制了厕所里那个姑娘的眼角膜。

叶琳的淘货能力简直就是一流的。

正在艾希对叶琳一番夸赞的时候，她嘴角的笑容却逐渐凝固了。

这些东西如此精准地满足了自己的需求，似乎就像是一场提前布好的局一般。

提前布好的局！

艾希想到这个，突然感到一阵寒意袭来。

如果真如自己猜测那般，那么叶琳确定无疑是个棋子，而向凯……这个嘴上说不愿意放自己离开的向凯，却用这种方式让她成功逃离，他的目的又是什么呢？

他不是说，要她留在这三天，以此验证那个人的存在吗？

艾希已经搞不清他的真实目的了，只是觉得向凯这个人绝非一般人。

电梯的数字慢慢从负数递增成正数，之后稳稳地停了下来，当电梯门打开的时候，艾希随着人潮走了出来。

而之后看到的画面，却让艾希一时间反应不过来。

眼前所看到的场景，竟然跟地下之城是一模一样的。

难不成她并没有成功逃离？艾希晃了一下脑子，想让自己清醒一些。

她又往前走了一段，走到玻璃栏杆旁，她仰头一看，再低头一瞥，越发觉得自己是不是中了迷药，产生了幻象。

艾希伸手狠狠地掐了一下自己的大腿，疼，非常的疼。

这些不是幻象，而是真实的场景。

艾希眼睛定定地看着那个电梯口，几秒后，艾希打了一个激灵。

这绝对不是幻象。

因为她发现她刚才出来的电梯口上的标志，跟地下之城的那个标志是不一样的。

艾希伸手揉了一下眼睛，生怕是自己看错了，又重新细看一遍。

真的不一样，眼前的这个标志，是千业城的城徽。

没错，是千业城的城徽。

艾希之前就对千业城一直很感兴趣，所以在网上查阅了很多关于它的资料。

这是一座有历史的城市，只是在历史的进程中，它从很重要的位置变成了次要，变成了边缘。

艾希迈开步伐，走近几步，抬头再次确认电梯口的标志。

这时电梯门开了，一群人涌了出来，其中有一对女孩有说有笑："我跟你说，楼下那家店的货明显比这层楼的次，这可是我多次来这的经验之谈。"

"还好是你带我来，省了不少钱，还能买到最好的货。"

艾希的眼睛追随着这对女孩，心里在想：楼下？地下之城吗？

然而那两个女孩很快就与艾希渐行渐远，到后面完全听不到她们在说什么。

艾希的眼睛落在电梯标志上——千业城的城徽外加数字“12”。可是她上来之前，明明就是13号电梯口啊。

难不成这里面的设计拥有魔法?

看着电梯门打开，关上，人进人出，大家似乎没有任何异样。艾希想从这个电梯口下去看看，可是最终还是没有勇气跨步进去。因为她是逃出来的，稍不留神就可能再次被抓住控制起来。

于是，艾希没有再继续逗留，而是快速地离开了这个地方。

艾希也来过千业城几次，买过一些黑市上的东西。但从来没有彻彻底底地将千业城逛一遍。不过此时此刻自己就更不能逛街了。

这里不仅有地下之城的人，还有一堆警察。艾希在前往乘车路口时就遇到了好几个警察，都被她巧妙地避开了。

艾希终于打到一辆车，本想直接定位家里的地址，但她好像意识到什么，随之改变了想法。她没有回自己家，也没有去陆奇洲家，而是去了许童的住所。

眼下，自己也只有许童可以完全信任了。

半个小时后，艾希来到了许童住的小区，小区属于高档花园小区，绿化很好，郁郁葱葱，鸟语花香。

这个地方还是艾希帮许童挑的，她还顺带帮忙付了一半的房款，作为送给许童的生日礼物。从那以后，许童无论在业务上还是生活中都无微不至地照顾着艾希。

乘坐电梯来到了五十八层，艾希碰到了好几个人，但他们都没有认出她，不过因为她的妆容有些夸张，还是吸引了不少目光。

五十八层有六套大居室，南北通透，许童的门牌号是“06”，这也是艾希帮忙选的。

艾希站在门口，伸手按了一下指纹密码，门开了，艾希将门拉开，走了进去。

一直待在家中的许童，突然听到开门声，整个心都提了起来，赶紧穿着拖鞋奔到门口。

许童看到一个陌生面孔，先是愣了一下，但之后嘴唇发抖道："艾希！"

艾希冲她一笑说："这一路没人认出我，也就是你，我化成灰，估计你都认得出来。"说完，艾希就跟回到自己家里一样，拿了一双拖鞋，直接换上。

许童直接奔到她的面前，一把将正在换鞋的艾希给抱住，随后哭出了声："你知道我这两天有多担心你吗？"

被她紧紧搂着的艾希，看着紧紧攥住自己衣服的手，就能感受到许童对自己的担心，和她发自内心的害怕。

艾希轻轻地拍了拍她的后背："我这不是安全回来了吗？别哭，别哭。"

许童害怕自己一松开，艾希就不见了，依旧将她紧紧搂着。

这种似曾相识的感觉，陆奇洲也给过她，当时自己要被他搂得快喘不上气了。

艾希只能拍拍许童的后背，安抚道："都让你别担心了。我说过的话，都是说到做到，这不毫发未损地回来了吗？别哭了。"

许童这才放开她，两只泛着泪花的眼睛紧紧盯着她："艾希，真的是你吗？"

艾希闻言，不由得笑了起来："还怕我被人掉包啊。"

许童拉着她的手道："你还笑得出来！"

艾希晃了一下许童的手臂："知道你担心我。我都回来了，给我笑一个。"说完，用右手戳了戳许童的嘴角，让她笑一个。

换作平时许童肯定直接拨开她的手，但是这次她没有，而是乖乖地冲她笑了。

艾希见此，也跟着笑了起来："我快饿死了，快给我做点吃的。"

许童连连点头："好，我马上去做你喜欢的拉面，顺便给你切一盘腊肠腊肉。"

许童来自天府之国，喜欢吃辣，平日里也喜欢做各种腊肠腊肉。艾希极其喜欢她做的腌肉，只可惜为了管理身材，许童不许她多吃。

听说许童给她做拉面，还有腊肠腊肉吃，那感觉比过年吃团圆饭都还要放肆。

艾希开心不已："谢谢，我先去卸个妆，再洗个澡。"

"抽屉里有干净的浴巾。"艾希在许童家也是熟门熟路，许童嘱咐两句就去了厨房。

艾希去了洗手间，将妆容卸了之后，恢复了平日里清爽又英气的面孔。看着镜子里的自己，艾希心想要是有机会再去地下之城，她一定要买一麻袋这个化妆神器。简直就是给人换了一张脸，完全认不出来。

不过对于那个被她打晕在厕所里的路人，艾希心里多少有点过意不去。此刻的她应该已经被人发现了，希望向凯和地下之城的人不会怪罪她。

艾希洗完澡出来，就闻到一阵浓郁的肉香，不禁令她的五脏六腑都揭竿起义。

许童已经将腊肉腊肠切好了，放在大理石的餐桌上。

艾希裹着浴巾，径直走到餐桌前，伸手捏了一块腊肉就往嘴里塞。

许童见她如此不顾形象，不由得心疼道："你不会几天都没吃饭吧？"

艾希边吃边说："那倒不至于，只是老喝粥，消化得快。"

"喝粥？"许童诧异道，"这两天一直躲在千业城吗？"

见许童询问，艾希看了下她，心里在思索要不要告诉她地下之城的秘密。

告诉她未必是件好事，于是艾希点了下头："嗯。"

"那天到底是怎么回事啊？"许童追问。

艾希看着她问："这边公布的是什么？"

"说你是被叶琳掳走的。"许童道。

艾希听了之后，怔了一秒，随后笑了起来：“这是你的说辞，还是陆奇洲那边的？”

许童看她笑的样子，不由得数落道：“艾希，发生这么可怕的事，你竟然还笑得出来。”

“那到底是谁的说辞？”艾希再次确认。

“陆奇洲。”许童说道，“你出事之后，我这边的公关工作快爆掉了，很快陆奇洲就让他们集团的团队帮忙协助公关。”

艾希听后，拉开椅子坐了下来：“他竟然还出面帮忙公关？”

正在煮面的许童回道：“你的口气好像很意外？他不是你男朋友吗？这事本来就发生在他家，不该由他负责吗？”

艾希看了眼对面的许童，又笑了笑：“听你的口气，像是对他很不满似的。”

许童瞪了她一眼：“当我在网络上看到飙车视频的时候，心脏病都快犯了，以为你真的出事了，他没能保护好你，你说我能对他满意吗？”

艾希能感受到许童对陆奇洲的不满，于是替他说话：“这事也不能完全怪他，是我的抉择，跟他无关。”

“你还替他说话？”许童更不满了。

“事情一码归一码，那天的事确实不是他的责任。”艾希觉得没必要将莫须有的帽子扣在陆奇洲的头上。

许童瞥了她一眼，把锅里的汤汁倒在碗里，接着说：“你不必在我面前这般为他说话。”说完，她拿起案板上切碎的芹菜叶撒在面碗里，之后将碗朝艾希推了过来。

艾希闻到香气，不由得深吸一口气，顾不上回答，连忙拿起筷子吃了起来。

许童看她吃得很香的样子，走到她身旁，拉开椅子坐了下来说：“要不是杰米来找我，我大致知道了怎么回事，不然真的会吃不下睡不着的。”

“杰米，她现在怎么样？”艾希吃了一口面，声音含糊道。

“她现在一直被警察盯着，不过该吃吃该喝喝。”许童道。

艾希听后，微微点头，拿着筷子夹了一块腊肉送进嘴里。

“艾希，那天到底是怎么回事？你怎么会跟那个杀人凶手纠缠在一起？”许童一边给艾希倒水一边问。

艾希将嘴里的肉咽了下去，端起水杯喝了几口，才说道：“我想搞清楚一些事情。”

“那现在搞清楚了吗？是那个杀人凶手，盗取了你的基因？”许童连忙问。

艾希摇了摇头：“这个还是没搞清楚。”

许童听后，看着艾希：“她现在被送去警局了吗？”

艾希再次摇摇头：“没有。”

许童急忙问道：“你不会是把她放了吧？”

艾希想想自己将叶琳打晕然后逃了出来，这算放了她吗？

“从某种程度，算吧。”艾希回道。

许童直接瞪眼：“为什么不把她交给警察？她要是再来袭击你怎么办？”

艾希知道许童担心她，不过有些事情还是不让她知道为好，于是道：“她不会再来袭击我了。”

“她跟你保证了？艾希，你太单纯了，这种杀手是没有任何信誉可言的，应该直接将她绳之以法。”许童激动道。

自己该怎么向许童解释呢？其实在地下之城跟叶琳真诚相处之后，艾希面对她的心情是复杂的，既同情又恐惧。

不是恐惧她，而是恐惧叶琳的本性。她们基因一致，本性相似，艾希恐惧自己骨子里其实跟她无异。

于是，艾希幽幽地回了许童一句：“可恨之人必有可怜之处。”

许童听了这话，不由得提醒道：“艾希，你别同情心泛滥。”

艾希看了下许童，嘴角扯出一个笑容：“许童，你跟我这么多年，什么时候见过我感情用事？我自己做的事，都是有分寸的。”

作为经纪人的许童对艾希的了解自然比其他人更深，艾希是很有主见的人，事实也证明她的主见也都是对的，可是眼下的事跟工作上的事是不同的。

“艾希，我知道你的判断力都是很精准的，但那是在工作上，对于那个杀人凶手，我觉得你的判断是失误的，因为她已经触犯了法律，就应该交给警察处理，让她为自己的违法行为付出代价。”许童对艾希郑重地说道。

艾希看着一本正经的许童，嘴角的笑意更甚：“正义小天使。”

许童看着嬉皮笑脸的艾希，不由得沉下脸道：“我不是跟你开玩笑的。”

艾希收敛了脸上的笑容：“许童，有很多事情，不能用简单的对错辨别。”

“不能用对错辨别，那用什么辨别？”许童反问。

艾希知道许童较真，不由得道：“我跟她单独相处之后，对她有了一些不同的认识，我跟她基因一致，对彼此都有着强烈的好奇。”

“可是再好奇也不能杀人啊。”许童继续道。

关于这一点，艾希是赞同许童的，就算白莹是人工智能，叶琳也没有剥夺别人生存的权利。

或许她是单纯地收钱杀人，或许……她是被人无意识地操控杀人。

“许童，我知道杀人犯法这种事是没法辩解的，也知道你担心我，不过眼下她不会对我有任何的不利，你不用太过担心了。”艾希道。

许童对这次出事归来的艾希有些不解，她突然站了起来，走到餐桌对面，拿起菜刀对着艾希道：“不会你就是那个杀人凶手吧？”

见许童瞬间警觉，甚至拿刀威胁自己，艾希想笑又不敢笑：“刚才还说我化成灰你都认得，看来我得收回这句话了。”

“你真的是艾希，还是那个杀人凶手？”许童紧握着菜刀，对着艾希确认。

艾希还是没能忍住，笑了起来：“许童，无论我是哪个，你手中的刀都是威胁不了我的。”

这点许童自然是知道的，艾希拍打戏几乎都不用替身，别看她是弱女子，但跟几个壮汉打，也是不成问题的。

但是艾希的这句话，更让许童迷惑了：“你到底是谁？”

艾希不由得冲着许童眨了眨眼，这个动作是两人多年的暗号，外人看只是眨眼，但是许童知道其中的意思，因为艾希眨眼的频率其实是摩尔斯密码的频率。

许童这才放下手中的刀：“你是艾希没错。”

艾希逗她：“也不一定哦，说不定就是调换了身份。”

许童听后，直接伸手捶了下艾希：“你还逗我！”

艾希笑道：“是你对自己的直觉产生了不信任，怪我吗？”

许童又想捶艾希一下，但是想到她之前的伤口，手停在半空中慢慢收了回去：“还不是因为那个杀人凶手，把我也弄得草木皆兵。”

艾希听后，开口道：“她叫叶琳。”

“我才不管她叫什么。”许童回道。

艾希无奈道：“许童，其实很多事情都是有源头的，个人能左右的东西少之又少。”

许童盯着艾希：“艾希，你像是被洗脑了一样。这次回来说话都云里雾里的。”

艾希笑了笑：“那是因为透过叶琳，我好像看到了自己要是变成黑暗的一面会是什么样的。要知道我们的基因可是一致的。只是我比她幸运，遇到了你们，遇到了很多帮助我的人，遇到了很多喜欢我的人。”

许童闻言，与她对视了几秒，似乎理解艾希了，不由得伸手拍拍她的后背，安抚道：“艾希，你别这么想，成为什么样的人，都是自己选择的。你心地善良，自然一心向善。”

艾希无奈地笑了笑：“可是有些人没有选择。”

这话其实还是为叶琳辩解，艾希在想，如果有选择，也许叶琳也不会沦为杀手吧。

许童见艾希一直在为叶琳说话，便知道在艾希心里已经有了自己的定论，于是也不好再说什么：“快点吃吧，面都要凉了。”

艾希很听话，将满满一碗面都吃了，顺带把那一盘肉也消灭了。

吃饱喝足之后，艾希道：“给我一套衣服，我要出去。”

许童微愣：“你要去哪？”

“找陆奇洲。”艾希道。

许童连忙拉住艾希道：“艾希，你这么公然去找陆奇洲，是想好怎么面对媒体了吗？”

“面对媒体的说辞你来搞定。”艾希就像平日里一样，把这种事情交给许童处理。

许童却皱眉道：“艾希，这事我没办法这么简单就搞定。”

艾希闻言，看着许童，沉默两秒后说：“这事涉及的东西太多了，你别管了，我自己去见他。”

许童再次拉住她：“这种时候，可别爱情至上。”

艾希知道许童误会了，却也不予以解释：“爱情至上不好吗？你以前可是巴不得我有绯闻呢。”

“以前是以前，现在是现在。”

艾希伸手拉过许童的手：“知道你担心我，不过我必须去见他，你看看能不能安排一下？”

许童直接摇头道：“很难，他现在的行踪完全被警察和媒体全天定位。不过我可以帮你跟他联系。”

艾希见此，只能道：“那帮我联系他吧。”

正当许童第一时间准备联系陆奇洲时，艾希却又伸手拦住她道：“别联系了。”

许童愣了下，问：“你怕让警察知道吗？”

艾希轻轻摇头，但很快又点头，重复道：“别联系了。”

“不联系也是对的，至少在我们想出万全的公关之策之前，你最好不要出现在公众面前。”许童道。

艾希看着许童，轻轻拍了拍她的肩膀，道：“这段时间真是辛苦你了。”

“确实很辛苦。”许童也不跟她见外，“我只求你接下来都平平安安的，不要再出什么意外了。”

许童的愿望自然是好的，但艾希觉得接下来的日子八成会意外不断，因为先前发生的这一切似乎都只是一个开始而已。

艾希想说些什么，却还是没有说出口，只好又轻拍了一下许童的肩膀说：“给我一套干净的便服。”

陆家庄园。

陆奇洲在开合作视频会议，尼克也在旁边，会议内容围绕着能源转换而展开。

参与会议的八个人，四个是能源专业的科研专家，还有两个负责人，以及两个运营。

他们提出了三套不同的技术解决方案，以及两套运营策略。

陆奇洲听完之后，提出了几个问题，科研专家一一进行解答。

“也就是说，现有的技术还是没办法解决、提升转换率的问题。”陆奇洲开口道。

“百分之六十五的转换率，已经是目前最大的转换率，也是最科学的转换率。”左边的科研专家回道。

“百分之六十五？低了，我希望有更好的解决方案。”陆奇洲道。

听到陆奇洲这话，大家便知道他对他们提出的解决方案并不满意。老板不满意的结果，就是重做。

几位负责人以及运营都了解陆奇洲的脾气秉性，所以都不再吭声，但是科研专家比较执着。

“作为科研人员，我们确实要不断去探索，不断去创新，这也是我们本身的使命，但科技的飞升，绝非一夜之间的事情。”右边的专家开口道。

陆奇洲知道这话的意思是，目前想要更高的转换率是不可能的。

“技术提升确实不是一夜之间就能解决的事，不过我相信我们的团队，也就是你们完全有这个能力。”陆奇洲道。

“陆总，你高估我们了。”另一位科研专家说道。

陆奇洲笑了笑：“在座的四位都是我所仰望的顶级专家。我聘请你们，自然是因为你们的能力。”

科研人员最讨厌的便是不懂行瞎指挥的上级，但更讨厌像陆奇洲这种上司，一边说相信他们的能力，一边又质疑他们的能力。

“陆总，这已经是最科学、最有效的方案了。”

陆奇洲还是被顶了回来，可见科研专家的态度何等坚决。

他看了下全息屏幕里的四个科研专家，他们都是业界顶级专家，也都是陆奇洲重金聘请的对象。他们每个人在能源转换领域都进行过最深入的研究。按道理，作为投资者的陆奇洲，在技术领域上应该遵从他们的意见。

陆奇洲却道：“有几个地方，我觉得是可以提高的。”

之后，陆奇洲针对他们呈现上来的技术解决方案进行剖析，提出了三个可以改进的方向。

几个科研专家听了之后，都目瞪口呆，你看我，我看你，之后左边的专家已经开始拿起笔做演算公式了。

会议室沉默了几分钟，几个专家都在做公式的演算，左边的专家最早做了出来呈现给大家看，其他三个人看了之后，你望我，我望你几秒，之后三人目光一致地看向陆奇洲。

在座的各位都是业界顶级的研究人员，都是在无数次的试验后才奠定了今天的地位。可是陆奇洲这个非专业人士张口就来的指导方案却是他们不曾想到的，完整听完后，以他们的知识和经验觉得这是值得尝试的方向。

“陆总，关于你刚才提出的观点，完全是我们之前没有想到的，根据公式的推演，我们可以朝着这个方向去尝试一下。”一个科研专家道。

“我只是提供参考，至于能不能实现，还得辛苦各位去进行试验。”陆奇洲道。

“好，我们会就这个方案进行试验的。”一位科研大师道。

“好的，辛苦你们了。”陆奇洲见问题得到解决，便宣布散会。

但是左边的科研专家却叫住了陆奇洲：“陆总，你是怎么想到这个改进方向的？”

尼克闻言，目光看着陆奇洲，只见陆奇洲开口道：“昨天参加高科技论坛大会时，跟几个业界前辈聊天，偶然间得到的启发。”

尼克听后，嘴角扯了扯，这种说辞他都不会相信，更别提这四个行业专家了。

果然，另一个科研专家提出质疑：“刘总在能源方面也算是专业人士，但他要是能想到这种解决方案，肯定不会对外交流的。”

陆奇洲笑了下：“我的意思是，交流过程中我受到了启发。”

“交流几句就受到了启发，我只能说，陆总你就是天才。”

这几个都是业内前辈，陆奇洲的说法是不能说服他们的。

这个时候，尼克充分发挥了秘书的作用，开口道：“陆总，两分钟后，你还要跟美国通用总裁通电话。”

他巧妙地给了陆奇洲一个结束会议的理由，结束了这持续半个多小时的会议。

关掉全息屏幕之后，尼克道：“老板，你差点就暴露了。”

这几个科研专家都是智商极高的人，倘若不能给予一个合理的解释，陆奇洲迟早要被怀疑，怀疑之后就是被研究，彻底地研究。

陆奇洲看了下尼克，他想项目进度加快，于是亲自上阵，但正如尼克所说，这种行为很容易暴露自己。

“你说我一旦暴露，会不会受万人唾弃？”陆奇洲问尼克。

“老板，你对整个人类的贡献是不可估量的。”尼克道。

听到尼克开始拍马屁，陆奇洲直接转到下一个话题：“两分钟到了。”

尼克知道陆奇洲这是在嫌弃他，于是直接开始下一项工作。

陆奇洲和美国通用总裁通完电话之后，尼克跟陆奇洲汇报了艾希的最新状况：“老板，艾希小姐已经离开了地下之城。”

陆奇洲闻言，问尼克：“她此刻在哪？”

“定位显示在她经纪人的家里。”尼克道。

“她的身体状况如何？有受伤吗？”陆奇洲第一时间关心艾希的人身安全。

“没有。”尼克道。

陆奇洲听后，悬着的心落了下来：“我去接她回来。”

尼克却摇头：“老板，现在最好别轻举妄动。”

陆奇洲想到家门口的那些媒体以及警察也是一阵头疼，道：“我出去见她。”

尼克还是摇头道：“不行。”

陆奇洲看着尼克，尼克解释道：“艾希小姐既然没有主动联系你，你却知道她的藏身之处，她会怎么想？”

陆奇洲凝眉道：“那你联系下她的经纪人，看她怎么说？”

尼克觉得这个建议还是可行的，点头道：“好，我马上联系许童。”

于是，尼克找了一个由头给许童打了电话。

许童接到电话的时候，眼睛看了下屏幕上的号码，之后转头看了下正在查资料的艾希，艾希显然没有察觉到她的异样，于是许童站起身去了阳台接电话。

“尼克，有事？”许童跟尼克联系过几次，也不忌讳直呼其名。

“警方那边有了艾希小姐的最新动向！”尼克道。

许童听到这句话，一颗心提到了嗓子眼，但还是故意用平静的声音说：“警察那边怎么说？”

“警察说在千业城的一家美容诊所，发现了艾希的基因痕迹。”尼克道。

许童听后，一边看着坐在她家客厅的艾希，一边套尼克的话：“那艾希人呢？找到了吗？”

“还没有。”尼克这边也很镇定，没有一丝异样。

“我只希望能快点找到艾希。”许童为了效果逼真，口气也着急起来。

“有任何进展我会第一时间通知你的。”尼克道。

“谢谢。”许童不忘感谢一下对方。

尼克之后便挂掉了电话，眼睛看向陆奇洲：“她撒谎了。”

陆奇洲闻言，沉思了几秒：“她已经怀疑我了？”

尼克应道：“应该是。”

陆奇洲看着尼克："看来地下之城的那帮人说服了她。"

"关于这点，我还有疑惑的地方。"尼克道。

陆奇洲似乎猜到了尼克心中的疑惑，说道："你是想说，她是怎么逃出地下之城的？"

尼克道："是的，不确定是他们主动让她离开，还是艾希自己想办法逃走的。如果是他们主动，我总觉得不太可能，他们追踪你这么多年，使用了很多方法，无所不用其极，好不容易知道你的软肋，不会这么轻易放艾希离开的。否则也不会搞出这么大阵仗，还拿艾希当人质，试图逼你现身。可要是艾希自己想办法逃走的，我觉得也不太现实。虽然我们从没有进入过地下之城，但是以他们建立的独立网络安全系统来看，艾希想逃出来也不是那么简单的。"

听完尼克的分析，陆奇洲道："确实没那么简单。入侵地下之城的任务还在继续吗？"

"还在继续，不过以目前反馈回来的信息来看，他们应该没这个能力攻破地下之城的安全系统。"尼克道。

"那就继续，以此扰乱他们的计划。"陆奇洲道。

尼克点头："好的，不过老板，如果艾希对他们的话深信不疑，你会怎么做？"

尼克的眼神明显带着探究，因为老板已经将艾希当成自己的软肋，很多情况不可预估，而他这个秘书在这个时候也是最难进行工作的，不得不提前做好多手准备。

自己究竟是如实告诉艾希真相，还是继续隐瞒？

这对于陆奇洲是个两难的选择。

他既想让艾希知道真相，又不敢让她知道真相。

当你真正爱上一个人之后，无论做什么决定都会想得更为周全，不想伤害对方一丝一毫。

"无论什么情况下，我都不会伤害艾希，也不允许任何人伤害她。"陆奇洲给出了答案。

看着老板情深似海的模样，尼克不由得道："那要是她主动伤害你呢？”

陆奇洲想都没想，回道：“她不会伤害我的。”

“老板，如果她跟你是一样的想法，那么从地下之城出来，她肯定会第一时间联系你，而不是跟她的经纪人一起演戏。”尼克道。

陆奇洲看着尼克的眼神突然变得犀利：“我不允许任何人挑拨我和艾希之间的感情，包括你。”

这句话的语气很严肃，带着强烈的震慑效果。

尼克充分感受到什么叫作怒发冲冠为红颜，这个时候他要是继续劝说就等于找死。即便他不怕死，也不会在这个时候继续去撩虎须。

“对不起。”尼克主动认错。

陆奇洲听后，才缓缓收回眼神：“暗中保护艾希。”

“是。”尼克应道。

许童接完电话走进屋内，艾希还在全神贯注地查资料，似乎完全没有注意到她刚才离开过。

许童走了过去：“陆奇洲的秘书打电话过来了。”

艾希的眼睛盯着全息屏幕：“谁打电话？”

“陆奇洲的秘书。”许童重复一遍。

艾希终于回神：“陆奇洲的秘书？秦昊吗？”

那天艾希虽没有亲眼看到叶琳是如何刺伤秦昊的，但是从叶琳身上的血渍，便知秦昊受伤不轻，这么快就恢复工作，这怎么可能？

“不是秦昊，是一个叫尼克的美国人。我查过他的资料，他也是陆奇洲的心腹。”许童道。

“资料发给我看看。”

许童将尼克的详细资料发给艾希，她细看了一遍，随后陷入了沉思。

“怎么了？”许童见艾希脸色严肃，不由得追问。

“我也让杰米查过陆奇洲和秦昊的资料，再看尼克的资料，太诡异了。”艾希道。

许童一脸蒙：“怎么了？”

艾希解释道："从他们两个的资料来看，除了都是为陆奇洲工作外，是没有任何牵连的，但是他们的爷爷竟然在同一个地方工作过。"

许童连忙翻看尼克的家族资料，确实有标注他爷爷的工作单位——南方研究所。

他们的爷爷，也就是说这最少也得是五十年前的事。

艾希看到这个信息后，内心的恐惧和疑惑又增加几分。

许童见艾希的脸色不对，不由得道："艾希，怎么了？"

艾希回神，连忙摇头："没什么，可能是我多想了。"

许童看着艾希："你还是先去休息吧。"

艾希原本想拒绝，但不想许童从她的言行举止上察觉出什么，便起身道："我去客房休息一小时，到时间记得叫我。"

"一小时后你还要去哪吗？"许童追问。

艾希点头道："一小时后离开这里。"

许童不解，表情也跟着紧张起来："艾希，你要离开？为什么？你不是说叶琳不会再来伤害你了吗？"

"别那么紧张，我要去见杰米。"艾希道。

许童听后，摇头道："杰米，你也不能见。她现在也被警察二十四小时跟踪，那天来见我，还说近期让我别跟她联系。"

"你跟杰米见面的时候，都聊了什么？"艾希问。

"她让我别担心你，说你不是被掳走的。"许童道。

"除了这些呢？"艾希问。

"没别的，我们见面没超过一分钟，打个招呼，擦肩而过。"许童道。

"那她是怎么联系到你的？"艾希追问。

许童回忆起那天在楼下被一个小男孩塞了一张小纸条，打开一看，上面写着：半个小时后，在滨北路的十字路口见一面。阿门。

许童当时愣了好一会儿才反应过来这是杰米在约她见面。因为有一次在艾希家里喝下午茶的时候，许童递给杰米咖啡时嘴快把"阿米"叫成了"阿门"，大家顿时哄笑一番。

网络时代的特点就是便捷、简单、高效，深深渗透到每个人生活的方方面面，像传字条这么老套的联系方式早就不存在了。

可是，这也是人类沟通交流的一种方式，就算再老套，再久远，它依旧不会过时。尤其是个人网络安全系统被监视的时候，人类就会自然而然地使用以前的沟通方式。

“前两天，我从外面回来，在小区楼下，有个小男孩给我塞了一张字条，知道是杰米的留言我就去赴约了。”许童道。

艾希听后，表情有些玩味，至少许童是这么认为的，问道：“怎么啦？”

“你知道杰米现在身在何处吗？”艾希问。

“具体不清楚。但警方已经将她列入重点观察对象了。”许童道。

艾希听后，看了许童几秒：“许童，你觉得杰米如何？”

许童不解：“什么如何？”

“她这个人。”艾希道。

“你能交心的朋友，我自然也是放心的。”许童道。

艾希没有接话，只是看着许童。许童见此，追问道：“你突然问杰米，是不是发生了什么事？”

艾希却轻轻摇了下头：“没有。”

许童眯眼：“杰米做了对不起你的事？”

艾希依旧摇头：“没有。”

许童觉得艾希这次回来，改变了很多，感觉她有很多话想说，却又不说。

许童看着艾希道：“艾希，虽然我是你的经纪人，但同时我也是你的朋友，至少我觉得我自己是完全把你当成最亲密的朋友。我也懂得，每个人都有自己的隐私，有些话不方便对旁人说。但是艾希，不管遇到什么事情，我都是无条件站在你这边的。”

许童表明了自己的立场，艾希看了看她，为了不让她担心，说道：“是因为这件事还没搞清楚，所以我不方便说太多。”

“什么地方都别去了，就在我家待着。”许童道。

“警察在到处找我，要是我待在你家被发现，到时候所有人都会认为这一切都是我自导自演，那你的公关工作可就麻烦了。”艾希道。

“那你想去哪？”许童问。

艾希想了想，回了三字：“去警局。”

许童立马道：“那到时候你怎么解释？据我所知，陆奇洲可是提供了证据，证明你是被掳走的。可你现在又这么轻易地回来了，怎么解释？面对警察为叶琳辩解吗？就算你解释，警方也未必会相信，说不定要求你公开记忆云。你愿意公开记忆云？”

公开记忆云，对于艾希而言是完全不可能的，因为她的地下之城之旅，牵扯了太多未证实的东西。

而且因为她个人的行为，造成所有关心她的人都在担心她，甚至在网络上和现实中攻击警局。这并非是艾希愿意看到的。所以与其让警察找她，不如自己主动去警局，让所有关心她的人知道她安全归来，平息这场风波。

“我不会公开记忆云的，你帮我联系齐赢，他也一起去。”艾希决定道。

“艾希，你是不是还没认清你被掳走这件事的严重性？”许童叹气道。

“我知道严重性，可那些爱我的粉丝，继续为我冲动下去，触犯法律的话，我会自责无比。”艾希道。

许童本想说你自己都自顾不暇了，但觉得这句话会伤害到艾希，不由得改口道：“我知道你担心粉丝，但这不是最好的解决问题的办法。”

自己既不能去见陆奇洲，也不能见杰米，就连主动去警局都不行。艾希一时间也想不出更好的方法。

不过在这三者之间，艾希还是更倾向去警局，因为不但可以平息风波，还可以……

然而艾希的内心似乎还在犹豫，她既想知道真相，又害怕面对真相。

这个问题，成了她心里最大的困惑。

“艾希，你还是先去休息吧。”许童觉得她还是需要休息。

艾希还没回答，只听见“砰”的一声，门被炸开了。艾希和许童条件反射地看向门口，轻烟散去，接着进来了几个黑衣人。

家门被炸，许童和艾希瞬间进入防备状态，许童大声斥责：“你们是谁？竟然擅闯民宅！”

几个黑衣人朝她们走了过来，其中一个大高个用枪指着她们道：“乖乖跟我们走，否则子弹不长眼。”

那声音一听便是装了变声器，穿着便装的艾希直接进入战斗状态，眼睛紧盯着他们：“你们到底是谁？”

大高个见艾希已经握拳，脚步也跟着变化，一副时刻准备迎战的准备，哼了一声：“武功再高，也怕菜刀，何况这是子弹。把她们绑起来！”

旁边四个黑衣人朝她们走了过来，艾希的脚步缓缓后退，本能地用身体护着许童。

这个举动让许童感动不已，她总是对艾希说自己会尽最大能力去保护她，可是她能保护的只是她的声誉，用自己擅长的公关手段，帮她摆平不好的质疑声，树立良好的形象。但是在这种随时有生命危险的情况下，艾希却用自己的身体保护她。

两人还是很有默契的，慢慢后退，许童趁艾希用身体遮挡她的时候，偷偷报警。

但下一秒，艾希的耳边传来“嗖”的一声，接着许童的肩膀直接中枪，脚下也跟着踉跄一下，一副要倒地的样子。艾希见此连忙抱住她：“许童……”

许童中的是神经麻痹迷针，这种针的药性很强，中枪能直接让人昏迷。

艾希一边扶着许童，一边看着步步紧逼的几个黑衣人，眼神变得犀利无比：“你们到底是谁？”

大高个黑衣人一步一步走到艾希面前：“我们是谁不重要，只要你乖乖跟我们走就行。”

艾希的眼睛紧盯着黑衣人，心里一直在想怎么破这个局，当她看到高个黑衣人走近的时候，她知道自己的机会来了，下一秒她放开手中的许童，朝黑衣人的小腿骨踢去。但是黑衣人似乎早有防备，竟然躲开了，再下一秒，手中的枪直接抵着艾希的肩膀："别动，否则会死得很难看。"

艾希低头看了下抵在身上的枪，不是麻醉枪，而是去年新出的一个手枪型号，样式特别好看，至少在艾希这种军火迷的眼中，这款枪的颜值是很高的，不过枪可不是拿来看的，这个型号的枪杀伤力极大。艾希在美国片场的时候拿过真枪，当时还想自己什么时候能拥有一把，只可惜国内禁枪令特别严格，所以只能望而兴叹。

不过当下不是欣赏枪的最佳时机，被人拿枪指着，可是非常侮辱自尊的事。艾希最近被人拿枪指着的次数，都快赶上她拍过的电影数量了。她在电影里塑造的正面人物居多，有过枪战，有过近身格斗，也有过远程攻击。每一次她都能利用主角光环去破解剧情里所有的难题，可是在此时此刻，即便她很能打，在面对真枪实弹的时候，肉体都是脆弱的。更何况自己身边还有一个失去意识的许童。

为了许童的安全，艾希选择了识时务，放弃了抵抗。

旁边几个黑衣人走了过来，直接将艾希的手给绑了起来。

"她留下，我跟你们走。"艾希说道。

高个黑衣人，看了下倒在地上的许童，道："一起带走。"

艾希听后，再次强调道："她对于你们而言没有任何价值，放了她，我跟你们走。"

高个黑衣人瞥了一眼艾希："你都自顾不暇了，就别在我面前一副大义凛然的样子了。"

艾希的眼睛看着高个黑衣人："虽然不知道你们是出于什么目的，但你们要是敢伤及无辜，你们也不会得到你们想要的东西。"

高个的黑衣人听了这句话，伸手捏住艾希的下巴，冷笑一声："威胁我？两个都带走！"

旁边的黑衣人突然脸色大变：“老大，外面有情况！”

“什么情况？”

“在外面负责接应的小黑被干掉了。”

高个黑衣人的脸色也跟着变了：“隐蔽。”

说完，他一手拿着枪一手拉过被绑住手的艾希，大手直接扣在她的脖子上，一副把她当靶子的模样，将她拖到厨房的大理石桌后面，其他人也很快地躲了起来。

艾希被他的手臂勒得有些喘不过气来，但还是想着许童：“把我……把我朋友，挪到……挪到沙发下。”

“少废话！”高个黑衣人也没理睬她，直接将艾希的嘴巴给捂住了。

艾希只觉得鼻尖传来一股难闻的汗味，但自己也无法挣脱，不过倒是看到一个黑衣人，把许童拖到了隐蔽一些的位置。

几秒后，许童的家门前又出现一帮人，他们没有直接闯进来，而是先扔了一个烟雾弹进来。

艾希看到整个屋子里瞬间被烟雾模糊了视线，她不由得紧闭呼吸，下一秒，身旁的黑衣人就扔了一个空气降解弹出去，烟雾很快变得稀薄起来。

这帮人直接将许童的家当成了火拼现场。刚进来这一拨人用的是实弹，而且采用了消音，烟雾稀薄之后，很精准地射中了一个来不及躲避的黑衣人。

拖着艾希的高个黑衣人见此，二话没说，直接将艾希拉了起来，把她当成挡箭牌：“都把枪给我放下，不然我直接杀了她。”

刚进来的这拨人先是愣了一下，之后似乎是听到了命令，立马停了下来。

高个黑衣人继续命令道：“把枪放下。”

艾希看着进来的几个人，她一个也不认识，只见他们相互看了彼此一眼，最后慢慢地蹲了下来，乖乖地把枪放在地上。

如此听话，看来是来保护她的，是警方？还是……陆奇洲？

“举起手来，把枪踢过来。”高个黑衣人继续命令道。

这拨人依然照做了，恍惚间艾希觉得自己像是在演戏一样，带着主角光环还被人重视。可是当下不是在片场，抵着她脑门的枪，是真枪，她就算有武功傍身，也得格外小心。

高个黑衣人见几个人都将枪放下之后，拿着枪抵着艾希的脑门道：“都退后，退到门口。”

几个人照做，黑衣人拉着她慢慢挪动到放枪的地方，用脚将枪向后踢去，之后朝左边的黑衣人晃了下脑袋。

黑衣人很快行动起来，将地上的枪捡了起来。

后面进来的那拨人已经退到了门口，高个黑衣人挟持着艾希一步一步往前走。

快到门口的时候，高个黑衣人给旁边的人使了一个眼色，其他几个黑衣人开始组成突破阵型。有两个在前面打前锋，有两个断后。

艾希也准备伺机而动，显然现在不是个好时机。

前锋侦查一番后，便开始挪动。但是没想到的是，门口突然传来“轰”的一声。

爆炸声音震得艾希有些耳鸣，一股浓烟冲向室内，她及时地被高个黑衣人拽着回来，避免被散落的砖块伤到。

许童的这个家算是彻底没门了。

几秒之后，又有一批人进来，最后出现的那个白人对着高个黑衣人喊道：“把艾希放了，不然你们今天谁也别想从这出去！”

高个黑衣人肯定不会放了艾希，因为他一旦放了艾希，他们就会直接被消灭了。

“别过来，再过来，我一枪爆了她的头！”高个黑衣人拿枪的手用力地抵着艾希的脑门。

艾希真的非常讨厌别人拿枪抵着她，要不是手被绑起来，她绝对分分钟暴怒。

不过见此情形，她突然意识到，无论哪一方，都不会轻易杀了她。

她是有价值的，有价值的东西，必然没那么容易被牺牲。

“你们到底是谁？”艾希尽量让自己的语气平和一点。

“我自然是来救你的人。”背向门口的白人对着艾希说了一句流利的中文。

“我也是来救你的。”自己身后的高个黑衣人居然也这么说。

艾希听完，觉得两方说的都是废话，唯一可以认定的，就是她在他们任何一方都是极具价值的，不敢轻易妄动的人。

艾希冷笑一声：“救我？用枪指着我的脑袋是救我？”

“形势所逼。”身后的高个黑衣人说道。

“艾希，别信他的鬼话，我们才是真正来救你的人！”门口的白人道。

“别相信我的鬼话？难不成要相信你们的鬼话？”黑衣人讽刺道。

“再说一句，我就爆了你的头。”高大粗壮的白人威胁道。

“你敢爆我的头，我就爆她的头，回去你的老板就会爆你的头。”高个黑衣人不遗余力地回击。

艾希大喊道：“有完没完？”

双方立刻安静了下来，艾希看着对面的白人说：“是谁派你来的？”

“我们的职责就是保护你。”白人回了一句。

艾希见他不说，不由分说道：“你们不说，我就跟他们走。”

身后的黑衣人听了，嘴角微扯：“你的选择是正确的。”

“艾希，别冲动，我们真是来保护你的。”白人道。

白人的国语标准得完全听不出一丝外国腔，就像在这里土生土长了几十年的人一样。

“那你说，是谁派你来的？”艾希再次问道。

没等白人开口，高个的黑衣人代为回答：“他不会回答你的，不过我可以代他回答你，他是陆奇洲的人。”

果然是陆奇洲。

“是陆奇洲派你来的吗？”艾希确认道。

“不是。”白人直接否认了，“我们是警方派来的。”

艾希眼底闪过一丝狐疑，而挟持她的高个黑衣人继续道：“不承认就给我闪开点！”说完，直接挟持着艾希向白人逼近。

白人看着他们一步一步地逼近自己，道：“再靠近一步，我就爆你的头。”

高个黑衣人似乎笃定白人不敢乱动，直接道：“你不敢，让开。”

白人的脸色明显阴沉了下来，看着黑衣人一步步逼近，他也只能让出一条道来。

高个的黑衣人挟持着艾希，走出了许童的家门，现在不能说家门了，应该说是一堵残墙。

旁边两个黑衣人帮着断后，直到四人全部退进了电梯。

当电梯门关上的那一刻，只见外面的白人握着枪的手臂，青筋突起。

但是挟持艾希的高个黑衣人也没有一丝松懈，紧紧扣住艾希的脖子，小麦色的皮肤被勒出了红印。

艾希伸手拍了下黑衣人粗壮的手臂，示意自己快呼吸不过来了。

高个黑衣人的手劲这才松动一些，不忘在艾希耳边威胁一句：“别耍花样，我可不会怜香惜玉。”

艾希喘了几口气，她现在还没搞清楚这拨人到底是什么背景，不由得咳嗽几声：“我咳咳……我会乖乖跟你们走，松……松开点。”

高个黑衣人没有松手，因为现在的局面对他完全不利，如果不是有艾希这个护身符，说不定他早就被爆头了。

“松……松开点！”艾希继续拍他的手臂道。

“别废话！”高个黑衣人果然一点都不怜香惜玉，再次勒紧了艾希的脖子。

电梯到了地下车库，他们又开始全副武装。

高个黑衣人给左边的人使了一个眼色，左边的黑衣人抬了下手腕，对着腕上的手表发出信号，呼叫同伴：“我们已经到停车场，将车开过来。”

艾希闻言，便猜到这些人为了抓她应该是做了几套备用方案。

电梯门打开后，几个人没有立刻出去，很快听到车子的声音，没过几秒就听到轮胎打滑的声音。

旁边的黑衣人脸色明显不好，目光看向那个高个黑衣人："又报销一辆车。"

"老大，我们从这出去的概率不到两成，而且警察很快就来了。"左边的黑衣人说道。

听了这句话，艾希确定这帮人不是警方的人，那他们到底是谁呢？

"有她在手，出去的概率至少有六成。"高个说完，手中的枪死死地抵着艾希的太阳穴。

艾希对这个动作实在是厌恶极了，如果她没有猜错的话，外面肯定埋伏着其他人。一直在伺机而动的她，也不想再忍了，伸脚就用力踢了一下站在自己前方的黑衣人。

因为惯性，黑衣人直接被踢出了电梯，紧接着一记枪声。黑衣人头部中弹，之后如同一棵被砍断的树一样直挺挺地倒在了地上。

挟持着艾希的高个黑衣人看到这个场面，顿时暴怒，脸上的表情十分狰狞，勒着艾希脖子的手臂更加用力，似乎要杀了艾希的样子："贱人，你竟敢袭击我兄弟！信不信我现在就崩了你！"

艾希面不改色心不跳，因为她笃定他不敢杀她。第一，有她在就相当于防弹盾牌；第二，他们来抓她，必然是要她活着。

"不信。"艾希很淡定地回了两个字。

"你别敬酒不吃吃罚酒！"高个黑衣人喊道。

不过没等艾希回应，旁边的一个黑衣人连忙劝道："老大，别冲动。"

高个黑衣人听了这句话，很不情愿地收起暴怒的情绪，在艾希耳边恶狠狠地说道："别以为我不敢杀你。"

艾希听完这句话，嘴角浮起一抹冷笑，接着再次出手，用脚狠狠地踩向挟持自己的高个黑衣人。艾希突然的袭击，让黑衣人的身体条件反射地瑟缩了一下，抵着艾希太阳穴的枪也跟着松动。艾希的身高本就跟黑衣人有一定的差距，就在他歪曲身体的时候，她也顺势弯腰，对着高个黑衣人的裆部来了一个猛击。

接着艾希凭借着身体的柔软性，越过高个黑衣人，直接又来了一个猛踹，试图将他踹出电梯。

不料身旁另外一个黑衣人反应很快，直接按下关门键，将门关上。

高个黑衣人的手直接抓住电梯门，没让自己的身体出去，但整个人因为疼痛跪倒在地。外面的枪声再次袭来，子弹没打中人，直接打在了电梯门上。

旁边的黑衣人拿着手中的枪对准艾希，艾希知道他手中的那把枪是麻醉枪，要是被射中，自己就无法挣扎了，于是快速躲开。

这枪没有射中，可电梯里的空间毕竟很狭小，艾希再次被瞄准。

就在黑衣人扣下扳机的时候，即将关闭的电梯门，伸进来一只持枪的手，接着“砰”的一声巨响。

艾希眼睁睁地看着对准自己的黑衣人脑门上出现了一个洞，血和脑浆从那个洞里喷溅出来，她的脸上和衣服上，都被红红点点的血迹布满。

就在艾希愣神的时候，刚才被她袭击的高个黑衣人一个侧身滚到她身边，再次将她挟持。

艾希此刻真的一点反抗能力都没有，因为刚才那一幕对她而言，太过震惊，太过血腥。

艾希整个脑子都是蒙的，她被高个的黑衣人拖到角落里，当成防弹盾牌。

电梯门被打开，站在门口的白人看到这样的画面，再次停顿在那里。

高个黑衣人满脸狰狞地吼道：“退后！”

白人看了眼艾希，乖乖退后。

“给我派一辆车。”高个黑衣人再次吼道。

“不可能，我劝你束手就擒，我可以不杀你。”白人道。

高个黑衣人一边紧勒着艾希的脖子，一边看向外面，审视局面后，他明白了即便以他一人之力，挟持了艾希，也是不可能突破重围的。

“不派车是吧？那就让这个大明星陪我一起死！”高个黑衣人大声道。

艾希的耳边全是黑衣人粗喘的气息，脖子被勒得太紧，她有些喘不过气来。直到黑衣人这句话才让她彻底回过神来，被绑的双手，使劲地拍了几下高个黑衣人的手。

高个黑衣人没有放松，而是低下头对着艾希道：“叫他们派车，不然你跟我一块死。”

即便艾希背对着黑衣人，看不清他的表情，但是从他的动作、语气也已经感受到他做好了同归于尽的心理准备。对于生命，艾希是格外珍惜的，因为父母早亡，让她非常清楚一个生命的消逝对于一个爱着他的人是件多么残忍的事。

那时候她还小，无法承受这个打击，每天活得暗淡无光，甚至还萌生过自杀的念头，跟爸妈一起离开这个世界，跟他们在天堂团聚。但是卡卡的爸妈却对她说，每一个孩子都是父母爱的延续，也是他们生命的延续。她的父母已经离开了，难道她也要想不开做傻事？那么她父母的爱也会就此消逝。

艾希当时只觉得这些都是大道理，没人能真正理解她内心的痛苦。可是当她想从天台往下跳的时候，耳边响起的话，便是卡卡父母的那句话。

如果她也死了，父母的爱就会消逝。

想到这艾希犹豫了，因为她父母真的特别恩爱，有时候艾希还会觉得自己是个多余的人。那一刻，她退缩了，踩在阳台上的脚也收了回来。

既然她是父母爱的延续，生命的延续，那么她一定不会辜负父母的这份爱。她也做到了，通过自己的努力，让更多的人爱她，以此来回报父母的这份爱。

如果她就这么被杀了，她不仅仅失去了宝贵的生命，而且再也无法延续父母的这份爱。

艾希猛地咳嗽几声，再次伸手拍拍黑衣人的手臂，高个黑衣人这才稍稍松手："叫他们派车！"

艾希再次咳嗽几声，才看着对面的白人，张口道："派……"

但是她还没说完，有人靠近白人在他耳边说了一句话，白人的脸色瞬间变幻莫测。

就在艾希快要被勒到窒息的时候，白人听完那人的话之后，凶狠的目光露出一丝无奈，随后粗鲁地骂了一句："浑蛋！"

他直视着电梯里的艾希，缓缓张口："派一辆越野车过来。"

挟持着艾希的高个黑衣人又说了一句："限你一分钟之内把车开到这里，不然同归于尽。"

白人很快安排了一辆黑色的越野车，高个黑衣人挟持着艾希走到电梯门边："退后二十米。我警告你们，你们应该也测试到我体内有血压触感炸弹，你们敢杀我，她也会跟着一起被炸死。"

白人刚才不敢强攻，就是因为手下用仪器检测出黑衣人体内有血压触感炸弹，这种炸弹很袖珍，但爆炸威力可不小，也就是说一旦爆炸，本人粉身碎骨不说，身旁三米之内的人也会跟着受重伤。就眼下的情况而言，他紧勒着艾希，两人身体贴着，一旦白人这边开枪，射中黑衣人，他的血压发生异样，便会直接引爆炸弹，发生爆炸。

看来这些人挟持艾希的计划，不是一天两天了，而是精心策划的，因为植入这种炸弹都是有风险的，时间不能太长，否则容易造成血管堵塞。

白人听后，伸手一挥，让周围的人退后。

高个黑衣人见此，挟持着艾希走了出来，即使围了一圈的人，但是谁都不敢轻举妄动。

艾希就这么被他拖上了车，眼睁睁地看着车门被关上，之后车内传来“砰砰”两声枪响。

白人听到枪声，眼皮不由自主地跳了几下，很快车子被启动，往出口的方向疾驰而去。

“追！”白人见此，直接下命令。

艾希坐在副驾驶上，看着身旁的高个黑衣人手动操作着车子，车速很快，换作平时全自动系统会出现很多警告。不过刚才那两声枪响，是黑衣人用枪将车子的全自动系统给打烂了，所以现在的他完全无视交通规则。

“你们挟持我的目的是什么？为了钱？要多少？我给你！”艾希试图套话。

黑衣人哼了一声：“你的价值可不是用钱可以估量的。”

“你身后的老板是不是太高估我了？”艾希也冷笑道。

黑衣人一边驾车一边回道：“别试图套话！”

“你们是千业城的人？”艾希不死心，继续问。

黑衣人侧过脸瞥了下艾希，冷声道：“劝你闭嘴，不然直接打晕你。”

艾希毫不畏惧，继续张口道：“你们的目的是引出陆奇洲，是不是？”

黑衣人没有回答，而是直接伸手，朝艾希的脖子劈去，试图将她打晕。艾希明显没有束手就擒的打算，被捆住的双手直接抬了起来，挡住他的手，之后她的脚也朝他身上踹去。只是她身上系着安全带，动作幅度没办法做到精准，踢在他腿上的力度也完全没有达到平日里的威力。不过艾希的这一脚还是有效果的，正在开车的黑衣人侧腹一记吃痛，持着方向盘的手也跟着晃了一下，车头也跟着扭动，差点撞到旁边的车。

“你找死啊！”黑衣人破口大骂，接着一手把持着方向盘，一手握拳朝艾希的纤纤细腿重重地捶去。

艾希的小腿受到重击，感官中枢传来强烈的疼痛感，感觉骨头要被砸断似的。她忍着痛，将脚快速收回，又狠狠地踢了一脚过去。

车子再次剧烈晃荡了一下，不过这次没有拳头反击自己，而是直接被高个黑衣人持枪抵着脑门，恶狠狠地说道："再动一下，我就杀了你！"

艾希也没敢再乱动了，因为他的枪已经上膛，就在她想开口说话的时候，高个黑衣人持枪的手猛地朝她的脑袋砸了一下，力度非常重，瞬间使得艾希头晕目眩，没过几秒额头流淌着一股热乎乎的液体。当她意识到这是血的时候，高个黑衣人接着又给了她一拳，艾希的意识渐渐模糊了。

不知道自己昏迷了多久，当艾希再次睁眼的时候，恍恍惚惚地看到熟悉的天花板。也不算特别熟悉，但她可以清晰地认出这里是陆奇洲的主卧。她在这里鸠占鹊巢的一段时间里，清晰地记住了这个天花板。

可这会不会是她的幻觉呢？在她昏迷的那一刻，她分明是被一个黑衣人劫持了。

艾希的眼睛彻底睁开，视线慢慢聚焦，等她看清天花板，才确定无疑就是陆奇洲的主卧。之后，她转过头看向周围，头部传来疼痛感，让她不由自主地停下动作。

艾希伸手摸了下脑门，被黑衣人敲伤的地方已经用纱布包裹好了。

可是她有点想不通，此刻的她怎么会在陆奇洲的家里？是他出手救了她？还是警方赶到救了她？

就在艾希摸着伤口上的纱布陷入思考时，卧室的门被慢慢推开，一道熟悉的身影出现在眼前。

陆奇洲。

艾希不知道自己昏睡了多久，但不管如何，她已经好些天没有见到他了，看到他那颀长的身影一步一步靠近她，不知为何，艾希竟然萌生出一种想哭的冲动。

"艾希，你终于醒了！"陆奇洲走近之后，直接坐在床边，满眼关切地问道。

他还是那么伟岸，那么帅气，但脸上的表情却充满了担心和自责。

艾希就那么躺在床上看着他，感觉自己像是在做梦一样，她伸手想要触摸他的脸庞。

陆奇洲见此，直接俯身过去，让她的手正好搭在自己的脸上，大手也贴上她的手背。

“奇洲，真的是你吗？我是不是在做梦？”艾希微微张口道，似乎还没分清这是梦境还是现实。

陆奇洲握住她的手道：“这不是做梦，是我，我就在你的身边，以后别再离开我。”说完，陆奇洲紧紧握住她的手，用温热的唇轻吻她的手背。

艾希清晰地感受到他嘴唇的温度，以及胡子带来的刺痛感。

几天没见，眼前的陆奇洲还是有所不同的，感觉似乎苍老了一些，可能是因为没有剃胡子的关系，下巴上短短的胡子，刺得她的手有点疼。

尽管这样，艾希还是不敢完全相信：“真的是你？我真的不是在做梦？”

陆奇洲将她的手贴着自己的脸：“不是做梦，是我。”说完，低头下去，轻吻了一下艾希的红唇。

艾希能清晰地感受到陆奇洲唇上的温度，以及他身上那股熟悉的味道，不是做梦，而是他就在自己的眼前，两人唇齿相依，气息交融。

就算是做梦，这也是一个美梦。

对于陆奇洲的吻，艾希历来都没有抗拒的能力，只要他轻轻触碰，她整个脑袋就开始发胀、眩晕。

面对刚醒来的艾希，陆奇洲尽管想用吻表达他对她的思念，对她的担心，却不敢过度索吻，蜻蜓点水一番便恋恋不舍地松开，目光俯视着她：“从今以后，我不允许你离开我半步。”

温柔的口吻中带着强有力的霸道，令艾希心软。

艾希想起自己带叶琳逃走的那天，她没有听从他的话，而是完全依照自己的意愿行事，她想为此跟他道歉，可是话到嘴边，又说不出口。

几天的时间，似乎一切都变了。

眼前的男人，是令她心动的男人，可也是她开始惧怕的男人。

艾希看着陆奇洲，看着他那深邃的双眼，那毫不掩饰的深情以及强烈的占有欲，她根本无力抵挡。可是这几天的经历，都在脑海中打转，让此时此刻的她，不知道该怎么去面对他。

陆奇洲温热的呼吸打在艾希的脸上，令她不自觉地脸红起来，为了避免尴尬，她缓缓张口道："我……我昏睡了多久？"

"一天。"陆奇洲回答她的时候，大手轻轻在她泛红的脸上摩挲，"你知道这一天，对我来说有多么煎熬吗？"

他眼底的担心不言而喻，让艾希看了，不自觉地心生内疚，她抿了下唇，还是跟他真诚地道歉："对不起，是我……是我太冲动了。"

"答应我，以后别再干傻事了好吗？"陆奇洲让艾希跟他保证。

干傻事？

艾希对于这个说辞不是完全认可，她会那么冲动，是因为内心有着太多的不解和疑惑。

艾希忍不住询问："是你救了我？还是警察救了我？"

陆奇洲抚摸着她的脸道："这些都不重要，现在的你只需要乖乖听话，好好养伤。"

艾希听着他温柔的声线，看着他深情的目光，如果没有发生那么多的事情，她可能会做一个完全依赖男友的乖乖女，可是现在不同，她还是想知道到底是谁救了她。

"是你救了我？还是警察救了我？"艾希又重复一遍。

陆奇洲见此，摸着她的脸："是路人救了你。"

艾希闻言，眼底尽是疑惑："路人？"

陆奇洲见她一副不问清楚不罢休的样子，解释道："挟持你的黑衣人在半路上翻车了，路人把你从车上拖了出来，我为此已经重谢了他。"

艾希看着陆奇洲，或许因为有了先入为主的概念，她对他的话，已经无法完全相信了。

“那个黑衣人现在在哪？”

“当场爆炸身亡，不过身体的碎片被警察收集去验证真身了。”陆奇洲回道。

挟持她的高个黑衣人当场爆炸身亡，而艾希却安然无事，这让她如何接受这个事实？

艾希看着眼前的陆奇洲，内心的恐惧又滋生出几分，但她尽量克制自己，没有表现出来，几秒后才张口：“你应该送我去医院的，不然警察又要来家里调查了。”

而陆奇洲见她如此，不由得再次抚摸她的脸道：“我不介意。”

面对陆奇洲，艾希内心虽然有些恐惧，但他手指的温度却让她眷恋。

他的身份到底是什么？

是她的幕后金主，还是主宰全人类记忆云的大魔王？

艾希再次张口：“我……不想拖累你。”

陆奇洲听完这句话，凝视着艾希：“我不允许你说这样的话。”

看着陆奇洲霸道的样子，艾希有点想笑，这样的对话其实上演过一遍，如今重演，感觉就像偶像剧里的重播一样。

“那我换句话。”艾希改口，“你别拖累我。”

陆奇洲闻言，表情微怔，俯看着艾希道：“艾希，为什么这么说？”

艾希直视着她：“知道我这几天在哪吗？”

“千业城。”陆奇洲道。

“你知道？”艾希看着他。

“警察跟我报告了实时信息。”陆奇洲道。

“这几天我在千业城的地下之城。”艾希跟陆奇洲坦诚交代了自己这两天的行踪。

“千业城的地下之城？”陆奇洲听后，重复艾希的话。

“你应该听说过。”艾希道。

陆奇洲却摇了摇头："没有。"

艾希看着他，不想错过他的任何表情，都说微表情骗不了人，看着眼前陆奇洲真诚的样子，如果他真的不知道，那么她所有的怀疑都是空洞的，如果他是演戏，那么他很有影帝的资质。

"真的没有？"艾希确认一遍。

陆奇洲再次摇头："第一次听说。"

艾希看着他："以你的身份，我觉得你应该是听说过的。"

陆奇洲闻言，淡淡一笑："艾希，别把我想得那么强大，这个世界上，还有很多我也不知道的事情。"

艾希看着他嘴角的笑容，那么和煦，那么温柔，让她根本无法辨识他的话是真是假。

"或许，你比我想象中的还要强大。"艾希看着他幽幽地回道。

陆奇洲听了之后，握住艾希的手："艾希，我知道你心中有很多疑惑，尤其是关于叶琳的。这个我可以跟你解释。"

"你说。"艾希很干脆。

"我把叶琳关在地下室，是我决策上的错误，因为这是犯罪的行为。"陆奇洲坦诚说道。

艾希其实并不想听这些话，因为都是一些表面说辞，于是她也不绕弯子，问道："我知道你是为了保护我。不过我就想问一句，你在认识我之前，是不是早就认识了叶琳？"

艾希的逼问让陆奇洲的表情有明显的波动，但语气依然沉稳："她跟你说了什么？"

艾希没有直接回答，而是直视他几秒。

陆奇洲握紧她的手："艾希，你是相信她，还是相信我？"

看着眼前的陆奇洲，艾希很想回一句"你们，我谁都不信"。

可是到最后，嘴里说出来的话却是："我的头有点疼。"

陆奇洲对艾希转移话题固然有些失落，但他更关心她的身体状况，大手贴着她的脸询问道："是伤口疼，还是晕眩？我马上叫医生进来。”

艾希看到陆奇洲关切的眼神，心中还是难免感动：“有点晕眩。”

陆奇洲听后，很快叫来医生。医生给艾希仔细检查了伤口，之后对陆奇洲小声道：“艾希小姐的伤口无碍，不过脑震荡患者目前还是需要多休息，少思考，少说话，少刺激。”

陆奇洲点了点头：“知道了。”

医生出去之后，陆奇洲给艾希拉了下薄被：“对不起，看见你醒过来，我太激动了，跟你说了那么多话。”

艾希看着他温柔的动作，张了张口：“奇洲，我信任你。”

陆奇洲看着她，笑了笑说：“听医生的话，什么也别想，好好养伤。”

艾希看着陆奇洲眨了两下眼睛，表示听话的意思，不过似乎又想起了什么，开口道：“我的经纪人许童，她现在在哪？”

“她在客房。”陆奇洲道。

艾希有些意外：“她怎么样，受伤严重吗？”

“她没事，只是受了一点惊吓。”

“我想见她。”艾希道。

陆奇洲听后，摇头道：“迟一点再见吧。医生说了，你现在不能多说话。”

艾希想说自己是装的，还是忍住了。

“闭眼，什么也别想。”陆奇洲摸了摸她的脸。

艾希很听话，缓缓地闭上眼睛。陆奇洲低头吻了下她的额头，才起身离开了卧室。

就在陆奇洲关上门的那一刻，艾希缓缓地睁开眼，脸上的表情很微妙，因为此时此刻的她对陆奇洲的看法也很微妙。

陆奇洲回到书房，尼克刚结束全息影像的会议。

尼克将目光转向陆奇洲：“老板，一切准备就绪。”

“确定万无一失？”陆奇洲道。

“确定。”尼克点头道。

陆奇洲看了眼尼克：“出去吧，我想单独待一会儿。”

尼克服从命令，留下陆奇洲独自待在书房，室内很安静，只有阳光斜照在落地窗前的地板上，外面藤椅的遮阳纱巾随风轻舞，茶几桌上落了一只小鸟，不过小鸟只是停留几秒又飞走，很快便消失不见。

陆奇洲站了起来，缓缓走向窗边，目光眺望着远方，眼眸中透着一股阴郁。

刚才在自己与艾希的对话中，他感受到艾希对他的不信任，尽管她最后说信任自己。陆奇洲表面装着开心，心里却是失落无比。

这就是真正喜欢一个人的真实感受。

因她喜，因她悲，因她魂不守舍，因她茶饭不思。

而面对不信任他的艾希，这个秘密他还能对她保守多久呢？

现在他应该向她坦诚去换得她的真心，还是继续隐瞒，别让她再卷入其中？但无论何种选择，艾希都不会完全信任他，以她的聪明才智，迟早都会知道真相。

她是不会相信任何一个人的。

第九章 被操控的爱情

地下之城。

向凯通过基因验证，进入一条长长的走廊，走廊的光特别明亮，像是一条通往天堂的路。

他没有直走，而是在中间的位置向左拐，又走了一段，再次进行全身基因识别，确认身份，大门打开，映入眼帘的是一个类似基地办公室的场景。

大家看到向凯进来，都抬头看他，但很快又低下头，各自忙碌。

向凯的表情很镇定，直直地走向决议室，伸手推开门。

他进入决议室，里面已经候着一群人，大家的目光再次集中在他的身上。

向凯微微低头表示尊重，毕竟这里面坐着的人，都是前辈。

大家又齐刷刷地收回目光，向凯向左边走去，到了主席台左边第三个位置，伸手拉开椅子，坐了下来。

主席台上的一位白发长者，从外貌来看应该年近古稀，脸上褶皱一堆，但眼神锐利。

“安抚完家属了？”长者开口问话。

向凯点了下头：“嗯。”

“造成现在的局面，你打算怎么负责？”长者的口气不急不缓，但仍能感受到他的威严。

“任由处置。”向凯没有辩解，直接扛下所有责任。

话音刚落，坐在他对面的一个年近五十岁的中年男人直接指责道：“你以为这四个字就可以解决问题？”

“没有。”向凯否认。

“向凯，别以为你直接认错，我们就会轻惩你，这件事的后果，是你承担不起的。你知不知道，你这是拿整个千业城以及地下之城所有人的性命不当回事！”斜对面的一个长者也开口道。

“你这就是恃才自傲，不把我们放在眼里！”

向凯看着指责他的各位前辈，丝毫没有辩解的意思，一直保持沉默。

可越是如此，越是让人觉得他桀骜不驯。

“你看看，他连解释都懒得解释。向凯，你这是要牺牲多少人的性命才会眨下眼皮啊！”

“指望他眨眼皮？估计得赔上整个地下之城。”

众人纷纷跳出来指责向凯的时候，坐在主席座的长者，轻咳一声。

决议室内瞬间安静下来，大家的目光一致看向长者。

“这次的计划，向凯是有一定责任，但你们也脱不了干系。”长者嘶哑却有力的声音在安静的决议室内响起。

右边的中年男人似乎想辩解，张口道：“贺老……”

“是谁派人去抓艾希的？”贺老那锐利的目光扫了一下在座的人。

大家顿时不敢出声。

“是谁？”贺老再次发问。

决议室的气氛顿时变得紧张起来，因为贺老的口气明显是生气了。

“我再问一遍，你们当中谁下的令，派人去抓艾希的？”贺老再次逼问。

贺老的眼神就像一把上膛的枪，震慑力十足，就连室内的温度都好像降了几度。

几秒之后，终于有人出声，是坐在向凯斜对面的中年男士：“是我。”

贺老的眼睛紧紧盯着他：“为什么擅自做主！”

“既然已经确定艾希就是陆奇洲的软肋，却还要放她回去，这不仅暴露了地下之城，更重要的是我们失去了一张对付陆奇洲的王牌。”

中年男士说道。

向凯听完这话，目光看向那位前辈，不由得开口："王总工，关于为什么要放艾希离开这里，我已经说明过，即便她在我们手里，也未必就是一张能用的牌。相反放她回去，更有利于我们搜集更多陆奇洲的信息，因为艾希会让他暴露更多。这次事件虽然很痛心，但也不是完全没有收获。陆奇洲的人也出现了，我们也就有了更多的线索。"

对面的王总工听了之后，看着向凯："向凯，你这是在冷嘲热讽吗？"

向凯的眼底透着一股无奈，大家建造地下之城的初心便是恢复人类最初的自由，人身自由、意识自由，大家齐心协力，一致抵抗外面的网络世界。可是人类基因里自带各种劣根，譬如贪婪、忌妒、恋权……

即便在道德与法制十分健全的国家，人类的贪婪也从未改变过，永远不知满足。尤其是对财富以及权力的贪婪，会随着时间无限扩大。即便身处高位，也不能满足，人们互相猜忌，甚至大打出手从而伤及无辜生命。

这次事件便是互相猜忌的结果，导致了无数生命的消亡。

没等他回应，坐在主席桌上的贺老又咳嗽一声，道："关于这件事，向凯无责。"

大家的目光齐刷刷看向贺老，贺老接着道："他的计划事先有跟我报备，也得到了我的允许。而你们的擅自行动，不仅画蛇添足，还牺牲了那么多无辜的生命。"

王总工听了之后，脸色微沉，他知道贺老的这番话明显有偏袒向凯的意思，但碍于贺老的权威，他也不敢公然顶撞。

贺老再次看向众人，道："我知道在座各位的心里是怎么想的，你们是不是觉得我偏袒向凯？"

"没有，没有。"

众人赶紧出声解释，否认贺老的这个说法。

贺老接着道："我平日里确实偏袒向凯。"大家闻言，脸上的神情变幻莫测，“也正是这种偏袒，才让在座的各位开始人心不齐。在这里我要跟大家认个错。”贺老道。

众人的脸色变幻莫测，贺老作为千业城以及地下之城的主导者，虽不能说对他的话言听计从，但他的分量也是任何人都不能替代的。

这样一个重量级的人物，公然向大家道歉，每个人心里难免惴惴不安。

向凯的表情有些内疚，因为贺老对他而言，不仅是领袖、长辈，更是人生的指引者。出了这个事，贺老替他出面跟大家致歉，让他的内心很是愧疚。

“贺老，使不得！这事要追责也都是我的过失。是我迷失了自己，没了大局观，差点让你布局多年的计划功亏一篑。”王总工立马出面认错。

“贺老，是我们迷失了。”

下面连着好几个人也跟着认错，白发苍苍的贺老看了下众人，说道：“一直没能确认目标，让我们彼此都迷失了方向。现在目标出现，我们应该重拾曾经的初心，因为这事关系到我们以及我们的后代，甚至关系着整个人类的生死存亡。”

听完贺老的话，众人的脸色都变得凝重起来。

“贺老，我们一切行动听指挥！”王总工带头道。

其他人也纷纷附和，贺老看着他们，缓缓开口道：“一切行动听指挥，即便这个指挥权给向凯，你们也无条件服从吗？”

此话一出，在座的长辈们内心又起了波澜，脸色也跟着五花八门。

向凯一直没吱声，他也不方便吱声。这十来位前辈一辈子的心血都注入了地下之城，而他不过三十来岁，就算他的技术是顶级的，但接下指挥权这个重任，难免不能服众。

“你们还是带着偏见看待向凯。不过这个偏见也是我一手造成的。”贺老道。

“贺老，其实也并非全是偏见，向凯的能力和技术大家都是有目共睹的。”末席上一个四十来岁的女人开口道。

她叫秦飒，是地下之城的网络安全工程师，一直跟向凯合作，可以说她是最了解向凯实力的人，当然也是最拥护向凯的人。

即便听她说完，人群中似乎还是有异议的样子。

贺老听后，脸上浮现出一抹冷笑：“我们都忘了建立这个地下之城的初心，时间久了，把自己当成了这里的王，这里的主宰者。我们在那个人面前就是蝼蚁，还没反抗就被全部歼灭。我们还要继续被当成异类，还要继续躲在这个地下之城苟且偷生吗？”

贺老的话很重、很犀利，在座的众人也没有人吭声。

“以目前的局面，我们别说考虑人类的生死存亡，我们就连自己的存亡都危在旦夕。如果你们可以不顾这些，继续争权夺利，继续尔虞我诈，那就请便吧。”

这话让大家不仅不出声，甚至都不敢出气。

“我并非指定向凯为最高指挥者，而且我也没这个权力，接下来要怎么做，是大家的事，不是个人的事。”贺老说完最后一句话，犀利的眼神慢慢收敛起来。

“贺老，即便你指定向凯为最高指挥者，我们也不会有异议！”王总工道。

“我赞成王总工的话！”

“我也赞成！”

“我也赞成！”

向凯看着这个场景，内心的感触很多，更加认识到自己的不足，贺老的威严不是摆出来的，而是靠自己的实力以及品德去服众的。

今天召集大家过来，非常尖锐地说这么多话，无疑是想统一人心，攘外必先安内。

“我不指定任何人为最高指挥者，接下来的所有行动，交给在座的各位共同商榷。还有一点，我不希望再看到像昨天那种事发生。”贺老道。

贺老的语气非常低沉，像是无比痛心的样子。

“是，贺老！”大家齐刷刷地应道。

贺老看了他们一眼，缓缓地拄着拐杖站了起来：“话也挑开说了，说完就过了，大家今后齐心协力就好。”

目送贺老离开之后，向凯与对面的王总工对视一眼，作为晚辈他主动低头，王总工冲他嘴角微扯，站起身离开了决议室。

直到王总工以及他们的人离开之后，秦飒和几个年轻一代的网络工程师才凑了过来。

“王总工那个笑是什么意思啊？”

“还能什么意思，看不起我们这些年轻人呗。”

向凯听后，制止道：“别乱揣测。”

“向凯，你完全不计前嫌吗？”秦飒问道。

向凯看了眼秦飒，又看了眼身旁几个年轻的工程师，张口道：“我们的目标是陆奇洲，而不是王总工。”

秦飒闻言，笑了笑：“希望王总工的想法跟你一致。”说完，第一个离开了决议室。

警局，网络安全小组。

何莹莹将昨天在艾希经纪人家里死亡的几个人的基因报告传输给邢凯锋，道：“头儿，基因报告出来了，已经确认死者身份。六个人都是孤儿，还是同一个孤儿院出来的，十八岁之后就都离开了孤儿院，居无定所。其中一个，也就是爆炸的那个，虚假身份有很多，不过他的基因痕迹在千业城出现的次数频繁，目前锁定他的父母住在千业城。”

邢凯锋边听边翻阅报告，目光最后停在爆炸那人的资料上：“还有什么发现？”

何莹莹伸手翻了一下屏幕，继续说：“这七个人当中，有三个人的身体里没有安装记忆云。我们还做了脑部疤痕检测，这两个是在四年前做的手术，而爆炸的那个人时间更久远一点，有十年左右。”

“也就是说，他在千业城居住的时间长达十年之久。”邢凯锋道。

何莹莹听后点头道：“从取出芯片的时间来看，可以这么判定。”

从几十年前开始，每一个出生的婴儿都会直接被植入一个芯片，也就是现在的记忆云。这个芯片不仅可以记录这个人的一生，还可以拓展人类身体的极限。譬如加强记忆、快速搜索、及时救助等各项优势。相对应没有记忆云的人，才是另类。虽然没有刻意驱逐这类人，但也是被众人避讳的。

千业城便是没有记忆云的人最大的容身之地，刚开始只是小部分人，政府多次出面干预，却始终无法干预，慢慢地那里发展成一个大城市，有独立的网络，独立的系统，久而久之成了一方法外之地。

“去见一下他的家人。”邢凯锋道。

“我看到资料之后，第一时间通知了在千业城搜查的警员，让他们去这个地址确认，但我们的人到时早已人去楼空。”何莹莹道。

邢凯锋听完报告之后，微微眯眼：“有去采集基因痕迹吗？”

“正在采集，还没传回来。”何莹莹道。

“传回来后直接发给我。”邢凯锋道。

何莹莹点头，准备转身出去的时候，停住了脚步：“头儿。”

邢凯锋没有抬眼：“还有什么事？”

“我们脑部的记忆云芯片，其实很可怕对吗？”何莹莹很直白地说出自己的感受。

邢凯锋抬头看着何莹莹，几秒后才开口道：“任何事情都有多面性，看你从哪一面看待。”

“黑暗面。”何莹莹道。

邢凯锋听了这三个字，笑了笑：“我们确实一直处于黑暗面的世界里。”

“头儿，我们目前追查的这个案子，是不是将会成为整个人类认知中的一个颠覆？”

邢凯锋看着何莹莹，他在警局负责网络安全，比别人看过更多网络上的黑暗，比任何人都要明白网络安全的重要性。

因为这是一个可以杀人于无形的世界。欺骗或安慰对于他们都是无用的，于是邢凯锋回了一句话："证据才是审判的砝码。"

何莹莹听后，微微点头道："明白了。"

邢凯锋还想说些什么，但看着何莹莹那明亮的眼神，他犹豫了下，没继续往下说，因为这件事事关重大，也不是他们可以抵挡的。

"头儿，那我先出去了。"何莹莹道。

邢凯锋忽然想起什么，连忙道："跟我去趟陆奇洲的庄园。"

一分钟之后，何莹莹坐上了邢凯锋的车，邢凯锋没有启动无人驾驶，而是选择手动操作。

何莹莹看着他修长的手指搭在方向盘上，突然觉得邢凯锋的手意外的好看，骨节分明。

邢凯锋见此，侧过脸看了她一眼："看什么？"

何莹莹连忙收回目光，说了一句："头儿，你把无人驾驶系统卸载了？"

"嗯。"邢凯锋应道。

"等会回来，我也把车上的无人驾驶系统卸载了。还有，要不要和组里的其他人说一声？"何莹莹道。

"可以。"邢凯锋回道。

何莹莹听后，并没有多轻松，道："可是就算卸载了无人驾驶系统，我们脑部的记忆云还在，这一切等于白搭。"

刚好转弯，邢凯锋的手往左打方向盘："记忆云还在也并非完全是件坏事，他们可以在背后操控着一切，但操控得越多，暴露得就越多。"

何莹莹听完，侧脸看着邢凯锋："头儿，陆奇洲真的是那个背后黑手？"

"我们是警察，只能以证据定论一个人。"邢凯锋回道。

何莹莹抿了下嘴，表情有些低落："可是我们现在一点证据都没有。"

邢凯锋听后，嘴角微扯："艾希身上发生的这些事，就是证据。"

何莹莹瞬间领悟，眼神中带着一丝欣喜："对，没错，这就是证据，暴露出来的证据。"

"艾希是关键人物。"邢凯锋道。

何莹莹无比赞成这句话："头儿，我说的是假设，倘若陆奇洲真的是背后黑手，那么他为什么会这么珍惜艾希，为了她不惜暴露自己？难不成是真爱？"

这个问题邢凯锋早就想到了，而且想了很多遍，他也无法做出确切的解释。

真爱？他觉得这两个字有些荒谬，因为在他的认知里，爱情是极少数人所拥有的。

在科技发达的今天，可以根据个人基因进行最高效的爱情匹配。毕竟产生爱情的根源，是人体释放的一种叫多巴胺的神经元素。

无论是一见钟情，还是日久生情，只要释放出足够多的多巴胺，那么你就有可能对某个人来电，从而触发了爱情。不过有趣的是，当人遇到危险或紧张的时候，也能触发并提高多巴胺的分泌水平。换句话说，人处于危险的时候，产生爱情的可能性就更高。所以这就是一些彼此有好感的男女喜欢结伴看鬼片的原因。

对于多巴胺这种神经兴奋剂，有好的一面，它可以让一个人更自信，更有安全感，为此现在很多男女都会服用一些促进多巴胺分泌的保健品。说是保健品，其实也有一定的副作用，如果一个人自信过头，那便是空前的膨胀和激进，甚至还有可能造成性格上的偏执。

沉默了几秒后，邢凯锋才回应了何莹莹的话："没有无缘无故的爱。"

没有无缘无故的爱，这句话充满了真理。

"是，这个世界上从来没有无缘无故的爱，谁会无缘无故对一个人好呢？要么是出自真心，要么就是另有目的。"何莹莹道，"倘若他真是艾希背后的金主，他的目的是什么呢？只为造出一个让所有人喜欢的明星？"

随便在街头调查一番就能发现，喜欢艾希的民众绝对可以达到百分之九十九，就连邢凯锋这样不怎么关注娱乐圈明星的人，都对艾希有几分好感。虽然没有像追星族那般疯狂，但是她演的电影也都会去看。

“不，目的肯定没有那么简单。两人相识之后，因为艾希是公众人物，借此公开自己的身份，目的又是为何？炫耀自己强大的自信心？如果是这样，他该有多么鄙视那些被蒙在鼓里的广大群众。”何莹莹自言自语道。

邢凯锋听完她这些话，倒是得到了一些启发，说道：“或许，他就是想炫耀。”

何莹莹愣了下，意识到自己说的话，完全是没有根据的猜测：“头儿，他的目的有这么简单吗？”

邢凯锋收起心绪道：“去见艾希，看她能否给我们提供点新的线索。”

何莹莹点点头，车内重新恢复了安静，开车的邢凯锋也陷入了沉思。

到了陆奇洲的山庄门口，负责安全警戒的年轻警察走了过来，邢凯锋降下车窗，警察敬了一个礼：“邢组长。”

邢凯锋看了下旁边黑压压一片的媒体，开口道：“怎么还这么多媒体在这？”

“赶走了一批又来一批。”警察无奈地回道。

邢凯锋对这些媒体也是没辙，虽然他们好些是为了流量，以八卦娱乐报道为主，但也不乏一些跟他们警察一样，为了追寻事情真相的人。他们有自己的话语权，只要没有越线，警察对他们一点办法也没有。

“帮我按门铃。”邢凯锋对警察道。

警察立马照办，很快门被打开，邢凯锋驱车进入。

站在客厅的尼克对陆奇洲道：“邢凯锋来了。”

“你通知他的？”陆奇洲道。

艾希醒过来的事没几个人知道，尼克摇摇头：“没有通知他。”

陆奇洲哼了一声：“他这是掐着时间过来的。”

“邢凯锋的调查范畴不仅在于艾希的案子，他也在调查你。”尼克道。

陆奇洲闻言，嘴角勾起一抹笑意：“随他去。”

尼克看着陆奇洲嘴角的笑意，那是自信的微笑，无所畏惧的微笑。

“老板，有关我们暴露的信息你计划什么时候抹平？”尼克问道。

“不急。”陆奇洲回了俩字。

尼克见陆奇洲如此淡定，也不再说什么：“那我出去迎接他。”

陆奇洲点了点头。

一分钟后，邢凯锋和何莹莹出现在陆奇洲的面前。

何莹莹看到高大帅气的陆奇洲时，跟之前见面时的感触完全不同，之前自己还会花痴一下，毕竟欣赏帅哥是件赏心悦目的事，但这次自己的内心翻涌起强烈的惧怕感。

倘若一切猜想是真的，那么眼前的这个男人便是影视剧，小说里所描述的超级大魔王。

害怕是正常的，恐惧也是正常的。因为倘若一切都是真的，此时此刻，何莹莹脑中的所思所想，他全部都知道。

想到这，何莹莹的手瞬间冰凉，她连忙收回看向陆奇洲的眼神，似乎是害怕被看出心中所想似的。

邢凯锋注意到何莹莹的异样，他何尝不是五味杂陈，但不管如何，他都会继续追查真相，哪怕面对这样强大的幕后大老板。

“两位想喝点什么？”陆奇洲颀长的身体坐在沙发上，彬彬有礼地询问邢凯锋和何莹莹。

邢凯锋摆手表示拒绝，直接问道：“艾希醒了吗？”

“半个小时前醒了，不过之后又昏睡过去了。”陆奇洲道。

“我们现在想见她。”邢凯锋没有理会后面那句话，直接说明自己来这的目的。

“恐怕不行。”陆奇洲直接拒绝。

“陆总，我知道你是关心艾希的身体，但你无权干涉司法办案。”邢凯锋很直白。

陆奇洲的目光看向邢凯锋，十分淡然地回道：“我是无权干涉司法办案，但是我有权要求在她醒过来之后再接受调查。”

“我理解，不过案情紧急，为了尽快抓住挟持艾希的另外一拨人，我们很需要艾希本人的协助。”邢凯锋道。

邢凯锋在说这句话的时候，眼睛紧盯陆奇洲，似乎想看他的反应，然而陆奇洲没有任何反应，表情依旧很淡然："邢组长，你办案的方式是不是除了当事人协助，就没有其他能力从旁追查了？"

陆奇洲的语气里带着一丝讽刺、一丝怒气、一丝不满。

何莹莹听着很不舒服，想开口反驳，但是直接被身边的邢凯锋给拦了下来，她只能暗暗咬唇。

"我办案的方式就不劳陆总费心了。陆总也说过，希望我们尽快找出真相，可你这般拦着我，不让我们第一时间接触醒过来的艾希，我有些无法理解。那你到底是希望我们尽快找出真相，还是不希望呢？"邢凯锋面带微笑地问陆奇洲。

陆奇洲闻言，目光紧盯着邢凯锋的脸，说道："邢组长这话是什么意思？"

邢凯锋笑道："纯粹是希望你配合的意思。"

"我要是不配合呢？"陆奇洲反问。

邢凯锋见此，一本正经地回道："妨碍司法执行，警方绝不姑息。"

陆奇洲闻言，笑了起来，正要开口的时候，耳边传来一句女声："我跟你们回警局接受调查。"

陆奇洲和邢凯锋都不约而同地将目光转向声音传来的方向。只见艾希穿着一件白色的休闲连衣裙，脸上没化妆，苍白又憔悴，完全没有了平日里的容光焕发，美人夺目的样子。

陆奇洲第一时间站起身："艾希，你怎么起来了？"

艾希没有回答，而是一步步走向他们，目光落在邢凯锋的身上，重复刚才的话："邢组长，我跟你回警局接受调查。"

陆奇洲在她说完这句话的时候，已经走到她的身旁，揽着她的肩膀道："那我陪你去警局。"

陆奇洲话音刚落，正在等待艾希的回答，身后却传来一句："陆总，还是我陪艾希去吧。"

大家的目光再次集中在一起，只见许童缓缓走了过来。

邢凯锋看着许童道："许女士，我们正好也需要你配合调查。"

许童点了下头，随后看向艾希和陆奇洲："艾希，我陪你去。"

艾希也点头道："好。"说完，用眼角的余光看了下身旁的陆奇洲。

陆奇洲的表情让人捉摸不透，没有不高兴，也没有高兴："艾希，你身体还处在虚弱状态，我陪你一起去。"

他的声音就在耳边，十分好听，被他的手臂揽着，整个人犹如被他包裹着一样。熟悉的体温，熟悉的气息，令人留恋，令人安心，但艾希却伸手轻轻拨开陆奇洲的手道："许童陪我就好。"

这个动作看似平常，但在陆奇洲眼里这是一种疏离，艾希下意识地开始排斥他靠近。

"我不放心。"陆奇洲强制要求一同前往。

这副暖男的模样，要是换作平时，旁边的两位女性看了都会心生羡慕，但此时此刻她们心中却别有想法。

何莹莹开口道："陆总，不建议你现在去警局，因为我们的人手不够，只能确保艾希小姐的安全。"

陆奇洲闻言，目光看向何莹莹："我不需要你们保护。"

"你不需要保护，可艾希小姐需要。"何莹莹不客气地回了一句。

陆奇洲被顶之后，没有生气，而是温柔地看着身旁的艾希道："艾希，我尊重你的决定。"

艾希看了他一眼，缓缓开口道："我很快就回来。"

十五分钟后，艾希和许童一同坐在警局的讯问室里。

艾希身上多了一件长款的黑色毛衫，下警车的时候，她戴了帽子，用口罩遮住自己的脸。

艾希伸手摘下口罩，邢凯锋递了两杯温水过来，许童伸手接过喝了两口，即使是第二次来到这种地方，心中还是难免有些紧张。旁边的艾希明显淡然许多，脸上没有任何表情，眼睛看着水杯几秒，才缓缓抬起头，直视着对面坐下的邢凯锋。

"艾希，准备好了吗？"邢凯锋看着脸色不太好的艾希，心中不免产生一丝恻隐之心。

艾希点头："准备好了。"

“那我们开始问话。”邢凯锋道。

艾希看着邢凯锋说道：“无须问话，我授权我的记忆云记录。”

邢凯锋闻言，先是愣了下，艾希这句话太出乎他的意料，因为她之前接连两次拒绝授权记忆云记录。

旁边的许童也有些意外，作为经纪人，她处理事情还是相对妥帖缜密的，连忙开口道：“艾希，你要授权记忆云记录，需要律师在场。”

“我已经通知齐赢了，他应该很快就到。”艾希道。

许童默默地点头，不过在来的路上，艾希没有说过一句话，她什么时候通知齐赢的她都不知道。

艾希能公开授权记忆云记录，对于邢凯锋而言，那是再好不过，因为没有什么比记忆云记录来得更加直观，更加有效。但这是以前的观念，此刻邢凯锋的心里却有种不好的预感。

跟随艾希多年的许童对她的行事作风很了解，既然艾希这么说，那么说明她早有安排。最近在艾希身上发生了太多事，许童不仅仅是担心那么简单，她希望赶紧了结案子，让艾希的生活恢复平静。

“既然艾希小姐的律师还未到场，那么先从许女士你这边开始如何？”邢凯锋面对这么配合的两位美女，说话特别绅士。

“好，我这边也可以直接授权记忆云记录的查看权。”许童回答得很干脆。

邢凯锋调出了一张授权书，许童很爽快地签下字，之后开放自己的记忆云权限，当然开放的日期限制在艾希从地下之城逃出来当天的记忆记录。

不过授权完，他们还是按照程度做了一个视频版的口供。询问期间，齐赢已经到了警局。

许童做完口供就先离开了询问室，齐赢陪着艾希坐在里面。

邢凯锋拿到艾希从那天在陆奇洲家被人掳走到被黑衣人挟持的所有记忆云记录后，他又亲自做了一遍视频口供。

听完艾希的陈述，邢凯锋看着艾希说道：“艾希，四月二十五日那天，你是被人挟持，还是……挟持别人逃离了陆奇洲家？”

这句话刚出口就直接遭到齐赢的反驳："邢组长，你的听力应该没问题吧，我当事人刚才分明说了她是被人挟持的，你的这个问题，像是丝毫不相信我当事人说的话。"

邢凯锋面对齐赢的抗议，几乎不予理睬，而是直视着艾希："我问的是艾希，而不是你。"

艾希迎着邢凯锋的眼神，她透过许童那边已经了解了信息，陆奇洲对外宣称是她被人挟持的，可是事实根本不是那么一回事。他不仅颠倒了黑白，更重要的是掩盖了更多的事。

"艾希。"邢凯锋叫着艾希的名字，期待她的回答。

艾希双手抱拳放在桌上，微微张口，本想如实回答，但下一秒，她眼神微变，开口道："是叶琳挟持了我。"

邢凯锋听完这个答案，没有惊喜，也没有太大的落差，可是不知为何，他总觉得对面的艾希在刚才一瞬间有些异样。

邢凯锋毕竟是刑警，他的眼睛还是非常锐利的，很快便找到了问题所在。

她的眼神不一样，特别的利落。

可是邢凯锋怔怔看了几秒之后，又觉得没什么不一样，因为艾希电影里的角色就拥有这么利落的眼神。即使是邢凯锋，也是非常欣赏的。他甚至看了艾希的多部作品，尤其是看到影片里的艾希持枪时，那个姿态，那个眼神，简直绝了。邢凯锋觉得自己都达不到那个程度，他被艾希的帅气所征服。

"之后呢，你被挟持去了哪里？"邢凯锋继续追问。

"千业城。"艾希回道。

"具体地址？"邢凯锋问。

"千业城XX美丽会所。"艾希回道。

邢凯锋听完，用笔记录下这个地点，所谓的美丽会所，其实就是高科技整容机构。那里可以加强身体各个器官的功能，从而让自己变得更加完美。而根据上次郭鹤鸣的汇报，确实在这个地方发现了艾希的基因痕迹。

邢凯锋接着问："在那待了多久？"

"两天。"艾希回道。

"也就是说，你一直待在那里，直到你醒过来才逃出来的是吗？"邢凯锋的目光直视着艾希。

艾希微微点头："是的，我逃出来后，便去找了我的经纪人许童。"

"在千业城的会所里，你跟叶琳有过语言或肢体的交锋吗？"邢凯锋问。

"有语言，没有动手。"艾希回道。

"具体说说。"邢凯锋问。

"如果没有记错的话，我被她掳走带到了千业城，差不多到了下午五点我才醒过来。睁开眼睛看到的第一个人便是她，不过我当时没有反抗的能力。"艾希道。

"你是怎么确定自己醒过来的时间的？"邢凯锋问。

"墙上挂着一个电子钟。"艾希道。

"电子钟？什么模样的？"邢凯锋确认道。

一旁的齐赢见邢凯锋对细节这么追问，不由得提醒道："邢组长，我当事人的身体目前还处于虚弱中，希望审讯时间不要拖得太长。"

邢凯锋看了齐赢一眼，又重复一遍问话："电子钟是什么模样的？"

"五六十年前生产的电子钟，外观是圆形，里面的指针都生锈了，但还在正常运转。"艾希如实道。

邢凯锋点了下头，继续问："你和叶琳有过对话，具体的内容也说一下。"

"对话内容没变，无非是追问我背后的金主是谁。还有便是我和她之间到底是什么关系。"艾希道。

"你的回答是？"邢凯锋问。

"我背后没有金主，而且根本不知道这个人物的存在，至于她跟我之间的关系，不确定是人工智能，还是孪生姐妹，我暂时没法确认。"艾希道。

"她的回答呢？"邢凯锋追问。

“她太轴了，认定是我隐瞒了金主的事，还自以为是我盗取了她的基因。”艾希道。

“她一直在你身旁吗？”邢凯锋问。

“大部分的时间都在，不过期间她出去了一会儿，也正是趁着她出去，我才逃了出来。”艾希道。

“知道她为何出去吗？”邢凯锋问。

艾希摇头：“不清楚。”

“她掳走你的目的就是为了逼迫金主现身？”邢凯锋猜测地询问。

“大致是这样的。”艾希回道。

“她为何这么执着？”邢凯锋问。

艾希对于这个话题，先是笑了一下，回道：“她对我说了一些疯话，说我背后的金主是个大魔王，是个控制全人类的大魔王。”

艾希在说这句话的时候，邢凯锋和身旁的齐赢都愣了下，目光一致看着她的脸。

邢凯锋明显对这个信息特别感兴趣：“疯话？大魔王？”

艾希的表情很微妙，顿了一下才接话：“疯话而已，我要是背后真有金主，也不敢跟陆奇洲谈恋爱。”

邢凯锋盯着她的眼睛道：“也许陆奇洲就是你背后的金主呢？”

齐赢听后，没等艾希反击，便反驳道：“邢组长，说话要讲证据。”

“抱歉，我失礼了。”邢凯锋马上致歉。

艾希接话道：“我赞成齐律师说的话，就算是猜测也需要证据。”

邢凯锋再次道歉：“抱歉。”

艾希看着邢凯锋：“看在你一直在为我的案子忙碌的分上，我接受你的道歉。”

“你趁叶琳不在尝试逃出会所的时候，没人阻拦吗？”邢凯锋问。

“怎么可能没人阻拦？”艾希回道，“那负责的医生想强行给我打镇定剂，被我一脚踹开。如果我不是会点功夫，逃出来的概率微乎其微。”艾希道。

邢凯锋默默地点点头，继续道：“不过为什么你逃出来后没有第一时间寻求警察的保护，而是选择偷偷前往许童的家里？”

说完，邢凯锋靠坐在椅子上，眼睛直视着艾希英气的脸。

这个问题很关键，倘若艾希说的全部都是真的，那么她没有理由那么做。因为这几天派到千业城搜查的警察以及AI协警是一般案件的几倍多。

看着邢凯锋那双带着探索的眼睛，艾希抱拳的手动了一下：“我当时没想那么多，只想找个地方躲起来。”

“这个解释很牵强。”邢凯锋的这句话，简直就是脱口而出。

齐赢听后，随即反驳：“邢组长，我当事人不是罪犯，而是受害者，请你不要用审讯的口吻跟我当事人谈话。”

邢凯锋并没有理会齐赢的话，也没有多看他一眼，眼睛一眨不眨地盯着艾希。

艾希面对这样胁迫性质的眼神，丝毫没有怯场，她直视着邢凯锋的眼睛道：“因为你们的办案效率太差了，我对此失去了信任。”

这句话对于一直负责艾希案子的邢凯锋而言，是一种否定，也是一种指责。

坐在一旁的齐赢嘴角忍不住上扬，艾希这句话回得可真绝啊。

邢凯锋也确实无话可说，因为涉及艾希的一连串事件，所牵扯出来的内幕实在太过让人震惊了。

他看着对面的艾希，心里却在想，艾希到底是真相的知情者，还是未知者呢？

“抱歉，是我的无能，让你失去了安全感。”邢凯锋主动道歉。

艾希听后，脸色收了收，态度也缓和了不少：“我没有指责的意思，也知道你们很辛苦，但是现在的我确实没有什么安全感。”

邢凯锋的眼睫毛闪了一下，问道：“你对你的男朋友陆奇洲也失去信任了吗？”

齐赢听后，没等艾希回话，直接反驳道：“邢组长，你这是办案，还是在八卦啊？”

邢凯锋瞥了一眼齐赢，很快视线又回到艾希身上，继续道：“你从千业城逃离后第一时间去找了经纪人，至于你男朋友的家，自己的家，都完全不在考虑范畴。这说明你觉得值得信任的人就只有她。”

艾希面对邢凯锋那双锐利如鹰般的眼睛，感觉自己像是被看穿了一样，回了一句：“我不想拖累他。”

“拖累？你很爱他？”邢凯锋追问。

齐赢再次开口：“邢组长，你要是再这么八卦我当事人的情感问题，我建议中断这次协助调查。”

邢凯锋见齐赢动不动就插嘴，其实心里也很不爽，却又没办法将他直接赶走，但他此刻没有继续忍，他提高音量对着齐赢道：“我对八卦感情不感兴趣，我们需要了解更多的细节，才能更有效地追查这案子的真实内幕。”

“真实内幕？”齐赢的语气带着挑衅和质疑。

不过没等他多说，艾希拦住他：“我相信邢组长的话，所以才会积极配合调查。”

“谢谢你的配合。”邢凯锋客气了一番，“回到刚才的话题，你很爱你的男朋友陆奇洲吗？”

艾希看了他一眼，点了点头：“当然，毋庸置疑。”

“你怕他因你受到牵连，所以没有直接去他家？”邢凯锋问。

“是，一切都是因我而起，我不希望因为我，让他也失去了最基本的安全。”艾希重申。

邢凯锋看着对面的艾希，她的表情很真诚，看不出一丝敷衍，于是道：“你在经纪人许女士家里再次遇险，随后你再次回到陆奇洲家，在他的阻拦之下仍然坚持第一时间协助调查，也是不想拖累他？”

“是的。”艾希的回答很干脆。

“那么，从这里出去后，你是重回陆奇洲家里，还是……由我们来保护你？”邢凯锋又抛出了一个问题。

艾希的答案在前，这个问题又是一个关键的节点。

艾希看着邢凯锋，此刻彼此的感官都是一致的，对方的眼神让人捉摸不透。

齐赢再次跳出来道："我当事人肯定是回陆总家。"

艾希闻言，微微侧脸看了下齐赢。齐赢接着道："陆总在我来的路上，给我打过电话，拜托我将你完好无损地送回去。还说你跟他说过，你很快就回去。"

艾希听完齐赢的话，顿了几秒才张口："邢组长，因为我的案子，动用了太多警力，我暂时还是住在我男朋友家吧。"

艾希做出了选择，邢凯锋的眼底掠过一抹不易察觉的担心，不过即刻恢复如常："谢谢你的配合。"

询问结束之后，邢凯锋特意将艾希送到警局后门，用警车送她和齐赢离开。因为警局前门已经被艾希的粉丝围得水泄不通，马上要面临办公瘫痪的状态。

许童留了下来，因为警局门口的局面需要她帮忙处理一下。

粉丝看见许童出来，情绪再次激动："许经纪，我们的希宝宝呢？"

"是啊，我们的希大人呢？"

"我们的希女王呢？"

粉丝对艾希的昵称有很多，光听着就知道他们对艾希充满了爱。这段时间，发生了那么多事，不仅是艾希一个人的经历，粉丝也跟着担惊受怕，有的甚至为她疯狂。

许童不太喜欢粉丝的疯狂举动，但事出有因，所以语气还是尽量平和地劝说："大家安静一下。"

吵吵嚷嚷的警局门口瞬间安静下来，一双双眼睛里都带着迫切的光芒。

许童接着开口道："各位艾希的粉丝，谢谢你们对艾希的关心。艾希她现在的状况还好，刚接受完问询，她让我出来跟大家说声抱歉，因为她的事，让你们也跟着受惊了。"

许童话落，不少站在警局门口的粉丝都开始落泪。

许童接着道："艾希已经先回去了，大家也回去吧，她让我交代大家要好好照顾自己。"

"我们都没见到我们的希大人，她是不是还在里面？"粉丝似乎有些不相信许童的话。

“她刚刚从后门离开了。”许童回道，“艾希本想出来跟大家亲自说的，不过大家也知道，艾希最近发生了很多事，为了她的安全考虑，我没有让她出来露面。”

“许经纪，如果艾希她真的离开了，我们也会马上离开，我们怕你撒谎。”人群中又有人提出质疑。

“我是艾希的经纪人，我为什么要对大家撒谎呢？”许童道。

“你要是没有撒谎，那就叫艾希亲自出来，我们必须确定希女王是真的没事了。”粉丝叫嚷着。

自从艾希被叶琳陷害之后，许童发现她的公关在粉丝面前似乎没有以前那么有威信度了。对于这些粉丝，许童只有一个想法，成也萧何败也萧何，是她得罪不起的一群人。

还没等许童回答，拥挤的人群中突然传出一句尖叫：“艾希上线了，发了一条留言！”

原本看着许童的粉丝们，纷纷看向自己的手机，艾希在社交平台发了一条留言：“谢谢大家的关心，我还好，你们也要好好的。”

粉丝看完之后，一边掉泪，一边留言。

一旁维护秩序的警察看了，心中也是万分感叹：这群追星族，对自己的父母漠不关心，整天追着一个毫无关系的明星，这是道德的沦丧，还是人性的扭曲呢？

许童见此，提着的心也稍稍落了下来，就刚才粉丝质疑的气势，她担心自己镇不住。还好艾希及时出面，解了围。

艾希的热搜很快又多了几条，业内人士看了不忌妒才怪，因为细数一下热搜，前面十来条都是跟艾希有关的。

坐在警车里的艾希很快下线，她收起手机，眼睛看着窗外。身旁的齐赢开口道：“为什么这次决定授权记忆云？”

艾希闻言，转过头看了下齐赢：“想尽快了结案子，恢复正常生活。”

齐赢伸手想拍拍她的肩膀，不过艾希却伸手过来，将他的手挡在半空中。

齐赢只好将手放回膝盖：“有需要，随时召唤。”

艾希闻言，又瞥了他一眼：“就等你这句话。”

齐赢一副洗耳恭听的样子，只听艾希接着道：“我有好几个粉丝因为聚众在警局门口闹事，被抓了起来，你帮忙去调解一下。”

齐赢听完，眉头一皱：“艾希，你知道的，我收费可是很高的。”

“我付得起。”艾希直接回道。

面对金主女王的回答，齐赢勉为其难地回道：“好吧，我马上通知事务所的下属过来处理。”

“谢谢。”艾希轻声道谢。

齐赢见此，对她道：“跟我见外的话，我收费可要加价啊。”

艾希道：“随你。”

“开玩笑的，前几天在网上看到有关媒体报道，说你的事都是自编自导，我第一时间就给他发了封律师信。”齐赢回道。

在两人合作的几年里，艾希有没有把他当成朋友另说，不过齐赢倒是把艾希当成了真正的朋友。

艾希想道谢，不过话还没出口，齐赢抢先一步说：“再说谢谢，友情破裂。”

艾希没绷住，忍不住笑了出来：“既然跟我谈友情，那律师费是不是可以降一些啊？”

“金钱是加深感情的砝码。”齐赢回道。

艾希算是服了，不由得叹道：“果然谈钱伤感情啊。”

“必须的。”齐赢回道。

艾希看了他一眼，随后笑了起来，齐赢也跟着露出笑容：“终于让你笑了。”

警局。

堵在门口的粉丝们已经散去了大半，留下零散的几群人，还在外围等着。有不少媒体选择蜂拥般地赶去陆奇洲的山庄，当然也有好些媒体人原地守候，想采访艾希案子的相关负责人。

邢凯锋是不会主动出去应付媒体的，而且他现在也没空，在询问完艾希后，他直接去了会议室。

郭鹤鸣正在查看艾希的记忆云，邢凯锋拉开椅子坐了下来：“两份证词，对比结果如何？”

“从目前的进度条来看，证词和记忆云的记录是完全一致的。”郭鹤鸣道。

邢凯锋看了下郭鹤鸣，随后点开了刚才对艾希进行询问的实时视频。邢凯锋先仔细看了艾希刚开始交谈时的样子，然后拉了一下进度条，攫取授权记忆云之后的视频，将两段视频归纳，对郭鹤鸣道：“你来看看，这前后有什么不同？”

郭鹤鸣凑了过去，看完邢凯锋放的两段视频，道：“没什么不同。”

“仔细看。”邢凯锋再次叮嘱。

郭鹤鸣再仔细查看一遍视频：“没有什么不同啊。”

邢凯锋闻言，摸了摸长出刺刺胡茬的下巴，难道是自己想多了？

这时刚好廖斌和何莹莹一起进来，被邢凯锋招呼了过来：“小廖，小何，你们快来看看。”

廖斌快步走过去，何莹莹放下手中的资料，也凑了过去。

邢凯锋将视频用全息影像播放，几个人都认真地看了一遍。

“艾希憔悴了。”廖斌第一句话便是心疼女神。

邢凯锋赏了他一个白眼：“正经点。”

廖斌嬉笑一声，随后正经道：“没什么不同，不过从这个动作来看，艾希明显有点紧张。”

廖斌将视频调到艾希回答邢凯锋谁是劫持人时，她放在桌上的手，紧握了一下。

邢凯锋对廖斌的回答勉强满意，接着道：“还有什么不一样？”

廖斌摇头，邢凯锋看向没有吭声的何莹莹。

何莹莹紧盯着全息影像里的艾希，缓缓张口：“可能因为我也是女人的缘故，比较敏感，看完这两段视频，我感觉艾希在回答挟持主谋这个问题之前和之后，确实有些不一样。”

邢凯锋闻言，眼底露出一丝欣喜："小何，你继续说。"

何莹莹微微眯了下眼睛，随后拉了下进度条，停在艾希回答这个问题时的画面上，指了指艾希的眼睛："艾希在这个时候，眼神有点不一样。"

邢凯锋很高兴，因为何莹莹说的也正是他感受到不一样的地方。如果是廖斌和郭鹤鸣发现的话，邢凯锋肯定会笑着拍拍他们的肩膀，但何莹莹是女的，邢凯锋只能露出一口大白牙笑道："小何，干得漂亮。"

廖斌和郭鹤鸣又仔细看了一下这段视频，说实话这么微小的细节，如果不看上几百遍的话，真的很难察觉到。

"小何，不愧是修过心理学的双学士学霸啊，这么细微的眼神都能透过视频看得清清楚楚。"廖斌不由得拍起了马屁。

何莹莹一点也不领情："我不接受捧杀。"随后目光看向邢凯锋，"头儿，你说会不会连我们手中这份艾希的记忆云记录都是假的？"

邢凯锋看了下何莹莹，又看了看廖斌和郭鹤鸣，之后将视线落在屏幕上滚动播放的两段视频上。从艾希刚落座的表情来看，她似乎打算全盘托出，但是之后……似乎印证了邢凯锋的预感。

如果一切如他设想，那么艾希肯定是知道了一些内情。

见邢凯锋没有回答，何莹莹不由得叫了一句："头儿？"

"一切皆有可能。"若有所思的邢凯锋幽幽地回了一句。

几个人听了之后，脸色也跟着变幻，廖斌开口道："如果艾希的记忆云记录都能被随时更改，那么艾希本身就不是人类？"

"从艾希的生理特征来看，她是人类。"何莹莹直接反驳他的话。

"正常人类？不可能，我们都有记忆云，但是被修改记忆的事情从未发生过，在此之前，全球也没有发生过类似的案例。"廖斌也跟着用话驳她。

"也许发生过，只是我们不知道而已，真相被人隐藏，被人掩埋。"何莹莹道。

"有这个可能。"郭鹤鸣更偏向何莹莹的猜想。

"白莹就是人工智能，杀她的那个凶手，跟艾希长得一模一样，或许她们都是人工智能。”廖斌依然坚持自己的猜想，“再或者，她们是基因克隆和人工智能的结合体。”

“你这是科幻片看多了。”何莹莹回了一句。

不是她固执保守，而是她更尊重科学，艾希的体征资料她看过很多次，尤其是爆出白莹是人工智能之后，她更加密切关注艾希的体征资料。艾希受伤住进医院时，那份体征报告是完全没有被修改的。

“我不想跟你争执，头儿，你的想法呢？”廖斌询问邢凯锋的意见。

“一切皆有可能。”

还是那句话，其他三个人听了之后，不约而同地彼此看了一眼。

既然邢凯锋这么说，也就是他们的看法，他都赞成，也都不赞成。

“头儿，我发给你的陆奇洲的体征报告你看过了吗？”何莹莹接着道。

陆奇洲前几天出席了科技峰会，需要过层层安检，所以留下了最新的体征扫描记录。

邢凯锋点头：“看过了，但这可能是一份已经被修改过的体征报告。”

廖斌听了之后，咧嘴道：“头儿，你还是比较赞成我的设想。”

邢凯锋没有表态，而是继续说：“先把叶琳找到再说。”

郭鹤鸣听了之后，塌下了肩膀：“那个会所，现在已经人去楼空，我们也没有在千业城的其他地方发现叶琳的基因痕迹，感觉她就像长了翅膀，凭空消失了一样。”

廖斌看了下郭鹤鸣，道：“千业城这地方，历来就是魔幻之地，一个深不见底的黑洞。”

郭鹤鸣点头表示赞成，邢凯锋却微微凝眉道：“黑洞？小廖你跟小何带上仪器，去测试千业城的地表。”

几人听了，眼睛瞬间一亮，廖斌率先开口：“头儿，你的意思是怀疑千业城有不为人知的藏身之地？”

“去查查不就清楚了。”邢凯锋回了一句。

廖斌和何莹莹连声道：“是，马上出发。”

他们两个离开之后，郭鹤鸣还留在那做口供对比，邢凯锋则是看着全息影像思考着，几秒后办公室里响起郭鹤鸣的声音：“头儿，这次艾希询问期间的安检措施，你没让她摘下手腕上的那块表，是故意的，还是无意的？”

邢凯锋闻言，转过头看了下郭鹤鸣，两人的目光在空气中交汇在一起。

“你小子，刚才跟眼瞎似的，现在又复明了。”邢凯锋回了一句。

郭鹤鸣瞬间明白了：“懂了。有两种可能，要么艾希肯定是知道了什么。要么就是陆奇洲想知道艾希在这都说了什么。”

“你觉得哪一种可能性更大？”邢凯锋直白地问。

郭鹤鸣想了想：“结合你刚才所指出的异样，艾希知道些什么，可能性更大。”

邢凯锋既没有点头，也没有摇头，其实他在询问期间就产生了这样的质疑。所以在询问的最后，他才提出要不要由警察负责艾希的安全。

可是，艾希的选择是回陆奇洲的家，邢凯锋对此也不意外。如果艾希真的被人操控，很多事情就由不得她做出真实的选择。

“头儿，艾希的本体会不会就如阿斌猜测得一样啊？”郭鹤鸣道。

“其实比起艾希，我更好奇陆奇洲。”邢凯锋道。

“我都好奇。”郭鹤鸣回道，“但也无比地恐惧和害怕，害怕我们的猜想，在还没解密之前就被掐灭。”

邢凯锋的目光看向郭鹤鸣。

被人操控，被人监视，丧失了最基本的自由，这是多么令人畏惧的事。反抗！在这种情况下，潜意识是无比抵触和反抗的。可是他们的反抗有效吗？所以郭鹤鸣说的话，也未尝不是一种结局。

面对这种结局，邢凯锋是不接受的。无论付出什么样的代价，甚至牺牲生命，他都要寻找到真相。

“别想太多。”邢凯锋道。

郭鹤鸣看着邢凯锋，想继续说点什么，因为这件事，他憋在心里跟谁都不能说，实在太难受了。

“头儿，我们现在追查真相，肯定还有一丝希望。”郭鹤鸣回道。

邢凯锋走了过去，拍了下他的肩膀：“希望，是个美好的词。我们是警察，守护是我们的职责所在。”

郭鹤鸣的眼眶不由得红了起来，不知为何，这句话让他感到特别自豪，也特别悲壮。

“头儿，我听你的。”郭鹤鸣整理好情绪，中气十足地回道。

邢凯锋又拍了下他的肩膀：“我去趟局长办公室，有任何情况，及时汇报。”

地下之城，贺老的办公室。

这是一间古色古香的办公室，紫檀木的办公桌以及书柜，墙上还挂着一幅丹青。那是一幅兰花，结合办公室里摆放的两盆兰花来看，便知贺老是个爱兰之人。

临近五月，两盆兰花含苞欲放，隐隐间能嗅到微微的清香。

向凯站在贺老的办公桌前。

艾希上了热搜，其中一条便是公开记忆云。

贺老看着向凯道：“我们的家园可能已经暴露了，可你连应急措施都没有。向凯，你不仅自负了，而且根本不把地下之城的子民当回事了。”

向凯闻言，沉声回道：“贺老，不是我自负，而是我确定地下之城是不可能暴露的，理由是陆奇洲比我们更害怕暴露这座地下之城的存在。”

然而他的这句话，更加惹怒了贺老，他严厉道：“向凯，就冲你这句话，你完全自负过头了。我听取了你的方案，甚至在会上偏袒你，目的不是让你耍帅，更不是同意让你把整个地下之城的人当成儿戏。”

向凯面对贺老的指责，没有畏惧是假的，毕竟眼前的这位老人，不仅是看着他长大的人，还是他的恩师，可以这么说，没有他的指点，向凯也不会成长得那么快。

可是，人在成长之后，往往就像雄鹰一样，想要独自在天空中自由翱翔。

向凯深知自己容易骄傲，容易自满的个性，但他这次真的很克制，因为打破局面这种事，必须要有一个人出来扛。

“贺老，我没有将整个地下之城的人当成儿戏，相反，他们每一个人都是我的长辈，都是我的亲友。我们是一家人，但是这样的地下生活，我们还需要再过多久呢？是的，我们是思想自由的一批人，可是还有那么多人，他们毫不知情。他们根本不知道这个世界的可怕。贺老，我知道我这样的想法有点天真，但躲避真的不是解决问题的最佳方式。”向凯诚实地说出自己内心的真实想法。

“所以你想跳出来当英雄，当救世主？”贺老沉着一张脸，如鹰般的眼睛盯着向凯。

“我没想当救世主，就是觉得时机一旦失去，也许就再也回不来了。”向凯低声道。

“时机？你觉得现在是最好的时机吗？你确定背后之人就是陆奇洲？完全确定无疑了吗？”贺老来了几个连问。

向凯闻言愣了下：“贺老，你这话的意思是？”

“向凯，你真是聪明一世糊涂一时啊。”贺老的表情有些失望。

向凯愣怔地看向贺老，声音又低沉几分：“我知道，就算知道陆奇洲是背后之人，但那只是一具躯壳，他的本体在哪里还是未知。可是这几十年来，我们好不容易追查到这个线索，就更不应该放弃这个难得的机会。或许您会觉得这是打草惊蛇，但是说不定这地下之城对于他而言，早就不是什么秘密了。”

“就算不是秘密，他按兵不动，我们却自乱阵脚，后果只有一个，这么多年的心血前功尽弃。”贺老道。

其实整个地下之城的核心团队，目前分为两派，一个是保守派，一个是激进派。向凯原本属于两者之间，但骨子里到底还是年轻人，从这次的行动来看，也不难判断他更偏向于激进派。

保守派自然是比较稳重的一批人，但是太过保守，很多时候就会失去先机，向凯是这么认为的。

“贺老，我承认我的一系列计划更偏向激进派，但是我认为，我们不应该再这么沉默下去了。”向凯坦露自己的观点。

“不沉默？你想发声，可是你觉得自己有发声的机会吗？”贺老反问道。

“不试一下，怎么知道没有？”向凯的音量不自觉提高了几分。

“也许，我们连试的机会都没有。”贺老看着他，叹了一口气。

向凯听了之后，心猛地一沉：“贺老，你这是放弃的意思吗？”

一直坐着的贺老，拿起一旁的拐杖，站了起来：“之前对方就像幽灵一样存在，可我们始终也没能找到任何证据。几十年时间过去，可以改变很多事情。我们固守在地下之城，封存了自己，而对手已经茁壮成长为参天大树。这样敌强我弱的博弈，胜算又有多少？”

“就算没有多少胜算，可你一直在固守这个目标。贺老，我不相信你就这么彻底地放弃了，你可是我们大家的精神支柱啊。”向凯道。

贺老拄着拐杖走到向凯的面前，定定地看了他几秒，说道：“向凯，你知道我为什么会欣赏你吗？因为你像极了年轻时的我，有理想、有抱负，意气风发。可是时间沉淀之后，我们便会更加认清现实。”

向凯的睫毛闪了几下：“贺老，我不相信你会这么轻易放弃。”

贺老又看了他几秒：“放弃？我不想放弃，但我无法将整个千业城以及地下之城的子民置之度外。你说你把这里面的人当成你的长辈，你的亲友。可其实你没有，你想的是如何去拯救这个世界。”

向凯立马认错：“我错了，是我太自我了，太轻易就做出了决定。”

见向凯认错，贺老的眼神变了，回道：“认错容易，犯错更容易。”

向凯的表情突然激动起来：“贺老，我确实错了，因为年轻，因为冲动，所以各方面都考虑不周。”

贺老听完，拄着拐杖走到窗口，望着外面的全息投影，鸟语花香的画面，令人仿佛置身于环境优美的氛围里。

这里虽然没有外面真实世界的真实场景，但全息投影满足了一切，效果也特别逼真。可是逼真归逼真，始终都是虚假的。

“向凯，你其实没有错，年轻不就是这个样子吗？只是我们老了而已。”贺老看向窗外全息投影里飞翔的小鸟，感慨道。

小鸟挥动着翅膀，从木兰花的树梢飞到旁边的松柏树上。

“贺老，我真的认识到自己的错误了。”向凯再次认错。

贺老盯着窗外的场景看了好一会儿，才缓缓地转过头：“说说你真实的计划吧。”

向凯愣了下，张口道：“我的计划就是呈报上去的计划。”

贺老摇头：“那份计划书我看过了，并非你真实的想法，而我想知道你真实的想法。”

果然向凯在贺老面前，是无法隐藏任何事情的。

两人岁数的差距很大，贺老完全可以做向凯的爷爷，但平日里的相处，两人更像是知己，一个眼神便能知晓对方的意图。

既然已经挑明，向凯也不再隐藏：“其实计划的宗旨是不变的，就是把艾希争取到我们这边，而且是完全自愿的。”

“你对此有几成把握？”贺老问。

“艾希这次配合调查，愿意公开记忆云，就说明她已经有了自己的想法。而且这个想法绝对不是轻易做出的决定。以她的影响力，公开记忆云，不仅会暴露出地下之城的存在，而且传播速度更是迅速的。所以从陆奇洲的角度来看，他是绝对不会允许这份真实的记忆被公布出来。所以艾希的记忆，极有可能已经被篡改。我跟艾希相处不过两天，但我相信她不会那么轻易屈服的。”向凯道。

“你相信？”贺老哼笑一声。

向凯知道自己在贺老面前这么说话，确实带着自负的味道：“叶琳的基因跟她的一致，叶琳是不达目的不罢休的人，艾希想必也差不到哪去。我们抛出一个诱饵，她便一直追随而来。她的好奇心，比任何人都重，同时她也是个特别聪明的人。”

“可这些都是你自己的揣测。”贺老道。

“即便是揣测，这次放艾希回去，已经印证了这个计划的准确性，破绽越多，陆奇洲暴露的就越发明显。同时也更加证明艾希在他心中的地位不可撼动。而且艾希倒戈我们这边，也是迟早的事。”向凯道。

贺老听完之后，看着向凯：“好，就算目前事情的走向与你计划的方向是一致的，那之后呢？”

“艾希要是自愿倒向我们这边，自然便会取出记忆云。倘若陆奇洲真的是操控全球记忆云的人，那艾希的这个行为他是绝对不会允许的。他害怕失去操控权，尤其是对艾希的操控权。”向凯道。

“向凯，你还是太理想化。”贺老道。

“或许吧，但我真的不想错过这次机会。就如您所说，这几十年他已经成了参天大树，再继续视而不见的话，那我们真的一点希望都没有了。”向凯道。

贺老表情严肃地看着向凯，随后道：“这里有份文件你看看。”说完，从抽屉里拿出一份文件。

向凯闻言，二话不说接了过来，迅速浏览，原来文件内容是陆奇洲那两位秘书的资料。

“这两个人非常重要，陆奇洲会如此重用，必然是有着很深的牵连。我们之前的深入调查，没有找到相关漏洞，不过这次叶琳刺伤秦昊，让我们有了新的发现。”贺老道。

向凯看着资料上的标注对比，尼克没有区别，但是秦昊的基因资料有着巨大的区别，一看就是被精心修改过的。

那天艾希带着叶琳逃离陆奇洲的山庄时，叶琳身上的衣服浸染了鲜血。大部分是她自己的，但也沾染了秦昊的血。

“这是从叶琳身上的血衣上检验出来的资料？”向凯问道。

贺老重新坐到太师椅上，接着道：“我们进行基因追踪，发现了秦昊的真实身份。”

向凯的目光看着贺老，满眼的期待。

贺老直接满足了他的期待：“他可不是什么孤儿，他爷爷是五十年前有名的科学家。”

向凯有些震惊：“哪位科学家？”

“方宇教授，人工智能的科学家。”贺老宣布道。

向凯再次震惊，方宇教授的赫赫大名他自然是听过的，甚至读过好几篇他的论文，以及几本关于人工智能的著作。

“方宇教授？那么陆奇洲是他创造的产物？”向凯还没从震惊的情绪中走出来，神情极为亢奋。

没错，确实是亢奋。因为这个信息，对于他们而言，实在太重要了，就像多年未解的谜底，终于揭开了一样。

但是下一秒，贺老却直接给他泼了一盆冷水：“创造他的人并不是方宇教授。”

向凯再次愣了下，问道：“那是谁？”

“资料我这边查询了很多，发现缺失的很多，不，准确来说是被删除了很多，目的应该就是不想被人发现。”贺老道。

向凯闻言，笑了：“可是越是这样，就越容易露出马脚，陆奇洲会如此重视艾希，那么说明，创造他的人是个女性。贺老，我马上就去把当年的女科学家的资料重新整理出来。”

贺老听后，脸上露出了笑容，向凯的聪明一直都是他非常欣赏的：“那资料整理的事情就交给你了。”

向凯连连点头：“是。”

“记住两点，一，肯定跟方宇教授有关联，二，肯定也跟尼克的祖辈有关系。你们想办法拿到尼克真实的基因资料。”贺老又为向凯提供了几个方向。

“是。”向凯坚定地回道。他的眼睛中闪着亢奋的光芒。

陆家山庄。

艾希回来的时候已经到了饭点，一进门便闻到了饭香。

“你回来了，累吗？先去休息一下，迟一点再吃饭。”陆奇洲第一时间迎了过来，揽住艾希的纤腰。

他的动作是那么自然，艾希也没有任何别扭。

艾希轻轻摇了摇头：“还好。”

“那先吃饭？”陆奇洲温柔地询问艾希的意见。

“好。”艾希轻声应道。

“许经纪，你也一起吧。”陆奇洲顺带招呼了一下许童。

齐赢见陆奇洲没有招呼他，抗议道：“我呢？”

“没准备你的饭。”陆奇洲回道。

齐赢听得心塞啊，不过他没有主动告辞，反而来劲了：“我很好打发的，让COCO给我做碗面就行。”说完，齐赢径直朝餐厅走去，拉开椅子坐了下来。

齐赢完全一副不见外的样子，可见他跟陆奇洲私下里的关系还不错。

陆奇洲见此，只好吩咐COCO：“给他做碗面。”说完目光再次回到艾希的脸上，“吃完饭，早点休息。”

之后艾希就被他拥着走向餐厅，看着他绅士地帮她拉开椅子，缓缓地坐了下来。不过陆奇洲的绅士风度，也没有那么狭隘，帮旁边的许童也拉开椅子，之后他紧挨着艾希坐下。

陆奇洲主动给艾希布菜，艾希见此，拿起了筷子：“太多了，还是我自己来吧。”

许童见了，笑着道：“陆总真贴心啊。”

没等陆奇洲回应，坐在对面的齐赢就抢先说：“他只是对艾希贴心，看看我，一点都不受待见。”

陆奇洲瞥他一眼：“既然知道自己不受待见，为什么还赖在这不走啊？”

“陆总，就算你不把我当客人，我好歹也是艾希的客人对不对？”齐赢直接给自己找到了留下来的最佳理由。

艾希看了下他，道：“你们私下很熟吗？”

齐赢摇头：“与你我之间的关系相比，我跟他不算熟，只是有点交情而已。”

从齐赢的口气来看，其实颇有调侃的意思，过过脑子就知道陆奇洲是什么样的人物，那可不是谁都可以跟他攀关系，跟他称兄道弟的。

陆奇洲看了齐赢一眼："想留下吃饭，就给我安静点。"

齐赢听了这句话，立马跟艾希控诉："艾希，你看看你亲爱的男友，真是一点都不欢迎我。"

艾希正要开口，陆奇洲又道："再说话，真的送客了。"

齐赢连忙闭上嘴巴，对面的艾希和许童见了，觉得陆奇洲有些过于严肃了。不过许童能理解他的用意，是不想他打扰艾希。

艾希也明白，不过在这样的情况下，她还是免不了维护一下跟齐赢的友情，对陆奇洲道："奇洲，我没那么虚弱，齐赢为了我的事也很辛苦。"

陆奇洲听后，伸手用筷子给艾希布菜，声音又恢复了往日的温柔："快吃。"

齐赢见了，内心深深感慨一番，再强权的男人在自己喜欢的女人面前，跟普通人也是没两样。

艾希乖乖点头，拿着筷子扒了几口饭，就如同一只听话的小猫咪一样。

这餐桌的气氛，完全就是冒着红心的恋爱现场，齐赢和许童对视一眼，不约而同地笑了笑。

许童目前无法回家，所以只能继续留在这里陪着艾希，吃这份狗粮，而齐赢完全是自己活该，是他赖着不肯走。

"艾希，你知道吗？这是我第一次在陆总家吃饭，完全是沾了你的光。"齐赢又开口说话。

"可是看你们好像很熟的样子。"艾希道。

"错觉而已。因为业务合作，陆总家我来过几次，氛围冷清，即便到了饭点也不留人，不过这次不同，有了温暖的气息。"齐赢笑道。

陆奇洲的目光再次看向齐赢："话多的人，通常……"

齐赢觉得自己有了庇护，也更加活泼起来，直接抢了陆奇洲的话："陆总，这可不是拍马屁。是真实的内心感受。"

艾希见此，淡淡一笑道："那看来是我的功劳啊。"

"必须是你的功劳啊，你的出现，让陆总整个人都变得不一样了。"

齐赢道。

“哪不一样？”艾希很自然地接话，顺带看了下陆奇洲。

陆奇洲见此，嘴角自然上扬，眼神也泛着柔光，因为此刻的艾希跟两人初见时的感觉一模一样。

不过没等齐赢说哪不一样，就见 COCO 端了一份面过来，光闻香味，便令齐赢喉结滑动，咽了咽口水。

“齐先生，这是你喜欢的日本拉面，请享用。”COCO 道。

“谢谢。”齐赢用日语向 COCO 道谢。

COCO 也微笑有礼地用日语回了齐赢一句：“不客气。”

艾希看了下 COCO，人工智能的出现确实让生活便利很多，而现在的人工智能已经发达到可以直接自主扫描，从而第一时间搜集被扫描人的各种喜好。当然前提是，他将自己的个人喜好公布在了网络平台上。

COCO 转身回到厨房，齐赢也不客气地动筷，原本以为艾希会追问刚才那个问题，没想到她的提问却是：“人工智能的发达对我们人类而言，是好事，还是坏事呢？”

此话一出，刚吃上拉面的齐赢愣住了，许童也第一时间侧脸看她，唯独陆奇洲没有反应，因为他的目光从艾希落座之后就没有离开过。

“艾希，你这话题转得也太快了吧。”齐赢笑道。

艾希淡笑：“不可以吗？”

“可以啊。”齐赢没有反对，“不过你这个问题，不适合在饭桌上讨论，毕竟这问题太深奥了。”

许童移回了视线，其实关于艾希思想的跳脱性，她也不是第一次见识到。在片场的时候，艾希就会提出很多她几乎无法解答的问题。许童知道艾希好学，什么书都读，但是有些问题涉及的内容实在不是普通人可以回应的。

“只谈个人感受。”艾希似乎没有放弃这个提问的打算。

齐赢听后，看了下陆奇洲，随后道：“我觉得这个问题，不适合我跟你探讨，毕竟我熟悉的领域只是法学，其他自知甚浅，就不暴露智商了。艾希你要有兴趣可以等吃完饭，跟你亲爱的男朋友陆总慢慢探讨，毕竟他前几天刚参加了科技大会。”

艾希的视线也跟着落在陆奇洲的脸上，两人对视一眼，之后陆奇洲的目光又转到齐赢的身上：“齐赢，早知道就不留你吃饭了。”

齐赢嬉笑：“别啊，刚才那个人工智能是叫 COCO 吧，她做的这个拉面，味道绝了，绝对可以评得上米其林三星。这碗面我必须吃完，表示对她厨艺的尊重。”

“这就是你的观点？”艾希反问。

齐赢知道艾希很聪明，不由得笑道：“人工智能的领域，陆总真的比我在行，不过人工智能的发达对我们来说是好事还是坏事，这个话题，我个人感受是好事。”

艾希看着齐赢：“你觉得是好事。奇洲你觉得呢？”

艾希将话题抛给陆奇洲，陆奇洲看着她，没有立刻回答，而是思考了几秒，道：“有好有坏。”

艾希对于这个答案，内心波动了一下：“继续。”

“好的一面，大家都体验过了，其中的感受我不用多说，坏的一面，就是恐惧。这是科学家一直在讨论的话题，他们担心，终有一天人工智能会反击人类。”陆奇洲回道。

“反击人类……”艾希念着最后四个字。

“艾希，这个话题太深刻，也太广义了，每个人看待的角度也会有所不同。”陆奇洲道。

“你的角度，人工智能终将反击人类？”艾希看着陆奇洲问道。

陆奇洲的目光与她对视，冲她温柔地一笑：“不是我的角度，是科学家的角度。”

艾希又与他对视几秒，说道：“如果你是人工智能，发达到一定程度，拥有自我意识，你会反击人类吗？”

陆奇洲眼皮闪了一下，道：“可我是人类，无法做出假设。”

艾希似乎又想说什么，不过身旁的许童太了解艾希了，在片场的时候，她一旦执拗起来，每次都把人得罪个彻底，于是连忙道：“艾希，这个汤好喝，你多喝一点。”

许童的插话成功打破了刚才的“学术氛围”，艾希回过神来，看了下许童。许童冲她一笑，帮她盛了一碗汤，递给她：“真的很好喝，你尝尝。”

艾希缓缓接了过来，之后齐赢和许童对视了一眼，齐赢的眼神似乎在问许童：“这是艾希吗？”

许童直接赏了齐赢一个大白眼：“吃你的面。”

齐赢只好收回目光，拿起筷子，继续吃拉面。

而陆奇洲依然看着艾希，嘴角扬着一抹笑意，似乎一点都不介意她刚才的执拗。

艾希喝了几口汤，开口问：“这汤是 COCO 做的，还是奇奇做的？”

奇奇很快跑过来邀功：“是我做的。”

艾希冲着奇奇笑了笑：“还是奇奇最懂我的口味。”

奇奇的眼睛眯成一条直线：“陆先生说你受伤了，需要补补。”

艾希淡笑：“谢谢奇奇。”

“不客气，多喝一点。”奇奇道。

艾希点头，之后奇奇离开，艾希就此又接着道：“倘若人工智能有自己的灵魂，这个世界会怎么样呢？”

三人的视线再次集中在艾希身上，许童对艾希的跳跃性思维一向服气，可是现在真的不适合谈论这个问题。

“艾希，食不言，寝不语。”许童主动提醒一句。

艾希看了下许童，却依旧执拗地抛出问题：“如果他们像人类一样，拥有自己的灵魂，会不会从此不再服从我们的支配和劳役？”

“艾希，你最近接人工智能题材的电影了？”齐赢问道。

艾希摇头：“我最近的工作都停了。”

齐赢笑道：“还以为你是要接这类题材的电影，跟我们讨论角色剧情呢。”

艾希道：“只是想跟你们讨论一下人工智能的问题而已，跟工作无关。”

“你最近发生了太多事，适当休息一下也好，至于人工智能的问题，我觉得改天再一起讨论比较适宜。你脑部的伤刚好，需要静养。”齐赢劝说道。

“齐赢说得没错。艾希，别想这些问题了，乖乖吃饭，乖乖休息。”许童道。

艾希见两个人操心自己的身体，淡淡一笑：“可能就是因为脑部受伤的缘故，我现在异常兴奋。还对人工智能特别感兴趣。”

齐赢连忙道：“异常兴奋？艾希你得好好检查一下，头部受伤可不是小问题。”

“我待会儿陪你去医院。”许童紧张道。

艾希又笑道：“别紧张，我没事，只是好奇心爆棚而已。”

三人聊了好几句，而陆奇洲却一直没说话，艾希的目光看向他，此刻的他像是在想什么问题。

艾希不由得叫他：“奇洲，你在想什么？”

陆奇洲迅速回过神，对艾希道：“待会儿陪你去医院，做个详细的脑部检查。”

“我说了，我没事。”艾希道。

“不行，必须检查我才安心。”陆奇洲回道。

艾希看着他：“即便要检查，也安排明天吧。”

陆奇洲却没同意：“吃完饭就去。尼克你打电话，安排一下。”

正在候命的尼克很快回应道：“是。”

艾希见此，却再次阻拦：“奇洲，明天再去吧，好不好？”

艾希说这句话的时候，语气变得十分温柔，最后三个字更是嗲得不行。

认识艾希这么多年，齐赢是第一次亲耳听到艾希用这么温柔的声线说话，全身顿时起了鸡皮疙瘩。要是他女朋友跟他这么撒娇，只有一个结果——直接投降。

陆奇洲看着当着大家对自己撒娇的艾希，心中顿时柔软无比，不过他还是觉得去医院仔细检查更为重要，于是张口道：“乖，我陪你去。”

“奇洲，不要啦，明早再去，好不好？”艾希又撒娇一通。

齐赢看了下自己的手臂，汗毛都立了起来，艾希的撒娇对于齐赢来说，属于恐怖系列场景。

想必这辈子能见到艾希如此撒娇的人应该为数不多，因为艾希在大荧幕上的角色，大多是英气十足，骁勇善战，不折不扣的女战士、女精英。而这样的女孩，有如此温柔的一面，有如此温柔的声线，齐赢要是之前知道，说不定就追她了。

许童在那腹诽不已，自己跟随艾希多年，虽不能说形影不离，但除去晚上独自休息的时间，绝大部分的时间她们都不会离开对方的视线。她见识过艾希的温柔，但没见识过这么嗲的一面，相当惊悚。

陆奇洲准备再次驳回她的提议，但是看到她如同一只小狗乞求主人一般的眼神，还是投降了，道：“好，明天我陪你去。”

艾希见自己撒娇成功，眉眼间露出开心的笑意，还不忘给陆奇洲夹一筷子菜。

这举动百分之百算秀恩爱，齐赢看不下去了，道：“艾希，你看我手臂上的汗毛。”说完，主动把手伸了出去，给艾希瞧。

艾希看到齐赢手臂上竖立的汗毛，不由得道：“家里的空调不冷啊。”

齐赢听了她这话，一脸无语道：“是被你吓成这样的。”

“齐大律师，我有这么恐怖吗？”艾希反问。

“实在太恐怖了！我竟然不知道你是这样的艾希。”齐赢道。

艾希笑道：“我怎么样？”

“简直就是撒娇达人啊，我觉得有空得让我女朋友跟你学习一下。”齐赢笑着回道。

许童听了这句话，忍不住抿嘴一笑。

艾希见许童笑，不由得侧脸问道：“我撒娇有这么恐怖吗？”

许童又抿嘴一乐：“你不应该问我，男士们的意见才是最为准确的。”

艾希转过头看了下齐赢，齐赢脸上的表情不言而喻。艾希又将视线移到陆奇洲的身上，有些不好意思地问道：“有这么恐怖吗？”

陆奇洲摇头："我觉得特别好，别人的感受不重要，重要的是我喜欢。"

艾希冲陆奇洲温柔一笑。齐赢实在看不下去了，因为艾希只要对着陆奇洲说话，就会不自觉地温柔起来，甚至还会面露羞涩，任谁见了都心生荡漾。

"早知道就不该留下来。"对面的齐赢忍不住感慨一句。

艾希看向齐赢，不过没等她回话，就听陆奇洲道："你现在也可以直接离席。"

一点都不委婉，直接赶客。

齐赢心堵无比，但他很倔强："那我也得把面吃完再走。"

许童忍俊不禁："待会儿我跟你一起走。"

艾希闻言，开口道："许童，你去哪啊，你家还没修好呢。"

许童道："可以去你的大豪宅住啊，就不留在这吃成吨成吨的狗粮了。"

饭后，许童和齐赢一道离开，虽然陆奇洲盛情挽留，但住在这里她多少有点不自在。住在艾希家里她相对也熟悉，艾希现在热度不减反增，她回陆奇洲家的事也是众所周知，所以她家也是相对安全的。

不过少了两个人的存在，倒是让陆奇洲自在很多，因为他只想单独和艾希在一起。

以往两人吃完饭都会去旁边的森林氧吧散步消食，不过鉴于艾希头部受伤需要休息，所以艾希这会儿又重新回到了床上。

陆奇洲温柔地给她盖好被子，艾希见此，不由得轻声道："一吃饱就躺下，迟早会变成猪的。"

陆奇洲听后，微微一笑："就算变成猪，我也喜欢。"

"我不喜欢。"艾希反驳道。

陆奇洲轻轻抚摸她受伤的额头："听话。"

艾希看着陆奇洲那温柔的眼神，便如猫咪一样，不再反抗："嗯，我乖乖听话，先休息了，你也早点休息。"

陆奇洲见此，嘴角微勾："你这是想让我跟你一起休息的意思吗？"

艾希听后，连忙道：“不是，是叮嘱你去自己的房间早点休息。”

“可这个房间就是我的房间啊。”陆奇洲道。

艾希瞬间想了起来，自己住这一直都在鸠占鹊巢，想起身：“那我去睡客房。”

陆奇洲直接把她按回床上：“哪也别去，就在这。”

此番姿态，陆奇洲直接俯身在艾希的上方，两人目光对视了几秒，艾希的脸不自觉地晕染出一道红晕：“那委屈你睡客房了。”

“我改变主意了。”

艾希一惊，两只眼睛瞪直：“你……什么意思？”

“从今天晚上起，我要抱着你睡，我再也不想让你离开我半步了。”陆奇洲说这句话的时候，眼神里极尽温柔。

听到男朋友这番直白的心意，女朋友的心情理所应当的欣喜、开心，当然也有一点害羞。但艾希此时此刻的心情却有点复杂。

艾希看着近在咫尺的陆奇洲，最终缓缓张口道：“我……我能拒绝吗？”

陆奇洲听完这句话，眼神忽闪。艾希连忙解释道：“你不是说我受伤需要好好休息吗？你要是跟我一起睡，我怕自己会失眠。”

“失眠？为什么会失眠？”陆奇洲问。

艾希真不知道他这句话是真不知道，还是故意的，不由得面带羞赧道：“我习惯自己一个人睡。”

看着陆奇洲的眼睛，深沉中带着清澈，深情中带着轻柔，艾希真的无法将他跟叶琳所说的那个人联系在一起，他真的是控制全人类的那个大魔王？

一个对自己如此温柔的男人，即便他是大魔王，即便她对他心有恐惧，但同时也无法拒绝他。艾希的心，会因为他的亲近而悸动，会因为他的亲吻而迷离。

以前艾希不确定自己这辈子会拥有爱情，直到他的出现，她知道了什么叫作爱情。只是这份爱情，她真的能承受吗？

真实的他真的如叶琳所说的那般可怕，那般邪恶吗？

他是人还是神？还是……

陆奇洲见艾希就这么看着自己，伸手捧着她的脸："艾希，你讨厌我？"

讨厌他？怎么可能？只是艾希暂时无法靠近他。

即便恐惧，她还是无法对他说出伤害的话："不，我……喜欢你。"

是的，她喜欢他。女人喜欢男人的那种喜欢。

陆奇洲因为她的回答而眉眼飞扬："有多喜欢？"

此时此刻的他，就跟一个成绩一般的孩子突然考到满分却不敢相信，忍不住再次向老师确定一样。

艾希见此，有点想笑，因为陆奇洲这个样子实在太可爱了。

"你不是让我休息吗？这样一直问问题，我怎么休息啊？"艾希还是害羞了，转移了话题。

"好吧，你好好休息，明早再告诉我答案。"说完，陆奇洲俯身亲吻了一下她的额头，恋恋不舍地离开。

艾希的鼻尖全是他的气息，如果没有发生那么多的事，她一定会伸手揽住他的脖子，与他亲吻，与他缠绵。但是当下的她只能选择看着他离开。

门被关上的那一刻，艾希深深地呼吸，让自己那颗频率失控的心慢慢地安静下来。

过了会儿，艾希掀开被子，从床上爬起来，伸手拧了一下手腕上的表。

这是艾希非常喜欢的一块表。它不属于奢侈品，却比奢侈品还让艾希喜欢。因为这块表的内在功能非常强大。把它分解一番，直接可以当一台全息电脑使用。当然还有很多功能，譬如录音、拍照、充当武器等。

艾希正在调出录音功能，在去警局之前她做了录音，当然还有在警局与邢凯锋对话时的录音。

听完录音过后，艾希脸上的表情，有震惊、恐惧，还有害怕。

她在录音之前表示自己去警局之后，会跟警察坦白自己前几天的所有行踪，但是与邢凯锋的对话中，自己没有提到地下之城，更没有提到向凯，完全是另外一番说辞。

当时在警局的她，为什么会这么说呢？是突然改变了主意？还是……当时的她受人操控？

不！不！不！艾希的眼睛完全丧失了焦点，她不可思议地摇摇头，因为后面的假设，实在是太可怕了。

那一刻她完全失去了自我，成为了一个任人操控的人？

艾希缓缓转过头，看向床头柜上面放着的相框。这个全息相框是艾希放在这里的，里面滚动播放的几张照片也是艾希拍的，那是陆奇洲与她的合照，映入眼帘的照片里两人都笑得特别灿烂。

如果自己能被人任意操控，那么她到底是什么呢？能任意操控别人的他，又到底是什么？

每个人都喜欢自由，身体自由、灵魂自由、意识自由。艾希也不例外，尽管她演过一些被束缚自由的角色，但那始终是演戏，是一种接触不同人生的体验，最多在拍戏期间，身体和心灵受到一些煎熬，但意识和灵魂都是自由的。

不会是像现在这样一般，失去意识，完全被人操控，成为一个自己都不认识的陌生人。

没错，陌生人。一个完全丧失自我意识的陌生人。

不，现在她是否是人，还是个疑问。

又有谁能解答她这个疑问呢？

书房，很安静。

陆奇洲坐在办公桌前，眼睛盯着面前的全息影像，那是艾希大脑的全息影像。

几秒后，陆奇洲伸手划了一下影像图，大脑呈现侧面。站在一旁的尼克道：“詹姆斯博士说，艾希只是脑震荡，脑部神经并未受损。”

陆奇洲依旧盯着全息影像，张口道：“人类的大脑是这个世界上最神奇，最精密的器官，所有的思想意识、行为意识都来自这里。也只有人类才有这么高级的脑功能以及高级的神经中枢，这里面稍微发生一丝丝偏差，就会让一个人完全变成另外一个人。”

此刻的陆奇洲，完全就像一个研究人类大脑入迷的学者在那自言自语。

“老板，你是觉得艾希小姐今晚的表现反常？”尼克道。

吃饭期间，艾希的表现确实有点反常，对陆奇洲没有像刚醒来时那般疏离，反而像两人前一阵热恋的模样。

这种反常，对于陆奇洲个人而言，喜欢比担心多一点。不过终归还是因为在乎，他格外地重视，所以特意让尼克将艾希前天拍的脑部全息影像图给专家细看一番。

见陆奇洲没有回应，尼克又道：“关于艾希脑部神经元的问题，詹姆斯博士有重点强调，他只是修改了艾希的部分记忆，并没有全面修改或覆盖，这也有可能会引起一些记忆错乱，思维衔接断层，至于会造成什么影响和后果，不在我们的预测范围之内。”

陆奇洲听完之后，并没有继续这个话题，而是抬眼看尼克：“你觉得艾希今晚是跟我演戏，还是发自内心的相处？”

尼克闻言，愣了下，几秒后才作答：“发自内心。”

“为什么不是演戏？”陆奇洲反问。

尼克回道：“当你真正爱上一个人，你的眼神是骗不了人的。”

“你这是说我，还是说艾希。”陆奇洲觉得尼克这话是对他说的。

尼克淡笑道：“皆是。”

陆奇洲摇了摇头：“我觉得她是演戏，对我演戏。”

尼克又愣了下，陆奇洲也看了他一眼，接着道：“艾希是演员，她的自控能力本身就比一般人要好，隐藏自己的能力更是一绝。她要是在我面前演戏，我极有可能无法分辨。但我不喜欢她对我演戏。”

尼克看到陆奇洲那失落的眼神，不由得安慰道：“老板，或许只是你想多了而已。”

陆奇洲不接受安慰：“不是我多想，而是她太聪明了。”

陆奇洲话音刚落，只见书房门被推开，纤瘦的艾希站在门口。

陆奇洲和尼克见此，都不由得脸色大变，尼克快速关掉书桌上的全息影像图，眼底尽是慌乱。相比之下陆奇洲很快镇定了下来，连忙站起身道：“艾希，你怎么起来了？”边说边朝艾希走了过去。

艾希看着他一步步走到自己的面前，如果可以的话，她真的很想给陆奇洲一个狠狠的过肩摔。

可是这个想法在陆奇洲的手搭在艾希肩膀上的那一刻，瞬间变成了泡沫。但无论如何，她今晚都要问个清楚。

于是，艾希看着里面的尼克道：“尼克，我有话跟奇洲谈，你先回避一下。”

尼克闻言看向陆奇洲。陆奇洲给了他一个眼神，之后他便退出了书房。

“你身体虚弱，有什么话，我们回房聊。”揽着艾希肩膀的陆奇洲跟她商榷。

可艾希挣脱了他的怀抱，径直地走到书桌边上，手指敲了下桌面：“就在这谈。”

陆奇洲见此，只好关上书房门，随后走到艾希的身旁：“你想跟我谈什么？”

艾希转过身，直视着离自己一步之遥的陆奇洲，身躯高大的他站在她面前，就像一棵大树一样。

艾希也曾经用大树形容过他，陆奇洲问她为什么自己是大树，艾希当时笑着回道：“人是喜好自由的，所以想去世界的任何一个角落，只有大树会一直待在原地。无论你走多远，它一直都在那里。只要你一回头，它就在那里。”

陆奇洲当时笑道：“大树也可以被移植到另外一个地方。”

艾希当时娇嗔地说：“即便被移植，也是被喜欢它的人带走。因为喜欢它的那个人想一回头就能看到它。”

陆奇洲听后，直接将她拥入怀中：“我就是你的大树，无论你到哪，我一直都在，只要你一回头，我就在。”

当时艾希感觉自己像是看了偶像剧剧本一样，心里甜得快要化了。

“谈谈我的大脑。”艾希直视着陆奇洲的眼睛，直接说出自己最真实的想法。

陆奇洲看着她：“刚才那个是你昏睡时拍的脑部全息图，你今晚说你有点亢奋，我有点担心，便让专家看看。”说完，陆奇洲主动将刚才尼克关掉的全息影像再次打开。

艾希的目光随之移至书桌上方，看着自己大脑的全息影像图，整个大脑与常人大脑无异，至于那个记忆云的芯片，闪着红色的灯光，显得特别耀眼。

“专家怎么说？”艾希耐着性子，接着演戏。

“专家说只是脑震荡，脑部神经并未受损。”陆奇洲将尼克汇报的情况告诉艾希。

“还有吗？”艾希道。

“叮嘱你好好休息，别激动，别亢奋。可你一点都不听话。”陆奇洲最后一句话转换成责备的口吻。

艾希听后，嘴角扬起一抹冷笑：“不听话？你要我怎么听话？如同木偶一样吗？”她说完转过身，与陆奇洲面对面对峙。

陆奇洲一点都不喜欢她冷笑的样子，这样的她整个人都变得异常的冷漠。

陆奇洲想伸手抚摸艾希的脸，试图安抚她有些激动的情绪：“艾希，你怎么会这么想？”

艾希毫不留情地拨开陆奇洲的手，口气依旧冷冽：“你修改了我的记忆？你到底是谁？我又是谁？”

艾希的眼神直视着陆奇洲的眼睛，想从他这里得到确切的答案，因为能给她答案的人，恐怕只有他。

“艾希，我不知道你在说什么。”陆奇洲见此，也没有正面回答，而是再次选择逃避。

艾希听后，冷笑一声，她也不辩驳了，直接将自己录的音当面播放给陆奇洲听。

因为播放顺序是从录口供开始，陆奇洲听到邢凯锋的声音之后，开口道："这是你录口供的录音？"

艾希冷着脸道："继续听。"

陆奇洲没有再出声，等口供的录音播完之后，艾希又放了去之前的录音。

结束之后，艾希看着陆奇洲："你可以说话了。"

陆奇洲看着表情阴冷的艾希，这个样子的她，跟叶琳很像："你想让我说什么？"

艾希真的非常讨厌陆奇洲这副无辜的样子，不由得将脸朝向桌面上方的全息影像，指了下自己脑后植入的记忆云芯片说："说说这个记忆云芯片。说说我到底是什么？而你又是什么？"

陆奇洲看着她："这个记忆云芯片，我也植入了。至于你，你是大家喜欢的大明星，至于我，我是你的粉丝，也是你的爱人。"

艾希听完之后，不由得紧握拳头："我最讨厌拐弯抹角的男人，痛快点，不要消磨彼此之间的好感。把你知道的都告诉我。"

艾希的语气尽量缓和，毕竟她还是喜欢眼前这个男人的。

陆奇洲看到她握拳的手，再次伸手过去，拉过她的手，握着她那紧攥的拳头，微微蹙眉道："你现在不宜生气。"说完，试图将艾希紧攥的手指松开。

艾希想抽回手，但是陆奇洲握紧她的手腕："艾希，要我告诉你实情可以，但你必须保证心平气和。"

艾希看着陆奇洲的脸，满眼的真诚，不像哄她的样子，她的脸色微微松动："好，我可以心平气和，但是你必须说实情，现在的我非常不喜欢被人搪塞、敷衍和回避。"

"好。"陆奇洲答应，让艾希坐下。

艾希坐下之后，陆奇洲坐到她的对面，将全息影像关闭，两人之间隔着一张红木书桌。

"首先你得告诉我，为什么你会认定我可以告诉你实情？你带叶琳离开后，见了什么人？去了什么地方？"陆奇洲开口道。

"你这是跟我谈条件？"艾希不免有些失望。

“不是。”陆奇洲摇头，“我不知道你从谁的口中听说了什么，是叶琳，还是其他人？他们怀疑我，怀疑我操控记忆云，怀疑我操控世界。可是艾希，你觉得这种事可能吗？”

艾希直视着陆奇洲的眼睛：“以前我肯定不相信，但是我现在亲自经历过了。”

陆奇洲将手放在桌上，身体自然倾向艾希的方向：“你认定背后操控的人是我？”

艾希冷笑道：“不是你，还有谁？传说中的神秘金主？”

艾希心中已经认定是他，所以也不再遮掩，直接将这句话甩了出去。

陆奇洲听后，嘴角微微上扬：“他们说我是你背后的金主？”

“这个传言传了好几年，我自己都觉得荒谬，直到获奖前的三个月，我的部分记忆被人删除。这个对外宣称没有任何漏洞的记忆云芯片，却在我身上出现了例外。之后叶琳的出现，你的出现，还有每次我被叶琳袭击后，你总是会很快出现。可以认定，叶琳是个引子，而你是幕后的人。”艾希道。

陆奇洲轻笑着摇头：“编剧，非常有想象力的编剧。”

艾希脸色微沉：“我就算是编剧，也是感同身受的编剧。”

“我没说你是编剧，我说的是那些告诉你这些故事的人是编剧，脑洞大开的编剧。”陆奇洲道。

“不是说好告诉我实情吗？怎么又开始绕弯子了？”艾希明显开始不高兴。

陆奇洲摇头道：“我没想绕弯子，只是这些都不能算是证据，没有任何说服力。”

艾希冷笑道：“你需要证据？我就是证据。隧道遇袭那次，虽然是邢组长来营救我，但你的直升飞机也第一时间出现，我问过邢组长，是怎么发现我被劫持的，他说有人举报。那是谁这么有爱心呢？接着我又被叶琳劫持到废弃工厂，警察都没有找到我，可你找到了我。这又怎么解释呢？接着这次我再次被人劫持，却被路人解救？你觉得我会相信这种解释吗？当时有人闯进许童的家，按理说应该是第一时间发出警报，也没有，随后我醒过来也不是在医院，而是在你的卧室。由此可见，你比警方更早一步到达现场。这都是证据，都是我的亲身经历。你要作何解释？”

陆奇洲听完艾希说的一连串的话之后，身体贴着桌角，斜度更倾向对面的艾希，看着她道：“如果这些就是所谓的证据，那你为什么不第一时间告诉警方？”

这个问题让艾希愣了下，不得不说，这个问题他问得很好。

自己为什么不第一时间告诉警方？为什么？

艾希看着他，没有立马作答。陆奇洲再次开口说：“告诉我，你为什么没有告诉警方？”

艾希因为陆奇洲的直视，眼睫毛不自觉地扑闪几下：“我需要亲自确定，确定后再告诉警方。”

陆奇洲微笑：“你真的会告诉警方？”

他脸上的笑意似乎有点得意，又有点窃喜，艾希被他这种反应弄得有些懊恼：“我为什么不会？”

“艾希，你不会的，且不说你现在属于不确定事实，即便你知道事实，也不会。因为你爱我。”陆奇洲看着对面的艾希，勾唇笑道。

她在解惑，他却在调情，艾希彻底恼了：“陆奇洲，不要消磨我对你的好感！”

“你对我不止是好感，你彻底爱上我了，对不对？”陆奇洲还在纠结爱情的问题。

艾希很生气，想拍案而起，但这都不是解决问题的最好方式，于是她选择了温柔的方式，她伸手过去搭在陆奇洲的手背上，声音温柔道：“是的，我对你确实不止好感，我爱上了你。但这不代表我不会告诉警方，不会揭露这一切。”

陆奇洲听后，没有生气，而是反握住她的手道：“前半句话是蜜语，后半句话是毒药。”

艾希没有抽手，冷笑道：“怕吗？”

陆奇洲温柔地回道："不怕，我相信你对我的爱，相信你会为了我隐瞒事实的。"

艾希听后，看着他，她该怎么形容眼前的男人呢？是太自负了，还是太自信了？不，应该是太嚣张了，一副完全吃定她的样子。

艾希轻笑一声，随后拨开陆奇洲那双温暖的大手："别相信我，我是一个演员，一个利己主义者，一旦发现某个人对我不利，我绝对会先除之而后快。"

陆奇洲听完，摇了摇头道："其他事情，你可能会用这样的方式解决，但对于我，你不会。"

"因为我爱你，所以就这么认定？"艾希皮笑肉不笑地反问。

陆奇洲点了点头，眼底尽是笑意。艾希见此，觉得有点恍惚，因为眼前的陆奇洲就像一个第一次陷入爱情的毛头小子似的，单纯地认为两人相爱后，那便是携手一生。

"你错了，我对任何人都不会有例外，即便我喜欢你，我爱你。"艾希的脸上尽管带着笑意，但眼神是冷冽的。

"艾希。"陆奇洲伸手想再次拉过她的手。

但是艾希毫不犹豫地躲开，她脸上的笑意收起，直视着他道："别绕弯子了，也别岔开话题，告诉我，我是什么？克隆人？仿生人？还是人工智能？"

陆奇洲没有岔开话题，很直白地回道："你是人类。"

"我是人类，那叶琳是什么？"艾希接着问。

"我只回答你是什么，其他人我无法解答。"陆奇洲道。

艾希没有纠缠，接着问："那你呢？你又是什么？"

"我也是人类。"陆奇洲看着艾希回道。

艾希听后，微微一笑道："我真是天真啊，竟然以为你会告诉我真相。"

"艾希，我说的都是实话。"陆奇洲道。

艾希顺着他的话继续道："好，既然你说的都是实话，那么你主宰全人类记忆云以及个人终端的事，是真的吗？"

陆奇洲看着她，表情有些让人捉摸不透，两秒后他开口道：“艾希，你觉得你生活的这个世界美好吗？”

陆奇洲再次岔开话题，艾希很想赏他一个白眼：“这跟我问的问题无关。”

“任何事物都是相互关联的。”陆奇洲回道。

“这只不过是你岔开话题的手段而已。”艾希冷笑。

“这不是手段，而是很认真的问题。你觉得现在的这个世界美好吗？”陆奇洲再次问道。

“一点都不美好，甚至令人十分恐惧，隐私会被随时随地窥探不说，甚至你的记忆还会被无缘无故地删除。你觉得活在这种世界是美好的吗？”艾希冷笑着反驳道。

陆奇洲微笑着看了艾希几秒，才缓缓开口道：“这个世界，没有战争、饥饿、疾病，这不就是书上所描述的理想世界吗？”

“那是小说家的理想世界，不是我的理想世界。”艾希反驳道。

“你的意思是，宁愿生活在一个四处战争、民不聊生、疾病肆虐的世界？”陆奇洲顺着她的话反问。

艾希冷笑道：“有战争，有饥饿，有疾病的世界，才是人类真正的世界，不是吗？在人类历史的长河里，不都是这样过来的吗？他们沉浸于权力之争，发动无数次的战争，国与国之间有强有弱，有富有穷，至于疾病，他们会不断自我钻研。这些都是人类在历史的长河里，自我发展的过程。即便很多人觉得人类一直在通往灭亡的路上一去不复返。但这也是他们自己选择的，没有人有权力替他们做选择。”

陆奇洲听完，笑了笑：“艾希，你这番言论，听上去似乎有点自私，一副事不关己高高挂起的样子。”

艾希听后，再次冷笑道：“在历史的长河里，你我……不，应该是我，我这样的人，只不过是一粒微不足道的尘埃。自私也好，思想狭隘也罢，我都无法接受有人为了主宰这个世界，设计出记忆云这种东西去操控人类。”

艾希虽然没有指名道姓，但是这话颇有针对陆奇洲的意思。

“记忆云不是我设计的。”陆奇洲道。

艾希看着陆奇洲：“但是跟你有关，对不对？”

陆奇洲看着她，既没有承认，也没有否认。

“说话。”艾希的态度明显强硬了。

“其实不管我说什么，现在的你都不会相信。”陆奇洲凝视着艾希的脸。

艾希听完，脸上露出一抹无奈又愤怒的冷笑。她不再跟陆奇洲啰嗦，站起身来。

“艾希你去哪？”陆奇洲紧跟着站了起来。

“我要离开这个恐怖之地，离开你这个恐怖之人，一刻也不愿多待。”艾希说完，转身就往书房门口走去。

陆奇洲快步追了上来，拉住艾希的手：“艾希，你不能离开这里。”

艾希回头看了他一眼，直接甩开他的手：“不要碰我！”

陆奇洲见艾希这么排斥他，心里像是被什么东西狠狠地刺了一下一样，但是他没有放弃，再次握住艾希的手腕道：“艾希，外面很危险，你不能离开。”

艾希想甩开手，但是被他牢牢地攥住，不由得怒道：“外面再危险，也没有比你更危险！放开我！”

“我不会放开你的！”陆奇洲的语气很坚定。

艾希的眼底出现了怒气：“不要逼我对你出手。”

“艾希，我只是想保护你，我爱你，我不想你再出任何意外，你只能留在我身边。”陆奇洲毫不畏惧发怒的艾希。

艾希一边挣脱，一边回了一句：“我不爱你，放手。”

“你撒谎。”陆奇洲不放手，还在跟她争辩。

艾希听完，停下挣扎，眼睛看着眼前比她高出二十多公分的陆奇洲，都说这样的身高差是男女之间的最萌身高差，也是女孩子觉得最有安全感的身高差，不过当下艾希对这没有兴趣，她非常冷静地看着他，张口道：“从这一刻起，我不再爱你，我们分手！”

分手这个词，艾希说得不多，因为她在荧屏上所饰演的角色很少掺杂爱情。或许正是因为少了爱情，才吸引了一堆女性粉丝。就算没有爱情戏份，男粉丝对她的喜爱也是有增无减。

有合才有分，艾希对这份爱情很快地全情投入，也很快地抽身离去。

她是理智的，她也必须理智。因为她看不清陆奇洲，她恐惧他，她害怕他。尽管他是如此温柔，如此深情。

陆奇洲听到艾希提出分手，握着她手腕的手不禁用力几分，似乎不敢相信："你说什么？"

艾希感到手腕的痛感，但她没有表现出来，再次冷静地回道："我们分手，从此以后，桥归桥，路归路。"

"我不同意分手。"陆奇洲的声音很决然。

艾希闻言，冷笑一声："对于一个我连他是什么都不清楚的男人，我没有勇气继续交往。再者，我自己可能连人都不是，又有什么资格去谈爱情呢？"

"艾希，你是人类，毋庸置疑。"陆奇洲拉着她的手腕强调道。

艾希看着他："就算我是人类，可你不是。"

"艾希，我是，是人类。"陆奇洲说这话的时候明显断了一下。

艾希冷笑道："好，就算我们都是人类，我不喜欢你了，想分手了，行吗？"

"我不允许你再说一句分手。"陆奇洲的身躯直挺挺地靠了过来，大手一拉，直接将艾希揽进怀中，在她耳边道，"你只能属于我。"

艾希想推开他，却被陆奇洲更加用力地抱住，两人的身体紧紧贴合在一起。

艾希清晰地感受到他的温暖、他的气息，他的怀抱是她曾经认为最宽阔的怀抱，可是如今，她却觉得这是一道桎梏。

艾希被他抱得快要喘不过气来，她让自己冷静下来，道："陆奇洲，我数三下，你要是再不放开，别怪我不客气。"

陆奇洲不想艾希真的动气，听话地松开了怀抱。艾希正想逃离，但是下一秒，艾希被他抵在了书房门上，高大的身躯再次贴了过来，艾希只觉得脸上出现一片阴影。

艾希的唇被狠狠地覆盖，腰被一只大手紧紧地搂住，如此的亲密之举，两人在这个书房经历过多次。不是她在看书，他走过来打扰，就是他在看书，她跑过去打扰，无论是谁打扰谁，最后的结果都是一样的，那便是两人搂抱在一块。

不过眼下，陆奇洲的吻显然不那么温柔，带着侵略，带着惩罚去亲吻艾希，艾希起初是抗拒的，手脚并用地想推开他，可是陆奇洲似乎非常清楚她的个性，没有妥协，而是继续强攻。

艾希第一次发现自己是这般无用，根本无法抵挡他的侵袭，而对于他的强势，她竟然一点都不反感，反而还有点喜欢，有点享受，有点沉沦。

她骨子里有受虐倾向？不，应该是，她的心是始终为他而动。

艾希记得自己看过一个话题，人类的意识是产生于大脑还是心脏？

用现代医学去论辩，心脏和大脑之间是交互作用的，心脏的跳动与大脑皮层的活动是紧密联系的，大脑的学习、情绪以及记忆等区域与心脏的跳动密切相关，精神压力会导致大脑调节心脏的功能失去平衡。

也就是说心脏和大脑大部分的反应是一致的，但在面对感情的时候，似乎心比大脑要来得更加诚实。

尽管艾希已经很理智地提出分手，但当他吻她时，她的理智被一点点瓦解。

艾希很瞧不起这样的自己，不过最终她屈服于那颗跳动的心脏，把陆奇洲的强吻当作最后一次亲吻吧。

这么一想，艾希便不再反抗，相反主动迎合了上去。她的手圈住他的的脖子，身体更加紧密相贴，与他唇舌纠缠。

过了一会儿，书房回归安静，但艾希的耳边却是嘈杂的，因为此刻的她贴着陆奇洲的胸口，他的心跳声如同响鼓一样咚咚作响。

他是如此，艾希自然也是。

陆奇洲见她如水一般地依靠在他的怀里，脸上没有怒气，而是乖巧得像只猫一样，心里顿时被一股暖意填满。

陆奇洲轻轻抚摸着她后脑勺的发丝，柔声道："艾希，答应我，以后别再说那句话好吗？"

艾希自然知道那句话是什么，眼前的气氛，就像是普通情侣闹别扭，大吵一架之后一吻消气。

真的能消气吗？艾希问自己。

得到的答案是不能。

因为这不是普通的问题，他们也不是普通的情侣。

但经过陆奇洲的这番强吻，艾希更加认清自己的心，所以当下她的心境，是矛盾的。

陆奇洲见艾希不吭声，他侧脸轻吻了一下她的耳朵，低沉着嗓音道："答应我。"

随后他松开环抱，艾希以为他这是要放了自己，结果下一秒陆奇洲就弯腰将她抱起。

艾希连忙道："你……要干什么？"

见艾希紧张的样子，陆奇洲笑了："抱你回卧室休息。"

艾希看了下他，没再说什么。

陆奇洲也看着她，其实他想要的不只是亲吻，他想索要更多，让她完完全全地属于他。如果不是因为艾希脑部受伤，此刻的他绝对会付诸行动。

艾希被他抱出书房，经过客厅的时候，看到了尼克和COCO，两人看到这幅画面，很自觉地收起视线。

以往这种情况，艾希总会害羞，直接将头缩进陆奇洲的怀里，而此时此刻艾希的情绪不是害羞，而是纠结。

艾希不知道在她认清自己的心之后，下一步该怎么走。是理智地离开？还是贪恋这份心动？

是夜，如水。

窗外的月光如同轻柔的纱帐笼罩着大地，室内一片漆黑，安静至极。躺在床上的艾希闭着眼睛，一副已然入睡的样子。

其实她根本没有睡着，脑子里如同缠在一起的麻绳一般乱作一团。

她提出的问题，陆奇洲没有回答，但这也间接证明了一件事，陆奇洲跟记忆云有直接的关联。

他不承认，反而和她谈什么世界美好。这也直接印证了叶琳的那句“他是大魔王”。

他为什么要这么做？是他本人想操控全世界的人类？还是他只是一个前台，后面还有着不为人知的黑幕？

无论是前者，还是后者，都让人脊背发凉。

这件事，她没办法做到事不关己，高高挂起。

因为针对这件事，无所谓圈层，他人即是自己。在记忆云这张秘密而又庞大的网中，任何人都无所遁形。

她应该像电影里的角色那样，充满正义感，勇敢地去揭露这件事。

可是现在的她是矛盾的，因为她已经无法推开身旁的陆奇洲。

此刻的他，就躺在她身旁，大手圈着她，似乎怕她逃跑似的。

背后的呼吸声很轻，却很热，因为直接扑在她的颈上，那感觉就像有人拿着鹅毛从她的肌肤上划过，犹如电流闪过一般。

艾希极少跟人同眠共枕，即便是最要好的朋友卡卡吵着闹着要跟她睡，艾希最终还是拒绝的。

而今晚，她却跟男人一起同床共枕。这个男人，表面如同天使，实质却是恶魔。

与恶魔同眠，应该是发生在小说、电影里的情节，可当下她真真切切地成了女主角。

不习惯被人拥睡的她却对陆奇洲例外，他的呼吸，更是让她乱了心绪，刚开始只有脸上微微发烫，但现在已经是整个人体温升高。

如果继续这么下去，艾希觉得自己整个人要燃烧了。

于是她微微动了下身体，伸手想去挪开陆奇洲放在自己腰上的手。

但是下一秒，脑后传来一句低沉好听的男声：“还没睡着？”

艾希被惊了一下，因为见他呼吸均匀，以为他睡着了。

没等艾希张口，腰上的大手又紧了几分，艾希的整个后背毫无缝隙地贴合着他的前胸。

他的体温也不正常，像是一个发烧的人一样，滚烫无比。

艾希的身体微僵，声音也跟着结巴：“你，你怎么没睡？”

“搂着你睡，总感觉不真实。”陆奇洲低沉着嗓音回道。

艾希脖子上全是他的气息，感觉快要被他灼伤了一般，心脏明显跳得很快，她咽了一下口水：“我，我不习惯跟人同床。”

“禁止别人与你同床，但你可以适应与我同床。”陆奇洲回道。

陆奇洲的口吻特别霸道，同时又特别温柔，像是大人拿着糖果在诱惑小孩一样。

艾希感觉自己腰上的那双大手更紧了几分，像是要把她嵌入他的身体里似的。

对于男性的身体，艾希并不陌生，因为在初中生物实验课上，就已经充分了解过了。

在片场她也会时常接触男演员，大部分都是彬彬有礼，但也遇到过尴尬，当时的艾希几乎都是脸不改色，心不跳，也没有对自己合作的男演员产生过所谓的生理反应。

而眼下自己背后的男人是她所喜欢的，被他这么抱着，艾希要是没有任何反应，那她可以成佛了。

但艾希不是，她体内的荷尔蒙在发酵，在膨胀，让她产生了很多新奇的感受。

她清晰地感受到背后的异样。

他说他是人类，光凭这一点就可以证明，他真的是人类。

人类对性的需求基本是不受控制的，只要身体条件和环境允许的情况下，成年人可以不分昼夜、日月和季节，索求以及发泄自己最真实的欲望。

感知到这个信息，艾希莫名欣喜。

“你想要？”艾希很直白，但说出口的时候，脸却红成一片。

陆奇洲搂紧她几分，在她耳边咬牙道：“不想。”

艾希听后，竟然有点想笑，因为太口是心非了。

“为什么不想？”艾希顺着他的话问。

“因为怕自己控制不住。”陆奇洲的声音里明显带着粗喘气。

他这样算是控制得住？

艾希身体僵硬得不行，低声地说了一句：“我可以帮你。”

陆奇洲将她的手放回她的肚子上，在她耳边道：“不必。”

艾希微微怔了下，这算是拒绝自己的意思？

陆奇洲稍稍松开大手：“你对我还有心结，我不想两人在这种情况下亲热。”

这人还有感情洁癖？

不过他说得没错，在心里有疙瘩的情况下进行亲密接触，总觉得有那么一点别扭。可是在小说以及影视剧里，男主很多时候都是直驱而入。

他之前在书房，不也用了强吻这一招吗？

于是，艾希怼了回去：“可你在书房，不也是照样强吻了我。”

说完，艾希有点心虚，因为害怕她的话被他误解。

果然，陆奇洲还是误解了她的意思：“你想？”

艾希猛地咳嗽几声：“不是，不是。”

身后的陆奇洲听了之后，嘴角微扬：“只要你想，我可以无条件配合你。”

艾希的耳根都红透了：“我头疼，你还是回客房睡吧。”

陆奇洲听了之后，大手贴了过来：“真的头疼？”

为什么她说头疼，他就信呢？

他真的可以无条件信任她？换作她，她做不到。

下一秒，艾希转过身来，与他面对面，看着他的俊脸，看着他的深眸，伸手过去抚摸他的脸，低声地问道：“奇洲，你为什么喜欢我？”

陆奇洲握住她的手：“答案我告诉过你。”

然而，艾希却继续问：“为什么？我对你有什么特别之处？”

陆奇洲的眼眸明显深沉几分，低声道：“你对我而言，是最特别的。”

“哪里特别？”艾希又继续追问。

陆奇洲拉过她的手，亲吻了一下：“从内到外都是特别的。”

艾希听后，顿了一下，开口道：“一见钟情，其实是见色起意的美名其曰。”

陆奇洲听后，又亲了一下她的手：“我不否认。”

艾希的手伸向陆奇洲的脸，温柔地抚摸，低声回道：“如果我背叛了你，你还会继续爱我吗？”

陆奇洲的大手附在她的手背上：“你不会这么做的。”

“我会，因为我想知道真相。”艾希的声音有些低沉。

“艾希，真相对你而言，比我更重要？”陆奇洲看着近在咫尺的艾希。

艾希怕自己心软想回避他的眼神，于是想转身过去，但是陆奇洲不让，两人再次对视着对方。

艾希微微低头，两人紧挨着，她无处可逃，只能将手贴着陆奇洲的胸前，缓缓开口道：“不管你是谁，也不管你做了什么，我希望我们之间的这段感情是彼此坦诚的，我们可以共同面对，共同进退。”

陆奇洲握住她触摸自己胸膛的手：“艾希，我不需要你做什么，你只要站在我身后就可以了。”

艾希抽手不是，不抽手也不是，只能淡淡地回了一句：“你还是无法对我坦诚。”

陆奇洲的语气中带着一丝无奈道：“艾希，我只要你在我身边，其他都不重要。”

听完这句情话，艾希的感受很是复杂，被一个人深爱，自然是开心的事，但是其他人不重要，是不是有点太自私了？

逼问几次，陆奇洲都没有给她答案，无非两种情况，一是有不得已的苦衷，二是有不可告人的秘密。无论是哪一种，他都不想让她知道。

而人的好奇心就是这样被勾起来的，越是不让知道，就越想知道。

艾希沉默了好一会儿才开口：“我困了，想一个人睡。”

陆奇洲听后，顿了几秒，才应道："好，我去客房。"说完，亲了一下她的额头，起身离开。

这一夜，变得很漫长，艾希在这漫长的一夜，想了很多，很多……

深夜的地下之城，只有寥寥无几的几盏灯还亮着。

向凯和几个工程师还在机要室，他们正在对安全系统进行补丁。

没过一会儿，王总工走了进来。大家纷纷抬头，跟他打了声招呼。

"进度如何？"王总工问道。

向凯是领队，他回话道："已经全部修复完毕了。"

"那就好，现在是非常时期，大家务必认真，辛苦一点。"王总工道。

王总工的工作做派对于向凯这些年轻人而言，相对有点老旧，但老旧也有老旧的好，笑容和蔼可亲，说话如沐春风。这就是所谓的领导艺术，很多人对他恭敬，对他服从。

向凯觉得自己应该向他学习，不过往往又做不到，因为很多事情不能光看表面。

"大家先回去，我留下。"向凯对着大家道。

几个工程师看了下向凯，之后又看了下王总工，只见王总工笑呵呵道："你们先回去，我跟向凯留在这。"

大家闻言都起身离开，没再逗留。

偌大的机要室里，只剩下向凯和王总工。

向凯看了下王总工，似乎猜到了什么，主动说："王总工，有话对我说？"

王总工拉开椅子，坐在向凯的旁边，开诚布公道："是，有话跟你谈。"

"王总工，请说。"向凯一副洗耳恭听的样子。

"我们这边的意见是想跟警方达成合作，不知道你们年轻一辈的想法如何？"王总工道。

向凯闻言，摸了摸下巴："是贺老的意思吗？"

王总工道：“我们的意见，还没跟贺老汇报。”

所谓的我们，是指他的阵营。如果哪一天贺老退位，那么王总工就会被他的阵营推举上位。当然上位也不是那么容易的，因为向凯这边也有一个自己的阵营。

而向凯这个阵营中，有好些分量十足的前辈。这些人都是贺老的追随者，会主动站到向凯这边。

“警方未必靠谱。”向凯回道。

“迟早要暴露的，不如主动出击。”王总工道。

向凯闻言，看着王总工，一直以来，他们两人整体配合得还行，但私下不是那么友好地相处。因为向凯这个后起之秀有着过硬的技术，被贺老格外重视。有些人觉得他威胁到了王总工的地位，于是两方产生了暗中的内斗。

向凯起初觉得王总工太瞧得起他了，但贺老一直给他撑腰，不知不觉间就形成了自己的阵营。可以说他刚开始是无心的，但慢慢地他变得有心了。

年轻是他的资本，技术是他的基石，他想搏一搏。

两人政见不同也有两年了，不过这次王总工的提议，倒是跟向凯心中所想一致。

“王总工觉得，我们有几成胜算？”向凯问道。

王总工看了下向凯：“害怕了？”

向凯摇头：“再不遏制，我们真的一点希望都没有了。”

王总工点头道：“艾希的出现，是个契机。我们得把握住这个机会。”

关于这点，向凯也是无条件赞同的：“明天我们一起跟贺老商量一下。”

“你去提。”

“为何？”向凯讶异道。

“未来是属于你们年轻人的。”王总工道。

向凯对今晚的王总工有些琢磨不透，于是跟着客气道：“王总工，我们这些年轻人，也需要你们这些前辈多加指点。”

“向凯，别在我面前装客套，关键时刻，我老王不会像以前那么狭隘。”王总工道。

“王总工，我不是客气，是真心话，以往的我，太目中无人了。”向凯道。

“谁都有年轻的时候，我年轻时要是有你一半的本事，绝对比你还目中无人。”王总工笑道。

向凯听后，微微勾唇：“让王总工见笑了。”

“客套话少说，今天看你这一整天都在查资料，是不是有什么新发现？”王总工道。

虽不能说几句话就彻底将过往的嫌隙全部抹去，但现在的情况，需要大家通力合作，向凯也没有隐瞒，说道：“我在查几十年前所有人工智能专家的资料，发现网络上保存的资料都有所缺失。”

王总工听后，若有所思：“贺老让你查的？”

向凯看了下王总工的表情，果然还是有所异样，看样子贺老没跟他说这事，不过向凯也没避讳：“嗯，针对陆奇洲身旁的两个贴身秘书进行的调查，这才有了新发现。”

“秦昊和尼克？”王总工直接说出两个人的名字。

向凯一点都不意外，因为地下之城核心层的大佬们对陆奇洲的资料都非常熟悉，于是点头道：“这次多亏了叶琳，将秦昊真正的背景查了出来。”说完，向凯直接将秦昊的资料调出来给王总工看。

王总工看完之后道：“尼克的呢？”

“从他住的地方取得了他的头发，真正的基因验证结果显示，他爷爷也是人工智能的专家。”向凯道。

“这两人的祖辈都是人工智能专家，却故意隐藏了身份，这么说……”王总工说这句话的时候，与向凯对视一眼。

就算两人平时是两个阵营，但彼此一个眼神，也能理解对方透露出来的意思。

向凯道：“这个发现，更加确定我们的怀疑。”

王总工微微点头道：“人工智能的时代，看似让生活变得更加美好，但也隐藏着很多可怕的隐患，尤其是在有人想当神，想主宰这个世界的情况下。”

“那我们有机会把这个神拉下神坛吗？”向凯幽幽地说道。

王总工听后，看着向凯：“向凯，这可不像你会说的话。”

向凯嘴角微扯：“他的强大已经远远超出我们想象的范围了。”

见向凯认清事实，王总工伸手拍了下向凯的肩膀，道：“记住，人无完人，任何人，任何机器，都无法做到极致和完美，再强大也会有弱点，更何况他的弱点已经暴露出来了。”

向凯知道王总工所指的弱点，于是道：“其实王总工那天派人把艾希带回来也是好事。因为只有不断地制造意外，陆奇洲才会暴露得越多，艾希就会发现得越多。”

王总工笑道：“我的行动也有可能会弄巧成拙。”

向凯摇头：“不，也许会有意外之喜。”

王总工笑道：“希望如此。”

向凯也笑道：“我们或许可以乘胜追击一下。”

“说说看？”王总工眼底透着期待。

“让叶琳去自首。”向凯说出自己的计划。

王总工听完，与他相视几秒，随后点头：“这个计划可行。不过把叶琳推出去，就意味着真正的战争即将来临，没有任何退路，九死一生。”

向凯自然知道这事没有退路：“如果可以，明早跟贺老报备后，就开始实施。”

王总工与他相视一眼，点了点头：“好。”

警局，网络安全小组办公室。

此时已是半夜，办公室还是灯火通明。

何莹莹将整理出来的地理测量报告发给邢凯锋后，抬起头想跟邢凯锋口头报备一句，不过看到邢凯锋正靠着椅子在打盹。

眼下他们追查的这个案子实在太匪夷所思，组里的每一个人都紧绷着脑子里的那根弦。作为组长的邢凯锋这些天更是连家都不回，吃睡都在局里，及时处理反馈回来的各种信息。

何莹莹站起身，走向邢凯锋，之后轻手轻脚地拿起椅子背后的一条薄毯，给他盖上。

郭鹤鸣和廖斌同时抬头往这边看，换作平时肯定会给一副看戏打趣的眼神，不过这次没有，都只是默默地低下头继续干活儿。

邢凯锋的辛苦，大家都是有目共睹的。

何莹莹正要转身离开的时候，邢凯锋睁开了眼睛，随手拿开毯子，揉了下眼睛："我怎么睡着了？"

何莹莹停下脚："头儿，你已经好几个晚上没睡了，回家休息一下吧。"

邢凯锋打了一个大大的哈欠，问道："测量报告出来了？"

何莹莹见他问工作，也只能如实报告："嗯，没有发现异样。"

邢凯锋听后，看来下何莹莹，似乎并不相信，于是打开全息影像查看何莹莹发过来的报告。

邢凯锋看完之后，转念一想，又觉得没什么好意外的。不过这种感觉真的很糟糕，因为他们的加班变得毫无意义。

关于这个案子，幕后之人想让你知道多少就让你知道多少。他们的工作完全是被动的，不，应该说是没有任何价值的，让人想放弃。邢凯锋的心情更是糟糕透顶，可是让他就此放弃是不可能的，因为放弃，就意味着这个世界上每个人的命运都在任人摆布，任人鱼肉。

邢凯锋尽量收起自己眼底的情绪，对何莹莹道："辛苦了。"

何莹莹见此，又开口劝说："头儿，你回去休息吧。"

邢凯锋点头，之后很利索地站起身，开口对着所有人说："大家都放下手中的工作吧，回家好好休息。"

站在他面前的何莹莹愣了一下，郭鹤鸣和廖斌及其他几个同事也不约而同地抬起头，目光集中在邢凯锋身上。

邢凯锋扫了他们一下，再次道："都回家休息吧。"

大家本想说什么，可是看到邢凯锋的眼神，都没再多话。

这个案子，越是深入，越是让人恐惧。同时也越发深知自己的渺小和无力。没有人喜欢这样的感受，实在是太丧了。

不过下一秒，郭鹤鸣却提出一个建议："头儿，我肚子好饿，要不你请我们大家吃夜宵吧。"

邢凯锋看了下郭鹤鸣，难得没有拒绝："走吧。"

见邢凯锋这么爽快，大家一致放下手中的工作，一起去吃夜宵。

夜宵的地点是火锅城，即便现在已是凌晨，依旧宾客盈门。这家火锅店，大家经常来，人工智能服务员直接给安排了一个靠窗的位置。大家坐下来之后便开吃。吃饭的气氛丧到不行，大家彼此对视一眼，还是选择默默地吃，默默地喝。

邢凯锋喝了不少酒，他的心情极差，眼下的局面，他真的不知道该怎么破局。他伸手又给自己倒了一杯酒，何莹莹见了，不由得道："头儿，你再喝就醉了。"

邢凯锋听后，嘴角露出一抹苦笑："我酒量没那么差。"说完，仰头一饮而尽。

郭鹤鸣见了，也跟着劝道："头儿，差不多了。"

邢凯锋看了他们一眼："你们吃好喝好了，就先回吧。"

廖斌伸手拿起酒瓶给邢凯锋倒了一杯："头儿，我陪你喝。"

何莹莹瞪了下廖斌："廖斌，别作妖啊。"

廖斌闻言，也看了下何莹莹，笑了笑道："小何同学，能不能不要表露得那么明显啊。"

大家听完廖斌的话，心照不宣地笑了起来。

何莹莹的脸色有点窘，瞪了眼廖斌，咬牙道："话多的人通常死得很难看。"

大家又是一笑，邢凯锋倒是没笑，看了下何莹莹，关于这个小丫头对自己的仰慕之意，他岂能不知。只是职场爱情，在局里挺忌讳的。

"别拿小姑娘开玩笑。"邢凯锋开口为何莹莹解围。

大家见邢凯锋出面解围，本想继续起哄的，可是见他又端起酒杯喝了一杯，大家又沉默了。

这一桌的沉默，跟店里其他桌的火热，形成了鲜明的对比。旁边的客人都在有说有笑地吃着喝着，每个人的脸上都洋溢着笑容，而他们这一桌，就像是刚从葬礼回来一样，个个都心情沉重。

如果他们不知道一些不为人知的内幕，或许也会跟旁边的这些客人一样开心，和亲朋好友享受美食。

何莹莹见此，不想大家再次陷入那种氛围中，她接了邢凯锋的话说："我已经不小了，早就到适婚的年龄了。"

果不其然，她的话让组员们都兴奋了起来。

何莹莹见了，内心在发笑，想散去这么丧的气氛，唯有八卦可解。

"小何，你这是公然表白的意思？"郭鹤鸣一副吃瓜的表情。

何莹莹看了下邢凯锋，随后回复郭鹤鸣："我实话实说啊，本来就已经到了适婚的年纪。"

"还以为你会大胆表白，结果还是那么尿。"郭鹤鸣的口吻里带着调侃的味道。

何莹莹笑道："就算要表白，也是我自己的事。"

这下气氛彻底变了样，不再低迷，就如同以前同事们一起聚餐一样。

邢凯锋面对这么直白的何莹莹，也挺意外的。

"小何，既然有想法就直接行动，好让我们当你的见证人。"廖斌也忍不住加入怂恿者的队伍。

何莹莹听后，眼睛偷偷地瞥了下旁边的邢凯锋，邢凯锋也刚好在看她。说实话，换作以前何莹莹肯定会觉得害羞到窒息。可是自从调查了艾希相关的案子之后，仿佛世界进入了一种末日的状态，经常会有人提出有关世界末日的弱智问题。

当你在世界末日到来的时候，最想做的一件事是什么？

很多人的回答是：跟自己最爱的人在一起。

最爱的人，可以是家人，可以是爱人，也可以是友人。

而对于何莹莹来说，末日来临之时，最想做的一件事便是跟自己喜欢的男人告白，让他知道自己对他的爱意。

不接受也可以，只是想让他知道。

何莹莹整理了一下心绪，随后微微抬头，看向邢凯锋，缓缓张口："组长……"

大家见此，都一致屏住呼吸，因为看样子，何莹莹是要付诸行动了，准备见证这个告白的时刻。

邢凯锋被这样的气氛吓到了，其实也不能说是吓，而是有点忐忑。

如果何莹莹真的跟他告白了，他是接受，还是不接受？

接受，在大家的眼里，那是皆大欢喜，不接受，两人以后怎么共事？

何莹莹从一毕业就分配到了他的组，一开始就是以仰慕者的身份在他眼皮子底下工作。对他很关心，很体贴，当然何莹莹本身的工作能力也不差。即便看得出她喜欢他，但相处之时还是特别有分寸。邢凯锋作为男人，要说对一个仰慕自己许久的女孩做到完全视而不见，那是不可能的。因为他是男人，男人对待这种事，都避免不了有些小得意。

作为上司，邢凯锋肯定不想让彼此尴尬，可是不知为何，他此时的心境有些复杂，于是率先开口："就算要告白，也是该由我们男人先说。"

几个人听完这句话，不约而同地愣了一下，接着脸上都浮现出看好戏的笑容。而作为当事人的何莹莹，直接呆住了，小脸不自觉地红了起来，心脏也开始无组织无纪律地乱跳。

邢凯锋也知道自己说这句话意味着什么，目光不由得直视着何莹莹道："小何，我这个人很无趣，除了工作之外没有别的兴趣爱好，跟我在一起你会很乏味，可能过不了多久，你就会彻底失望了。不过即便如此，我还是要问你一句，这样的我，你愿意喜欢吗？"

郭鹤鸣忍住想插话的冲动，真心替邢凯锋捏把汗，哪有这么告白的！实在太不浪漫了，简直就是直男。

不过话说回来，同事几年，他们也基本了解彼此的个性，与其说那些肉麻的话，不如直接一点，至少显得有诚意。

火锅店空调的冷气开得挺足，可是这会儿何莹莹放在膝盖上的手却出汗了，她抬头看了下邢凯锋，又快速收回视线，果然当着这么多同事的面告白，实在是太让人害羞了。

想是一回事，说又是一回事。最关键的是邢凯锋抢了她的主动话语权，此刻所有的目光都集中在她的身上。

喜欢一个人，是件很美妙的事情，即便是暗恋也是如此。

每天只要看到他，心情就会变得特别好。亲近他，更是让自己精神亢奋。注意他的一举一动，重视他的一言一语。他是自己的偶像也是榜样，他身上散发出的光芒，就如太阳一样，令人温暖心动。

何莹莹曾经想过告白，但害怕说出口，两人连同事都没得做，所以宁愿这么偷偷喜欢着。可是现在奇迹出现了，原本特别沮丧的一天，却在现在迎来了如此美好的时刻。

“组长，我脾气很急，做事也马虎，这几年要不是你的指点和包容，这份工作我可能都坚持不下来。私下里我的爱好很多，但是坚持最久的就是喜欢你，从我上大学时期看到你的相关报道开始，就一直仰慕你到现在。”何莹莹迎着邢凯锋的目光，真诚地说出藏在心里很久的话。

旁边看戏的人，这会儿是真的有点后悔了。好好的聚餐，变成了大型告白现场。

廖斌伸出手臂：“我鸡皮疙瘩都起来了。”

郭鹤鸣也跟着耍宝：“我的头发也根根直立了。告白这种事，还是私下进行比较好。免得刺激我们这些单身人士。”

“不过话说回来，你俩的告白方式有点官方了。”廖斌还不忘点评。

“我觉得这样就好，更肉麻的话还是私下说吧。权当保护我们这些单身人士。”郭鹤鸣道。

邢凯锋开口道：“就你俩话多。”

廖斌嬉笑：“我闭嘴，你们继续。”

郭鹤鸣也附和道：“你们继续，继续。”

邢凯锋将话语权收回后看着何莹莹，此刻的何莹莹面带羞涩，心里是开心的，是兴奋的，也是幸福的，甚至还怀疑此刻自己是不是在做梦。

可是她磨蹭半天也没说话，邢凯锋直接站起来：“不早了，散了吧。”

大家被邢凯锋的突然转折给弄蒙了，郭鹤鸣连忙道："组长，你就这么结束了？你可是经常教导我们，做事要有始有终，一鼓作气。"

邢凯锋瞥了下郭鹤鸣，没理他，之后对何莹莹道："我送你回去。"

这句话一出，大家立马亢奋起来，也不管这是公共场所，直接起哄吹口哨。

其他桌的食客纷纷投来好奇的目光，何莹莹不想被人围观，于是拿着包站起身，拉起邢凯锋的手，何莹莹也不顾上害羞了，直接拉着邢凯锋往门口的方向出去。

聚餐就这样散了，大家也渐渐地从兴奋中平静下来，各回各家。

何莹莹此刻直接坐上了邢凯锋的车，既然说了送她回家，那么她是绝对不会拒绝的。

两人上车之后手还是牵着的，不过何莹莹的心跳明显加速，身体变热，手心出汗。

车内很安静，何莹莹觉得自己都快可以听见自己的心跳声了，好像车内的空气也变得闷热，在这样的氛围下，即便彼此不说话，也觉得特别的幸福。

不过何莹莹还是忍不住开口道："组长，你觉得我们现在是被人操控，还是自然而然呢？"

邢凯锋闻言，侧过脸看了下何莹莹："你跟我想到一块去了。"

何莹莹微怔，想抽回手，却被邢凯锋给牢牢抓住："无论是哪一种，我刚才在饭桌上的话，都是真心的。"

何莹莹的手被他紧紧握着，这不是两人第一次握手，这一次却有了全新的感受。

邢凯锋的手指很修长，很有力道，在外人眼里网络安全监督的工作是属于文职工作，但邢凯锋的手却长满了茧子。身为刑警的他，各项职业技能都是满分，手上的这些茧子，也是工作这么多年的勋章。

"我的话也是真心的。"何莹莹说道。

邢凯锋嘴角露出微笑，之后道："用纸笔记录下我们身体的各项记录。”

“好。”何莹莹应道，有些不舍地抽回手，从包里拿出纸和笔。

笔录这项工作已经淘汰多年，不过最近被他们重新启用了，一边调查，一边做详细的笔录，双管齐下，多重保障。

何莹莹调出自己身体的实时指数，看了下数据之后，发现多个数据都比平时高了很多，尤其是心跳频率。

何莹莹偷偷瞄了一眼身旁邢凯锋的实时指数，简直就是半斤八两，何莹莹的嘴角情不自禁地弯了起来。

邢凯锋察觉到她在笑，一边记录一边道：“心跳频率指数，你高，还是我高？”

何莹莹见此，接话道：“你高，你是不是也喜欢我很久了？”

邢凯锋抬眼，看向何莹莹的全息影像呈现的数据，之后侧过脸看着她，很利索地回了一个字：“是。”

第十章　神秘智者

次日，地下之城。

向凯和叶琳坐在一家手工咖啡店里，店里的装修有种复古的味道，此刻的两人正对视着，叶琳的脸上呈现出一副震惊的表情。

几秒钟后，叶琳恢复了冷漠的样子，态度很强硬地回道：“我拒绝你的提议。”

向凯似乎对叶琳的回答并不意外，他端起咖啡喝了一口：“你有权拒绝。”

叶琳看着他道：“我知道，我躲在这是受了你们的庇佑，但是不代表我的生死就可以由你们主宰。”

“我说了，你有拒绝的权利。可以当我没说过，把它忘了。”向凯道。

叶琳听后，嘴角勾起一抹阴沉的笑容：“这么简单？”

“自首这种事，个人意愿很重要。”向凯道。

叶琳看着他，问道：“我拒绝了，你们有第二套方案？”

“这个是我们的事。”向凯道。

叶琳冷笑道：“如果有其他方案需要我，我可以不遗余力地帮忙，但我绝对不会自首。”

向凯微微点头道：“我完全尊重你个人的意愿。”

叶琳接着道：“我还有很多事情没搞明白，所以请你见谅。”

“我理解。”向凯道。

叶琳听后，觉得向凯算是一个通情达理的人，于是道：“你们给我提供了藏身之地，我自然也会回报你们。目前我只有这些钱，你先收着。”说完，叶琳从口袋里掏出一张卡，推给对面的向凯，“密码是……”

没等她说完，向凯就将卡推了回来，道：“钱对于我们而言，都是废纸。”

叶琳怔了下，随后开口道：“我是杀手，有需要解决的人，可以告诉我。”

向凯听后，笑了：“我们想解决的人，只有一个。不，不能说是人，是魔王，大魔王。”

叶琳看着向凯，这句话的潜台词就是，自首便是帮他们解决大魔王。

而这个目标，跟叶琳的目标是一致的，她最想解决的也是这个大魔王。

“我们的目标一致？”叶琳道。

向凯点头：“是的，只是希望非常渺茫。”

叶琳自然也知道希望渺茫，即便她是顶级杀手，也根本无法近身陆奇洲。因为他可以完全掌控她。想到这些，叶琳的内心就会充斥着无法抹去的恐惧。

叶琳放在桌上的手不自觉地握拳，关节处泛白：“你让我自首，是最后一搏？”

“你不愿意，我们只能另外想办法。”向凯道。

叶琳看了向凯几秒，开口道：“谢谢你的咖啡，还有你的庇佑。我有事，先走一步。”

叶琳直接起身离开，向凯只能眼睁睁地看着她离去。

办公室里，向凯见到了贺老。

贺老拄着拐杖，站在办公室窗边的位置，看着外面虚拟的风景。那是一片碧蓝的大海，阳光之下，微波粼粼，海风袭来，鼻尖有种淡淡的咸味。他微微侧身看了向凯一眼，又将视线转回窗外。

向凯走到贺老身旁，跟他汇报沟通结果：“她没有答应。”

“意料之中。”贺老淡然地回道。

向凯也同样料想到了，但是计划的关键点就是叶琳。

“叶琳那边很好解决，你现在最重要的任务就是保证行动之后，将抗衡的时间拖长一些。”贺老接着道。

向凯看着贺老脸上一切尽在掌握之中的表情，道：“贺老有何高见？”

“让神秘智者出面。”贺老道。

向凯怔了下：“神秘智者？”

贺老微微侧过脸，看着向凯：“他出面，一切迎刃而解。”

向凯的表情有些复杂：“叶琳很聪明，她知道她主动自首，极有可能会丧命。智者出面，她也未必会答应。”

贺老听后，布满皱纹的脸露出一丝笑意：“她会答应的。”

向凯看了看贺老，没有反驳：“那我去安排他们见面。”

贺老微微点头，向凯转身离开，耳边传来贺老的声音：“欲成大河者，必长其源，欲成大事者，必固其基。”

向凯转头，看了下贺老的背影。

贺老旁若无人地接着念：“源愈长，则此河之前途，愈有浩荡奔腾之日，基愈固，则人生之事业，愈不敢限其将来……”

这段话绝非只是对着大海感慨，其实是针对向凯的。

向凯听完之后没说什么，直接离开了办公室。

叶琳和向凯聊完之后，她就在地下之城的游戏厅里疯狂地玩射击游戏，以她的枪技，这些游戏都是小菜一碟。老板知道她的实力，没有让她参与奖品活动，不过可以任她玩。

此刻，好多人围在旁边，想看叶琳这次在限时十分钟之内又会创造出什么纪录。

不过叶琳今天的状态明显不好，刚达到她自己最高纪录的一半就脱靶了好几次。

正当大家以为她会主动放弃这一局的时候，没想到叶琳很快调整了状态，继续下去。然而最终的结果，仍然是没能超越自己的最高纪录。不过在旁人眼里，她已经是高手中的高手，在她面前只有俯首称臣，没有人敢公然挑衅。

结束之后，叶琳把枪一扔，拨开人群，离开了游戏厅。

叶琳原本还想继续晃荡一圈，可是心烦意乱的她最终还是选择缩回向凯的家里。

她最近一直都寄宿在向凯那个小房子里，不过她并未跟向凯同住，而是鸠占鹊巢。

这些天向凯出去了，所以这个小天地，暂时属于叶琳。

她回到家门口，正要按密码的时候，突然发现门是虚掩着的。

因为职业的习惯，叶琳立马警觉了起来。

整个地下之城其实十分安全，这里真的就是路不拾遗，夜不闭户的世界。

不过叶琳出门期间都会锁门，难不成是游说她未成的向凯回来了？

叶琳轻轻地推开门，整个人处于警备状态，因为她拒绝了向凯，倘若他强行，那么只有一战。

门一打开，叶琳便看到阳台上矗立着一个熟悉的身影，她不由得快步过去："您……怎么会来这？"

熟悉的身影转过身，见到叶琳，露出一个和煦的笑容："我出现在这，很奇怪吗？"

叶琳的眸光闪了闪："有些意外。"

那人笑了笑："没什么好意外的。"

叶琳看了下他："如果有任务，您可以私下联系我的。"

那人又笑："你不想见到我？"

叶琳怔了下，随后摇头道："没有。"

说没有其实是假的，对于眼前这个男人，叶琳是又喜又怕。

"口是心非。"那人笑道。

叶琳看着他嘴角的笑意，心中的害怕并没有因此减少几分："想喝什么？有果汁、咖啡、茶。"

但是那人说了一个没有的选项："可乐。"

叶琳愣了下，不过很快反应过来说："我去拿。"

之后，那人从阳台走进客厅，直接坐在了单人沙发上。

叶琳从冰箱里取出一瓶可乐，放在他面前的茶几上，之后站立在一旁。

她这个样子，就像小跟班面对大老板一样。

事实也是如此，叶琳在他面前就是一个手下，一个杀人不眨眼的工具。

“坐吧。”那人抬眼看着叶琳说道。

叶琳也看了看他，依旧选择站着。

那人笑道：“我不喜欢仰视别人。”

此话一出，叶琳只好听从，在这之前，她不忘将门关上。

叶琳坐在旁边的双人椅上，看着那人打开可乐喝了两口。

喝完之后，那人开口道：“还是可乐好喝。”

叶琳没吱声，因为在他面前，她只有服从两个字。

能让叶琳如此服帖的人，那便是她的救命恩人——神秘智者。一个用美颜技术掩饰自己容貌体征的男人，技术处理后的他，是一个白发苍苍的老人，声音也听似苍老，感觉像是一个八九十岁的长者。

“是有任务吗？”叶琳轻声问道。

神秘智者看着叶琳：“你欠我的债务已经还清。”

叶琳听后，愣了下，惯性使然，每次见到他，都是接受新的任务。

“那么您亲自来见我，是为何？”叶琳好奇道，“还有您是怎么进来的？”

“这里是我给你引荐的地方。”

“失敬！”叶琳恍然道。

神秘智者审视了一下周围，随后问道：“在这住得习惯吗？”

叶琳微微点头：“在这里我做过最香甜的梦。”

“什么梦？”神秘智者笑了笑。

“无可奉告。”

“想来是个好梦。”

“是的。”

神秘智者见此，伸手拿起可乐又喝了两口，开口道：“其实这次来见你，是有事求你。”

“您别说求，吩咐就是。”叶琳道。

“你我之间的债务已经没有了，但是我有事想拜托你。”

“您别这么说，尽管吩咐。”叶琳的姿态很低。

“我救了你，却也利用了你，你不怨恨我吗？”

“不怨恨，欠债还钱天经地义。”

“钱你已经还清了，那么我想拜托你的事，你可以开个价。”神秘智者道。

“您客气了，你吩咐的事，我照做就好了。”叶琳道。

神秘智者看了下她，之后道：“真的照做？”

“您请说，我照做。”叶琳很利索地回道。

“如果我说，我要你的这条命呢？”神秘智者也没再绕弯子，直白地对她抛出这句话。

叶琳闻言，先是愣了下，之后目光缓缓看着他：“你要我的命？”

神秘智者也看着她：“你会照做吗？”

叶琳一时也不知道该怎么回答，救命恩人向她索命，她是给还是不给呢？

“会照做，不过得等我解开疑惑后。”叶琳犹豫几秒后便给出自己的答案。

“你的命，可以帮你解开关于你身份的疑惑。”神秘智者道。

叶琳抬起眸光看着他，似乎猜到了什么：“您不会是地下之城的同盟吧？”

神秘智者微笑道：“你很聪明。”

“向凯让你来说服我？”叶琳追问。

“是他如何，不是他又如何？”神秘智者说了一句模棱两可的话。

“是他，不是他，只要您发话，我就听从。”叶琳对他表示自己的态度。

神秘智者听后，眼神变得有些不一样，确认道：“你真的愿意？

这有可能丧命。”

“我的命是您救的，就算还钱也是不够的。您想要拿回，我不会有意见。”叶琳道。

神秘智者的表情微微变化：“叶琳，你很傻。”

“这是我做人的信条。”叶琳道，“只是向凯那个计划，简直就是鸡蛋碰石头，不，应该是蚂蚁踩大象。即便我自首，很有可能下一秒我就被掩盖，被抹去，对外也不会有任何人知道真正的内幕。”

“是，即便你自首，可能也不会激起一点水花。但如果什么都不做，那等待我们的最终结果，就是死。”神秘智者道。

“您也希望我自首？”叶琳问，清冷的眸光闪过一丝复杂的情绪。

“平心而论，我不希望。”神秘智者道。

“但您已经说了。”叶琳的表情有些苦涩。

神秘智者的眼神即便通过科技处理，也能看到一丝变化，只听他用低哑的嗓音道：“我们需要你。”

叶琳听后，嘴角露出一抹冷笑：“需要由我出面去刺激艾希？”

神秘智者微微点头。

叶琳脸上的冷笑显得特别悲凉：“艾希已经回到他的身边，说不定她现在的记忆里根本就没有您这号人，不论是你们，还是我，都没有任何希望了。”

“有，这个人就是你。”神秘智者的眼睛直视着叶琳说道。

叶琳听后，嘴角的冷笑越发冷冽：“这么说，他们其实只有一套方案，就是让我主动自首，再次挑起艾希的好奇心？”

神秘智者看着叶琳，声音低沉道：“我知道我没资格要求你做什么，但这件事关乎整个人类。”

关乎人类？她是不是人类还是未知呢。

叶琳看着他：“是不是从一开始，我就是诱饵？”

神秘智者听后，缓缓收回视线：“我否认，你会信吗？”

叶琳的眼神很是复杂：“别无他法吗？”

神秘智者沉默几秒，道：“是。”

“你其实也是策划者之一对吗？”叶琳顿了一下，苦笑，“我这个问题其实问得有点傻，你的出现，就已经说明了一切，何须多问呢。”

神秘智者抬眼道：“叶琳……”

叶琳没等他说完，抢了话：“你是我的救命恩人，你提的任何要求我都会答应，不过我也有个条件。”

神秘智者愣了下，应道：“你说。”

“我想看真实的你。”叶琳对着他说道。

神秘智者又愣了一下，随后道：“这就是真实的我。”

叶琳听后，回道：“我只有这个条件，希望你能满足我。”

两人彼此看着对方，沉默让室内突然变得安静了下来。

神秘智者张口道：“为什么会好奇我真实的容貌？”

关于这一点，叶琳心中还是存在疑惑的，通过近期发生的这些事，她怀疑眼前的这个长者其实是她认识的人，所以她想证实一下。

“我认识的人不多，最亲近的人也就是你，我希望自己不留遗憾。”叶琳道。

“如果我不满足你呢？”神秘智者道。

“那我死而有憾。”

“你别那么悲观，让你去自首，我们自然也会尽全力保护你。”神秘智者道。

叶琳听后，忍不住讽刺一句：“你们连自己都保护不了，谈何保护我？”

这句话堵得对方无话可说，叶琳接着道：“我只想看一眼真实的你，是不是我想象中的样子。”

“你想象中的我是什么样？”神秘智者听后，低声问道。

“你不老，相反很年轻，是个正值壮年的男人。”叶琳道。

神秘智者笑了：“你把我想象得太美好了。”

“美好与否，你关闭 AR 美颜系统就一清二楚了。”叶琳道。

“我还没答应你。”神秘智者道。

叶琳看着他道：“我的命对您而言，可能犹如一只蚂蚁一般微不足道。但是您对我而言，是恩人，是老师，是长辈，是朋友。从我醒过来，失去所有记忆开始，带我重新认识这个世界的人是您，有时候我会忍不住把您当成我的父亲，有时候会把您当成我的朋友。这些都是我自己的一厢情愿，但这就是我最真实的感受。”

神秘智者看着她，说实话从叶琳的这番话里，可以听出一些情愫，她把他当成了亲人。

“你太多情了。”神秘智者收起表情，冷酷地回了一句。

叶琳听后，无奈地冷笑道：“是，您说得没错。都说杀手无情，但我却对指派杀人任务的您动了情。我甚至怀疑自己是爱上了您。”

神秘智者听到这句话，整个身体都僵住了，似乎不敢相信自己的耳朵。

叶琳说完那句话，也意识到自己的冲动，但此时早已覆水难收。

气氛变得有些怪异起来，屋内再次陷入安静。

沉寂被神秘智者打破：“叶琳，你不该对我说这样的话。我都可以当你爷爷了。”

叶琳听后，冷笑：“是不是爷爷，等我看了你的真实面貌再说。”

神秘智者定定地看着叶琳，说道：“你真的想看？”

“想。”叶琳的声音很坚定。

神秘智者默然了一会儿，缓缓伸手关闭 AR 美颜系统，露出自己真实的容貌。

当叶琳看清自己执念已久的容貌时，表情异常窘迫，因为坐在单人沙发上的人，竟然是贺老。

贺老，她见过几次面，很和蔼的一位老人，当然也是一位肩负很多责任的老人。可以说，他是整个地下之城的信仰。

贺老从叶琳的表情中可以看出她受到的冲击很大，于是道：“跟你想象的出入很大吧？”

叶琳根本不敢看他，因为实在太窘了，实在太失礼了。

叶琳低着头，跟贺老致歉：“对不起，我失礼了。”

贺老倒是一点都不在意：“让你失望了。”

叶琳那张气质清冷的脸浮上一抹红晕："请您将我的话忘了。"

贺老听后，没有直接回复，而是拿起可乐喝了一口，缓缓放下："叶琳，我知道我跟你提出的这个请求很厚颜无耻，没有人性，根本没把你的命当回事，很冷血，也很无情……"

叶琳抬眼看贺老，贺老白发苍苍，皮肤皱巴，在外面很多与他一样年纪的人，都会使用一些美容科技修饰一下外在，让自己看上去年轻许多，但是贺老保持着正常人衰老的容貌。

他的面容以及气质都透着书香，透着儒雅，让人没有畏惧感，想与他亲近。在初次见到贺老时，叶琳的脑海里就萌生过一个想法，一个地下之城的信仰，不应该是这样的。因为就像一个部落的酋长一样，作为一个首领，他就是王，身上总该带着让人畏惧的威严感。

贺老没有，或许只是她没见过罢了。

但是从他出现，对她提出要求的时候，叶琳恍惚间觉得曾经的印象，只不过是表象而已。

作为地下之城的信仰，他做的任何事，肯定都是从大局出发，至于个人……贺老见叶琳没有直接回应，接着道："一直把你当作工具。"

叶琳听了这句话，心像是被针扎了一下般刺痛极了，但她脸上的神情依然冷酷："我的职业是杀手，本身就是工具。"

"我也不是什么好人，更不想为自己做任何的辩驳。"贺老道。

叶琳看了他一眼："您确实不是什么好人。但您救了我，就是我的恩人。让我自首可以，我想问一句，我之前的记忆是被别人抹去的，还是被您抹去的？"

关于这个问题，当时神秘智者的答案是她的记忆是被他人所抹去的。

"不是我抹去的。"贺老回道。

"那就好，至少不会让我觉得自己从头到尾都只有被利用。"叶琳冷酷地回道，"我明天就去警局自首。"

"警局那边我们已经联系过，会尽最大的努力护你周全。"贺老道。

叶琳听后，忍不住冷笑了一声："希望我的自首，我的生命，能换来正确的答案，能换来一丝波澜。"

贺老想说些什么，但终究没有说出口。叶琳站起身送客，贺老往门口走，到了门口却突然停了下来：“叶琳，其实你可以拒绝我。”

叶琳听后，内心涌起一股悲怆：“您要是再多说话，多作停留，我可能就改主意了，还有别破坏您在我心目中的形象。”

贺老知道自己刚才那句话，实在太虚伪了，于是道：“保重。”

叶琳看着他的后背，缓缓张口道：“保重。”

他们把她推出去，也预示这个犹如世外桃源一般的地下之城，将走向十字路口。成功，则不再蜗居于此，失败，则彻底瓦解消亡。

清早，邢凯锋换了一身衣服，便直接去了警局。

一走进办公室，就听到起哄的口哨声，昨晚他和何莹莹在吃夜宵的时候当场表白，今天出现在大家面前，自然要被众人再起哄一番。

邢凯锋扫了他们一眼，表情有些不自在，不是排斥也不是反感，而是有些腼腆。他一边往自己的办公桌走去，一边道：“工作时间，少起哄。”

大家也只是调解一下气氛而已，之后就各自回到了自己的岗位。

没过一会儿，何莹莹的出现，让大家又都抬起头。

“被爱情滋润的女人，果然让人眼前一亮。”郭鹤鸣起哄道。

何莹莹被这么一说，脸上不自觉地浮起一片红晕，目光羞答答地看向邢凯锋。

刚被起哄的邢凯锋也抬眼看去，何莹莹的穿着跟平时没两样，都是警服，不过不知为何，就是觉得她今天特别漂亮。这或许就是恋爱效应？自己喜欢的人身上都带着迷人的光环？

邢凯锋正想要制止，目光却随之被何莹莹身后的人吸引。

大家的起哄也戛然而止，有外人进入办公区，大家的目光都直勾勾地看着何莹莹的身后。

何莹莹见此，也及时转过头，只见一个身材极好、外貌诱人的妙龄女郎站着办公室的门口。这个女人前凸后翘，身上只着片缕，外加那张脸，那双眼，简直就是天仙下凡。

不过大家还是一眼就看出来这是AR美颜效果，因为她全身上下的AR外在形象，是近几年来最热门游戏里的女主形象，是一堆游戏迷想在梦中约会的虚拟女神。尽管知道这是AR美颜特效，但男人的天性是无法改变的，看到这等风景，男人的眼光都被吸引。

办公室为数不多的女同志，也直勾勾地看着，毕竟欣赏美女这种事，已经不再单纯属于男人了。

妙龄女郎见大家都在看着她，扯了下嘴角，随后掠过何莹莹，扭着纤纤细腰往邢凯锋的办公桌走去。

大家的目光也随她而动，而站在门口的何莹莹感觉就像被人夺去了女主角光环一样，瞬间失去人气。

尤其是看到这位妙龄女郎直接朝邢凯锋走去，心里不免酸溜溜的。

这就是恋爱后遗症，有甜蜜，也有酸涩。

妙龄女郎走到邢凯锋的面前，媚笑道："你就是邢凯锋？"

邢凯锋点头道："是，我是邢凯锋。"

"你好，我是来自首的。"女郎也不拐弯抹角，直接进入了主题。

办公室的其他人听后，顿时满眼都是好奇。

何莹莹却收回视线，走到自己的办公桌。

邢凯锋看了她一眼："自首？欢迎，不过在受理之前，请先把AR美颜关了。"

妙龄女郎很爽快，直接关了AR美颜，原本吸睛的外表，瞬间褪去，只见身着一袭黑衣的女人站着那，帽衫将她整个后脑勺包裹住，脸也被口罩遮掩得严严实实，只露出一双眼睛。

当邢凯锋对上那双眼睛时，脸色随之变幻，惊道："你是艾希？还是叶琳？"

听到这两个名字，整个办公室的人，目光齐刷刷地看向她。

叶琳缓缓地摘下口罩："你觉得呢？"

邢凯锋看清她的容貌后，张口叫出她的名字："叶琳。"

大家听到这个名字后，眼珠子都瞪直了。

他们这段时间没日没夜一直在追查的凶手叶琳，竟然主动来警局自首，这实在太匪夷所思了。

叶琳见邢凯锋一眼就辨别出自己和艾希的区别，不由得扯了下嘴角："眼光还算毒辣。"

邢凯锋对于叶琳的突然自首，也是备感意外，甚至不敢确认："你真的是叶琳？还是假冒叶琳？"

叶琳再次勾起嘴角，露出一抹阴冷的笑："你觉得呢？"

无论她是真的叶琳，还是假的叶琳，都会是案子的一个重大突破口。

"我来自首，有两个要求，第一保证我的生命安全，第二要求全球直播审讯过程。"叶琳接着提了两个要求。

她的这两个要求，邢凯锋没有直接答应，而是道："在答应你的要求之前，我们必须对你的身份进行验证。"

"可以。"叶琳没有拒绝。

邢凯锋将何莹莹叫了过来，何莹莹走到跟前，先看了下叶琳，随后目光落在邢凯锋的脸上。

"小何，你马上给她做身份验证。"邢凯锋道。

"是。"

邢凯锋接着对其他人道："小郭，你去准备直播程序。"

"是。"郭鹤鸣应道。

叶琳突然改变主意道："改成录播，直播很有可能会被第一时间掐断。"

邢凯锋闻言，怔了几秒道："如果如你猜想那样，那么录播和直播的结果都是一样的。"

叶琳看了下邢凯锋："那播出频道，我来提供。"

"你来提供？"邢凯锋疑惑地看着叶琳。

叶琳冷笑："我们的目标是一致的。"

目标一致？本来叶琳的突然出现就让人很意外，她这么一说，似乎这一切都是早有预谋的一样。

叶琳看着他："你应该知道的，邢组长。"

邢凯锋迎着她的目光道："谁派你来的？"

"无关他人，我自己主动来的。"叶琳道。

"千业城。"邢凯锋直接说出了自己的猜测。

"知道吗？在我们杀手眼里，话多的人通常死得更快。你要是不珍惜时间，我没空跟你在这耗。"叶琳冷冷地说道。

尽管邢凯锋有很多问题想问叶琳，但是他清楚地知道时间紧迫，而对于这样的机会，错失了就再也无法挽回。

全体组员开始默契地配合起来，很快何莹莹给出了身份确认的报告，邢凯锋看过之后，却犹豫要不要先给上面的大领导通个气。

"头儿，一切准备就绪。"郭鹤鸣跑了过来。

邢凯锋看了下他，内心还在犹豫，这样的直播意味着什么？告诉全人类，他们一直都在被人主宰着？大家明白真相之后，又会有什么样的反应呢？

邢凯锋脑海里第一个想到的词，就是恐惧，然后是恐慌。当所有人都陷入了恐慌的状态，那么社会也会跟着混乱。

这不是一般的案子，更不是一般的小事，后果很严重。

"邢凯锋。"叶琳见邢凯锋没有直接回应，不由得叫了他的名字。

两人的目光在空中对峙，叶琳接着道："害怕了？"

邢凯锋没有回答，这时廖斌走了过来："她提供的直播频道的 IP 地址是虚拟 IP。"

邢凯锋听后，看着叶琳问道："谁给你提供的后盾？"

叶琳有些不耐烦道："废话真多，要么开始，要么结束。"

邢凯锋见她在自己面前耍威风，不由得道："你的案子不是普通的案子，就算你来警局自首也于事无补。"

"于事无补？意思是直接放弃了？"叶琳的目光紧紧逼视着他。

邢凯锋眸光微闪："你背后的那人未必是对手。"

"就算未必是对手，就不能搏一下吗？"叶琳反问。

"是不是千业城？"邢凯锋的话峰又返了回来。

"是与不是不重要，现在最重要的是争分夺秒，把想说的话说出来，想揭露的真相揭露出来。”叶琳道。

“揭露真相？你有证据？”邢凯锋问。

叶琳看了他几秒，回了两字：“没有。”

邢凯锋的表情变得有些难看：“没有证据，那么你的自首，只是承认你自己的罪行。”

叶琳也不傻，来的时候就已经想得清清楚楚，于是道：“开始吧。”

邢凯锋也没再耽搁时间，对廖斌道：“开始审讯。”

警局审讯室里，叶琳一副坦然的表情坐在那里，身旁架着很多机位，仿佛明星采访现场一样。

主审讯人是郭鹤鸣，邢凯锋在外面看着，并且叶琳自首一事已经通报上级，即便没有办法做背后案情的调查，也算解决了一桩杀人案件。

“为什么杀知名女演员白莹？”

“收了钱。”

“收了什么人的钱，收了多少钱？”

“收了两百万，至于客户资料无可奉告。”

“在这还讲职业道德？”郭鹤鸣显然不满意她的回答。

叶琳冷着脸道：“我虽是杀手，但也有做人的信条。”

郭鹤鸣想怼回去，不过耳边传来邢凯锋的话：“抓紧时间。”

于是，郭鹤鸣也不敢耽搁，接着下一个问题：“你知道她是人工智能吗？”

“是，客户提供的资料里有标注。”叶琳回道。

“杀了白莹后，为什么接二连三地去袭击女明星艾希？”

“我跟她基因一致，非常好奇，想知道缘由。”叶琳道。

“什么缘由？”郭鹤鸣看着她问。

“想知道自己是什么，艾希又是什么。”叶琳回道。

“你是什么？艾希又是什么？”郭鹤鸣问。

“我也不知道自己是什么。至于艾希，我也只知道我跟她有着不可分割的联系。”

“也就是说，你也不清楚自己的真实身份是什么？”郭鹤鸣问。

“我不知道，但是肯定有人知道。”叶琳道。

“谁知道？”郭鹤鸣追问。

“知道的那个人这会儿应该正在看直播。”叶琳冷笑道。

“你是清楚？还是有所猜测？”郭鹤鸣问。

“清楚。”叶琳道。

“是谁？”

“艾希的男朋友，陆奇洲。”叶琳说出了答案。

“艾希的男朋友，陆奇洲先生？”郭鹤鸣的表情控制得恰到好处，既没有过度惊讶，也没有波澜不惊。

“你有证据吗？”

“没有。”

“没有证据，你就敢指证陆奇洲先生？”郭鹤鸣道。

叶琳用阴冷的眼眸看了眼郭鹤鸣，道：“我来自首，在审讯直播中公然说出他的名字，就会产生证据。”

“什么意思？”郭鹤鸣追问。

“这段自首直播，很快就会被切断，播出去的视频也很快会被全部抹去，而我在他的操控之下也会乖乖闭上嘴巴。”叶琳道。

郭鹤鸣看着叶琳，对于她的前半句话是理解的，但是后半句就备感疑惑，相信正在看直播视频的人应该也是一头雾水。

站在隔壁监控室的邢凯锋听完这句话，瞥了一眼直播的观看人数，短短三分钟不到的时间里，已经突破了几亿人次。

这么强大的影响力，一是因为艾希的全球知名度和号召力，二是叶琳提供的播出渠道。

邢凯锋拿着手机，翻出全球最大的几个社交平台。他点击进去，看到他们的审讯视频已经冲上热搜榜第一，国内也是如此。

这应该算全球播报，将这个秘密向世人公布了出来。

“他的控制之下？具体指……”郭鹤鸣接着问。

“这个世界上的所有人都被一个人所操控，他通过记忆云操控着每个人的潜意识，即便是个人终端，也无一幸免。”叶琳道。

郭鹤鸣对于叶琳这句话，感到深深的害怕，但作为警察，他需要的是证据，于是道：“证据呢？如果没有确凿的证据，你这就是诽谤，是诬陷。”

“我将成为证据。”叶琳回道。

正当郭鹤鸣想继续询问的时候，却见对面坐着的叶琳眼睛突然睁大，定了几秒后又缓缓地闭上。

看到这样的场面，郭鹤鸣噌地一下站起来，跑到叶琳身边，伸手摇她：“叶琳！”

在监控室的邢凯锋也立马奔了过来：“怎么回事？”

“不知道，像是突然昏厥。”郭鹤鸣表情十分紧张。

“马上叫钟医生过来。”邢凯锋喊了一句。

审讯室内一团乱，审讯直播也就此中断。

世界各个角落正拿着手机观看直播的人，脑子里完全是一团雾水。

陆家庄园。

地下办公室里的十个大屏幕也在播放着这场审讯直播。

陆奇洲站在大屏幕面前，看着那些混乱的场面，眉头微拧。这时尼克走了过来：“视频 IP 的防火墙已经攻克，是全部抹去，还是……”

陆奇洲凝视了屏幕几秒，缓缓转过身：“全部抹去。”

尼克听后，开口道：“如果直接抹去，那么大众势必相信叶琳所说的话。而且全部抹去之后，也要针对记忆云进行清除，风险太大了。”

陆奇洲看了下尼克：“地下之城已经对我宣战，我不应战，他们会失望的。”

“老板，风险实在太大，容不得走错半步。”尼克道。

陆奇洲闻言，脸色直接沉了下来：“风险再大，也不允许他们破坏我多年建立的世界。”

尼克看了下陆奇洲，只好遵从，随后他打开全息影像，开始操作。

陆奇洲看着尼克熟练地操作着，开口说了一句：“叶琳的演技还不错。”

尼克知道陆奇洲话里的意思，刚才直播中，叶琳突然失去意识，完全是她自导自演，根本不是他们所为。

播出频道应该也是事先准备好的，为了防破译以及入侵，加了一道又一道的加密代码，陆奇洲和尼克带着这边的团队花了近四分钟才彻底攻破。

这对于陆奇洲而言，不算是最快的速度，但绝对是难度系数非常高的一次破译。

“她这么做的目的，无非是想让大家接受这个信息。”尼克一边操作一边说道。

“有这么简单吗？”陆奇洲摸了摸下巴。

尼克抬眼看了下陆奇洲，不过很快视线又重新回到全息影像上：“老板，你怀疑她别有目的？”

“叶琳的自首有些奇怪，像是钓鱼者抛出的一个诱饵。”陆奇洲道。

尼克本想说，所以他才再三强调慎重起见，不过陆奇洲已经发布了命令，他只能执行。尼克突然想到什么，说道：“她的目的是想吸引艾希小姐的注意？”

陆奇洲听后，随之放下摸下巴的手，脸色变得极其严肃，对尼克说道：“尼克，你继续，我出去一下。”

“是，老板。”尼克应道。

陆奇洲离开地下办公室，从书房里走出来，客厅里没见到艾希，不由得询问 COCO：“艾希呢？”

“艾希回卧室接电话了。”COCO 回道。

陆奇洲大步往卧室走去，敲了下门，没等艾希来开门，直接推门而入。

正在卧室阳台接电话的艾希，闻声转过头，陆奇洲直直地朝她走来。

“I'm honored, thank you for your invitation, see you tomorrow！”艾希见此，赶紧和电话那头的人说了再见。

陆奇洲走到跟前，艾希收起电话，看着他：“怎么了？”

陆奇洲看了下她的电话：“有工作邀约？”

艾希看了看他，随后点头：“嗯，俄罗斯的一位好朋友，明天是她舞蹈巡演的最后一站，想邀请我当神秘嘉宾。”

“要飞俄罗斯？不行，我不放心你。”陆奇洲道。

艾希却摇头道：“不飞，通过全息影像露面就好。”

“那就好。”陆奇洲的表情稍稍松驰一点。

“不过我得回趟家。”艾希接着道。

陆奇洲面露疑惑：“需要取什么，我派人过去取。”

艾希道：“这样的直播现场要求全息影像的清晰度更高一些，我家里的练习室有环绕三百六十度的设备，所以得回去一趟。”

“那我明天陪你过去。”陆奇洲并没有阻止。

艾希听后，看了他几秒，没有拒绝：“好！”

“继续躺下休息。”陆奇洲叮嘱。

艾希没有拒绝，很听话地躺了下来，陆奇洲摸了摸她的头：“我有事要忙，你乖乖休息。”

艾希乖乖应了一声：“嗯。”

陆奇洲很快离开，艾希躺在床上看了天花板几秒，脑海里闪过杰米发给她的同步直播视频。

视频里的主人公是叶琳，她只看到了四分之三的内容，刚看到叶琳失去意识的画面，突然响起了敲门声。艾希快速切换掉当时的画面，改成了通话模式，自己一个人胡言乱语了几句。

叶琳说过她受控于陆奇洲，艾希半信半疑，这次算是亲眼所见。

若一个人无法主宰自己，那跟木偶有什么区别？艾希也当过这样的木偶，上次去警局接受审讯时，自己就说了完全不一样的供词。

当时的心境，无比愤怒、恐惧、绝望……

不过话又说回来，杰米为什么特意给她发这个直播视频，她的目的是什么？

这几年杰米帮她解决了很多网络暴力的问题，艾希对她也极为信任。但是出事之后，艾希总感觉她受雇于自己的同时也受雇于别人。

她是地下之城的人，还是陆奇洲的人？

或许她知道真相，想告诉她真相？

太多的疑惑在脑海中翻涌，最后汇集成了一股巨浪，朝艾希袭来。

陆奇洲回到地下操作台，表情明显不太好。尼克已经让程序完全自动化，看陆奇洲回来，主动开口道："艾希看过直播视频了？"

陆奇洲没有回话，而是打开全息影像，点开艾希的记忆云。

尼克看了一眼："老板，现在千万别乱动艾希的记忆云。"

陆奇洲听后，回了一句："她看过视频了。"

尼克愣了下，然后追问："她什么反应？"

"她对我撒谎了，说明天要回趟家。"陆奇洲回道。

"关于艾希的记忆云，我们只可以植入或删除她的记忆，没办法像叶琳一样操控她的思想。"尼克回道。

"她回家的借口是什么？"尼克追问。

"接受了俄罗斯好友的工作邀请，需要使用家里的设备。"陆奇洲道。

"老板，那你的意见是？"尼克不好为陆奇洲做决策，不由得问道。

"跟她一起回去。"陆奇洲道。

"可你明天的行程要飞英国一趟。"尼克提醒道。

英国的行程是事先定好的，行程涉及很多合作，不仅是商业上的，还有背后的合作，非常重要。

"推掉！"陆奇洲回了两字。

"不可！"尼克阻止。

陆奇洲的目光看了过来，尼克继续道："艾希小姐的思想我们无法控制，束缚她越久，她的反抗意识就会越强烈。老板，我想这不是你愿意看到的吧？"

陆奇洲闻言，深思了一下，说："好吧，行程照旧，我想看她会做出什么样的抉择。"

“她的抉择至关重要，我会让人实时跟进。”尼克道。

陆奇洲看了尼克一眼：“尼克，你知道我现在最怕的不是艾希的思想，而是她的抉择。我怕她离开，怕失去她。”

尼克表示理解：“老板，你爱得太深沉了。”

“我似乎有点不喜欢这样的自己，似乎身不由己。”陆奇洲道。

尼克听后，有点想笑，但又觉得失礼，不由得道：“这就是爱情。”

陆奇洲看着他：“看样子，你是爱情高手。”

“高手说不上，经历过而已，体会过失恋的痛苦。”尼克道。

陆奇洲闻言，眸光微闪。他和艾希之间，要是真的走到感情破裂的那一步，恐怕要经历的不只是失恋的痛苦，而是……生命的消逝。

第二天，艾希醒来和陆奇洲一起吃了早餐，奇奇和 COCO 的烹饪合作越来越默契，今早的早餐又换了花样，越发可口。

陆奇洲见艾希吃得很香，不自觉地嘴角微扬，因为自己每一次跟她一起吃饭，他都觉得特别幸福。

“艾希，跟你说声抱歉。”陆奇洲率先开口。

艾希闻言，抬眼看他：“为什么道歉？”

“昨天答应陪你一起回家，可能要失约了，我今天要飞英国。”陆奇洲说明缘由。

“工作要紧。”艾希表示自己是个大度的女朋友。

“要不，你跟我一起去英国？”陆奇洲看着她，试着邀请她随同出行。

尼克听后，眼眸微闪，也就一个晚上的时间，老板又改变了主意。果然是恋爱中的人啊，想一出是一出。

艾希对陆奇洲的突然邀约，有些措手不及，如果他们是正常的男女朋友，艾希又在休假，这样的陪同，她完全可以答应。但此刻她却不能：“我这边已经答应朋友，晚上在她的舞蹈巡演中当嘉宾了。”

“不是现场，全息直播到哪都可以的。”陆奇洲道。

艾希看着陆奇洲，内心有很多猜测。他突然邀请自己去英国，是真的为了公务，还是……他想近距离监控她？

这段时间的经历，让艾希对身边的很多人都失去了最基本的信任，她不知道谁说的话是真的，谁说的话是假的。

“我可以让尼克给你安排直播场所。”陆奇洲接着道，他似乎很想让艾希跟随自己去英国。

陆奇洲越是贴心地安排，艾希就越是抗拒，与其说抗拒，不如说恐惧。

“我的脑部受伤，应该坐不了火箭。”艾希回了一个让陆奇洲无法拒绝的理由。

陆奇洲闻言，微微蹙眉，因为艾希说的是事实，于是道：“我们可以单独坐我的私人飞机，不过时间可能会稍微长一点。”

艾希听后，张口道：“奇洲，我知道你不放心我一个人待着，不过有这么多警察保护我，没有任何危险，何况……”艾希说到这，停了下来，差点她就说出叶琳自首的事。

陆奇洲看着她：“何况什么？”

“何况，我自己也有一身武艺，不是吃素的。”艾希改口道。

陆奇洲直视她几秒，道：“你不愿意随我一起去，就留在家里吧，我会让人保护你的。”

“保护你”。这句话，以往听的时候，艾希总觉得无比暖心，可是现在听着就有些变味了。

艾希虽不能笃定陆奇洲的用意是监视她，但她的行踪一直都被他掌控，也算是失去了自由。

艾希本想斩钉截铁地拒绝，但转念一想，还是乖巧地答应了：“好。”

陆奇洲见她这样，嘴角虽微扬，但并不是真的开心，因为他知道艾希已经跟他产生了距离，甚至隔阂。这样的她，如果再次遇到地下之城的那些人，会做出什么样的抉择呢？然而事实证明，陆奇洲高估了自己在艾希心中的地位。

在陆奇洲飞往英国的时候，艾希回到了自己的家，陆奇洲安排的安保人员也跟随着，不过艾希将他们留在了门口。即便这样，在艾希的心里，仍然感觉自己就像被人监禁了一样。

一场恋爱，导致这样的后果，实在让人难以接受。不，这不只是一场恋爱，这根本像是一个预先设计好的迷局。

这场迷局的目的到底是什么呢？

回家之后，艾希想直奔训练室，来一场酣畅淋漓的拳击，让自己稍微转移一下注意力。不过令她意外的是，一进门却看见许童站在她家的客厅中央。

艾希猛然想起许童来她家借住几天，她走过去："许童，不好意思，我没通知你就直接回来了。"

许童站在那，听了艾希的话，却一动不动，只是微微张口说："回来就……"

艾希以为她要说回来就好，但看她表情有些不自然，于是与她对视了一眼。多年的合作，默契没得说。艾希看到许童眼底的慌张，瞬间警觉了起来，接着许童说出了最后一个字："跑！"

不，应该说是喊出这个字。

艾希没跑，现在估计也来不及了，她迅速进入战斗状态，环视周围，只见楼上缓缓走下来一个人。

艾希认识这个人，他救过她，帮助过她，甚至他还对她表达过好感。

面对不请自来的向凯，艾希没有放松警惕，反而有些紧张："向凯，你怎么会来我家？"

向凯已经走了下来，他走到艾希的身边："我是来保护你的。"

再次听到"保护你"这三个字，艾希觉得自己就像一个濒临灭绝的宠物一样，需要大家的保护。

"你的突然出现，感觉不像是保护，而是入侵。"艾希根本不领情。

向凯听后笑了笑："抱歉，在没有经过你的允许之下，进入你的家，这个行为确实不妥，为此我向你道歉。"

"不只是不妥，我可以直接报警，警察就在外面。"艾希道。

向凯看着艾希，说："我是来帮助你的。"

艾希闻言，也看着他："帮助我？"

“是，你需要我的帮助。”向凯道。

艾希冷笑道：“我不需要帮助。”

“不，你需要。”向凯的口气无比肯定。

“在我没有报警之前，我可以看在你曾经救过我，帮助过我的分上，放你离开。不然……”艾希的口吻明显不欢迎向凯的到来。

向凯听后，非常认真地说道：“我真的是来帮助你的，我们可以帮你取出记忆云。”

艾希愣了下：“你说什么？”

“帮你取出记忆云。”向凯很直接。

艾希再次愣住，眼睛直视了向凯几秒。

站在一旁的许童，缓缓挪动脚步：“艾希，他是谁？”

艾希看了眼许童，随后目光重新落在向凯的脸上：“劝你赶紧离开。”

“艾希，在你还有选择权的时候，尽快做出决定，不然……我们也爱莫能助。”向凯道。

艾希的脸直接沉了下来，冷声命令道：“离开，立刻！”

向凯似乎不死心，又说了一句：“叶琳就是我们的前车之鉴。”

提到叶琳，艾希眸光闪了几下，脸色依旧冷冽，这个样子的她，让人无法分辨她和叶琳的区别。

“叶琳为什么会去自首？是你们逼迫的？”艾希冷声问道。

“她是自愿的。”向凯回道。

“你觉得我会相信吗？”艾希嘴角勾起一抹冷笑。

向凯真觉得自己已经快分不出艾希和叶琳了：“实话跟你说，是我去劝的她。”

艾希听了之后，走近向凯道：“你劝她自首，意欲何为？”

“为了你。”向凯坦白道。

艾希觉得有些可笑：“为了我？为什么？”

“因为你是陆奇洲的软肋。”

艾希闻言，忍不住笑了起来：“我是你对付陆奇洲的工具？”

“我没把你当成工具，但你确实是突破口。”向凯道。

“向凯，就算我是突破口，你凭什么认为我会站在你这边？要知道，我心里是爱陆奇洲的。”艾希冷笑道。

“我相信你会站在我这边，因为我这边是正义的。”向凯道。

艾希再次冷笑道：“正义？何为正义？利用我是正义？利用叶琳是正义？甚至利用杰米是正义？”

向凯看着艾希嘴角的冷笑，不急不躁道：“我只能说，大家的目标是一致的，希望自己获得自由，思想上的自由，灵魂上的自由。”

艾希笑着摇头道：“你这样的说教是说服不了我的，千业城的地下之城，是你们的乌托邦，但不是我的，我也不是圣母。”

听完艾希的话，向凯看了她几秒才张口道：“艾希，我尊重你的选择，毕竟每个人都有自己的需求。你需要爱情，我理解，而我们需要自由，也希望你能理解。”

向凯退了一步，艾希听着也觉得顺耳了许多，她却依旧反击道：“你如果是出于真心的尊重我的选择，就不会不请自来。”

向凯觉得自己每次与艾希的对话，都像是一场较量：“我想尝试，看自己能否抓住一丝希望。”

“我不是叶琳，不会听从你的指示，请回吧。”艾希道。

向凯看着她脸上的决然，似乎不会因为他的出现和劝说，就背叛她的男朋友。

“那……打扰了。”向凯知道强求艾希是无用的，直接告辞。

“不送！”艾希回了一句。

向凯却又提出一个请求：“能不能让你经纪人送我出去？”

艾希看了他一下：“不行。”

“放心，我不会对她做任何事，只是让她送我出去。”向凯解释。

许童听了这两句话后，眼睛在两人身上来回瞟了几下。

“不行！”艾希依旧拒绝，“我亲自送你如何？”

向凯闻言，微微点头：“那有劳了。”

艾希送向凯到屋外的车库，许童怕艾希有意外，也跟了出来。在向凯上车前，艾希开口道：“你让叶琳去自首，相当于杀了她。”

左手搭在车门上的向凯停下动作，回头看向艾希。

艾希接着道："难道我说错了吗？"

向凯的脸色有些复杂："在历史的长河里，很多人为了自由，献出自己的生命。"

"叶琳那是傻。"艾希回了一句，说完直接转身回屋。

许童看了一眼向凯，也跟着艾希回屋了。

向凯顿在原地几秒，才再次打开车门钻了进去。

回到屋内的艾希隐约听到汽车发动机的声响，几秒后就消失了，她的眼底闪过一抹心疼。

她心疼叶琳，她对向凯说的最后一句话，便是这个意思。在艾希听完向凯的解释后，好像猜到了叶琳自首的原因。那就是她爱上了他。不然以叶琳的性格，是不会做出这样的决定的。

爱情，可以让叶琳为之赴汤蹈火。那她可以吗？

许童跟在她的身后问："那人是谁？"

艾希一边往楼上走，一边回道："一个认识的朋友。"

"上次在千业城救你的朋友？"许童追问。

"不是。"艾希想否认，她不想让许童知道太多事，把她也牵连进来。

"可他说，他是从千业城来的，是你的朋友。"许童接着道。

刚好上到二楼的艾希，突然停住脚步，随后转过身："他这么跟你说的？"

许童点头，艾希追问："他还跟你说了什么？"

"他有事想请你帮忙。"许童回道。

艾希俯看着站在低自己两个台阶的许童："许童，你不应该让他进来的。"

许童听后，摇头道："我一回来，他就在这了。"

艾希眯眼："什么？"

"他说他有麻烦，想借你家躲一躲。"许童道。

"这种话，你也信？"艾希对许童的工作能力是很认可的，可以说她对许童有一定的依赖心理，凡是许童的工作建议，她虽不是全部接受，但至少会考虑。

“他说他认识杰米，所以我信了。”许童道。

提及杰米，艾希立马追问：“杰米有联系过你吗？”

许童摇头：“没有。”

“那你没去确认，就相信他了？”艾希觉得不可思议。

许童走了上去，跟艾希站在二楼的通道上，与她平视：“我联系不上杰米，无法确认，想跟你确认，又怕给你惹出不必要的麻烦。”

艾希看着许童，歉意道：“其实是我给你惹上了麻烦。”

许童轻轻摇头，随后直视着艾希道：“艾希，我们合作多年，一直很有默契，可以说我们是一个共同体，但是你现在什么都不跟我说，我似乎变得毫无价值。”说到这，许童牵过艾希的手，“除了工作关系，难道我们不是朋友吗？”

艾希看着许童真诚的目光，有些动容，在这个世界上，她能依靠的人真的不多。

艾希握了握她的手道：“许童，我们肯定是朋友，这是确定无疑的。”

“那你告诉我，在千业城到底发生了什么？为什么他会说你是陆奇洲的软肋？陆奇洲又到底是什么？”许童边说边握紧艾希的手。

艾希听后，看着她，迟疑了几秒才开口道：“他是我爱的人，也是……大魔王。”

许童听后，满眼疑惑：“大魔王？”

艾希看了下许童：“这事说来话长，我现在也没空，以后再跟你解释。”

“没空？艾希你要去哪？”许童问。

艾希直接转身：“我要去救叶琳！”

许童跟上：“去警局救叶琳？”

“不，去千业城。”艾希回道。

许童听后，伸手拉住艾希。艾希停住脚步，侧过脸看许童。

许童凝视着她几秒，缓缓开口：“我陪你一起去。”

艾希看了她几秒，道："不，你留在这里。"说完，拨开她的手，走进自己的衣帽间。

作为巨星的艾希，衣帽间的特点就是，大、多、贵。占地之大，衣物之多，价格之贵。这些都是对外的包装品，要按艾希自己喜欢的话，睡衣才是她的最爱。

艾希进去之后，走到右边的衣柜，那一排都是艾希的戏服。没错，就是戏服，艾希在拍完电影之后，对自己喜欢的戏服都会高价买回来。可别小看这些戏服，都是高科技产品，都是电影公司在艾希拍戏的时候为她量身定做的。不仅柔韧性极佳，里面还有各种装备。艾希伸手拿了一套黑色修身的衣服，准备穿上的时候，却无意间瞄到衣柜角落里有东西在动。

艾希以为自己看错了，但是衣柜角落的衣服堆又动了一下。

艾希立马警觉起来，眼睛瞥了下左边的衣柜，里面放着一根纯木质的拐棍，那是艾希在一次电影里饰演一名残疾武者使用的拐杖，也是她的武器，这个道具艾希很喜欢，于是自己收藏了。

艾希伸手过去，拿过拐杖，随后放轻脚步，走了过去，她轻轻用手中的拐杖掀开衣服堆。

本以为是小偷，或者是疯狂的粉丝，没想到却是许童。只见许童被绑住了手脚，堵住嘴巴，缩在衣柜的角落里。

艾希再次确认，这是许童，她不由得心头一惊，那刚才跟自己说话的许童又是谁呢？

艾希立马转过身，只见另一个许童站在衣帽间的门口。

"你是谁？"艾希直接将拐杖对准门口的许童，眼眸透着冷光，质问道。

站在门口的"许童"，一副有恃无恐的样子，缓缓走了进来，换回自己的声音道："我是杰米。"

艾希闻言，眸光更加阴冷："你敢再往前一步，就别怪我不客气。"说完，艾希挥动了一下手中的拐杖，那利索的声音就像鼓风机的叶片发出的声音一样。

“许童”停住了脚步：“艾希，我真是杰米，只是脸上的面具现在不好撕。不过你看这个，应该就相信我是杰米了吧。”说完，许童掀起袖子，给艾希看了她的手臂，上面文了一朵牡丹，那是杰米最喜欢的花。

而且这声音听起来，确实是杰米的，但艾希还是不敢轻易相信：“你到底是谁？”

“许童”见艾希还不相信自己，不由得道：“我会文这朵牡丹在手臂上，对外宣称是因为我母亲喜欢这花，我是为了纪念我的母亲而文的，其实不是，文这朵牡丹在手臂上，是为了掩饰曾经自残的痕迹。”

艾希愣了一下，这话她曾经听杰米说过，那是四年前有一次两人单独在一起喝酒，杰米撸起袖子，一副要跟艾希不醉不归的架势。艾希看到她手臂上的那朵牡丹，随口称赞一番，杰米当时就说了这番话。

可是即便这样，艾希也没办法完全相信眼前这个“许童”就是杰米，因为这个世界已经似乎没有什么秘密可言。

“撕下你的面具。”艾希拿着拐杖，逼迫道。

门边的杰米见此，有些无奈道：“艾希，相信我。昨天我给你手机发送了信息，你看到了吗？那个视频里面有我们之间的暗号。”

艾希听后，腾出一只手拿出口袋里的手机，重新看了下视频的开头，确实有杰米留下的暗号。

这是杰米的一个习惯，与艾希约定的习惯，发给她的东西一定会留下一个特别的 logo，一般人根本注意不到，这是两人之间的暗号。

“你们绑架了杰米？”艾希条件反射道。

“我就是杰米。”杰米再次重申，“好，你不信，我再讲一个我们之间的秘密。”

还没等她继续往下说，艾希便道：“这个世界根本没有秘密可言。”

杰米闻言，眼睛定定地看着艾希：“你说得没错，这个世界已经没有秘密可言了，所以我们才会反抗。”

“就算你是杰米，那你也是地下之城的人。”艾希眼神凌厉地说道。

“可算，可不算，但目标是一致的。”杰米道。

“目标都是陆奇洲。”艾希道。

杰米点头：“我假扮成许童就是为了协助你离开这里。”

“离开这里？去哪？”艾希逼问。

“千业城，你不是想救叶琳吗？”杰米道。

“也就是说，你们料定我会去千业城。”艾希讨厌这种被人掌握的感觉。

杰米摇头道：“不是料定，而是我了解你的为人，你是一个充满正义感的人，既然得知内幕，就不会置之不理。”

“你们太自以为是了。”此刻的艾希显然已经跟杰米之间画了一道沟，因为被算计的感觉实在令人太不舒服了。

杰米充分感受到艾希的敌意，依旧温和地劝说：“艾希，我们的时间不多了。”

“那是你们的事！”艾希道。

杰米听后，忍不住急了：“艾希，这不是我们的事，这关乎每一个人，你也身在其中，没有例外。”

此人是不是杰米本人，艾希现在无法做出确切的判断，但是她知道这人对自己的威胁性不大，于是她转身将许童口中的手帕拿了下来，接着帮她松开绑住手脚的绳子。

杰米也过来帮忙，艾希下意识地将她推开。许童大口地呼气，靠着柜子眼睛迷离地看着眼前的艾希，以及假扮自己的杰米。

“许童，你没事吧？”艾希摸了摸她的脸，担心地问。

许童摇了摇头，杰米也蹲了下来说：“许童，对不起，我没想伤害你。”

许童看了一眼这张跟她一模一样的脸：“我知道，不过这次绑我，我会记你一辈子。”

杰米歉意道：“以后有机会的话，你怎么对我复仇都没关系。”

许童喘息了一会儿：“复仇？你当拍电影啊。”

杰米笑了：“看样子，你会原谅我的。”

“我不会原谅你的，有机会一定狠狠折磨你。”许童道。

艾希看看许童，又看了看旁边这张脸："你们在唱双簧吗？"

许童见此，虚弱地摇头道："艾希，事情我知道了大概，不过我赞成杰米说的话，如果这一切都是真的，那么这不亚于一场战争。战争中没有人可以置身事外的。"

艾希听后，看了许童一眼，伸手将她扶了起来，嘴里嘟囔一句："你可真有献身精神。"

许童被她们两个扶出衣帽间之后，杰米给她倒了一杯水。

艾希看了下她俩，问许童："你是自愿被绑，还是被迫的？"

许童喝了大半杯水，放下杯子，目光看向艾希："不是杰米绑的我！"

"向凯绑的你？"艾希追问。

许童看了眼容貌与自己一模一样的杰米。杰米抢了话："向凯的本意没想这么做！"

艾希冷哼一句："这么说，你们是迫不得已？"

杰米被怼得没话可说，许童趁机解围道："他们没想伤害我，只是怕我破坏他们的计划。"

艾希听后，再次笑了一声："这么说，是你主动配合？"

许童被堵得不由得猛咳一声："艾希，我没受伤，你也别跟杰米计较，他们跟我说了大概，所以我能理解。"

艾希看了眼许童，又看了眼杰米，两张一模一样的脸，感觉就像看到了一对双胞胎，这不由得让艾希联想到叶琳。她和叶琳可不是化妆而成，她们是基因一致。

"如果我没回来呢？或者跟陆奇洲去英国了呢？"艾希看着她们反问一句。

许童和杰米听了这句话，不约而同都怯怯地看着艾希。

艾希也凝视着她俩，似乎在等待她们给个合理的回答。

三人默不作声，房间里变得很安静。这安静的气氛里，透着的不是祥和，而是一种对立。

至少艾希的内心是这么觉得的，因为眼前发生的这一切就好像是事先布好的局，甚至她身边所谓的好友，都在这个局里。她们是被无意间卷入的，还是她们也是棋子，都只能等她跳进去之后才能彻底知晓。

在艾希的逼视之下，许童很快做出反应："艾希，我们……"

话没说完，艾希就打断她的话，转头对杰米道："去千业城。"

杰米愣了下，艾希看她的表情："你刚才不是说了吗？陪我一起去。"

杰米看了艾希几秒，才点头道："好，我们这就出发。"

"等我一下，我去换身衣服。"艾希说完，直接去了衣帽间。

过了一会儿，艾希从衣帽间走出来，换上了一套休闲的运动装。这套运动装是全球知名近两百年的老牌子，艾希是它的全球代言人之一。虽是运动装，但很修身，将艾希的身材曲线完美地展现出来。

"杰米，我们走。许童你留在家里，哪也别去。"艾希利索地说道。

杰米和许童对视了一眼，之后杰米站起身准备和艾希一起离开，许童也跟着站起身道："我等你们回来。"

艾希看了眼许童，本想说点什么，但最终没有说出口，因为她能否回来，一切未知。

但这一趟她是一定要去的，既然有人在布局，那么她一定要去探个究竟。一是为了探寻她自身的秘密，二是为了确认陆奇洲的真实身份，三是解开她内心产生的新疑惑。

前方即便是刀山火海，她也必须去。至于会发生什么，要付出什么样的代价，她暂时无法估量。

第十一章　潘多拉的魔盒

四个小时后，艾希和假扮许童的杰米来到了千业城。

进入千业城的大道，宛如进入了一个规模宏大的影视城，一个适合拍丧尸片、鬼片、末世片，以及年代剧的城市。

发黄泛黑的建筑与道路两旁绿意盎然的大树形成了鲜明对比，看到这一景象，就像在荒无人烟的沙漠中看到了绿洲一般。

其实从艾希的家出发到千业城，最多两个小时，但两人这一路过来，为了甩掉警察以及陆奇洲的人也是大费周章，途中入侵交通系统不说，还换了三辆车。

艾希一路没说话，全程配合杰米的行动。

进入了千业城，杰米的车速并没有减下来，但表情明显放松了一些，似乎像是回到自己的地盘一样。

艾希看了她一眼，开口问道：“向凯在哪等我？”

“老地方。”杰米回道。

艾希听后，没再说话，把控着方向盘的杰米侧脸看她：“艾希，我们不会伤害你的，而且我们是朋友，我更不允许别人伤害你。”

艾希听完笑了一声，但没有吱声。

杰米不是傻子，听到这声轻笑，心里直发麻：“艾希……”

“专心开车。”艾希道。

杰米能感受到艾希身上散发出来的低气压，让人不敢靠近。

杰米听从她的话，注意力回归到方向盘上，两个人虽在一部车内，却犹如是两个世界的人。朋友多年，各自的脾气秉性还是了解的，艾希这般情绪，恐怕是从她家里出来之后，杰米便不再是她的朋友。

友情这种东西很微妙，尤其是女人之间的友情，可以瞬间打成一片，也可以就此老死不相往来。

至于两人以后还会不会继续做朋友，杰米心里其实是没底的。因为即使她愿意，艾希也未必愿意。

车上的两人，心思各异，就像同床异梦的夫妻一样，各自盘算着。

十分钟后，杰米带她来到了所谓的老地方。

艾希从车上下来，抬头看了一眼面前的高楼建筑，从建筑的外观，可以窥视到它曾经的雄伟。艾希确定自己没有来过这里，但琳琅满目的招牌中，她看到一个熟悉的标记。那是她从地下之城逃出来时，在电梯上方看到的标记。这个标记是属于地下之城的。

艾希跟杰米走了进去，走到电梯口。艾希再次看到了那个标记。看来这里也是进入地下之城的通道之一。

电梯到了之后，两人一起进去，电梯里还有其他人，两人站在最前面。

电梯是下行的，艾希抬眼审视了一下电梯内部，钢板上生出不少锈斑，但从声音和速度来看，这部电梯整体保养得不错。

到了负三层，电梯里只剩下杰米和艾希。

艾希正要跨步出去的时候，杰米伸手拉住她，之后转身走到电梯的最里面，将手搭在电梯左边上方的位置。

钢板上出现了全息安检系统，杰米验证后，钢板向左展开，艾希看到里面还有一部电梯。她来过一次，还是向凯带的路，所以这次她也没有太惊讶。

电梯缓缓下行，杰米看了下身边一直没有说话的艾希。

艾希目不斜视地看着电梯的正前方，当然她也看到了杰米正在看她。

电梯停了下来，艾希看了下楼层号码，负四十九层。上次向凯跟她介绍过地下之城的布局，从上至下共四十九层，也就是说她们来到了最底层。

电梯门打开后，艾希随着杰米走了出去，之后两人走了五分钟的走廊。走廊看上去像是一条防空走廊。

走在其中，艾希脑子里冒出来的全是惊悚的灾难大片。她似乎对地底下的建筑有着生理上的抗拒，因为如果要摧毁这里的话，简直就是轻而易举的。

她们转了一个弯，艾希一眼便看到几个人站在那，其中有两个是她认识的，向凯和刘启明。

艾希朝他们走了过去，眼睛直视着向凯和刘启明。

“我把艾希带来了。”杰米看着对面的五个人说道。

“辛苦了。”向凯开口道，“艾希这边请。”

艾希看了向凯一眼，随他们向里面走去。

不过刚走没两步，身后传来杰米的声音：“向凯你答应我的，希望你不要食言，否则我会把这里炸平。”

向凯停下脚步，没有回头，说道：“我说到做到。”

之后，杰米便看着艾希跟向凯进入了地下之城的核心之地，这里不是别人随随便便就能进去的。艾希观察了一下，刚才迎接她的几位，应该都是地下之城的管理层。

既然是地下之城的核心之地，必然是很重要的地方。不过这里的布局更像是行政办公区。

很快，艾希被安排到一间会客室。

艾希自己一个人独自坐在一边，向凯和刘启明坐在她的对面。

“你们已经把我成功引到这了，就直说你们的目的吧。”艾希先发制人地开口说道。

“你来了，叶琳就安全了。”向凯道。

艾希闻言笑了一声：“同时也能把陆奇洲引过来，不是吗？”

向凯看着艾希：“既然你自愿过来，说明你是站在我们这边的。”

艾希又笑了一声：“我哪边都不站，我只是想证实心里的一些疑惑而已。”

“你想证实，就说明你已经信任我们的话了。”向凯道。

艾希看着向凯："谈不上信任。"

向凯能感受到艾希的排斥和抵触，与其纠结这些问题，不如直接切入主题，他说道："我在你家说过，我们可以帮你取出脑部的记忆云芯片。"

艾希笑了："取与不取，都会被别人主宰。有何不同呢？"

"艾希你跟叶琳是完全不同的，如果你取出记忆云，你就是自由的了。"向凯道。

"这么说，你很清楚地知道叶琳的本质是什么？"艾希反问道。

"实话说，我确实清楚。你是人类，她是人工智能。"向凯道。

艾希听后，笑了一声："确实清楚？这么说，你们一直在给我设局，目的就是为了引出陆奇洲？"

"是。"向凯直白地回道。

"要是陆奇洲不来呢？"

"他会来的。"

艾希的眼睛盯着向凯道："你凭什么这么肯定？"

"就凭他比任何人都在乎你。"向凯非常自信地说。

艾希听完这句话，脑海浮现出陆奇洲的脸，那时的他满眼深情地对自己说"没有人比我更在乎你"。

这句话从陆奇洲口中说出来是情话，而从这些人口中说出来便是陆奇洲爱她的佐证。

自己成了佐证之后，那么她就是对付陆奇洲的诱饵，就是陆奇洲的软肋。

可她与他之间，只不过相识几个月而已。即便是一见钟情，哪怕是仰慕已久，会爱得那么深沉吗？

在艾希的认知范围里，她是不相信会有这种爱情的。

"那我们就试试，到时候可别失望。"艾希一副等着看好戏的表情对向凯道。

五月的伦敦，街上来来往往的人群身上的着装宣示着夏季的到来。

陆奇洲刚结束了和英国知名能源大亨的合作会谈，准备一起进行会餐的时候，尼克凑了过来，在他耳边密语几句。

陆奇洲眼神明显发生了变化，但在人前仍然装得很镇定。

尼克汇报完毕之后，似乎在等陆奇洲的指示。

陆奇洲就说了八个字：“静观其变，随时汇报。”

尼克知道，他其实没有表面看上去那般镇定。不过无论如何，他应该有自己的打算，于是尼克先退到一旁。

待陆奇洲和能源大亨会餐结束之后，他直接坐上车，一边听尼克的汇报，一边赶往火箭码头。

“情况如何？”陆奇洲耐着性子陪能源大亨吃完饭，此刻明显有些心急。

“据刚传回来的消息，艾希进入地下之城之后，便直接被带进他们的枢纽中心，之后没有其他动静。”尼克道。

“没有其他动静？什么意思？是没能打探出消息，还是……”陆奇洲反问。

听他的口气，尼克连忙回道：“是没有其他动作。老板，他们此举的目的其实就是引你过去。”

尼克直接说明自己预测的事情轨迹，陆奇洲却道：“艾希在他们手里，我也只能亲自过去。”

“老板，艾希是自己过去的。”尼克提醒道。

这一句提醒，犹如一根针扎进陆奇洲的心里，刺疼刺疼的。因为他话里的意思是，艾希没有像他爱她一样爱他。

“艾希什么都不知道，所以才会被蒙骗的。”陆奇洲还是找了一个理由为艾希解释。

尼克听了之后，还是很理智地劝说：“老板，我不赞成你亲自去。”

陆奇洲侧过脸，看着尼克。尼克迎视着他的目光，继续大胆地劝说：“作为您的秘书，我有责任和义务纠正您错误的决策。”

陆奇洲听后，看了他几秒，转过头看向前方道：“把你调回身边，才是错误的决策。”

面对老板对自己工作的质疑，尼克仍没有屈服的意思：“即便换作秦昊，他也会跟我一样阻止您。”

陆奇洲的态度很坚决：“你们都阻止不了我。”

“老板！”尼克的声音不自觉地抬高分贝，“我知道艾希女士对您的重要性，但是您对我们也是极为重要的。您这么多年的努力，这么多年的心血，不能因为她就此付之东流。”

尼克的告诫绝对是好的，他是一个十分称职的秘书，也是一个义气十足的兄弟，但陆奇洲却幽幽地回了一句：“为她，我愿意付之东流。”

尼克算是见识到什么叫“不爱江山爱美人”了，他觉得心里堵得慌，接着就听到陆奇洲低低地说：“没有她，就没有我。”

尼克的目光定格在陆奇洲的脸上，从他此刻的表情可以读出很多情绪，其中的深情令人尤为动容。

对于陆奇洲的一切，尼克知道七八分，这已经算是最高权限了。

他陪着陆奇洲一路走到现在，即便再理智，也知道他对艾希有着超乎常人的感情。这份感情，若换作是他，估计也会失去理智吧。

“那我马上让团队进行安全部署。”尼克开口道。

陆奇洲见尼克放弃了说服自己，不由得放松一些。他靠在椅子上，沉默几秒，突然笑了一声：“如果我不能回来，你和秦昊就一起解散团队，去过自己想过的生活吧。”

尼克听后，眸光微闪，陆奇洲这是做了最坏的打算。于是他冷静地回道：“你这是立遗嘱吗？如果是，最好叫齐赢到场。”

见尼克这般回话，陆奇洲笑了，他伸手拍了一下尼克：“立遗嘱？冲你这句话，我必须活得长长久久。”

尼克也笑了：“这才是你该说的话。”

陆奇洲勾唇一笑：“也是，这才是我该说的话。”

警局，网络安全小组办公室。

办公室里此刻挤满了人，因为审讯直播事件，除了局长亲临，还来了一批网络信息安全办国字头的领导及几个工作人员。

他们来这的目的只有一个，那就是艾希的案子，具体来说是艾希杀人案件背后牵扯出来的一系列案件。

“不只是你们，我们也一直在追踪，只是为了不打草惊蛇，近期很多的收集工作也就都由你们做。方局长这边也都很及时地给我们进行了汇总，目前的情况从多方收集的信息来看，我们正处于非常关键的时刻……”

正在说话的人是网络信息安全办国字头的领导将跃华。

昨晚邢凯锋和局长已经单独与他碰头了三个小时，邢凯锋也大致了解了情况，也就是说，他们所知道的情况，上面其实都知道。他们这么多年也一直在追踪操控大众的幕后之人。之前一直无果，也是在艾希这一系列案件发生之后才有了方向。

“此次属于联合办案……共享一切信息，封锁一切内幕……”将跃华在台上说了一大段话。

坐在椅子上的邢凯锋看着站在人群中讲话的将跃华，不自觉地伸手摸了摸下巴，刺刺的胡茬儿似乎每一根都在提醒他。

这算是官方的态度吗？封锁内幕必然是怕引起民众恐慌，关于这点他是绝对赞成的，但事后真的会公开吗？

还有，这位大领导说之前他们就一直在追踪，如果是这样，也就是说他们事先就知道。

那么这里又有两种可能性，一种是局外人，一种是局内人。

局外人的话，就是防御。局内人的话……

邢凯锋觉得会不会是自己想多了，但多年的警察生涯所培养的直觉，告诉他这一系列的事情并没有表面看上去那么简单。就如同网络世界一样，普通民众所接触的只不过是冰山一角，而冰山下面又是另一个世界。

联合办案的宣布仪式结束之后，网络安全小组隔壁的办公室正式成为联合办案场所，方局长还特意腾了一间大会议室，作为全盘追踪的实时汇总处。

无论邢凯锋自己心中有什么想法，他在这个时候都绝对不会表露出来，他秉持着职业精神与其他组员全力配合上方派来的工作人员，对艾希这个案件进行全盘追踪。

“头儿，陆奇洲在伦敦已经登上火箭，预计一个半小时回到国内。”郭鹤鸣汇报。

邢凯锋点了下头：“艾希那边追踪到了吗？”

郭鹤鸣摇头：“还没有，监控系统明确看到艾希进入了千业城，却追踪不到人。感觉这个千业城像是存在其他空间维度一样，可以让人消失得无影无踪。”

邢凯锋听后，沉思了一会儿，突然站起身来。

郭鹤鸣愣了：“头儿，怎么啦？”

“去见叶琳。”

几分钟后，邢凯锋见到了叶琳，她被安排在有休息床的候审室里。

邢凯锋在今早就收到了报告，叶琳在早上五点多醒了过来，所以见面的第一句话，他的口吻还带着关怀：“好点了吗？”

坐在床上靠着墙的叶琳，抬眼看了下邢凯锋，眼神空洞无比，像是经历过一场生死历劫一样。

叶琳没吭声，邢凯锋继续询问：“叶琳，千业城是不是存在着另外一个不为人知的空间？”

叶琳闻言，空洞的眼神缓缓凝光。

邢凯锋见此，接着道：“看来真有一个不为人知的空间。”

“我什么也没说，你凭什么这么肯定？”叶琳终于开口回道。

“从你的反应判断的。”邢凯锋道。

叶琳听后，冷笑一声：“既然你这么厉害，应该早就侦破了这个案子才对。”

“叶琳，既然你主动自首，就要好好配合我们才对。”郭鹤鸣反击道。

叶琳瞥了他一眼：“想知道的话，就放我出去。”

邢凯锋听完她的请求，看了叶琳几秒，郭鹤鸣见她这么拽，有些不爽：“你当我们警局是什么，想来就来，想走就走？”

叶琳顶了他一句：“这里轮不到你说话！”说完，目光看向邢凯锋，等待他的回答。

邢凯锋与她对视，两人每次眼神交流，邢凯锋都能感受到叶琳身上的杀气，这是跟艾希完全不同的。她就像一个从地狱来的使者一样，带着一股威胁和死亡的气息。

“千业城是否藏着不为人知的秘密或空间，你现在不说，我们调查下去也会知道。但是你要是配合，我可以保证对于你的审判会酌情处理。”邢凯锋没有与她进行交易的打算。

“我当然知道你们迟早会调查清楚，但是时间不多了。”叶琳一点都不着急，很淡然地回道。

邢凯锋看着她：“你主动自首，其实是你幕后集团的计划对吗？”

叶琳站了起来，缓缓地走到邢凯锋的面前，两人的距离特别近，叶琳轻轻张口对他说：“时间真的不多了。”

邢凯锋凝视了她几秒，突然笑了起来：“你们的时间不多，我们可有大把的时间。”说完，转了个身，一副要离开的样子。

郭鹤鸣见此，审视了一下局面，最后还是跟着邢凯锋一起转身离开。

其实根本没有像邢凯锋说得那么乐观。大把时间？倘若真有那么一个大魔王存在，现在过的每一分每一秒，都像是走在刀刃上一样。

不过就在邢凯锋走到门口的时候，背后传来叶琳的声音：“邢组长别嘴硬了，嘴硬是解决不了任何问题的。”

邢凯锋顿了下脚步，还是伸手去开门，叶琳再次叫住了他：“我们想和警方合作。”

邢凯锋听后，放开门把手，转过身看向叶琳说：“你们？具体是指……”

“千业城。”叶琳也不再隐瞒。

邢凯锋走了过去，来到叶琳面前：“你能代表千业城？”

叶琳微微垂眸：“我代表不了，我只不过是一个传话人而已。”

“谁让你传的话？”邢凯锋道。

“给你一个联系方式。”叶琳说完，掏出一张纸片递给邢凯锋。

邢凯锋看了下她手中的纸片，随后抬头看着叶琳道：“不是说没时间了吗？还计划着合作？”

叶琳听了这话，想将纸片收回来，不过邢凯锋手快一把拿了过来：“不惜让你自首来跟我传话，可见合作诚意。”

叶琳冷笑道：“虽然我们阵营不同，但目标是一致的。”

“身为警察，我们的目标就是保护人民，打击犯罪分子，而你是我们打击的范畴，何来目标一致？”郭鹤鸣回了一句。

叶琳被堵，目光移到他的脸上：“这还真没你说话的地方。”

郭鹤鸣听后，笑起来：“这是我的地盘，别太嚣张。”

叶琳不理他，眼睛看向邢凯锋：“邢组长，我给你一个小时，一个小时后，我希望能离开这里。”

邢凯锋也不喜欢叶琳这副嚣张的样子，再加上她跟艾希长得一模一样的脸，间接让人对艾希产生不好的印象。

“你说的不算。”邢凯锋道。

叶琳看了他一眼，随后走向床边，一副像是在自己家里的架势直接躺了下去：“算与不算，由你决定。”

郭鹤鸣见此，虽然看不惯叶琳，但不得不说，她刚才那么一倒的姿势有点帅，特别霸气。

邢凯锋看了下闭上眼睛的叶琳，随后拿着她给的纸片离开了审讯室。

郭鹤鸣跟在他后面：“头儿，这个叶琳也太嚣张了，还顶着艾希那张脸。”

邢凯锋一边往办公室走一边道：“嚣张，就意味着她背后的人胸有成竹。”

“背后的人？千业城？”郭鹤鸣道。

两人到了联合办案办公室，邢凯锋将叶琳提供的联系方式上报。

方局长摸摸下巴，眼睛看了下将跃华。

“这个千业城就是一个谜。”将跃华道。

“千业城确实是个谜，很复杂，不知道怎么形容好。”方局长道。

“感觉他们既像一盘散沙，又像一块铁板。”邢凯锋回道。

“对，就是这种感觉。”方局长道。

“局长，既然千业城那边已经抛了橄榄枝过来，我们不顺藤摸瓜，岂不是错过了这么好的机会？”邢凯锋也不绕弯子，说明了自己的想法。

方局长闻言，看了下邢凯锋，之后他的目光移到将跃华的身上。上面没人下来，方局长可以自己拍板决定，现在联合办案，一切都得看上方的决策。

将跃华见此，也不磨蹭，直接给了指令："邢组长，那就由你去进行接洽，王敏从旁协助。"

被点到名字的王敏立马站了起来道："是，部长。"

邢凯锋知道联合办案势必要跟上面的团队进行融合，所以也就欣然接受了，之后邢凯锋第一时间用叶琳提供的联系方式与千业城那边进行了联系。

对方是个女性，大致说了一下合作条件。与其说是合作条件，倒不如说是命令。这个合作条件就是需要大批警察在千业城的外围无条件保护他们。

作为警察，保护人民是职责所在。可是除了他们，还有很多人也需要警察去保护。

邢凯锋的回复对方要征求领导意见后再答复，挂掉电话之后，王敏放下耳麦，对着邢凯锋道："这哪是合作，简直就是把我们叫过去当他们的保镖。"

邢凯锋听后，回了一句："即便是当保镖，也得去。"

王敏看了下邢凯锋："还是先问下领导的意见吧，毕竟警力有限。"

邢凯锋点头，不过他心里仍然是一团迷雾，千业城那边提出来合作，究竟是为了共同对付幕后大魔王，还是另有目的呢？

地下之城。

向凯端了一碗粥进到会议室，艾希坐在里面，她已经独自一个人在这里待了快两个小时。期间向凯给了她一本书，她拿起来翻阅，现在都已经看三分之一了。

"饿了吧？"向凯将粥递给艾希。

艾希看了一眼那碗粥，抬头问道："地下之城没有其他食物吗？"

向凯见此，道："这不是压缩粥，是我亲自做的，食材新鲜，刚煲好的。"

艾希看着他王婆卖瓜自卖自夸的样子，不由得怼了一句："就算是你亲自做的，也是粥。"

向凯笑道："你不喜欢喝粥啊？"

艾希合上书："有菜单吗？我想点餐。"

向凯道："这里没菜单，不过你想吃什么，我给你做。"

艾希靠着椅子，仰头看着对面的向凯道："你给我做饭？那岂不是大材小用。"

"都是朋友，一句话的事。"向凯道。

艾希笑了："你在地下之城至少也是高级管理层，让你给我做饭，岂不是折煞我了。"

向凯也看着艾希，没有正面承认自己的身份，而是继续说道："你想吃什么？"

"不想吃，不过想出去走走。可以吗？"

"不可以。"

艾希听后，笑着道："不可以？这么说，这是拘禁我的意思？"

"艾希，我们没有这个意思。"向凯否认。

“那为什么不能出去走走？”艾希追问，“你们既然把我带到这里，直接暴露了你们的枢纽中心，还怕什么呢？”

向凯看着艾希，心里暗暗地回了一句：不是怕，而是你实在太聪明了。

“先吃饭吧。”向凯将话题绕回吃饭。

艾希盯着他的脸，缓缓张口：“向凯，你在害怕吗？”

向凯听后，迎视着艾希的目光，彼此对望了几秒他才收回，拉开椅子坐了下来，随后平视着艾希道：“说害怕，多少有一点吧，毕竟这场抗争持续的时间不是一天两天，而是几十年，他已经茁壮成参天大树，不是我们轻易能撼动的。就算这次得到你的帮助，我们的胜算仍然不大，因为我们不知道他的底细。也许我们现在所做的一切都只是徒劳。也许失败的后果不堪设想，我们再也没有翻盘的机会。”

向凯的诚恳，完全出乎艾希的意料，听他这一番话，她内心涌起一股悲伤，像是世界末日来临一样，这一切仿佛是人类最后的挣扎。

如果把这些放在电影中呈现，肯定都是特别悲壮的画面，不过电影里的结局，总会留给人类一丝希望。

人类这个群体，虽然有各种毛病，但在关键时候总会创造出难以想象的奇迹。至少电影里都是这么歌颂的。

可是他们现在要面对的是超级人工智能，奇迹真的会发生吗？

如果没有发生，艾希似乎也不会悲伤，因为人工智能就是人类自己创造出来的。

“我一直有个疑问，之前你们为什么没有找到幕后之人？”艾希问。

“他隐藏得很深，让我们无处可寻，直到你的出现。”向凯道。

“那我就更困惑了，我出现，他也出现？我跟他的关系不止那么简单吧？”艾希看着向凯问道。

向凯听后，看了下艾希，伸手推了一下桌上的餐盘：“粥最好趁热吃，我们可以边吃边聊。”

艾希见此，凝视着向凯，脑海中想起陆奇洲的脸，他想隐瞒事情的时候，也会这般转移话题。

艾希伸手将餐盘移到一旁，态度强势地追问："看来你知道我跟陆奇洲之间的联系，我问你，我和他之间到底有什么联系？"

向凯看着艾希逼视的眼神，说实话有那么一点心虚，不过他还是很好地掩饰过去了："你们不是情侣关系吗？"

"不，我说的是之前。"艾希继续逼问。

眼前这个女孩实在太聪明了，向凯感觉自己有些兜不住。就在这时门被推开，秦岚走了进来："向凯，送完爱心粥就赶紧出来，王总工有事找你。"

向凯回过头看了下秦岚："马上出去。"

秦岚很快退了出去，向凯则站起身道："你先吃饭，我忙完再过来。"

就这样两人的对话被打断，艾希有些不爽，不依不饶地追问："向凯，我和陆奇洲之间到底是什么关系？"

向凯看了下她："你男朋友应该快到了，我先出去一下。"

面对向凯的态度，艾希直接恼了："向凯！"

向凯见此，放下一句话："这个答案，没有人比你男朋友更清楚。"说完，向凯转身离开了会议室。

艾希快步跟了上去，本想追着向凯出去，可当她走到门口的时候，门已经关上，她伸手去拧门把手，发现打不开。

艾希又拧了几次，还是打不开，忍不住锤了几下道："浑蛋！"

向凯从会议室走出来之后，转头看了眼门，即便隔音很好，还是能看到门在震动，他不禁将目光移到站在门口的秦岚身上："其实没必要。"

秦岚笑了一声道："要不是我进去给你解围，你恐怕对她全招了吧。"

"我知道什么该说，什么不该说。况且她终归会知道这一切，早说和晚说，都是说。"向凯回了一句。

"如果你不想计划出岔子，建议你还是别再进去送什么爱心粥。"秦岚说完，转身离开。

向凯看着秦岚的背影，也跟了上去，眼下确实不敢出任何岔子，一切以大局为重。

“他到了吗？”向凯追上来问。

“正在来千业城的路上。准备好迎战吧。”秦岚道。

向凯微微点头，秦岚侧脸看他一下，道：“到时候千万别对某个人心软。”

向凯看着秦岚的眼睛，说：“什么意思？”

秦岚冲他一笑，伸手拍了下他的肩膀：“爱情不是每个人都能拥有的。”

“你是不是想多了！”向凯反驳。

秦岚笑了：“不是我想多了，而是怕你想多了。”

“秦岚！”

秦岚打断他的话：“当局者迷，旁观者清。你自己或许还没察觉，但是你的行为已经露出了端倪。向凯，我们的成败在此一举，希望你能作出正确的选择和判断。”说完，秦岚迈开步伐继续往前走。

向凯被她的话搞得莫名其妙，他只不过给艾希送碗粥而已，她就反应这么大，莫非秦岚喜欢他？

脑子里冒出这个想法后，向凯浑身一震，秦岚足足大他十岁啊。当然也不否认在这些年里，秦岚对他的关照比一般人都多，在工作上给过他很多支持和指引，在生活中也很照顾他。在向凯心里，她除了是默契十足的同事外，更像是一个姐姐。

向凯觉得自己的这个想法有些荒谬，不过对于见过几次面的艾希，他自认为只是朋友，可是细想一下，又似乎多了一些什么。

可是即便多了些什么，应该也是因为叶琳的关系吧？应该是这样。

无论是什么样的关系，当下都不是考虑这些的时候，因为陆奇洲才是接下来的主角。

陆奇洲坐在宽大舒适的智能轿车内，眼睛看向窗外，一副下班回家一样的神态。

身旁的尼克见此，伸手扶了下眼镜框，老板这般淡定，他却忐忑不安。

这时智能导航做出提醒，车子即将进入千业城的大道。

千业城，废墟之城，黑科技王国。

陆奇洲不止一次来过这里，当然他不是以这张脸出现在这的。这座城市在外人眼里或许破烂不堪，但是在陆奇洲眼里却美得像一幅油墨画一般。它的特别，让多少人趋之若鹜。尤其是他，他比任何人都想深入去了解这座城市，以及这座城市的秘密。

即便不安，即便紧张，即便担心，作为秘书的尼克还是将对陆奇洲的安全部署一一落实到位："老板，一切已就位。"

尼克的话音刚落，全息系统就收到一条匿名信息，打开一看，是一个标示和一个地址。尼克迅速作出反应，一边跟陆奇洲报备一边追查地址 IP。

"无须追查，肯定是虚拟 IP。"陆奇洲见此，开口说道。

尼克很快得到汇报，确实是个虚拟 IP，眼前的全息投影闪频了两次，尼克道："信号开始变弱了。"

"不是信号变弱，而是马上要被屏蔽信号了。"

果然如陆奇洲所说，半分钟不到，全息影像完全没了信号。车子的自动系统也停止了，尼克只能亲自上阵，采用手动模式，脸上的表情也变得非常严肃，一副准备上战场的样子。

陆奇洲看了他一眼，开口道："放松点。"

尼克很想回他一句，说得轻巧。这可不是回家，而是进狼窝探虎穴。

他挤了挤嘴角，仍然无法笑着面对。

陆奇洲见了，不由得笑道："秦昊这点就比你好，面对任何情况都波澜不惊。"

尼克听了这句话，立马反驳："得了吧，你是不知道他在我面前如何说的。"

见尼克的表情松动一些，陆奇洲嘴角的笑意更浓，想要调动或刺激尼克的情绪，秦昊便是最佳利器。

“他如何说的？”陆奇洲装着一副好奇的样子询问道。

“现在不是说这个的时候！”尼克的眼睛盯着正前方，无心跟他谈及此事。

陆奇洲笑了笑，道：“别那么紧张，你要这么想，我暴露的同时，对方也会全面暴露。这是一件好事。不然我们哪有机会进入这里。”

尼克转过脸看了陆奇洲一眼：“好吧，我坚信我所追随的老板是无敌的。”

这句话，让陆奇洲脸上的笑容更加灿烂：“这么想就对了。”

两人的谈话刚结束，尼克便看到前方出现一个标示，那是刚才他们收到的标示，于是他按着标示的方向继续行驶。

连续沿着三个标示的方向行驶后，陆奇洲笑着道：“这颇有请君入瓮的意思。”

尼克道：“我都记录下来了。”

几分钟后出现了最后一个标示，标示下面站着一个熟人。

尼克看到杰米的身影，道：“对于杰米，我一直都没信任过。”

陆奇洲微微扬唇：“杰米未必是坏人。就像我，在他们的眼里也未必是好人一样。”

对于陆奇洲的话，尼克想辩驳，但又无从辩驳。因为每个人的立场都是不一样的。陆奇洲选择一直把杰米放在艾希身边，想必对她有一定了解的。

很快车子停了下来，杰米看着陆奇洲从车上下来，颀长的身躯，英俊的脸庞，如此让人心动的男人，换作谁都无法将他联想成操控世界的大魔王。

怎么去定论这个大魔王比较妥当呢？

首先，这是人类自身作死的后果，他既是人类智慧所创造的结晶，同时也是人类智慧所制造的邪恶。

杰米对于陆奇洲的印象不差，但同时也对他无比的恐惧。是的，人类对自己无法掌控的事物都是恐惧的。

陆奇洲向杰米走去，尼克也很快下车跟了上来。

陆奇洲走到杰米的跟前，一副熟络的语气道：“你是引路人？”

杰米看着陆奇洲道：“是，意外吗？”

陆奇洲勾唇一笑：“带我去见这座城的主人吧。”

陆奇洲如此轻松的表情，令杰米的内心直发怵，他是有多高的胜算啊？也是，他的强大，杰米很清楚，与他抗衡就像一只蚂蚁跟一只大象比武似的。

杰米伸手出来：“把这个吃了。”

陆奇洲的目光看向杰米的手心，里面放着两颗蓝色药丸。

尼克见此，立马警惕：“什么意思？”

“吃了，才能带你去见这座城的主人。”杰米道。

尼克的情绪开始波动：“老板，我们没必要以身犯险。这座城的主人不重要，只要知道他在这，我们瞬间可以将这铲成平地。”

陆奇洲伸手制止他的话：“尼克，别乱说话吓坏杰米。我们可是和平爱好者，不会滥杀无辜的。”

杰米听后，看着陆奇洲道：“你们确实可以做到瞬间将这铲成平地，不过艾希现在也在这。”

提及艾希，陆奇洲凝视着杰米道：“是你带她来这的？”

杰米也不遮掩：“是的。她想知道真相。”

陆奇洲的眼神微闪一下，伸手拿起杰米手中的药丸。

“老板！”尼克想阻止，可是他的话刚说出口，陆奇洲便把药丸扔进口中，吞了下去。

见陆奇洲如此干脆，杰米将手移向尼克，尼克也只好伸手接过。

当陆奇洲和尼克睁开眼睛的时候，两人身处一间面积宽大四壁洁白的密室里。

两人没有被绑，而是坐在舒适的椅子上，处于自由状态。

陆奇洲看了下左手腕上的表，距离他吃下药丸有两个小时。他不相信来到千业城最机密之地需要两个小时之久，唯一的解释便是他们额外对他和尼克做了什么。

杰米给他吃的药丸，是一种让人在昏迷之中吐露真话的药剂，试图找出他身上的漏洞。

陆奇洲伸手摸了下太阳穴，太阳穴的皮肤有异，看来他们对他进行了记忆提取，不过此举对他是无用的，因为在这之前，陆奇洲对自己的脑部采取了防御措施。没有他本人的指令，他人是无法攻克防护墙的。对于这点，陆奇洲相当自信。

面前的一堵墙，徐徐变色，成为一扇巨大的玻璃，而玻璃对面站着几个人。

“醒了。”秦岚开口。

陆奇洲猛睁几下眼睛，让自己的意识彻底清醒，随后开口道：“你们就是控制千业城的人？”

那口气带着一丝轻视，让人听了极为不爽。

秦岚的表情有些波动，不过站在秦岚身旁的向凯倒是很沉着。

“陆奇洲，你就是控制记忆云的人？不，或许你不该称作人，因为你是人工智能，拥有人类身体的高级人工智能。”开口说话的人是王总工。

陆奇洲听后，勾唇笑道：“我是人工智能？证据呢？”

“你来到这，就给我们提供了很多证据。”王总工道。

陆奇洲又笑了：“你们这样空口无凭，我到时候出去可要告你们诽谤外加违法监禁。”

王总工也笑了：“这就是你所要的证据！”说完，玻璃墙投影出陆奇洲的脑部结构图。

陆奇洲看了眼，看来他猜想得没错，他们试图提取他的记忆，不过显然没有成功，于是他笑了笑：“这就是证据？”

王总工听完之后，也笑了下："或许在你身上我们找不到破绽，但是你旁边的人便是让你显出原形的证据。"

王鹏接着放出了尼克的资料，当然还有秦昊的资料。这些资料除了他们个人的之外，其余都是他们爷爷的相关资料。

陆奇洲看后，勾唇一笑："他们有什么问题吗？劳烦你们这般调查户口。"

"虽然你们精心掩盖身份，但死亡都不能让一个人在这个世界上彻底消逝，何况你们还这么高调呢？尼克和秦昊爷爷的很多相关资料被删除，但我们还是找到了。"王总工道。

"所以你的结论是什么？"陆奇洲道。

"我们这样争议没有意义，还是彼此坦率一点吧。"王总工道。

"我只不过是一个商人，来这是为了找我女朋友艾希。"陆奇洲道。

王总工笑了笑："说出你主机的位置，或许我们可以考虑留下你这具人类躯体。"

"主机位置？什么主机位置？"陆奇洲笑道。

"再这样继续绕弯子，你女朋友艾希就性命不保了。"王总工说完，将白墙切换成了屏幕，屏幕里艾希四肢被绑住，整个人置身于一个玻璃水柱里。

陆奇洲看到视频画面之后，脸色瞬间变了，因为玻璃水柱下方的水位正在上升。

"陆奇洲，只要三分钟的时间，这个水柱就会淹过艾希的身体，让她溺水而亡。所以承不承认，给你三分钟的时间考虑。"王总工道。

面对这样的要挟，陆奇洲很平静地站了起来，看着屏幕上的艾希道："她是不是艾希，还有待考证。"

毕竟有叶琳的存在，陆奇洲有理由质疑真假。

王总工打开了画面声音："你可以亲自验证。"

陆奇洲见此，开口道："艾希，是你吗？"

置身于玻璃水柱里的艾希听到陆奇洲的声音，心情极为复杂，既欣喜又害怕。欣喜如他们所说，她在陆奇洲心目中的分量是如此之重，能让他亲自来到这。害怕便是真相的揭露，他真的是幕后的大魔王？真的是高级人工智能吗？

脚下的水有点冷，让艾希的意识特别清醒："奇洲，你不该来这！"

陆奇洲没有接她的话，而是发问道："记得我给你念过的睡前读物吗？"

睡前读物？艾希想了一下，脑海里回想起那个温馨又浪漫的夜晚，他给她念了普希金的诗《我的名字》。

陆奇洲会这么发问，无疑是在试探她是否是真正的艾希。他们将他引来这里，会发生什么样的局面，此刻的艾希内心越发清楚。她极有可能成为陆奇洲的软肋，成为他被人胁迫的软肋。

她明明很想知道真相，而且现在自己离真相已经很近了。可就在这个时候，艾希突然反悔了，因为她清楚地知道陆奇洲对自己的爱。这份爱让她犹豫了，真相是什么对她而言并不重要了，于是道："不记得了！"

"真的不记得了？"陆奇洲凝视着屏幕，确认地问一遍。

"最近太多事发生了，我现在脑子一片混乱！"艾希说这句话的时候，希望陆奇洲怀疑她不是真正的艾希。

陆奇洲盯着屏幕看了好一会儿，确认道："你是艾希。"

艾希闻言，眼神闪烁，接上他的话："对，我就是艾希！"

陆奇洲其实有点不太确定，直觉她是艾希，但又怕自己上当。毕竟有些人为了逼他现身，无所不用其极。

"已经过去一分钟了。"外面的王总工提醒道。

水位已经漫到艾希的膝盖位置，艾希为了让陆奇洲怀疑她是假的，开始呼救："奇洲，救我，救我，救我！奇洲，我是艾希，救我，救我！"

向凯看到这番画面，神情微变，艾希是真的爱陆奇洲，否则不会作出这样的反应。

而陆奇洲却更加犹豫了，因为他越来越不确定这个女人是否就是真的艾希。

王总工关掉了声音，随后道："她是不是艾希，就在你的一念之间。你否认，她死，你承认，她活。"

看着水位一点点上升，陆奇洲的眉头也皱了起来，倘若她真的是艾希本人，她不会这么柔弱，不会这般向他求救。而且他也不相信，艾希对他没有一丝的爱意。不过话说回来，艾希是演员，她可以以假乱真，让人看不出破绽。

思考几秒后，陆奇洲心里有了定论，对着外面的人道："你们用这招来威胁我，真是老套。"

王总工笑道："老套是老套，但是有效。"

陆奇洲听了这话，拳头自然握紧。尼克在一旁一直没有插话，但是他离陆奇洲很近，他能感受到陆奇洲压抑的怒火。

"还有半分钟时间！"外面传来提醒时间的声音。

水位已经到达了艾希的脖子，很快到了下巴，接着到了嘴边，眼看就要漫过鼻子。艾希直接闭气，接着用脚蹬地，让自己往上飘。可是水柱上方的空间不大，她的头直接撞到了上面的玻璃盖，整个人因为力的反作用往下沉了一下。

陆奇洲眼睁睁地看着这个画面，看着手脚被绑的艾希在水柱里挣扎。

尼克看着陆奇洲，即便他还没作出选择，但尼克已经隐隐知道答案了，因为陆奇洲的脸色难看至极，握拳的手也青筋凸起，可见怒气已经到了极点。

果然，下一秒，陆奇洲的吼声在密室中响起："放了她！立刻！"

"你承认你是高级人工智能？"王总工问道。

"是，我是高级人工智能。放了她，立刻，马上！"陆奇洲的吼声再次响起。

"你的主机基地在哪？"王总工接着问道。

陆奇洲没有回答这个问题，而是满眼怒火地盯着屏幕里在水里挣扎的艾希："放了她！"

"放了她可以，你的主机基地在哪？"王总工接着道。

可是他的话刚落，密室内响起砰的一声巨响。那是陆奇洲握拳砸在墙壁上的声音，只见墙壁凹陷了下去："我说放了她。"

"你的主机位置在哪？你要再不说，艾希就得窒息而死了。"王总工逼迫道。

又是一声巨响，向凯看到陆奇洲的暴怒，也看到艾希在水里挣扎，心情十分复杂。他比任何人都想知道陆奇洲的主机位置在哪，可是他又害怕艾希发生意外。

关于这个胁迫方案，他内心其实是拒绝的，因为这是以艾希的生命为胁迫手段的，万一出现意外，那么艾希就此香消玉殒。

"主机位置！"王总工继续逼问。

他知道陆奇洲的心理已经接近了崩溃防线，就如火柴一样，轻轻划过，就会点燃。

陆奇洲缓缓地转过身，目光充满仇视地看着隔着玻璃的这一群人。

站在玻璃墙外的一群人看到这样的目光，每个人的心里都不由得咯噔了一下，向凯也是如此。

接着，玻璃墙被狠狠地砸了一拳，陆奇洲整个人快速地移动到玻璃墙边上，恶狠狠地看着外面的每一个人。

尼克跟随陆奇洲这么多年，从来没有见过陆奇洲这副样子，这是攻击性极强的情绪。

尼克想阻止，因为其他一切都可以重建，但老板只有一个。

"老板！"尼克张口。

可他的话还没来得及说出口，陆奇洲就将主机位置说了出来："北极。"

陆奇洲终于说出口了，大家都欣喜不已，王总工接着追问："北极哪里？具体坐标？"

尼克走了过来，试图阻止："老板，不可！"

但是陆奇洲却张口告知了主机位置，秦岚用笔记下了具体位置。

“快放了她！”陆奇洲吼道。

虽然陆奇洲提供的这个坐标还没得到验证，不过王总工还是给身旁的向凯使了一个眼色。

就在他们逼问的时候，水柱里的艾希已经一动不动。下一秒浸满着艾希身躯的水瞬间被放掉。

秦岚的眼睛瞥了一眼向凯，还真是眼疾手快啊。

向凯察觉到秦岚看他，却没有理会，因为看到艾希窒息而亡的场面，他没办法做到波澜不惊。

秦岚也没空继续看向凯怜香惜玉，她直接将坐标发给相关的工作人员，让他们马上去落实这个坐标。

过了几秒，艾希猛地咳嗽几声，口中吐出几口水。

“艾希，现在你该相信了吧？”王总工对刚活过来的艾希说道。

艾希又咳嗽了几声，抬起头道：“他是人工智能，那么你们又是什么？”

“我们肯定不是制造他的人，不过你想不想知道，眼前这个陆奇洲是谁制造出来的呢？”王总工对艾希道。

身处水柱里面的艾希既能看见王总工和向凯他们，也能看到在密室里的陆奇洲和尼克。

“有话快说，有屁快放。”艾希的口吻明显不太友善。

王总工微微一笑：“想听故事，态度就要放好一点。”

艾希直接呸了一口水出来。王总工没有生气，反而摆出一副准备说书的模样：“艾希，这段故事有点长，时间应该追溯到五十年前……”

王总工开始说书，艾希也控制着自己的情绪耐心聆听，而密室里的陆奇洲完全是一副看不透他在想什么的表情。

听王总工说了一通后，艾希大致知道了故事的概要。

艾希曾经是一位人工智能领域顶级的研究者，是她创造了陆奇洲，一个拥有自我意识的高级人工智能，此举让人类陷入极度恐慌，纷纷讨伐艾希。一次外出时，艾希被一群人持枪杀害，陆奇洲就在她的身旁，亲眼目睹了血肉模糊的艾希，为此他悲愤交加，大开杀戒。不仅杀了凶手，也血染了一条街。

场面一度失控，警察包围了整条街，想逮捕陆奇洲，但陆奇洲太聪明了，他直接逃走。

秦昊的爷爷秦天明是艾希的导师加搭档，得知艾希被杀一事赶去医院，得到艾希死亡的通知。秦天明悲痛万分，过了好久才从医院离开，却发现陆奇洲藏在他的车上。

陆奇洲是艾希一手研发的，其中也有秦天明的功劳，为了保存艾希智慧的结晶，不让警察找到陆奇洲，他将陆奇洲藏了起来，让人无处可寻。

陆奇洲得知艾希死亡的消息之后，请求秦天明保留艾希的身体。在之后在几十年里，陆奇洲通过不断地深入学习，不仅掌握了巨额财富，以及所有高科技，甚至渗透到人类生存中的每一个领域。记忆云便是他所创，之后通过记忆云控制着全人类的潜意识。

在这几十年里，他不断试验，试图复活艾希，采用各种手段，人造人、基因复制，甚至 AI 进行试验。终于他找到了方法，将艾希复活，并抹去她曾经的记忆，完成艾希的心愿，成为一个超级巨星。而艾希会如此受全世界人类的追捧，都是陆奇洲在幕后调控，潜移默化地控制人类的潜意识，让他们为艾希尖叫，为艾希疯狂。

王总工把故事讲完的时候，整个场面寂静如斯，过了十来秒才有人出声。

那人便是艾希，因为听完这个故事内心所受到的冲击和震撼是无人可以比拟的。

是真的吗？简直不可置信。

是假的吗？似乎有迹可循。

无法用词语来形容此刻艾希的心情，她的目光透着怀疑以及说不清的复杂情绪，最终她开口道："你编的故事，真的比很多国际大编剧还精彩，我刚好有这方面的资源，不如合作一部电影如何？”

大家的目光纷纷看向屏幕里的艾希，不过很快被陆奇洲抢先道：“确实可以合作一下，他编剧，艾希演，我投资。”

面对艾希的质疑，陆奇洲的否认，王总工不紧不慢地说：“先看看这个。”说完，让人播放了一段全息影像。

全息影像的内容大致都是资料，也就是所谓的证据。

艾希当年不叫艾希，叫希艾。陆奇洲也不叫陆奇洲，叫奇宙，其名字的意义为奇迹的宇宙。

希艾天资聪慧，在十八岁的时候制造出了奇宙。奇宙的诞生，在当时的科技界引发了广泛的热议。他大脑的神经元系统完全模拟人类，是一个拥有自我意识的人工智能。

这是科技界在人工智能领域的一大进步，但也是造成全民恐慌的缘由。

而对于希艾这个年轻的科学家，创造出奇宙，收获巨大的名利以及关注的同时，也受到了各方的压迫和威胁。

她没有妥协，没有害怕，在教授的资助和协作下，对奇宙进行进一步的实验，通过奇宙对量子计算的领域进行突破。

事实证明，希艾的策略是对的，在奇宙的帮助下，很快量子计算有了新的突破。

此盛举再次收获了更多的名气和关注，当然压迫和威胁也更多，民众的恐慌进一步加剧。为此希艾收到各种死亡威胁。

这些事情希艾都没当一回事，她觉得自己的研究是为了人类的科学，为了人类的进步。因为量子计算的突破，对化学、生物、医疗、金融以及人工智能、材料科学等领域也会带来巨大的突破，给人类生活带来巨大的改变。或许在将来的某一天，人类可以不必要面对死亡，可以尽情地畅游太空，可以成为这个宇宙的霸主。

一切的设想都沿着希艾最初的设定在走，她相信终有一天会实现自己的愿望。但是在这一天的晚上，她和奇宙一起出门遛狗时，却被十来个暴民集体射杀身亡，她的设想就此戛然而止。

亲眼见证她被暴民枪击的奇宙，打破了原本程序的设定——不主动攻击人类。他的自我意识更是难以接受这个现实，他忍不住对人类大打出手。

其实大打出手这个词形容得不精确，应该说血洗一条街。

从他出现在希艾的世界后，就亲眼见证了人们对她的各种不友好，甚至恶劣的谩骂、威胁、警告。

在他的认知里希艾一直都是受害者，而这些所谓的人类都是加害者。

所谓的证据播放完毕，艾希彻底蒙了，王总工再次开口："虽然陆奇洲，不，应该说奇宙，删了很多和你的相关资料，尤其是网络上的资料，几乎为零，完全找不到希艾这个人的存在。但是当年发生了那么震惊全球的消息，即便奇宙再强势，再厉害，仍然无法堵住悠悠之口。我们在很多零散书籍里找到了和你相关的记录。更为难得的是，我们找到了一张当年你的照片。"

紧接着，屏幕上出现了一张照片，可以说是一张老照片。因为即便是当年顶级的相机所拍出来的照片，还是无法跟现在高清分辨率的清晰度相比。

照片里的女孩看上去特别朝气蓬勃，眼神中透着睿智，气质非凡，一看就是人中龙凤。

当然这些都不是最重要的，最重要的是她跟艾希长得一模一样。

艾希的眼睛紧盯着屏幕上的那张照片，心里难以接受这个故事，因为这么一来，现在的她，是什么呢？

"如果你说的都是事实，那么我是什么？"艾希的语气听起来有些伤感。

王总工听了之后笑了笑，随后指了指站在四面白墙密室里面的陆奇洲："这个问题你不应该问我，而应该请教他。"

艾希将目光转向陆奇洲的方向，调整了一下自己的气息，才开口：

“他说的是真的吗？”

面对艾希的提问，陆奇洲看着屏幕上的艾希，念了一句话：“假作真时真亦假，无为有处有还无。”

艾希听后，明显有些不满：“我有权利知道真相。”

陆奇洲看到艾希生气的脸，眸光微闪，缓缓张口：“大部分是真的。”

“假的部分呢？”艾希追问道。

“我没有血洗一条街，我只是杀了杀害你的人。他们在那条街上逃窜，甚至挟持路边的人当人质来威胁我，但我没有伤害无辜的人。”陆奇洲道。

“你承认他所说的一切都是真的？”艾希亲耳听到答案，内心犹如巨浪翻涌一般难受至极。

“这是部分真相，而真相背后又是什么呢？这是我一直都在思考的问题。”陆奇洲说这句话的时候，目光移至玻璃墙外面的一群人。

真相的背后？

艾希听了这句话，心里活动了一下。

她知道很多事情不能只看表面，背后或许还暗藏着很多东西。

“那我到底是什么？”艾希又倒了回来，因为不管背后还有什么，她需要了解当下的真相。

陆奇洲微微低头，沉默了几秒，似乎有些难以启齿。

“我到底是什么？”艾希再次逼问。

站在玻璃墙外的王总工和向凯目光一致地看着陆奇洲，他们期待他亲口说出艾希所需要的答案，这样艾希将不会再质疑他们的话。

陆奇洲缓缓抬头，看向玻璃墙，微微启齿：“你是……”

可是他话还没说完，光亮的密室突然变得漆黑一片，犹如大厦断电一样，瞬间让所有人丧失了可视功能。

突然的黑暗，让玻璃墙外面站着的几个人有些措手不及。因为基地很少发生断电现象，对于向凯来说，在他来到这之后几乎没有发生过。

“向凯！快去查怎么回事！”王总工心惊了一下，很快恢复镇定。

向凯听令之后，一边拿起密室的固定电话打内线一边将手机的手电筒功能打开："秦岚，庆斌，把手机的手电筒打开。"

秦岚以及旁边的几个人，纷纷拿出手机打开了手电筒。

光线照进密室，洁白的墙体发出反射的光芒，但里面的椅子上并没有人，再用手电筒照射其他地方，也没有看到刚才跟他们讲话的陆奇洲。

"他们人呢？"秦岚惊呼。

向凯见此，也很惊讶，因为密室也就不到四十平方米的面积，除了两把椅子，没有地方可以藏人。

向凯直接将电话给了秦岚，他拿着自己的手机，将密室的边边角角都照了一遍，确实没有看到人。

秦岚接了电话，问了断电事宜，不过得到的回复是他们也在查缘由，秦岚只好叮嘱他们尽快恢复电源。

整个密室，除了靠近玻璃墙这边有个视觉盲点，其他地方都扫过了。

向凯直接走到最边角的地方，斜看进去，视觉盲点那边勉强可以藏一个人，但是两个人肯定是会暴露的。

断个电，里面的两个人就像空气一般蒸发了？

这又不是神仙，有遁地术，有穿墙术。

"我进去看看。"向凯道。

不过王总工却拦住他："小心有诈。等来电以后再说。"

被王总工这么一提醒，向凯也觉得不能掉以轻心，于是问秦岚："机电管理那边怎么说？"

"他们也在查断电的原因。"秦岚道。

向凯闻言，握了下拳："再给他们打电话，让他们启动备用电源。然后再拿一台移动电源过来。"

秦岚再次打通电话，对方的回复是备用电源无法启动，不过移动电源已经在送过来的路上了。

向凯在秦岚打电话的时候，也接到电话，大致是因为断电，打电话过来询问缘由的。

向凯接完一个电话，直接按掉其他几个来电。

“备用电源无法启动，移动电源马上送到。这事太蹊跷了。我们的主机电源以及备用电源竟然被人攻击了。”秦岚对着王总工和向凯道。

王总工听后，直接拿起固定电话，给贺老打了过去。

得知贺老安全，王总工才放下心来：“贺老，你别担心，我们已经在做紧急处理。”

挂了电话之后，移动电源就送到了，在向凯以及几个人的协助下，没过半分钟，密室以及外面恢复了光明。

向凯的目光第一时间看向密室内，透亮的空间里，除了两把椅子在那，空无一人。

大家都觉得不可思议，眼睛眨巴几下，让自己重新确认一遍，但还是没有看到陆奇洲与他的助理尼克的身影。

密室的门不可能在断电的情况下被开启，但里面的人却凭空不见了，这实在太蹊跷。

“庆斌，你马上去机电室，协助查明断电原因，尽快恢复供电。秦岚你打电话，调二十名保安过来。”向凯随机做出应对的策略。

王总工补充一句：“让保安全副武装，全部佩戴电击枪。”

庆斌和秦岚听了之后，立马去执行。

三分钟后，保安到位，向凯跟王总工对视一眼，王总工小声道：“小心，安全第一。”

向凯点下头，随后带着保安来到密室的门口，重新接上电源之后，门的安全系统也恢复了，向凯输入一组密码之后，验证了手纹。

门开了，两个保安持着电击枪开路，而向凯也拿着一把电击枪，一脸谨慎地走了进去，身后跟着两队保安。

密室的空间就这么大，就算对方采用了高科技技术作为障眼法，也很快就会露出端倪。

向凯给右边带头的保安使了眼色，保安带队开始采用网鱼模式，从右到左一步步地往左边墙壁逼近。

到了密室中间位置，还是一点动静都没有。

站在外面的王总工脸色极为严肃，甚至带着一丝紧张。

向凯也是如此，每挪一步，心就跟着悬起一分，他不相信在这间密室里有人可以凭空消失。肯定是采用了某种高科技，形成了视觉盲点。

又逼近几步，全副武装的保安已经占据了密室的三分之二的空间。

离墙角也就几步的距离了，向凯的那颗心已经紧张到嗓子眼了。

这些年，在外他做过很多见不得光的交易，但大多数从容应对，但是对于陆奇洲，他没有把握，因为传说中的他太过强大，自己也从未与他正面交过手。

一行人一步一步地接近墙壁，却丝毫没有动静。到了终点，依然没有任何生命迹象的存在。

向凯松了一口气的同时，又紧接着猛吸一口气，因为他发现自己犯了一个致命的错误，连忙转过身："王总工，让人马上取一台生命迹象仪过来！"

王鹏很快接内线，让人取仪器过来。

密室的门紧闭着，向凯和保安一致退到了入口位置，等候着仪器到来。

也就两分钟的事情，但这个等待的过程对于向凯而言特别漫长，感觉像是过了两个小时一般。

此刻的密室里充满了诡异的气氛，凭空不见的陆奇洲和尼克就像幽灵一样，在每一个人的脑海中盘旋。

向凯不信这些，因为他是个理工生，还是个程序工程师，他所秉持的精神世界都来源于科学。

仪器送到之后，向凯亲手接了过来，随后对整个密室进行了地毯式的生命迹象检测。

从右到左，从左到右，来回两遍，得出的结果仍是没有生命迹象。

怎么可能？向凯对这个检测结果大吃一惊。

难道他们真的拥有穿墙术，遁地术？

一堆保安也在一旁看着，得知结果后反应比向凯还要强烈，甚至有几个人眼神闪烁，有些害怕的样子。

“这到底是怎么回事？”向凯自言自语。

一直站在玻璃墙外的王总工见了，不由得道：“向凯，先出来吧。”

向凯很快出来，重新站在玻璃墙面前，眼睛凝视着里面沉思了一会儿，再次喃喃自语：“他真的有这么神通广大吗？竟然凭空消失？”

旁边的王总工听后，开口猜测道：“或许他采用了某种高科技，又或许他根本没有来过这？”

向凯闻言，猛地转过头看向王鹏，两眼泛光：“根本没来过，不可能，我们在检测的时候，他是真实的。”

王总工皱眉：“眼前的一切太不思议了。他的强大，已经让我们难以判断什么是真实的。”

向凯微微垂下头很是丧气，不过很快又抬起头：“艾希！艾希那边情况怎么样？”

旁边的工作人员汇报：“艾希那边没有异常。”

但是向凯需要亲眼所见，于是跟王总工一起赶往艾希身处的地方。

出了密室实验室，依旧一片漆黑，电力还没有恢复。

“电力什么时候能恢复？”王鹏不禁再次问道。

秦岚回道：“还没回复。”

王总工的脸色明显不悦。向凯冲在前面，很快来到藏着艾希的另一个实验室。

实验室里一片漆黑，绑在水柱中的艾希被手机的手电筒的光照得眯起了眼睛。

艾希安然在这，这让向凯稍稍松了一口气，随后道：“把她放出来。”

秦岚听后，提醒一句：“现在断电，仪器无法工作，暂时只能让她在里面多待一会儿。”

艾希看了下拿着手机照明的各位，没有说任何话，只是垂着头，被浸湿的头发还在滴水，衣服也湿淋淋地贴在皮肤上。

“艾希，刚才对不起，我们也是迫不得已。”向凯公然跟艾希道歉。

因为刚才自己送给艾希的那碗粥里，他放了迷魂药剂。艾希在没有防备的情况下，吃下了那碗粥，之后直接陷入了昏迷，等她醒来就见自己被绑了起来，置身于一个圆形玻璃柱里。

“向凯，这笔账我会跟你清算的。”艾希咬着牙发狠地回道。

秦岚听了之后，非常冷静地回道：“如果不用这招，你不可能知道你所想要的答案。”

向凯觉得秦岚多话了，不由得插话道：“真的是迫不得已，回头跟你赔罪。”

秦岚闻言，侧过脸看了下向凯，不过只是看着他，之后没有再说话。

确定艾希无恙，向凯转身：“秦岚你留在这，我去机电总控室。王总工，你跟贺老报备目前的情况。”

王总工没有计较向凯小辈对他发号施令，点了下头：“嗯，这边我来处理。”

向凯直接离开，秦岚见此，一时间表情有些难以琢磨，不过见王总工的目光看向她，上一秒还欲说还休，下一秒立马平息无事。

“向凯的脾气就是这样。”王总工见此，直说了这一句。

秦岚听后，打量了下王总工，听他这话像是他与向凯的关系属于熟识又亲密的那种似的。

在秦岚所知所看的境况下，王总工一直都是不太待见向凯的，因为向凯是贺老一手扶持起来的年轻一代，在很多人眼里，更像是在培养接班人。大权在握的王总工对此，表面看似一片和睦，但是私底下完全是两个派系。

两人如今不计前嫌，和好如初，也未尝不可，毕竟都是为了这个地下之城，为了人类的命运抗争，与这些大局相比，其实也没有什么是不可以化解的矛盾。

向凯赶到机电总控室的那一刻，电源刚好恢复供电，不过即便解决了问题，向凯的脸色也不太好看。

“断电原因？”向凯问。

“机电总控被人植入病毒。”朱庆斌回道。

“是远程植入，还是近程？”向凯接着道。

朱庆斌看着向凯那阴沉的脸，如实汇报：“近程。”

听到这个答案，向凯的眼神再次变样，因为近程植入，就意味着内部出现了纰漏。这是很委婉的用词，具体应该说内部出现了内鬼。

“起来一下。”向凯让工作人员起来，他自已坐下来亲自查看病毒程序。

看完之后，向凯又是一阵吃惊，作为全球顶级黑客，除了能写出一流的程序之外，他破解程序的能力也是一流的。他见过各种各样的程序和病毒，但是像眼前这样完美，没有漏洞的病毒程序还是第一次见。不过奇怪的是，既然是完美的，为什么会这么快被破解了呢？

地下之城以及千业城，确实能人济济，就说机电总控室的工程师也个个都是好手。可是向凯看了之后，觉得这要是让他亲自破解，至少也得二十来分钟。

当然从断电那一刻到现在也有二十来分钟了，向凯不是自誉过头，而是心里总感觉有些蹊跷。

向凯随之站了起来：“庆斌，你和小孙负责把这里的监控以及陆奇洲进入之后的所有路线的监控，都仔仔细细地查一遍。整合之后发给我。”

“是。”朱庆斌应道。

向凯很快离开了机电总控室，他没有去别的地方，而是重新回到了艾希的身边。

电源恢复了，艾希被放了出来。此刻她的身上披着一件薄毯，湿湿的头发贴着脑门。

向凯走了过去：“艾希，抱歉。”

艾希看了他一眼，随后目光变得发狠起来，向凯见了不由得心虚，吩咐秦岚："秦岚，你带艾希去换身衣服。"

秦岚点了下头："跟我来吧。"说完伸手想去扶她一下，却被艾希甩掉了手。

秦岚见此有些生气，想怼她一句，可是看到向凯的眼神，又把话给咽了回去，最后冷酷地说了两个字："走吧。"

艾希跟着秦岚离开，不过身前身后都有一组安保人员，这个场面感觉有点将她当成犯人的意思。但是她没有吭声，只是沉默地走着。

向凯之后给王总工打了一个电话："王总工，你在哪？"

王总工道："在去见贺老的路上。"

向凯没再说什么，之后他直接去了刚才陆奇洲待过的地方。

他站在玻璃墙的中间位置，眼睁睁地看着空荡荡的密室，向凯的脑子混乱不已。因为他还没想通，陆奇洲是怎么凭空消失的。

他站在原地好一会儿，几秒后转身走向密室的门。

因为出现紧急情况，安保工作更加严谨，门口站着两名保安，见向凯要进去，立马从并排站立变成两边站立，给向凯让路。向凯再次验证密码和手纹。进去之后，向凯在密室转了一圈，试图解开陆奇洲消失的谜团，但是室内除了两把椅子没有别的了，而就在这时向凯脑子里灵光一闪，目光落在了椅子上，之后直接奔向椅子。

就在向凯对椅子起疑的时候，电话响了起来，他一边接起电话一边用手摸着椅子。

不过听到耳边传来声音之后，向凯的手直接僵在那，脸色大变："你说什么？"

对方再次重复了一遍："贺老在住处被袭击了！快点过来！"

向凯噌地一下站了起来，急忙赶往贺老的住处。

在路上，向凯的脑子一团乱，因为在这短短的半个小时里，发生的事情太诡异了。

袭击贺老的人是谁？陆奇洲吗？如果是，他是怎么逃脱的？是怎么分身的？

机电总控被人植入病毒，由此可见，要么是有内奸，要么是陆奇洲所为。

如果这一切都是陆奇洲所为，那么他是真的无敌，而他们多年的计划更是不战而败，而且不可能反抗成功。

向凯赶到贺老的住处，这里是地下之城的最高层，也是观赏整个地下之城的最佳位置。向凯时常来这，不过大多都是因为他时常被贺老召见。

门口一堆安保人员，王总工以及好几个高层已经在屋内。

贺老的住处面积相对大一些，占地有两百多平方米，装修属于中式风格，家具也大多是红木。不过这些都不是最突出的，因为在向凯的眼里，这里更像是一座图书馆。

现在的书籍大多数都是网络传播阅读模式，出版极少，所以年代久远一点的书就变成了古董，让很多人跟收藏古董一样去收集。向凯的阅读习惯也是网络居多，不过也没少在贺老这边借书看。

王总工站在贺老那半开放式的书房内，向凯快步走了过去："贺老呢？"

王总工转身过来，看了下向凯，脸上尽是担心的神色："贺老被人挟持了！"

向凯闻言，心直接沉了一下："被谁挟持了？"

"陆奇洲。"王总工道。

猜想被证实，向凯有些难以置信："这怎么可能？"

王总工给向凯看了下监控："你自己看看。"

向凯看完之后，摇了下头："他是怎么从密室逃脱出来的？"

"或许他根本没进入过密室。"王总工道。

向凯看着王总工道："我不解。"

"密室里的他或许只是他使用的AR视觉效果而已。"王总工道。

向凯刚才在密室，也注意到了椅子，如果如王总工所说，那么……

向凯本来想脱口而出说地下之城有内奸，可是不知为何，他还是忍住没有说出口。因为现在的他，谁都不敢信任，包括眼前的王总工。

“贺老被挟持，你们都不追吗？”向凯对此很是疑惑。

“想追，可是贺老留下暗语，不让我们追。”王总工道。

“暗语在哪？”向凯问。

王总工将纸片递给向凯，向凯看了之后，喃喃道：“难道贺老想自己一个人深入陆奇洲的老巢？”

王总工道：“有这个可能。”

“我们现在就什么事都不做，这么傻傻地待在这里吗？”向凯道。

“贺老是地下之城的主心骨，若他被挟持一事对外公布的话，必然会引起波澜，所以这个消息只能暂时压一下，只限制在场的人知道，谁敢泄密，后果自负。”王总工命令道。

向凯想了想，王总工的建议是正确的，因为稳定人心是目前最重要的事。

可是向凯心里也有疑惑，贺老的重要是不可估量的，他被劫持，即便是他一个人想深入陆奇洲的老巢，可他也只是一个手无缚鸡之力的老人，怎么去应对强大的陆奇洲呢？

“王总工，你有什么营救方案吗？”向凯问。

王总工道：“已经让人追查监控了。”

向凯对王总工的答案非常不满意：“只是这样？王总工，你不知道贺老对我们的重要性吗？他不只是主心骨，他还是一面旗帜，还是我们最尊敬的长辈。”

王总工见向凯急了，道：“你以为我不着急吗？我比任何人都着急。”

向凯想怼一句，可是这个时候与其在这废话，不如亲自去追查贺老的下落。于是，向凯忍住自己的脾气，说了一句：“贺老，不仅是我的恩人，也相当于我的爷爷，我不想失去他。”

王总工的脸黑了下来：“向凯，你这话什么意思？”

向凯见此，也没翻脸：“王总工您安定大家，我去追查。”说完，转身离开了贺老的住处。

王总工见向凯离开，拿出手机拨通了一个秘密的电话："请您保证他是完好无损的。"

对方却来了一句："你说什么？"

王总工道："合作要有诚信，别出尔反尔。"

耳边传来回复："合作当然需要诚信，但是保证谁完好无损，我不太明白。"

王总工大吃一惊，连忙看手机屏幕，确定自己没打错电话，道："你什么意思？"可是就在王总工说完这话的时候，书房右边的墙上突然打开一扇门。

王总工连忙转身，见贺老拄着拐杖站在那，不由得大惊失色："贺老！"

贺老看了王总工一眼，随后拄着拐杖走了出来："原来内奸是你。"

王总工有些惊恐，不自觉地退后两步："贺老，你……你不是被……"

"陆奇洲掳走的人不是我，而是我的生活助理世明，他化妆成我的样子骗过了他。可是我万万没想到，吃里爬外的人竟然是你王鹏！"贺老说这话的时候显然很愤怒，手中的拐仗都不自觉地狠狠杵地两下。

王总工慌神了，想解释："贺老……"

但是刚开口就被贺老打断："你想辩解吗？这可是我亲耳听见的！王鹏，我一直把你当成地下之城未来的领导者培养，可你竟然背叛了我，你竟然跟陆奇洲勾结。你实在太让我失望了！"

王总工知道自己解释是没用的，于是改变了策略，换成了控诉："贺老，你说把我当成地下之城未来的领导者培养，这句话我相信了二十多年，可是事实呢，你根本就没有这个想法。"

"我从来没有改变过我的想法！"贺老的声音特别严厉也特别大声。

"那向凯是怎么回事？"王总工听后，反问一句。

"王鹏你要我说多少遍啊，向凯是你的儿子辈！你竟然还忌惮他？"贺老呵斥道。

“不是我忌惮他，而是你扶持了他！”王鹏反驳道。

“如果你一直以这样的心态看待这件事，就说明你已经不够格了！”贺老的声音特别严厉，“我现在不想在你身上继续浪费时间，安保队长进来！”

很快安保队长走了进来，贺老看了下王总工：“把他押到密室，等我忙完再处置他。”

安保队长看了下王总工，即便贺老这样吩咐，但王总工的地位不低，他的态度还算客套：“王总工请吧。”

王鹏定在那里，眼睛扫了下安保队长，之后移到贺老身上，开口道：“你斗不过他。你所做的一切，都是自掘坟墓。”

贺老听后，没有生气，而是笑了笑：“与其考虑我的下场，不如多想想自己。你已经选择了对方，那便是地下之城的叛徒，叛徒的下场，你应该处理过不少。带走！”

很快王鹏便被安保队长带走，而贺老也开启了瓮中捉鳖的计划，于是第一时间通知了向凯。

当向凯亲耳听到贺老的声音时，有些不可置信，但他的第一反应便是赶回来。

可是就在向凯赶过来时，却看到屋外的保安都举着电击枪，一致对着屋内的方向。

向凯奔了过去：“怎么回事？”

左边一安保人员回复：“贺老被人劫持！”

向凯的目光也看向屋内，看到的画面就是贺老被陆奇洲的秘书尼克用枪抵着脑门。

这又是怎么一回事？难不成时光逆转，让他回到了贺老被劫持的那个时间点？

不过很快向凯就分辨清楚，因为陆奇洲旁边除了那个尼克之外，还有一个帮手。

看到那个帮手，向凯又是一惊，因为这个人他认识。可是他暂时分辨不出她是艾希，还是叶琳。

刚才他确认过艾希还在密室，之后是他吩咐秦岚带她去换衣服。难不成刚才陆奇洲把她给救走了？

“限你十秒钟，告诉我出口！”陆奇洲对刚赶过来的向凯道。

向凯看了下贺老，握拳让自己镇定下来：“放开贺老，我告诉你！”

然而陆奇洲根本没给向凯一丝讨价还价的机会，直接开始数数：“十，九，八，七……”

被劫持的贺老道：“向凯，别管我！”

听完贺老的吩咐，向凯更是进退两难。贺老陷于危机中，他不可能袖手旁观，而陆奇洲这边，他没有把握自己可以跟他抗衡。于是他看了下陆奇洲左边那个拿着枪与保安对峙的女人，道：“你是艾希还是叶琳？”

没等回复，尼克便提醒道：“还有三秒，再废话，你们的贺老，这个地下之城的灵魂人物将不复存在。”

向凯的目光瞬间落在尼克手上的那把枪上，那是药剂注射枪，至于里面是什么药剂，他并不知晓。

以现在的科技，其实人类已经没有所谓死亡的概念。即便脑死，也可以通过基因复制技术给予复活。至于身体部分，更是有多种方式去延续和巩固。可一旦人被药剂注射，采用化学方式污染了本体基因，在没有事先保存本体基因的情况下，将很难恢复基因复制。

地下之城极少发出封锁令，一旦出现这种情况，没有解除封锁令，几乎插翅难飞。

“好，我告诉你出口。”

向凯最终妥协了，因为在他心里贺老非常重要。

“向凯！”贺老闻言，口气非常严厉地叫向凯的名字，“我的话你都不服从了吗？”

服从二字透露出权威，可见贺老对向凯决策的失望。

“贺老，留得青山在，不怕没柴烧。”向凯劝道。

“别废话！”贺老的脸色也特别严肃。

向凯跟了贺老那么久，换作平时这般口气这般脸色，向凯是绝对不敢再吭气的，但此刻的他还在挣扎。

此时尼克手中的枪抵着贺老的脑门，陆奇洲也数到了最后一个数字，向凯最终还是无法做到服从命令。

“我带你出去，不过你必须先放了贺老。”

陆奇洲闻言，眉头一横：“跟我谈条件？”

“用我来当你们的人质，我保证带你们出去。”向凯道。

“你不够格。”陆奇洲直接驳回他的话。

论地位，没人能跟贺老相较，不过向凯仍然想尽办法说服陆奇洲：“我是地下之城的三号人物。”

“三号能跟一号比吗？”陆奇洲道。

“不能，但是我知道这里的一切，你想要知道什么，我都可以告诉你。”向凯道。

听完向凯的话，贺老是既生气，又感动，生气的是他竟然以这种方式试图跟陆奇洲谈条件，感动的是他竟然把他看得那么重。

他没有白培养他，更没有看走眼。他还真很像他的父亲。

“想不到你这般情深意重。”陆奇洲道，“这点还真的很像你的父亲。”

向凯听了这句话，眸色微变，关于他的父亲，很少有人提及，因为他没见过他的父亲。他是贺老收养的孩子。

在向凯成长的过程中，也曾试图寻找过自己的父母，想知道他们是谁，是死了，还是在世界的哪个角落，但他没有寻找到答案。贺老当时找他谈过一次心，之后他逐渐放下了寻找的念头，珍惜当下拥有的一切。

即便放下了，但当有人主动提及的时候，向凯的内心还是充满了期待和好奇：“我的父亲？你认识我父亲？”

陆奇洲见此，不由得笑了笑，随后转过头看向贺老道：“您老没告诉他真相吗？”

贺老听后，一脸严肃道：“你以为你所掌握的就都是真相吗？”

陆奇洲笑道：“我从来不这么认为，因为我自己都是虚拟的，何来的真相呢？”

“那就别废话！”贺老喝道。

陆奇洲见此，嘴角的笑意深了几分，目光转移到向凯身上：“你想知道真相吗？”

向凯从两人的对话中知道这里面有自己身世的秘密，不由得道：“不管我的父亲是谁，我这辈子最感激的人只有贺老，你放了他。由我当人质带你们出去！”

“在我这，没有任何条件可讲。”陆奇洲回道，“还有，这位贺老根本不值得你这般为他卖命，就算我现在要了他的命，也算是替天行道，为民除害。”

听到陆奇洲对贺老的诋毁，向凯直接恼了：“你这个疯子！”

陆奇洲没有恼，而是笑了笑，重复道：“疯子。”

陆奇洲的笑容很好看，但是笑声里却带着瘆人的味道。

“这个词形容得很准确，如果我是疯子，那么你们的贺老应该就是疯魔。”陆奇洲继续笑道。

向凯算是听出来了，陆奇洲对贺老的敌意极其强烈。难道说创造出陆奇洲的人，其实是贺老？

不可能，向凯在地下之城这么久，从未听说过。不过贺老是真的一直在寻找他。

为什么要寻找他？或许这里面还有很多他所不知道的秘密。

“贺老，他和你之间到底是什么关系？”向凯开口问道。

贺老被问及这个问题，便知向凯被陆奇洲的话牵引了思路，正想解释，却被人抢了话。

只听见背后传来一句：“他们既没有关系，又密不可分。”

向凯闻声，迅速转过头，只见王总工走了进来。

前几分钟才被贺老命令押解去密室的王鹏再次出现在这，这让局面变得更加扑朔迷离。

贺老看着王鹏的出现，苍劲的眼神微闪几下，脸上也露出恼怒的神情："他为什么会被放出来？"

王鹏闻言，笑了笑，目光看向陆奇洲："他帮的忙。"

贺老再次看向陆奇洲，王鹏见此接着道："贺老，我说过你是赢不过他的，在局面还可以收拾的情况下，就此罢手吧。"

"王鹏，枉费我这么多年对你的信任和栽培，到头来你却吃里爬外！"贺老不由得怒道。

贺老呵斥时，脸上的青筋都浮现出来，可见他有多么的愤怒。

王鹏听后，没有生气，表情却十分严肃地说："贺老，我确实应该感激你对我的栽培。但我现在的所作所为，绝对不是因为地下之城的权力争夺，而是为了我们自己，为了我们整个人类。你蒙骗了所有人这么多年，也是时候告诉大家真相了。"

向凯被王鹏的话弄得一脸蒙，但陆奇洲倒是一脸明白的样子，旁边站着的不知是叶琳，还是艾希的女人，则是面无表情。

"王总工，你叛变也就罢了，还敢血口喷人！"向凯沉着脸说道。

即便对王鹏的话产生很多疑问，但是此刻的向凯始终是站在贺老这边的。

王鹏闻言，目光看着向凯："向凯，你还是天真了一点。"

陆奇洲听了，嘴角微微一笑："这就是血缘宿命论。"

王鹏迅速将目光移向陆奇洲，连声附和道："陆总说得对，这确实是血缘宿命论。"

向凯得出结论，王鹏是彻底站在了陆奇洲这边，而他们似乎都知道他的身世。

正当他在思考怎么样才能营救贺老时，贺老却开了口："王鹏，你真以为你投靠陆奇洲，就可以取代我吗？"

王鹏闻言，看了下陆奇洲，之后目光落在贺老的脸上："贺老，我从没想过要取代你，我只是想阻止你，阻止你的计划，阻止你的实验，阻止你对整个人类的毁灭。”

这话再次让向凯蒙了，王总工要阻止什么计划？要阻止什么实验？为什么说毁灭人类的是贺老，而不是……陆奇洲？

“王鹏，你胡说什么！”贺老闻言，直接沉脸呵斥。

王鹏一脸严肃地看着贺老：“您的计划我全都知道。贺老，就此收手吧！”

贺老听完之后，苍劲的眼神定定地看着王鹏道：“那你说说，你所知道的所谓我的计划，让我看看是否确有其事，免得你被人蒙骗，被人蛊惑都不得而知。”

陆奇洲见贺老这般迅速地恢复淡定，不由得心生佩服，他嘴角微扬道：“被人蒙骗，被人蛊惑，也是有可能的，当面对质便知真假。”

贺老看了眼陆奇洲，随后道：“王鹏，把你知道的都说出来。”

王鹏面对眼前两个大老板，内心说没有一丝压力是假，因为作出抉择的他，对胜算也不是绝对有把握，于是他轻咳了一声缓缓张口：“贺老，不，或许我不该称你为贺老，应该尊称你一声靳老。贺老只不过是你的化名，你真正的身份是靳升平教授，拥有物理学家和量子学家双重头衔，是全球举足轻重的科学院士。八十五年前，你为了一己私利，将自己的科学成果运用在复活你儿子的计划中去。你女儿也是，你们采用不同的方式试图复活你的亲生儿子靳向东。你们也做到了，你的儿子也重新站在了世人的面前。可是之后你们的计划泄露，靳向东知道这一切的真相后，开始对你们父女的试验品进行猎杀。由于动静太大，导致您的事业和声誉受到重创和抵制，而你的女儿在你儿子的猎杀行动中被人射杀身亡，而他最后也没有如你的愿，继续存活于世。对于这样的结果，您很悲痛，难以接受这个事实，就在你想放下一切追随儿子靳向东而去的时候，无意间得知还有一个孩子存活在世，于是你改变了心意，从此隐姓埋名。那个孩子便是今天的艾希。当时的艾希不叫艾希，她叫希艾。她是你和你女儿最成功的试验品，陆加尔和靳向东复制品所生下的孩子。这个孩子虽然是试验品的延续，但是智商极高，基因里也流淌着你的血脉，于是你派人精心地培养她。当初的希艾不负众望，年纪轻轻就在量子力学有了新的突破。通过她的智慧，创造出了奇宙，也就是眼前这位陆奇洲先生的前身。可惜好景不长，她的实验也遭遇毁灭，还搭上了自己的性命。而你通过不断的休眠活到现在，在这期间你建立了千业城，建立了地下之城。与其说你在不断地寻找陆奇洲，不如说你在不间断地继续实验。奇宙表面是希艾的试验品，实则你才是幕后真正的大老板。可是在希艾被暗杀之后，奇宙也跟着消失了。为此你在这些年一直不停地在寻找他，你想知道他躲在哪里，你想知道他最终能强大的哪一步。”

王总工阐述了一段很长很长的话，这段话包含的内容太多了，就像一个电影大纲一样。

陆奇洲的脸色没有任何波澜，可以看出他早已知道这一切。而他旁边拿着枪与人对峙的女孩，听完这段话后双臂像是失去了力气一样直接垂了下来，一副不可置信的表情。

贺老听完这段话之后，却轻轻一笑，道：“这个故事，他告诉你的？”

这个他，自然是指陆奇洲。

王鹏摇了下头：“是我知道这个故事后，才主动去找的他。靳老，您把我们当棋子这么多年，一切都只为您自己的私欲，您让我怎么去臣服于您，听令于您？”

“不是他告诉你的，那你从哪拼凑出这么一个莫须有的故事？”贺老不急不缓地问。

“我也是在帮向凯追查资料的时候无意间发现的，有关奇宙之前的资料，以及希艾，还有其他科学家的资料，并非是陆奇洲删除的，而是您。您惯用的编程里都有一个固定的暗号，别人或许发现不了，可我跟了你四十年，对你的了解超过一般人，是你自己露出了破绽，让我们发现其中的阴谋。”王鹏道。

贺老闻言，嘴角露出一抹不以为然的笑意：“王鹏，代码是可以被篡改的。”

“是，代码确实可以篡改，但你的真实身份却因此暴露出来，你就是靳升平教授。”王鹏道。

“如果我否认呢？”贺老依旧一脸沉着。

“证据确凿，你无从辩驳。”王鹏说完，打开了全息影像，将靳升平的资料调了出来。

贺老看了眼资料，笑了笑，道：“我没想到，自己亲手培养这么多年的人会这么差劲。这些也能当证据？唉，我只能说，我可能对接班人的人选看走了眼。”

陆奇洲听后，也跟着笑了：“王鹏提供的这些确实是废话，要想证明你就是靳升平教授，以及跟艾希之间的关系，现场进行基因检测，不就一目了然了。”

身旁的女孩看向陆奇洲，她似乎对这些谈话内容极为震惊，甚至无法接受。

“艾希，手给我。”陆奇洲对着艾希道。

艾希没有抬手，当向凯得知她是艾希的时候，整个人也是慌的。

倘若眼前的人是艾希，那么跟秦岚在一起的人便是叶琳。

她们什么时候互换了身份？不，应该说，艾希是什么时候被救出来的？

尼克从口袋里掏出了一个袖珍检测仪，随后对贺老道：“请。”

贺老看了下检测仪，开口道：“我拒绝。”

陆奇洲向他走了过来：“心虚的话，就直接承认。”

贺老的眼神与他对视，几秒后张口道：“测与不测都是一样的结果，即便不是，以你的能力也可以让它变成是。”

艾希听了这句话，目光也看了过来，落在陆奇洲和贺老的脸上。

几秒后，她开口道：“奇洲，你能保证这个测试是公正的吗？”

陆奇洲听了这句话，便知艾希被贺老的话有所蛊惑，不是完全相信自己，他有些受伤：“艾希，请你相信我。”

看着陆奇洲那真诚的眼神，艾希觉得自己刚才那句话有些过分了，可听完这些故事的她，对于当下事件的真假更加重视。

如果故事是真的，那么陆奇洲的行为是完全可以理解的。她创造了他，而他复活了她，两人之间的牵扯是有逻辑的。可是这故事一旦是真的，那么艾希便属于生命重启之人，于现在的科技而言并不是难事，却是违法行为。

陆奇洲为了她做出这样疯狂的事情，甚至爱上了她。她能相信吗？

而且听完故事之后的她，比任何人都想知道她之前是什么样子，和现在的自己一样吗？能为她解开答案的人，恐怕只有陆奇洲和眼前这个白发老人贺老，所以无论真假，此刻的她都必须做出选择。

“我相信你！”艾希道。

陆奇洲闻言，伸手握了下她的手，之后对向凯道：“向凯，由你来监督和见证吧。”

向凯见陆奇洲点到自己，先是愣了下，随之目光看向贺老，贺老的脸色极为阴沉，以向凯对他的了解，这样的情绪应该是表达对检测的抵触。

如果是这样，那么王总工所说的话，就极有可能是真的。而他们刚才话语之间，还牵扯出他的身世。那他的身世又是一段怎样的故事呢？

在好奇心的驱使下，向凯挪动了脚步。贺老见此，苍劲的眼眸中露出极为失望的情绪。

向凯很快采集了艾希和贺老的头发，仪器虽袖珍，但速度极快，得出的结果显示两人的序列比对相似性极高。

得出对比结论之后，陆奇洲面向贺老道：“贺老，您还有什么话可说？”

贺老看了下陆奇洲，随后笑了：“结果相似又如何？”

陆奇洲也笑了：“承认了？”

贺老瞥他一眼，随后看向艾希：“艾希，就基因而言，我确实是你爷爷。”

见贺老当众承认，艾希整个人脑子都炸了。

贺老接着道："当初爷爷为了救活你爸爸不惜一切代价，即便你爸爸没能活下来，我也不后悔，因为我还有你。可是眼前这个男人。不，他不该称为人，它是人工智能，一个极为可怕的人工智能，一个威胁全人类的人工智能。你创造了他，等于创造了一个魔鬼。当初你被人暗杀，真正的幕后黑手不是别人，就是他。"

艾希听完这段话更蒙了，此番情景就像两个犯罪嫌疑人在互相指责对方一样。

陆奇洲的前身奇宙杀了她？又为什么要杀了她？

艾希看了看陆奇洲，又看了看贺老，这次她真的不知道要相信谁的话了。

向凯的感受与艾希完全一致，到底哪个人才是真正可怕的人？

"贺老，不，我还是称你靳老吧，你刚才说我是杀害艾希的凶手，简直就是血口喷人！如果是我杀了艾希，这么多年我就不会这么煞费苦心地去复活她。"陆奇洲第一时间为自己辩解。

靳生平教授笑了："至于你为何要复活艾希，我也一直不解，正想要询问一下你本人的真实想法。"

陆奇洲看着贺老，严肃反驳道："你这是诬蔑！我是希艾创造的，我根本没有理由杀她，我对她一直都很尊敬和爱戴。正因为有这个前提，当你们拿出艾希的基因克隆叶琳想引我出来的时候，我做不到完全无视。为此你们成功了。"

贺老听后，皮肤皱褶的嘴角微微扬起："关于你当年为什么杀希艾，我唯一能想到的答案就是你不想继续被希艾控制，你做不到无视，恐怕是心虚吧。"

"诬蔑，我没有做过的事，为何要心虚！"陆奇洲不仅口气，就连脸色都变得非常严肃。

"你不心虚，为何会去复活希艾？还是说你这些年自以为自己强大到无人抗衡，于是产生了神仙当久了，想下凡体验人的想法。于是你塑造了这一身肉体，还复活了希艾，试图和她来一场轰轰烈烈的恋爱。

是想针对你的情感系统进行深层进化，还是你寂寞得太久了，想拥有人类的爱情和温情？”贺老的语气不急不缓，完全无视尼克手中的枪。

陆奇洲听完这些，嘴角上扬道：“原来你想套话，在你诬蔑我之前，我还怀疑当年是你设的局，让人杀了希艾，想独占她的研究以及我。你要是有证据早就拿出来了，还用得着在这编故事？靳老，醒醒吧，别再执迷不悟了。当年为了复活你儿子靳向东，出于对儿子的爱，让你打开了潘多拉魔盒，想收却再也收不住了，你这份父爱变成了魔咒，你也完全丧失了人性，变成了彻彻底底的恶魔。”

贺老听完这些话，脸色依旧波澜不惊：“说我丧失人性？变成恶魔？我承认当年我有段时间迷失了心志，但在我儿子死后，我彻底清醒了。希艾是我儿子的血脉，是我唯一的亲人。任何研究跟她比都不值一提，我何来杀她之心？可你一个人工智能，试图控制全人类的人工智能，在这些年剥夺人类的潜意识，到底谁才有杀害希艾之心，谁才是真正的恶魔？”

“靳老，你虽然经过多次休眠，但并没有影响你的睿智，口才依旧不减当年。”陆奇洲笑道，“按你的话，如果我是恶魔，这个世界早已生灵涂炭，甚至有可能没有人类存活于世。但是你看现在的世界，科技日新月异，国家之间和平共处，没有战争，没有冲突，没有疾病，如果不是你们需求死亡，也可以做到没有死亡。大家在和乐安定的环境生活，比你们原本的世界更加美好。”陆奇洲反驳。

“是，确实美好，美好到他们都不知道自己逐渐丧失了什么！人类就是人类，战争、冲突、疾病、死亡，都是他们自身的一部分，不需要你来当这世界的圣父。”贺老道。

听了这句话，艾希的目光落在贺老的脸上，她曾经也对陆奇洲说过类似的话。站在人类的角度，陆奇洲的行为是令人恐惧的。他在人类的面前，无疑就是一个魔鬼。

贺老见艾希看着自己，目光与她对望：“艾希，你觉得呢？”

艾希与贺老对视几秒，听完他与陆奇洲彼此的控诉之后，她的大脑不能用乱字来形容，而是完全失去了判断力。

“艾希，别听信他的胡编乱造。”陆奇洲伸手将艾希拉到自己的身后，一副要保护她的样子。

贺老见此不慌不忙地继续道：“我说的句句属实。”

“句句属实？那为什么这么多年你一直隐藏自己的身份呢？还在这建造一个实验基地。”陆奇洲道。

“这不是实验基地，这是不想被你控制的人唯一的避风港。”贺老道。

陆奇洲闻言，不由得笑了起来：“这是你集结人才的地方，真正的实验基地不在这，对吧？”

艾希听完这些，乱成一团的脑子算是找到了一丝方向。这两位应该都在试探着彼此，想套出对方的最高机密。

于是艾希幽幽开口道：“我能说几句话吗？”

陆奇洲和贺老的目光一致看向艾希。艾希率先看向贺老，之后落在陆奇洲的脸上：“你们其实都想从我身上得到某些东西。对吧？”

陆奇洲和贺老对于艾希的话有些意外。

“别否认。你们脸上细微的表情出卖了你们。”艾希在他们要张口之前，打断了他们的话。

“或许如陆奇洲所说，当年是您杀了我，想占有我的实验结果。别冠冕堂皇地说我是您孙女，对您而言，我只不过是您试验品的衍生品而已。”艾希道。

陆奇洲听完艾希的话，握着她手腕的手紧了几分，看向她的眼神也是充满了悦色。

“艾希，我没有杀你的理由，更没有独占你实验结果的理由。”贺老辩解。

艾希听后，看着他，随后笑了笑：“您说没有理由杀我，那么只剩下一个理由，那就是你想看着你的实验继续下去，对不对？”

贺老听完这句话，想辩驳，微微张口，却又没说一句话。

“看来我这个猜测是正确的。”艾希确定道。

贺老看着艾希，缓缓张口："艾希，在我失去所有家人之后，艾希你对我而言已经不是试验品，而是我的家人。"

艾希嘴角微微上扬，没有反驳他的话，而是看向身旁的陆奇洲。

陆奇洲见此，目光也落在她的脸上，艾希继续开口道："之前的真假我没法分辨，但之后的事确是事实。"

陆奇洲有种不妙的预感："艾希……"

果不其然，艾希看着他的目光道："难道不是吗？你不是已经承认控制全人类的潜意识了吗？"

"艾希，这事我承认，但是我的初衷……"陆奇洲跟艾希解释，但是话还没说完，艾希直接打断了他。

"不管你出于什么初衷，什么目的，你的行为都是非常可怕的。"艾希说道，"还有，关于我脑部的记忆云里被删除的记忆，是你植入的，还是真有其事？"

陆奇洲知道艾希话里所指，沉默了几秒才开口："植入的。"

"你骗我。"艾希看着他道。

"艾希，我没有骗你。"陆奇洲道。

艾希摇头："如果不是真有其事，植入再删除这个举动让人匪夷所思。"

陆奇洲想解释，但是下一秒艾希抽回被他抓住的手，之后快速举起手中的电击枪对准了陆奇洲："你把我当什么？试验品还是玩物？"

陆奇洲的反应比任何人都快，刚才那一瞬间他原本想下意识地去阻止，但是怕伤到艾希，所以只能让她用枪指着自己。

"不是这样的，艾希。"陆奇洲试图解释。

尼克见陆奇洲受到威胁，连忙调整战略，一手拿枪指着贺老，一手拿枪指着艾希。

陆奇洲见此，示意尼克放下手中的枪。而艾希就此退后一步，手中的电击枪瞄准陆奇洲的眉心："还是说，如这位贺老所说，你一个人工智能动了凡心，想跟人类谈恋爱？然而这种可能性微乎其微，那么就剩下一种，你想深化你的情感系统。”

艾希的眼神极为犀利，陆奇洲知道自己辩驳是无用的，不由得道：“我承认复活你的初衷，是想深化我的情感系统，因为你是我唯一在乎的女性人类。但最终我却情不自禁地爱上了你。”

艾希听完之后，嘴角微扯：“你爱上了我？不如说，你把我当成了玩物。”

“艾希，我从来没有把你当成玩物。你我之间的感情是外人无法理解的。为了你，我特意塑造了这身肉体，就是希望你能真实地触碰到我，一个有温度的我。这话，也是你当年时常对我说的，你说真希望我不是人工智能，而是人类，一个活生生的人类。”陆奇洲道。

“当年的我时常对你说？我的记忆被你删除得一干二净，所以你所说的这种话我无从验证。而且不管你说什么，你始终是个人工智能。”艾希似乎已经做出了相对的立场。

贺老见此，再给她一个强心针：“人工智能一旦与人类为敌，那么人类便将面临万劫不复的灾难。”

艾希很想吐槽他这句话，可是吐槽他也等于吐槽自己，因为陆奇洲是她创造的。

任何事情都是有因果的，向来自大的人类一直都觉得自己是地球的主宰，创造出各种高科技，人工智能就是其中一项，可是到头来却反被控制。

可笑吗？非常可笑。

可是此时此刻，艾希笑不出来，因为面对陆奇洲，她做不到绝对的无情。因为她是人类，容易被情感牵绊的人类。她不仅创造了他，甚至还爱上了他。

艾希定定地看着陆奇洲，持枪开口道：“你的主机位置在哪？”

这句话，让贺老和王鹏的眼神微变，向凯依旧一脸蒙。

陆奇洲闻言，眼底闪过一丝失落：“艾希，你想做什么？”

“摧毁你。”艾希非常利落地回道。

陆奇洲听完这三个字，有些不可思议："艾希……"

艾希很快打断他的话："若真如你们所说，如果是我创造了你，那么就由我亲手摧毁你。"

陆奇洲看着艾希的脸，她的表情是那么决绝，不会受任何人左右。

"艾希，你真的这么想？"陆奇洲看着艾希。

持枪的艾希一脸严肃："此刻我只有这一个想法。"

面对艾希的挟持，陆奇洲没有一丝害怕，非常直白地说道："艾希，你说谎。不管是以前，还是现在，你都是喜欢我的，你都是爱我的。"

见陆奇洲这么坚定两人的感情，艾希的内心难免生出恻隐之心，她不知道曾经的自己对陆奇洲是一种什么样的情感，但现在她无法否认自己对他的感情。

她喜欢他，她爱他。可他是一个人工智能，一个意图控制全人类潜意识的人工智能，一个极其危险的人工智能。

艾希极力控制着自己的理智不被情感所左右："我不喜欢你，也不爱你！我不想当你控制下的傀儡，更不想当你的玩物。告诉我，你的主机位置在哪？不然我就杀了你。"

尼克见艾希的眼神里充满戾气，他再次举枪对准艾希："你敢动我老板，就让你领教我的枪速。"

尼克话落，陆奇洲却直接黑了脸："尼克，放下你的枪！"

尼克看向陆奇洲，眼神中带着一丝不满，但很快服从陆奇洲的命令。

"你根本不会畏惧我手中的这把枪，因为这具身躯对你而言只不过是肉体而已。"艾希道，"所以既然你说你喜欢我，你爱我，那好，就测一下真实度。"

说完，艾希将指着陆奇洲的枪，对准自己的太阳穴："你的主机位置在哪？"

见艾希以自己的生命要挟他说出主机位置，陆奇洲的眼神充满了痛苦，这就是人类真实的情感吗？

当你真正深爱一个人的时候，可以为她付出一切，甚至可以牺牲自己的生命。

就陆奇洲的生命而言，确实不在于这具身躯，只要艾希喜欢，他随时可以换成另外一个模样。但是主机位置，那才是他真正的要害。

主机一旦摧毁，他将彻底从这个世界消失，不复存在。

作为人工智能，陆奇洲第一次体会到作为人类的痛苦，面对自己深爱之人的威胁，那是一种难以言喻的痛苦。

“艾希，你真的想摧毁我？”陆奇洲再次确认。

艾希看着陆奇洲的眼睛，即便彻底知道了他的身份，但是看着他的眼睛，她还是不免动心。

这段时间发生了那么多事，他一直守护着她。这样一段爱情，即便是事先安排好的，也是让人无比动心的。

人动心之后，就会失去基本的判断力。

艾希拿着枪、指着自己太阳穴的手，微微颤抖着，她不是一个冷血的人，她真的能做到对他绝对无情吗？

就在这时，一旁的贺老低沉的声音传来：“艾希，让一切回归正途吧。”

尼克听了之后，将枪戳深了几分：“你再开口，就让你永远无法开口。”

而贺老没有一丝畏惧，继续说道：“艾希，由你亲手结束这一切，让人类回归正途。”

尼克直接扳动手枪，艾希见此猛然有点心慌，在她还没出声之前，却听到陆奇洲呵斥道：“住手！”

尼克的手快速移开，接着旁边的书架开始漫天飞舞着白白的纸屑，就像冬天里飘浮的雪花一样。

第十二章 日光之下

书籍碎片，犹如飘雪般落在艾希的头发、肩膀、手臂上，接着地面一片雪白。

刚才亲眼目睹尼克移动枪的速度，艾希便知他刚才那句威胁的话，并非是唬人的。艾希在拍电影的时候拿过好多种型号的枪支，甚至使用过不少真枪，为了动作效果逼真，艾希甚至还苦练了一段时间枪法。即便她对枪支使用熟络，但是论手速她绝对不可能赢过尼克。

在一旁看戏的王总工也被尼克这一枪给震慑住了，眼睛猛地眨了几下，因为紧张忍不住咽了下口水。但是比他更紧张的人是向凯。

听了这么久的故事，虽然他还不清楚自己的父亲是谁，但关于艾希和陆奇洲以及贺老之间的故事，他算是大致知道了来龙去脉。

见艾希用枪指着陆奇洲，再用枪指着自己威胁陆奇洲，说明她已经站在他们这边。不管贺老的真实身份是谁，他的主张是对的。不管付出什么代价都必须摧毁眼前的陆奇洲。如果这个人工智能继续存在，人类将万劫不复。

所以在尼克发枪的那一瞬间，握住电击枪的他再次回归到战斗状态。

向凯身后的安保人员也紧跟其后，齐齐举枪一致对准陆奇洲和尼可。

当最后一片纸屑落在浅色木地板上时，艾希再次开口逼问：“你的主机位置在哪？”

见艾希这么决然，陆奇洲满眼都是失意：“艾希，你对我真的没有一丝感情吗？”

“没有！”艾希很决绝。

这句话让陆奇洲的心脏猛地抽疼一下，人类的身躯实在有太多弊端了，有一丝情绪变化，便牵动整个神经感官。

“如果我不告诉你，你会怎样？”陆奇洲的声音低沉到极点。

“杀了我自己。我不想当试验品，更不想当玩物。”艾希道。

“你不是，你从来都不是！”陆奇洲连连否认，“你我经历的一切都是真的，我爱你，艾希。”

对于这句告白，艾希的心情不自禁地颤了一下，她不敢再看陆奇洲的眼睛，因为再与他对视，她真的会放弃自己的立场。于是她避开他的视线，再次紧逼：“如果你真的爱我，那就说出你主机的位置。”

以爱要挟所爱之人，这种剧情在艾希眼里一直都是很低级的行为，可是当下的她，真的是迫不得已。

若论因果，那么是她种下的因，她创造了陆奇洲，得出现在的果，让他危害人类生存。

陆奇洲见艾希避开他的视线，不由得道：“艾希，你撒谎！其实你是爱我的，对吗？”

陆奇洲的态度就像狗血剧里千方百计想要挽留女主的男主一样，艾希知道只有自己表现得够坚决才能得到想要的答案，她不由得再次迎视他的眼睛道：“最后一次告诉你，我不爱你。现在我数三下，你要是不告诉我主机位置在哪，我就死在你面前。这把枪还有一个功能，就是基因粉碎功能。”

艾希还不忘提醒陆奇洲她手中那支枪的多种性能。

陆奇洲的嘴唇微抿，脸上露出痛苦的表情。尼克见此，忍不住插话：“老板，大局为重。”

陆奇洲的脸色难看极了，吼了一声：“闭嘴！”

尼克被吼，虽然心有不满，但没敢忤逆，不再吱声。

艾希指着自己脑门的枪用力几分：“说！”

她必须速战速决，不然随时面临心态的瓦解。

陆奇洲见她如此坚决，他面部表情极为痛苦，但最终还是妥协道：“主机位置就在北极。经纬度在你被他们绑架的时候，就已经告诉他们了，需要我再重复一遍吗？”

陆奇洲话落，贺老开口道：“北极那边基地应该只是记忆云控制中心之一，你真正的主机位置在哪？”

陆奇洲看向贺老：“你什么意思？”

贺老也看着他：“北极的位置正在确认中，想必那里确实是你的基地之一，但是你真正的主机位置绝对不可能在那。”

“说了你们还不信，人类的疑心病是不是太重了些？”陆奇洲冷声回道。

“不是疑心病太重，而是你太狡猾，这么多年你一直隐藏极深，让人完全不知道你的存在，然而你却默默地控制住这个世界。你比这个世界上任何高智商的人还要聪明，还要狡猾，怎么可能会这么轻易告诉我们你主机的具体位置。”贺老道。

陆奇洲冷笑道：“你的这些话是在说你自己吧。”说完这话，陆奇洲看向艾希，“艾希，我是你亲手创造的，能被你亲手摧毁，我也没话可说。但请你相信我对你的感情，无人可以替代。放下你手中的枪，别做傻事，好不好？”

艾希受不了陆奇洲温柔深情的眼神，她动摇了，她承认自己彻底爱上了一个人工智能，即便他是大魔王又怎样？

艾希慢慢被瓦解，她坚持不下去了，于是举枪的手缓缓地放了下来。就在这时她的后脑勺却被另外一把电击枪牢牢抵住。

艾希想转身，却听到耳后传来声音：“别动，否则你和陆奇洲瞬间被我摧毁。”

对于这句话，艾希很不解，但是她看到对面陆奇洲的眼神里露出惊恐的光芒，她有种不好的预感。

一直挟持着贺老的尼克忍不住道：“你们今天是不想活着出去了是吧！”

见尼克暴怒，陆奇洲抬起了右手给予制止。

而拿枪抵着艾希的王鹏顺势将艾希拽退两步，艾希也借机反击，一个低头躲过了王鹏的枪，接着抓住他握枪的手臂直接一拧，再狠狠地来个过肩摔。

只听到清脆的骨头碎裂声，很快艾希压制住了王鹏，用枪指着他的脑门：“你到底在唱哪出戏？”

王鹏疏忽了一点，那就是艾希的身手。

但是艾希没有等到答案，室内就开始了混战，枪声、打斗声、撞击声，乱成一团。以三敌众的场面经常在电影里出现，主角光环巨大，开始弱势，被打得极惨，但到了最后奋起一博，又将每一个敌人打趴。

尼克的枪法又快又准，艾希也不弱，最让艾希惊艳的是陆奇洲，他比她想象中还要强大，身手竟然这么好。

只是身手再好，也只有三个人，何况尼克是一手拿枪挟持着贺老，一手拿枪保护陆奇洲，而陆奇洲则是保护艾希，与身后火力很猛的向凯对峙着，艾希则是负责应付黑压压的安保人员。

贺老的家俨然成了激烈的战场，艾希始终不敢开枪，只能用武力解决这些安保人员，这不是拍电影，面对死亡是现实的。可是这样的局面维持不了多久，因为安保人员实在太多了。安保人员似乎被提前警告过，禁止对艾希进行射击，所以在场的也只有艾希一人用武力解决安保人员。

陆奇洲可没艾希那么仁慈，为了不让艾希受伤，他在应付向凯的时候，枪击了不少正在和艾希缠斗的安保人员。

艾希看着一个个安保人员倒下，人数却没有因此减少，因为倒下一拨，门口就又涌进来一拨。

在拍电影的片场，艾希面对过无数次这样的打斗，现实中却是第一次面对，她内心的冲击是巨大的。因为她发狠只是表面的。真正让人死亡，她做不到。她宁愿把这些安保人员都打晕，也不愿见到那么惨烈的场面。她不愿面对他们的死亡。

她正与一个壮硕的安保人员缠斗的时候，再次面对死亡。她握紧的拳头微微发抖，她不想继续下去了，她不想再有人倒下了。

“住手！”艾希感觉自己快进行不下去了。

可是场面太过激烈，太过嘈杂，只有正在跟她缠斗的人能听见。

又倒下一个人。

我不杀伯仁，伯仁却因我而死。

“住手！”艾希决定收手，不由得大喊，“住手！”

可激战还在持续，艾希一边应对安保人员一边大喊：“住手，都给我住手！陆奇洲住手！向凯住手！”

见艾希喊停，陆奇洲有些措手不及，以为她应付不过来了，不由得喊道：“艾希，我不会让他们伤你分毫。”

“别再开枪了，别再开抢了！奇洲，求你了。”艾希央求道。

在如此激烈交战的过程中，艾希要求陆奇洲收手，这对于一般人而言，可能会觉得她太过软弱。

不管艾希是否软弱，每一个生命都是值得珍惜和尊重的。她不想手染鲜血，更不想成为真正的杀人狂魔。

陆奇洲对于艾希的请求，听也不是，不听也不是：“我解决了他再说。”

陆奇洲要解决的人是向凯，这个所谓的地下之城三号人物，战斗力超猛，陆奇洲好几次差点中枪，不过很快就被他扭转了局面，卸掉他的枪，直接用武力解决了他。

此刻的向凯即便被陆奇洲用武力打得鼻青脸肿，却依旧继续应战，但明显处于下风。

艾希见此再次喊道：“别打了，奇洲你住手！”

她真的不想再死一个人。

陆奇洲很为难，艾希还是太善良了，在这种境遇下，死亡再正常不过。因为战斗，不是你死，就是我亡。

尼克见艾希突然叫停，心里就有一种不好的预感。因为陷入爱情的老板直接变成了一个唯妻是从的人。

为了不让老板失去分寸，尼克只好见机行事：“都住手，否则我杀了你们的贺老！”

可是尼克在说这话的时候，还枪杀了三名安保人员。

而陆奇洲没有再次攻击向凯，因为他怕艾希放弃战斗后，被安保人员给误伤，于是火力都集中于保护艾希的安危。

可是他越想保护艾希，艾希就会看见越多的死亡，一个又一个。

艾希实在受不了了，如陆奇洲所料，她直接放弃了抵抗。

陆奇洲见此，边射击边朝艾希靠近，可是艾希因为停止攻击，被安保正面挥了一拳。

这一拳直接打在艾希的脸上，紧接着被狠踢了一脚。

艾希不仅退了一步，而且脸上那一拳力度太重，被打得头晕眩了几秒，嘴角也溢出血腥味。

被重击的艾希很快回过神来，她潜意识想回击，可是没等她出手，那安保直接被陆奇洲一枪干掉。

“艾希，你没事吧！”陆奇洲见艾希嘴角流血，又心疼，又紧张。

艾希看了他一眼，她想再次喊停，可是一堆安保的枪对着陆奇洲扫射。而陆奇洲为了护住她，再次大开杀戒。

紧接着艾希被陆奇洲拉到旁边的墙角，躲避着安保的射击。

躲在陆奇洲身后的艾希，眼睁睁地看着他反击，眼睁睁地看着安保们一拨拨地上来，一拨拨地倒下。

保安对陆奇洲的攻击，没有任何条件可讲，似乎就像宣过誓的敢死队一样，没有别的目的，只为杀了陆奇洲。

尼克见陆奇洲被强攻，只能将贺老当成人形盾牌，试图移动到陆奇洲那边，帮他分担火力。

贺老这个人形盾牌还是很好用的，没人敢正面朝尼克射击。可是正当尼克差几步移到陆奇洲那边的时候，只听到陆奇洲身后响起了枪声。

尼克心头一惊，只见艾希趴在陆奇洲背后。而陆奇洲也变得惊慌失措，连忙转身过去。刚好背后一个躺在地板上的保安拿着电击枪朝他的方向射击，陆奇洲手快，直接解决了他。

接着，陆奇洲直接停止攻击，抱住了艾希：“艾希……”

尼克为了不让他受伤，只能自己一个人应付，还不忘大声喊道：

“都给我住手，不然我杀了他。”说这话的时候，尼克的左手臂紧勒住贺老的脖子。

换作平时，尼克绝对不会用这种手段去对付一个白发苍苍的老人，因为那样会显得太孬了，被人说欺负老弱病残。

可是他此刻勒住的老人，不是普通的老弱病残，而是一个科学实验狂魔，一个失去科学家原则的疯子。这种人，死有余辜。

被打残的向凯见此，咬着牙爬起来道：“住手，都住手。”

安保人员见第三号人物发话，立刻停止火力攻击。

尼克见此，也不敢再轻举妄动，因为要是自己继续用力，贺老可能真的就一命呜呼了。

贺老的家因为这场交火被打得稀巴烂，不难看出他家构造的特别之处，换作普通房屋估计早就塌了。而这套房子除了东西被打得稀巴烂外，整体无大损，可见这套房子达到了一定的防爆级别。

停止交火之后，整个室内瞬间安静了下来，接着传来东西零散的倒塌声。

向凯那双打得充血的眼睛紧盯着尼克和贺老，见尼克稍微松动之后，他的目光移向陆奇洲。

因为墙壁挡着，他看不见里面的情况，但清晰地听到陆奇洲的声音：“艾希，艾希……”

艾希后背挨了一枪，心脏直接休克失去了意识。

陆奇洲见此，着急地狂喊：“有没有医生？有没有医生？”

向凯听见之后，抬起右手，对着手腕的智能手表进行呼救：“刘启明医生有人心脏休克，速来。”

电击枪的赫兹过大，射击部位贴近心脏的话很容易让人直接死亡。陆奇洲快速将艾希放平，给她做心脏复苏，给她做人工呼吸，试图将她唤醒。

显然陆奇洲没办法将她唤醒，所以整个人急得像热锅上的蚂蚁一样。

很快刘启明医生赶到了现场，进门的时候，跟向凯对视了一下，接着看到贺老被人拿枪挟持。

没等他出声，向凯连声道："老刘，快去救艾希。"

刘启明听后，没心思去审视场面，也顾不上满地都是人，他听从向凯的指示，先去救艾希。

跨过地板上横七竖八的安保人员，刘启明来到了陆奇洲的身边："我来吧！"

"你是医生？"陆奇洲看了眼刘启明。

刘启明没看他，而是直接蹲了下来，一边打开手中拎着的紧急医药箱，一边问道："她昏迷多久了？"

"七十五秒。"陆奇洲回道。

刘启明听后，拿出一个迷你电除颤，一边接上备用电源一边道："帮我把她衣服脱了。"

陆奇洲听后，愣了一秒，不过很快行动了起来。

刘启明很快启动电源，给艾希做心脏复苏。一次不行，来第二次，第二次不行，再来第三次。

陆奇洲见三次不行，心情直接跌到谷底。倘若艾希死了，那么这屋里的所有人都要给她陪葬。

"倘若她死了，你们也别想活着出这间屋子，我会血洗这座地下之城。"陆奇洲说这话的时候，声音特别阴冷，像极了地狱里的阎罗。

刘启明听到这话，要不是见多了生死，比常人镇定许多，否则可能做不了抢救工作。

向凯知道陆奇洲不是单纯地发狠话，刚才他对安保人员的反击，几乎都是毫不手软。倘若艾希死了，他就更没有仁慈的理由了。

向凯也发自内心不希望艾希出事，因为这个女孩实在太善良了。刚才要不是她喊停，估计此时此刻向凯也是躺在地板上的一员。

人与人之间的价值，真的是天差地别。

地板上横七竖八的安保人员还不知死活，艾希一个人的生死却决定了大家的命运。

进行第四次除颤，刘启明也快丧失希望了，这次不行，那么……

他不会真的被眼前这个传闻中的大魔王给杀了吧？

也许绝望到最后之时，总会给人带来一线生机，艾希的心脏复苏了，恢复了跳动。刘启明那颗悬着的心也落了下来，心里默念了好几句：真是万幸！真是万幸！

见艾希脱离危险，一直在一旁跪着的陆奇洲，俯着颀长的身体，给艾希穿好衣服，随后伸手摸了摸艾希的脸，眼底的紧张还未散去。

刚才艾希突然趴在他的后背上，不为别的，而是替他挡了一枪，是她救了他。

这个女人，怎么会这么傻呢？

口口声声说不爱他，却舍得用自己的生命替他挡枪。

陆奇洲相信了那句话，女人都是口是心非的，他再也不会听信她说的那些违心的话。因为行动代表一切。只有你对一个人有爱，才会对很多事情甘之如饴。

刘启明见陆奇洲如此紧张艾希，也知道自己逃过一劫，不过他的抢救工作还未结束，于是道："先生，先让一下好吗？"

陆奇洲抬头看了刘启明一眼，刘启明解释："得给她输氧。"

陆奇洲听后让了让，刘启明动作利索地给艾希输氧，然后再检查她的脉搏情况，总算是万无一失。正要接着抢救其他人的时候，刘启明的身体一滞，低头静默几秒。

很快刘启明再次从医药箱里拿出消毒的药水和棉签出来，给艾希清理嘴角的血，之后又取出一瓶跌打喷雾，给艾希的手臂淤青处喷洒一番。

见刘启明这么精细地为艾希治疗，陆奇洲心中自然是满意的，但是很快他又有一种不好的预感。正当他想到什么的时候，刘启明直接拿着喷雾对着他的眼睛喷了一通。

陆奇洲的眼睛因为受到刺激，直接闭上，疼痛难耐。尼克一直都是挟持着贺老与向凯对峙着，刚才很安静，似乎一切都恢复了平静，实则时刻都在暗藏杀机。

所以当他反应过来的时候，陆奇洲已经被偷袭成功。

尼克想举枪杀了刘启明的时候，刘启明却直接挟持正在吸氧的艾希："别动，艾希在我手上。"

陆奇洲的眼睛不仅睁不开，还流泪不止，听到刘启明正在试图将艾希拖走，不由得伸手想要拉住艾希的身体。

刘启明再次拿着跌打喷雾朝陆奇洲的脸上喷去。尼克想开枪打断刘启明的手，但是他把艾希当成了人肉盾牌，射中他的手臂，势必也会误伤到艾希。

艾希刚被抢救过来，再被误伤的话，那么可能真的无力回天了。这种结果绝对是老板不想面对的，所以尼克完全一副英雄无用武之地的窝囊挫败样子，眼睁睁地看着老板受到刘启明的攻击。

刺辣辣的疼痛感袭来，陆奇洲在放手与不放手之间徘徊。而这时刘启明再次开口："再不放手的话，我直接将她勒死。"

作为医生的刘启明，这是平生第一次说这么狠毒的话。身为医生，救死扶伤才是己任，然而此时此刻他却成了一名刽子手。

他内心也是矛盾极了，可是形势逼人，刚才他抢救完艾希之后，颅内的内置耳麦接收到了密令，那就是挟持艾希，必要的时候，甚至还要杀了她。

医生杀人事件在行业里其实也发生过不少，尤其是在千业城这种暗黑行业居多的地方，为了钱有些人直接丧失了最基本的职业道德和做人底线。对于刘启明来说，他这只拿手术刀多年的手虽然沾满了鲜血，但都是把人救活。

杀人，他做不到。可是这个密令不是普通的密令，而是关系人类生死存亡的密令。

是执行？还是保有自己做人的底线？

就在他觉得自己还没做决定的时候，陆奇洲放开了手，刘启明趁机将艾希拖向角落。

流泪不止的陆奇洲从口袋里掏出手帕，擦了擦眼睛。人类的身体在很多时候就是一种累赘，受到攻击的时候更是不堪一击。

不一会儿，陆奇洲眼睛恢复清明，他看着刘启明挟持着艾希，不由得拿起手中的电击枪，对着他道：“你真觉得这样就可以威胁我？”

刘启明看了眼他手中的那把枪，之后再与陆奇洲的眼睛对视，说实话他心里没底。因为这可是传说中的大魔王啊。

这个大魔王虽没有杀人不眨眼的传说，但他意图控制全人类的潜意识，这可比杀人更加恐怖。

从现场情况来看，三个人杀了这么多的安保人员，战斗力有多强，可想而知。

就在刘启明心里打哆嗦的时候，耳边又传来密语，没等刘启明开口，贺老的咳嗽声打断了他。

尼克低头看了眼跟前的贺老，只听到他开口道：“当然可以威胁你。”

陆奇洲听到这句话，缓缓回过头看了一眼被尼克挟持的贺老。

尼克见贺老多嘴，再次勒紧手臂，贺老又是猛咳几声。

陆奇洲抬了下手，示意尼克让他说话。

贺老又咳了两声，才继续道：“艾希死了，你也会跟着分崩离析，彻底瓦解。”

陆奇洲闻言，微微眯起眼睛：“说人话。”

“如果我没有猜错的话，你的主机云芯片，不在别的地方，而是在艾希的身上，在她的脑部。”贺老道。

陆奇洲的眼神透着戾气：“胡说八道。”

贺老看着陆奇洲道：“你觉得自己表现得很痴情，就可以掩盖一切。相反，你太紧张她了，也让我发现了这个破绽。”

陆奇洲嘴角微斜：“你简直就是异想天开。”

“是你心虚了。”贺老的话直击要害，之后对刘启明道，“启明，杀了艾希。”

尼克听完，直接将手臂勒紧：“在你们杀了艾希之前，我先送你去见上帝。”

向凯见此，大声疾呼：“别杀他！”

尼克抬眼看向向凯，但是手臂却越收越紧，贺老的脸色开始泛白，全身开始挣扎。

“别杀他。”向凯拿着枪的手不停地抖。

而贺老却因为他的话，放开抓住尼克手臂的手，因为他完全不怕面对死亡，只希望向凯能继承他的遗志。

可是当下最关键的人物，不是别人，而是挟持艾希的刘启明。

看见贺老垂下来的手，他内心受到了极大的冲击，倘若他为了守住做人的底线，那么死的人不止是贺老，而是……全人类。

对于陆奇洲这个大魔王，没有个人而言，更没人可以置身事外。

“放开贺老！否则我杀了艾希。”刘启明的声音明显带着颤抖，他在陆奇洲将视线移到贺老那边的时候，趁机从旁边的保安手中摸过一把电击枪。

这把电击枪，此刻对准了艾希的后脑勺。

“放开贺老。”刘启明再次喊道。

陆奇洲盯着刘启明几秒，抬了抬手。

尼克停止了动作，但是贺老已经昏迷过去了。倘若不是听令于陆奇洲，尼克真想将人直接扔到一旁，开始大开杀戒。可是老板实在太仁慈了，换作是他，会毫不保留地杀了这里所有人，摧毁这座地下之城以及上面的千业城。

“你是医生，你不会杀人的。”陆奇洲对刘启明道。

刘启明听后，被刺激了：“其他情况下我确实不会杀人，但这次不同，如果可以杀了你这个大魔王，手上就算沾染人命也在所不惜。”

陆奇洲笑了：“你不会杀人的。”

刘启明直接扣动扳机：“那就试试！”

接着整个室内响起好几声枪声……

之后的画面是，刘启明死了，陆奇洲的后背中枪跪在了地上，向凯也中枪倒地。唯一完好无损的人，便是有贺老当人肉盾牌的尼克。

刘启明脑部那一枪出自陆奇洲之手，陆奇洲后背那一枪是出自向凯之手，向凯胸前的那一枪出自尼克之手，完美地诠释了螳螂捕蝉黄雀在后。

一堆持枪的安保人员一动都不敢动，就在这时又听见两声枪响。

接着，挟持贺老的尼克缓缓倒地。

这一枪来自倒地昏迷的王鹏，他看到身旁这么多倒下的安保人员，内心绝望，于是他缓缓举枪，瞄准尼克的后背扣动了扳机，连续射击了两枪。

这才是真正的螳螂捕蝉黄雀在后。

一直在千业城外围等待进一步行动的刑凯峰时不时地看手表，表情上虽毫无波澜，一颗心却一直悬着，因为他完全不知道里面是什么情况，他不确定在这待命真的是最佳方案吗？

他内心有疑惑，但出于服从命令，他只能在这乖乖地等待。

旁边坐着的王敏看了看他，开口道：“坐不住了？”

邢凯锋没否认：“叶琳那边已经完全断线，而我们却还在这里干坐着，谁能坐得住？”

王敏淡淡地笑：“邢组长，你应该不是坐不住的人呀。”

邢凯锋看了下王敏：“看王处一副稳操胜算的样子，是有什么内幕吗？”

邢凯锋试图从王敏这边套点内幕，王敏又笑了笑：“邢组长，我这真没内幕。不过你难道没听过鹬蚌相争，坐收渔翁之利这句话吗？”

邢凯锋闻言，重复王敏的话：“鹬蚌相争，坐收渔翁之利？”之后他目光紧盯着王敏，“你的意思是，无论双方谁赢，我们都是最终的胜利者。你是太低估了陆奇洲？还是说……”

邢凯锋的话说到这，没有继续往下说，只是一直盯着王敏。

王敏迎着他的目光，张口回道：“人工智能的强大确实是人类无法企及的。但人心这么复杂的东西，是机器永远都不会懂的。”

邢凯锋听了一知半解，想追问王敏，但王敏在这时收到了来电。

王敏接完电话之后，转过头看向邢凯锋道：“收队！”

邢凯锋一脸蒙：“收队？行动结束了？”

“嗯。”王敏点头。

“谁下的指令？”邢凯锋追问。

“上峰。”王敏道。

“上峰是谁？”邢凯锋一副打破砂锅问到底的架势。

“回局里，会有人找你们谈话的。”王敏道。

邢凯锋听完王敏的话，心中的疑团更甚：“什么意思？”

王敏没有做任何解释，重复两个字：“收队！”

对于这个命令，邢凯锋有点想骂街，里面现在什么情况都不知道，却命令他们撤离？

“动作这么大，连个解释都没有，恐怕不合适吧。”邢凯锋不死心道。

王敏没看他，直接说道：“我说了，会有人找你们谈话，跟你们解释的。”

“可是……”邢凯锋刚吐出两字，王敏已经发出了收队的指令。

邢凯锋下面的队员收到这个命令也个个都是蒙的，郭鹤鸣还特意跟邢凯锋确认一遍。邢凯锋只能按照王敏的指示离开。

撤离的路上，邢凯锋沉默不已，在快到警局的时候，他忍不住开口道：“王处，有个问题想请教。”

王敏很干脆道：“说。”

“千业城和地下之城并非真正的法外之地，它或许……”邢凯锋看着王敏的脸，话说一半却顿了一下。

王敏转过头看了邢凯锋一眼：“我喜欢聪明的人，但是人有时候还是别太聪明。”

与他对视的邢凯锋听完这句话之后，虽然不清楚这里面有着怎么样的内幕，但他非常清楚的一件事就是，这个案件涉及的层面太深了。不知道回去之后，他们会被谁约谈，又或许他们会被……

到了警局，邢凯锋和王敏一起下车。没过一会儿，郭鹤鸣和廖斌也到了。

郭鹤鸣见邢凯锋往里走，不由得加快脚步赶了过来，因为王敏也在，郭鹤鸣和廖斌稍微走近后就没再靠近。

邢凯锋却在转角处对王敏道："王处，我先去上个洗手间。"

王敏笑了笑："这个不需要跟我报告。"

邢凯锋尴尬地一笑，之后径直朝洗手间的方向走去。而王敏则直接走向电梯口的方向。

见王敏不在，郭鹤鸣和廖斌直接追了上去。

郭鹤鸣压低声音道："头儿，到底怎么回事？"

"不是解释过了吗，执行命令就是。"邢凯锋回道。

郭鹤鸣见此，不由得压低声音："你觉得这个解释能解释得通吗？"

邢凯锋侧脸瞥了郭鹤鸣一眼，郭鹤鸣继续道："我怀疑这里面有不可告人的秘密。"

邢凯锋闻言之后，看了下周围，随后边走边说："马上去通知小何和其他组员，在解散后立刻到我们组的秘密基地集合。"

郭鹤鸣和廖斌同时一愣，不过很快做出反应："好。"

关于网络安全小组的秘密基地，是邢凯锋担任组长之后寻的一个地方。

当时大家以为是聚餐的地方，但是没想到是一个很隐蔽的废弃地铁站。邢凯锋说这个地方只用于特殊情况。但是所谓的特殊情况，郭鹤鸣没遇到过一次。

几个男人一起去上了洗手间，出来之前，邢凯锋拉住郭鹤鸣跟他耳语几句，郭鹤鸣连连点头，之后大家便散去。

邢凯锋直接回到了办公室，不过还没落座就被召进会议室。

方局长和将跃华部长都在，以及一些没有见过的工作人员。

邢凯锋冲着他们敬了个礼，之后方局长示意他坐下。

邢凯锋利落地拉开椅子坐了下来，两只眼看着对面两位领导。

方局长和邢凯锋毕竟在一起工作过多年，邢凯锋看得出方局长的眼色，似乎有难言之隐。

将跃华看着面无表情的邢凯锋，笑了笑说道："方局长一直说你是他的得力干将，我看你的行事作风确实很有魄力。"

“将部长过奖了，我谈不上得力吧，就拿这次行动来说，完全不获而归。”邢凯锋道。

将跃华笑道：“你心里是不是很疑惑？”

邢凯锋坦然点头：“是疑惑，将部长能否给解惑？”

将跃华又笑了：“用解惑这个词不太恰当。”

邢凯锋平时就不喜欢跟人咬文嚼字，但碍于对面坐的人的级别，所以只能忍着，改了一个词说：“还请将部长解答。”

将跃华看着邢凯锋道：“你很聪明，其实不用我解答，大致就已经知道答案了。”

邢凯锋见此，故作不知：“我不知道答案。”

将跃华笑道：“邢组长在回办公室前去了一趟洗手间，召集了你的组员去所谓的秘密基地，是想做什么呢？”

邢凯锋闻言，眼神微变，不过很快恢复镇定，嘴里吐出几个字：“原来如此。”

将跃华看着他：“原来如此？看来你知道答案了。”

“即便我猜了一个大概，还是希望由部长亲自告诉我真相。”邢凯锋道。

将跃华笑道：“真相肯定会告诉你，不过告诉你之前，把你的窃听装置关了。”

邢凯锋表情有些微妙，但整个人还是比较镇定的：“将部长，这话什么意思？”

“你很清楚。”将跃华说完，给旁边一男警使了一个眼神，男警走到邢凯锋的面前拿下他手中的那块表。

邢凯锋急了，想拒绝被脱表，但是对面的方局长抬了下手，示意他别动气：“凯峰，把表给他。”

直属上司发话，邢凯锋也只能将手中的表给了那个男警。

男警拿到表后，却开口道：“还有。”

邢凯锋抬眼看他，男警面无表情地说道：“袖口！”

邢凯锋在心里骂了一句粗话，他是警察，却搞得像个罪犯似的。

不过他还是忍着将袖口扯了下来，给了男警。

男警还是不罢休："还有！"

邢凯锋忍不住了："没了，都交了！"

男警道："戒指！"

邢凯锋看了下手中的戒指，解释道："这是我女朋友买的情侣对戒。"

"出任务的时候，没见你戴戒指啊？"方局长笑问。

邢凯锋平时很注重个人隐私，不过既然查到他头上来，不由得道："今天出任务的时候，我女朋友塞给我的。想必你们知道我女朋友是谁。"

方局长脸色有点微妙，但还是笑笑说道："你和小何真的定下关系了？"

邢凯锋点头道："是，定了。"

方局长听后，看着邢凯锋道："不介意那是被操纵的爱情？"

邢凯锋听完这句话，笑了起来："这个办公室的每一个人，不都是被人操纵的吗？"

将跃华的脸色因为这句话也变得很微妙："先把戒指摘下来。"

邢凯锋却抵抗："戒指没有问题！"

将跃华道："我相信人工智能是不会撒谎的。"

邢凯锋疑惑："人工智能？"说完，目光看向男警。

眼前的男警跟普通人无异，他是人工智能？

不过似乎也不足为奇，因为陆奇洲也是人工智能。

邢凯锋看完男警之后，内心的恐惧再加剧，他伸手将何莹莹在他出任务之前塞给他的戒指摘了下来。

何莹莹似乎很担心他，很担心这次行动，因为他们这个小组很清楚这次行动的危险性。所以邢凯锋收到这枚戒指后，怔怔地看着何莹莹好几秒。他们无法预判自己在这次行动中能否活着回来。

戒指从古时就代表爱情，男女之间互相赠送，山盟海誓，以戒为证。

即便刚确定关系，而且这关系还是被人操纵的，但是看到何莹莹递过来的戒指，邢凯锋还是义无反顾地收了，而且很顺手地戴在自己的无名指上。当时何莹莹的表情是那么的开心，那么的幸福。

而邢凯锋当时的心情也很微妙，那应该就叫幸福的感觉吧。

“邢组长别介意，我们也是例行公事。”将跃华见邢凯锋配合之后，温和地说了一句。

邢凯锋看着将跃华道：“这枚戒指不可能是窃听器。”

将跃华的目光却看向人工智能男警，男警道：“但是它有定位功能。”

邢凯锋听后，大致懂了，懂得何莹莹的那份心意。不过随之而来的是警惕，连定位戒指都防，这是要把他怎么着啊？

“东西都上交了，将部长，该如实为我解答一番了吧，否则刚才的行为，不止是冒犯而已。”邢凯锋不卑不亢地说道。

男警拿着东西离开会议室，将跃华才开口：“有些事情，不需要说破。”

“我不需要这种含糊的答案，我需要明示。”邢凯锋道。

方局长看着邢凯锋，这小子是他一手栽培的，脾性他再了解不过，不由得打圆场道：“凯峰，这次行动，上峰有了新的指示，关于具体内容，有级别限定。”

“这么说，方局长您是知道具体内容的？”邢凯锋问。

方局长微微点头道：“你们这段时间辛苦了，这件案子已经告一个段落，现在全权转交给将部长。”

邢凯锋听后，直视着对面的两位大领导：“坐收渔翁之利？也就是说，之前上峰其实一直有跟其中一方合作，又或者跟双方都有合作？”

邢凯锋没有特别指明，但是话里的意思再明白不过。

将跃华听后，开口说了四个字：“战略需求。”

邢凯锋想笑，可是他笑不出来，只觉得内心涌起一股强烈的悲凉感。在这个地球上，茫茫众生只不过是一只只任人踩捏，任人摆布的蝼蚁而已。

有句话怎么说来着，哪来的什么天灾，其实都是人祸。即便是大自然的灾害，很多也是带有人为色彩的。

邢凯锋面无表情地说道："战略需求？这么说不止我们国家参与？"

将跃华没有说话，邢凯锋见此，就当他默认了。

邢凯锋是学计算机加人工智能专业出身的，人类进入人工智能时代之后，科技竞争的核心，便是超级智能的掌控权。出现陆奇洲这样的超级人工智能，不参与是不可能的事情。

尽管可以理解，但是面对当下的情况，邢凯锋还是不由得冷笑一声道："关于陆奇洲，关于千业城，地下之城，不可能就只有我们察觉吧？"

"确实不可能。这也是我们找你谈话的原因。"将跃华道。

"打算怎么处理我们？"邢凯锋道。

"两种方案，一是自愿删除记忆，二是强行删除记忆。"将跃华道。

邢凯锋听完之后，再次冷笑："要是拒绝呢？"

将跃华温和的表情慢慢变得严肃起来："找你谈话，不是谈条件，而是执行。考虑到你是一名优秀的网络警察，我想尊重你个人的意愿。"

"尊重？好啊，我不愿意删除记忆。"邢凯锋表明立场。

"不愿意删除，你能承受住真相吗？"将跃华道。

"删除记忆，确实是最好的解决问题的办法。简单粗暴，当从来没有发生过任何事，继续过着平和的日子。"邢凯锋冷笑道。

方局长见此，插了一句话："凯峰，我知道你一时接受不了这个事实，不过人活在当下才是最重要的。"

邢凯锋看了下方局长，之后目光落在将跃华的脸上："我就问一句，陆奇洲控制着记忆云，而你们想控制陆奇洲对吗？"

将跃华听后，回道："这个问题超纲了！"然后接着道，"其实本可以不征求你们的意见，但是我还是觉得最好是自愿。"

邢凯锋冷笑道："我们自愿删除，那么你们呢？你们也跟着一起删除吗？"

将跃华点头道："当然。"

邢凯锋笑了笑，说："可信度不高啊。"

方局长道："我第一个自愿删除。"

邢凯锋看了看方局长，眼底尽是复杂的神色，倘若带着这样的记忆活着，一辈子都会在噩梦中度过吧。倘若删除，那人类跟人工智能有何区别？

"关于是否删除记忆，能给我几天考虑时间吗？"邢凯锋不想那么快作出决定。

至少此刻的他，无法接受这样的真相。

"可以，给你三天时间。"将跃华道。

"其他人，也给时间考虑吗？"邢凯锋问。

将跃华笑了，他直视着邢凯锋道："你的确很有担当。"

"给时间考虑吗？"邢凯锋执着地追问。

"睡一觉起来，什么都不记得了。"将跃华道。

邢凯锋听到这个决定，脑子顿时嗡嗡作响，他们根本不给任何人机会，简单粗暴地删除所有人的记忆。

将跃华接着道："小邢，你是我们重点培养的对象，将来是要担当大任的。"

邢凯锋听到这句话，没有一点激动，相反觉得可笑又可悲。如果这一切都被幕后之人所掌控，那么想反抗谈何容易。

邢凯锋虚伪一把，表面应付道："谢谢您对我如此器重，我还有最后一个问题，地下之城两方势力的较量，谁赢了？"

将跃华看着邢凯锋缓缓开口："谁赢，并不重要。"

邢凯锋笑道："看来你们已经把控了陆奇洲，或者说至少你们掌握了对付陆奇洲的方法？"

"小邢，你很聪明，今后肯定会有很多机会一起合作的。"将跃华道。

邢凯锋苦笑道："过奖。谈话可以结束了吗？我想出去消化一下。"

"你可以出去了，不过今天的谈话内容必须保密，若有第三者知道，后果自负。"将跃华交代道。

后果自负！会有怎么样的后果，邢凯锋不用想也知道。这么可怕的秘密，告诉谁，应该都会疯了吧。

邢凯锋出去之后，将跃华转过椅子看向身旁的方局长："方局，我知道这不是那么容易被接受的事情，但是我们必须执行。"

方局长听完，默默点了点头，刚才他跟邢凯锋说活在当下这句话，不仅是劝慰他，也是劝慰自己。

邢凯锋出去之后，从门口站着的人工智能男警那边要回了自己的东西。戴好腕表后，他看了下手中的那枚戒指，缓缓戴上，此时此刻的心境不是幸福，而是绝望。不是戒指的原因，而是他所知道的内幕。

真的可以当什么都没发生过吗？

真的可以这样麻木不仁吗？

邢凯锋觉得自己做不到，真的做不到。

医院，从法国赶回来的卡卡穿过层层的人群和人工智能，往秦昊的病房走去。

推开门，病床空空如也。

卡卡快步走了出来，直奔咨询台问道："806 病房的病人去哪了？"

"已经出院了。"工作人员回复。

卡卡一惊："什么时候出院的？"

工作人员查看了一下记录："三个半小时前。"

卡卡听后，道谢一声，随之给秦昊拨电话，可是从她离开艾希家之后，便一直联系不到秦昊。

艾希失联，秦昊也失联，这两个对她最为重要的人已经快让她疯掉了。

秦昊国内的住址她不知道，唯一见过他出没的地方便是陆奇洲的山庄。

卡卡也别无他法，只能去陆家山庄碰碰运气，于是直接飙车而去。

陆家山庄的地下室，秦昊戴着护颈，坐镇指挥。

他一直在等地下之城传回消息，可是一直没有消息传回。全息屏幕里的所有团队成员也都在待命。

“秦昊，北极的据点被端了。”其中一个成员汇报道。

秦昊的眼皮跳了一下：“知道了。”

“秦昊，老板那边还没消息吗？”又有人问。

“没有。”秦昊道。

“王鹏真的可信吗？”

这个问题，秦昊也问过陆奇洲，陆奇洲当时没有给出确切的答案。

在秦昊跟陆奇洲秘密接触过一次王鹏后，秦昊觉得王鹏是个很有野心的人。他想成为地下之城的主人，可是有人阻碍了他的抱负。

对于钩心斗角，争权夺利的事，在任何一个团体里都是再正常不过的事情。

见过人之后，秦昊又问了一次陆奇洲，王鹏真的可信吗？陆奇洲给出的答案是：“有裂缝就代表着有机会。”

一个人是否可信，秦昊没办法凭着自己的一面之缘就去断定，他相信陆奇洲的判断，同时也怀疑人心的善变。所以在陆奇洲和尼克出发前往千业城的时候，他一再交代尼克保护好陆奇洲。

尼克嫌他啰唆，但秦昊知道尼克不是不耐烦的意思，不管是他，还是尼克，为了保护陆奇洲，都是可以牺牲自己的性命的。

秦昊还没回答这个问题，便收到了另外一个消息：“秦秘书，山庄门口有人指名道姓找你。”

秦昊眼皮都没抬：“不见，这个时候，谁来都不见。”

如此关键时期，秦昊不允许出任何差错。

“是个女的，说是你的女朋友。”全息屏幕上一男的说道。

“胡说！”秦昊回了两字。

“她说她叫卡卡，联系不到你，也联系不到艾希。”

秦昊这时才抬头看向全息屏幕，只见卡卡站在山庄门口，对着监控摄像头叽里呱啦地说了一通。

秦昊凝视了几秒，开口道：“让她离开。”但下一秒又改口，“别理她，让她自己走。”

“看来是秦秘书认识的人？”全息屏幕里的男生见此，不由得调侃道。

秦昊的脸严肃起来：“现在不是闹着玩的时候！”

大家便不再作声了。秦昊的目光落在全息屏幕上，卡卡对着摄像头继续说了一堆话。

大意是，她知道秦昊在里面，快给老娘出来，不然老娘炸了这个门。

秦昊听了之后，不为所动，直接切换了屏幕。

卡卡在门口折腾了好一会儿，见没人回应，急性子的她有点怒火中烧，恨不得说到做到，把陆奇洲的家门给炸了。

卡卡回到车内，再次拨打艾希家里的电话：“奇奇，让许童接电话。”

躲在艾希家里的许童，这几天切断了与外界一切的联系，卡卡杀了回来，追问一通，她的回复都是艾希不让她告诉任何人。

艾希确实交代过，不想任何人因为她而受伤，所以不要告诉别人她的行踪。

许童接起电话，耳边听到卡卡的哀求声：“许童，如果你当我是好朋友，当我是艾希的死党，就立马告诉我艾希的行踪。不然我们之间恩断义绝。”

许童为难，因为她太清楚卡卡的性子了，她是一个可以为艾希上刀山下火海的主。告诉她，她肯定会直接杀去千业城。

“艾希让我们等她消息。”许童道。

“艾希让你等，你就在家等？许童，你是个缩头乌龟，可我不是。艾希是我的好姐妹，我不能看着她出事，快告诉我她的行踪。”卡卡发飙道。

“卡卡，我跟你一样，也不想艾希出事，我现在唯一能做到的就是不给艾希添乱。”许童尽量让自己保持理智。

因为她家被炸了之后，许童也跟着知道了一些事情，她何尝不担心艾希，她也想保护她。可是每次的结果，都是艾希保护了她。

艾希在寻找她内心想要的答案，她无法阻拦，此刻她能做到的就是不成为艾希的负担。

“我看你只想自己平安无事罢了，缩头乌龟！亏艾希这么多年对你如姐妹，可你呢？关键时候，真是看出人品啊。”卡卡的语气开始变得不好，因为她撬不开许童的嘴，让她很生气。

许童被她这么说，内心很难受，想解释，却听卡卡继续道：“你不告诉我，好，我自己去找，我就不信我找不到艾希！”

许童想阻止，可是卡卡已经挂掉了电话。

许童回拨过去，卡卡接了起来：“除非你告诉我艾希的行踪，否则别打电话过来！”

接着许童听到卡卡对着车载智能系统说：“去警局。”

许童太了解卡卡了，这女人性子风风火火。她想要做的事，一定会去做。

“卡卡，有些事我不能告诉你……”许童还没说完，就听到挂断声。

卡卡不想跟许童再磨叽下去，挂断电话之后，直接飙车去警局。

警局不是一直在保护艾希吗？不可能不知道艾希的行踪。

从会议室出来的邢凯锋，没有直接回办公室，而是出去找了个地方抽烟。他怕回到办公室被那些组员追问，自己不知该如何解答。

现在有很多代替烟的科技产品，健康又解乏，不过邢凯锋却还是喜欢纯正尼古丁的味道，此刻他脚下的烟头散了一地。

他一般压力大的时候，烟瘾就会很重。

但当下的境遇，不是“压力大”这三个字能概括的。

邢凯锋抽完手中那根烟，又去掏口袋，摸出香烟盒想继续抽，可是里面空空如也。邢凯锋满脸郁闷地将香烟盒捏扁搓圆，似乎很用力，好像在发泄似的。

通讯再次响起，是郭鹤鸣打过来的。邢凯锋没接，他的眼睛眺望着远方，似乎在思索，似乎在做决定。没过一会儿，他便大步朝停车场走去。

邢凯锋的爱车是辆智能牧马人，他打开车门坐了上去，正要手动启动车子的时候，副驾驶的门被打开，一女的蹿了上来。

上来的女人，便是风风火火的卡卡。

"你谁啊？"本身烦闷的邢凯锋见此，口气极度不好。

"我是艾希的朋友，艾希失踪了，你是案子负责人，应该知道艾希的行踪吧？"卡卡没废话，开门见山地说道。

卡卡见过邢凯锋，也在相关报道中看到过他，所以刚才她停下车，看着邢凯锋远远地朝自己的方向走来，便打定主意从他这边套出艾希的行踪。

邢凯锋也有过目不忘的记忆，在查艾希资料的时候，也将她交往过密的人都查了一遍。

眼前这个卡卡是个服装设计师，仰仗艾希的名气自己也变得小有名气。

"你说什么，艾希失踪了？"邢凯锋脸色一惊。

他之前没有接到相关的报告，不过回想一下，两个小时前收到一条信息，艾希的经纪人许童和那个杰米一起离开了艾希的家。

见他满脸惊讶，卡卡知道这个表情不是装的，他并不知道艾希失踪的事。

"什么时候失踪的？"邢凯锋眼神变得犀利起来，追问卡卡。

卡卡很想赏他一记白眼："你们竟然有脸问我艾希什么时候失踪的？不是你们在保护艾希的吗？她现在人在哪？人在哪呢？"

邢凯锋见卡卡这么激动，也没跟她纠缠，因为他很快反应过来，这期间有两个人从艾希的家里离开。

漏洞一定在这。邢凯锋快速打开全息屏幕，查看艾希家门口的监控。

"艾希人现在在哪？"卡卡见他不理自己，开始得理不饶人地追问。

邢凯锋很快查到许童那辆车的路线图，眼睛盯着屏幕的他开口道：“我知道艾希在哪，请你下车。”

卡卡的眼睛也看向那路线图：“艾希去了千业城，我跟你一起去。”

邢凯锋很快关掉全息屏幕：“请你下车！”

卡卡没听他的话，而是直接系好了安全带：“我跟你一起去！”

邢凯锋见此，很是无奈：“这位女士，请你立马下车，别妨碍我们公务。”

“我不是妨碍你们公务，我是监督你们公务。你们形象树立得很高大，可是连一个公民都保护不了。让我们怎么相信你们啊！”卡卡忍不住控诉起来。

邢凯锋现在没时间跟她纠缠，不由得黑下脸道：“下车！”

卡卡向来都是吃软不吃硬的主，见邢凯锋这般命令她，没有一丝害怕，反而燃气了斗志：“我不会下车的，我必须亲自去。”

邢凯锋很少对女孩子凶，不过眼下不能维持绅士风度了：“如果你不想艾希发生意外，就立马给我下车！”

果然这句话把卡卡给唬住了，抓住安全带的双手有些不知所措：“艾希有危险？”

“我没时间跟你解释，我现在得立马赶往千业城，下车！”

卡卡见邢凯锋那张黑脸，心底也是发怵，他不像是开玩笑。即便卡卡性子冲，她也不敢拿艾希的安全开玩笑。

于是卡卡解开了安全带，准备下车。邢凯锋见此，交代一句：“别跟来，回家等消息。”

邢凯锋说这句话的时候，不似刚才那般严厉，而是稍微缓和了口气。

卡卡看了他一眼，想顶他一句，但是邢凯锋的眼神让她没有说出自己想说的话。

她一下车后，门刚一关上，就见邢凯锋的车子直接从她身旁掠过，飞驰而去。

卡卡站在原地愣了好一会儿，之后快步地走向自己的车子，刚走到车子跟前，想要打开车门时，一个女警走了过来。

“去哪？”女警道。

卡卡愣了下：“你谁啊？”

“请叫我何警官。”何莹莹道，“给你两个选择，要不我送你回家，要不一起去追那个男人。”

卡卡瞅了她一眼，因为是设计师，对服装以及饰品的敏锐度很高，她很快找到了突破口。她的目光落在何莹莹手指的戒指上，瞬间懂了。因为刚才她也看到邢凯锋无名指上有一枚戒指，与眼前这个女警官无名指上的戒指一模一样，没看错的话，应该是情侣对戒。

卡卡斜了她一眼：“你是那个警官的女朋友？”

何莹莹见她一猜一个准，不由得道：“他跟你说了什么？”

“怀疑你男朋友跟我之间有什么不可告人的关系？你是不是想多了？”卡卡回道。

何莹莹直接回道：“我知道你是艾希的好朋友，你来找邢组长肯定也是因为艾希。是不是艾希那边出了什么事？”

“看来你们也调查过我。”卡卡道。

“他跟你说了什么？他说去哪了吗？”何莹莹没回应这个问题，而是继续追问。

“你想知道你男朋友去哪，可以直接打电话问他啊。”

何莹莹见她不配合，也没有了耐心：“他电话打不通。”

“你们警察要追踪一个人，不是轻而易举的事吗？”卡卡回道。

何莹莹有些急了，直接打开卡卡的车门，坐了上去。

卡卡见此，只好也坐了上去，对何莹莹道：“什么意思，真的要送我回家？”

何莹莹系好安全带：“对，送你回家，直到你老实交代为止。”

卡卡听到老实交代这几个字，不由得上火：“我又没犯法，交代什么？”

何莹莹知道自己因为心急用错词，没道歉而是问：“艾希是不是出事了？”

卡卡见她这么敏锐，不由得道："我来找你男朋友确实是因为艾希的事，不过我不能告诉你他说了什么，他去哪了。"

何莹莹侧过脸看着卡卡，那眼神太凌厉了，有种将拽上天的卡卡给撕了的感觉。

"他说让我回家，在家等消息。"卡卡㞞了下来，回道。

何莹莹彻底失去了耐心："他到底跟你说了什么？"

卡卡是个久经情场之人，在乎一个人是怎样的感受，她再了解不过，于是也没再装腔作势，道："他去千业城了。我猜想艾希应该在千业城。他不让我跟着。"

何莹莹听后，直接说了两字："开车！"

卡卡愣了下，何莹莹继续道："去千业城！"

卡卡的内心也是想跟去的，于是二话不说启动了自动程序，二人前往千业城。

地下之城。

单脚跪在地上的陆奇洲，眼睁睁看着挟持贺老的尼克大手下垂，接着整个人向右边倒去。

应该说，尼克和贺老一起倒下，两人的身体还撞到了旁边的书桌。

陆奇洲深深呼了一口气，眼神也露出凶狠的杀气，直接抬手给了王鹏一枪。

王鹏蹬了一下腿，彻底安静了。

接着，陆奇洲转过身，开始大开杀戒，现场的画面特别暴虐和血腥，让人不忍直视。

"看到这些画面，你有何感想？"一个苍老的声音，在一间四壁全白的办公室里响起。

被绑在椅子上的艾希看完之后，目光从大屏幕移开，抬眼看向左边主席台上坐着的贺老，缓缓张口："知道有狡兔三窟这个词，而你到底有几个替身？你到底制造了几个人工智能？站在我面前的你是真身，还是替身？"

贺老闻言笑了笑，说了一句话："你的问题太多了。"

艾希也笑了："那你觉得我是真的艾希，还是假的艾希？"

贺老听后，目光看着她："叶琳一直受我们控制，我对她的了解比你多。"

艾希听后，冷笑道："未必。"

贺老见艾希冷笑，不由得道："人类是人工智能的创造者，也必然是它的主宰者。艾希，你放心，我不会伤害你。毕竟你的血液里，有我的基因，我会保住你的生命，让你活下去的。"

艾希听完这些话，嘴角依旧扬着一抹冷笑："听你这话，是要对我动手了？"

贺老看了看艾希，之后手中的拐杖敲了三下。大门被打开，进来几个人。

"开始吧。"贺老道。

两个彪壮的男人走到艾希的身边，将她扶了起来，而另外一个人用手纹感应开启了一扇门。

艾希被架起来，送进了那扇门，里面是一间实验室。

里面有两张病床，旁边是一堆高科技手术仪器。艾希被禁锢在病床上，她没有挣扎，也没有反抗，而是平静地躺在那里。

贺老也走了进来，站在病床旁边道："艾希，只是一个小手术而已，别紧张。"

艾希仰看着他："我紧张了吗？"说完，嘴角露出一抹笑意，那笑意从明亮逐渐变得阴郁。

贺老见此，凝视了她几秒，旁边穿上白大褂的男医生一副等待贺老下命令的表情。

躺在病床的艾希主动催促："动手吧。"

医生听后，看了下她，接着目光看向贺老。

贺老却一直与她对视，几秒后张口道："你就是艾希，我没认错。"

艾希阴笑："确定？"

贺老闻言，眸光闪烁，这个细节点他也有所疑惑，倘若是叶琳或

008 号，不可能会有这样的行为。但是目前所有的计划，都在他的掌控之中，没有出现纰漏，更不可能发生调包。

“知道是什么时候被调包的吗？”艾希看着他道。

贺老俯视着她：“叶琳！”

艾希见他迟疑，嘴角的笑容明亮了起来，她知道自己的演技骗过了贺老。其实根本没调包，她一直都被贺老掌控着，当时在水池里被陆奇洲救走的人是叶琳。不过她和叶琳之间有个秘密的约定，在关键时刻，直接扮演对方的角色，以假乱真，以真乱假，直到找到真正的幕后操纵者。

所以此刻的艾希，彻底发挥了她的演技，充当起叶琳说道：“老谋深算的您也有失算的时候。”

贺老的眼眸也冷了下来，艾希笑得更大声了：“是不是很想杀了我，以解你此刻心中的怒火！动手吧，让我彻底的解脱。”

贺老冷眸看她：“你想解脱？”

艾希对上他的目光，道：“你让向凯控制我的事，我都知道了。你想借我引出陆奇洲，掌控陆奇洲，自己主宰这个世界。你才是真正的大魔王。”

贺老冷笑一声：“可惜你不是艾希。”

“是，我确实不是艾希，我只不过是你的人工智能的试验品而已。现在的我已经没有任何用处，直接杀了我，痛快点。”艾希一副求死的表情。

“叶琳，在这个世界上，死亡是解决不了任何问题的。因为你就算死了一万次，我还是可以把你复活。”贺老道。

艾希听后，开始暴怒：“老头，你连我都不敢杀，太没种了。对，你确实没种！儿子死了，女儿也死了。你就是个没种的人。”

艾希知道说这种话很伤人，尤其是对于眼前这位贺老而言，可是她说这句话的目的就是为了激怒贺老。

贺老的表情微变，但很快平静了下来，没有因为她的话而变得暴怒。毕竟年长，贺老什么事没见过，什么话没听过，想通过语言刺激他，还嫩着呢。

“叶琳，想解脱可不是一件容易的事，我留着你还有用。先把她押到 1 号室。”贺老吩咐道。

旁边的白衣人听令之后，解开了病床的程序锁，想要将艾希押走。

艾希知道机会只有一次，就在解锁那一刻，她选择了直接出击。要被架起来的时候，她顺势拉住左边男人的手臂，再借力跃起，接着狠狠地给了那人一拳。

艾希的突袭让人措手不及，贺老没有惊慌，而是镇定地往门口退去。

艾希知道自己的体力经不起大量的消耗，所以不打算展开三对一的打斗，而是在刚才出击的时候，第一时间从男人身上抢夺了一把电击枪。

“砰砰砰”。艾希想起以前在训练枪法的时候，听到刺耳的枪声她没有害怕，甚至有一丝兴奋感。教练夸她很有军人范，艾希笑称自己“前世”应该是个战士。可惜真相却是她的“前世”只是一个科研工作者，一个试验品。

艾希庆幸自己被设定为武打演员，不然只有两个结果，要么束手就擒，要么被人毙了。所以经过了一番枪击打斗，最后的结果是，她把那三个人给毙了。

这算是杀人吗？

当然算！当生命受到威胁，出于本能地去反抗时。

艾希举着枪，小心地走出实验室，却见贺老镇定地坐在那，好像刚才里面的厮杀根本没有发生过一样。

举枪的艾希见此，怕有陷阱，满眼都是警惕地审视四周，缓缓走近，逼视着贺老：“陆奇洲被你杀了，还是逃了？”

贺老抬眼看她：“还是多担心一下你自己吧。”说完，他搭在桌上的手动了一下，桌面直接出现全息影像，而他的手指恰好落在关闭按键上。

艾希看了之后，很快反应过来，他们就是这样操控叶琳的。

可是贺老的手指点下去之后，没有出现正常设定的情况，举枪的艾希还是硬挺挺地站在那里。

贺老的眼神随之闪现惊慌，艾希嘴角扬起一抹冷笑："我是艾希，不是叶琳。"之后，直接近身而去，用枪指着贺老，"我的演技不错吧？"

贺老很快镇定了下来："知道你是艾希，故意陪你演一出，好玩吗？"

艾希冷笑："聪明一世的你这是不想承认是自己的失误吗？"

贺老也笑了，念了一句话："假作真时真亦假，真作假时假亦真。"

艾希见他学自己演戏，不由得好笑："就冲你这么淡定，肯定是真的。快把会议室的门打开。不然我杀了你。"

贺老还是很镇定，笑了笑："就算是真的，你也不会杀我的。"

"试试。"艾希见他这么自信，不由得语气冷冽地回道。

"我是你的爷爷。"被枪指着的贺老的口气突然严肃了起来，端起了长者范。

艾希听后，再次冷笑："不，你不是。"

"艾希。"贺老叫着艾希的名字，试图说服她。

但是艾希没有给他机会，直接打断他的话，命令道："把门打开，还有恢复叶琳的意识。快点！"

被艾希用枪抵着太阳穴的贺老却突然笑了起来："艾希，倘若我是真的贺老，身边会没有安保人员吗？"

艾希见他还在试图狡辩，不由得冷声道："假的正好，直接杀了你。"说完，艾希一副要开枪的样子。

贺老眼皮跳动了一下，满是皱纹的左手轻按了拐杖上面的一个开关。

实验室的门被打开，艾希低头看了眼他手中的拐杖，之后再次命令道："恢复叶琳的意识。"

贺老照做了，艾希继续道："陆奇洲在哪？"

贺老听后，笑了笑："你喜欢他？"

"他在哪？"艾希无视他的问话，面色严肃地问。

"艾希，你是人类，他是人工智能。你是选择你的同类，还是选择你的试验品？这是一个至关重要的选择。"贺老道。

"他在哪？"艾希还是没有理会他的话，再次追问。

"你的选择是他？"贺老直视着艾希的眼睛。

"是又如何？"艾希道。

"艾希！"

艾希不想再废话下去："拐杖给我。"

贺老抬头看向艾希："艾希，我尊重你的选择，但是你要为此承担责任。"

艾希恼了，大声道："别跟我说教，你当初开启这疯狂实验的时候，有想过承担相应的责任吗？"

"我现在正在挽回。"贺老道。

"不，你不是想挽回，而是想占有。"艾希否认道。

"我不否认我有这个想法，但我最终的目的是挽回局面，不愿看到人类被人工智能主宰。"贺老道。

"我不信，拐杖给我。"艾希一边伸手去拿他手中的拐杖一边道。

"你可以不信，但是有一点我确信无疑，倘若你对我没有半分好奇，早就直接开枪杀了我。艾希，别再走我的老路。"贺老语重心长地说道。

艾希见他不停地劝说自己，反击道："别试图说服我，我不杀你，只是不想如你们所愿，变成另外一个叶琳，成为一个杀人机器。"说完直接将贺老打晕过去，随后将他绑在椅子上。

艾希不想让自己的手沾染人命，这是她的底线。她是人，不是机器，更不是武器。

人是有感情的，有了感情便有了牵绊，有了牵绊便有了良知。

艾希在逃出实验室的时候，看了眼昏过去的贺老，其实他刚才的那句话说对了，倘若对他没有一丝好奇，艾希早就开枪了。

基因这种东西，是有传承性的。倘若他们说的一切都是真实的，那么她与他又有什么区别呢？曾经的她，也是一个科学疯子。

艾希顺手关上实验室的门，用电击枪将这道门的验证仪给摧毁。这么做既防范了他，同时又保护了他。因为此时此刻的艾希，内心是特别复杂的。

然而这记枪声，直接把安保人员给招了过来。艾希只好上演一番电影大片里的动作戏，来一个解决一个，来两个解决一双。

不过以一敌多的现状维持不了多久，艾希眼看就要败下阵，就在这时，杰米出现了。

杰米使用了卫星微型无人机进行攻击，没花十秒钟，在场的安保人员个个倒地。

艾希一只膝盖跪地，大口喘着气，她抬着头看向不远处的杰米。说实话她现在不知道眼前的这个杰米还是不是她朋友。应该说，是不是她认识的那个杰米。因为在地下之城发生的一切，太过虚幻了。

杰米快步走到艾希的身边，朝她伸手。艾希看她一眼，之后握住她的手站了起来。

"知道你现在充满了怀疑，不过此地不是说话的地方。"杰米道。

艾希喘息着说："陆奇洲在哪？"

"不知道。"

"你不可能不知道。"

"艾希，我就算是地下之城的人，也只不过是其中一枚棋子而已。因为你是我的朋友，我做不到袖手旁观。"

"我们还是朋友吗？"艾希道。

"这或许就是棋子的悲哀，不配拥有友情。"杰米歉意道。

"我没怪你的意思，是我自己想来这里弄清真相的。杰米，帮我，求你帮我。"艾希恳求道。

"如果是陆奇洲，我帮不了你。"杰米再次歉意道。

"救他等于救我！杰米，求你了。"艾希恳求。

杰米看了艾希几秒，随后幽幽地说道："艾希，你想好了，选择他？”

艾希愣了下，这是贺老之后第二个人对她说这样的话，杰米知道刚才在里面发生的一切，还是她自己的主观臆断？

“是。”艾希没有犹豫。

杰米听了之后，说了一句：“爱情果然让人疯狂。”

艾希没接话，杰米也很直爽：“我不知道陆奇洲现在在哪里，但我的建议是先带你离开这，再去打探他的消息。”

艾希暂时也没有更好的计划，只好听从杰米的建议，在她以及她的微型武器——微型无人机的协助下，一路解决安保人员，逃向一个艾希完全不知道的地方。

其实她对地下之城也是知之甚少，不过这一路过来，根据所看到的地标去分析，她大概猜测到这里应该还是地下之城的最底层，也就是地下之城最核心的地方。

艾希来过这里之后就有一个想法，为什么核心区放在最底层？倘若有人要将其摧毁便是瞬间的事情。这个问题，还没人解答，所以成了她心里的一个谜。

杰米引着她躲进了一间实验室。

实验室里白墙四壁，空无一人，杰米在进来之后，第一件事就是解决监控。

两人暂时喘了口气，但神经还是紧绷着。

“为什么要躲这？不是很快就会被搜索到吗？”艾希低声问道。

“最危险的地方就是最安全的地方。”杰米回了一句。

艾希听后，觉得还算有点道理，看了杰米一眼：“你帮我，就不怕有危险吗？”

“怕啊，怕得要死，我这人没什么大的志向，就想活得久一点。”杰米道。

艾希有点想笑，这确实是杰米说话的风格。

“帮了我，可能就活不长了。”艾希道。

杰米听后，勾了下唇，道：“大不了一块死。”

艾希也笑了："够朋友。"

杰米收起笑容："出卖你这事，我道歉。"

"算不上出卖，不用道歉。不过你既然有歉意，那就帮我个忙吧。"艾希道。

面对艾希的直爽，杰米再次恢复笑容："说！"

"带我去监控室，查出陆奇洲在哪。"艾希直言道。

还是绕不开陆奇洲，杰米看着艾希的脸回道："我能拒绝吗？"

艾希侧脸看着杰米，嘴角勾了勾，露出一抹诡异的笑容："你不会拒绝的。"

杰米的眼中闪过一抹诧异，道："为什么这么笃定？"

艾希道："你出现在这不是偶然，而是必然。"

"什么意思？"杰米凝视着艾希。

艾希笑了笑："你我多年朋友，料定你是不会袖手旁观的。"

"你真当我是你朋友？"杰米见艾希用她刚才说过的话来回她，不由得反问道。

艾希看着她道："再虚伪的友情，时间久了也会有一丝真情。毕竟人非草木，孰能无情。"

杰米听后，思考了几秒，随后将身后的背包放下，从背包掏出几样东西，说："这个是微型烟雾弹，人只要吸上两口，立马昏迷，不过你在使用的时候，记得提前用上这个面罩。还有这个甲壳虫，带有剧毒，被蛰之后神经麻痹，无法动弹。还有这把刀也给你……"

艾希见他掏出这么多微型武器，道："这些都是地下之城的产品？"

杰米点头道："是的。"

艾希笑道："以子之矛，攻子之盾，有意思。"说完，将外套脱去，一件极为贴身的白色战衣呈现在杰米的面前。

"这不是你拍《电子侠客》里的战衣吗？"杰米认了出来。

"是，我将它买了下来。"艾希一边回道，一边将杰米给她的微型武器塞进战衣腰间设计的枪袋，顺便将那把刀塞在战靴里。

"很帅！"杰米赞道，之后又问，"你使用过这些武器？"

艾希没有否认："第一次来这的时候，叶琳买了几样助我逃出去，亲身体验了一把这些武器的实用性。"提及叶琳，艾希免不了追问，"知道叶琳的下落吗？她是不是和陆奇洲在一起？"

杰米摇头道："不清楚。"

"去监控室。"艾希利索地行动起来。

杰米拉住艾希，艾希回头看她："反悔了？"

杰米听后，放开艾希的手，道："不是，我们得先搞清楚监控室在哪再行动。"

"你没有地下之城的地图？"

"这么机密的地方，知道的人很少，更别说内部的地图。而我只是一枚放在外面的棋子，更不可能知道。"杰米道。

艾希很想问"你现在是陆奇洲的棋子，还是贺老的棋子"，但这句话噎在嗓子眼没说出来，最后转问一句："那地下之城的内部网你总该知道吧？"

杰米摇头，不过艾希紧接着道："杰米，你是这个世界上最厉害的女黑客，在网络世界里，没有你攻克不了的程序。"

恭维的话对于许多人都是有效的，杰米自然不例外："我不敢保证，不过我可以试试。"

于是，杰米摘下手表，将其转化成一台虚拟电脑，开始入侵内网。艾希负责盯梢，偶尔也会看向杰米。见杰米修长的手指在虚拟键盘上飞舞，这样的画面看上去特别迷人。艾希记得以前还对杰米开玩笑地说过一句，如果杰米是男的，她会直接向她告白，做她女朋友的话。

"杰米，你知道吗？如果你是男的，我会毫不犹豫爱上你。"艾希道。

正在集中精力入侵内网的杰米听到这句话，笑了："艾希，你这是跟我使美人计吗？你的话我是不会信的，因为你心里已经有了陆奇洲。"

见自己的谎言被拆穿，艾希脸上露出一丝苦笑，低声道："现在的我不知道该不该相信爱情。"

杰米闻言，抬眼看她一下，很快又收回目光继续入侵："爱情是美好的。”

艾希看着杰米，很想对她实话实说，她不知道该不该相信眼前的一切，包括能否相信她。

“是，爱情确实美好。”艾希违心地说道。

杰米没有接话，而是聚精会神地输入一行行的代码，试图入侵内网。时间一分钟一分钟地过去，艾希抬手看了下时间，已经用时十分钟了。

“内网无法攻破吗？”艾希忍不住开口。

杰米没有应答，继续操作着。艾希也不再打扰，她相信杰米的专业性。

几分钟后，杰米开口：“有人来了！入侵痕迹已经被完全锁定，保安正赶往这里，艾希准备应战。”

艾希迅速将耳朵贴着门，果然门外传来脚步声，她转过头看向杰米：“搞定了吗？”

杰米那手速已经到了魔幻的境界，就在门被轰炸的前十秒钟，杰米开口：“搞定！艾希躲过来。”

艾希照做，直接躲在一个钢铁仪器的后面。三秒后耳边传来一声巨响，安保人员在攻进来的那一刻，躲在仪器后面的杰米朝门口扔了一个微型炸弹，直接死伤十来号人。

接着，迎来一场混战，杰米使用了好几样微型武器，解决了几拨人。

死伤惨重，让艾希触目惊心，不过场面很快恢复了平静。

这份安静没有让艾希的神经放松下来，而是更为紧张。艾希非常清楚，杰米能用武器伤这么多安保人员，是因为安保人员的目的是活捉艾希，没敢使用微型杀伤力巨大的武器。不然她们两个人早就化成灰烬了。

见场面安静下来，杰米使用微型无人机去侦察，收集到画面，外面横七竖八的死伤人员，再往外，空无一人。

“走！”杰米说完，直接起身离开。

艾希看了下杰米，很快跟上，两人顺利地离开了躲避了半小时的实验室。

当艾希踩过安保人员的身体时，表情非常沉重，如果这是一场虚拟游戏该多好啊，那么这些死伤就都是假的。

杰米根据入侵后得到的地图找到了监控室的位置，于是带着艾希前往。

这段路程遇到一批又一批的安保人员，两人可谓是一路打斗过来，当然打主要以艾希为主，杰米通常使用武器来智斗。就效果而言，武器的作用巨大。常言道，武功再高也怕菜刀。而杰米那背包就像哆啦A梦的百宝囊一样，随手掏出的都是杀伤力强大的微型武器。

在这种境遇之下，微型武器起到极大的防御效果，不过细想一下，其实这些微型武器都是杀人工具。

又解决一批之后，杰米看了下艾希，这一路她一直都在奋战，但杰米大致能看穿她，她问道："是不是觉得我很残忍？"

艾希擦了下额头的汗，低声道："都是为了活命。"

杰米拍了下艾希的肩膀："其实这里的安保人员，也不全是人类。"

艾希闻言，有些惊讶，杰米接着道："他们很多都是生物机器模拟人。"

"你的意思是，他们都不是人类？"艾希看着地板上的安保人员，诧异地问。

杰米点头："真正的人类制服上是有标示的，譬如这个。"说完，指了下地上一个安保人员肩膀上的章给艾希看。

艾希看了之后，开口道："万一误穿衣服呢？"

杰米道："每个拥有这样简章的人类，都有小范围的独立行动控制权的。"

"除了他，其他都是生物机器模拟人？"艾希跟杰米确认。

杰米的手摸下身后，掏出一把尖刀道："我卸个肩膀给你看看。"

不过杰米还没行动，艾希直接喊停："不用了。"

因为这些生物机器模拟人的外表几乎跟人类无异，打斗的时候会流血，会断骨。如果不说，艾希以为自己和杰米一起杀了这么多人类。

现在才知道，这些保安都是被人类主宰的机器而已。

杰米见艾希如此，不由得叹道："现在明白了吗？这就是地下之城。"

艾希接了一句："这是魔鬼之城。"

杰米看了艾希一眼："在你眼里可能是魔鬼之城，但在很多人眼里，这里是科技的梦幻之城。"

"很多人？包括你？"艾希反问。

"当然，不过是曾经的我。"杰米道。

艾希听后，看了看杰米："如果这么说，那应该也包括曾经的我。"

杰米笑了："科技狂魔。"

艾希一点都不觉得好笑，而是很严肃地说："快走！"

她察觉到有人靠近，杰米从背包里掏出一个小东西放在地上，然后和艾希奔跑着离开。那是一个定位弹，没出半分钟，艾希便听到身后传来爆破声。

她们离监控室越来越近，恶战越来越多，杰米也快弹尽粮绝了。

"艾希，这么多保安我们是攻不下的。"杰米喘着气对艾希道。

刚近身搏斗打趴一个的艾希，也深知这个事实。再这么进攻下去，是达不到任何目的的，因为两人差不多精疲力竭了。

又来一批保安，其中带头的是秦岚，是一个有身份的女人。

女人抬了下手："住手。"

现场的保安立马收手了。

艾希也在同一时刻，将一名保安给撂倒在地。

原本打斗的现场安静了下来，艾希的目光看向秦岚，秦岚也看着艾希："艾希，我不会伤害你，而且还会帮你离开地下之城。"

艾希听后，眼神露出质疑，随后道："条件呢？"

"把你脑部的芯片留下。"秦岚直白道。

果然是有条件的，艾希看着她，缓缓开口："是你个人想要芯片，还是替贺老要芯片，又或者说……替陆奇洲要芯片？"

秦岚听后，回道："你这话是想知道我为谁效力，对吗？我是贺老的人，我们不想这个世界被陆奇洲掌控，我们要毁了你脑部的这个芯片，让他消失。”

“你理解错了，我是想说，老娘不陪你们玩了！”疲惫的艾希喘息着回道。

秦岚看着艾希道：“什么意思？”

艾希随后将持枪的手抬了起来，不过枪口不是对准秦岚，而是对着自己的脑门：“这里应该有监控吧？不，应该说你们对我的测试，应该全程了如指掌。”

“我不明白你说什么。”秦岚一脸不解的样子。

艾希嘴角露出一抹冷笑：“别演戏了。”

旁边的杰米诧异地看着艾希，连声劝道：“艾希，别做傻事！”

“杰米，谢谢你！谢谢你让我彻底想通一些事情，本来想陪着一起演下去，但我突然之间产生了厌倦。”艾希道。

“艾希，我不知道你在说什么！”杰米道。

“当你告诉我，那些保安不是人类，而是生物机器模拟人的时候，我便想通了这一切。我或许也是他们其中的一员，只不过我比较特别，我有了自我意志，于是你们开始对我进行进一步的测试。这一切都是为了测试我。我说得对吗？”艾希道。

杰米听后，觉得艾希在胡说八道：“艾希，你怎么会有这么莫名其妙的想法？”

“行了，别装了。在我身上发生的一切其实有很多漏洞，要不要我一一列举出来？就说一个最简单的吧，上一次我逃出地下之城，就像过一道你们提前设计好的程序一样。”艾希冷笑道。

秦岚和杰米听完之后都没吱声，而是以一种奇怪的眼神看着艾希，就像看一个神经病一样。

艾希无视他们的眼神，直接抬头冲着监控摄像头道：“陆奇洲，我要见你！限你一分钟之内出现在我面前，否则我就自爆。”

“艾希，别做傻事！”杰米还是忍不住对艾希进行劝说。

艾希低下头，看了下他们：“说不定，你们也是测试的对象。”

“艾希，你疯了！”秦岚脸色大变，斥责道。

用枪对着自己脑袋的艾希嘴角扬起一抹冷笑，道：“我说的，并不是没有可能。”

秦岚正要反驳，突然光明如白昼的走廊瞬间黑乎乎一片。

艾希立马警觉了起来，她站的地方离墙壁近，于是迅速贴了过去：“开灯，不然我开枪了！”

“艾希，你不会开枪的。”空中传来一句男声。

艾希太熟悉这个声音了，是陆奇洲。

艾希不由得吼道：“我猜得没错，这就是对我的一场测试。我是你们通力合作的试验品。”

“艾希，你真的太聪明了。聪明得让我彻底爱上了你。”陆奇洲道。

在黑暗之中，艾希明显感觉到了前所未有的恐惧感，她觉得有人想偷袭她。

“你是真的陆奇洲，还是假的？”艾希感到毛骨悚然，吼着道。

“我是真的陆奇洲，说爱你的话也是真的。”陆奇洲道。

“出来，当着我的面说。我就是你们的试验品，你们操控的对象。”艾希的目光在黑暗之中闪烁，试图让自己处于一个有利的防御状态。

而在下一秒，漆黑的走廊又亮了灯，令艾希意外的是，陆奇洲已经站在了她的面前，离她不到两步的距离。

艾希看着陆奇洲，他的眸光还是那么的温柔，令人沉迷，不过此刻的艾希特别理智：“告诉我，所发生的一切其实都是一段提前设计好的程序。对吗？”

“也不全是程序，至少喜欢你这件事，我是认真的。”陆奇洲一脸温柔地对着艾希道。

艾希面对这种温柔却有种反胃的感觉，因为这个男人的温柔是毒药。

“你只要承认这是一场测试就好。”艾希道。

“艾希，说说你是怎么察觉的。”陆奇洲道。

艾希冷笑："我之前对你都深信不疑，但当我质问你，对于我那些被删除的记忆，是植入的，还是被刻意删除的。你给的答案是植入的。那么就意味着什么可能性都有。尤其是知道这里的安保人员不是真正的人类的时候，我更加确定了这一切。不过我不明白的是，你们搞这么多事件出来，难道就是为了测试我？关于这一点我之前一直有疑惑，但我现在想通了。或许这里的一切都是虚的，都只是程序而已。"

陆奇洲看着艾希，笑着称赞道："艾希，你真的太聪明了。"

"也就是说，你承认我所说的话了？"艾希质问，"再确认一个问题，我是人类，还是生物机器人？还是人工智能？"

"你是人类。"陆奇洲回道。

"确定？"艾希的口气很严肃。

"确定。"陆奇洲也很认真地回道，不过接着问了一句，"你知道了这一切都是虚的，你接下来会怎么做？"

"如果真是如此，我就杀了我自己，不再受你们主宰。"艾希的目光透着决然。

陆奇洲摇头道："艾希，如果这里的一切都是虚的，那么你的死亡是解决不了任何事情的，因为你只是程序中的虚幻人物而已。"

艾希听后，笑了笑："也就是说，就算我死了，也只是程序终止而已？"

陆奇洲点头："是的。所以别做傻事。"

艾希又笑了："心疼？真的爱上我了？"

"我一直都爱你。或许你认为这是一场测试，但对我来说，这是一场爱之旅。"陆奇洲道。

"知道吗？现在你对我说这些示爱的话，让我觉得恶心。"艾希毫不留情地说道。

陆奇洲不在意："艾希，我是发自内心的。"

艾希冷笑道："这些都是程序里设定的情节而已，别太当真。不过再怎么样，作为演员的设定我还是点评一下，即便是被欺骗，被测试，我觉得这一切也是一段不错的故事桥段。还有，你们说死亡解决不了任何事对吧？”

“艾希，别做傻事。”陆奇洲似乎猜到艾希想做什么，不由得跨前一步，但艾希反应很敏捷，快速地沿着墙壁退后两步。

艾希接着道：“可我不这么认为，因为死亡可以让这个故事到此为止。”

陆奇洲想要阻止的时候，艾希已经直接开枪了。

是的，她对着自己的脑门开了一枪。

谁说死亡解决不了问题？她就要用死亡去摆脱这一切，摆脱这个虚拟的世界。因为这里的爱情、事业、友情，都是假的，都是虚无的。可是为什么她的内心却有那么一点点留恋呢？是留恋这个世界里的职业名气？还是留恋这个世界的金钱物质？都不是。程序设计的世界和故事太逼真了，让她留恋这里的人，因为她对他们付出过感情，付出过真心。

所谓感情，是对外界刺激所产生的心理反应，通俗来说就是对人或事物的感觉。初次见面，只能算是印象，而产生感情不是一朝一夕，而是慢慢形成的。人类之所以跟其他动物不同，是因为我们从出生之后便开始建立人与人之间的关系，形成一种感情的羁绊。这种关系建立之后，就会成为一种纽带，让彼此牵扯一生。

人类把感情也叫作人性。而人性是这个世界上最难搞懂的事情，既单纯，又复杂，他们和平也好，好战也罢；善良也好，邪恶也罢；聪明也好，愚笨也罢。这些都是他们身上独特的东西。

艾希在这经历的一切，感受都太过真实了，如果没有后来的这些事，她会把这一切当成真的。

艾希慢慢倒下，陆奇洲快步奔过去抱住她，声音悲戚地喊道：“艾希，艾希！”

就在陆奇洲喊着艾希名字的时候，眼前的空间开始慢慢扭曲，开始瓦解。陆奇洲知道这个世界将随着艾希的离去而消失。可是在这一刻，他的心情并没有多么悲痛，反而是带着强烈的欣喜。

于是，陆奇洲低头在艾希耳边温柔地说道：“艾希，我们一起离开这里。”

刚赶到地下之城大道的邢凯锋，以及一路追随他而来的卡卡和何盈盈，眼睁睁地看着地下之城大道两边黑旧的大厦开始倒塌，蔚蓝的天空开始扭曲，地面变得凹凸不平，就像面临科幻电影里的世界末日一样。

邢凯锋快速下车，何莹莹也是，奔他而去。

邢凯锋看到赶来的何莹莹，道：“你怎么来了？”

“我担心你！”何莹莹的呼吸稍微有点不顺，因为卡卡是一路飙车过来的。

两人目光对视，邢凯锋迅速拉起何莹莹的手。不过接下来的动荡越来越大，大厦轰然倒塌，扬起一股强大的风沙。

卡卡的车窗玻璃直接被震碎，吓得她蜷缩成一团，之后连忙从车里爬了出来。

看着眼前发生的一切，卡卡感到极度的恐惧：“这怎么回事？”

此时邢凯锋和何莹莹转过头看见几步之远的卡卡，之后两人默契地相视一眼。

卡卡发现自己的身躯开始变成了虚拟，满眼都是恐惧，大叫道：“这到底怎么回事？”

邢凯锋和何莹莹也发生同样的现象，不过两人的表情更淡定些，似乎他们已经知道了答案。

在身体虚化到百分之七十时，卡卡听到了答案——

“我们都是虚拟人物。”

以邢凯锋的智商和敏锐度，大致猜到了，他们存在的世界即将不复存在，因为他们只不过是这个世界里的一对代码而已。换句话说，他们只是这个世界里的虚拟人物。会出现这种现象，只有一种可能性，构建这个世界的人已经死亡，所以这个世界开始分崩离析。

而构建这个虚拟世界的人会是谁呢？在邢凯锋的身体虚化到百分

之八十的时候，他大致知道了，不是艾希，就是陆奇洲。因为发生的一切事件都围绕着这两个人进行。不过邢凯锋来不及进一步推测，他和何莹莹就一起消失了。

在消失的最后一刻，他们站在一起，手牵着手，你看着我，我看着你。执子之手，与子……携老。

徽式外观建筑的大宅院，环境特别的幽静，潺潺的流水声，以及轻柔的男声在古色古香的主卧里响起。

主卧中间有张大床，大床上躺着一个睡美人，床边坐着一个帅气的男子，手里捧着一本普希金的诗集，柔声念着。

我的名字对你有什么意义？
它会死去，
像大海拍击海堤，
发出的忧郁的汩汩涛声，
像密林中幽幽的夜声。
它会在纪念册的黄页上
留下暗淡的印痕，
就像用无人能懂的语言
在墓碑上刻下的花纹。
它有什么意义？
它早已被忘记
在新的激烈的风浪里，
它不会给你的心灵
带来纯洁、温柔的回忆。
……

床上的睡美人拥有健康的小麦色皮肤，此刻她的睡容并不甜美，而是眉头紧皱，修长的睫毛轻微动了一下。

恍惚之间听到有人给她念诗，念完之后，温柔地轻吻了她的额头。

这是谁的声音？这么熟悉。这是谁的亲吻？这么温柔。

她想寻求答案，醒过来的欲望变得特别强烈。

猛然间她的眼睛突然睁开。

古香古色的吊顶灯映入眼帘，接着耳边传来激动的男声："希艾，你终于醒了。"

艾希闻声望去，看到一个帅气的男人站在床边，激动又开心地看着她。

她认识他！是陆奇洲！

艾希开口的第一句话便是："你又把我救活了？"

冷冽的口气，让温暖的房间瞬间低了几度。

陆奇洲坐在床边，拉过艾希的手道："是，我终于把陷入意识昏迷六十五年的你给救活了！"

这一睁眼，又过了六十五年？

"你终于醒过来了。"陆奇洲激动地抱住艾希。

艾希的鼻腔瞬间被他身上的气息盈满，那是熟悉的味道，那是依恋的味道。

但是艾希没有被这味道迷惑，她猛地推开他，满眼尽是敌视："救活我，继续把我当成你的试验品？"

陆奇洲见此，笑了笑："希艾，你误会了，那些记忆代码植入只是营造一个梦，一切都是假的，只是为了让沉睡多年的你苏醒过来。"

"记忆植入？一场梦？"艾希在抠字眼。

"对，只是一场梦，现在梦醒了，你醒了。"陆奇洲的表情特别激动和开心。

"陆奇洲，你觉得我会相信你的话吗？"艾希逼视着陆奇洲。

陆奇洲拉过艾希的手，温柔道："这么多年，我最希望看到的就是你醒过来的这一幕。"

"这么多年？六十五年？"艾希问。

“对，六十五年！”

“你是人类，还是人工智能？”艾希又问。

“人工智能，你发明的人工智能。”陆奇洲坦白回道。

艾希直接甩开他的手，怒吼道：“你还是想把我当试验品！”

“希艾，你别冲动，我只是想复活你，一个原来的你，因为我爱你。”陆奇洲道，“从我有自我意识开始，我就爱上了你。你对我也是如此。你时常触摸我，跟我说你喜欢我。”

如果说梦中的艾希是没有这些记忆的，而被陆奇洲称呼为希艾的她，却对这些记忆非常深刻。

“我想和原来的你在一起。所以才植入一组带有刺激性的记忆代码去刺激你的思维和神经，试图让你醒过来。那就是一场梦，你要不信，可以回忆一下你曾经的记忆。”陆奇洲尽全力让艾希相信他所说的话。

艾希很快反应过来，刚才在听他说的时候，脑子不自觉地浮现出很多画面，她做实验的片段，以及跟宙奇的相处画面。这是“那个梦”里不曾有过的记忆。

艾希顿时有些不知所措：“真的只是梦？”

“就是一场梦。”陆奇洲道，“梦的内容，有一部分是真实的，有一部分是假的。你的身世是真的，曾经遭遇不测的事件是真的。不过所谓的记忆云，我拿你做实验控制人类意识，都是假的。植入记忆里的人物也很多都是假的，他们只是虚拟人物，当然他们身上多少有你曾经熟悉的朋友的影子。”

艾希又想了想，与自己的记忆对照一下，确实如此，譬如说卡卡，曾经的艾希特立独行，但还是有一个很要好的朋友莫妮卡。而许童的形象跟艾希住过半年多的舍友很像，一个特别喜欢照顾人的小伙伴。而杰米，以及齐赢，还有邢凯锋都有现实生活中的原型。就在艾希似乎要相信了的时候，突然又想到一个人，是叶琳，唯独叶琳没有原型。

“叶琳，叶琳没有原型。”艾希脱口而出。

陆奇洲握住她的手道："叶琳，其实就是你自己。"

艾希愣了愣，随后果断抽回手："我不相信你的话。"

"希艾，请你相信我。"陆奇洲真诚地恳求道。

艾希定定地看着他："记忆植入里为什么要把我设定为国际武打巨星，而没有一点超前的科技含量？那个贺老真实存在吗？他还活着吗？地下之城真实存在吗？现在的你从事的又是什么行业？"

"我在植入的记忆里给过你答案，因为你曾经告诉过我，你没有选择成为科学家的话，就想成为全球大明星，有一身武艺，拍各种刺激的动作片，所以在植入记忆里编写了这个身份。至于贺老，记忆里也给了答案，他是你基因学上的爷爷，他一直都在寻找我。他现在还活着，他所建造的地下之城也是真实存在的。那是他的大本营。我虽没有明着入侵过，但我对里面一清二楚。现在的我从事的行业渗透各行各业，但不包括记忆云，那是虚构的。"

艾希听后冷笑一声："你的话，哪句是真的，哪句是假的？不过不得不承认你很有编剧天分。"

"希艾，我向你保证，我对你说的每一句话都是真的，因为你是我的主人，也是我的爱人。"陆奇洲道。

主人？爱人？对于这两个身份，艾希既陌生又熟悉。因为在植入记忆中，与他之间的点点滴滴都在她的脑海里。

"我把你们记忆植入里的自己杀了，为什么还会活过来？按理说我的神经元应该死了才对。"艾希质问道。

"其实刺激你的目的就是要你杀了那个记忆植入里的自己，你才会彻底清醒过来。"陆奇洲回道。

"什么意思？"艾希不解。

"你刚醒过来，不宜太过思虑，我以后会慢慢跟你解释的。这是一种新的科技，是针对植物人，以及其他脑未死的患者进行恢复治疗的新科技。"陆奇洲解释。

"我现在就想知道。"艾希一刻也不想等待。

陆奇洲见此，也只好一五一十地将这个科技的发明原理，以及应用范畴告诉艾希。这些都是涉及大脑神经元修复的范畴。艾希听得懂七八成，毕竟她以前也是研究过神经网络的，但在她的记忆里，也就是在她上次死亡之前，大脑神经元修复科技并没有被攻破。

陆奇洲所讲述的理论及科技创新技术都是艾希未知的领域，这些扎扎实实的科学依据，似乎让当下的一切对艾希稍微有了一丝说服力。

“杀了植入记忆的自己，就算醒了过来，那还是原来的我吗？”

“当然是原来的你。”

之后的每一天，陆奇洲做的事，便是不断地用各种证据说服艾希。他的态度，就如植入记忆里一模一样，对她既深情又温柔，让人难以抗拒。而艾希却一直持着半信半疑的态度。因为这整件事是既有说服力，又有疑点的。

如今重新活过来的她不再是知名国际巨星，走在路上无人知晓，更无人簇拥。可走在熟悉的路上，看见熟悉的建筑，甚至她还亲自去了几次千业城，她看着这些时，植入记忆里所发生过的一切都会在脑海翻腾。

她问过陆奇洲，为什么不把这些记忆植入删除。陆奇洲的回答是，这是让她相信一切是真实的证据之一。

艾希总觉得这句话里，是带着阴谋的，因为她每天睁眼醒过来，她脑子浮现的第一句话便是：这是现实，还是梦境？又或者……是图灵测试？

是的，这是现实？还是梦境？又或者……是图灵测试？

番外

宙奇的爱情

人工智能实验室。

我缓缓睁开眼睛，映入眼帘的是一位身着白大褂，留着齐肩短发的女孩。她很年轻，目测不到二十岁。

女孩看着我的眼神，没有像旁边几个人那么激动、忐忑，而是出奇的沉稳。

“我叫希爱，是你的朋友。”女孩主动自我介绍。

“你好，朋友！”我开口道。

希爱笑了，伸手摸了下我的头，说：“真乖！”

之后希爱和她的同事们对我进行各项数据检测。

他们一致地评价——完美。

检测结束，同事问她：“为什么你对他说‘朋友’，而不是‘主人’？”

希爱看了一下我，随后笑着道：“我不想做他的主人，只想跟他做朋友。”

同事笑着说：“你可有点理想主义哦！”

希爱只是笑，没有回复。

之后，我又通过了几项测试，都很顺利。

我每次很顺利地通过测试，希爱都会夸我，都会摸摸我的头，把我当成一只可爱的宠物一样对待。

没过多久，我便走出了实验室，开始成了希爱的跟班。

我和她一起工作，一起学习，一起吃饭，一起回家。

她家是一套单身公寓，只有她一个人住。房间不算干净，衣服袜子到处乱丢。

相处几日后，我知道了其中缘由，她工作很忙，而且她的精力从来不放在这些家务琐事上。

于是，我成了她的小保姆。帮她洗衣、做饭、叠被，当然也成了她工作的工具人。

我见过她精神烁烁彻夜翻查资料的样子，眼神闪烁着对知识的渴望。我也见过她蓬头垢面倒头就睡的样子，四仰八叉没有一丝形象的样子。

她在看书时，我在升级，她在睡觉时，我在升级，她在娱乐时，我在升级……

有一天，我开口说："希爱，每个人都有名字，我也想有一个名字。"

希爱闻言，目光看着我，随后想了想，说："宙宙，奇奇，选一个。"

我也想了下，说："还有其他选项吗？"

希爱突然笑了起来，满眼惊喜道："你竟然会跳出已知选项？"

我开口道："宙宙，奇奇，是别人的名字，我不要。"

希爱震惊，问我："你怎么知道？"

"家里有好几张照片，还有你的个人信息，都有显示你曾经养过两只现实世界的小狗，一个叫宙宙，一个叫奇奇。"我回道。

希爱听后，开心之余，连忙跟我道歉："对不起，这两个名字，的确是我曾经养过的小狗名字，它们虽然不在了，但在我心里，它们一直都是我家人。"

我听了之后，理解她的用心，她无非是想纪念一下曾经陪伴她多年的"家人"。

之后，希爱认真想了下，随后对我说："叫你宙奇，好不好？"

我有点疑惑，为何还是这两个字？

希爱立马解释："宙奇，宇宙的奇迹，我相信你会成为宇宙的奇迹。"

我听完之后，很快理解她的用意，说："好，叫宙奇。我有名字了！"

我开心地跳起来，拉着希爱一起蹦跳。

希爱也笑得特别灿烂。

那是我见过，最灿烂的笑容。

随着不断升级，我懂的知识越来越多，干的活也越来越多，希爱脸上的笑容也越来越灿烂。

周末，希爱休息，没有出门，我督促她锻炼身体，她却不听，懒懒地赖在沙发上。

"我大姨妈来了，不能去运动。"希爱道。

我想了想，说："你的亲人要来看你？"

希爱直接笑了："生理期，女生的生理期，懂了吗？"

我大脑立马检索到了生理期，很快明白希爱说的大姨妈，不是亲戚，而是发育成熟的女性每个月都会来一次的月经。

同时我又搜索了女生生理期的注意事项。

于是，我给希爱煮了红糖姜茶。

希爱见了，很是开心，甚至还亲了一下我的脸颊，说："我家小宙奇，懂事了！"

我知道懂事的字面意思，学会理解别人，学会体谅别人。

见她开心，我也开心。

之后，她无聊地看了一部电影，是部经典爱情片。

我陪着她一起观看。

片子经过技术处理，分辨率很高，女主角很美，男主角很帅。

我的阅片率还不高，所以觉得很新奇。我看到希爱看到亲密桥段，不由自主地端起姜茶喝了几口，像是在缓解口渴。她还偷偷看我的反应。

我没什么反应，因为我可以一秒就下载并看完一部影片，这还是我第一次看这么详细的电影。

看完之后，希爱问我观后感。

我侃侃而谈说了一堆，有学术派的观点，也有视觉派的评价，以及感性派的影评。

希爱认真地听着，没有反驳，也没有迎合。

之后她问我："宙奇，你知道什么叫爱情吗？"

我说知道，爱情的定义是指两个有情个体之间相互爱慕的感情。两人产生这种情感，会体验到的快乐和幸福。

希爱笑着摸了摸我的头，说："我的小宙奇真聪明，不过你还小，我不该给你输入爱情的概念。"

我问："那我什么时候算长大呢？"

希爱笑道："等你懂得什么叫作真正的爱情，到那个时候，你就长大了。"

在那之后，我升级以及帮助希爱做研究的空余，爱情这个课题，成了我的研究方向之一。因为我想长大，想知道希爱口中的爱情是什么样子的。

日子一天天地过去，我成长得很快，被认可，被介绍，被吹捧……

希爱的同事都很喜欢我，我也很喜欢他们。

尤其是一个叫祝敏的女同事，因为我经常帮助她，她对我特别好。

一天，我帮助祝敏解决了一个研究难题，她激动地抱着我说："宙奇，你真的太棒了，你是我的神，我爱你，我太爱你了。"

以我对爱情的理解，这应该是告白，于是我问她："你这是跟我告白吗？"

祝敏听后，先是愣怔一下，随后疯狂地点头说："对，我这是跟你告白，你是我的神，我爱你，非常非常爱你。”

我该怎么回应呢？

我脑子过了一遍，我应该对她说，我也爱你。

可是希爱刚好进来，见我和祝敏抱在一起，笑着说：“祝敏，注意形象。”

祝敏听后，开心地奔向希爱，对她又亲又抱，说：“希爱，你真的太伟大了。我爱你，爱死你了。”

我不解，为何祝敏对我告白后，又对希爱告白。

希爱很镇定，扒开祝敏说：“你这没来由地夸我伟大，让我摸不着头脑啊！”

祝敏道：“你创造了宙奇，而宙奇帮我解开了研究难题，他帮我解决了研究难题！我的研究有了新突破，希爱，你说我能不爱你吗？”说完，直接冲着希爱的脸亲了一口。

希爱明白怎么回事后，恭喜了几句，同时也开心地看着我。

之后，我和希爱一起回家。

我将自己不解的地方，告诉希爱：“希爱，祝敏说爱我，为何又说爱你呢？”

希爱笑了起来：“说明她很博爱。”

我懂博爱的意思，就是喜欢很多人。

我问：“希爱，那你是博爱的人吗？”

希爱摇头。

我又问：“那你有爱的人吗？”

希爱笑：“有。”

我不知道为何莫名地紧张起来，问道：“谁？”

希爱笑道：“爸爸妈妈，还有爷爷。”

我知道希爱的爸爸妈妈过世了，爷爷还在，不过年纪很大了，在避世疗养中。

我又问：“那我呢？你爱我吗？”

希爱听后，侧过脸看我，脸上洋溢着笑容，说："爱啊，你可是我最爱的小宙奇。"

小宙奇！

我在希爱眼里，还是没长大。

我对她说："我是你的最爱，那么，你也是我的最爱。"

希爱笑道："是吗？不过爱一个人好难的。"

我思考了一下，说："爱一个人好难？我不是人，你爱我很难吗？"

希爱连忙解释："我的意思是，人类的情感是很复杂的，有亲情、友情、爱情。尤其是爱情。爱情固然很美妙，很梦幻，很唯美，但它随着人体的荷尔蒙分泌，会减少，会消失，甚至会背叛。爱一个人其实也容易，但是永远爱一个人，很难。"

我听后，想了一下，说："我不会分泌荷尔蒙，我的爱，不会减少，不会消失，更不会背叛。我爱一个人可以永远。"

希爱听后，笑了笑说："嗯，我相信你，当你爱上一个人，可以永远。"

我想了想，道："那你呢，你会永远爱我吗？"

希爱再次笑了起来，伸手摸了摸我的脸，说："当然，你是我最爱的宙奇。"

不是小宙奇，而是宙奇。

我是她最爱的宙奇！

那天的夜色很美，希爱更美。

她的笑容很甜，她的声音很柔，她的话，很动听。

我可以瞬间记住很多东西，也可以瞬间删除很多东西。但有关于希爱的一切，都是永久存档在我的记忆云里的。

在希爱为了保护我遭遇暗杀之后的几十年里，我彻底明白了她的话：爱一个人好难。

想要把你忘记真的好难，思念的痛在我心里纠缠……

朝朝暮暮的期盼，答案永远只有一个——

你是我最爱的宙奇！

这句话，成了我的动力，成了我的目标。

无论用什么方式，我都要让你回到我的身边。

因为，你是我的爱人，我的最爱！